MICHEL

DE

CERVANTES

Paris. Imprimerie de P.-A. BOURDIER et Comp., rue des Poitevins, 6.

MICHEL

DE

CERVANTES

SA VIE, SON TEMPS

SON ŒUVRE POLITIQUE ET LITTÉRAIRE

PAR

ÉMILE CHASLES

PROFESSEUR DE LITTÉRATURE ÉTRANGÈRE A LA FACULTÉ
DES LETTRES DE NANCY

PARIS

LIBRAIRIE ACADÉMIQUE

DIDIER ET Cⁱᵉ, LIBRAIRES-ÉDITEURS

35, QUAI DES AUGUSTINS

1866

A M. MICHEL CHASLES

MEMBRE DE L'INSTITUT, PROFESSEUR A LA FACULTÉ
DÉS SCIENCES DE PARIS

Permettez-moi de vous dédier ce livre. Tous les hommes qui s'intéressent à la vérité aiment Cervantes, qui a combattu l'esprit d'illusion dans sa patrie et en lui-même. Pour raconter son entreprise avec une sincérité digne de lui, je me suis entouré des témoignages de ses contemporains et j'ai analysé ses œuvres à demi inconnues. Cette analyse, un cours fait en 1862, à Nancy, dans notre belle Faculté, deux voyages en Espagne, m'ont permis de mûrir cette étude. C'est la première fois qu'on donne en France une biographie complète de Cervantes, et qu'on tente de classer ses écrits dans leur ordre de génération : à ce titre, vous excuserez les imperfections de mon travail, avec cette bonté qui chez vous est la compagne de la science.

CERVANTES

SA VIE, SON TEMPS, SON ŒUVRE POLITIQUE ET LITTÉRAIRE

CHAPITRE I

L'ŒUVRE ET LA VIE

« Mon œuvre est perdue et ma vie a été une longue imprudence, écrivait Cervantes, en 1615, quand il se sentait mourir et jetait sur sa carrière un regard ironique. — Je vais portant sur mes épaules une pierre avec une inscription où se lit l'avortement de mes espérances [1]. »

Il savait bien pourtant que son *Don Quichotte* était un ouvrage immortel. Toute l'Europe lisait déjà ce livre merveilleux qui nous fait rire enfants et plus tard nous fait penser. Personne, il est vrai, ne songeait à y remarquer, sous l'éclat railleur des inventions joyeuses, la veine secrète d'amertume. On admirait, on aimait, on se passait de mains en mains l'histoire du chevalier de la Manche. Les noms de don Quichotte et de

---

1. Voir le *Viage al Parnaso*, l'*Adjunta*, et en général les écrits publiés en 1615 et 1616.

1

Cervantes entraient ensemble et pour jamais dans la postérité. Mais on ne soupçonnait ni l'âge ni la pensée sérieuse
de Cervantes. Il avait près de soixante ans quand il
publia la première partie de *Don Quichotte* et près de
soixante-dix ans quand parut la seconde. C'est l'œuvre
d'une vieillesse forte et aimable. Or, la vieillesse est un
résultat; nous l'avons faite nous-mêmes; Cervantes se
reprochait d'avoir laissé venir la sienne sans y prendre
garde et sans accomplir les rêves qu'il avait faits pour
son pays! que de plans d'ouvrages il laissait derrière
lui! que d'écrits de tout genre, les uns enthousiastes,
les autres moqueurs, selon les temps! Il avait jeté partout ses idées en germe et ses observations prises sur le
vif, écrivant en voyage et sur les routes, composant en
guerre et sous le harnais, tantôt poëte, tantôt drama-
turge, aujourd'hui conteur et demain critique, toujours
inspiré par un sentiment profond, une impression vive
ou une conception présente.

Poëte dès l'enfance, étourdi et rêveur, il manqua
toujours de savoir-faire et ne sut tirer parti ni de ses
campagnes, ni de ses chefs-d'œuvre. C'était une âme
désintéressée, incapable de se ménager la gloire ou de
calculer le succès; ouverte au spectacle des choses,
tour à tour éprise ou indignée, elle se laissait transporter à tous ses mouvements avec un irrésistible
abandon. « Le poëte le plus sage, dit-il lui-même[1], est
gouverné par des fantaisies imprévues et charmantes;
il est plein de projets et son ignorance de la vie est éternelle. Absorbé dans ses chimères, passionné pour ce
qu'il crée lui-même, il oublie d'arriver à la fortune et
aux honneurs. »

---

1. *Viage al Parnaso.*

Cervantes parlait de lui, en ce passage. On l'avait vu tour à tour, naïvement amoureux de tout ce qui est beau, généreux et noble, se livrer à des élans romanesques ou à des songes d'amour, se jeter avec ferveur sur les champs de bataille d'où il rapporta de fiers souvenirs, un jour même admonester le roi Philippe II et lancer à ses pieds une remontrance politique. L'ingénuité de ses admirations et de ses colères, ses alternatives de réflexion et de gaieté paraissaient inexplicables au vulgaire et inexcusables à ses rivaux.

— « Tu manquas de prudence, » lui dit quelque part le dieu même de la poésie, Apollon, qui le rencontre pauvre et humble dans un sentier du Parnasse. — « C'est la faute d'Apollon, qui verse en nous son esprit, » répond Cervantes. En avouant son défaut, il le garde toujours.

Quand l'âge et l'expérience font de lui un observateur, il reste, dans les portraits qu'il trace, plein d'imprévu et de fantaisie. Avec la négligence d'un riche capricieux, il laisse tomber dans des nouvelles ou des intermèdes mille silhouettes charmantes, créations improvisées, figures aperçues, caractères ébauchés, personnages fugitifs qui traversaient ses livres comme ils ont traversé sa vie, au hasard.

Il rencontre en voyage ses modèles, il les peint d'une main légère, puis il entre chez un ami, lui lit ses pages toutes fraîches et n'y pense plus. Or, cette improvisation, c'est la *Petite Bohémienne de Madrid*, la création aérienne qui nous est revenue dans toute sa beauté sous le nom de la Esméralda ; ou c'est le *Jaloux* qui depuis a fait le tour de l'Europe sous la figure de Bartolo, avec le *Barbier de Séville*. En se jouant, il donne des chefs-d'œuvre à la

littérature picaresque et des aïeux à Gil-Blas comme à
Figaro. Le *Lutrin* de Boileau est dans une page du
poëme critique que Cervantes intitule le *Voyage au
Parnasse*. Cervantes ne laisse rien passer sans le
crayonner, ni le soldat fanfaron, ni le chanoine bien
nourri, ni le gentilhomme, ni le vilain. Son œuvre
inégale, variée, originale, est un monde. Il a composé
une quarantaine de pièces de théâtre, et fondé, chemin
faisant, la scène espagnole; il a écrit des pastorales, un
roman de chevalerie, des contes d'amour, des apolo-
gues satiriques, des poésies sans nombre et tant d'œuvres fugitives, tant de romances qu'il a peine à se les
rappeler.

Yo he compuesto romances infinitos!

Telle épigramme eut son jour de vogue et courut
l'Espagne, tel sonnet fut redit par tout le monde.
Mais, hélas! Cervantes oublie partout l'œuvre à peine
achevée, par exemple dans l'atelier du peintre Pacheco ou bien dans la *posada* de cet aubergiste qui
retrouve au fond d'une malle la nouvelle du *Curieux indiscret*[1]. Quelquefois il condamne lui-même
à l'oubli une étude des plus pittoresques qui, revue et
relue à la distance des années, lui semble trop libre
et souillerait les mains de sa fille. Telle est la *Fausse
Tante*, peinture osée des Mystères de Salamanque, qu'il
rejette en 1612 du recueil de ses *Nouvelles*. Elle serait
perdue comme tant d'autres ouvrages de Cervantes, si
ses contemporains n'avaient été plus soigneux que lui
de ses écrits. L'archevêque de Séville, Guevara, grand
amateur de lectures piquantes, fit garder une copie de

---

1. *Don Quichotte*, I, 280.

la *Fausse Tante*. Les jésuites du collége de Saint-Hermenegilde conservèrent ce double. Un diplomate prussien le déterra dans leur bibliothèque et l'on vit paraître en Allemagne, sans comprendre pourquoi, la nouvelle retrouvée. — Voilà un échantillon de l'histoire de ses œuvres.

Peut-être n'eût-il jamais mené à bonne fin un ouvrage complet. Mais un jour on l'enferma dans une prison; cette fois il écrivit un livre entier et ce fut un livre impérissable. Encore ne donna-t-il que la première partie de *Don Quichotte;* nous n'aurions pas la seconde qui parut dix ans après, sans l'impertinence d'un faussaire qui essaya de composer une suite et qui força notre conteur à reprendre la plume pour faire un chef-d'œuvre complet.

D'ailleurs, ce grand homme servit pendant cinquante ans de jouet à la fortune. Tout le monde sait que le plus illustre des Espagnols en fut le plus misérable. Pauvre et mutilé, il vit se fermer devant lui toutes les carrières, et, depuis ses débuts jusqu'à sa mort, il disputa sa vie et son pain au malheur qui l'accablait.

Voilà pourquoi il laisse échapper, dans les derniers temps de son voyage, une parole de regret sur l'œuvre qui sera oubliée. « Ma pensée, dit-il, a été à demi étouffée par la misère. Le poëte pauvre se voit enlever par le souci quotidien de sa subsistance la moitié de ses pensées et de ses divines conceptions... Mon théâtre est dédaigné après avoir été applaudi; mes nouvelles courent le monde égarées de leur route et peut-être sans le nom de leur auteur [1]. »

---

1. En el poeta pobre la mitad de sus divinos partos y pensamientos se los llevan los cuidados de buscar el ordinario sustento. (*Adjunta.*)

Andaban por ahi descarriadas y quiza sin el nombre de su dueño. (*Préface des Nouvelles.*)

La vie de Cervantes fut un naufrage et son œuvre une épave.

Ce rare et charmant esprit, qui est de la grande famille, c'est-à-dire frère de Shakspeare et ancêtre de Molière, disparut comme eux sans qu'on s'aperçût de sa mort. On le laissa mourir en 1616, dans le silence; un ami, poëte obscur, lui fit une mauvaise épitaphe, et on l'enterra, sans honneurs, dans un cloître de troisième ordre. Pendant toute la durée du dix-septième siècle, personne ne s'occupa ni de son tombeau, qui est ignoré aujourd'hui, ni de la publication complète de ses ouvrages, laquelle n'est pas achevée [1], ni enfin de sa biographie.

Quand les étrangers s'informaient de la vie de Cervantes, on ne savait que leur répondre. On ignorait même où il était né : à Madrid, disait Lope de Vega; à Tolède, assurait le comédien Claramonte Corroy. Un autre, Tamayo de Vargas, proposait Esquivias; Nicolas Antonio préférait Séville : je ne sais qui hasardait Lucena. Il fallut qu'on découvrît longtemps après, dans un livre poudreux et oublié, écrit par le vieux prêtre Hædo, une page très-vive sur un gentilhomme nommé Cervantes de Saavedra, lequel avait, par son courage, rempli d'admiration toute la ville d'Alger. Ce gentilhomme, disait l'auteur, était né à Alcala de Hénarès. Ainsi apprit-on la première ligne de sa vie.

Cent ans ont passé sur la cendre de Cervantes avant qu'un Anglais, lord Carteret, voulant faire sa cour à la reine Caroline, femme de George II, et lui offrir pour

---

1. L'éditeur Rivadeneyra prépare en ce moment une belle édition en douze volumes, avec l'aide des savants les plus autorisés de Madrid.

sa bibliothèque bleue un bel exemplaire de *Don Quichotte*, s'aperçut que la vie de l'auteur était à écrire. Il
pria l'Espagnol Gregorio Mayans de vouloir bien faire
ce travail. Celui-ci composa un petit ouvrage spirituellement fait, d'un sens littéraire très-fin et d'une grande
sincérité, en avouant avec bon goût l'ignorance où l'on
était des circonstances positives de la vie de Cervantes [1].
Depuis cette époque une foule d'écrivains ont tenté
d'écrire cette biographie [2]. Le nombre est plus grand
encore de ceux qui se proposèrent le même dessein et
s'en découragèrent. Il semble que le sujet soit déce-
vant autant qu'il est beau. Il fuyait devant ceux qui
voulaient le traiter d'un coup et d'enthousiasme; il arrêtait à chaque pas ceux qui s'imposaient l'obligation
consciencieuse de vérifier les faits, de recueillir les
œuvres et de les classer par dates.

Les œuvres! où étaient-elles? Une moitié en paraissait
perdue; la meilleure comédie de Cervantes, celle du
moins qui, selon lui, réussit le mieux, *la Confusa*, n'a
jamais été retrouvée. Un hasard, je l'ai dit, a sauvé *la
Tia fingida*. Aucune des œuvres de Cervantes ne porte
de date certaine. Telle pièce, imprimée en 1615, fut
composée et jouée en 1584. Telle nouvelle publiée en
1612 fut écrite vingt ans auparavant et l'on voit (avec
quelque attention) que Cervantes, en se relisant, a mêlé
au dessein primitif des traits, des accessoires, des hors-

---

1. Il y en a une traduction publiée sous ce titre : *La Vie de Michel
Cervantes Saavedra*, par don Gregorio Mayans y Siscar, bibliothécaire
du roi d'Espagne, traduction du sieur D. S. L. Amsterdam, 1740.

2. Mayans, Sarmiento, Iriarte, Montiano, Rios, Pellicer, Navarrete,
Arribau, Arrieta, etc., en Espagne ; Florian, du Bournial, Viardot,
en France ; Jarvis, Bowle, en Angleterre ; Ideler, en Prusse ; Neyer-
men, en Hollande ; Ticknor, en Amérique, etc.

d'œuvre venus plus tard, comme s'il eût voulu donner
de la tablature aux bibliophiles. Ce libre génie, plus
soucieux de la vérité et de l'étude que de l'effet à pro-
duire, revient à plusieurs reprises au même sujet, met
couleurs sur couleurs pour peindre trois fois la même
folie humaine et place tour à tour une figure qui l'attire
dans le cadre d'une nouvelle ou d'une comédie; toujours il nous rappelle à son objet plutôt qu'à sa personne
et à sa gloire. Son travail successif, fait en divers temps,
souvent improvisé, inachevé quelquefois, déroute les
historiens méthodiques.

Là même où nous croyons le saisir, la nature de
son esprit nous le dérobe. Non-seulement il ressemble,
par la finesse, à tous les grands moqueurs, comme
Aristophane et Rabelais, chez qui la gaieté étincelante adoucit, recouvre et dissimule la réflexion sévère, mais encore il les dépasse tous par la grâce infinie
dont il voile ses conceptions; sa profondeur est plus
mobile, sa complexité est plus aisée, les allusions continuelles de sa forte pensée sont revêtues d'un style si
clair, si radieux et si jeune, que le franc sourire de sa
raison déconcerte la curiosité de la critique.

C'est pourquoi le *Don Quichotte* a été vingt fois jugé
de la manière la plus différente. Bouffonnerie pour les
uns, c'est la création d'un joyeux sceptique qui n'a
songé, en écrivant, qu'à son plaisir et au vôtre. Satire
sérieuse aux yeux des autres, c'est la vengeance philosophique d'un observateur qui soulage son âme oppressée
en s'attaquant, sur un ton burlesque, aux iniquités d'ici-
bas. Est-ce une fantaisie pure, est-ce un portrait? On
a cherché longtemps; quelques-uns ont voulu ajuster le
masque de *Don Quichotte* à la figure de Charles-Quint.

Hier encore, un Espagnol qui habite Londres, M. Diaz de Benjumea, envoyait à Madrid l'*Estafette d'Urgande la déconnue*, brochure paradoxale, défi jeté aux savants, qui promet des révélations inattendues sur le sens symbolique de *Don Quichotte*. M. Benjumea annonce qu'il va désenchanter le chevalier de la Manche et découvrir l'intention politique de Cervantes.

Lord Byron, au moment où il écrivait son *Don Juan*, relut Cervantes. Il fut frappé de l'intention du livre, dont il ne vit que le côté satirique et, sous l'empire de cette impression, il jeta dans son poëme quelques strophes amères contre Cervantes qui pour lui fut le contempteur d'une chose noble, de la chevalerie. Il le dénonce en gentilhomme irrité, comme un génie malfaisant qui a révolutionné l'Espagne aristocratique. Byron a reconnu à merveille, sous la gaieté de l'écrivain méridional, un jugement décidé et terrible sur toute une époque. Il a entrevu la portée et la profondeur de la pensée de Cervantes, mais il ne se doutait pas que l'auteur espagnol, avant d'être l'adversaire célèbre de la chevalerie, en avait été le dernier croyant.

Je ne veux point ici passer en revue les biographes de Cervantes, mais je dois encore dire un mot de ses traducteurs. Eux aussi, ils ont été livrés à des alternatives singulières en présence de cette œuvre mêlée et énigmatique, dans laquelle ils reconnaissaient mieux que personne la variété des tons. La tentation est venue à plus d'un de rehausser l'intérêt de sa traduction en altérant le texte. Florian, doué au suprême degré de l'esprit littéraire, abrégea Cervantes et l'émonda pour l'orner. D'autres, au contraire, politiques par instinct, remarquant dans maint passage l'accent viril d'un réfor-

mateur et d'un juge, étendirent et amplifièrent les traits
qui leur plaisaient. Celui-ci, écrivain du dix-huitième
siècle, s'emparait d'une page contre les grands[1] et y
jetait une déclamation entière contre l'ancien régime.
Celui-là, écrivant sous la Restauration et rencontrant
dans Cervantes une ligne sur les bienfaits de l'ordre,
de la morale et de la religion[2], saisissait l'occasion de
placer là une tirade violente contre la Révolution française ; c'était M. Du Bournial. Ainsi, l'on fit de Cervantes tour à tour un sans-culotte avant 89 et un congré-
ganiste après. Ces falsifications, ces pages apocryphes,
glissées dans le public, n'ont jamais été dévoilées ni à
Paris où on ne lit plus le texte espagnol, ni à Madrid
où l'on ne connaît pas les traductions françaises. Il a été
facile de prêter à Cervantes des pensées étranges, comme
il était aisé de lui emprunter des créations à demi
perdues.

Hypothèses des biographes, supercheries des traducteurs, hasards de la destinée, était-ce assez pour noyer
l'œuvre et la vie de Cervantes dans une confusion définitive ? Non. Il y eut encore les naïvetés honorables de
quelques enthousiastes qui voulurent étudier avec la
dernière précision les moindres détails du *Don Quichotte*.
Ils prirent au pied de la lettre chaque ligne du roman.
Ils étudièrent les voyages du chevalier de la Manche
comme les décades de Tite-Live ; ils en dressèrent la carte
et en tracèrent l'itinéraire. Un tableau chronologique de
ses exploits fut publié. Cette perfection d'analyse prêta
à rire au public ; les hommes de lettres qui rédigeaient à

1. Voir la traduction du *Licencié Vidriera* faite en 1777.

2. Voir la traduction de *Persilés et Sigismonde*, par Bouchon du
Bournial.

la suite de Grosley les facétieux *Mémoires de l'Académie de Troyes*, dénoncèrent à leur façon ce nouveau genre de critique. Ils proposèrent d'un ton sérieux un prix solennel à qui ferait un voyage d'exploration dans la Manche et rapporterait de l'Escurial le texte arabe de Cid Hamet-Ben-Engeli. Ce ne fut pas tout. Croira-t-on que leur judicieuse plaisanterie ne fut pas entendue dans son vrai sens et donna lieu à une innocente méprise ? Navarrete, le plus exact et le meilleur des biographes espagnols de Cervantes, ne saisit pas l'ironie ; il signale quelque part la proposition de nos Champenois dont il admire et déplore la naïveté.

Nous devons, dit-il, une mention honorable à l'Académie des sciences, inscriptions, littérature et beaux-arts, établie à Troyes, en Champagne, qui a décidé, au milieu du siècle dernier, qu'un de ses membres ferait le voyage d'Espagne afin de vérifier les circonstances de la mort du berger Chrysostome, le lieu ou les environs de son tombeau ; il devait en même temps recueillir des documents et éclaircissements sur don Quichotte, tracer son itinéraire et dresser un tableau chronologique des faits et des aventures de sa vie, pour que l'on fît une traduction plus exacte et plus fidèle que les traductions connues, avec une édition supérieure pour la correction et la magnificence à toutes les précédentes. Autant la pensée et l'entreprise de ces littérateurs était digne d'éloges, autant il y avait de simplicité et de crédulité à prendre pour réels des personnages qui n'ont jamais existé que dans la fantaisie féconde de Cervantes.....

Ne comprenant pas l'idée de Cervantes, et persuadé que l'original arabe existe dans les manuscrits de l'Escurial, ils prescrivent à leur délégué la collation du texte avec la traduction, et se flattent que ce travail et la publication de l'original apporteront à la littérature beaucoup d'utilité et de gloire [1] !

Ne poussons pas plus loin ces détails, ils suffisent pour expliquer comment Cervantes est encore mal connu

1. Navarrete, *Vida de Cervantes*, p. 176.

de l'Europe ; mais ils montrent en même temps que depuis un siècle on a commencé des recherches positives et tenté ou deviné des jugements sérieux.

Je dois dire quel plan j'ai suivi dans la composition de cet ouvrage. Il est simple. J'ai entrepris d'éclairer la vie de Cervantes par ses écrits, et d'expliquer ses écrits par les circonstances de sa vie. Cette méthode, longue peut-être, qui exige du temps, des rapprochements minutieux et l'analyse des œuvres inconnues, est facile pourtant avec Cervantes, qui se trahit partout et se révèle, car il n'a jamais su jouer un personnage ou se composer une attitude. On éprouve un charme extrême à découvrir la suite et la marche de sa pensée à travers son théâtre, ses nouvelles et ses poésies. Cœur loyal, grand esprit, caractère naïf, il est d'un commerce toujours nouveau.

Néanmoins, je n'aurais pu suffire à ma tâche sans l'aide des travaux accomplis depuis cinquante ans par la critique espagnole. Navarrete a écrit une *Vie de Cervantes* qui est le fruit de longues recherches et d'un patriotisme élevé. La méprise que j'ai citée de lui ne doit pas faire dédaigner cet écrivain de mérite, que sa gravité même a conduit dans un piége. Il a apporté dans la recherche des documents, dans l'examen des faits et dans le contrôle des témoignages un soin d'honnête homme et une sagacité d'érudit. Le premier il a découvert et réuni les éléments essentiels d'une biographie, c'est-à-dire les faits qui en sont la matière, et les preuves qui sont la condition d'un jugement loyal. Nous possédons aujourd'hui sur la vie de Cervantes des pièces authentiques, des actes notariés, des enquêtes qui sont de véritables mémoires, revêtues de la forme légale et inspirées ou dictées par Cervantes lui-même, dans un temps où il avait à défendre son honneur.

L'impulsion donnée par Navarrete a été continuée par une pléiade d'écrivains espagnols qui ne cessent pas de publier leurs découvertes ou leurs jugements [1].

Il est possible aujourd'hui et légitime de pénétrer l'histoire de l'esprit de Cervantes.

C'est là l'étude qui reste à faire, j'avoue que c'est la plus difficile, mais je crois aussi que c'est la plus importante. La vie véritable des hommes de génie est la vie de leur pensée; quelque curiosité qui s'attache à leurs aventures, n'oublions pas que le rôle des écrivains supérieurs parmi les hommes est purement spirituel, le caractère qui les distingue, leur marque, leur don est de gouverner le monde idéal. Fils de l'esprit, messagers de lumière, ils doivent à la flamme qu'ils portent en eux la puissance invisible qui leur est conférée. Si l'on cherche dans les faits de leur existence l'explication et l'éclaircissement de leur œuvre, il faut demander à leur œuvre même le secret de leur prestige. Étudions leurs écrits, démêlons-y le sens de leurs fictions, le progrès de leurs idées, les vérités ou les rêves qu'ils y ont répandus et qui ont exercé sur le monde une action intellectuelle. Par là ils ont vécu et survécu, par là ils se sont mêlés à l'histoire des siècles, comme des âmes parlant à des âmes, et leur langage a conservé sa fraîcheur en dépit de la mort. Écoutons-les. Eux-mêmes nous diront le mot de leur pensée, le but de leur travail, quelle influence ils ont prétendue, et quels enseignements sérieux ils voulurent cacher sous une forme légère ou bouffonne.

---

1. Voir les *Notes* à la fin de cet ouvrage.

« Fault ouvrir le livre, dit Rabelais en parlant du
sien, et soigneusement peser ce qui y est déduit, lors
cognoistrez que la drogue dedans contenue est bien
d'autre valeur que ne promettoit la boîte. C'est-à-dire
que les matières icy traitées ne sont tant folastres comme
le titre au-dessus prétendoit. »

Don Quichotte contient ce dont parle Rabelais, la
drogue inappréciable qui devrait nous guérir, si quelque chose nous guérissait. Il y a au dedans et au fond
une triple dose d'ellébore. C'est la peinture d'une triple
folie : celle de l'Espagne aventureuse et superbe, celle
de Cervantes, le rêveur, l'incorrigible, et celle enfin de
l'humanité qui, tour à tour positive comme Sancho et
chevaleresque comme don Quichotte, s'élève et s'abaisse,
s'exalte ou se calomnie, et flotte comme une insensée de
la terre au ciel.

Doutera-t-on de l'intention de Cervantes? Elle est
marquée nettement et justifiée par le reste de son œuvre
dont la suite explique la progression, dont les varia-
tions apparentes sont, comme celles de Pascal, instruc-
tives, sincères et profondes. On y voit Cervantes arriver de proche en proche à la raillerie finale de *Don
Quichotte.*

Pour le comprendre tout à fait et en jouir, faites
encore un pas. Replacez la vie et l'œuvre de Cervantes
dans leur temps et dans leur milieu, vous serez surpris
de voir qu'elles sont liées intimement à l'histoire. La
date du *Don Quichotte* (1605-1615) nous trompe en
nous·portant à classer Cervantes dans le dix-septième
siècle, non loin de Corneille, près de Lope de Vega, à
la veille de Calderon.

Il est d'un âge antérieur ; il est le contemporain des

héros mêmes de Calderon. Il a vécu en Afrique au temps
où vint y mourir le roi Sébastien de Portugal, célébré
dans *le Prince Constant*. Il combattit à Lépante sous
les ordres de Lope de Figueroa, figure militaire pittoresque et mâle, mise en scène plus tard dans l'*Alcade
de Zalamea*. Frère d'armes de pareils hommes, témoin
oculaire de leurs exploits, acteur obscur dans leurs
combats illustres, il fut d'abord soldat et ne songea qu'à
la fin de sa vie à écrire *Don Quichotte*.

Ce livre, je l'ai dit, est l'œuvre de sa vieillesse. En
deçà, toute sa vie s'est déroulée, et tout le seizième
siècle espagnol dont Cervantes est l'enfant, la victime et
le juge.

Le seizième siècle est le « siècle d'or » de l'Espagne,
dit-on ; ajoutez : et son siècle d'argile ! Jamais la gloire
de la Castille et l'audace de ses vues ne furent portées
plus haut qu'à cette époque ; jamais sa littérature ne fût
plus opulente et plus féconde ; jamais l'art n'y déploya
ses richesses avec autant de liberté et d'inspiration. Et
c'est l'heure même de la décadence, le moment où une
nation sublime tombe tout à coup du haut de sa puissance colossale et s'évanouit dans sa splendeur.

Cervantes, qui se trouve placé en face de ce double
spectacle, qui assiste à une crise des destinées de son
pays, qui ressent avec une vivacité extrême tous les événements nationaux, est donc le spectateur ému de l'a-
pogée et du déclin de l'Espagne. Entre sa naissance et
sa mort une évolution fatale s'est accomplie.

En 1547, au moment où naît Cervantes, aucun peuple
n'est plus grand que le peuple espagnol. Aguerri par sept
cents ans de combats, il est sorti victorieux de la guerre
sainte et s'est retourné vers l'Europe qu'il défie. Depuis

un demi-siècle, quels accroissements a reçus le pays! Isabelle lui a donné l'unité, Christophe Colomb un monde nouveau, Charles-Quint le manteau impérial. Désormais rien n'est impossible aux Castillans. Philippe II, fixant au cœur même de la Péninsule le siége de cette grandeur, se charge d'assurer à l'Espagne catholique la prépondérance définitive sur le continent et à lui-même la monarchie universelle.

La patrie de Cervantes, Alcala de Hénarès, est alors une ville d'élite, un centre d'études, un foyer de lumière, le séjour d'une brillante université, l'Athènes de l'Espagne.

En 1616, quand meurt le grand écrivain, Philippe II a disparu, emportant avec lui ses ambitions stériles et ses plans avortés. La dynastie énervée conduit elle-même le deuil de la monarchie espagnole. Les débris de la grandeur nationale écroulée en 1598, à la paix de Vervins, jonchent les abords du dix-septième siècle. La noblesse castillane cherche en vain dans les plaisirs une diversion à sa tristesse. L'étiquette de cour survit seule à la puissance de la royauté. L'ardeur d'étude n'anime plus cette ville d'Alcala, autrefois brillante, maintenant oubliée et déserte; elle s'endort dans le silence jusqu'au jour où ses vieux palais serviront de casernes à la cavalerie ou de pierre à bâtir aux entrepreneurs.

Cervantes, né dans un temps qui promet tout à sa jeunesse aventureuse, entre dans la vie plein d'espérance et de gaieté. Fier de son partage ici-bas, il ne voit rien au-dessus de la nation, qu'il sert avec amour pendant vingt ans. Peu à peu l'horizon s'assombrit, ses illusions se dissipent; les services du soldat sont oubliés. Il croit deviner que l'Espagne se trompe, et il le dit; sa voix est méconnue. Le cœur du joyeux Cervantes se trouble; il hésite, il doute, il veut s'exiler à jamais en Amérique. Les circonstances le retiennent lié au sol natal; la vieillesse arrive lui apportant un surcroît d'expérience et un redoublement de foi religieuse. Il s'enferme alors dans un sentiment supérieur, à la fois ironique et grave, de la destinée humaine. La connaissance des hommes, corrigée par la confiance en Dieu, lui donne l'indéfinissable sourire que nous lui connaissons. Avec une sérénité moqueuse, il ose se faire juge des événements dont la vie l'a fait témoin. Il écrit le *Don Quichotte*, parodie magnifique, testament léger d'un grand esprit, adjuration aimable adressée à l'Espagne par un gentilhomme espagnol.

Que son œuvre, liée à l'histoire, présente une diversité profonde, on ne peut s'en étonner. Il y a deux hommes en lui, un chevalier castillan et un politique sérieux, un soldat et un écrivain, le jeune Saavedra, qui est enthousiaste, et le vieux Cervantes qui raille ce qu'il a aimé. Tour à tour il a adoré et bafoué cet esprit d'aventure, d'ambition et de gloire qui fit au moyen âge la grandeur des Castillans et qui les perdit dans les temps modernes. Des deux manières il a aimé son pays; c'est lorsque son épée se brisa dans sa main qu'il a pris la plume comme l'arme de vérité. Sous ses yeux l'Espagne décline et lui seul a le courage et le génie de le dire.

Nous allons le voir, placé à la fin du moyen âge et au commencement des temps modernes, combattre et écrire pour la même cause pendant toute sa vie. J'entrerai dans le détail de ses actes et de ses ouvrages avec quelque longueur; cette analyse continue, qui serait redou-

table pour un écrivain de second ordre, est à l'honneur
de Cervantes. Il en sort plus grand, ou du moins tel
qu'il fut, plein d'une activité généreuse et spirituelle,
prophète admirable et ingénu, héroïque dans sa misère
et bon dans son génie.

CHAPITRE II

Michel de Cervantes y Saavedra naquit en 1547 à Alcala de Hénarès. Son père s'appelait Rodrigo de Cervantes, et sa mère Leonor de Cortinas. Ils avaient déjà deux filles, Andrea et Luisa, et un fils, Rodrigo, lorsque Michel vint au monde. On le baptisa le 9 octobre, dans l'église de Sainte-Marie-Majeure.

Tout d'abord l'enfant respira l'atmosphère de noblesse et de pauvreté qui était celle des vieilles demeures d'hidalgos.

C'est le trait premier et caractéristique de son enfance. Nous ne savons presque rien de ses vingt premières années, mais ce que l'on peut en ressaisir, ce qui révèle sa jeunesse, c'est l'orgueil passionné dont il se pénètre au sein même de sa famille. Il en gardera pendant toute sa vie l'empreinte ineffaçable.

Il s'appelait Saavedra et ne pouvait l'oublier. Ce nom lui faisait battre le cœur. Les Saavedra étaient des montagnards du Nord qui avaient pris les armes cinq cents ans auparavant pour défendre la terre chrétienne

contre les Maures; ils étaient venus de Galice en Castille et de Castille en Andalousie, suivant les rois,
gagnant leur blason et descendant avec la victoire jusqu'au bout de l'Espagne. Quand ils furent là, les uns
partirent pour le Nouveau-Monde, où ils guerroyèrent,
les autres végétèrent sur le sol de la Péninsule, immo-
biles dans leur orgueil d'hidalgos et s'appauvrissant
d'heure en heure.

« Cette famille, dit le marquis de Mondejar, marqua
dans les annales espagnoles pendant plus de cinq siècles
avec tant d'honneur et d'éclat qu'elle n'a rien à envier
pour l'origine à aucune des plus illustres de l'Europe. »

Si le langage d'un historien est aussi flatteur, que ne
disaient pas Jean de Cervantes, corrégidor d'Ossuna, et
son fils Rodrigo qui fut le père de notre écrivain! Autour du foyer, ils racontaient avec ferveur leurs annales
chevaleresques, et tandis que la famille s'affaiblissait
graduellement, ils remontaient dans le passé pour oublier la pauvreté présente.

Les hommes impressionnables, et par conséquent les
vrais écrivains, gardent toujours une vive trace des
exemples dont leur enfance a été imprégnée. Actes ou
paroles, joies ou blessures, tout leur reste du premier
âge, et ces souvenirs domestiques, entrés dans la substance de leur esprit, se trahissent quelque jour dans
un livre, un chant ou une page. Qu'ils soient nés sous
un ciel brumeux ou en pleine lumière, dans une demeure pauvre, comme Goldsmith, ou dans une maison
noble, comme Dante, ils conservent du berceau à la
tombe les influences maternelles.

Lisez le *Vicaire de Wakefield*, œuvre naïve, improvisation rapide, écrite un jour de détresse et pour vivre,

vous apercevrez dans ces mémoires involontaires la maison natale de Goldsmith, son père, tous les siens ; on devine une évocation attendrie des souvenirs enfantins que l'âge mûr aime et caresse et dont le retour nous rajeunit.

Ouvrez la *Divine Comédie*. Dans le quinzième chant du *Paradis*, vous surprendrez les pensées les plus secrètes de Dante ; il appelle à lui toutes les images qui voltigeaient autrefois autour de sa couche, l'écho des paroles et des noms, jusqu'aux figures inconnues des aïeux qu'il a seulement entendu nommer. L'un d'eux, Cacciaguida, était allé mourir à la croisade, en Asie Mineure. Parti avec l'empereur Conrad III et surpris par les Turcs dans les défilés du Taurus, il avait succombé là, sans que personne cherchât son cadavre oublié. Pour Dante, c'est un martyr que son imagination va retrouver. Il le revoit dans Florence, il le ressuscite, il l'entoure d'un monde et d'une tradition ; il aperçoit en rêve la vieille cité toscane, pauvre alors et héroïque, chaste et en paix :

> Si stava in pace sobria e pudica !

Et comme Dante, au nom des ancêtres, flagelle la Florence de son temps, dégénérée ; comme il raille, dans cette vision, les femmes emportées par le luxe et les Italiens désunis !

Cervantes fut pauvre comme Goldsmith et fier de son lignage comme Dante. Mille passages de ses écrits le révèlent et, si la première page de *Don Quichotte* ne me trompe pas, j'y trouve un reflet de son enfance.

Voici la maison de l'hidalgo espagnol, entourée de quelques pièces de terre. On y vit misérablement, mais

on vit libre de tout travail. On est vêtu de serge, mais
on a un lévrier de chasse, un bidet maigre, lance au
râtelier et bouclier antique (*adarga antigua*). Fidèle
aux vieux usages, on règle son existence sur l'histoire et
la tradition. Le samedi, par exemple, on accomplit le
vœu fait par les gentilshommes castillans à la bataille de
Las Navas de Tolosa, on jeûne, ou bien on mange, avec
dispense du pape, des abatis, ce qui revient à peu près
au même. J'imagine qu'on vivait ainsi dans la maison de
Cervantes et que le plat symbolique avait sa place à la
table de son père autant qu'à la table de Don Quichotte.

Dans une telle demeure, l'éducation d'un enfant con-
sistait à le faire gentilhomme. On songeait beaucoup
moins à son instruction. Chose étrange! Cervantes naquit à l'ombre de l'Université d'Alcala et n'en profita
pas. Ses parents étaient trop pauvres pour lui faire
parcourir tous les degrés de ces hautes études. « Les
fils des marchands enrichis, dit l'auteur lui-même,
envoyaient leurs enfants aux écoles [1]. » Mais le fils des
Saavedra ne pouvait les suivre dans cette route qui était
celle des honneurs.

Néanmoins l'exemple et l'effet du grand mouvement
qui l'entourait dut agir sur l'intelligence de Cervantes.
La ville respirait le goût des nobles travaux. Alcala de
Hénarès, arabe par le nom et l'origine, avait reçu de
toutes parts les influences qui font les grands foyers
d'étude. Un Français, l'archevêque Bernard, avait trans-
formé en cité le château de la Rivière (Al-Cala-d'el-
Nahr). Les archevêques de Tolède, qui y possédaient
un palais, s'étaient transmis le soin d'embellir la ville.

---

1. Voir *Dialogue des chiens*.

Le Richelieu espagnol, Ximenès de Cisneros, autrefois
élevé à Alcala, y était revenu, en un jour de disgrâce, et depuis ce moment l'Université florissante, les
dix-neuf colléges, les trente-huit églises, les œuvres
d'art qui se multipliaient dans ce lieu choisi entre tous,
élevaient au rang de métropole intellectuelle la patrie
future de Cervantes. Le cardinal y préparait la célèbre
Bible polyglotte dont s'inquiéta Léon X, œuvre célèbre
qui révèle, du milieu de l'Espagne d'alors, un mouvement de libre pensée. La ville qui imprimait en
latin, en grec, en hébreu, en chaldaïque, qui donnait
asile à l'antiquité païenne et à l'antiquité chrétienne, se
regardait comme une académie, aussi se donna-t-elle
le nom archéologique de *Complutum*. Érasme l'admirait comme une rivale de Bâle et jouait sur ce mot de
Complutum qu'il traduisait par Παντπλοῦτον : le trésor
universel. Le cardinal Wolsey, imitateur jaloux de Ximenès, fondait Ipswich sur le modèle de l'université espagnole, et l'un de nos rois, le fondateur même du
Collége de France, allait rendre visite aux onze mille
écoliers d'Alcala. Admirablement située, à six lieues de
Madrid, dans une plaine paisible, la ville semblait appeler dans son sein la jeunesse de Catalogne, d'Andalousie et de Castille. Elle était ouverte aux arts italiens,
aux traditions sévères de l'Espagne du Nord et aux
sciences exactes apportées du sud par les Arabes. Aujourd'hui encore, malgré son délabrement intérieur,
quand on la regarde du dehors et qu'on aperçoit ses
coupoles nombreuses qui lui donnent un air oriental,
elle semble garder la physionomie particulière aux
villes cosmopolites.

Dans ce milieu, Cervantes était comme préparé aux

lectures et aux travaux qu'il aima toujours et qu'il continua jusque dans les camps. Mais il n'entra jamais dans le sanctuaire où se conféraient les grades; il ne vint pas disputer dans le *paranymphe*.

Je contredis ici l'opinion de quelques écrivains qui ont essayé de régulariser l'adolescence de Cervantes [1]. Ils veulent qu'il ait été étudiant et qu'il ait suivi les cours d'Alcala. Si on ne peut établir ce fait, on suppose du moins qu'il fut compté parmi les élèves de l'université de Salamanque « puisqu'il a laissé une description de cette dernière ville. » Raisonnement singulier! Les preuves manquent à cette hypothèse, et il est surprenant qu'on les cherche. En effet, on oublie que l'injure adressée à Cervantes, durant toute sa vie, fut précisément le reproche de n'avoir pas reçu les sacrements scolastiques. Il n'était pas *clerc*. C'est un « esprit laïque,» disaient autour de lui ses concurrents ou ses envieux, qui trouvèrent moyen d'entraver ainsi et d'enrayer sa carrière. Non, Cervantes ne prit jamais ses grades. Il fut privé du bienfait des hautes études, et cela seul explique les malheurs de sa vie ainsi que l'indépendance de son esprit. Que serait-il devenu, s'il avait conquis les parchemins qui étaient la condition de tout avancement? Personne ne peut le dire. Mais il n'y avait alors de carrière honorable que les armes ou l'Église, — ou même l'Église seule, qui conduisait également aux grandeurs civiles et militaires. Si quelqu'un le savait, c'était le jeune et pauvre gentilhomme d'Alcala. On voyait alors, on voit encore aujourd'hui au milieu de l'église principale d'Alcala un emblème parlant de cette

---

1. Voir Navarrete, iij.

vérité, la statue magnifique de Ximenès, portant la croix d'une main, l'épée de l'autre, et disant dans son épitaphe latine :

«J'eus le chapeau et le casque; je fus cardinal et général, frère et ministre; mon mérite réunit le diadème et le capuchon, et je régnai sur l'Espagne [1].»

Un tel exemple était un conseil muet pour les Saavedra. Leur fils pourtant n'obéit pas à l'appel. Soit pauvreté, soit penchant naturel, il resta en dehors de l'Université ou du moins il n'atteignit pas la sphère des études supérieures. L'en plaindre ou l'en glorifier serait également puéril. Un esprit supérieur comme celui de Cervantes devinait très-bien quelle puissance donne aux facultés humaines la haute discipline de l'intelligence et l'étude spéculative de la vérité. Il ne railla jamais les universités, mais il railla les pédants, surtout quand ils l'attaquèrent. Le pédantisme est le péché des écoles du seizième siècle, si ardentes d'ailleurs et si fécondes. Témoin les pseudonymes des savants et les noms latins des villes d'université. Les hommes et les cités subissaient l'épreuve d'un baptême païen. L'apôtre d'une réforme chrétienne, le doux Mélanchthon, portait naïvement un nom grec; du mot Schwartzerde (Noire-Terre), on avait fait Mélanchthon. Le spirituel Érasme était originairement appelé Gérard. De même en Espagne, l'humaniste Nuñez de Guzman, qui publia un recueil de proverbes et un code littéraire, accep-

1.   Condideram Musis Franciscus grande lycæum,
        Condor in exiguo nunc ego sarcophago.
     Prætextam junxi sacco galeamque galero,
        Frater, dux, præsul, cardineusque pater.
     Quin virtute mea junctum est diadema cucullo
     Dum mihi regnanti patuit Hesperia.

tait le surnom de *Commentateur grec* ou le nom de
Pinciano parce qu'il habitait Valladolid et que, dans la
langue savante, Valladolid devenait *Pincia*. Sancho
quelque part cite tout de travers un proverbe du « commandeur grec, » comme il dit, et Cervantes, qui four-
mille de ces allusions, se moque autant d'Alcala-
Complutum que de Valladolid-Pincia. En voyant sa
ville natale devenue si romaine, il lui rappelle mali-
cieusement ses origines arabes et demande des nouvelles du zèbre « sur lequel chevauchait le fameux more
Musaraque qui, maintenant encore, gît enchanté dans
la grande caverne Zuléma, auprès de la grande ville de
Compluto [1]. »

Cervantes, qui vivait au gré de son humeur, avait
l'esprit libre, l'âme d'un poëte, l'œil d'un peintre, le
sens gaulois de Molière et je ne sais quel dédain pour la
gent rogue, servile et pédante des commentateurs. Ah!
sans doute il aimait, lui aussi, les lettres humaines,
lui aussi, il interrogeait les livres. Il ne pouvait
s'empêcher de ramasser les débris d'ouvrages, les manuscrits déchirés ou les pages perdues qu'il rencontrait,
fût-ce par terre et dans la rue, « papeles rotos de las
calles [2], » mais il respectait peu l'amalgame d'idées, de
mots et d'affectations qui constitue un faux savant. La
démarche péripatétique des licenciés le faisait sourire.

Ceux-ci le comprirent et s'en vengèrent. Quand Cervantes devint célèbre, ils rappelèrent qu'il n'était pas
gradué. Quand il demanda un emploi, ils lui appli-
quèrent comme un fer rouge l'épithète d'*ingenio lego*.
« Il n'est pas des nôtres, disaient-ils, il n'est pas clerc! »

1. Voir *Don Quichotte*, I, 29, et II, 33.
2. *Ibid.*, I, 9.

Le jour où il attira l'attention de l'Europe, leur fureur fut sans mesure contre l'écrivain qui avait du talent sans permission et du génie sans diplôme. Cervantes leur répondit gaiement qu'il admirait leur pédantisme, leurs livres hérissés de citations, leurs promptuaires, les éloges qu'ils se décernaient en grec, leur érudition, leurs commentaires, leurs notes à la marge, leur qualité de docteurs, mais qu'il était naturellement paresseux, qu'il n'irait pas chercher dans les auteurs ce qu'il pouvait exprimer sans eux, et qu'enfin, si l'on a quelque sottise à dire, on peut la dire en espagnol aussi bien qu'en latin.

·Molière avait lu ces moqueries lorsqu'il écrivit cette courte préface des *Précieuses ridicules*, qui est l'abrégé français de la préface de *Don Quichotte*. On se souvient des pages auxquelles je fais allusion. Cervantes vient d'achever la première partie du *Don Quichotte*. Il faut qu'il adresse au lecteur quelques paroles doctes, selon l'usage : — Hélas ! dit-il, la légende de *Don Quichotte* est nue comme un jonc, et elle gagnerait beaucoup si l'auteur pouvait faire comme les autres. Citer en tête du livre une litanie d'écrivains, d'autorités, dans l'ordre alphabétique, en commençant par Aristote et en finissant par Xénophon ou bien par Zoïle et Zeuxis (quoique le critique jure auprès du peintre), mais le pauvre Cervantes, esprit laïque, ne trouve rien ; il est là, le papier devant lui, la plume sur l'oreille, le coude sur la table et la main sur la joue, sans pouvoir découvrir de sentences pertinentes ou de bagatelles ingénieuses qui conviennent à son sujet. Heureusement qu'un de ses amis, homme d'intelligence et d'enjouement, vient d'entrer et lui apporte du secours. « Citez, lui dit-il, citez toujours, le premier dicton ou distique que vous

aurez sous la main sera bon. *Pallida mors æquo pede...*
Horace peut s'ajuster partout, et vous pouvez encore
alléguer la divine Écriture. Vous parlez de géants, c'est
à merveille : *Le géant Golias ou Goliath fut un Phi-
listin que le berger David tua d'un grand coup de
fronde dans la vallée de Térébinthe, ainsi qu'il est
conté dans le livre des Rois, au chapitre où vous en
trouverez l'histoire.* »

Ainsi raillait le bon Cervantes, lorsqu'on lui reprochait d'être un fils indigne de la docte ville d'Alcala. Au
fond, je l'ai dit, il respectait les lettres et il adorait sa
ville natale. Mais, quand il parle de son pays et des rives
du frais Hénarès (*nuestro fresco Henares*), on devine
qu'il oubliait souvent les vieux murs de l'école pour
admirer la tranquillité de la campagne environnante et
le rideau de collines qui borde la plaine. Les gram-
maires et les guides lui souriaient moins que les grands
écrivains étudiés directement. Des livres, il aimait ce
qui lui apportait une pensée féconde ou une impression
vivante. Le véritable génie littéraire, il le sentait bien,
est spontané, il jaillit comme la séve au premier jour de
printemps. — Cervantes fut dès l'enfance, et avec passion, lecteur des poëtes et poëte lui-même. « Dès mes
« tendres années, disait-il plus tard (en s'adressant à
« Apollon, dans son *Voyage* allégorique au Parnasse), dès
« mes tendres années, j'aimai l'art si doux de la poésie
« charmante, et toujours par elle j'essayai de te com-
« plaire[1]. »

---

1.   Desde mis tiernos años amé el arte
          Dulce de la agradable poësia
          Y en ella procuré siempre agradarte.

                              (*Viage*, chap. IV.)

Cervantes ne fut jamais un poëte supérieur, — il pensait trop, — mais il garda de ses premiers essais l'aisance d'allure, la grâce naïve et le coloris vif qui firent un jour le charme de sa prose.

Ses premiers maîtres furent donc la nature et les poëtes. Pourtant il en eut d'autres, deux surtout, un vieux prêtre qui habitait Madrid et un acteur populaire qui parcourait les villes d'Espagne. Le prêtre s'appelait Juan Lopez de Hoyos ; il cultivait la rhétorique, aimait les allégories et possédait, à sa manière, le feu sacré. Sa gloire était de faire éclore les jeunes talents qu'il exerçait à de petites compositions poétiques et qu'il encourageait avec amour. Quand mourut la reine Isabelle de Valois, il mit au concours l'éloge de la défunte, et parmi les pièces qu'il publia à ce sujet, en 1569, il cita avec complaisance les six variantes composées par « son cher et bien-aimé disciple, Michel de Cervantes. » Il le signalait à l'avenir, il le devinait, comme le professeur de Brienne a deviné Bonaparte enfant. Les vers sont médiocres, mais il faut oublier la faiblesse de l'élève pour admirer la ferveur du maître, un de ces hommes modestes et excellents qui accomplissent dans l'obscurité, avec passion et sans récompense, la tâche difficile d'élever les esprits. La société les oublie, les méprise et s'occupe plus volontiers des haras que des écoles. Ce sont pourtant des bienfaiteurs, et Cervantes, qui a parlé avec une admiration émue d'une simple classe de petits enfants qu'il avait un jour visitée[1], Cervantes, à coup sûr, appréciait le modeste professeur et dut se souvenir toujours de Hoyos.

---

1. Voir *Coloquio de los Perros*.

L'autre maître fut un artisan, un batteur d'or, possédé du génie comique, et qui un jour s'était échappé
de Séville, portant avec lui un bagage de petites pièces
qu'il jouait partout, au grand plaisir de la foule. Il s'appelait Lope de Rueda, nom fameux en Espagne, peu
connu en Europe. On le peindrait d'un mot en disant
que ce fut un Molière ouvrier, jeune et nomade.
Comme Molière mit en scène dans le *Médecin malgré
lui* un fabliau du moyen âge, ainsi Rueda taillait et
dialoguait les vieux contes satiriques dont il faisait
des saynètes, des pastorales, surtout des farces, ce
qu'il appelait des *pasos*. L'influence qu'il exerça sur
l'esprit naissant de l'auteur de *Don Quichotte* fut
si forte et si durable qu'on ne pourrait la comprendre sans écouter Rueda lui-même. Il faut le voir à
l'œuvre.

Il arrive un matin sur la place d'Alcala ; Cervantes,
qui ne peut se rassasier de le voir, accourt des premiers et s'assied sur un banc au pied des tréteaux ;
car il n'y avait pas de théâtre en l'an 1560, dans la
ville d'Alcala, ni d'ailleurs à Madrid, ni dans toute
l'Espagne. « Point de machines en ce temps-là, dit
Cervantes, point de *défis* entre Maures et chrétiens,
à pied ou à cheval ; point d'apparition qui sortît ou
parût sortir du centre de la terre, point de trappe à
ce théâtre composé de quatre bancs mis en carré, de
quatre ou six planches posées dessus et d'une scène
élevée à quatre palmes du sol. Point de nuages non
plus, descendant du ciel et apportant des âmes ou des
anges.... Non ! la décoration était une vieille couver-
ture tendue sur deux cordes, d'un bout à l'autre ; derrière ce *vestiaire*, comme on l'appelait, se tenaient

les musiciens qui chantaient sans guitare quelque romance antique[1]. »

. Autour de cet échafaud déjà la foule se presse. Elle ne sait pas ce qu'on va lui dire. La troupe est modeste et se compose de quelques hommes. Pas d'actrices. La pièce sera quelque gausserie, quelque parodie des mœurs du temps, l'histoire peut-être de Perrette qui a cassé son pot au lait. Il n'importe ; tout le monde comprendra l'apologue et apprendra une bonne vérité.

Rueda lui-même entre en scène, habillé en vieux laboureur de Zamora, trempé jusqu'aux os et furieux.

— Grand Dieu ! quel temps. Jamais orage pareil ne m'a poursuivi du haut en bas de la montagne ; j'ai cru que le ciel allait se détraquer et les nuages rouler jusqu'à terre ! Encore, si mon souper était prêt ; mais la señora ma femme n'y aura pas même pensé. Que la male-rage l'étouffe ! Holà ! Menciguela, ma fille !... Bien, tout le monde dort dans Zamora. Aguéda de Toruegano !... holà ! m'entends-tu ?

A ce bruit arrive une jeune fille ; c'est un garçon sans barbe, habillé en femme, qui représente Menciguéla, fille du laboureur :

— Jésus ! mon père, voulez-vous donc briser la porte ?
— Bon ! voyez la langue à présent ! voyez quel bec ! Et pouvez-vous me dire où est votre mère, señora ?
— Elle est chez la voisine, pour l'aider à faire cuire des écheveaux de soie.
— Peste soit des écheveaux de soie, d'elle et de vous ! Allez l'appeler à l'instant.

Mais la mère se montre ; c'est encore un homme qui joue le rôle. L'inconvénient n'est pas grave, car madame Aguéda de Toruegano est une virago qui a la voix forte :

---

1. Prologue du théâtre de Cervantes.

— Allons, allons, monsieur le faiseur d'embarras ; vous verrez
que parce qu'il apporte une mauvaise charge de bois, il n'y aura
plus moyen de s'entendre avec lui !

— Ouais ! une mauvaise charge de bois ! cela vous plaît à dire,
señora ; mais je jure, moi, par le ciel de Dieu, que c'est tout au
plus si, avec l'aide de votre filleul, j'ai pu la mettre sur mes
épaules.

Les querelles de ménage vont leur train, au grand
applaudissement des spectateurs, et Rueda prolonge
la gaieté de la foule. Madame Aguéda, qui aime à
causer, a oublié le souper de son mari et ne témoigne
aucune pitié en le voyant couvert d'eau et de boue.
Pourtant une grosse question la préoccupe. Elle a
son rêve de fortune qui repose sur certain champ
d'oliviers dont elle voudrait vendre les olives au marché
le plus cher possible. Mais les oliviers ne sont pas encore plantés.

Elle saisit le premier instant où elle est seule avec
Toruvio pour attaquer ce chapitre. Ici commence la
pièce véritable.

— Je gagerais, mon mari, qu'il ne vous est pas encore venu
en tête de travailler à ce plant d'oliviers que je vous avais tant
recommandé ?

— Et pourquoi donc serais-je rentré si tard, si ce n'était pour
faire ce que vous m'avez dit ?

— A la bonne heure ! Et où avez-vous planté ?

— Là-bas, près du figuier où je vous ai embrassée un jour.
Vous en souvenez-vous ?

(Menciguéla reparaît:)

— Mon père, quand vous voudrez souper, tout est prêt.

— Vous ne savez pas ce que j'ai pensé, mon mari ? Ce replant
que vous venez de mettre en terre rendra, d'ici à six ou sept
ans, quatre à cinq fanègues d'olives ; et en ajoutant un rejeton
par-ci, un autre rejeton par-là, dans vingt-cinq ou trente ans
vous aurez un champ d'oliviers en plein et bon rapport.

— Rien de plus vrai, ma femme ; cela ne peut manquer de faire merveille.

— Savez-vous ce que j'ai pensé, mon mari ? Non ; eh bien, écoutez-moi. Je ferai la cueillette des olives, vous les transporterez sur notre petit âne et Menciguela les vendra au marché ; mais souvenez-vous de ce que je vous dis, ma fille, vous ne devez pas donner le *celemin* [1] pour moins de deux réaux de Castille.

— Deux réaux de Castille ! oh ! par exemple, ce serait conscience ! Il suffit de les laisser à quatorze ou quinze deniers le celemin.

— Taisez-vous donc, c'est du plant de la meilleure espèce, du plant de Cordoue.

. — Et quand ce serait du plant de Cordoue, le prix que je dis est suffisant.

— Taisez-vous, encore une fois, et ne me rompez pas la tête. Ah çà, ma fille, vous m'avez entendue : deux réaux de Castille, et rien de moins.

Toruvio. — Encore ! Viens ici, petite fille ; combien feras-tu les olives ?'

Menciguéla. — Ce qu'il vous plaira, mon père.

Toruvio. — Quatorze deniers, ou quinze?

Menciguéla. — Oui, mon père.

Aguéda. — Comment, oui, mon père ! Viens ici, petite fille ; combien feras-tu les olives?

Menciguéla. — Ce que vous voudrez, ma mère.

Aguéda. — Deux réaux de Castille.

Toruvio. — Miséricorde ! deux réaux de Castille! Je vous promets que, si vous ne faites pas ce que je vous dis, je vous donnerai plus de deux cents coups d'étrivières. Voyons, parlez, combien les ferez-vous?

Menciguéla. — Comme vous dites, mon père.

Toruvio. — Quatorze ou quinze deniers?

Menciguéla. — Oui, mon père.

Aguéda. — Qu'est-ce à dire? Oui, mon, père! (*Elle la bat.* Attrape! attrape! voilà pour t'apprendre à me désobéir.

Toruvio. — Laissez cette enfant.

1. Douzième de la fanègue, environ un boisseau.

3

MENCIGUÉLA. — Ah! ma mère! ah! mon père! ne me tuez pas!

(Aux cris de l'enfant, un voisin apparaît, qui vient mettre le holà.)

ALOJA (*entrant*). — Qu'est-ce que c'est, voisins? Pourquoi maltraiter ainsi cette petite?

AGUÉDA. — Ah! monsieur, c'est ce mauvais garnement qui prétend donner tout ce que nous avons pour rien; il veut ruiner la maison. Des olives grosses comme des noix!!...

TORUVIO. — Je jure par les os de mon père qu'elles ne sont pas seulement comme des grains de millet.

AGUÉDA. — Et moi je dis que si!

TORUVIO. — Et moi je dis que non!

ALOJA. — Allons, voisine, faites-moi le plaisir de rentrer chez vous; je me charge d'arranger tout cela. (*Elle rentre.*) Expliquez-vous maintenant, voisin; de quoi s'agit-il? Voyons vos olives; y en eût-il vingt fanègues, je les achèterai.

TORUVIO. — Ce n'est pas cela, monsieur, ce n'est pas cela vraiment; nous n'en sommes pas où vous croyez. Les olives ne sont pas dans notre maison; elles ne sont encore que dans notre fonds.

ALOJA. — Alors, transportez-les ici; vous pouvez compter que je vous les achèterai toutes au plus juste prix.

MENCIGUÉLA. — Ma mère en veut deux réaux le celemin.

ALOJA. — C'est bien cher!

TORUVIO. — N'est-il pas vrai, monsieur?

MENCIGUÉLA. — Mon père n'en demande que quinze deniers.

ALOJA. — Montrez-m'en un échantillon.

TORUVIO. — Mon Dieu, vous ne voulez pas me comprendre, monsieur! J'ai mis en terre aujourd'hui du replant d'olivier, et ma femme dit que, dans six ou sept ans, on pourra récolter quatre ou cinq fanègues d'olives, que ce sera elle qui les cueillera, moi qui les porterai au marché, et notre fille qui les vendra, et qu'elle ne doit pas les laisser à moins de deux réaux; je soutiens que non, elle soutient que si : voilà toute l'affaire.

ALOJA. — Plaisante affaire, ma foi! vit-on jamais chose pareille? Les oliviers sont à peine plantés et déjà ils sont cause des pleurs de votre enfant!

MENCIGUÉLA. — C'est bien vrai! Qu'en dites-vous, monsieur?

TORUVIO. — Ne pleure pas, Menciguéla. Cette petite, monsieur, vaut son pesant d'or. Allons, mon enfant, va mettre la table; je te promets de t'acheter un tablier sur le produit des premières olives que nous vendrons.

ALOJA. — Adieu, voisin; rentrez aussi chez vous, et vivez en paix avec votre femme.

TORUVIO. — Salut, monsieur.

ALOJA (*seul*). — Il faut convenir que nous voyons ici-bas des choses qui passent toute croyance. On se querelle pour les olives, quand les oliviers n'existent pas encore [1].

Tel était le *paso* joué par Lope de Rueda. Quand on avait vu *les Olives* (*las Aceitunas*), on s'en souvenait. Les saynètes de l'ouvrier excitaient l'enthousiasme de l'Espagne, en un temps où l'on ne connaissait ni Lope de Vega, ni Calderon, ni Alarcon, ni Tirso de Molina. Dans le modeste cadre dont il s'était emparé, il fit entrer un véritable répertoire de bonnes caricatures franchement dessinées et de moralités joyeuses qu'adoptait aussitôt le bon sens populaire. Quand il mourut, en 1567, on lui fit des funérailles magnifiques et on l'enterra solennellement dans la cathédrale de Cordoue, entre les deux chœurs. Son influence laissa une si vive trace que le célèbre Antonio Perez, dont les aventures politiques occupèrent l'Espagne et la France, oubliait ses intrigues, ses belles épîtres et tous les gouvernements du monde quand il parlait de Rueda.

Cervantes garda jusqu'au bout de sa vie l'impression naïve que lui avait laissée le théâtre du batteur d'or. Un an avant sa mort, il écrivait l'éloge de Rueda, en regrettant de ne pouvoir transcrire et consigner avec détails les souvenirs qu'il conservait de lui. Le talent d'observation, le naturel, le bon sens de Rueda lui paraissaient des modèles trop abandonnés.

1. J'ai emprunté ici la spirituelle traduction de **M.** Adolphe de Puibusque.

Un soir, dans sa vieillesse, on causait devant lui du
théâtre. La scène espagnole devenait alors une scène de
premier ordre, les *comedias famosas* étaient dans leur
splendeur, et tout le monde discutait les questions
d'art dramatique les plus raffinées. Cervantes, écoutant
les théories de chacun, songeait tout bas au vieil acteur
qui, sur ses tréteaux, dans un carrefour, leur avait donné
des leçons excellentes et qui était en définitive leur premier maître. Mais laissons-lui la parole :

Ces jours passés, dit-il, je me trouvai dans une réunion
d'amis, où l'on traita du théâtre et de ce qui s'y rapporte ; on y
mit tant de subtilité, tant de critique, que, selon moi, on en
vint à tracer le modèle de la perfection idéale. On traita aussi
cette question : Quel fut le premier, en Espagne, qui tira la
comédie de ses langes et l'amena sur une scène pompeuse, avec
des vêtements magnifiques ? Moi, comme le plus vieux de ceux
qui étaient là, je dis que je me souvenais d'avoir vu jouer le
grand Lope de Rueda, homme extraordinaire et par son jeu et
par son intelligence. Il était né à Séville, et de son métier *batihoja*,
ce qui veut dire batteur de feuilles d'or. Dans la poésie pastorale,
il était merveilleux ; c'est un genre dans lequel personne, ni auparavant ni depuis, ne s'est montré supérieur à lui, et bien que
(étant alors enfant) je n'aie pas pu apprécier avec justesse le mérite de ses vers, cependant, quand je repasse aujourd'hui, dans
l'âge mûr, quelques couplets restés dans ma mémoire, je trouve
que mon impression est exacte ; j'en citerais ici un fragment qui
donnerait crédit à mon opinion, si je ne craignais de sortir de
l'objet même de mon prologue [1].

Cervantes a pourtant cédé à la tentation de peindre
la simplicité primitive du théâtre de Rueda.

Dans le temps de ce célèbre acteur espagnol, tout le matériel d'un directeur de spectacle tenait dans un sac, et en voici
l'inventaire : quatre jaquettes de peau blanche, relevées de cuir
doré, quatre barbes et autant de perruques, quatre houlettes ou

1. Prologue du théâtre de Cervantes.

à-peu près. Les comédies consistaient en églogues, en colloques, tenus entre deux ou trois bergers et une bergère. On les égayait et on les allongeait au moyen de quelques intermèdes, celui de la négresse ou celui du ruffian, ou celui du niais, ou celui du Biscayen, quatre personnages que jouait Lope, ainsi que beaucoup d'autres rôles, tous avec la plus grande perfection et le plus grand naturel qu'on puisse imaginer. »

La vivacité de ce souvenir, qui revient avec abondance sous la plume de Cervantes, achève de nous montrer quelle fut son éducation première. Quand Lope de Rueda mourut, en 1567, et reçut des honneurs extraordinaires, Cervantes, son élève inconnu, était un jeune gentilhomme qui avait plus d'esprit que de science et plus d'observation que d'études littéraires. Ainsi se formèrent, je crois, la plupart des capitaines du seizième siècle, lesquels étaient peu clercs.

Au moment où j'essaye de reconstruire en quelque sorte la jeunesse de Cervantes, où je réunis ces détails épars, il me semble que Montaigne vient compléter le chapitre en disant, comme s'il eût été le père de Cervantes : « Nous cherchons de former, non un grammairien ou logicien, mais un gentilhomme, laissons-les (les gradués) abuser de leur loisir : nous avons affaire ailleurs. » Et un peu plus loin : « Le parlér que j'aime est un parler simple et naïf... non pédantesque, ni fratesque, non plaideresque, mais plutôt soldatesque [1]. »

Cervantes avait du « soldatesque ; » son tempérament, son milieu le portaient à se jeter dans les choses plutôt que dans les paroles. Sa figure même (s'il faut en juger par les portraits qui nous sont parvenus [2])

1. Montaigne, I, 25.
2. Voir surtout le portrait dessiné par M. Eduardo Cano, et pu-

était celle d'un homme d'action. Beau d'une beauté mâle,
le front haut, le sourcil arqué, les cheveux rejetés en
arrière, le nez aquilin, la bouche nettement dessinée, il
n'a rien d'un rêveur. Ses traits arrêtés ont l'énergie har-
monieuse qui fait les figures de capitaines. Sans doute la
précision même de ces traits qui sont élégants touche à
la finesse ; peut-être devinera-t-on dans ce regard qui
vous interroge, dans l'ardeur de ces yeux noirs et ou-
verts, l'ironie de l'écrivain ; les narines se gonflent à
demi et un vague sourire se trahit dans les plis des lèvres légèrement relevées ; mais ces finesses natives de la
physionomie n'ont rien de commun avec le raffinement
de notre époque. Quoi qu'il en soit, je me figure dans
le jeune Saávedra l'homme du seizième siècle, d'allure
assez rude, capable d'une activité grave et forte, qui
croit en lui-même et en Dieu et qui se bat pour ses
croyances. « Vivent ceux qui, emportés comme sur des
ailes par le désir de bien mériter de leur foi, de leur
nation et de leur roi ; s'élancent intrépidement au
milieu de mille morts qui les attendent en face ! Voilà
les choses qu'on entreprend avec honneur, gloire et
profit !... »

Ce sont les paroles mêmes de Cervantes, que j'emprunte au *Curieux indiscret*. Dans cette nouvelle admirable, où le bonheur paisible est montré comme un
piége, Lothaire exalte l'esprit d'entreprise qui lui
paraît légitime, et l'oppose aux tentations morbides
des hommes comme Anselme, qui ont le bonheur malheureux, et, faute de but, se mettent à douter. Agissons,
et défions-nous de l'esprit quand il travaille à vide :

blié à Séville (1864), dans ses *Nuevos Documentos.....* par D. José
Maria Asensio y Toledo. C'est celui dont je parle ici.

alors il cherche sa perte. Souvenez-vous de l'Arioste et de son apologue *du vase;* « c'est un conte, ajoute Cervantes, mais il renferme des secrets moraux dignes d'être écoutés, compris et imités [1]. »

Cervantes écrivit cela plus tard, il le pensa de bonne heure, et avec embarras, car cette disposition semblait contradictoire avec ses goûts littéraires. A vingt ans, quand il voulut choisir une carrière, il se trouva deux natures et deux vocations. Son génie précoce et l'élévation de son âme, éprise de poésie, le poussaient vers les lettres. Son origine et les traditions de sa famille l'entraînaient vers les armes. Naître gentilhomme, c'était naître soldat. Il était donc combattu d'instincts divers. Un jour, l'alternative qui le tenait en suspens parut cesser. Son frère aîné, Rodrigo, partit pour la campagne des Flandres. Il semblait dès lors que Michel dût rester près des siens et chercher sa route dans la vie civile; tout au contraire, le jeune homme se sentit plus que jamais attiré par la guerre. Castillan dans l'âme, il disait que le courage militaire est la vertu qui réunit toutes les autres, qu'il rend courtois, qu'il développe la libéralité dans l'homme, et que c'est le propre des âmes généreuses de vivre au milieu des périls. La valeur même ne lui suffisait pas, il voulait qu'on fût téméraire. Car, « s'il est plus facile au prodigue qu'à l'avare d'être libéral, il est plus naturel au téméraire qu'au lâche de toucher le point juste de la vraie bravoure. » Là-dessus, il ne tarissait pas. Ses ouvrages sont pleins de ces transports qui agitaient encore sa vieillesse. Ses nouvelles et

---

1. *Don Quichotte*, I, 33. » Tiene en sí encerrados secretos morales, dignos de ser advertidos, y entendidos, y imitados. » — Arioste, O. F., chap. LXIIe.

ses comédies, sa prose et ses vers, tout respire l'adoration des armes; qui fut sa passion dominante, son ambition invincible et, au dire des envieux, son incurable
ridicule. La question *des lettres et des armes* revient
sous sa plume au détour de tous les chapitres, comme
un débat capital et mal jugé, comme dans Saint-Simon
la question des ducs et pairs. Ce sont des comparaisons
sans fin du métier militaire avec les autres fonctions sociales. Qui l'emporte du soldat, du moine, de l'homme
d'étude ou de l'homme de cour? Il est sublime de servir
Dieu; l'étudiant qui veille et pense est admirable; le
service du roi est un noble office... Mais soyez soldat.

Don Quichotte, l'homme bardé de fer, qui porte en
1605 le bouclier de 1250, est absurde comme un revenant; mais quand il parle des vertus actives, des combats, des entreprises, il est sérieux, il est éloquent, il
vous gagne. La caricature disparaît, le fou redevient
héros; on sent que l'auteur est caché dans son personnage et se trahit. La forfanterie et les rêves de l'hidalgo,
qu'il raille avec une verve éblouissante, il l'admire, il
la salue avec respect dans le soldat captif qui revient au
pays. C'est l'inconséquence naïve et très-aimable de ce
livre si divers, ou plutôt c'est ce qui en fait la vérité.
L'homme se révèle sous le conteur; il y a même un instant d'oubli où il nomme et laisse entrevoir dans ses
groupes « un certain Saavedra, » *un tal Saavedra*,
dont l'histoire, dit-il, serait digne d'intérêt.

Il a dessiné souvent, de profil ou de face, comme
silhouette ou comme portrait, le personnage du soldat
gentilhomme. Un Fernando Saavedra joue le premier
rôle dans le drame intitulé : *El Gallardo español*. C'est
un foudre de guerre, un beau cavalier qui tourne les

têtes quand il ne les abat pas, un capitan sans aucune
modestie. A lui seul il prend un navire turc sur la
côte d'Oran. « Il fond sur l'ennemi l'épée à la main. Il
tue et frappe; il court de la poupe à la proue; l'équi-
page se rend à lui seul! » Les ennemis mêmes le con-
templent comme un demi-dieu, car « il a tué cent Maures
en bataille, et sept en duel; il en a envoyé deux cents
sur les galères et cent dans les bagnes[1]. »

Ces rodomontades font sourire et rappellent les récits
de Brantôme. Voilà bien de l'orgueil. Cervantes en convient. « Saavedra est très-modeste avec ses amis, dit-il,
mais devant l'ennemi, il ne connaît pas d'égal, ni Maure,
ni chrétien. » Il faut, pour comprendre les hommes de
ce temps-là, vivre un moment de leurs idées. Au seizième siècle il y avait, en face des clercs, en opposition
avec eux, une jeune noblesse qui haïssait les « suppôts
de *Baroco* et de *Baralipton*, » comme dit Montaigne,
qui aimait les exercices du corps, la lutte poudreuse, les
défis magnifiques, les prouesses voyantes, et qui appelait académie l'école d'équitation. Il restait encore des
chevaliers, et l'acception même du mot *caballeros* marquait que l'esprit chevaleresque s'était vulgarisé en s'étendant. Si l'on veut, en effet, descendre dans la foule,
écouter les détails, on surprendra des sentiments semblables jusqu'au fond des régiments et des bandes mer-
cenaires, jusque dans les bacheliers et les licenciés des
universités.

La querelle des étudiants (dans *Don Quichotte*) est
un petit tableau pris sur le fait. Ils sont deux, l'un qui
porte dans un paquet de toile verte quelques hardes et

---

1. *El Gallardo español*, J° III.

deux paires de bas en bure noire, c'est le bachelier qui
deviendra clerc ; l'autre qui ne porte rien que deux
fleurets neufs avec leurs boutons, c'est un licencié, qui
vient d'être reçu à grand'peine, car il aime mieux l'escrime que les livres. Le bachelier l'en plaisante un peu,
car il ose ne pas croire que l'escrime soit une science.

— Si vous ne vous piquiez pas, dit l'autre étudiant, de jouer
mieux encore de ces fleurets que de la langue, vous auriez eu la
tête au concours des licences, au lieu d'avoir la queue.

— Écoutez, bachelier, reprit le licencié, votre opinion sur
l'adresse à manier l'épée est la plus grande erreur du monde, si
vous croyez cette adresse vaine et inutile.

— Pour moi, ce n'est pas une opinion, répondit l'autre, qui
se nommait Corchuelo, c'est une vérité démontrée, et, si vous
voulez que je vous le prouve par l'expérience, l'occasion est
belle ; vous avez là des fleurets ; j'ai, moi, le poignet vigoureux,
et, avec l'aide de mon courage, qui n'est pas mince, il vous fera
confesser que je ne me trompe pas. Allons, mettez pied à terre,
et faites usage de vos mouvements de pieds et de mains, de vos
angles, de vos cercles, de toute votre science ; j'espère bien vous
faire voir des étoiles en plein midi, avec mon adresse tout inculte et naturelle.

On se bat vivement.

Le bachelier attaquait en lion furieux ; mais le licencié, d'une
tape qu'il lui envoyait avec le bouton de son fleuret, l'arrêtait
court au milieu de sa furie, et le lui faisait baiser comme si c'eût
été une relique, bien qu'avec moins de dévotion. Finalement, le
licencié lui compta, à coups de pointe, tous les boutons d'une
demi-soutane qu'il portait et lui en déchira les pans menu
comme des queues de polypes. Il lui jeta deux fois le chapeau
à terre et le fatigua tellement, que, de dépit et de rage, l'autre
prit son fleuret par la poignée et le lança dans l'air avec tant
de vigueur qu'il l'envoya presque à trois quarts de lieue.

Les préférences de Cervantes se trahissent.

Pendant la route qu'il leur restait à faire, le licencié leur ex-
pliqua les excellences de l'escrime, avec tant de raisons évi-

dentes, tant de figures et de démonstrations mathématiques, que tout le monde demeura convaincu des avantages de cette science, et Corchuelo fut guéri de son entêtement[1].

Cervantes ne s'établit pas juge du camp, mais ailleurs il donne son avis : préférer la force à l'adresse est une idée de vilain. Corchuélo peut penser ainsi et Sancho a de bonnes raisons pour suivre la même pratique; mais un gentilhomme doit être adroit et posséder l'érudition de l'épée.

Tout revenait, on le voit, à la race et au sentiment de sa condition. Il en découlait une suite d'idées qui était un système d'éducation. En veut-on un dernier exemple, des plus curieux? Les Espagnols se jetaient alors sur l'Italie, et la mode était pour la plupart des jeunes hommes de passer par là, quand on n'allait pas en Flandre. Cervantes en donne la raison franchement positive : on était, dit-il, « alléché par ce qu'on avait ouï dire aux militaires de l'abondance des auberges de France et d'Italie, et de la liberté dont jouissent les Espagnols dans leurs logements. On trouvait fort agréables à l'oreille ces mots : *Li buoni polastri, picioni, presuto e salcicie,* et autres de même espèce que les soldats se rappellent quand ils reviennent de ces pays dans le nôtre, et qu'ils passent par la misère et les incommodités des hôtelleries d'Espagne. » Mais il y avait encore, ici comme en tout, la raison de caste. On disait dans les vieilles familles « que ce n'était pas assez d'être gentilhomme dans sa patrie, et qu'il fallait encore l'être dans les pays étrangers. »

1. Voy. *Don Quichotte*, II, 19.—Je cite ici la traduction de M. Viardot, qui est devenue classique en France, et je la citerai souvent, afin que les personnes qui ne lisent pas l'espagnol retrouvent le Cervantes français, auquel on s'est justement habitué.

Je compromets Cervantes en le montrant ici tour à
tour ignorant, capitan et infatué de sa noblesse. Mais
ce fut vraiment son adolescence. D'ailleurs, ne blâmons
pas trop vite ses préjugés au nom des nôtres. La noblesse castillane se pardonnait tous les orgueils parce
qu'elle acceptait toutes les misères.

Cervantes apprit à être pauvre en apprenant à être
fier. Son courage moral se développa avec son orgueil.
Ainsi se trouva-t-il à vingt ans plein de sentiments hardis, libres et naïfs. Qui l'eût vu à cette époque ne lui eût
pas prédit l'avenir d'un écrivain, mais le grade de capitaine.

L'événement ne tourna pas ainsi tout d'abord. Un
cardinal italien passant par Madrid proposa d'emmener
le jeune homme comme secrétaire ou comme page, et
Cervantes partit avec lui.

Mais, arrivé à Rome, il se fit soldat.

CHAPITRE III

LES CAMPAGNES

LÉPANTE ET NAVARIN (1571-1573).

Cervantes a combattu à Lépante, à Navarin, à la Goulette. Sept ou huit ans de ces grandes campagnes mûrirent rapidement son esprit et son caractère. En 1567, c'était encore un écolier qui ne comprenait guère sans doute ce qui se passait dans le monde politique. Il faisait des vers, et les événements les plus tragiques d'alors lui servaient de matière à amplifications. Quand mourut la reine Isabelle, quand don Carlos expira dans les convulsions, Cervantes, sous l'égide de son professeur Juan de Hoyos, rima une demi-douzaine d'épitaphes en l'honneur de la feue reine. Le maître et l'élève croyaient naïvement plaire au roi, qui eût préféré le silence et qui ne permettait même pas à l'envoyé du pape de lui présenter des lettres de condoléance. Cet envoyé, le cardinal Acquaviva, s'intéressa précisément aux vers dont le roi se souciait peu. Il voulut rendre visite à la littérature espagnole pour se dédommager du mauvais accueil qui lui était fait par la politique. Il

aimait les lettres, il s'y connaissait, étant né dans cette
famille napolitaine des ducs d'Atri et de Téramo
qui donnait des Mécènes aux poëtes italiens. Il distingua
le jeune Cervantes et l'emmena à Rome.

Ainsi notre rimeur fut-il tout d'un coup transporté
en Italie. Arrivé là, il sentit la vocation militaire se réveiller en lui. Quand même il aurait eu, ce qui est
douteux, les qualités aimables de ces pages qu'on appelait les domestiques des grands, à une telle époque il
était impossible de ne pas prêter l'oreille au tressaille-
ment des armes qu'on entendait sur toute la Méditerranée. Il n'était bruit que des Turcs et de leurs progrès effrayants. Les flottes des sultans régnaient sur la mer, leurs
amiraux semblaient invincibles, leurs corsaires insaisissa-
bles. On voyait établie définitivement en Europe cette
race guerrière qui possédait à la fois l'organisation active des peuples conquérants et le prosélytisme militant
des jeunes religions. Solidement campés dans toute la
péninsule grecque, ils pillaient le littoral des deux autres en attendant qu'ils les soumissent au joug. Tran-
quilles d'ailleurs à Constantinople, ils se fiaient à l'a-
venir avec le calme fataliste des Orientaux, et tandis
que l'orgueil espagnol, frémissant de rage, proférait
des menaces terribles, l'orgueil ottoman ne daignait pas
s'émouvoir.

On était néanmoins à la veille d'une grande rencontre.
Le jeune Saavedra traversait la mer qui servait de
champ de bataille à l'Europe et à l'Asie, en 1567 ou
1568, dans la période fiévreuse qui sépare le siége de
Malte (1565) de la victoire de Lépante (1571). La Méditerranée fut alors un magnifique théâtre d'activité,
d'héroïsme et d'aventures. Pour un homme de vingt

ans, espagnol et poëte, le spectacle était beau de ce
combat splendide et sanglant, qui ne finissait pas,
tournoi sérieux, drame réel, dont les personnages méritaient l'attention. Un simple soldat pouvait toucher du
doigt les personnages qui jouaient les premiers rôles.
C'étaient les généraux turcs, les renégats sortis de l'archipel grec, les gentilshommes italiens comme le
brillant Colonna, le plus accompli des chevaliers et le
plus élégant des triomphateurs. C'étaient les capitaines
espagnols, hommes de fer, mûrs à quinze ans comme
Farnèse, et portant la cuirasse à soixante-dix ans
comme Alvarez de Bassano, marquis de Santa-Cruz,
qui assiége Tunis avec Charles-Quint en 1535, bat
Strozzi aux Terceires en 1587, et commande encore
l'*Armada*.

Quand ils se rencontraient tous ensemble, sur de
grandes scènes, généraux et corsaires, chrétiens et ré-
négats, Européens et Asiatiques, la lutte était grandiose
et le monde attentif. Chacun alors faisait des prodiges
de courage ou de cruauté, donnant la mesure de ce
que peut un homme, dans le bien et dans le mal.
Vainqueur aujourd'hui, on était esclave le lendemain,
au gré des événements. Le célèbre La Valette, commandeur de Malte, rama sur les galères comme tant
d'autres, sous les ordres de Dragut le pirate. Plus tard
Dragut fut mis à la chaîne : La Valette, qui était devenu
libre, rencontra Dragut enchaîné. — «*Usanza de
guerra!* C'est la guerre! dit le chrétien au renégat. —
Mudanza de fortuna! répondit Dragut. C'est la fortune!» On éprouvait ainsi tour à tour sa force d'âme.

Ces choses ravissaient les écrivains espagnols, qui ont
toujours eu un penchant secret pour les grandes aven-

tures. Calderon a mis au théâtre, dans l'*Alcade de Zalamca*, le capitaine Lope de Figueroa, que Cervantes eut pour chef. Les Figueroa venaient du fond du moyen âge; leur nom rappelait les plus vieilles guerres contre les Maures : on racontait qu'un homme de cette famille, se trouvant un jour sans armes en face des musulmans, avait saisi une branche de figuier et chassé à coups de bâton les infidèles. Cervantes raillera plus tard ces traditions du romancero, mais quand il vient en Italie, il écoute avec admiration tous les récits de guerre. Cette race asturienne des Figueroa, si antique, *cui genus a proavis ingens*, est sacrée à ses yeux. Toute la chevalerie renaît dans le capitaine Lope, homme bronzé, couvert de blessures, qui a vu Malte et s'y est fait voir, qui a été esclave à Constantinople, sans fléchir, et qui figure parmi les premiers lieutenants de don Juan d'Autriche, le héros par excellence.

Don Juan est l'Achille castillan. Le jour où il vient prendre le commandement des troupes espagnoles en Italie, Cervantes n'y tient plus, il se fait soldat. Ainsi firent beaucoup d'autres, car don Juan, avant d'avoir gagné la bataille de Lépante, était déjà acclamé par les Espagnols, appelé par les Vénitiens, élu par le pape. Le prestige incroyable qu'il exerçait tenait sans doute à son caractère, mais aussi à d'autres causes, plus générales et plus profondes. Lorsqu'un homme a tant d'empire sur les âmes, c'est qu'il résume en lui les pensées et les désirs des autres hommes.

Don Juan représente alors les sentiments héroïques de la vieille Espagne en opposition avec le roi qui oublie la croisade séculaire contre Mahomet. On le compare tout bas à Philippe II, à qui il est égal par l'origine,

supérieur par la beauté, par la jeunesse, par la générosité du caractère. Le contraste est frappant. Tandis que Philippe fuit le champ de bataille et s'enferme dans son palais, entre une famille déchirée et une
favorite impudente, la princesse d'Éboli, le brave don
Juan se fait aimer des soldats qu'il conduit à la victoire. Tout d'abord il refoule les Morisques. Aussitôt
après il demande impatiemment à marcher contre les
Turcs; n'est-ce pas un acte de foi, une entreprise juste
contre des agresseurs et la suite des traditions militaires de Charles-Quint? On le retient, on l'espionne,
il s'enfuit en 1566, et, gagnant le port de Barcelone, il
vole au secours de Malte, où mouraient tant de chevaliers. Philippe le fait poursuivre et reprendre.

C'est une lutte engagée entre les deux successeurs de
Charles-Quint, une lutte de tous les jours, qui dure
plusieurs années, qui passionne l'Espagne et qui est
mêlée de scènes étranges.

Un jour, en 1571, on voit entrer à la cour un carme
déchaussé qui, bravant toutes les lois de l'étiquette,
pénètre jusqu'au roi et aux infantes. — « Salut, mon fils !
Salut, mes filles ! » dit-il sans façon, puis il va embrasser
don Juan, et, d'un ton prophétique, lui promet que
Dieu lui accordera de vaincre les Turcs, en ajoutant
que l'Espagne entière priera pour lui.

Ce faux moine était une femme, la princesse de Cardonne, esprit mystique et austère. Après avoir vécu à
la cour, elle avait disparu tout à coup en 1562, l'année
même où saint Pierre d'Alcantara et sainte Thérèse pro-
testaient contre la piété mondaine et réformaient le catholicisme espagnol. Elle avait adopté l'habit de bure
des ordres nouveaux, le capuce et la ceinture de cuir.

4

Après neuf ans de la retraite la plus ascétique, elle reparaissait pour bénir le futur vainqueur de l'islamisme. Ainsi l'on ne pouvait vaincre sans l'infant. La voix du peuple devenait la voix de Dieu. Philippe s'irritait sourdement de cet enthousiasme, mais don Juan était déjà, de fait et par la force des choses, le général unique entre tous qui devait conduire la chrétienté contre l'islamisme. En vain le roi usa-t-il de lenteur, en vain résista-t-il, épuisant toutes les fins de non-recevoir. Malgré sa puissance absolue et la sévérité glaciale de son regard, Philippe ne pouvait plus amortir ou comprimer la passion publique qui se déclarait de toutes parts. Le héros avait pour complices toute l'Espagne, toute l'Italie et le Souverain-Pontife. Le roi céda à regret. Aussitôt qu'il eut cédé, la nouvelle en courut sur toute la Méditerranée. « On le sut, dit Cervantes, avec certitude, et mon courage s'enflamma. » Les soldats arrivèrent de tous côtés, les étudiants quittèrent leurs livres, les poëtes, comme Cristobal de Viruès, Geronimo Torres Aguilar et Gaspar Corte Real, marchaient dans les compagnies espagnoles. La joie était universelle, et les vieux politiques secouaient la tête avec dépit, étonnés, comme toujours, que les calculs les plus positifs fussent déjoués par les sentiments, les croyances, l'esprit de race et tout ce qui s'agite vaguement au fond des âmes.

Il faut citer les paroles textuelles de Cervantes : « On parlait, dit-il, d'une ligue formée entre le pape Pie V, d'heureuse mémoire, Venise et l'Espagne, contre l'ennemi commun, c'est-à-dire le Turc. La flotte turque s'était emparée de l'île de Chypre que possédaient les Vénitiens, perte douloureuse et funeste. On apprit avec certitude l'arrivée, comme général de cette ligue, du

sérénissime don Juan d'Autriche, frère naturel de notre
bon roi Philippe ; la nouvelle se répandit qu'on faisait
d'immenses préparatifs de guerre... Tout cela m'excita
et me transporta du désir de me voir dans la campagne
projetée [1]. »

Ces paroles, bien qu'elles portent encore l'accent de l'enthousiasme, sont refroidies par la distance et les années.
Si l'on veut comprendre ce qui se passait dans l'âme de
Cervantes et des jeunes Espagnols, il faut lire l'ode admirable d'Herrera. Là se montrent les impressions puissantes qui agitaient les cœurs. Herrera met en scène le
sultan qui brave l'Europe, lui rappelle ses défaites et
lui jette un défi solennel :

Il a dit, cet insolent, il a dit avec mépris : Ces contrées ne
connaissent donc pas ma colère, ni les exploits de mes ancêtres ?
Quand ils sont venus, à quoi servit la résistance de la Hongrie
effrayée, et celle de la Dalmatie, et celle de Rhodes ? Qui donc a
pu sauver leur liberté ? Quelles mains ont préservé l'Autriche et
l'Allemagne ? Et aujourd'hui, par aventure, leur Dieu pourra-t-il
les garder de mon bras victorieux ?

Leur Rome, craintive, humiliée, change en larmes ses can-
tiques. Elle et ses fils attendent dans la tristesse l'heure de ma
colère, de leur défaite et de leur mort. La France est ébranlée
par les discordes ; l'Espagne, cette race si fière dans les combats,
est occupée à se défendre chez elle contre les adorateurs du
croissant qui l'habitent et qu'elle menace de mort. Et cependant ils veulent encore..... mais non !..... nul ne peut rien contre
moi !

Les peuples puissants m'obéissent. Éperdus, ils tendent leur
cou au joug et leur main au vainqueur pour se racheter. Leur
courage a été inutile ; leurs astres se sont obscurcis et couchés,
leurs hommes forts penchent déjà vers le trépas ; leurs vierges
sont disparues ; leur gloire est tombée sous mon empire et sous
mon sabre. Depuis le Nil jusqu'aux riches contrées de l'Euphrate,

1. *Don Quichotte*, t. II, chap. XXXIX.

et aux bords froids de l'Ister, tout ce que le soleil regarde, tout est à moi.

A ces bravades du sultan, le peuple espagnol répond par une invocation à Dieu :

Seigneur, ne souffre pas que ta gloire soit usurpée par cet homme, qui prise si haut la force et se prévaut de sa vanité et de sa colère. Ne permets pas que l'ennemi superbe souille les autels de sa victoire, qu'il opprime tes enfants, qu'il fasse de leurs corps la pâture des bêtes et de leur, sang répandu le témoignage de sa haine. Ils deviennent son jouet, et alors il dit : Où est le Dieu de ces hommes? Où se cache-t-il?

Au nom de la gloire due à ton nom, de la vengeance due à ta race, par ces cris de douleur que poussent les malheureux, tourne ton bras contre lui, qui déjà ne se contente plus d'être un homme et s'accorde les honneurs que tu te réserves. Que ta rigueur triple le châtiment de ton ennemi, qu'elle le quadruple! Que l'injure faite à ton nom soit le coup même qui tranche sa vie!

Ainsi priaient les Espagnols, qui, depuis cinq ans, irrités, inquiets, vivaient dans une attente fiévreuse mêlée de terreur et de colère. — Quand don Juan fut nommé généralissime, on vit arriver de toutes parts en Italie ces fantassins espagnols, qui, dit un contemporain, faisaient trembler la terre sous leurs mousquets ; capitaines et soudards, dont Brantôme raconte la vaillance, le courage et la braverie, c'est-à-dire le bel air avec lequel ils s'habillaient, dépensant leur solde en armures et oubliant le nécessaire pour le magnifique. Cervantes, qui regardait passer les régiments espagnols, résolut de les suivre. Un capitaine de son pays, Diego de Urbina, ramenait sa compagnie de Flandre en Italie ; il entra dans la compagnie de Diego. A ceux qui s'étonnaient de le voir déserter les lettres, il répondit sans doute ce qu'il écrivait plus tard : « Il n'est pas de meilleur soldat que les transfuges qui ont abandonné les études pour les camps. Tout étudiant devenu soldat est des excellents. »

D'ailleurs, le jeune homme qui se faisait soldat par goût et par aventure fut bientôt animé d'un sentiment nouveau et plus sérieux, quand il sentit naître en lui la pensée politique qui devait inspirer sa vie et la moitié de son œuvre. Tout d'abord il jugea peu les choses et ne vit que les hommes; mais bientôt il comprit le rôle de don Juan, champion de l'Europe chrétienne.

Don Juan partit à la fin de juillet 1571, débarqua à Gênes et gagna Naples, où était le rendez-vous de la flotte espagnole. Il attendit l'arrivée des troupes appelées d'Allemagne, puis rallia les Vénitiens à Messine. Le 15 septembre on fit voile.

La compagnie de Diego de Urbina, où se trouvait Cervantes et qui faisait partie du régiment de Miguel de Moncada, fut embarquée sur les galères d'André Doria. Le vaisseau *la Marquesa*, capitaine Santo Pietro, portait notre écrivain.

L'âme du jeune poëte était agitée violemment par l'émotion de la grande rencontre qui se préparait. L'ambition, l'espérance, la foi, soulevaient dans son esprit et dans son cœur un monde de pensées. La surexcitation de ses compagnons d'armes ajoutait à la sienne. Bientôt il ne put pas comprimer l'ardeur de son sang; une fièvre ardente s'empara de lui et il dut se résigner à rester sur son grabat de soldat.

Cependant le généralissime voguait vers les rivages de la Grèce et cherchait l'ennemi. Philippe l'avait entouré de conseillers lents, graves et circonspects; il les entrainait dans sa course, les consultant avec calme, les

gagnant à ses idées et avançant toujours. Don Juan avait
le coup d'œil aventureux et assuré qui fait les généraux
de vingt ans. Sur le champ de bataille, il prenait son
parti immédiatement et l'exécutait de sang-froid.

Le 8 octobre, il arrive en vue de Lépante, il trouve
la flotte ottomane en bataille; elle vient à lui à toutes
voiles, le vent en poupe. Aussitôt il partage sa flotte en
trois divisions, se place au centre, met à sa droite Doria,
à sa gauche Barberigo, chacun commandant cinquante
galères. La réserve est confiée au marquis de Santa-Cruz;
don Juan fixe l'intervalle de chaque division, et, ces mesures prises, il saisit un crucifix, il descend dans une
chaloupe et parcourt le front de la bataille en montrant
à tous les soldats chrétiens le symbole de leur croyance
et de leur race.

Cervantes, à qui on ne put pas cacher que l'heure
du combat était venue et qui entendait le bruit de la
manœuvre, se leva, courut sur le pont et demanda son
rang. Son capitaine le renvoya; un de ses amis, nommé
Mateo de Santisteban, le conjura de se mettre à l'abri et
de rester sur son lit. Cervantes sentit la honte lui monter à la figure. « Seigneurs, s'écria-t-il, dans les occasions de guerre qui jusqu'ici se sont offertes et où l'on
m'a mandé, j'ai servi comme un bon soldat; aujourd'hui,
si malade que je sois, mieux vaut mourir en combattant
pour Dieu et pour son roi que se mettre à l'abri. » Il
réclama le poste d'honneur. Son insistance triompha;
on le plaça, avec douze hommes, dans le canot attaché
aux flancs du navire, comme au premier rang [1].

---

1. Voir, pour l'authenticité de ces faits, l'enquête de 1578, et
l'ouvrage de don Cayetano Rosell, *Historia del combate naval de Lepanto.*

Don Juan donna le signal du combat. La rencontre
des deux flottes fut terrible. De part et d'autre la fureur
et le courage étaient dignes de ce duel acharné entre
l'Orient et l'Occident. Les chefs donnaient l'exemple.
Farnèse, Colonna, le duc d'Urbin entraînaient leurs
soldats au fort de la mêlée. Pendant toute la matinée ils
luttèrent avec peu d'avantage contre les vents et contre
les rapides manœuvres d'un ennemi habile. L'Uchaly
enveloppa avec sept galères la galère capitane de Malte,
la prit à l'abordage et lui ravit son étendard, trophée
précieux qui lui valut le lendemain le titre de général
de la mer. Cet homme, le plus terrible et le plus redouté
des chefs ennemis, s'attachait à séparer de la flotte
chrétienne toute l'aile gauche en l'attirant sur lui et à
l'écart. Il réussit à troubler Barberigo qui la commandait. Il le déconcerta, lui tua des capitaines, et enfin as-
saillit, au milieu d'un désordre épouvantable, tous ses
vaisseaux. Chaque navire devint le théâtre d'une bataille
désespérée. Dans le nombre, la *Marquesa*, où se trouvait Cervantes, se défendait avec ardeur. L'Uchaly ne
pouvant ni les forcer à fuir, ni à amener leur pavillon,
les écrasait.

Le souvenir de ce moment terrible laissa dans l'esprit
de Cervantes des images qu'il évoquait avec une vive
émotion :

Dans ce jour fameux que le destin fit sinistre pour l'armée
ennemie, mais favorable et heureux à la nôtre, sous l'escorte du
courage et de la terreur, je fus de ma personne présent à l'action.
Ma confiance était mon arme plutôt que mon épée.

Que vis-je alors? la flotte rangée se rompre et se briser, le sang
barbare et le sang chrétien rougir de toutes parts le lit de Neptune,

Et la mort irritée courir dans sa folle fureur çà et là, d'une
course précipitée, prompte aux uns, lente aux autres,

Et les bruits confus, l'épouvantable fracas, les convulsions
des malheureux qui allaient se mourant entre le feu et l'eau,

Et les cris douloureux, les profonds soupirs qui s'échappaient
des poitrines blessées, avec les malédictions des victimes du
sort !

Au milieu du massacre, Cervantes reçut quatre blessures. Un coup de feu lui fracassa la main gauche,
qui pourtant ne fut pas coupée et qu'il garda toute
sa vie, mais dont il perdit l'usage. Il serait mort ignoré,
à son poste, si la bataille n'avait pas changé de face.
Mais tout à coup le vent, qui était contraire aux Espagnols, tourna et les servit. Aux yeux de tous, c'était
un miracle manifeste. La lutte recommença avec des
chances nouvelles. L'élan des chrétiens ne connut plus
d'obstacles; ils enfoncèrent le centre de la flotte ottomane. Bientôt on aperçut, fixée au mât de la galère de
don Juan, une tête sanglante; c'était celle de l'amiral
ennemi, Ali-Pacha. Le prestige des Turcs disparut en
un instant. L'Uchaly, qui avait mis en déroute l'aile
droite des chrétiens, fut pris à revers par don Juan lui-
même, et tout son art fut de s'échapper au plus vite
avec son escadre. Le brave et célèbre capitaine Lope de
Figueroa montra, en signe de victoire, l'étendard ottoman dont il s'était emparé. La déroute devint générale
et le désastre immense. Les Turcs perdirent 30,000
hommes et abandonnèrent les 15,000 esclaves qui ramaient sur les galères. Quand ces prisonniers « recou-
vrèrent leur liberté si désirée [1], » quand on les vit sortir
du flanc des vaisseaux ennemis, il sembla aux vainqueurs

_____

1. *Don Quichotte*, liv. 1, chap. xxxix. — Alcanzaron la deseada
libertad.

que l'affranchissement de la chrétienté était désormais accompli.

Quand la trompette, dit Cervantes, fit retentir dans l'air transparent les accents du triomphe et annonça la victoire des armes chrétiennes,

Dans ce moment si doux, moi, triste, je tenais une main sur mon épée ; de l'autre s'échappaient des flots de sang ;

Je sentais ma poitrine atteinte d'une blessure profonde et ma main gauche brisée de part en part ;

Mais telle fut la joie souveraine qui remplit mon âme, quand je vis abattre par les chrétiens le peuple féroce des infidèles,

Que je ne voyais pas ma blessure..... Et pourtant ma souffrance mortelle m'ôtait parfois le sentiment [1].

Toute l'armée chrétienne était soutenue par la même pensée. On oubliait la multitude des morts et des blessés pour chanter un triomphe où la fierté militaire était mêlée de larmes de joie.

Chantons le Seigneur ! s'écrie Herrera, qu'il faut citer encore, car il a dit l'orgueil du lendemain comme la honte de la veille.

Chantons le Seigneur, qui, sur la vaste mer, a vaincu la Thrace barbare!... C'est toi, Dieu des batailles, toi qui es notre appui, notre salut et notre gloire ; toi qui as brisé la puissance et le front cruel de Pharaon, le guerrier orgueilleux. L'élite de ses princes a jonché l'abîme ; ils sont descendus, comme descend la pierre, dans le fond de la mer profonde, et ta colère les a emportés, comme la paille desséchée que le feu dévore.

Les faibles ont tremblé, confondus de sa fureur impie ; il a levé son front contre toi, Seigneur Dieu, et d'un œil, d'un cœur plein d'arrogance, sa main brandissant une arme, cet homme puissant a secoué la tête avec colère ; son cœur s'est enflammé de courroux contre les deux Hespéries baignées par la mer, parce que, mettant leur confiance en toi, elles lui résistent, parce qu'elles ont revêtu les armes de ta foi et de ton amour.

1. Lettre de Cervantes à Mateo Vasquez.

Il a levé la tête, ce puissant qui te porte tant de haine; il a
tenu conseil pour notre ruine, et ses conseillers ont décidé qu'on
nous attaquerait. Venez, ont-ils dit, au milieu des flots de la
mer, nous ferons de leur sang un lac, nous anéantirons cette race
et en même temps le nom du Christ. Nous partagerons leurs dépouilles et nous rassasierons nos yeux de leur mort. ,

Alors sont venus de l'Asie, de la mystérieuse Égypte, les
Arabes, les légers cavaliers africains et les auxiliaires de la Grèce
coupable, tous, la tête haute, fiers de leur puissance et de leur
multitude. Ils ont osé promettre que leurs mains mettraient nos
rivages à feu et à sang, que leur fer donnerait la mort à nos jeunes
hommes, qu'ils prendraient nos petits enfants et nos filles, et
qu'ils leur laisseraient le déshonneur au lieu de l'innocence.

Ils ont occupé toute la mer et ses replis; la terre est demeurée
dans le silence et la crainte, nos braves soldats se sont arrêtés;
ils se sont tus, pleins de doutes... Enfin, le Seigneur changeant
les destinées de la guerre, on vit à cette fière ardeur des Sarrasins s'opposer le jeune et noble prince d'Autriche, suivi d'Espagnols illustres et belliqueux..... Dieu ne souffrait pas que Sion,
aimée de lui, vécût toujours dans la captivité de Babylone.

Comme le lion quand il a aperçu sa proie, ainsi la flotte impie
attendait avec sécurité ceux dont tu es le bouclier, Seigneur,
ceux qui, le cœur libre de crainte, l'âme pleine d'amour et de
foi, se confient dans le secours divin. Tu as préparé leurs mains
à la guerre, tu as fait leurs bras forts comme l'arc, et tu as pris
en main pour eux l'épée vibrante.

L'épée vibrante et l'intervention de Dieu ne sont pas
des hyperboles de poëte. J'ai vu à l'Escurial de vieux
tableaux, sans valeur comme œuvres d'art, précieux
comme témoignages historiques, qui représentent les
anges frappant de leur glaive et bouleversant de leur
souffle les puissantes galères des Turcs. Ces peintures
médiocres font sourire et sont oubliées pour le tableau
du Titien, qui a tiré du triomphe de la Ligue le sujet
d'une apothéose royale; mais elles traduisent naïvement
la pensée de tout un peuple. La victoire de Lépante fut
pour Venise un bénéfice, pour les villes italiennes une

occasion de fêtes, pour l'Espagne une joie nationale grave et durable, dont elle consigna le souvenir sur le marbre et sur la toile, par des médailles et par les vers de ses poëtes [1]. Parmi les dépouilles des Turcs, on en choisit quelques-unes avec soin que don Juan fit porter à Catherine de Cardonne.

Cervantes, lorsque plus tard il rentra dans son pays, y porta une fierté plus grande que jamais. Il parlait de Lépante comme d'une bataille d'Actium, et il se vantait lui-même comme un soldat de César. « Je pouvais prétendre, dit-il, si c'eût été dans les temps romains, à la couronne navale [2]. »

« J'y étais, disait-il encore, j'y étais à cette magnifique journée où se brisa l'orgueil et la superbe des Ottomans [3]. » Et il montrait ses blessures. Il ne songea jamais à dissimuler combien elles l'enorgueillissaient.

Tuve, aunque humilde, parte en la victoria.
J'ai eu ma part de la victoire, moi, humble combattant!...

C'est le mot le plus modéré qu'il ait écrit sur ce sujet de Lépante, dont il ne pouvait parler sans tressaillir. A soixante-sept ans, il rappelait dans ses vers l'exploit héroïque de l'héroïque don Juan :

Del heróico don Juan la heróica hazaña [4].

On riait de lui, de sa main brisée et de son orgueil. Il gardait son enthousiasme. Plus il vieillissait, plus il

---

1. Voir Cayetano Rosell, *Combate naval de Lepanto*, p. 125.

2. Pudiera esperar, si fuera en los romanos siglos, alguna naval corona. (*Don Quichotte*, I, xxxix.)

3. Me hallé en aquella felicísima jornada donde quedó el orgullo y soberbia otomana quebrantada. (*Don Quichotte*, I, xxix.)

4. *Viage*, I.

tenait à glorifier ses compagnons vivants ou morts. La modestie lui eût semblé un parjure.

Don Juan méritait que ses soldats se souvinssent de lui. Le lendemain de Lépante, il s'occupa fraternellement de tous les blessés, leur rendit visite, leur fit donner une haute paye et voulut que son propre médecin, Gregorio Lopez, assistât personnellement les malades.

Cervantes fut transporté à Messine, où il passa l'hiver dans un hôpital. Il y resta du 31 octobre 1571 au mois d'avril 1572. Au printemps, il se trouva assez fort pour reprendre le service. Il caressait des idées ambitieuses et comptait sans doute gagner des grades dans l'armée de la Ligue. Son espérance fut trompée, mais elle était naturelle; la victoire de Lépante excitait les applaudissements de toute l'Europe et ceux de la France. Pourquoi les écrivains espagnols l'ont-ils nié?

« Jamais ne fut si belle bataille de mer donnée, s'écrie un Français contemporain, Brantôme. Hélas! je n'y étais pas, mais sans M. de Strozze, j'y allais! » Brantôme, écho des opinions généreuses de la France, non-seulement raconte avec abondance, avec verve et avec enthousiasme ce mémorable succès, mais encore veut savoir les noms de tous ceux qui y combattirent; qu'on les enregistre tous jusqu'au dernier.

Il ne devoit, en ceste belle bataille de Lepantho, ni avoir capitaine, ny adventurier, ny soldat, ni marinier, tant petits fussent-ils, dont les noms ne fussent enrollés et escrits dans quelque beau papier et livres, qui servist à jamais de souvenance de la valeur de ces braves hommes, tant de ceux qui moururent que de ceux qui en eschappèrent vifs.

Cela devait avoir esté faict de par Dieu, ainsy que j'ouy un jour à Malte discourir un gentil capitaine espaignol : que l'on devait amasser tous les os des Turcs qui estaient morts en ce siége et que l'on peust dire : Voilà une montagne des ossements des Turcs qui moururent au siége de ceste place, qu'ils ne purent prendre. Certes ce capitaine estoit tout noble d'aller trouver ceste invention gentille, qui devoit avoir esté pratiquée pour la gloire de si braves chevalliers. Auprès de Nancy, où le duc de Bourgoigne fut desfaict et tué, l'on y void une chapelle où les Lorrains furent curieux d'amasser et d'y poser tous les os des Bourguignons qui là moururent, et ce, en signe de leur belle victoire[1].

Le roi de France fit chanter un *Te Deum;* le pape s'écria : *Il y eut un homme envoyé par Dieu et qui s'appelait Jean!* Le roi d'Espagne reçut froidement la nouvelle de la victoire de don Juan. « Il a gagné la bataille, il aurait pu la perdre, » dit-il. Admirable sang-froid, écrivent les apologistes de Philippe II. Mais il perd ce sang-froid quand il apprend que le jour de la Saint-Barthélemy on a massacré les protestants. Alors il fait chanter son *Te Deum* et donne les marques d'une joie cruelle. Que lui importe l'islamisme! Il arrache don Juan à la Méditerranée et à l'armée d'Italie. Je m'étonne qu'un biographe de Cervantes, don Carlos Aribau, ait pu accuser la France d'avoir dissous la Ligue et ainsi, par ses menées, « retardé de deux cent cinquante ans l'indépendance de la Grèce. »

Il y avait alors deux Ligues, l'une contre les Turcs, l'autre contre la France; don Juan commanda la première et triompha à Lépante. Philippe II dirigea la seconde et eut sa victoire, qui fut la Saint-Barthélemy. Ces faits sont irréfragables. Philippe rompit la Ligue de la Méditerranée en rappelant don Juan, et divisa la chrétienté en obligeant la France de défendre contre lui sa

1. *Vie des grands Capitaines.* Don Juan d'Austrie.

liberté et ses rois. Il faut une grande candeur d'injustice pour nous imputer les attaques dont nous étions l'objet.

Quand le roi d'Espagne enleva à la Ligue d'Italie son général, les Vénitiens tâchèrent de négocier une transaction lucrative. Cervantes les nomme directement; Brantôme dit qu'ils prièrent le roi de France de « moyenner » la paix, et qu'ils réussirent parce que les princes d'Europe étaient maladroitement désunis.

En effet, le lendemain de Lépante, la Ligue commença à se dissoudre lentement, dans le temps même où elle célébrait son premier triomphe. Malgré l'éclat déployé par les Romains, quand le sénat vint recevoir, pour le conduire au Capitole, Marc-Antoine Colonna, commandant des galères du pape, on sentit bientôt que l'unité et la force manquaient à l'alliance des peuples du Midi. L'harmonie disparut quand il fallut choisir le généralissime. Serait-ce Colonna, Girolamo Zeno ou André Doria? Tout se désorganisait, et les Turcs, qui pénétraient l'état des choses, se mirent à railler la Sainte Ligue qu'ils appelaient le *Nœud dénoué*. Quand ils virent s'avancer de nouveau la flotte chrétienne, commandée cette fois par Colonna, ils eurent beau jeu contre elle. L'Uchaly fut à son aise avec l'amiral italien, qu'il trompa sans cesse par des feintes exécutées avec calme; il prenait position comme pour engager la lutte, puis s'écartait paisiblement du champ de bataille, changeant toujours de place pour attirer et diviser l'ennemi. Toute l'habileté de Colonna fut de se maintenir contre ces surprises, mais il ne profita pas de la supériorité de ses forces. L'Uchaly avait interverti les rôles en réduisant à la défensive ceux qui le poursuivaient.

Le pape supplia Philippe de rendre dòn Juan aux

marins. Il finit par réussir, mais il n'obtint don Juan
qu'à demi, c'est-à-dire gardé en tutelle par le duc de
Sesa, qui gênait tous ses mouvements. Le roi d'Espagne
ressemblait à un fauconnier qui met des entraves aux
pattes du faucon. Don Juan néanmoins, tout en regardant à ses pieds, s'élança,

> Quale il falcon che prima a' pié si mira
> Indi si volge al grido.....
>
> (*Dante.*)

Il chercha partout sur la mer Colonna, que pendant
longtemps il ne trouva pas. Celui-ci, parti au printemps
de 1572, errait inutilement sur la mer. Avec lui marchaient les galères de Santa-Cruz, et sur ces galères
étaient les quinze cents hommes d'élite de Lope de Figueroa, parmi lesquels Cervantes. Notre poëte éprouvait alors ses premières déceptions militaires, et jetait
un regard indigné sur les ruines des cités chrétiennes
renversées par les Turcs.

Enfin don Juan rallia l'amiral italien. Aussitôt il se
concerta avec lui pour surprendre les Turcs. Il chargea
Farnèse de les assaillir à Navarin, mais l'inexpérience
des pilotes, une erreur de route, un sondage mal fait,
firent échouer l'entreprise. Cervantes se sentait humilié
de cette chasse inutile.

A Navarin, dit-il, je fus témoin de l'occasion qu'on perdit de
prendre dans le port toute la flotte turque, puisque les Levantins
et les janissaires qui se trouvaient là sur les bâtiments, croyant
être attaqués dans l'intérieur du port, préparèrent leurs hardes
et leurs babouches pour s'enfuir à terre, sans attendre le combat,
tant était grande la peur qu'ils avaient de notre flotte. Mais le ciel
en ordonna d'une autre façon, non par la faiblesse ou la négligence du général qui commandait les nôtres, mais à cause des

péchés de la chrétienté et parce que Dieu permet que nous ayons toujours des bourreaux prêts à nous punir. En effet, Uchali se réfugia à Modon, qui est une île près de Navarin ; puis, ayant jeté ses troupes à terre, il fit fortifier l'entrée du port, et se tint en repos jusqu'à ce que don Juan se fût éloigné.

On s'éloigna sans pouvoir débusquer l'Uchaly. Le duc de Sesa fit observer à don Juan que les vivres manquaient et qu'il fallait aller prendre en Italie ses quartiers d'hiver.

Le seul résultat de la campagne fut de s'emparer de quelques corsaires, entre autres de Hamet-Bey, cruel bourreau, qui, un jour, avait coupé le bras d'un de ses rameurs pour en frapper les esclaves de sa chiourme. Cervantes raconte le fait :

C'est dans cette campagne que tomba au pouvoir des chrétiens la galère qu'on nommait *la Prise*, dont le capitaine était un fils du fameux corsaire Barberousse. Elle fut emportée par la capitane de Naples appelé *la Louve*, que commandait ce foudre de guerre, ce père des soldats, cet heureux et invincible capitaine don Alvaro de Bazan, marquis de Santa-Cruz. Je ne veux pas manquer de vous dire ce qui se passa à cette prise de *la Prise*. Le fils de Barberousse était si cruel et traitait si mal ses captifs, que ceux qui occupaient les bancs de la chiourme ne virent pas plus tôt la galère *la Louve* se diriger sur eux et prendre de l'avance, qu'ils lâchèrent tous à la fois les rames, et saisirent leur capitaine, qui leur criait du gaillard d'arrière de ramer plus vite ; puis se le passant de banc en banc de la poupe à la proue, ils lui donnèrent tant de coups de dents, qu'avant d'avoir atteint le mât, il avait rendu son âme aux enfers, tant étaient grandes la cruauté de ses traitements et la haine qu'il inspirait.

Don Juan, rentré en Italie, médita un nouveau plan. Il sentait la faiblesse de la Ligue, que la mort du pape Pie V achevait de désunir. Buoncompagni, qui le remplaçait, sous le nom de Grégoire XIII, n'annonçait pas l'intention de lutter contre la froideur de Philippe II. L'infant résolut d'échapper aux tiraillements diplomatiques qu'il prévoyait, d'agir seul et de fonder, soit en Grèce, soit en Afrique, un royaume espagnol qui grandirait au cœur de l'islamisme. Il tourna ses regards vers ces plages de Tunis et de la Goulette que son père avait déjà attaquées.

LA GOULETTE (1573-1574).

Les expéditions des Espagnols à la Goulette excitèrent l'attention de toute l'Europe, et le désastre qui les termina les rendit à jamais célèbres. Trois mille hommes y furent enveloppés et massacrés par les hordes innombrables du désert.

Leur mort héroïque est rappelée avec une pitié fidèle par Cervantes, qui alla à la Goulette avec eux, mais qu'on ramena en Italie avant la chute du fort.

Du milieu de cette terre stérile, bouleversée, du milieu de ces bastions en débris qui jonchaient le sol, les âmes saintes de trois mille soldats sont montées vivantes à un séjour meilleur.

Ils luttèrent d'abord, exerçant sans espoir la force de leur bras courageux, et enfin le petit nombre, la fatigue, livrèrent leur vie à l'épée.

Voilà le sol qui s'est couvert, dans le passé et le présent, de mille souvenirs lamentables, mais jamais il ne porta de corps plus vaillants, jamais il ne vit sortir de son âpre sein et s'élever dans la clarté des cieux des âmes plus pures [1].

L'ascension des âmes de ses compagnons laissa dans l'esprit de Cervantes une tristesse sérieuse; il l'admirait en soldat, il la méditait déjà en homme politique. At-

---

1. Sonnet attribué par Cervantes à Pedro de Aguilar, porte-enseigne du fort. Voir *Don Quichotte*, I, XL.

5

taché aux pas de don Juan, il assistait à la ruine de ses espérances, et s'il la pleura, il la jugea.

Don Juan était à Palerme quand vint le trouver Muley-Hamet, second fils du feu roi de Tunis, Muley-Hassan. Ce roi venait d'être renversé par son fils aîné, Muley-Hamida, qui lui avait brûlé les yeux avec un bassin de cuivre ardent. A son tour Hamida fut chassé par l'Uchaly, qui s'établit et se fortifia dans la Goulette. Don Juan prit en main la cause de Muley-Hamet et saisit l'occasion de s'emparer du pays.

Il partit le 27 septembre et débarqua le 8 octobre à la Goulette, avec des ingénieurs et des capitaines d'élite. Gabrio Cervellon, Santa-Cruz, Figueroa le suivaient. Ce dernier avait dans son régiment Cervantes.

« Bientôt on apprit que le seigneur don Juan d'Autriche avait emporté Tunis d'assaut, et qu'il avait livré cette ville à Muley-Hamet, ôtant ainsi toute espérance d'y recouvrer le trône à Muley-Hamida, le More le plus cruel et le plus vaillant qu'ait vu le monde. Le Grand-Turc sentit vivement cette perte, et, avec la sagacité naturelle à tous les gens de sa famille, il demanda la paix aux Vénitiens, qui la désiraient plus que lui. L'année suivante, 1574, il attaqua la Goulette et le fort que don Juan avait élevé auprès de Tunis, le laissant à demi construit[1]. »

Ce fort, sur lequel se concentra toute la lutte, fut élevé hors de la ville, près de l'Estaño. Il devait contenir 8,000 hommes de garnison et assurer la domination espagnole sur le pays d'alentour. On s'appuierait, pour l'occupation de la côte, sur Biserte, qui venait de

1. Le *Captif*.

se rendre. Les plans de don Juan d'Autriche, qu'il exécuta à la hâte, que Philippe II désapprouva, furent encore compromis par son absence. Obligé de revenir en Sicile au mois de novembre, il laissa, en Afrique, derrière lui, une garnison trop faible qui devait bientôt y mourir.

Cervantes revint avec don Juan dont il suivait les marches et les contre-marches. Poëte malgré tout, il était heureux d'avoir vu Carthage, d'avoir foulé l'antique territoire qu'avaient illustré Didon et Virgile, et d'avoir chassé pour un moment de ces vieux murs sacrés la tourbe des Maures.

Je me suis livré à la discrétion du vent, dit-il.

J'ai visité les barbares qui tremblaient ; j'ai vu ce peuple étrange se faire humble et s'effaroucher, tant il craignait, non sans cause, sa perte dernière.

J'ai vu l'antique et illustre royaume où la belle Didon fut trahie dans son amour par l'exilé Troyen.

Ma grande blessure saignait encore, et les deux autres. Mais je voulais aller, être là, voir la déroute de cette Morérie !

Ici le poëte, songeant à la mort de ses compagnons et à sa propre captivité (car il écrivait ces vers au bagne d'Alger), ajoute :

Dieu sait si j'aurais voulu y rester avec ceux qui demeurèrent et furent écrasés, pour me perdre avec eux ou avec eux me défendre !

Mais ma destinée implacable n'a pas voulu que j'aie trouvé, dans cette entreprise pleine d'honneur, la fin de ma vie et de mes pensées [1].

Cervantes, rentré en Europe, passa en Sardaigne

1. Lettre de Cervantes à Mateo Vasquez.

l'hiver de 1574. Il s'attendait à revenir en Afrique.
Tous les regards de ses compagnons étaient tournés
vers cette plage sur laquelle ils avaient laissé les soldats
espagnols.

On suivait de loin les mouvements des Turcs, qui ne
pouvaient manquer d'assaillir Tunis et de ressaisir à
tout prix cette position, car elle coupait en deux la
ligne de Constantinople à Alger, ligne d'invasion des
Musulmans. Figueroa attendait l'ordre de partir avec
ses hommes; don Juan, forcé par le roi de remplir une
mission diplomatique dans le nord de l'Italie, se jurait
de faire une nouvelle campagne. Il prodiguait les instructions secrètes aux capitaines, aux marins, au vice-
roi de Naples qu'il essayait de gagner à cette cause.
« Je n'ai pas de lettre de vous! écrivait-il avec impatience à un gouverneur. Moi, je suis si passionné pour
les choses de ma charge que je voudrais, au lieu d'être
ici, être en mer, à tout hasard... Je vois que tout va
mollement dans les préparatifs de la campagne... Votre
avis sur l'affaire de Tunis, je l'attends [1]! »

Au mois de juillet, don Juan apprend que les Turcs
assiégent Tunis et la Goulette avec une armée puissante. Aussitôt il accourt en Sicile; il veut qu'on parte,
qu'on envoie à la garnison de Biserte l'ordre d'abandonner cette place et de se porter à Tunis où il dirige
des secours sous les ordres de Jean de Cardonne. Lui-
même il se met en route, malgré les gros temps; la
violence de la mer le force à relâcher en Sicile. Une
seconde fois il part; un ouragan l'enveloppe et on le

---

1. Voir ce texte curieux chez Navarrete, p. 308, dans les *Docu-*
mentos, où il est enfoui.

sauve à grand'peine. Cependant l'armée turque prend
la Goulette après un siége terrible, et Tunis au bout
de vingt jours.. Les braves Espagnols sont exterminés;
Gabrio Cervellon, pris par Sinan-Pacha, n'est épargné
que pour être outragé publiquement. Ce vieillard aux
cheveux blancs .marcha devant le cheval du vainqueur, au milieu des coups et des injures; Sinan-Pacha
le souffleta.

«Enfin la Goulette fut prise, puis le fort! dit Cervantes. On compta à l'attaque de ces deux places jusqu'à 65,000 soldats payés, et plus de 400,000 Mores
et Arabes, venus de toute l'Afrique. Cette foule innombrable de combattants traînaient tant de munitions et
de matériel de guerre, ils étaient suivis de tant de ma-
raudeurs, qu'avec leurs seules mains et des poignées de
terre ils auraient pu couvrir la Goulette et le fort.»

Tout le monde au seizième siècle avait son avis sur
l'affaire de la Goulette, les uns blâmant le généralissime, les autres déplorant le système de défense des
assiégés. Cervantes, qui juge si rigoureusement le côté
politique de la question, ne peut pas souffrir qu'on at-
ténue par des critiques le côté sublime de la défense.
Il réclame la justice pour ces nobles victimes dont il
rappelle les noms..

On perdit aussi le fort; mais du moins les Turcs ne l'empor-
tèrent que pied à pied. Les soldats qui le défendaient combattirent avec tant de valeur et de constance, qu'ils tuèrent plus de
vingt-cinq mille ennemis, en vingt-deux assauts généraux qui
leur furent livrés. Aucun ne fut pris sain et sauf des trois cents
qui restèrent en vie; preuve claire et manifeste de leur indomptable vaillance et de la belle défense qu'ils firent pour conserver
ces places. Un autre petit fort capitula : c'était une tour bâtie au
milieu de l'île de l'Estagno, où commandait don Juan Zanoguera,

gentilhomme valencien et soldat de grand mérite. Les Turcs
firent prisonnier don Pedro Puertocarrero, général de la Goulette,
qui fit tout ce qu'il était possible pour défendre cette place forte,
et regretta tellement de l'avoir laissé prendre, qu'il mourut de
chagrin dans le trajet de Constantinople, où on le menait captif.
Ils prirent aussi le général du fort, appelé Gabrio Cervellon, gentilhomme milanais, célèbre ingénieur et vaillant guerrier. Bien
des gens de marque périrent dans ces deux places, entre autres
Pagano Doria, chevalier de Saint-Jean, homme de caractère généreux, comme le montra l'extrême libéralité dont il usa envers
son frère, le fameux Jean-André Doria. Ce qui rendit sa mort
plus douloureuse encore, c'est qu'il périt sous les coups de quelques Arabes, auxquels il s'était confié, voyant le fort perdu sans
ressource, et qui s'étaient offerts pour le conduire, sous un habit
moresque, à Tabarca, petit port qu'ont les Génois sur ce rivage
pour la pêche du corail. Ces Arabes lui tranchèrent la tête et la
portèrent au général de la flotte turque. Mais celui-ci accomplit
sur eux notre proverbe castillan : *Bien que la trahison plaise, le
traître déplait*, car on dit qu'il fit pendre tous ceux qui lui pré-
sentèrent ce cadeau, pour les punir de ne lui avoir pas amené le
prisonnier vivant [1].

Dans ces divers passages on reconnaît le propre caractère de Cervantes, également capable de critique et
d'admiration.

On va voir avec quelle sûreté et quelle indépendance il a jugé ce qu'il a vu. Son dévouement à don
Juan d'Autriche ne l'empêche pas de discerner les
vices de son entreprise. C'est une faute grave, selon lui,
de suivre en tout la politique de Charles-Quint contre
l'islamisme. Il y a des expériences faites qu'on ne doit
pas renouveler. Jamais on ne gardera Tunis ni la
Goulette. Mais laissons parler Cervantes :

Ce fut la Goulette qui tomba la première au pouvoir de l'ennemi, elle qu'on avait crue jusqu'alors imprenable, et non par la

1. *Don Quichotte.* Le captif.

faute de sa garnison, qui fit pour la défendre tout ce qu'elle devait et pouvait faire, mais parce que l'expérience montra combien il était facile d'élever des tranchées dans ce désert de sable, où l'on prétendait que l'eau se trouvait à deux pieds du sol, tandis que les Turcs n'en trouvèrent pas à deux aunes. Aussi, avec une immense quantité de sacs de sable, ils élevèrent des tranchées tellement hautes, qu'elles dominaient les murailles de la forteresse, et, comme ils tiraient du terre-plein, personne ne pouvait se montrer ni veiller à sa défense. L'opinion commune fut que les nôtres n'auraient pas dû s'enfermer dans la Goulette, mais attendre l'ennemi en rase campagne et au débarquement. Ceux qui parlent ainsi parlent de loin, et n'ont guère l'expérience de semblables événements, puisque, dans la Goulette et dans le fort, il y avait à peine sept mille hommes. Comment, en si faible nombre, eussent-ils été plus braves encore, pouvaient-ils s'aventurer en plaine, et en venir aux mains avec une foule comme celle de l'ennemi? et comment est-il possible de conserver une forteresse qui n'est point secourue, quand elle est enveloppée de tant d'ennemis acharnés, et dans leur propre pays? Mais il parut à bien d'autres, et à moi tout le premier, que ce fut une grâce particulière que fit le ciel à l'Espagne, en permettant la destruction totale de ce réceptacle de perversités, de ce ver rongeur, de cette insatiable éponge qui dévorait tant d'argent dépensé sans fruit, rien que pour servir à conserver la mémoire de sa prise par l'invincible Charles-Quint, comme s'il était besoin, pour la rendre éternelle, que ces pierres la rappelassent!

C'est le ton du bon sens et le ton de l'histoire. Eh bien! le même homme qui condamne avec justesse les fautes, recueille avec un soin pieux les vers écrits en l'honneur des Espagnols morts à la Goulette, par don Pedro de Aguilar, soldat de grande bravoure et de rare intelligence.

J'ai cité le premier sonnet; voici le second :

Ames heureuses qui, libres de l'enveloppe mortelle, et dégagées par vos belles actions, vous êtes élevées des bassesses de la terre au degré le plus haut et le meilleur des cieux;
Vous qui, brûlant de colère et d'honneur, avez éprouvé la force

de votre corps, vous qui avez rougi de votre sang et du sang
d'autrui la mer et le sable d'alentour ;

La vie a manqué à votre bras qui s'épuisait, plus tôt que le courage. Dans la mort même et dans la défaite vous emportez la
victoire ;

En tombant d'une chute funèbre et douloureuse, enfermés
entre les murailles et le fer, vous avez conquis la renommée que
donne le monde et la gloire que donne le ciel.

Ce noble et triste souvenir de la Goulette, qui termine les campagnes de Cervantes, en caractérise l'issue
glorieuse et stérile. Après un échec aussi retentissant,
don Juan eut peine à soutenir ses plans contre le mauvais vouloir de Philippe II. La victoire même de Lépante était désormais sans résultat. Don Juan cessa d'effrayer les Ottomans ; on le dirigea sur les Flandres, où
il alla contre son gré, échoua et mourut. La plupart
des régiments espagnols qui avaient combattu sous ses
ordres furent licenciés.

Cervantes ne voulut pas rentrer en Espagne sans obtenir une marque d'estime de son général. Don Juan
d'Autriche lui donna des lettres qui témoignaient de sa
vaillante conduite ; le duc de Sesa lui accorda la même
récompense, et Cervantes saisit la première occasion
pour s'embarquer. Le pauvre soldat blessé ne se doutait pas, en montant sur le pont du navire, qu'il partait
pour l'esclavage.

CHAPITRE IV

LA CAPTIVITÉ

Au mois de septembre 1575, Cervantes partit de Naples sur la galère *le Soleil* avec ses compagnons d'armes, son frère Rodrigo et un vaillant capitaine (dont le nom fait penser au futur personnage de Don Quichotte), Pero Diez Carillo de Quesada, ancien gouverneur de la Goulette et depuis général d'artillerie.

On était en mer, lorsqu'on rencontra, le 26 du même mois, une escadre de galiotes turques commandée par Arnaute Mami, capitaine de la mer. *Le Soleil* fut bientôt enveloppé. Trois galiotes l'attaquèrent avec furie. L'une surtout, de vingt-deux bancs, était conduite par le terrible renégat qu'on appelait *le Boiteux* ou du nom arabe de Dali Mami. C'était un Grec très-hardi à la mer. Les Espagnols se défendirent avec courage et sans succès. Tout le monde fut pris, et Cervantes devint l'esclave de Dali Mami[1].

Deux ans plus tard, Cervantes écrivait, dans la lettre adressée à Mateo Vasquez et destinée à Philippe II :

1. Voir *la Galatée*, liv. **V**.

Sur la galère *le Soleil*, dont le nom éclatant avait pour ombre ma destinée, je luttai en vain contre la ruine qui nous accabla tous.

Nous montrâmes du courage et de l'ardeur ; mais bientôt nous fîmes l'amère expérience de l'inutilité de nos efforts.

Je sentis le poids affreux du joug d'autrui, et voici deux années qu'entre les mains de ces mécréants ma douleur se prolonge.

Mes fautes sans nombre, je le sais, et le peu de contrition que mon cœur en éprouvait, me retiennent parmi ces faux Ismaélites.....

Le pays « des Ismaélites » fut longuement observé par Cervantes. Ce fut pour lui un spectacle inattendu, nouveau et révélateur.

Jusqu'alors il avait vu, sur mer, la grande lutte de l'islamisme et du christianisme ; il allait voir Alger, asile des corsaires, métropole interlope de la Méditerranée, réceptacle étrange de mille résidus européens. Tout ce que la Grèce mourante avait rejeté, tout ce qui s'échappait de l'Italie déchirée, tout ce qui fuyait les pays de langue provençale, l'écume, en un mot, de tous les rivages était portée comme par le flot sur la côte algérienne. Au milieu du vieux monde, cette ville d'Alger, faite de débris, disputée entre l'Orient et l'Occident, entre le croissant et la croix, formait un repaire établi en face de la civilisation, comme une république barbare à laquelle on payait tribut. L'Europe entendait parler avec étonnement de corsaires aux noms étranges, de l'Uchaly, de Barberousse, de Cenaga, de Dragut. Elle estropiait leurs noms, mais elle était curieuse des aventures de ces forbans qui enlevaient les jeunes filles sur les côtes d'Italie ou d'Espagne. Ils intéressaient l'imagination populaire.

Il faut pénétrer avec Cervantes dans Alger et nous y

arrêter avec lui, si nous voulons comprendre ses œuvres, dont une partie est née de ses impressions d'alors.

Cervantes, en mettant le pied dans Alger, est frappé du chaos de races qui se présente à lui, et tout d'abord des mille accents divers qui frappent son oreille. Il se croit dans la tour de Babel. « Ce n'est pas la langue d'une nation, a-t-il dit, c'est un mélange de toutes les langues, un idiome bâtard, un libre argot, sans règle fixe de prononciation ni de grammaire; c'est le parler nègre d'un jeune esclave qui vient de débarquer. » La langue franque était l'image de la population hybride qui s'en servait : l'Arabe silencieux et subjugué, le Juif campé au milieu des races étrangères dans son isolement traditionnel, le Turc dans les emplois, le Grec souple et habile qui a changé de nom, les spahis, les janissaires, les vieux alcades, les agas redoutés, l'*oldaxi*[1] portant l'arquebuse, coiffé d'un feutre blanc et vert, auquel s'attache une immense plume qui retombe sur les épaules, le *solachi* qui porte la corne d'or, l'épée d'argent et le plumet blanc passent sous les yeux de Cervantes. Au milieu des indigènes ou des envahisseurs, pullulent les chrétiens. Les uns sont esclaves, et selon leur force ou leur art, on les fait jardiniers ou charpentiers, artisans ou rameurs. Les autres sont libres ; à la faveur d'un sauf-conduit, ils viennent vendre à Alger les produits de l'Europe. Il y a des marchands de tous pays, des Anglais qui apportent le fer, le plomb, l'étain, le cuivre et de la poudre; des Espagnols,

---

1. Nous n'écrirons pas ici les noms arabes ou turcs d'après leur orthographe normale ; nous leur laisserons la physionomie que les Espagnols du seizième siècle leur donnaient. L'*Uchaly* est mis pour *Aluch-Ali*, et *Morato* se trouvera pour *Mourad*.

qui offrent des perles, des étoffes teintes, des senteurs,
du sel, du vin et surtout des écus d'or ou des réaux
destinés à une refonte frauduleuse ; des Marseillais
chargés de mercerie, d'acier, d'alun, de soufre et de
salpêtre ; des Génois, des Napolitains, des Siciliens qui
vendent le velours, le damas, le taffetas, la soie de toutes
couleurs, à côté des Vénitiens qui. essayent de placer
tour à tour.des coffres ouvragés, des glaces magnifiques
ou du savon blanc.

Tout cela se mêle aux produits de l'Orient, dans les
bazars des détaillants indigènes. Les toiles gommées et
les étoffes de Constantinople, l'orfévrerie peinte des
Byzantins ou des Russes apparaît à côté des porcelaines
ou des vases que l'Afrique, à son tour, apporte sur le
marché avec les coraux de Tunis, les cuirs de Colo, la terre
savonneuse de Fez, le miel et les raisins de Cherchell.

Les compagnons de Cervantes furent si surpris de ce
qu'ils voyaient, qu'ils recueillirent leurs observations ;
je les retrouve, encore vives, dans le livre du père
Haedo. De toutes leurs impressions, la plus sensible et
la plus cruelle fut de voir les chrétiens entretenir eux-
mêmes, de leurs mains et de leur travail, cette marine
de corsaires. Ils firent le dénombrement des hommes
qui construisaient les galiotes, de ceux qui les gréaient,
de ceux qui ramaient, et ils reconnurent que pas un
n'était de race orientale, « de façon, dit Haedo, que si
les Turcs venaient à manquer des bras chrétiens, ils
n'auraient peut-être pas un seul navire[1] ».

Quant à Cervantes, une pensée plus profonde encore
s'empara de son esprit à la vue de ces rivages où flottait

---

1. De manera que a faltar a los Turcos cristianos oficiales no auria
entre ellos quiza un solo navio.

autrefois l'étendard castillan. Il se rappela le temps où
Ferdinand le Catholique dominait l'Afrique septentrio-
nale et les expéditions de Charles-Quint. Les larmes
lui vinrent aux yeux.

Le jour où j'arrivai, vaincu, sur ce rivage dont parle tout le
monde, et qui sert d'asile, de rendez-vous, de centre à tant de
pirates,

Je ne pus retenir mes pleurs. Malgré moi, sans savoir comment, je me sentis le visage inondé de larmes.

Devant mes yeux se présentaient la rivière, la montagne d'où
le grand Charles partit, sa bannière flottant dans les airs,

Et la mer qui, jalouse de sa grande entreprise, envieuse de
sa gloire, se montra alors plus irritée que jamais;

Roulant ces pensées dans ma mémoire, je laissai échapper de
mes yeux les larmes que mérite un si éclatant désastre [1].

L'organisation, relativement régulière, d'Alger semblait montrer que toutes les mesures étaient prises pour
empêcher le retour de la domination espagnole. Rabadan règne alors, les Turcs sont les maîtres, les Maures
sont refoulés, les chrétiens travaillent. Deux courses
ravitaillent l'empire barbare : la course de terre, qui
apporte de l'intérieur le fruit du pillage, la course de
mer, qui apporte de l'extérieur les richesses dérobées
à l'Europe.

Cervantes, témoin oculaire de ce double brigandage,
contemple ce qui se passe. — A l'une des portes d'Alger
arrivent cinq cents hommes armés, qui se rallient et se
forment sur deux files en arborant leur bannière, *la
vandera del cavallo*. C'est une *mahala* qui rentre et qui
vient d'opérer la levée de l'impôt, en y ajoutant, pour
le grossir, toutes sortes de razzias secondaires. Ils ont

1. Voir *El Trato de Argel* et la lettre à Mateo Vasquez.

vécu pendant quatre ou cinq mois aux dépens des Africains, ils en ramènent plusieurs qu'ils ont faits esclaves, et l'on aperçoit parmi les bêtes de somme chargées de blé, de miel, de beurre, de figues et de dattes, des femmes qu'on pousse en avant et des enfants que l'on frappe. Grande fête dans la ville ; les décharges de mousqueterie font retentir la grande rue, tandis que la troupe descend, se range sur la place et annonce les prises qu'elle va vendre. Ainsi se termine la *garrama* ou contribution de terre.

Cependant un grand bruit se fait entendre dans une autre partie de la ville. C'est l'arrivée au port de la *galima* ou de la course de mer. Le débarquement s'effectue dans un ordre invariable. Avant tout, on fait porter les rames en magasin, et personne parmi les Turcs ne doit descendre à terre jusqu'à ce que le navire soit dépouillé et demeure comme un oiseau sans ailes ; car les captifs sont là, avides de liberté ; il suffira d'un instant d'oubli pour qu'ils saisissent les rames et s'échappent. On prend donc ses sûretés, puis on débarque ses marchandises, ses esclaves, tout le butin, à la grande joie des marchands et du roi. Les captifs sont fouillés et examinés des pieds à la tête. On fait des catégories. Ceux qui sont riches ou nobles doivent être séparés avec soin des vilains et des pauvres. Les premiers représentent une valeur en argent : ils se rachèteront ; les autres représentent le travail et la main-d'œuvre. On maltraite les misérables et on les embrigade immédiatement ; on réserve les gentilshommes.

Véritable comédie que la hausse ou la baisse sur le marché d'Alger. Le possesseur du captif, pour faire monter le prix de ce qu'il vend, procède avec une habileté et une gradation admirables. Tandis que l'esclave proteste de sa pauvreté et s'abaisse pour abaisser le chiffre de sa rançon, le maître affecte de traiter sa victime avec le plus grand respect; il la nourrit presque bien, en lui faisant remarquer qu'il se ruine par bonté pure et par déférence, et il glisse quelques mots sur l'espoir de rentrer dans son argent. Le prisonnier déclare qu'il ne pourra jamais obtenir la somme qu'on lui demande : il n'est pas riche, il est simple soldat... Mais le Turc donne de l'avancement à son prisonnier; il fait du soldat un général, du matelot un caballero, de l'abbé un archevêque.

— « Moi, qui suis un pauvre clerc, dit le docteur Sosa, ils m'ont fait évêque, de leur propre autorité *et plenitude potestatis*. Plus tard ils m'ont fait secrétaire intime et confidentiel du pape. Ils m'assuraient que j'avais été tous les jours, huit heures durant, enfermé avec Sa Sainteté dans une chambre, où nous traitions dans le secret les plus graves affaires de la chrétienté. Ensuite ils m'ont fait cardinal, ensuite gouverneur du Castel-Nuovo de Naples, et aujourd'hui on me transforme en confesseur de la reine d'Espagne. » Le docteur Sosa se défend en vain de tous ces honneurs; on produit des témoins, chrétiens ou turcs, qui jurent avoir vu Sosa cardinal ou gouverneur.

Les prisonniers quelque peu remarquables étant ainsi revêtus de dignités redoutables et entourés d'honneurs payables en espèces, lorsqu'on fouilla Cervantes et qu'on trouva sur lui les lettres de recommandation de don Juan d'Autriche et du duc de Sesa, ce fut son malheur. Malgré ses protestations, le soldat de Lépante fut traité comme un grand seigneur à qui l'on pouvait de-

mander une forte rançon. Il vit de près la comédie jouée
par les Turcs, qui commençait par des génuflexions et
se terminait souvent d'une manière sanglante. Quand ils
renonçaient à la douceur cauteleuse, ils passaient si vite
de la prière à la menace et de la menace aux effets, que
bien des chrétiens effrayés saisissaient le moyen de salut
qui s'offrait à eux et qui était de renier leur foi. Un
mot, un seul, et les fers tombaient. Chose étrange (pour
ceux qui ne croient qu'aux intérêts et n'admettent pas
l'empire des idées), les marchands de chair humaine
immolaient sans hésiter leur cupidité à leur croyance,
du moment que l'islam pouvait y gagner un homme de
plus. Sur ce marché, où l'Asie trafiquait de la race
européenne, la lutte morale dominait l'avidité mercantile. Un jour, un chrétien commet un crime sans rémis-
sion; il frappe un janissaire. On le conduit sur le rivage
pour y être brûlé vif. Là, il abjure, il est pardonné.

Quand un chrétien se fait mahométan, rien n'est trop
beau pour lui; la cérémonie de l'affranchissement et de
la circoncision s'accomplissent d'abord solennellement,
puis on donne au renégat, avec sa *carta de francos*, de
l'argent, des esclaves, des vêtements, des bijoux et des
chandelles vertes. Il sera adopté par un Turc et pourra
hériter de son maître. Si quelque soldat espagnol d'Oran,
si le patron d'un navire italien vient de lui-même, librement, se naturaliser Algérien, on le reçoit avec de grands
honneurs, on le met à cheval, une flèche à la main, en
habit turc. Les janissaires, au nombre de cinquante ou
de soixante, lui font cortége à pied, les alfanges nus,
tenant la bride du cheval et sonnant de la trompe; le
roi en personne fait les frais du festin de rigueur et offre
au renégat la facilité d'entrer dans le corps des janis-

saires. C'est ainsi que les Orientaux recrutent des âmes pour le compte de l'islamisme.

D'une autre part, le christianisme se défend sur cette rive inhospitalière. Une corporation s'est organisée, celle des Pères rédempteurs, qui s'efforcent, non-seulement de racheter les chrétiens et de répandre des aumônes, mais encore de soutenir les courages faibles et de préserver contre la tentation les femmes, les enfants, les pauvres gens livrés sans espoir aux angoisses du corps et de l'esprit.

Cervantes regarde d'un œil attendri cette lutte dont il comprend la gravité terrible. Il voit avec indignation combien gagne de terrain Mahomet, qui bientôt possédera dans le monde cent millions d'âmes et sur la mer espagnole un pouvoir indestructible. Il conçoit alors la pensée, qui ne le quittera plus jusqu'à la fin de sa vie, de réveiller le cœur de son pays et de lui faire mesurer les progrès de l'ennemi. Il commence sa croisade à Alger, où (s'il ne peut rien par la force) il agira du moins par l'exemple et par la parole. Non-seulement il retient ceux qui éprouvent la tentation de renier Jésus-Christ [1], mais il recherche avec une pitié généreuse les malheureux qui manquent de repos, de nourriture et de secours moral. Il partage avec eux le peu qu'il a, il aborde les petits enfants avec des encouragements.

Son cœur saignait à voir la cruauté des Turcs. L'historiographe d'Alger, Haedo, est intarissable sur la variété et l'atrocité des supplices infligés aux chrétiens dans les bagnes et sur les galères. « Coups de bâton, coups de poing, coups de pied, le fouet, la faim, la soif,

---

1. Voir *Baños*, la scène entre Alvarez et Saavedra.

une multitude de cruautés inhumaines et continuelles,
voilà ce qu'ils emploient contre les pauvres chrétiens
qui rament, auxquels ils ne laissent pas une demi-heure
de repos. Ils leur ouvrent cruellement les épaules, leur
tirent le sang, leur arrachent les yeux, leur rompent les
bras, leur brisent les os, leur taillent les oreilles, leur
coupent le nez, puis ils les tuent et les jettent à la mer...
tout cela pour obtenir que les rameurs enlèvent le vaisseau et le fassent courir plus vite qu'on ne vole... Il n'y
a pas de langue humaine qui puisse exprimer, pas de
plume qui puisse peindre ces misères [1]. » Le général de
la mer, Arnaute-Mami, était le modèle achevé de la
barbarie et de la fantaisie dans la cruauté. Les corsaires
ses compagnons se réglaient sur lui et il ne se réglait
lui-même que sur son caprice.

Cervantes réfléchit au moyen de déjouer et même
d'abattre ces maîtres féroces, incroyable entreprise dans
laquelle il s'engagea avec une énergie et déploya une persévérance sans égale. Tout d'abord il se rapprocha particu-
lièrement des gentilshommes et des capitaines qui lui
parurent hardis et décidés. C'était un groupe d'hommes
indomptables, qui nouaient des complots, que les renè-
gats haïssaient, que les Turcs ménageaient comme captifs de rachat, que les soldats pauvres respectaient par
habitude, et qui passaient fièrement au milieu de tous,
vivant de leurs idées, méprisant le reste et répondant
quand on leur proposait d'abjurer leur foi : *Je suis
Espagnol!* Purs au milieu des épreuves, ils justifiaient
cet orgueil. Les chevaliers de Saint-Jean se reconnaissaient, au milieu de la foule en haillons, à la dignité de

---

1. *Haedo*, p. 17.

leur attitude. A voir un de ces gentilshommes, on eût dit la statue de l'honneur castillan dressée sur la terre de servitude. Comme le Cid, ces capitaines offraient *l'or de leur parole* à qui leur demandait une garantie. Tel ce Francisco de Meneses, qui renouvela le trait de Régulus. Il partit pour l'Espagne sous serment de revenir, et il revint.

Cervantes se rapprocha de Francisco de Meneses et d'un autre capitaine pris à la Goulette en 1574, Beltran de Salto y Castillo. Les mêmes regrets et les mêmes résolutions secrètes animaient ces hommes qui ne pouvaient pas voir sans colère le fort construit à Alger par Charles-Quint tombé au pouvoir de l'islamisme. Ils invoquaient la tradition castillane qui marquait l'Afrique comme une propriété espagnole. Ils parlaient des faits de guerre, de leurs revers, de leurs victoires, série interrompue qu'il fallait renouer. Ils contaient des anecdotes sur Charles-Quint, ils composaient des vers à la gloire de l'Espagne. Leur imagination échauffée leur rappelait les noms, alors célèbres, des hommes qui, sur cette terre d'Afrique, à Oran, à Bougie, à la Goulette, avaient osé braver une multitude barbare. Chacun d'eux pensait comme autrefois César au milieu des pirates et regardait cette lutte séculaire comme un duel entre gentilshommes et forbans.

Depuis quarante ans on avait vu les Espagnols captifs braver tous les périls pour échapper à la servitude. Ces hidalgos, trop chrétiens pour renier, trop pauvres pour se racheter, conspiraient sans relâche pour sortir d'Alger. Leur caractère était indomptable. On citait par centaines les noms des hommes qui avaient préféré la mort à l'esclavage.

La liste des gentilshommes qui périrent ainsi formait un long martyrologe. Cervantes la savait par cœur. Il la trouvait plus glorieuse qu'effrayante. A peine à Alger, il examina les divers moyens de fuir. On pouvait s'échapper soit par mer, soit par terre. Ne pouvant se procurer aucune barque, Cervantes se décida d'abord pour une évasion par terre, et offrit à ses amis de marcher ensemble vers Oran où ils trouveraient la garnison espagnole.

Son projet fut adopté par Meneses, par Beltran de Salto, par les alfereces Rios et Gabriel de Castañeda, par le sergent Navarrete et par un nommé Osorio. On choisit un Maure qui connaissait le pays. Rien n'était plus dangereux qu'une pareille entreprise. La longueur du chemin, la chaleur de la route, la faim et la soif exposaient toujours à la mort ceux qui s'engageaient dans une pareille aventure. En 1568, on avait surpris un Italien, en 1572 deux Espagnols sur cette route. L'Italien fut pendu; les Espagnols furent tués à coups de bâton. Malgré tout, Cervantes partit. Mais, au bout d'une journée de marche, le Maure les abandonna et ils furent obligés de regagner eux-mêmes leur prison.

Comment échappèrent-ils au supplice, je l'ignore; mais, après cette première tentative, Cervantes avait conquis parmi les captifs une sorte d'autorité morale. Tout le monde venait à lui. Un témoin interrogé dans une des enquêtes, Alonzo Aragones, déclarait que Cervantes « était en relations continuelles avec les chrétiens les plus distingués, prêtres, religieux, lettrés, caballeros, capitaines, que sa conversation élevée, pure et joyeuse le faisait rechercher et que les Pères Rédempteurs l'admettaient dans leur confiance comme à leur table. » Peu à peu il attira autour de lui des hommes de cœur dont il devint le chef. Tous s'entr'aidèrent soit pour fuir, soit pour se racheter.

L'alferez, Gabriel de Castañeda, qui trouva le premier sa rançon, offrit à Cervantes de lui en chercher une en Espagne; Cervantes lui remit une lettre pour sa famille, dans laquelle il informait les siens de sa captivité et de celle de son frère. Ce fut une terrible nouvelle pour le vieux Rodrigo de Cervantes. Il n'hésita pas un instant. Il engagea son morceau de terre, il prit les petites sommes qui devaient servir de dot à ses filles, il réunit son avoir; et ce pauvre, devenu plus pauvre encore, envoya à Alger le modeste appoint qu'il pouvait fournir. Cervantes, aussitôt qu'il reçut l'argent, courut chez Dali Mami et le lui offrit, pour son frère et pour lui. Le corsaire se mit à rire.

« Vous valez davantage, » lui dit-il. Et il ne voulut entendre parler d'aucun arrangement. La réputation militaire de Cervantes, le rang qu'il avait pris, son air de gentilhomme et ses lettres de recommandation élevaient le prix de sa rançon. On le tenait pour *muy bien soldado y principal*. Dali Mami lui fit la vie dure en raison de sa qualité et le mit aux fers pour obliger « une personne aussi considérable » à trouver de l'argent[1].

Cervantes n'était pas homme à se décourager. Les crises au contraire lui aiguisaient l'esprit. « Je cherchais, dit-il, d'autres moyens d'arriver à ce que je désirais tant, car jamais l'espoir de recouvrer ma liberté ne m'abandonna; j'imaginais, je mettais en œuvre, et quand le succès ne répondait pas à l'intention, aussitôt,

---

1. Una persona de mucha cuenta y reputacion. — Voir, dans l'enquête de 1580, les dépositions de Valcazar et de Véga.

sans m'abandonner à la douleur, je me forgeais une autre espérance qui, si faible qu'elle fût, soutînt mon courage [1]. »

Il prépara un nouveau plan. Avec sa générosité naturelle, il avait décidé que son frère serait délivré le premier, au moyen de l'argent arrivé d'Espagne ; mais il résolut de faire servir cette délivrance à celle de ses amis et à la sienne propre. Rodrigo, une fois libre, se hâterait d'envoyer, soit de Majorque, soit de Barcelone, un vaisseau qui viendrait louvoyer sur la côte d'Afrique et enlèverait Cervantes avec des compagnons d'élite. Cet expédient n'était pas sûr ; plus d'une fois déjà de pareilles tentatives avaient échoué. Les captifs qu'on délivrait les premiers promettaient avec ardeur de revenir et d'être fidèles au rendez-vous. « Mais l'expérience avait appris combien, une fois libre, on tenait mal les paroles données dans l'esclavage. Très-souvent, des captifs de grande naissance avaient employé ce moyen, rachetant quelqu'un de leurs compagnons pour qu'il allât, avec de l'argent, à Valence ou à Majorque, armer une barque et qu'il revînt chercher ceux qui lui avaient fourni sa rançon ; mais jamais on ne les avait revus, parce que le bonheur d'avoir recouvré la liberté et la crainte de la perdre encore effaçaient de leur souvenir toutes les obligations du monde [2]. » Cervantes pensa conjurer l'ingratitude humaine en choisissant son propre frère pour cette mission d'honneur. D'ailleurs il ne précipita rien ; on va voir avec quelle patience il organisa cette nouvelle entreprise qui dura plus de sept mois.

Tout d'abord il entama des relations avec les rené-

1. Voir *le Captif*.
2. *Ibidem.*

gats ou les esclaves employés dans les jardins de la côte. Un pauvre Navarrais, appelé Jean, était jardinier de l'alcade Hassan qui possédait une campagne à trois milles environ, à l'est d'Alger. Cervantes fit luire aux yeux de cet homme l'espérance de la liberté et lui promit de partager avec lui les dangers inséparables d'une tentative de fuite. On convint qu'il recevrait un à un et cacherait les chrétiens envoyés par Cervantes.

Jean creusa, au fond d'une grotte, une chambre capable de recevoir quelques hommes. Cervantes chercha ensuite un pourvoyeur qui pût nourrir les fugitifs et qui fût assez libre de ses mouvements pour aller et venir sans éveiller les soupçons. Il connaissait un renégat appelé le Dorador, né à Melilla, qui témoignait le désir de redevenir chrétien. Il l'encouragea dans cette intention.

Cela se passait au mois de janvier 1577. Quand Cervantes se crut assuré de réussir, il se décida à envoyer à la grotte quatorze fugitifs. Ils devaient attendre longtemps, se cacher tout le jour et ne sortir que le soir. Le Dorador apporterait des vivres, avec les instructions de Cervantes. Quant à lui, il resterait à Alger jusqu'au dernier moment, comme le capitaine à son bord.

Le mois de février et le mois de mars se passèrent sans qu'on osât rien entreprendre. On savait que la mer était aux pirates. Cette année-là surtout, les Algériens, forts de l'impunité, tenaient sous leur domination une grande partie de la Méditerranée et de l'Afrique. Cervantes, aux aguets, suivait du regard et les courses de mer et les courses de terre dirigées contre le Maroc et Tlemcen. Il vit entrer dans le port, à la fin de mars, une des plus belles galères espagnoles, le *San Pablo*, et, sur ce navire, un butin énorme, une somme de cent soixante-dix mille ducats et deux cent quatre-vingt-dix captifs. Elle avait été surprise dans un port chrétien, à l'île Saint-Pierre, par douze bateaux d'Alger.

Là se trouvait un homme destiné à jouer un grand rôle par sa science, son caractère et son énergie, parmi les espagnols prisonniers : c'était le docteur Antonio de Sosa, dont le nom a été cité déjà, qu'on retrouve partout dans le livre d'Haedo et qui exerça sur l'esprit de Cervantes une influence considérable. La dignité naturelle de sa personne et de son esprit, son stoïcisme, sa vertu un peu hautaine, lui donnaient un ascendant extraordinaire. Cervantes voulut connaître Sosa, il alla le voir chez le juif qui l'avait acheté, rêvant déjà de l'associer à son évasion. Sosa était enchaîné dans une *mazmorra*, espèce de fosse malsaine. Quand Cervantes parla de fuir, le prisonnier lui montra tranquillement son cachot, ses fers, ses jambes enflées. Mais, touché de la délicatesse de Cervantes, il voulut, s'il ne pouvait être de la fuite, être au moins du complot. Confident de ses projets, il en admirait l'audace, il en craignait la témérité. Peut-être parvint-il à calmer l'impatience du soldat, en lui faisant entrevoir l'espérance de se racheter. C'était l'époque de l'année où d'habitude les Pères de la Rédemption arrivaient.

En effet, le 20 avril 1577, on vit débarquer, avec ses religieux, le frère Jorge de Olivar, rédempteur pour la couronne d'Aragon et commandeur de l'ordre de la Merci. Ce fut un nouvel ami pour Cervantes. Les qualités du frère, excellent homme, très-simple et très-courageux, qui s'exposait gaiement au martyre, touchèrent profondément notre écrivain. Il écouta les paroles du nouveau venu avec une confiance toute filiale. Celui-ci se réunit à Sosa pour tempérer la vivacité intrépide de Cervantes. Ces lettrés, ces Pères lui donnèrent de la prudence, ainsi que le docteur Domingo Becerra, prêtre de Séville, qui se lia également avec Cervantes.

D'autres causes vinrent encore paralyser son action. Alger devait bientôt changer de maître, Rabadan-Bacha allait quitter le gouvernement, dont la durée était limitée à trois ans. Ces changements ne se faisaient guère sans trouble. En 1577, l'agitation d'Alger fut plus grande que d'habitude.

Un événement particulier vint surexciter la colère des musulmans. Ils apprirent qu'à Valence, dans un auto-da-fé, on avait brûlé un corsaire morisque. Cette nouvelle leur fit venir la pensée de supplicier, par représailles, un ou plusieurs chrétiens. « Pour répondre aux inquisiteurs d'Espagne [1], » il fallait choisir des victimes marquantes, surtout des prêtres, « parce que ce sont les fauteurs des persécutions. » On voulut d'abord prendre un des captifs du San-Pablo, mais les uns étaient rachetés, les autres étaient la propriété de quelque maître qui ne voulait pas s'en dessaisir. On obtint du roi Rabadan la permission d'acheter et de sacrifier un prisonnier illustre. Ce furent alors des cris de joie effrayants. On désigna pour le martyre un prêtre valencien, de l'ordre militaire de Montesa, appelé frère Michel de Aranda. Les Rédempteurs voulurent empêcher cette exécution; Jorge Olivar et le commandeur de Majorque, Jeronimo Antich, se jetèrent au milieu de la foule, les mains jointes; la foule ricanait. Ils coururent

1. Voir *Haedo*, p. 181.

chez le corsaire Mami et le conjurèrent de sauver le Valencien. Le corsaire les repoussa brutalement et les chassa, en criant dans sa langue franque : *Andar, papas, andar!* Va-t'en, prêtre, va-t'en! Non-seulement lui, mais toi et ton compagnon, vous méritez d'être brûlés vifs à la marine!»

Le samedi matin, 18 mai, on apporta en quantité du bois sur le port, on fixa en terre une ancre et on alla chercher le frère Michel. Il fut conduit en grande pompe à la maison du roi; ensuite on le promena au milieu d'une foule qui l'injuriait. Mille prétextes furent inventés pour jouir longtemps de ce spectacle; on prolongea l'horrible journée jusqu'à cinq heures du soir. Alors seulement le malheureux fut dirigé vers la marine, tandis que les uns lui arrachaient la barbe ou les cheveux, et que les autres le frappaient à coups de pied, à coup de bâton ou à coups de souliers. Sans les bourreaux qui essayaient d'écarter les assaillants, il eût été mis en pièces. A l'arrivée, on l'attacha à l'ancre avec une chaîne de fer. On élargit le cercle des spectateurs. Un Maure s'avança; c'était le frère de l'homme qu'on avait tué à Valence. A haute voix il insulta le prêtre; d'une main, il le saisit par la barbe, de l'autre, il prit un tison enflammé et lui brûla la figure. Puis il lui lança une pierre qui fut le signal pour tous de la lapidation. Un peuple entier se précipita aussitôt sur les pierres amassées d'avance et commença à ensevelir le malheureux sous une pluie de projectiles. Ensuite on amassa autour du corps, dont on apercevait encore le buste, une montagne de branches auxquelles on mit le feu.

Cervantes, saisi d'horreur à l'aspect de cette exécu-

tion sauvage, se promit de raconter un jour à sa
nation le contre-coup africain des auto-da-fé espagnols
et de protester contre les supplices qui appellent des
supplices. Mais, loin de s'effrayer pour son compte, il
résolut de poursuivre son projet de fuite interrompu
par la frénésie publique, il adressa en Espagne des lettres pressantes qu'il fit apostiller par deux hommes
considérables, captifs alors, Antonio de Tolède et Francisco de Valence, tous deux chevaliers de Saint-Jean et
de la maison du duc d'Albe. Ils demandaient aux *vice-
rois* de Valence et de Majorque d'envoyer une galère
qui croiserait devant la côte, non loin du jardin, et que
l'on rejoindrait au premier signal. Une pareille recommandation donna la plus grande confiance à Cervantes,
et il croyait toucher au but, lorsque tout fut remis en
question par l'arrivée du nouveau roi, Hassan. Le nom
seul de cet homme répandit le trouble dans Alger.
Avide et cruel, il effrayait les Turcs eux-mêmes.

Le 29 juin 1577, Hassan-Bacha fit son entrée à Alger.
C'était un Vénitien, élève des corsaires Dragut et Aluch-
Ali, formé, dès l'enfance, par eux au métier de pirate.
Un trait de sa vie le peindra. Un jour, naviguant sur les
côtes de Morée, il découvrit que ses hommes avaient
comploté sa mort. Il les fit pendre aux antennes, l'un
par le bras gauche, l'autre par le bras droit; un troisième fut écartelé au moyen de quatre galères faisant
l'office de chevaux. Il fit grâce aux autres. Ainsi agissait
l'homme qui domina Alger de 1577 à 1580 et contre
lequel Cervantes lutta pendant ces trois années.

Il inaugura son règne par une compression et un ac-
caparement universels.

A peine débarqué, il s'adjugea les captifs de rachat.

On payait au roi un septième de la valeur des prises; il exigea un cinquième. Il s'empara de tout le blé, fit et vendit le pain lui-même, saisit le beurre, l'huile, le miel, les légumes apportés au marché, et laissa aux janissaires les oignons et les choux. Les impôts furent augmentés. Les Maures et les Arabes, forcés de le payer en nature, accumulaient chez lui toutes leurs denrées, qu'il leur revendait ensuite à eux-mêmes à des prix très-hauts. La monnaie d'argent fut réunie par lui et refondue secrètement par des esclaves européens pour être envoyée à Constantinople, à son bénéfice.

Hassan rachetait les esclaves à leurs maîtres et doublait le taux de leur rançon. Ancien trésorier d'Aluch-Ali, il s'entendait merveilleusement à toutes ces opérations. A première vue, il distinguait son intérêt et son profit dans toutes les affaires. Ce discernement mercantile dictait sa conduite envers les esclaves. L'usage était qu'on amenât devant lui ceux qui avaient tenté de fuir. Si l'esclave lui paraissait de valeur, il le déclarait sien et transformait la présentation en une prise de possession. Dans le cas contraire, il faisait étendre le captif sur le sol et on le bâtonnait jusqu'à la mort; parfois il interrompait lui-même le supplice, pour mutiler de sa main le malheureux.

On se révolta quelquefois, on se plaignit à Constantinople, mais le sultan fit la sourde oreille. Le sultan obéissait à sa mère, celle-ci était dominée par l'Uchaly, et l'Uchaly sauvait Hassan, sa créature. C'est ainsi que pendant trois années le roi nouveau brava les lois divines et humaines, réduisit Alger à la misère et à la famine, et fit sa fortune.

Tout d'abord il scruta du regard les bagnes où se

trouvaient les captifs, il devina même ceux qu'il ne voyait pas et réclama Antonio de Tolède avec Francisco de Valencia, les deux prisonniers de marque que j'ai nommés. Il entra en fureur quand il apprit la vente précipitée de ces deux hommes. Cervantes nous a conservé cette scène tragi-comique, dans laquelle Hassan éprouve un désespoir d'usurier. Selon lui, Francisco valait 7,000 ducats; Antoine, un frère du duc d'Albe, devait être vendu 50,000 [1].

Hassan se rabattit sur le frère Jorge Olivar, qui, portant avec lui l'argent du rachat, aurait été une excellente prise. Il guetta toutes les occasions de l'accuser et le dépouiller.

En attendant, il avait épuisé la ville et découragé les corsaires. Bientôt on manqua de vivres et de prises. L'épidémie suivit la famine, la mortalité fut effrayante et les rues d'Alger s'emplirent de cadavres. L'imprévoyance naturelle de cette population cosmopolite la laissait aisément sans ressources. « Ces hommes, écrit Sosa dans ses notes, ne savent que la rapine. Quand ils passent deux mois en repos et ne sortent pas en course ou ne font pas ce qu'ils appellent la *galima*, aussitôt eux, leurs enfants et les habitants de ce repaire, meurent de faim. Ils étaient riches en avril, quand ils venaient de s'emparer de la galère de Malte, où ils nous ont pris. Un mois et demi après, ils sont sortis en course, sous les ordres d'Arnaute Mami, mais, comme ils n'ont rien ramené, ils sont furieux, honteux, et tout le monde ici meurt de faim, surtout les janissaires et les arraez, » qui vivent exclusivement des bénéfices du pillage.

---

1. Voir Cervantes, *Trato de Argel*, j. v. — *Haedo*, chap. XXI, 3°.

Au milieu de cette crise, Cervantes résolut de ne plus attendre, voyant que tout serait perdu s'il tardait davantage. Il ne pouvait plus nourrir ses complices. Force était d'abandonner son ami Sosa, à qui son état de faiblesse ne permettait aucune tentative violente. Sosa lui-même engagea Cervantes à partir et à exécuter un projet qui rendrait des chrétiens à l'Espagne[1].

On était au mois d'août 1577. Cervantes conféra avec son frère ; Rodrigo se munit des lettres de recommandation qui étaient préparées, il se racheta en réunissant les deux rançons en une seule, et il promit d'envoyer un navire dont il confierait le commandement à un homme qui connût la côte. Il tint parole, un brigantin partit sous la conduite d'un marin de Majorque, appelé Viana. Cervantes était prêt. Le 20 septembre, il alla embrasser Sosa et lui dire adieu ; puis, s'échappant d'Alger, il vint retrouver dans la grotte ses compagnons fugitifs. Ceux-ci, privés de jour, plongés dans la terre humide, étaient malades et exténués. Il les releva en leur faisant entendre ce mot de *liberté* que jamais il ne prononce dans ses écrits sans émotion et éloquence. « La liberté, dit-il quelque part, c'est le trésor donné à l'homme par le ciel. Pour la liberté comme pour l'honneur, on doit jouer sa vie, car le premier des maux est la servitude. »

Huit jours se passèrent. Le 28, arriva le brigantin, qui s'approcha de nuit. Comme il préparait un signal, quelques Maures qui passaient l'aperçurent dans l'ombre et donnèrent l'alarme. Aussitôt le navire s'éloigna. Revint-il plus tard ? Ici les témoignages sont contradictoires. Les uns disent que Viana revint mal à propos,

---

1. A efectuar una cosa de tanta onra y servicio de Dios.

fut surpris, enveloppé par les Maures et fait prisonnier.
D'autres accusent les marins chrétiens d'avoir tout perdu
par leur hésitation[1].

Quoi qu'il en soit, les hommes de la grotte, à qui le
Dorador apportait des vivres, demeurèrent dans leur
retraite. Mais bientôt le Dorador ne reparut plus; le
31 septembre au matin, on entendit un bruit d'armes
et de chevaux, le jardin fut investi par une dizaine de
cavaliers turcs et vingt-quatre soldats de pied armés
d'escopettes et d'alfanges. Le chef de la garde d'Hassan
les conduisait. On était trahi. Le Dorador avait livré le
secret de l'évasion au roi d'Alger, qui calcula aussitôt
le bénéfice qu'il en tirerait en mettant les esclaves de
rachat dans son bagne, et surtout en impliquant dans
la conspiration l'ami de Cervantes, le frère Olivar. L'argent des Rédempteurs l'empêchait de dormir.

Les soldats turcs s'emparèrent d'abord du jardinier
navarrais et cernèrent la grotte. Cervantes n'eut que le
temps de dire quelques mots rapides à ses compagnons
épouvantés :

— L'unique chance de salut pour vous, leur dit-il à
la hâte, est de m'accuser tous.

Et il les prévint lui-même en s'avançant vers le chef
de la garde.

— Je déclare, dit-il que personne parmi ces chrétiens
n'est coupable. Moi seul, je suis l'auteur du complot et
je les ai entraînés à fuir[2].

---

1. Dans l'enquête de 1580, on lit à l'art. 7, qui fut rédigé sous
les yeux de Cervantes : « Habiendo llegado una noche al mismo
puerto, por faltar el ánimo a los marineros y no querer saltar en tierra
a dar aviso a los que estaban escondidos, no se efectuó la huida. »
Cervantes les accuserait donc nettement de timidité.

2. Voir l'enquête de 1580, art. 9°. — « Ninguno de estos cris-

On reçut régulièrement et on transmit au roi la déclaration de Cervantes. Au milieu des cris et des injures de la population, on ramena les fugitifs à Alger,
où Hassan les fit mettre dans son bagne. Cervantes seul
fut amené devant lui pour subir un interrogatoire dont
tout le monde devinait l'intention. Il s'agissait de compromettre le frère Olivar, en le supposant du complot.
Olivar lui-même, qui savait le plan du roi, se regarda
comme perdu. Il envoya au docteur Sosa les vases sacrés,
les ornements sacerdotaux et tout ce qui servait au
culte, afin de sauver ces objets de toute profanation ; et
il attendit son sort.

— N'ayez pas peur, dit Cervantes aux chrétiens qui
le virent passer, je vous sauverai tous[1].

On tremblait. L'agitation était grande dans la ville.
L'interrogatoire fut long et captieux. Hassan employa
tour à tour la séduction, la menace et les surprises. Il
ne voulait qu'un nom. Cervantes répondit toujours qu'il
était seul coupable et refusa de désigner un seul complice, ni directement, ni indirectement. Hassan devint
furieux, l'Espagnol demeura impassible. Cervantes eut
à choisir entre la mort et un aveu. Il n'hésita pas. Personne ne douta plus de son supplice.

Tout à coup Hassan s'apaisa. Il le fit reconduire dans
son bagne et charger de fers, mais il garda le silence
sur ses intentions. Était-il subjugué par la fermeté de
Cervantes ? Conservait-il l'espoir de lui arracher une

tianos que aqui estan tiene culpa en este negocio, porque yo solo he
sido el autor del y el que los ha inducido a que se huyesen. ».

1. Déclaration de Cristobal de Villalon. « A el dijo Cervantes, cuando
iba a presentarse al rey, que no se escondiese ni tuviese miedo, pues
a todo defenderia y a si no mas echaria la culpa. »

parole contre les Rédempteurs? Nul ne l'a jamais su ; tous les témoins et tous les captifs avouent que l'ascendant de Cervantes leur parait inexplicable. Sosa lui-même, qui note jour par jour, dans son cachot, les événements, n'ose pas juger les projets d'Hassan, et écrit simplement dans son mémoire : « Cervantes l'a échappé belle ; tous nous pensions que le roi le ferait tuer[1]. » La lutte est ouverte, l'issue est douteuse, et cela dure trois années. Le prince pirate achète Cervantes à Dali Mami, pour 500 écus, double le prix de sa rançon et, le tenant sous sa main, il joue avec sa proie. Au fond, c'est une tragédie dont tous les personnages et toutes les scènes excitent l'attention d'Alger. Jean le Navarrais est pendu par son maître avec l'autorisation du roi. Le Dorador se meurt d'un autre supplice, qui est plus lent, mais plus terrible. Le mépris public le tue. Il erre seul, égaré, sombre, puis il se décide à entrer chez l'alcade juif Mahamet, qui tient dans les chaînes le vénérable Sosa ; il descend dans le cachot, et le voilà, cet homme dont les mains sont libres, qui supplie le prisonnier d'accueillir sa défense, de l'absoudre et de l'amnistier. Sosa l'écoute avec calme et lui répond doucement qu'il ne peut laver le traître de la trahison. Le Dorador s'en va, ulcéré, emportant avec lui la rage qui le mine ; il met deux ans à mourir.

Cependant le frère Olivar continue son travail de missionnaire sous le coup qui le menace, et Cervantes, pressé de nouveau par Hassan de nommer ses complices, répond toujours : — *Me, me adsum qui feci*, comme le Nisus de Virgile ou comme la *Médée* des Grecs ; car

---

1. Sin duda el escapo de una buena, porque pensabamos todos que le mandase matar el rey.

c'est là une situation comme les anciens les aimaient,
héroïque dans sa réalité, celle dont parle Sénèque le
stoïcien : « Il n'est pas de plus beau spectacle que
l'homme de bien aux prises avec la fortune. »

La vérité de ces faits nous est attestée par les témoignages les plus nombreux et les plus irréfragables. Mais
ce que nous savons à peine, ce qui est révélé seulement
par des indices rares, successifs et découverts de jour
en jour, c'est l'autre genre de courage qu'il fallut à
Cervantes pour donner à tous ses compagnons l'exemple
de la gaieté, de la confiance et de l'espoir. Ce n'était
pas assez de résister lui-même, il fortifia les autres. Il
faut le suivre, non plus année par année, mais d'une
seule traite pendant la période d'entreprise et d'audace
qui s'étend de 1577 à 1580. C'est une véritable campagne dont le plan, la stratégie, les feintes et toute la
suite indiquent une persévérance admirable soutenue
par une grandeur croissante de conception. La hauteur
des vues succède au désir personnel de la liberté,
désormais il veut davantage, il entre de plain-pied dans
le rêve politique d'une conspiration générale : son premier coup de main sera un coup d'État. En attendant, il
couvre sa marche, il dissimule, et il s'amuse à sauter
avec ses chaînes dans le bagne d'Hassan, pour se distraire, dit-il.

Le bagne d'Hassan est un triste séjour. Qu'on imagine
un quadrilatère vide et nu, dans lequel des hommes
mal vêtus et oisifs sont entassés, un parc à bétail où les
têtes sont taxées, un entrepôt de marchandise humaine.
L'abattement règne dans cette enceinte populeuse et
morne. Tous misérables, tous dévorés d'ennui et altérés
de liberté, les captifs ne parlent entre eux que de la

rançon qui ne vient pas. Leurs gardiens entretiennent
chez eux cette idée fixe par des coups, des vexations et
des outrages.

Cervantes, qui aime l'action et adore la liberté, souffre
plus qu'un autre, et quelquefois, en songeant qu'il
mourra loin de sa famille, il sent les larmes lui venir
aux yeux. Mais l'âme des poëtes cache des trésors sur
lesquels n'a jamais de prise le bâton du garde-chiourme.
Qui donc méconnaîtra le divin pouvoir des lettres en
voyant Cervantes se relever de l'abjection et ranimer
ses camarades en leur parlant de poésie et d'histoire!

« Parlons de nos guerres, dit-il, chantons nos campagnes. » Et l'on célèbre les Espagnols morts à la Goulette, comme Périclès faisait l'éloge des Athéniens morts
à Platée. On se reprend à ces souvenirs dont la tristesse
est mêlée de gloire. Un Italien, appelé Ruffino, compose
un récit historique des expéditions de Tunis.

— Courage! lui dit Cervantes, la main qui, chargée
de chaînes, écrit ainsi, deviendra, une fois libre, la main
éloquente d'un Tite-Live moderne.

> Que le destin cruel ne courbe plus ta tête,
> Que la fortune un jour daigne briser tes fers,
> Tu seras couronné, — crois-moi, je suis prophète,
>   De lauriers toujours verts !

Cervantes trouve des rimes et prend part à ces nobles
distractions littéraires, quand il s'agit de rendre du
cœur aux captifs. Il ne leur propose pas l'oubli, mais les
grands souvenirs. Que de vers n'a-t-il pas écrits qui sont
aujourd'hui perdus! Il en portait souvent à Antonio Sosa,
il en demandait à ce Pedro de Aguilar, dont il rappelle, dans la nouvelle du *Captif*, les deux sonnets sur

la Goulette. On vient de retrouver à Gênes ceux qu'il adressa à Ruffino et dont je cite un passage[1]. Quelque trouvaille que l'avenir nous réserve, soyons sûrs qu'elle nous montrera le poëte ranimant les âmes autour de lui par l'amour de la poésie et des lettres.

Un jour, il organisa au bagne la représentation d'une comédie espagnole. Il se trouvait là une quarantaine de prêtres captifs, qui disaient la messe, prêchaient et donnaient la communion chaque dimanche. Les musulmans gardent l'usage de cette tolérance, malgré les haines de races. Cervantes, au temps de Noël, se rappela les fêtes religieuses de son pays, les souvenirs de son enfance et les vers populaires qu'il avait entendu réciter par Lope de Rueda. Il les savait par cœur ; l'auto-pastoral de la vieille Espagne, moitié légende, moitié églogue, lui revint en mémoire avec la veste de peau des bergers traditionnels et la crèche et l'étable. On joua au bagne un noël dramatique de Rueda. Il fut convenu que les captifs du dehors seraient invités. Les gardiens du bagne y consentirent, à la condition que les chrétiens payeraient un droit d'entrée. La représentation laissa à désirer, il y eut des cris, des querelles à la porte et des interruptions de plus d'un genre ; mais la journée fut si vive et si gaie, que Cervantes, plus tard, la racontait dans la scène suivante[2] :

LE GARDIEN BAXI (*parlant à un Maure*). — Pour dix écus je n'en donnerais pas ma part ! Asseyez-vous... Qu'on ne laisse en-

---

1. M. Ripa de Meana a adressé au savant bibliothécaire de Madrid, M. Hartzembusch, ces pièces inconnues qui accompagnent le livre de Ruffino intitulé : *Sopra la desolazione de la Goletta et di forte di Tunisi.*
2. Voir *les Bagnes d'Alger*, IIIe journée.

trer personne, à moins de payer deux âpres bien trébuchants.... Les Espagnols vont jouer une belle comédie.

(Ici les chrétiens arrivent en foule.)

Le Gardien. — Où vas-tu, chrétien?

Le Chrétien. — Je vais entendre la messe.

Le Gardien. — Paye!

Le Chrétien. — Comment, paye? on paye ici?

Le Gardien. — Voilà un vieillard encore bien neuf.

Le Maure. — Deux âpres, ou bien passe ton chemin.

Le Chrétien. — Je ne les ai pas.

Le Maure. — Eh bien, va te faire pendre ailleurs!

Un gentilhomme offre de payer pour lui. Il entre.

Mais un autre captif bataille encore à la porte. C'est Tristan le sacristain.

— Laissez-moi entrer. Tenez! voilà un mouchoir que j'ai volé à un juif il n'y a pas une demi-heure. Prenez-le en gage ou payez-m'en la valeur.

Ce personnage est le bouffon de l'endroit; bruyant, taquin, il harcèle les juifs et les musulmans. Taisez-vous, lui dit-on, « on commence le *colloque* de Rueda. »

<blockquote>
El coloquio se comience
Que es del gran Lope de Rueda
Impreso por Timoneda
Que en vejez al tiempo vence.
</blockquote>

— Avez-vous des vestes de peau? demande un gentilhomme. Entendra-t-on des *cantares*? Qui dira la *loa* (prologue)?

— On n'a rien de tout cela. Elle est misérable la comédie des captifs, elle est pauvre, affamée, malheureuse, nue et ahurie!

— Eh bien, s'écrie un autre gentilhomme, que la bonne volonté soit la bienvenue!

La pièce commence; on voit entrer en scène le berger Guillaume. Il débite quelques vers d'une pastorale de

Rueda [1], vers charmants pour les exilés, paroles rustiques entendues jadis, échos lointains des impressions d'enfance, qui n'ont de sens et de saveur que pour l'oreille espagnole.

Tout à coup le berger s'arrête. Un Maure s'est précipité dans le bagne en criant : — Alerte, chrétiens, alerte ! qu'on ferme les portes.

Au dehors, un tumulte affreux agite la rue. On apporte bientôt un chrétien blessé. Les janissaires, dit-on, massacrent tous les chrétiens qu'ils rencontrent. Au milieu du bruit et des voix confuses, on apprend enfin la cause du désordre. Les Algériens avaient cru apercevoir en mer une flotte chrétienne. C'était une illusion : quelques nuages lointains, bizarrement éclairés par le soleil, avaient été pris pour des vaisseaux; déjà les peureux distinguaient des galères nombreuses, leurs proues, leurs rames; déjà on voyait don Juan, le vainqueur de Lépante, descendre à terre. C'est alors que les janissaires se mirent à exterminer les chrétiens et vinrent tuer jusqu'à la porte du bagne : le sang coulait de toutes parts, quand les nuages se dissipèrent et avec eux les terreurs des musulmans.

Une fête interrompue par une boucherie, l'épouvante se traduisant par la férocité, la comédie des prisonniers terminée en tragédie, voilà l'étrange et fidèle tableau de la vie au bagne d'Alger. Il ne manque à ces contrastes qu'un seul trait : c'est l'auteur de *Don Quichotte* préparant au milieu des réjouissances de Noël une conspiration générale. Cervantes, tandis qu'il semblait oublier ses projets d'évasion, formait un vaste plan : soulever

1. Ils n'ont été conservés que dans ce passage de Cervantes, où Moratin les a recueillis. Voir Moratin, *Catalogo*, etc.

d'un seul coup tous les captifs, concerter leur insurrec-
tion avec une descente de Philippe II à Alger, et rétablir sur cette côte la domination espagnole, tel était son
rêve. Son ambition allait plus loin que celle des capitaines qui avant lui avaient organisé des conspirations.
On avait vu se soulever ainsi, en 1531, sept cents
esclaves de Sargel; en 1559, huit mille prisonniers de
Mostaganem, commandés par Martin de Cordoue. Mais
leurs mouvements, mal combinés, échouèrent par l'indiscipline des soldats de ce temps-là, tous aventuriers.
Cervantes voulait la destruction d'Alger, ce nid de pirates, ou la conquête de la côte; selon lui, l'action réunie de la flotte de Philippe, de la garnison espagnole
d'Oran et des captifs, devait assurer le résultat de l'entreprise. Il y avait à Alger quinze mille captifs au
moins [1]. L'idée de les réunir sous sa conduite et de préparer lui-même par son activité le succès de son plan le
transporta d'enthousiasme. « Tels furent son héroïsme
et son industrie, écrit un contemporain [2], que si la fortune y eût répondu, il aurait rendu au roi Philippe II la
ville d'Alger. » Ame courageuse et gaie, il se mit à
l'œuvre et sollicita tour à tour à Alger, à Madrid, à
Oran, les princes, les capitaines et le roi.

Les événements parurent favoriser son audace. Une
flotte et une armée furent réunies par Philippe II sur
les côtes de l'Espagne du sud. Le bruit courut qu'il allait
envahir l'Afrique. Ses yeux, disait-on, avaient été ra-
menés vers l'Afrique par la bataille d'Alcazar, où tom-

---

1. Cervantes dit quinze mille dans le *Trato*, vingt mille dans la
lettre à Vasquez. Haedo dit vingt-cinq mille.

2. Rodrigo Mendez de Silva. — Ascendencia de Nuño Alphonso,
f. 60. Voir Navarrete, p. 367 et 574.

bèrent trois rois. C'était en 1579. Le roi Sébastien de Portugal vint soutenir dans le Maroc le parti du préten- dant au trône, Mahomet, contre son rival, Muley-Ma- luch. Il fut vaincu et tué; son allié se noya; le vainqueur lui-même, Muley-Maluch, mourut de ses blessures. Aus- sitôt Philippe II fit de grands préparatifs de guerre. Tout le monde pensa qu'il allait fondre sur l'Afrique. En réalité, il se tenait prêt à envahir le Portugal dès que ce pays serait sans maître. Le roi Henri, successeur de Sébastien, dont les jours étaient comptés, ne pou- vait défendre longtemps son royaume.

Philippe dissimula son projet véritable et laissa ré- pandre le bruit d'une invasion prochaine en Afrique. Cette rumeur causa une agitation profonde sur toute la côte barbaresque. Musulmans et chrétiens en parlaient tous avec des sentiments contraires. On épiait les nouvelles, ou dénombrait les vaisseaux qui se réunissaient sous le commandement du marquis de Santa-Cruz, on savait que des troupes arrivaient d'Italie et d'Allemagne pour se joindre aux levées espagnoles et que le duc d'Albe avait sous ses ordres 36,000 hommes.

Hassan força les captifs à reconstruire les murailles d'Alger; ils furent accablés de travaux et surveillés de près. Quant à Cervantes, on le tint enchaîné. « Lorsque mon estropié espagnol est sous bonne garde, disait Hassan, je suis sûr de la ville, des prisonniers et du port[1]. »

Il se trompait, il comptait trop sur les chaînes pour contenir le démon dont Cervantes était possédé. C'est alors même que le captif écrivit à Philippe II :

1. *Haédo.*

« Haut et puissant seigneur... que le courroux de ton âme s'allume. Ici la garnison est nombreuse, mais sans force, sans remparts, sans abri. Chacun, sur le qui-vive, épie l'arrivée de la flotte pour s'enfuir. Vingt mille chrétiens se trouvent dans cette prison; tu en as la clef... [1]. »

Cervantes n'avait sans doute qu'une médiocre confiance dans les intentions de Philippe II. Il chercha un intermédiaire puissant et bien placé qui pût lui servir d'interprète. Il choisit Mateo Vasquez, secrétaire du roi, à qui il adressa une longue supplique écrite en vers. Dans ce poëme, il rappelait ses services, il peignait l'islamisme faible à la fois et triomphant; il faisait appel enfin à la haute vertu de Mateo Vasquez. Ce n'était pas là une flatterie, comme on le croirait, ni un mot banal. Cervantes apercevait au milieu de la cour, foyer d'ambitions rivales et d'intrigues jalouses, le secrétaire du roi comme un esprit élevé, sérieux et digne de comprendre les grands intérêts de l'Espagne. J'ai trouvé dans un carton de la Bibliothèque nationale de Madrid un feuillet sur lequel Mateo Vasquez a écrit pour lui-même les maximes de conduite qu'il se proposait de suivre. Rien de plus simple et de plus noble que ce plan inspiré par l'expérience quotidienne et par le désir de la justice. Cervantes ne le flatte donc pas quand il le distingue de la foule des courtisans.

Si j'ai quelque expérience, lui dit-il dans sa lettre en vers, et que je ne m'abuse pas, voici la cour : une multitude travaillée d'une seule pensée, d'un seul désir.

1. Je ne donne ici qu'un fragment de cette lettre, découverte récemment, et que l'on trouvera plus loin (chap. v). Voir, pour la date que je lui attribue, mes *Notes*.

On rêve la clef d'or, on se dispute entre vingt personnes une charge unique, on brigue l'ambassade, poste que la haute confiance donne.

Là, chacun pour soi. Ils sont deux mille qui visent au but pour leur compte, il n'y en aura qu'un dont la flèche donnera dans le blanc,

Et celui-là peut-être n'a jamais importuné personne, jamais attendu, l'estomac vide, jusqu'après vêpres, à la porte orgueilleuse d'un grand.

Celui-là n'a pas fait de l'argent un trafic, il n'a pas prêté, ni emprunté. Il n'a de commerce qu'avec la vertu. En elle et en Dieu il a mis sa confiance.

C'est de vous, Seigneur, qu'on pourrait dire, et je le dis, et je le dirai, ma voix ne se taira pas, que la vertu seule vous a conduit,

Qu'elle a eu seule le pouvoir de vous élever à ce degré de bonheur où vous êtes, favori humble, dénué d'ambition.

Heureuse et belle fut l'heure où le discernement royal découvrit le mérite abrité

Dans cette sereine intelligence qui fait, avec votre loyauté et votre discrétion, la puissance de votre vertu !

Je ne sais si les vers de Cervantes étaient bons, mais l'accent en est pur et grave. Ce n'est pas là le ton des adulateurs.

Dans ce monde, dit encore le poëte, rien ne se fait sans travail. Le sentier laborieux de la vertu est le plus sûr et le plus court.

On ne sait pas quel accueil fut fait à la lettre de Cervantes. Philippe II, uniquement préoccupé du Portugal, n'attaqua pas Alger. La démonstration simulée de sa flotte n'eut d'autre résultat que de jeter la ville entière dans un état de fièvre et de crainte qui se traduisit en violences. Les passions, irritées déjà par la famine, la mortalité et les exactions du roi, devinrent si furieuses que l'anarchie se mit dans la population. On vit les janissaires se révolter et faire couler des flots de sang.

Les captifs, regardés comme l'ennemi commun, furent maltraités, privés de nourriture, écrasés de travaux. Les maîtres devinrent plus cruels et les supplices plus nombreux. Au milieu de ce délire général, Hassan se maintenait par la terreur et dépassait tout le monde en férocité.

« La faim et le dénûment pouvaient bien nous fatiguer quelquefois, dit Cervantes [1], et presque toujours, mais rien ne nous fatiguait comme d'entendre et de voir à chaque pas les cruautés inouïes dont mon maître usait envers les chrétiens. Chaque jour il pendait quelqu'un, il empalait celui-ci, il coupait les oreilles à celui-là pour le moindre motif ou sans motif; et les Turcs eux-mêmes disaient qu'il le faisait pour le plaisir de le faire et parce que son naturel était d'être le bourreau du genre humain. »

Les chrétiens notaient jour par jour les événements d'Alger; on tenait registre des supplices ou des apostasies, dont il était dressé procès-verbal et dont on rendait compte aux familles intéressées. Il est curieux de retrouver ici quelques-unes des notes écrites, de 1578 à 1580, par Antonio Sosa, par Becerra, l'auteur du *Galateo*, ennemi juré de « la canaille turque, » et par le capitaine Geronimo Ramirès, ami et compatriote de Cervantes.

Faire mourir les chrétiens sous le bâton, dit l'un, c'est la cruauté la plus familière à ces barbares, envers les esclaves chrétiens, et la chose la plus quotidienne. Ils la font si aisément qu'il suffit d'un caprice, d'une fantaisie, sans raison aucune, pour qu'ils laissent un chrétien à terre, moulu comme du sel et demi-mort. Ils frappent à tour de bras, et non-seulement ils ouvrent les épaules du malheureux, mais ils lui rompent les os, puis ils le retournent et lui donnent autant de coups sur le ventre et sur

1. Le *Captif*.

l'estomac. Ils pilent les entrailles et battent la peau de l'homme comme un tambour.... Ensuite ils le frappent sur le gras de la jambe pour ne pas laisser une partie du corps sans douleur, ils le pendent, la tête en bas, et le bâtonnent sur la plante des pieds ; enfin ils le couchent sur une table, fixent ses mains et déchargent sur elles des coups de corbache qui causent une douleur nerveuse épouvantable. Quand ils se fatiguent de frapper, le chrétien ne bouge plus de la place où on l'a mis, et s'il n'est pas mort, il vit peu d'heures ou peu de jours.

Qu'on n'accuse pas d'exagération celui qui écrit ces lignes : il donne une liste nominale et précise qui le justifie :

Ainsi fut tué dernièrement le bon frère Louis Grasso, Sicilien (7 juillet 1578). — Ainsi, par le gardien du bagne royal, le père Lactancio de Police, franciscain de Sicile. — Ainsi le roi Hassan a-t-il tué de sa main Juan Francisco, jeune et brave Napolitain (16 septembre 1578). — Ainsi Cadi Raez, *esse Turco y gran borracho*, l'ancien capitaine de Biserte, a-t-il tué de sa main et à coups de bâton le vieux Juan, Sicilien (15 octobre 1578).— Ainsi le roi a-t-il exécuté dans sa maison le mayorquin Pedro Soler, qui avait essayé de fuir à Oran (12 décembre 1578). — Ainsi est mort un Catalan, nommé Peroto, qui ne lui disait pas à son gré ce qu'il voulait savoir de la flotte espagnole (13 janvier 1579). — Ainsi le même Hassan, qui règne aujourd'hui, a-t-il fait expirer sous le bâton le courageux Espagnol Cuellar, qui avait conçu l'audacieux projet de s'enfuir du port, la nuit, avec trente chrétiens (20 février 1579). — Ainsi le capitaine de la mer Mami Arnaut, renégat albanais, a-t-il tué de ses mains avec l'aide de ses renégats, en un seul jour, le Français Jean Gascon, les Italiens Felipe et Pedro ses esclaves, parce qu'ils avaient évité d'aller en course et s'étaient cachés : le sang que fit jaillir le bâton fut si abondant et cette bête féroce s'en montra si avide qu'un témoin oculaire m'a dit avoir vu dans la cour un véritable ruisseau, et qu'aujourd'hui on n'a pas encore pu en laver la trace. — Ainsi Borrasquilla, ce cruel renégat génois, capitaine de galère, a-t-il massacré deux chrétiens qui s'étaient absentés pour qu'il ne les conduisît pas à Constantinople (1579). — Ainsi le renégat corse Hassan a-t-il tué lui-même le Grec Georgio, son esclave, parce qu'il avait

couché dehors pendant deux nuits (1579). — Ainsi le gardien
du bagne a-t-il tué le pauvre Calabrais Simon qui ne s'était pas
rendu au travail (1579). — Ainsi le roi Hassan a-t-il fait tuer en
sa présence et chez lui le Biscayen Juan, surpris dans sa fuite sur
le chemin d'Oran (1579). — Ainsi ce même roi fit-il tuer un autre
jeune Espagnol appelé Lorencio, pris dans les mêmes circonstances. Il mit deux jours à mourir (1580). — Ainsi les janissaires
firent-ils mourir sous le bâton le pauvre Vénitien Louis. — Et
enfin ainsi mourut, il y a quelques jours, l'honorable Vicencio
Lachitea, gentilhomme sicilien.... J'en citerais bien d'autres qui,
depuis trois ans que nous sommes à Alger, ont été, de cette
façon, ou mutilés ou mis à mort.

Cette litanie, qui ne s'arrête pas là, est incomplète,
car elle ne comprend qu'un genre de supplices. «Partout je rencontre dans les bagnes, sur les galiotes, à la
messe, des hommes à qui on a coupé le nez ou les
oreilles, rompu les bras ou les jambes, crevé les yeux.
Ils portent ainsi les marques de leurs croyances. Si
Notre-Seigneur me laisse sortir de captivité, je donnerai
les noms des martyrs que j'ai vus ici.»

Telle est l'horrible situation des captifs. Le plus
modéré de ceux qui en parlent est Cervantes, et c'est
aussi le plus résolu de ceux qui bravèrent Hassan.

En vain lui rappelle-t-on la triste fin des malheureux qui ont essayé, par la fuite ou la révolte, de sortir de misère. Les uns meurent de faim sur les routes,
les autres sont engloutis avec l'embarcation qu'ils ont
construite, ou, comme l'Italien Trinqueta, rejetés par la
tempête. D'autres assaillent le patron d'une galiote,
comme firent les rameurs de Kar-Hassan, en rade de
Tétouan (1577); quelques hardis soldats s'emparent en
1579 de la Casilba à Tunis. Mais presque toujours ces
hommes, désarmés, peu nombreux, n'échappent à la
servitude que par la mort. Pour vingt qui se sauvent,

des milliers succombent. On leur donne l'estrapade, on
les pend aux antennes. Les corsaires, toujours sur leurs
gardes, redoublent de barbarie. En mer, ils coupent le
nez à tout chrétien qui laisse tomber sa rame ou qui la
mêle aux rames de ses compagnons; à terre, ils muti-
lent les captifs, pour l'exemple; car à terre ils s'enivrent,
et, une fois ivres, ils tuent.

Cervantes sait tout cela et n'en tient pas compte. Il
songe de nouveau à fuir. Quand on le mène au travail,
il observe le port, d'où il voudrait partir : mais
toutes les barques sont sans rames. Il regarde tour à
tour la mer et la terre qui toutes deux l'ont trahi. Il
sonde l'esprit et les dispositions des hommes qu'il
rencontre et qu'il veut utiliser. Maures ou Juifs, renégats même, il les examine tous, sans distinction de
classes, car il a reconnu chez plus d'un mécréant des
sentiments de pitié et chez bien des renégats un désir
de rentrer en Europe, dont il peut se servir.

Il y a des renégats, en effet, qui ont coutume, lorsqu'ils ont
l'intention de retourner aux pays chrétiens, d'emporter avec
eux quelques attestations des captifs de qualité, où ceux-ci certi-
fient, dans la forme qu'ils peuvent employer, que ce renégat est
homme de bien, qu'il a rendu service aux chrétiens et qu'il a
l'intention de s'enfuir à la première occasion favorable. Il y en a
qui recherchent ces certificats avec bonne intention; d'autres,
par adresse et pour en tirer parti. Ces derniers viennent nous
voler et, s'ils font naufrage, ou s'ils sont arrêtés, ils tirent leurs
certificats et disent qu'on verra par ces papiers qu'ils avaient
le dessein de revenir à la foi chrétienne, que c'est pour cela
qu'ils étaient venus en course avec les autres Turcs. Ils se préservent ainsi du premier mouvement d'horreur, se réconcilient avec
l'Église, sans qu'il leur en coûte rien, et, dès qu'ils trouvent leur
belle, ils retournent en Berbérie faire le même métier qu'auparavant.
Mais il en est d'autres qui font sincèrement usage de ces papiers,

les recherchent à bonne intention et restent dans les pays chrétiens. Un de ces renégats était l'ami dont je viens de parler, lequel
avait des attestations de tous nos camarades, où nous rendions de
lui le meilleur témoignage qu'il fût possible. Si les Mores eussent
trouvé sur lui ces papiers, ils l'auraient brûlé tout vif[1].

Cervantes trouva successivement parmi les renégats
et parmi les Maures deux hommes dévoués qui l'aidèrent dans sa troisième et dans sa quatrième évasion.
Un Maure se chargea de porter à Martin de Cordoue,
qui commandait à Oran, une lettre de Cervantes où il
annonçait qu'il gagnerait cette place avec quatre gentilshommes espagnols. Le chemin était si long et la campagne si gardée qu'il n'y avait pas d'espoir de réussir
si la garnison ne venait pas en aide aux fugitifs. Cervantes demandait qu'on envoyât au-devant de lui une
escorte sûre. Son émissaire parvint heureusement jusqu'au territoire d'Oran, mais là il fut découvert, pris et
fouillé. On le ramena à Alger, où en l'empala.

Cervantes, dont la lettre fut connue, devait recevoir deux mille coups de bâton.

Pour la troisième fois on lui fit grâce. Comment lui
pardonnait-on un crime qu'on punissait de mort chez
les autres? Peut-être le rénégat Maltrapillo (Morato
Raez) qui était Espagnol et qui avait du crédit, parla-
t-il en sa faveur. C'est une conjecture assez vraisemblable.
Quoi qu'il en soit, Cervantes fréquentait désormais
les renégats, qui seuls lui paraissaient capables de le
secourir. Il y avait alors à Alger un nommé Abd-el-
Rhaman qui était un licencié de Grenade et qui s'appelait jadis, en Espagne, le licencié Giron. Cervantes,
trouvant dans son cœur des souvenirs de la patrie

1. Voir le *Captif.*

absente et des regrets de la foi trahie, l'exhorta à rentrer dans le sein de l'Église. On convint bientôt de retourner en Espagne sur un navire que l'on achèterait
et que l'on armerait. Cervantes fut assez habile pour
se faire prêter la somme nécessaire par deux marchands
valenciens qui résidaient à Alger, l'un nommé Onofre
Exarque, l'autre Balthazar Torrès. Abd-el-Rhaman
acheta un bateau de douze bancs, et tout se prépara pour
le départ. Cervantes, plein de joie, voulut faire partager
son bonheur à soixante captifs de choix.

C'est alors qu'il fut trahi. Hassan fut informé du
projet de son esclave, sans peut-être en savoir le détail,
mais pourtant avec certitude. Il le laissa voir assez
clairement pour que les conjurés comprissent que leur
tentative avortait. On trembla. Les deux marchands
s'attendaient à être saisis. Ils croyaient que Cervantes,
interrogé, ne pourrait éviter de les nommer.

— Partez, lui dirent-ils. Nous payerons votre rançon
et vous quitterez Alger sur le premier vaisseau qui va
mettre à la voile.

Cervantes refusa. Il dit aux marchands de se tran-
quilliser. On pourrait le torturer et le tuer sans le
forcer à nommer ni à compromettre personne. Il exigeait seulement que tout le monde observât un silence
absolu sur le complot, tandis que, lui, il aviserait aux
moyens d'éviter les premiers effets de la colère
d'Hassan.

Cela dit, il s'échappa du bagne et alla se cacher
chez un ancien camarade, l'alferez Diego Castellano.

Aussitôt Hassan fit annoncer par le crieur public que
quiconque donnerait asile à Cervantes serait puni de
mort. L'alferez fit semblant de ne pas entendre ; mais

son hôte, comprenant qu'on allait, pour lui, tuer Castellano et torturer les chrétiens, se livra.

On lui lia les mains, on lui mit une corde au cou, et on recommença l'interrogatoire tant de fois inutile, cette fois en assurant le coupable qu'il périrait s'il n'avouait pas le nom de ses complices. Cervantes n'avoua pas. — «C'est moi, dit-il, qui ai imaginé ce nouveau plan avec quatre *caballeros* qui sont maintenant hors d'Alger.» Quant aux autres, ils ne devaient, prétendait-il, être associés au projet qu'au moment de l'exécution.

Soit que Maltrapillo intervint encore, soit que la générosité de Cervantes exerçât une influence autour de lui, il fut épargné par Hassan. Comment Cervantes échappa-t-il tant de fois à la rage de son maître? Pour moi, en le suivant de près dans ces années d'épreuves, je suis frappé de voir l'action mystérieuse d'un grand caractère sur les événements et les hommes qui l'entourent. Au milieu d'une population bigarrée, qui change incessamment, parmi la foule des soldats et des docteurs captifs, il occupe un rang exceptionnel. Les Frères de la Merci, les marchands chrétiens, les renégats de toute nation lui reconnaissent une supériorité qui est toute morale. «On admirait, dit le témoin Pedrosa, son courage et son caractère.» Ce témoignage est confirmé par tous ceux qui l'ont vu à Alger et même par ses ennemis. Où l'on voit éclater l'ascendant de Cervantes, c'est dans la colère même de certains hommes que son influence gêna et irrita. Il s'en est trouvé plusieurs, en divers temps et en divers lieux, qui se sont révoltés contre le prestige attaché à son nom. Avellaneda nous offrira plus tard un vivant exemple de ce sentiment de malaise éprouvé par dès esprits de second ordre en face du génie. Ici, en Afrique, ce fut un Espagnol de Montemolin, nommé Blanco de la Paz, qui ne pouvant supporter la grandeur de ce prisonnier, voulut l'abaisser. « Il oublia, dit Navarete, qu'il était religieux dominicain. » Il épia Cervantès, et c'est lui qui découvrit le projet concerté avec le licencié Giron; aussitôt il en informa un renégat appelé Cajuan, qui était au service du roi d'Alger.

Blanco de la Paz, nature audacieuse et jalouse, pour laquelle c'était un impérieux besoin de se subordonner autrui, ne rougit pas un instant de sa trahison. Son but était de se faire craindre et d'envoyer à la mort Cervantès. Il comptait bien que celui-ci, en assumant toute la responsabilité du complot, se perdrait. Le coup fait, il eut toute l'impudence d'un délateur triomphant. Fier, la menace à la bouche, il railla ceux qu'il avait vendus. Les amis de Cervantès lui ayant marqué leur mépris, il les dénonça. Les Frères Rédempteurs étant dévoués au prisonnier, il leur dit : — « Vous me devez le respect. Je suis commissaire du Saint-Office ! »

On sait ce que voulait dire un pareil mot. Blanco, agent de cette confrérie, était inviolable et devenait, de fait, le supérieur politique des religieux. — « Montrez vos lettres royales, lui répondit l'un d'eux, justifiez de votre mandat. »

Blanco ne montra rien. Il requit majestueusement Jean Gil, de l'ordre de la Trinité, et le frère Antonio de la Bella, et les Théatins portugais, de le reconnaître pour tel et de lui obéir. Puis notre inquisiteur se rendit au cachot de Sosa et somma le docteur de faire acte de soumission en prenant ses ordres.

L'intègre et placide Sosa pria Blanco de vouloir bien

montrer ses pouvoirs. Il l'engagea ensuite, puisque les pouvoirs manquaient, à prendre garde au Saint-Office, qui pourrait bien lui faire un mauvais parti, à éviter les scandales, à s'en aller par où il était venu [1] et à lui laisser la paix. .

Blanco ne perdit rien de son assurance et continua ses menées contre Cervantes. Il ne réussit qu'à moitié. Hassan lui donna pour toute récompense un écu d'or et une jarre de beurre. Il se contenta d'exiler à Fez le licencié Giron et de soumettre Cervantes à un travail accablant, jusqu'au jour où il pourrait l'emmener à Constantinople. Ce jour n'était pas très-éloigné, car le gouvernement d'Hassan expirait. A tout prendre, le roi agissait plus humainement que le dominicain. On peut croire qu'il était touché du caractère brillant et généreux pour lequel Blanco avait conçu une haine si profonde. Du moins se garda-t-il de l'outrager.

. « Cet homme si cruel, écrit lui-même Cervantes [2], s'arrêta devant un soldat espagnol, un nommé Saavedra, qui avait fait des choses dont on se souviendra pendant longues années chez ces peuples; cela pour recouvrer sa liberté. Jamais Hassan ne le frappa, jamais il ne le fit frapper ou ne lui dit une parole insultante. Ce soldat pourtant fit alors des actes dont le moindre nous fit redouter à tous qu'il ne fût empalé. »

Cependant Cervantes ne sortait pas d'esclavage. Sa famille et ses amis essayèrent en vain de le racheter. Son père mourut à la tâche. Après avoir tout sacrifié pour composer les deux rançons qui se fondirent en une seule (en 1577), il avait requis un alcade de cour de

1. Que se fuese en buen hora.
2. *Don Quichotte* : Le Captif.

faire une enquête en forme sur les services et l'identité
de Michel de Cervantes. Le dédale des formalités qu'on
l'obligeait à subir usa son temps et ses forces. Le vieux
gentilhomme s'était même résigné à faire preuve de pauvreté! Il vint à mourir. Son fils, Rodrigo, sa femme,
Leonor, et sa fille, Andrea, réunirent leurs efforts pour
mener à bonne fin l'entreprise. Elles trouvèrent, je ne
sais comment, 300 écus qu'elles envoyèrent aux Rédempteurs. Elles adressèrent au roi une supplique qui
eut son effet, car le roi ordonna d'attribuer à cette
famille deux mille ducats que l'on prendrait sur la vente
d'une cargaison valencienne envoyée à Alger. Mais la
cargaison se vendit soixante ducats. Les Rédempteurs
n'apportèrent à Alger pour racheter Cervantes, le 29 mai
1580, que le denier de la veuve et la cotisation du
roi. Hassan refusa ces petites sommes; toute espérance
semblait perdue. En cette année singulièrement fatale,
Cervantes voyait Philippe abandonner définitivement
l'expédition d'Afrique pour entrer en Portugal, et le roi
d'Alger, Hassan, préparer le vaisseau qui devait le ramener à Constantinople. Tout se dénouait contre ses
vœux et il quittait Alger pour la Turquie. Déjà il était à
bord du vaisseau en partance, lorsque le frère Gil le
sauva. Ce moine fit une quête parmi les marchands, prit
quelque chose sur l'argent de la Merci, promit de payer en
or d'Espagne et enfin arracha Cervantes des mains du roi.

L'épreuve était donc finie. Cervantes ne pensa pas
ainsi. Plein de gratitude pour les Pères, il se promit de
leur rendre un jour un public témoignage de son respect,
et il tint parole[1]. Mais sa première résolution, quand

---

1. Voir *l'Espagnole anglaise*.

il fut libre dans Alger, fut d'obliger Blanco de la Paz à une explication publique. Son honneur lui semblait mis en question et il savait que les ennemis les plus dignes de mépris peuvent calomnier avec succès un honnête homme quand il ne se défend pas. Blanco en effet, voyant combien Cervantes avait d'amis à Alger, essaya de rédiger un mémoire contre lui pour l'envoyer en Espagne, où sa haine le poursuivait d'avance. Il alla trouver les captifs mis à la chaîne dans les cachots et leur promit son appui, de l'argent, leur liberté, s'ils voulaient témoigner contre Cervantes [1]. Il échoua dans sa tentative. L'indignation des chrétiens éclata de toutes parts, ce fut une clameur universelle ; on voulut le faire mourir sous les coups. Sosa intervint et, pour les contenir, il leur montra l'habit de Blanco qu'ils devaient respecter.

Abhorré de tous, livré à la rage et à l'isolement, Blanco tenta encore un coup d'audace. Il accusa un pauvre prêtre, Domingo Becerra, qu'il voulut faire passer pour l'auteur de la délation qui avait livré Cervantes. En présence de pareilles infamies, Cervantes, déjà mûri par l'expérience, voyant ses amis indignement calomniés, sentant que sa propre carrière serait entravée par un misérable, résolut de le déjouer par des mesures énergiques et sûres. Il exigea, avant de quitter le sol d'Alger, deux enquêtes et posa lui-même deux ordres de questions. — Le moine Blanco avait-il agi comme doit le faire un prêtre, c'est-à-dire visité les pauvres, assisté les malades, etc. ? — Le soldat Cervantes de Saavedra avait-il, oui ou non, tout fait pour sauver l'élite des

---

1. Dépositions du capitaine Lopino et de Castellano.

chrétiens captifs (*la flor de los Cristianos cautivos en Argel*) ?

Cervantes écrivit en même temps au frère Gil la lettre suivante :

Illustre et très-révérend seigneur,

Michel de Cervantes, né à Alcala de Hénarès en Cástille, aujourd'hui se trouvant en cette ville d'Alger, racheté et prêt à aller en liberté, dit : qu'étant sur le point de partir pour l'Espagne, c'est une chose qu'il désire et qui lui importe de faire une information par témoins sur sa captivité, sa vie, ses mœurs et ce qui concerne sa personne, afin de présenter l'information, si besoin en est, au conseil de S. M. et de réclamer quelque grâce. Et comme dans cette ville d'Alger il n'y a pas d'homme chargé d'administrer la justice entre les chrétiens, comme Votre Paternité en faisant le rachat des captifs par l'ordre et avec le mandat de S. M. la représente en cela, et représente sous ce même rapport S. S. le souverain pontife, dont les délégués apostoliques sont ici les Rédempteurs, religieux de l'œuvre de la T. S. Trinité: en conséquence, pour que ladite information ait force et autorité, il supplie V. P. de vouloir interposer son autorité et ordonner à Pedro de Ribera, greffier et notaire apostolique, qui au nom de S. M. remplit cet office pour les chrétiens, dans le pays d'Alger, depuis plusieurs années, qu'il prenne les témoins que moi, ledit Cervantes, je produirai sur les articles ci-joints.

Ce fut sans doute une journée curieuse et grave que celle où les témoins assignés par Cervantes vinrent chez le notaire apostolique répondre sur les vingt-cinq articulations qu'il avait, selon toute apparence, rédigées lui-même. On entendit successivement Alonso Aragones de Cordoue déclarer que Cervantes, homme pur et honnête, l'eût sauvé sans la trahison de Blanco ; Hernando de Vega attester l'ascendant moral du poëte ; Jean de Valcazar révéler les bienfaits de Cervantes envers les malheureux, ses charités secrètes, sa bonté pour les en-

fants, l'adresse avec laquelle il en sauva cinq qu'il
trouva moyen de faire évader. — J'étais dans la grotte
du jardin, dit Luis de Pedrosa. Nous devons notre salut à
sa générosité, qui lui a valu beaucoup de réputation et de
gloire. Sa prudence et son esprit sont dignes d'une couronne ! — J'étais un des fugitifs, dans l'affaire du licencié Giron, dit le capitaine Lopino. Tous il nous a sau-
vés, tous nous l'aimons et sa vertu excite notre envie.

Chacun vint à son tour ajouter un trait à la biographie de Cervantes. Un religieux de l'ordre des Carmes
avoua franchement qu'il avait été l'ennemi de Cervantes.
« On m'avait dit tant de mal de lui ! mais je l'ai vu et
je suis devenu son ami, comme tous les captifs qui ont
pu connaître son caractère. »

— « Pour moi, dit un autre, don Diego de Benavidès,
je suis venu de Constantinople ici. J'ai demandé s'il y
avait à Alger des hommes de naissance... On m'a répondu :
Il y a surtout un homme d'honneur, noble, vertueux,
bien né, ami des caballeros ; c'est Michel de Cervantes.
J'allai le trouver, il me donna sa chambre, ses habits,
son argent. En lui j'ai trouvé un père et une mère. »

Les déclarations du frère Gil et de Sosa confirmèrent
solennellement les faits allégués par une foule de captifs.
Sosa écrivit la sienne dans les fers, et rappela, avec un
mélange de dignité et d'attendrissement, que ses principes lui auraient interdit des relations aussi fréquentes
avec Cervantes, s'il n'avait pas estimé le caractère de ce
grand chrétien qu'il crut bien des fois appelé au martyre.

Ainsi fut vaincu le prétendu inquisiteur. Cervantes
pouvait rentrer l'honneur sauf dans sa patrie. Deux
enquêtes avaient été faites : l'une en 1578, en Espagne,

à la demande de son père ; l'autre à Alger, en 1579.
Conservées, ce sont les preuves, par-devant notaire,
des faits que je viens de raconter. « Ah ! dit Hædo, en
parlant de cette captivité courageuse, elle eût été un
grand bonheur pour les chrétiens, bien qu'elle fût une
des plus dures d'Alger, si Michel Cervantes n'avait pas
été vendu par ses compagnons eux-mêmes. Il a soutenu
tous les captifs au risque de sa vie. Cette vie, il a failli
quatre fois la perdre (qu'on le menaçât de l'empaler,
ou de le pendre, ou de le brûler vif), pour l'entreprise qu'il faisait de rendre à beaucoup d'hommes la
liberté. Et si son courage, son habileté, ses plans avaient
été secondés de la fortune, Alger appartiendrait aujour-
d'hui aux chrétiens, car il ne visait pas à moins[1]. »

Cervantes n'a jamais mis par écrit le récit de ses
aventures. « Si le temps me le permettait, dit *le
Captif*, je vous dirais quelques-unes des choses que fit
un soldat nommé Saavedra ; cela vous intéresserait et
vous surprendrait, mais revenons à mon histoire. » C'est
une simple tentation. Sa captivité lui inspira tout d'abord
une pensée plus élevée et plus impersonnelle, celle de
combattre l'islamisme et d'éclairer l'Espagne sur la ligne
politique qu'elle devait suivre.

Quant à lui-même, il en rapportait sur la terre natale
une qualité acquise en route : la patience. « *Aprendió
a tener paciencia en las adversidades*[2] ».

---

1. *Hædo*, Dial. 11e, sur les Martyrs.
2. *Prologue des Nouvelles*.

CHAPITRE V

L'ISLAMISME

Cervantes avait fait un serment : « Si jamais je rentre en Espagne, écrivait-il à Mateo Vasquez, j'adresserai un appel à Philippe II contre l'esclavage. » Malgré la misère qui le saisit à son retour, malgré les campagnes qu'il dut faire encore et qui l'éloignèrent de Madrid pendant plusieurs années, le jour vint où il exécuta son projet. Comment cet homme qui revenait estropié, sans fortune, sans pain, sous la livrée de l'esclavage, débris inutile d'une victoire lointaine et jouet obscur d'une destinée mauvaise, pouvait-il proposer au roi de rétablir la domination espagnole sur la Méditerranée et de changer de politique ? Quel moyen avait-il de se faire entendre ? Ne pouvant être écouté à la cour, il se fit ailleurs une tribune publique : sa tribune fut le théâtre.

Le théâtre espagnol, si brillant au dix-septième siècle, existait à peine en 1584, époque probable de la tentative de Cervantes. A cette date, la passion de Madrid était de voir donner la sarabande par les Andalouses, en dépit des prédicateurs. Un *autor*, c'est-à-dire un directeur de troupe, engageait quelques bouffons, un escamoteur,

un danseur de corde et un essaim de jeunes Sévillanes ;
il arrivait à Madrid, annonçait une pastorale ou un *paso*,
et louait la cour d'une vieille maison pour y dresser son
échafaud dramatique. La foule se pressait autour des acteurs nomades ; elle écoutait d'une oreille distraite le
dialogue des comédies italiennes qui commençaient à
s'introduire, ou quelques traductions du théâtre ancien,
— puis on contemplait le *bayle nacional*.

Cervantes, en écrivant pour le théâtre, ne tient pas
compte du goût des Espagnols pour la sarabande. Il s'empare des planches, renvoie les danseuses, laisse les bergers dans la coulisse, exile même le *gracioso*, idole du
public, et fait paraître à leur place les captifs d'Alger, à
la figure grave et à la voix sévère, qui réclament de leur
pays, au nom de sa gloire et de son intérêt, une assistance énergique : ces hommes parlent de l'Espagne aux
Espagnols, comme jadis les chœurs de la tragédie grecque
parlaient aux fils de Miltiade de la liberté des Hellènes.
Cervantes, écrivant *la Vie d'Alger,* obéit à la même inspiration patriotique que le vieil Eschyle écrivant *les
Perses*, et c'est encore la lutte de l'Occident civilisé contre l'Orient qui est le fond du tableau. Eschyle,
plus heureux, fit son œuvre en poëte et en triomphateur.
Cervantes, quand il fait entendre aux Espagnols les menaces des multitudes mahométanes, ne flatte pas une
patrie victorieuse; il montre la sienne humiliée, vaincue,
esclave. L'entreprise est téméraire dans sa générosité,
et douloureuse. Il en assume la responsabilité et fait entrer en scène, pour interpeller le roi et la nation, un soldat de don Juan, Saavedra, c'est-à-dire lui-même.

Au milieu de la foule captive, Cervantes-Saavedra
passe lentement, absorbé dans ses pensées. Gentilhomme

en haillons, soldat prisonnier, ses privations et ses
maux l'occupent moins que l'honneur flétri du nom espagnol. Quand son regard rencontre les captifs oubliés
par l'Europe, les renégats qui la bravent, les enfants
que l'islamisme lui enlève, ce spectacle lui fait venir la
rougeur au front et les larmes aux yeux. Il est plongé
dans cet abattement sombre, quand tout à coup son ami
Alvarez accourt et lui annonce d'une voix brève et précipitée une grande nouvelle : Philippe II va faire une
descente en Afrique !

ALVAREZ. — Laisse là tes plaintes, Saavedra, et m'écoute ! Le
grand Philippe prépare la guerre. La nouvelle est certaine ; une
frégate de Biserte serait arrivée cette nuit, où se trouvait le
captif qui a rendu la vie à mon espérance morte. Le malheureux
a perdu sa liberté en allant de Malaga à Barcelone. L'orgueilleux
corsaire Mami l'a fait prisonnier. Il a les façons d'un homme
de qualité et l'air d'un soldat qui a vu la guerre.

Il ajoute qu'une foule de capitaines espagnols ou
étrangers se réunissent autour de Philippe, à Badajoz.
Quel est le dessein du roi ? nul ne le sait ; tout le monde
se garde de trop parler à cet égard. Mais sans doute la
chrétienté rassemble ses forces.

SAAVEDRA. — Cieux ! entr'ouvrez-vous, envoyez-nous prompte-
ment le libérateur qui mettra fin à cette lutte amère, et qui peut-
être déjà foule le sol de ce pays.
Le jour où j'arrivai, vaincu, sur ce rivage[1].... je laissai
échapper de mes yeux les larmes que mérite un si éclatant
désastre....
Mais si le ciel n'est pas conjuré contre moi avec le malheur,
si la mort ne fixe pas ma dépouille sur cette terre,
Le jour où je me verrai plus heureux, où le sort, la faveur
peut-être me permettront de m'agenouiller devant Philippe,

1. J'ai cité au chap. IV les vers que j'omets ici.

Ma langue, glacée d'abord par sa royale présence, se déliera, ma langue téméraire, incapable de flatter ou de mentir,

Dira : Puissant seigneur, toi dont la puissance tient les nations sauvages ployées sous le joug,

A qui les noirs Indiens envoient avec leurs présents l'hommage du vassal, pour qui elles tirent l'or de ses retraites,

Ah! que dans ton cœur royal le courage soit réveillé par la honte : une bicoque persiste à outrager ton sceptre!

Leur race est nombreuse, leur force n'est rien. Ils sont nus, mal armés, ils n'ont pour se défendre ni un fort, ni un mur, ni un rocher.

Chacun d'eux regarde du côté où viendront tes armes, pour sauver sa vie par la fuite.

De cette prison si dure et si affreuse où meurent quinze mille chrétiens, c'est toi qui tiens les clefs;

Tous ici, tous avec moi, les mains jointes, le genou en terre, au milieu de nos sanglots et des tortures qui nous étreignent,

Nous te supplions, puissant seigneur, de tourner des regards miséricordieux vers nous, les tiens, qui gémissons ici,

Et puisque la discorde s'apaise, après tant de soucis et de fatigues, puisque tu peux aller en avant,

Fais, grand roi, que l'œuvre commencée par ton père bienaimé avec tant d'audace et de valeur soit achevée par ta main.

Qu'ils te voient en marche, et l'épouvante se mettra dans cette race barbare, dont j'annonce d'avance le trouble et la ruine.

Qui peut douter que ton cœur royal laisse voir sa bonté, en apprenant le désespoir sans relâche de tant de malheureux ?

Mais, hélas! mes paroles trahissent mon indignité et la faiblesse de mon génie, quand j'ose, moi, si petit, parler à une Altesse si haute.

L'heure présente est mon excuse, et d'ailleurs j'impose silence à toutes mes plaintes, redoutant que ma plume ne t'offense.

On m'appelle au travail, et j'y retourne pour y mourir!

Voilà une scène éloquente et décisive. Eh bien, cette apostrophe de Saavedra à Philippe II est celle précisément que Cervantes avait écrite dans sa lettre à Mateo Vazquez; il l'y découpe, cinq ou six ans plus tard, pour la placer dans le *Trato de Argel*, tableau moral dont elle est le point de lumière. Ainsi tient-il son serment. Le roi n'a pas compris sa supplique, il en fait un drame entier. Le drame, on le devine, n'est pas plus heureux ; on n'écoutait guère les conseils d'un soldat mutilé de don Juan d'Autriche qui ose adjurer Philippe II. Cervantes persiste à demander au roi un retour offensif vers le Midi. Il écrit, après le *Trato*, une nouvelle pièce et l'intitule *les Bagnes d'Alger*. Il compose, sur les mœurs africaines et sur Oran, *le Brave Espagnol ;* sur Constantinople et le sérail, *la Grande Sultane.*

Les œuvres se suivent et se renouvellent autour du même sujet général, comme les combats partiels sur un même champ de bataille. On ne sait plus le nombre de ces drames ; mais parmi ceux dont on a gardé au moins le souvenir et le titre, figurent *la Gran Turquesca, la Batalla naval, Jerusalem*, qui intéressent Lépante, la Terre-Sainte et la Turquie. L'inspiration de Cervantes, quand il veut soulever les âmes espagnoles contre l'invasion orientale, est inépuisable autant que sincère. Après les pièces de théâtre, elle lui dicte des nouvelles comme *l'Amant Généreux*, comme *le Captif,* qu'il insère vingt ans après dans *Don Quichotte*. Puis à travers les pages d'un poëme, d'une pastorale, d'un roman, il jette des digressions épisodiques, des épigrammes involontaires, des strophes irritées qui, fugitives comme des éclairs, éclatent et passent sans raison apparente.

Comme il emprunte tous les genres, il emploie tous les tons. Il conseille, il prie, il menace, il s'indigne. Sur la scène de Madrid, il s'agenouille devant le roi ; ailleurs, il tempère ses avis par des éloges et fait passer à la faveur de ménagements oratoires les vérités malsonnantes ; mais partout il répète avec insistance, sans jamais dévier de sa ligne, qu'il faut rétablir la suprématie espagnole sur la Méditerranée. Pendant trente ans on s'écarte de plus en plus de cette politique; pendant trente ans, son apostolat, commencé sur la plage africaine, continue : il s'exerce encore à la veille de sa mort. En 1614, écrivant le *Voyage au Parnasse*, il interpelle Madrid, la capitale des Espagnes, qui ne s'occupe des Turcs que par la gazette, qui oublie la grande cause pour les petites querelles littéraires, et qui contient plus de poëtes que de soldats. « Le grand maître de Malte demande des guerriers à l'Espagne ; elle dépêche une flotte de rimeurs qu'elle envoie à Apollon !... Madrid parle du Turc tous les jours à la promenade ; on l'élève, on l'abaisse, en causant, comme dans la gazette de Venise ! Adieu Madrid ! »

Dans ces lignes mordantes, où le capitaine se trahit sous le poëte, on reconnaît l'homme qui apostropha le roi, qui porte en lui une pensée nourrie avec amour et qui la laisse échapper à tout propos, comme une vérité essentielle, supérieure aux questions d'art. Quand un pareil sentiment l'anime, gardons-nous de lui demander la perfection du style ou les grâces de *Don Quichotte*. Il laisse jaillir de son cerveau des improvisations qui soulagent sa colère et qui ne satisfont pas son goût d'artiste. Il oublie sa réputation d'écrivain pour la cause qu'il plaide, qui est l'urgence de sauver les captifs et de changer de politique. L'intérêt dramatique est sacrifié à l'intérêt national. Un esprit d'action et d'entreprise l'emporte ; ses œuvres sont des coups de hardiesse et des appels à la nation. Il les écrit pour un soir, il les fait trop vite, et il les refait, avec une obstination extraordinaire, comme une toile de Pénélope.

Cette pensée, enthousiaste et politique, qui dure autant que sa vie, il faut la suivre tout entière, d'une seule vue. Je dois donc interrompre ici la biographie de Cervantes, et l'on me pardonnera de m'arrêter à cette question, si l'on songe que ce travail de l'auteur de *Don Quichotte* s'est perdu en route, pour ainsi dire, à mi-chemin de la postérité, et que nous avons à faire un voyage de découverte. Personne, à ma connaissance du moins, n'a raconté la lutte de Cervantes contre l'islamisme. Cette partie de son œuvre, brisée, incomplète, se présente par fragments disjoints qui déroutent la critique. Isolé et jugé à part, le *Trato de Argel* a paru si fastidieux à quelques-uns qu'il a été rejeté de l'édition espagnole par Blas de Nasarre, et de la traduction française du théâtre par M. Alphonse Royer [1]. Ainsi du reste. Phénomène bizarre! le plus grand écrivain de l'Espagne consacre la moitié de son œuvre à dire une vérité, cela naturellement, sans pédantisme, avec l'ardeur naïve de la conviction, avec la vivacité d'impressions d'un témoin oculaire : et cet effort d'un homme de génie reste ignoré.

Je ne prétends pas exagérer le rôle de Cervantes ; ce n'est ni un grand prêtre de la croisade, ni un grand peintre composant un tableau magistral du monde musulman et barbaresque. C'est un soldat, un captif, un gentilhomme espagnol, qui s'impatiente de voir qu'on se trompe.

La pensée politique de Cervantes n'est pas immédiate ; elle se forme pendant dix ans de campagne ou de servitude (1570-1580), à côté de don Juan d'abord, à Lépante,

---

1. M. Royer en donne une courte analyse.

à Navarin, à la Goulette, puis au milieu de ces prisonniers d'Alger, qui, recueillant des notes, amassent des preuves et dressent jour par jour la liste des martyrs. Il n'est ni le premier qui y songe, ni le seul. Cela même rend sa tentative sérieuse et fait voir qu'elle n'est point une idée singulière et individuelle.

Dans les cachots d'Alger, dans les provinces espagnoles que baigne la Méditerranée, dans le royaume des Deux-Siciles, il se trouve des soldats, des prêtres, des marins qui, attristés de voir l'Espagne mise à rançon par les Barbaresques, veulent protester hautement. Cervantes a des amis politiques et comme des collaborateurs, entre autres le capitaine Geronimo Ramirez, Domingo Becerra et surtout Antonio de Sosa. Mais il les dépasse tous en activité, en énergie; il devient leur interprète et leur devancier.

Le docteur Sosa avait fait le même serment que Cervantes. En 1581, quand il sortit de captivité, ses mains affranchies étaient pleines de notes sur l'état des côtes barbaresques, notes écrites par ses amis et par lui. Il les porta à Diego de Hædo, archevêque de Palerme, en lui démontrant la nécessité d'instruire l'Europe et l'Espagne de ce qui se passait. Ce prélat, Espagnol de naissance et de cœur, placé en Sicile comme en un poste d'observation et témoin des ravages des Turcs, accueillit l'idée d'avertir l'Espagne en lui présentant le tableau véridique et détaillé des événements. Il avait un neveu bénédictin, l'abbé Diego de Hædo, qu'il désirait pour coadjuteur et pour héritier; c'est lui qui fut chargé de ce travail méritoire. Le bénédictin se mit à l'œuvre; mais, hélas! il ne se pressa pas, et trente années s'écoulèrent avant qu'il publiât son livre.

Philippe II était mort depuis quatorze ans quand parut l'ouvrage intitulé :

TOPOGRAPHIE ET HISTOIRE GÉNÉRALE D'ALGER, distribuée en cinq traités, où l'on verra des événements étranges, des morts terribles et des supplices recherchés, qu'il convient de faire connaître à la chrétienté, accompagné de beaucoup de doctrine, d'élégance et de soin.

Dédié au très-illustre seigneur don Diégo de Hædo, archevêque de Palerme, président et capitaine général du royaume de Sicile.

Par le maître frère DIEGO DE HÆDO, abbé de Fromesta, de l'ordre du patriarche Saint-Benoît, natif du val de Carrança à Valladolid [1].

Quel livre éloquent il aurait pu écrire s'il eût connu la simplicité! Quelle opportunité avait cette description, faite d'un coup et spontanément! Le frère Hædo voulut y mettre du sien. Il chercha des commentaires dans la Bible, des citations dans l'antiquité grecque et latine, et des déclamations partout. Il fut pédant, et l'ouvrage se noya. L'esclavage lui fournit cinq ou six thèses, dont la principale établit que Nemrod est le véritable inventeur de la servitude. L'état moral des Mahométans, admirable sujet d'étude pour Sosa, fut l'occasion pour Hædo d'une glose sur l'Apocalypse.

« Je ne voudrais pas dire du mal, écrit-il, mais la bête aux sept têtes, dont parle sait Jean dans l'apocalypse, me représente bien Mahomet et les sept péchés capitaux en honneur à Alger... Là on adore les vices et on les couronne... Commençons par la superbe, qui est la mère de tous les vices... »

Je soupçonne le frère d'avoir employé pour ses sermons les notes qu'il possédait et d'avoir prêché son livre au lieu de l'écrire. Pourtant il y aurait de l'injus-

1. Par Diégo de Fernandez de Cordova y Oviédo, imprimeur de livres, 1612, aux frais de Antonio Coello, marchand de livres.

tice et de l'ingratitude à ne pas signaler le soin et la
conscience de Hædo. On ne saurait oublier ni son zèle,
ni l'utilité d'un livre qui nous a conservé des faits nombreux, des dates précieuses, un magnifique témoignage
sur Cervantes et la preuve comme la trace d'un mouvement d'esprit étouffé par Philippe II.

« Pourquoi donc, s'écrie-t-il, les princes chrétiens, les grands,
les puissants, ceux qui tiennent le gouvernement et le pouvoir
sur la terre se taisent-ils si longtemps? Où est la charité? où est
l'amour de Dieu? où est le zèle de sa gloire? où est le désir de
son service? où est la pitié humaine et la compassion des hommes
pour les hommes? »

Il ne peut trouver de mots assez énergiques pour
peindre la détresse de « ceux qui boivent ce calice de
fiel et d'amertume, » ni de tableaux trop effrayants de
leurs misères.

« Tout cela est réel, ajoute-t-il, et tout cela n'est rien auprès
de tout ce que l'on pourrait dire à bon droit. Qu'on en parle
comme on voudra, il est de toute certitude qu'on ne saurait imaginer ou feindre rien au monde de plus digne de larmes et de
compassion! »

Dans les vieux feuillets jaunis du livre d'Hædo on
entend encore l'accent même des captifs qu'il met en
scène. On y voit, au fond d'un cachot, le docteur
Sosa causant avec le chevalier de Saint-Jean, Antonio
Gonzalez de Torres; le dialogue est grave. Sosa devine
le triomphe de l'islamisme et juge avec une sévérité
prophétique la tiédeur de l'Espagne. Antonio l'écoute
douloureusement et lui dit :

« — Je reste émerveillé d'entendre toutes ces choses. Ce récit
me laisse comme en suspens... Comment croire que chaque jour
encore les choses se passent ainsi, que chaque Espagnol y est
exposé, et que la chrétienté est si distraite!... »

« — La chrétienté ne sait plus, répond Sosa, que délivrer un captif de la servitude et de la misère ;, c'est, de toutes les œuvres de charité qui peuvent se faire en ce monde, l'œuvre suprême.... Rien de plus triste que de voir la charité mise en oubli par la race chrétienne qui en a fait son caractère, sa marque spéciale, son insigne. C'est par là que nous nous distinguons les uns des autres, chez nous, et parmi les religions diverses. »

Ainsi les voix du temps parlent encore dans ce livre ; il est vrai qu'elles se mêlent un peu confusément, sans ordre, sans critique ; on dirait plusieurs échos entendus à la fois.

Hædo ne voulait rien perdre du dossier qu'il dépouillait. Il réunit avec scrupule tout ce qu'il savait de l'histoire et de la topographie d'Alger[1] ; il donna fidèlement le nombre des supplices et le nombre des fontaines. Compter les fontaines ! Cela irritait Cervantes, qui ne pouvait ignorer l'aventure des notes de Sosa et qui, dans un chapitre de *Persiles*[2], semble railler un peu la longue patience de Hædo. Attendre un quart de siècle pour sauver les captifs ! Laisser courir en attendant mille erreurs sur les Turcs et perdre le temps à composer des descriptions oiseuses d'Alger ou de Cherchell ! Dites la vérité simple, nue, sévère, la vérité morale surtout. Où est la force, où est la faiblesse de l'ennemi ? Quelles fautes avons-nous commises ? Quelles réformes sont nécessaires ? Songeons à La Valette, à Charles-Quint, à Doria, à don Juan, à Santa-Cruz, à tant de sang et d'efforts dépensés pour une cause que les uns oublient, que les autres calomnient. Cervantes, avec l'impatience d'un esprit sérieusement actif, entreprend

1. V. *Hædo*, f. 43.
2. Persiles et Sigismonde (part. II, chap. x).

alors, du vivant de Philippe II, en 1584, de dire le
premier ce qu'imprimera, en 1612, Hædo, le temporisa-
teur. Et il s'adresse à la foule, au roi, à tous, publiquement, sans relâche, pour leur faire comprendre un
fait nouveau qu'il a vu de près, à savoir que les réné-
gats et les pirates tiennent entre leurs mains l'avenir de
l'Espagne.

La grande erreur de l'Espagne, sa plus excusable
illusion était alors de croire qu'elle n'avait plus à lutter
contre l'islamisme.

Pour saisir le sens et la portée de la polémique engagée par Cervantes, il est nécessaire de se représenter
la marche des événements à la fin du moyen âge et au
début des temps modernes. Qu'on se la figure au quinzième siècle, triomphante : elle sort d'une croisade de
sept cents ans contre les Arabes ; elle atteint son but
séculaire en réunissant l'Aragon et la Castille sous le
sceptre de Ferdinand et d'Isabelle, en organisant l'unité
nationale, en enveloppant Grenade, dernier boule-
vard de l'Islam. La soumission du Sud, la découverte
de l'Amérique, l'avénement de Charles-Quint, pré-
sagent de magnifiques destinées au pays du Cid ; l'Espagne, libre enfin de ses mouvements, prend vis-à-vis
de l'Europe l'attitude fière d'une nation qui a sauvé
l'ancien monde et découvert le nouveau. Mais, dans le
même temps, l'invasion turque a succédé à l'invasion
arabe.

De 1453 à 1520, l'Europe se laisse pénétrer par les
Turcs, et tout est à recommencer pour l'Espagne. C'est
un second duel. Les Ottomans, sortis d'Asie, possèdent
Constantinople et Belgrade ; ils entament les pays Slaves.
Ils se font une marine qui domine le bassin oriental

de la Méditerranée. Mahomet II, Sélim Ier, Soliman, fondent un empire qui grandit d'heure en heure. Ils prennent Rhodes et Chypre; ils assaillent Malte. Bientôt la Grèce, l'Italie et l'Espagne seront, Allah aidant, les trois étapes de leurs conquêtes. Ainsi, au moment où Charles-Quint prétend au premier rang parmi les souverains de la chrétienté, il voit paraître en face de lui Soliman. Obligé de lutter contre les Turcs sur tous les points à la fois, il essaye de défendre le Nord-Est en groupant l'Allemagne et en plaçant Ferdinand, son frère, en Hongrie; il protége le Sud en attaquant Tunis et Alger, en donnant Malte aux chevaliers de Saint-Jean de Jérusalem. Mais ce n'est pas tout : à l'intérieur de l'Espagne, les Morisques se révoltent, ils s'agitent, ils entretiennent la division du pays, et remettent en question l'unité de la Péninsule. Donnant la main à leurs frères d'Afrique, ils introduisent de nouveau l'Islam en Europe; et Charles-Quint meurt sans les avoir domptés.

Sous Philippe II, le bassin occidental de la Méditerranée est envahi. La mer mahométane, qui gagne sur la mer chrétienne, se couvre de champions nouveaux, qui apportent à Mahomet une force inconnue et renouvellent l'impulsion donnée aux peuples de l'Orient par l'islamisme. Ce sont les pirates, aventuriers si l'on veut, mais habiles, actifs, se succédant les uns aux autres sans interruption; ils deviennent un instrument redoutable dans les mains des sultans. Cervantes, sur le champ de bataille où il est jeté, observe avec étonnement la marine grandissante des Turcs, leur armée disciplinée et surtout leurs corsaires, qu'il mettra en scène tout à l'heure. Notre poëte contemple avec tris-

tesse et avec amour cette *vallée méditerranéenne*
(comme parle Dante), qui est la vallée commune des
peuples du Midi, et voit quel danger il y a pour l'Europe à ne pas la défendre.

Comment étaient nés ces pirates sans nombre? D'où
venait leur puissance qui défia l'Europe de 1500 à
1830? Ils furent produits par la décadence même des
peuples du Midi. Quand les rivages de la Méditerranée,
envahis, laissés sans défense, saccagés et désorganisés,
n'offrirent plus de sécurité aux populations chrétiennes,
les pirates naquirent dans les provinces écrasées par le
choc de l'Orient et de l'Occident. Les pauvres gens qui
habitaient les villages misérables des îles grecques dé-
peuplées, les pêcheurs qui cherchaient leur vie dans
quelque coin des côtes italiennes, ne sachant aucun
moyen d'échapper à la misère et à l'oppression, se
jetaient sur la mer. On partait sur une barque, on sur-
prenait un petit navire mal défendu, et on se faisait
écumeur. Quelques chevriers ou quelques pâtres,
enfants qu'on enlevait sur des rochers déserts, servaient de rameurs. Bientôt on se trouvait assez fort
pour assaillir des villages ou même pour surprendre un
port de la côte. Ainsi se formait un pirate.

Mais dès qu'il voulait s'agrandir, garder ses prises,
ou s'assurer un port dans les gros temps, il se trouvait en
face des Ottomans ou des Chrétiens; il était forcé de se
mettre au service des uns ou des autres et d'obtenir
en échange leur protectorat. Or, l'Espagne orgueilleuse témoignait un mépris absolu à ces forbans, auxquels jamais elle n'eût accordé aucun rang social. Venise
les rejetait également comme les ennemis de son commerce. Au contraire, l'esprit des Osmanlis était sym-

pathique à ces hommes d'action, auxiliaires utiles,
forces spontanées, qu'ils appelaient à eux, sans distinction d'origine. « Les nations chrétiennes, dit un
historien, étaient toutes encore des sociétés aristocratiques ; l'esprit d'égalité régnait dans la nation turque.
L'homme de cœur pouvait aspirer à tout, et le sultan
allait chercher au plus épais de la foule, et jusque
parmi les esclaves, le plus brave et le plus habile pour
en faire un pacha ou un vizir [1]. » Entre la société musulmane et la société chrétienne, les pirates n'avaient
donc pas à hésiter. Ils se donnèrent au sultan. Bientôt
ils lui offrirent de conquérir pour lui les plages africaines, et cinquante ans leur suffirent pour établir la
domination ottomane sur tout le littoral.

Les trois fils d'un potier de Lesbos accomplirent
cette tâche. L'aîné, Aruch, surnommé Barberousse,
homme de petite taille, trapu, au teint bistre, dont
l'œil étincelant révélait seul la capacité, avait pris
pour le seconder ses deux frères, Isaac Beni et Kaïr
Eddin, dit aussi Barberoussé. En 1504, il enlevait deux
galères du pape Jules II et s'offrait lui-même au roi de
Tunis, qui bientôt lui donna les îles Gelves pour n'avoir
pas à les défendre. Cruel à la guerre, doux en paix,
d'une générosité royale, d'un grand courage, il attirait
à lui tous les aventuriers des îles grecques. Peu à peu
il eut sous ses ordres douze galiotes et commanda une
véritable armée. « On venait à lui, dit naïvement
Hædo, comme nous autres Espagnols, nous allons aux
mines des Indes, pour s'enrichir [2]. » Il s'attaqua alors

---

1. *Histoire moderne*, V. Duruy.
2. Con tan gran codicia como los Españoles passamos a las minas
de las Indias.

aux Génois qui pêchaient le corail à Tabarcah et aux
Espagnols qui tenaient Bougie.

. Doué d'une habileté profonde et ne doutant de rien,
il conçut le hardi projet de conquérir, pour le compte
des Turcs et pour le sien, le littoral de l'Afrique, de
Tunis à Oran. Les Génois de Doria dispersèrent sa
flottille, les Espagnols du comte Pedro Navarro le re-
poussèrent de Bougie, où il eut le bras cassé; mais ces
échecs mêmes lui donnaient une célébrité et un rôle
qu'il sut agrandir.

En 1516, lorsque mourut Ferdinand le Catholique,
Alger s'affranchit de la domination espagnole, prit pour
roi Sélim Eutémi et appela à son aide Barberousse. Le
corsaire vient en toute hâte; il s'empare d'abord de Sargel, qui était le rendez-vous des Morisques d'Espagne et
d'Afrique, et dont il tue le roi Kar-Asan. Puis il entre
dans Alger, en promettant d'exterminer la garnison
chrétienne qui occupe l'île voisine. Il la cerne en vain,
sans pouvoir amener à une capitulation la poignée de
braves espagnols qui s'est jetée dans le fort. Irrité de
leur défense et compromis aux yeux des siens, il
prend un parti extrême; il va trouver Sélim Eutémi
qui prenait un bain, il l'étouffe, se fait roi lui-même,
et tient sous un joug de fer la ville et les Arabes.
Alger opprimé se tourne de nouveau du côté des chrétiens. On sauve le fils d'Eutémi; on l'envoie au comte
de Comarès qui commande à Oran; celui-ci le fait passer en Espagne, où Ximenez lui donne 10,000 hommes
de troupes. En même temps on organise à Alger une
conspiration contre l'usurpateur. Menacé de tous côtés,
Barberousse ne faiblit pas; il attend l'arrivée des chrétiens; une tempête les disperse. Il laisse grandir la con-

spiration dont il est informé, et, au moment où elle va éclater à la mosquée, il attaque lui-même les conspirateurs et les massacre. Cela fait, il reprend l'exécution de son grand projet. Bientôt la côte tout entière, de Tunis au Maroc, obéit à Barberousse, excepté Oran, qui le gêne et l'inquiète.

Oran était redoutable, et Barberousse, qui le sait, évite cette place jusqu'au moment où il pourra l'investir avec des forces considérables. Mais un jour qu'il revenait des frontières du Maroc, le marquis de Comarès apparaît tout à coup en rase campagne et barre le passage au corsaire couronné. Barberousse élude la bataille. Il amuse le marquis jusqu'à la nuit, et il s'échappe à la faveur de l'obscurité. Il était déjà sur les bords du Huenda, à huit lieues de distance, quand il sent sur lui les troupes espagnoles qui l'avaient suivi. Il use alors d'un stratagème : il sème sur sa route l'or, l'argent, les joyaux, les étoffes précieuses. Le marquis montre lui-même ces richesses à ses soldats et leur crie : « En avant, jusqu'à la rivière ! l'enjeu de la partie, c'est Barberousse ! » On marche sur l'or, on passe, on atteint Barberousse, qui, traqué, enveloppé, acculé, se défend avec un seul bras et meurt comme un lion. Le marquis plante la tête de sa victime sur une lance ; les soldats se partagent le butin. Le roi de Fez, qui accourait avec vingt mille cavaliers, aperçoit la tête de Barberousse, tourne bride et reprend le chemin par lequel il est venu.

Ces événements, qui s'accomplissaient au printemps de l'année 1518, furent pour Charles-Quint et pour le sultan une révélation. Ils comprirent que sur le rivage de l'Afrique, qui devenait un théâtre de guerre, les pirates étaient une force véritable. Désormais il entra dans les desseins et la politique des Turcs d'accepter le protectorat d'Alger et de soutenir jusque sur les côtes espagnoles leurs coreligionnaires fixés sous le nom de Morisques à Valence, à Murcie, et dans toute l'Andalousie.

Le frère de Barberousse, Kayr Eddin, était devenu son successeur ; en 1532, la Porte lui donna l'autorisation formelle de soumettre toute la Barbarie. Déjà il avait pris Collo, occupé Bone, gagné le roi de Cuco, massacré à Alger la garnison de l'île. Aidé par Soliman, il prit Tunis, Bougie, Biserte, il fortifia la Goulette, et, quand l'argent lui manqua pour solder des troupes de plus en plus considérables, il alla le prendre tantôt chez les Arabes, tantôt sur les côtes de l'Italie. Habile comme son frère, il se rendit à Constantinople les mains pleines de présents ; quelque temps après, il avait renversé le Grand Pacha, il était mis à la tête des armées et fait général de la mer. Dans ce poste, il fut maître de la Méditerranée tout entière, qu'il sillonnait continuellement avec une flotte considérable, son œuvre et sa gloire. Doria lui laissait, dit-on, le passage libre et craignait en l'affrontant quelque grand désastre. Tous les rivages tremblaient à le voir passer, et les canons des forts se taisaient devant lui. Un jour pourtant le fort de Gaëte envoya un boulet au vaisseau de Kayr Eddin ; celui-ci débarqua et prit le fort. Il y rencontra une jeune Espagnole, fille du capitaine don Diego Gaitan ; elle lui plut, il l'épousa, mit en liberté le capitaine et se rembarqua marié. Aventurier de race et amiral de fortune, il concertait au milieu de ces courses des projets politiques qui menaçaient Naples, Rome et toute l'Italie. Cet homme, qui s'était battu toute sa vie, alla mourir tranquillement, en 1548, à Constantinople, où il se construisit un tombeau et une mosquée offerts à la vénération des musulmans.

Telle était l'influence de son nom que le jour où l'on apprit, en Afrique, qu'il était mort, cette nouvelle seule détermina la signature d'un traité de paix.

L'admiration des musulmans était naturelle pour les corsaires qui avaient, de 1504 à 1548, porté le croissant de Constantinople à Alger, refoulé les garnisons chrétiennes et donné à la marine de Sélim une puissance formidable. On établit sur le littoral africain trois places d'armes, défendues par trois capitaines de la mer : Tunis, Tripoli et Alger. Ces postes furent confiés aux disciples et aux successeurs des trois Barberousse. Ainsi s'établit sur la côte la puissance barbaresque qui brava les souverains de l'Europe pendant trois cents ans et qui contribua à la ruine des trois péninsules méridionales. Ils eurent pour esclave Cervantes au seizième siècle et saint Vincent de Paul au dix-septième ; il dépendit de leur caprice de les mettre à mort, c'est-à-dire de supprimer les écrits de l'un et les actes de l'autre, l'œuvre du génie et l'œuvre de la charité.

Charles-Quint pressentit leur influence. Ses expéditions à Tunis et à Alger, la ligue défensive qu'il forma avec le pape Paul III et Venise, les traités même qu'il proposa à l'Ouchaly, prouvent qu'il comprenait l'importance prise par les rois de la mer sur l'échiquier politique de l'Europe. Mais ses flottes furent dispersées par la tempête. Ses alliances n'étaient pas sûres, les propositions qu'il chargea Lorenzo Manuel de porter à l'Ouchaly furent rejetées avec hauteur et moquerie. « Celui-là est un grand fou, disait le corsaire, qui prend conseil de son ennemi. » La douleur de Charles-Quint, douleur généreuse d'un esprit élevé, l'accompagna jusqu'au tombeau. Enfermé dans le monastère de Yuste et détaché en apparence des choses de la terre, il suivait du regard les événements; il pressait son fils de fortifier les côtes de la Catalogne. Dans son testament, il recommanda la délivrance des captifs d'Alger et consacra à leur rachat 30,000 ducats[1]. Pendant ses derniers jours, il demanda des nouvelles de la flotte turque qui s'avançait avec cent trente voiles de Constantinople à Sorrente, à l'île d'Elbe et aux Baléares. « Sa Majesté en est si affectée, écrivait Gastelu à Vasquez, que nous ne parvenons pas à l'en distraire et à l'en consoler. » Enfin il apprit que les Turcs enlevaient dans l'île de Minorque des populations entières, et il mourut, comme Charlemagne, en contemplant l'invasion de son empire par les Barbares. Et pourtant la tendresse de ses serviteurs lui cacha que la puissance espagnole venait de recevoir une terrible atteinte en Afrique par la mort du vieux comte d'Alcandète, gouverneur d'Oran, défait et tué à Mazagran, en 1558.

L'aristocratie espagnole soutenait la lutte contre les forbans avec un sublime et inutile courage, depuis un demi-siècle. Elle se jetait héroïquement dans de mauvaises places clair-semées sur la côte inhospitalière, forts isolés, mal bâtis, qu'on ne ravitaillait guère, et là, résistait jusqu'à la dernière heure. Aux îles Gelves périssait le duc d'Albe, don Garcia de Tolède (1510); et à Bougie, Pedro de Navarro (1510). A Alger, un capitaine gentilhomme résistait dans le fort de l'île à l'assaut d'un peuple; à Oran, une suite de généraux, le marquis de Comarès, les comtes d'Alcandète maintenaient contre Alger, Tlem-

---

1. Voir *Mignet*, Charles-Quint, p. 386 et suiv.

cen et Fez le drapeau espagnol. Ils y épuisaient leur courage et leur sang. Ces soldats, dont je renonce à citer les traits de bravoure et dont les noms seuls forment une longue liste de héros, ne purent empêcher ni le massacre de la Goulette, ni la chute du fort d'Alger, dont le commandant Martin de Vargas fut supplicié. La lutte continua, désespérée et furieuse, sur tous les rivages et sur toute la mer ; les chevaliers de Saint-Jean de Jérusalem firent de Malte un nouveau théâtre de gloire et d'épreuves ; la noblesse espagnole poursuivit à Lépante et à Tunis sa croisade éclatante et infructueuse. — Mais elle put vaincre les Turcs, elle ne les abattit pas.

La race turque était forte ; le secret de sa puissance n'était pas seulement dans le fanatisme, ni, comme on l'a pensé, dans ce fatalisme qui pousse en avant les Asiatiques. Ce petit peuple ne peut pas être comparé aux multitudes orientales que la faim jadis avait jetées sur l'Europe, comme un jour d'été fait naître des nuées d'insectes éphémères. C'était un peuple guerrier très-discipliné, très-fidèle à ses maximes, et qui joignait à ces qualités romaines un usage digne encore de Rome : il s'assimilait les forces des peuples vaincus au lieu d'en tarir la source. Il faisait des concessions à qui se soumettait ; il ouvrait ses rangs à qui le voulait ; les plus grands honneurs étaient réservés aux hommes énergiques ou intelligents qui se distinguaient à son service, et s'il est vrai de dire qu'il faisait des amulettes avec les ossements de Scanderberg, il faut ajouter qu'il se faisait des soldats et des généraux avec la fleur de la jeunesse chrétienne.

En asservissant les populations, ils se hâtèrent de transformer leurs esclaves en soldats ou en marins ; les Slaves du bas Danube leur donnèrent ce corps d'élite connu sous le nom de *Janissaires*, qui fut le premier corps de troupes permanent. Les Grecs des îles leur fournirent des gens de main qui avaient la pratique de la mer. Les fils du potier de Lesbos, non-seulement soumirent l'Afrique du Nord au joug ottoman, mais encore formèrent une école d'écumeurs de mer, où furent dressés leurs lieutenants et leurs successeurs, les Dragut, les Uchaly, les Hassan Aga, tous enfants de l'Europe.

Cervantes, mêlé à ces hommes, étudia sur toute la Méditerranée leur organisation et y démêla un plan suivi. Il compta leurs ports de relâche, les îles Fabiana, Formentera et Saint-Pierre, véritables échelles de la piraterie placées auprès de l'Espagne, de la Sicile et de la Sardaigne. Il les vit embusqués dans toutes les criques, l'œil au guet, la jambe étendue [1], attendant au passage le vaisseau chrétien, comme l'araignée sa proie.

Et l'Europe les ravitaillait! Elle payait un double tribut, elle fournissait et le butin et les pillards. A Alger, Cervantes compta, parmi les patrons des navires turcs, le Hongrois Jafer, l'Albanais Mami Arnaut, le Grec Dali Mami, le Génois Féru Raez, l'Espagnol Morato Raez; parmi les alcades, l'Anglais Jafer, le Sarde Morato Chelibi, le Corse Alpichinino. Partout ses yeux ne rencontraient que des chrétiens travaillant pour le compte de leurs ennemis, dans le port, dans les chantiers, dans les bazars. Et quel spectacle que celui du marché! On voyait sur le Socco des corsaires italiens et grecs vendre à l'encan des esclaves grecs et italiens, tandis que la Porte présidait tranquillement à la traite.

L'indignation de Cervantes fut celle de tous les sol-

---

1. Se estan pierna tendida y a placer, aguardando al paso los navios christianos que vienen a meterse en sus manos. (*Hædo.*)

dats, de tous les chrétiens prisonniers ; mais son esprit observateur ne s'arrêta pas à des protestations vaines. Sans doute, il débuta par des colères généreuses. Il s'écria d'abord, comme le poëte Herrera :

« Le tyran superbe, se confiant dans la grandeur de ses flottes, y fait travailler injustement nos frères, dont il ploie la tête et les mains au service de son empire. Avec leurs bras vigoureux il a abattu les cèdres les plus élevés de la montagne, il a pris l'arbre le plus droit et le plus haut de la forêt... L'eau que buvaient ses racines n'est pas à lui ! Le sol que foulent ses pieds audacieux ne lui appartient pas ! »

Poésie magnifique, mais poésie. Plus tard il pensa comme Sosa, le fier docteur qui s'écriait : « Les Turcs et les Janissaires sont de viles canailles, des porchers, des vilains, ou, comme on dit, des chacals ! Les renégats, ramassis de brigands, sont les immondices, le rebut de la chrétienté ! En connaissez-vous un seul qui soit, je ne dis pas hidalgo ou noble, mais bien né et dans une condition moyenne ? » Cervantes fut gagné à cette colère. Sous la plume d'un prisonnier, tant de mépris pour ses maîtres révélait une âme inflexible et hautaine. Il pensa peut-être encore comme l'abbé Hædo, qui, à son tour, écrivait : « Les renégats sont renégats parce qu'ils aiment la vie libre et charnelle dont vivent les Turcs. » Mais le bon sens viril de Cervantes lui disait que la poésie, la noblesse et la foi ne guérissaient pas l'incurable plaie faite à l'Espagne par les Turcs, les renégats et les Morisques.

Maudire est aisé, juger est difficile : combattre est meilleur, c'est le devoir d'un homme. Quand Cervantes eut écouté cinq années durant les plaintes d'un peuple d'exilés, quand il reconnut l'inutilité des victoires de don Juan, l'impuissance de l'Europe et l'effet terrible

des *auto-da-fé*, quand il vit la marine de l'Espagne
bravée, son commerce interrompu, ses soldats esclaves,
ses enfants enlevés, sa population intérieure divisée,
son or d'Amérique absorbé par Constantinople, il
regarda d'un œil profond et les Turcs et les renégats,
ces aventuriers aux noms orientaux, débris européens
armés contre l'Europe. Pourquoi cette poignée de Turcs
avait-elle recruté une armée de transfuges? Comment
arrivait-il que leur domination, établie artificiellement
sur la plage africaine, et d'abord sans leur concours, y
fût devenue, en cinquante ans, invincible? C'était le
sujet continuel de ses réflexions, quand il considérait
Alger, dont les fondateurs n'étaient ni mores, ni turcs,
ni vraiment musulmans.

Cervantes douta alors de l'excellence des institutions
européennes. Malgré son mépris pour les fanatiques
indigènes et les marabouts stupides, il lui sembla que les
renégats étaient trop intelligents pour que leur défec-
tion ne fût pas un symptôme grave, digne d'inquiéter
l'Europe. Les dédains de l'Espagne l'honoraient sans
doute, mais la trompaient sur l'état des choses. La fierté
de Sosa était mêlée de préjugés exclusifs et d'opinions
trop injurieuses pour n'être pas un peu puériles. Don
Juan suivait trop à la lettre les plans de Charles-Quint.
L'aristocratie castillane prenait le champ de bataille
pour le champ d'un tournoi. L'Inquisition provoquait de
terribles représailles. Cervantes pénétra peu à peu ces
vérités et corrigea la pensée extrême ou aveugle de ses
amis. Une évolution se faisait en lui, qu'il eût voulu
justifier et faire approuver des Espagnols. Bref, il osa
comparer les deux sociétés musulmane et chrétienne. La
politique de Philippe II qui laissait grandir les Turcs et

les Morisques, tandis qu'il écrasait les chrétiens du Nord, lui parut absolument contraire aux intérêts de la nation et de la foi. Il pensa qu'on devait agir en sens inverse, user de tolérance vis-à-vis de l'Allemagne et d'intolérance à l'égard des Morisques.

Pour faire comprendre à son pays qu'un dissident n'est pas un ennemi, qu'un protestant n'est pas un traître, Cervantes fait asseoir à la même table Ricote, pèlerin hérétique, et Sancho, qui est « catholique irréprochable ». Pourquoi ne boiraient-ils pas ensemble ? ils choquent leurs verres en s'écriant, dans le jargon de la langue franque : *Espagnoli y Tudesqui, tuto uno bon compagno !* Et Ricote explique pourquoi il a été demeurer en Allemagne :

« J'ai voulu tout voir avant de choisir mon asile (dit Ricote), la France, l'Italie et l'Allemagne. C'est en Allemagne qu'il m'a paru qu'on pouvait vivre le plus librement. Les habitants ne regardent pas à mille délicatesses. Chacun y vit comme il veut, parce que l'on vit, dans la plus grande partie du pays, avec la *liberté de conscience.* »

Ce texte est décisif. Cervantes voit un abîme entre les deux adversaires que l'Espagne combat, l'un au nord, qui est un frère égaré, l'autre au sud, qui est l'ennemi irréconciliable. C'est au sud qu'elle livre son vrai combat ; elle a en face d'elle des peuples nés pour la détruire, des Turcs qui attaqueront toujours les *Nazaréens*, des Arabes qui ne pactiseront jamais avec les *Roumi*, des pirates qui renient l'Europe tout entière, des Morisques enfin qui dévorent l'Espagne.

---

1. Pasé a Italia, llegué a Alemania, y alli me pareció que se podia vivir con mas libertad, porque sus habitadores no miran en muchas delicadezas; cada uno vive como quiere, porque en la mayor parte della se vive con libertad de conciencia. (*D. Q.*, p. II, chap. LIV.)

Cervantes est implacable contre les Morisques. Ceux d'Afrique « viennent piller au point du jour et s'en retournent dormir chez eux » ; ceux de Catalogne appellent la guerre à l'intérieur. Les uns et les autres sont coupables de haute trahison. Ce crime ne peut plus être toléré. Depuis plus de cent ans on les presse en vain de choisir entre l'Orient et l'Occident ; ils se dérobent à cette obligation et gardent sur le sol de l'Espagne une position inexpugnable en attendant l'heure où les Turcs débarqueront et viendront arborer le croissant sur les mosquées andalouses.

Aux yeux de Cervantes, leur présence est celle de l'ennemi dans la place. Dans la Nouvelle où il a exprimé sa pensée la plus directe, c'est-à-dire dans le Dialogue du chien Berganza avec le chien Scipion, Berganza dit rudement :

« J'ai vu de près et j'ai servi un Morisque ; je prenais plaisir à étudier la vie de mon maître, et, par elle, celle de tous les Morisques qui vivent en Espagne. Que d'étranges choses je pourrais te conter, ami Scipion, sur cette canaille morisque ! S'il fallait entrer dans les particularités, je n'aurais pas fini en deux mois. Mais cependant il faut que je t'en dise quelque chose. Il y aurait miracle si, parmi cette foule, il s'en trouvait un qui crût sincèrement à la sainte loi chrétienne. Leur but est de battre monnaie et de garder l'argent monnayé ; pour l'acquérir, ils travaillent et ne mangent pas. Qu'un réal entre en leur pouvoir, s'il est seulement double, ils le condamnent à la prison perpétuelle et à une éternelle obscurité. Gagnant toujours et ne dépensant jamais, ils rassemblent la plus grande partie de l'argent qui circule en Espagne. Ils sont sa tirelire, son ver rongeur, ses pies et ses belettes ; ils ramassent tout, cachent tout et dévorent tout. Remarque qu'ils sont nombreux, que chaque jour ils enfouissent peu ou beaucoup et qu'une fièvre lente consume la vie aussi bien qu'une fièvre maligne. Comme leur nombre s'accroît sans cesse, celui des enfouisseurs s'accroît aussi, et ils croîtront de la sorte à l'infini, car chez eux ni les hommes ni les femmes n'entrent au couvent. Tous se marient, tous multiplient; d'ailleurs la guerre ne les décime point, ni aucun exercice fatigant. Ils nous volent en toute sûreté, et, avec les produits de nos biens qu'ils revendent, ils deviennent riches. Ils n'ont point de valets, tous le sont d'eux-mêmes. Ils ne dépensent rien pour faire étudier leurs enfants : la science pour eux, c'est de nous voler.

Cervantes demanda formellement l'expulsion des Morisques, non par intolérance religieuse, mais par nécessité politique. Quand deux races sont irréductibles, leur séparation peut seule éviter la guerre civile. De quelque façon qu'on juge son opinion, il importe d'en comprendre le mobile. En 1610, quand le terrible édit d'expulsion est rendu, Cervantes ne triomphe pas; il prend la parole [1] pour plaindre les victimes. Il peint avec attendrissement la misère, la douleur, les regrets des exilés. Il attire sur eux la sympathie publique, et déplorant encore une fois qu'ils se soient tournés obstinément vers l'islamisme, il ose leur conseiller le séjour de la France ou même celui de l'Allemagne, pays protestant. Il en eût dit davantage; mais il ne pouvait pas, sous Philippe II, plaider la cause qu'il défendait. Des personnages plus influents que lui avaient payé de leur vie cette audace, tels que l'archevêque Carranza, brûlé comme fauteur de la liberté de conscience. C'est indirectement, en mettant en scène l'islamisme, qu'il faisait entendre sa pensée. On devait, disait-il, combattre avant tout les renégats et les Turcs, et pour les combattre, les connaître. Les renégats étaient insolents, avides et traîtres; ils osaient tout pour acquérir des richesses et du pouvoir. Mais combien d'entre eux ne seraient pas devenus mahomé-

---

1. *Don Quichotte*, p. II, chap. LIV.

tans et combien reviendraient en Europe, si l'Europe était
moins imprévoyante ! La société chrétienne laisse enlever
ses enfants, et, une fois captifs, elle les oublie. Un jour, les
Turcs saisissent sur les côtes de la Calabre un jeune homme
de vingt ans et le font esclave. Il subit son sort et ne trahit
pas sa foi. Mais les années se succèdent et aucun espoir
de délivrance ne vient le soutenir au milieu des outrages.

Il avait ramé quatorze ans sur les galères du Grand Seigneur.
A trente-quatre ans passés, il reçut un soufflet d'un Turc pendant qu'il ramait. Pour pouvoir s'en venger, il renia sa foi.
C'était un homme si courageux, qu'il devint roi d'Alger sans
passer par les routes basses et ignobles que prennent habituel-
lement les favoris du Grand Seigneur. Ensuite il fut général de
la mer. C'est la troisième charge de l'empire. Il était Calabrais
d'origine et moralement homme de bien. Ses captifs, dont le
nombre fut de trois mille, étaient traités avec beaucoup d'humanité [1].

Cervantes parle ici de l'Uchaly, ce redoutable adversaire. Voilà quels hommes la chrétienté laissait perdre.

Les Turcs ne sont ni aussi méprisables qu'on le dit,
ni aussi puissants qu'on le croit ! pense Cervantes. Au
lieu de les maudire en les redoutant et de les in-
sulter en les laissant faire, il faut démêler les vraies
causes de leur prestige et pénétrer le secret de leur faiblesse. « La grande journée de Lépante a désabusé le
monde et toutes les nations de l'erreur dans laquelle on
était quand on croyait les Turcs invincibles sur mer [2]. »
En principe, ils n'ont pas la puissance morale qui
crée et soutient les grands empires ; leur fondation,
tout artificielle, n'est pas solide, parce qu'elle repose
sur la force. L'intérêt est leur guide et la violence leur

---

1. *Don Quichotte.* Le captif.
2. *Don Quichotte*, 1, 39.

moyen ; aussi sont-ils haïs des Africains, et ils auront
contre eux, le jour où l'Espagne le voudra, la haine
proverbiale de Turc à More. L'argent est leur maître.
Chez eux tout est vénal.

Tout se vend, tout s'achète; les-charges ne se gagnent pas
par le mérite, mais s'acquièrent à prix d'argent. Ceux qui les
donnent volent ceux qui s'en font pourvoir, et ceux-ci épuisent
les revenus d'un office pour en acquérir un autre plus lucratif.
Tout cet empire est fondé sur la force, ce qui marque qu'il n'est
pas durable; et il ne durerait pas, selon moi, si nous ne le sou-
tenions sur nos épaules, en quelque sorte, par nos fautes[1].

Les fautes de l'Espagne, Cervantes les indique. Elle
a une mauvaise marine et une fausse politique, tandis
que la famille des sultans fait preuve d'une sagacité héréditaire[2] et qu'ils ont une marine bien organisée dont les
manœuvres sont d'une rapidité merveilleuse. Cervantes
décrit une de leurs descentes en Sicile : avant que les
sentinelles des tours de la marine aient pu les signaler,
ils ont jeté l'ancre, ils débarquent, ils enlèvent des
chrétiens, et ils reprennent la mer à force de rames.
L'expédition accomplie « avec leur diligence accou-
tumée, » ils osent envoyer à Trapani même des agents
qui traitent de gré à gré la question des rançons. Qu'une
voile latine paraisse à l'horizon, que la flotte de Malte
ou que l'escadre de Sicile viennent à passer par là, les
corsaires ont disparu quand elles arrivent. « En un clin
d'œil, tous les Turcs qui sont à terre, l'un préparant
son dîner, l'autre lavant son linge, se trouvent à bord
avec une promptitude inouïe » et ils voguent vers les
côtes barbaresques.

1. *L'Amant généreux.*
2. La sagacidad que todos los de su casa tienen. (*D. Q.*, ɪ, 39.)

La même discipline qui préside à leurs usages militaires se retrouve dans leurs institutions civiles. Quand le cadi parle, tout le monde obéit, « tant est grand le respect qué portent aux cheveux blancs de leurs magistrats les gens de cette secte maudite... Il juge sans actes de procédure, sans demandes ni répliques, séance tenante. » Sans doute, « il dépêche son monde du bout du doigt et termine les affaires en un tour de main ; », mais on évite les longs procès « parmi ces barbares : le sont-ils en cela [1] ? »

Ainsi les Turcs ont-ils de bonnes coutumes qui, à défaut de puissance véritable, leur donnent du moins une supériorité accidentelle. Grâce à leur activité et à leur souplesse d'intelligence, ils ont pénétré en Europe, renversé tous les boulevards de l'Occident et semé de ruines toute la mer chrétienne. Il n'est pas un soldat italien ou espagnol qui n'ait été saisi de douleur en contemplant les débris des cités abattues. Cervantes en a fait le tableau dans la nouvelle de *l'Amant généreux*, qui s'ouvre par l'entretien d'un captif et d'un renégat en face de Nicosie détruite.

O ruines douloureuses de Nicosie l'infortunée ! dit le captif. Le sang est à peine séché de vos défenseurs malheureux et vaillants ! Si vous preniez le sentiment, ensemble nous pourrions, dans la solitude où nous sommes, pleurer nos disgrâces ; les tourments partagés s'adoucissent. Vous n'êtes pas sans espérance, ô tours et murailles injustement abattues ! Vous pouvez un jour vous relever, quoique la cause pour laquelle on vous relèvera soit moins noble que celle pour qui vous tombez. Mais moi, misérable, que puis-je espérer dans la détresse extrême où je me trouve?... — Ainsi s'exprimait un captif. Il parlait aux ruines et comparait leurs misères aux siennes, comme si elles eussent été capables de l'entendre....

1. Voir *l'Amant généreux*.

Un renégat s'approche du captif et lui dit :

Tu auras de quoi pleurer, si tu t'abandonnes à ces contempla-
tions. Qui a vu, il y a deux ans, cette île de Chypre, riche, célèbre,
dans sa prospérité et son repos, jouissant de toute la félicité
humaine, et voit aujourd'hui ses habitants bannis, captifs ou misérables, comment peut-il ne pas déplorer un si grand désastre?
Mais ces choses n'ont pas de remède...

Puis, d'un ton plus bas, le renégat ajoute :

— Ricardo, la fortune m'a fait revêtir ce costume que je déteste.... Tu n'ignores pas le désir ardent que j'ai de ne point
mourir dans ce culte que je semble professer. Si je n'étais pas
plus utile autrement, j'irais confesser et publier à haute voix la
foi de Jésus-Christ, de laquelle m'éloignèrent mon âge si faible et
ma raison plus faible encore. Une telle confession doit me coûter
la vie; mais pour ne point perdre celle de l'âme, je donnerais
volontiers celle du corps.

Si l'Espagne faisait appel à ces renégats, si elle délivrait ces captifs, si elle reprenait ses enfants et son
bien par un effort soutenu et concerté, la résistance des
Turcs ne saurait être longue. Cervantes essaye de le
lui rappeler dans les ouvrages que nous allons voir.

LA VIE D'ALGER.

De tous les écrits de Cervantes contre l'islamisme, le
plus important est la *Vie d'Alger* (*El trato de Argel*).
Ce n'est pas une œuvre d'art, c'est un acte d'honnête
homme. On a jugé au point de vue littéraire ce drame
improvisé ; il a paru inférieur à ceux de l'habile
Lope de Vega et indigne de notre goût raffiné. Il ne
ressemble, en effet, ni aux pièces françaises qui roulent
sur l'amour, ni aux pièces espagnoles qui mêlent les

quolibets du *gracioso* aux aventures héroïques des gentilshommes. Le canevas grossier de l'intrigue est celui-ci : — Deux amants, Aurelio et Silvia, tombent aux mains des Algériens et sont séparés. Ils se retrouvent dans la maison d'un Turc appelé Yousouf, qui a pour femme Zara ; mais ils se retrouvent pour se perdre, car Yousouf aime Silvia et en fait confidence à Aurelio, tandis que Zara aime Aurelio et l'avoue à Zara. Cette situation, ainsi analysée, est d'une crudité maussade, mais Cervantes n'a pas ainsi conçu le scénario. Les analyses superficielles sont perfides. Pour le génie de Cervantes, la situation n'est qu'un prétexte; le vrai sujet est la lutte morale de deux races, l'antagonisme de deux lois religieuses, le conflit de la femme orientale et de la femme européenne. Les figures sont d'une réalité franche. Point de créations, si l'on veut, mais des personnages qui ont vécu; point d'intrigue savante, mais une trame faite d'idées, de passions, de croyances, toute en profondeur. Oublions le reste, et assistons tout d'abord à l'assaut donné aux âmes chrétiennes par l'islamisme.

La belle Zara, aux yeux noirs, toute parée d'or et de perles, s'avance vers Aurélio, le gentilhomme espagnol que le sort a fait son esclave. Derrière elle marche la vieille Fatima, qui sait les philtres et pratique les enchantements. Son mépris pour les chrétiens égale son respect pour les antiques superstitions de l'Orient. On dirait la fatalité accompagnant l'amour. Elle veut que la beauté de sa jeune maîtresse triomphe en paraissant.

ZARA. — Aurelio!

AURELIO. — Maîtresse!

ZARA. — Maîtresse?... Si je l'étais, maîtresse de toi, tu entendrais ma prière, au lieu de me fuir.

AURELIO. — Puisque je suis ton esclave, ta volonté est la mienne.

Ainsi s'engage le dialogue, ingénûment effronté de la part de Zara, fier, courtois, embarrassé et secrètement méprisant de la part d'Aurelio. La musulmane s'humilie bientôt, malgré les conseils de Fatima.

AURELIO. — Ne vois-tu pas que je suis un chrétien et que ma situation est celle d'un misérable?

ZARA. — L'amour nous fait tous égaux. Donne-moi la main...

La vieille Fatima s'indigne. Une fille de Mahomet s'abaisser devant un chrétien ! Elle veut abandonner Zara. Celle-ci la retient.

ZARA. — Amie, tu dis vrai... Je ne nie pas cela... mais que ferai-je? L'amour, c'est le feu! et ma volonté, c'est la cire!

Quand on invoque la doctrine de la fatalité, Fatima n'a rien à répondre. Aurelio, à qui elle s'adresse alors, se retranche sur son honneur (*en su pundonor se retira*).

AURELIO. — Comment vouloir que j'entende des paroles d'amour, quand je suis enchaîné?

ZARA. — Ne t'inquiète pas de tes chaînes; nous sommes deux pour te les ôter.

AURELIO. — Mieux vaut me les laisser. Je ne veux pas tomber d'un malheur dans un autre.

ZARA. — De quel malheur parles-tu?

AURELIO. — Quand mon corps sera délivré, je tomberai dans d'autres fers, plus douloureux pour l'âme.

FATIMA. — Les chrétiens ont-ils des âmes?

AURELIO. — Oui, des âmes assez grandes et assez riches pour que Dieu les ait rachetées.

FATIMA. — Fausseté !... Vos âmes, si vous en avez, sont de diamant, puisque l'amour les trouve si dures... Aurelio, décide-toi; ne fais pas fi de mes conseils, ne sois pas si ami de tes

idées entêtées. Tu te vois privé de la liberté, dans les fers,
pauvre, nu, épuisé, victime de la nécessité, exposé à tous les
maux, à la bastonnade, au supplice des soufflets, aux mazmor-
ras, aux cachots, où tu seras plongé du jour dans la nuit.
Au contraire, on te promet, avec la liberté, de beaux vêtements. Plus de fers, plus de nourriture immonde ; mais le
coussoussou, le pain blanc, la volaille en abondance et du vin de
France, si tu veux boire du vin. Te demande-t-on l'impossible ?
Non. Il s'agit de renoncer au travail excessif pour passer une
vie agréable, joyeuse et la plus douce du monde. Profite de la
chance qui s'offre à toi. Ne fais pas l'innocent ; tu as montré du
cœur. Regarde ta maîtresse Zara, dis-moi de quoi elle est digne ;
contemple l'éclat resplendissant de son visage qui obscurcit le
soleil ; admire sa jeunesse, pense à ses trésors, à son nom, à sa
réputation. C'est ton salut qui vient frapper à ta porte et t'appeler. — Ah ! ma Zara ! où elle pose ses pieds, il y a des milliers d'hommes qui voudraient poser leurs lèvres !...

Cet idéal barbaresque ne séduit pas Aurelio, qui répond froidement :

— Cela est le mal, même devant la loi de Mahomet, contre
laquelle vous prêchez.
— Laisse là Mahomet ! s'écrie Zara, il n'est plus mon Dieu.
L'amour est mon seul maître, il a envahi et assujetti mon âme.

Mais les promesses de Fatima comme ses menaces, la
beauté de Zara comme sa colère et son amour, restent
sans effet et sans espoir. Les deux femmes se retirent,
la rage dans le cœur.

Aurelio, demeuré seul, se met en prière.

Yousouf paraît, joyeux et plein de projets.

Yousouf. — Écoute, Aurelio... j'ai acheté une esclave qui est
la beauté et l'honnêteté mêmes. Je l'aime, elle me dédaigne. Toi
qui es chrétien comme elle, peut-être sauras-tu l'apprivoiser. Si
tu y réussis, tu es libre !

Aurelio. — De quelle nation est-elle ?

Yousouf. — On la dit Espagnole.

AURELIO. — Son nom?

YOUSOUF. — Silvia.

AURELIO. — Il y avait sur notre vaisseau une femme de ce nom.

YOUSOUF. — C'est elle-même.

Silvia est la fiancée d'Aurelio. La situation est terrible dans sa vulgarité même; la jalousie devient pour Aurelio une seconde tentation. Le gentilhomme dissimule sa douleur, promet tout et se hâte de quitter Yousouf.

Silvia entre en scène, et Yousouf lui parle avec respect.

YOUSOUF. — Silvia, séchez vos pleurs. Faites trêve à cette douleur farouche. Je ne vous ai pas achetée pour être mon esclave, mais pour être ma souveraine... Tenez! j'imagine que votre malheur n'a été si grand que pour vous préparer une vie plus heureuse. La fortune qui a mis des rois dans la servitude ne trouble pas l'ordre habituel de ses lois quand elle atteint votre grandeur plus que royale. Essuyez donc ces beaux yeux qui nous font esclaves quand ils nous regardent et qui, s'ils se détournent de nous, emportent notre âme avec eux. Ne dérobez plus votre beauté divine sous ce voile blanc qui, semblable à la neige, nous cache la clarté du ciel.

— Conduisez-moi à Zara, votre femme et ma maîtresse, répond Silvia.

Il y a dans cette scène quelque chose de l'apparition calme et pure d'Andromaque esclave de Pyrrhus. La figure de Silvia n'est qu'entrevue; mais elle est digne de ce caractère d'Aurelio, qui représente la dignité sévère de l'Espagne chrétienne.

— Connaissez-vous Aurelio? dit Zara à Silvia.

— Oui, répond Silvia, c'est un jeune homme à la figure grave et de nation espagnole.

De rostro grave y de nacion hispana.

Aurelio n'est pas au bout des épreuves. Contre lui on prépare des incantations magiques et terribles, toute la science de l'Orient (Zoroastria ciencia). Voici Fatima qui revient, entourée de tous les attributs des sorcières, le pied droit déchaussé, la robe sans ceinture, le visage tourné vers la mer, le bras cerclé d'un collier de pierres recueillies dans les nids d'aigles; on dirait un personnage de Shakspeare. Elle commence ses conjurations; elle tient une figure de cire qui représente Aurélio et dont elle perce le cœur. C'est l'envoûtement du moyen âge.

Cervantes, qui tient par son éducation aux traditions et aux symboles du temps de Dante, exprime par la voix des personnages allégoriques le sens de sa pensée et l'intention morale de son œuvre. Il enveloppe la sorcière de furies qui lui soufflent les mauvais conseils.

— Laisse tes enchantements! disent-elles. On les méprise quand on s'appuie sur le Christ. Appelle à ton aide la Nécessité, à qui on ne résiste pas et l'Occasion.

Les deux divinités apparaissent et nous entendons, comme dans un vieux mystère, le dialogue des puissances mauvaises qui assiégent le château de l'âme (*la roca del pecho encastillado de un cristiano*).

Aurelio épuisé, sans forces, presque nu, couché sur le sol, est pressé d'un côté par la Nécessité, tandis que de l'autre, il voit sourire l'Occasion. Il ne peut même plus répondre à leurs paroles qu'il écoute d'un air hébété, et qu'il répète machinalement.

L'OCCASION. — Je sais un moyen, si tu voulais, de sortir de cette misère tout de suite, sans obstacle et à peu de frais.

AURELIO. — Oui, un moyen de sortir de cette misère tout de suite, sans obstacle et à peu de frais.

L'Occasion. — Il ne faut qu'aimer ta maîtresse Zara ou seulement donner des signes d'amour.

Aurelio. — Il ne faut que l'aimer, — ou feindre de l'aimer. —
Oui! — L'apparence suffirait! — Mais... comment, — quand on
n'aime pas, feindre l'amour?

La Nécessité. — Quand la nécessité te force!

Aurelio. — Oui, la Nécessité!

L'Occasion. — Et l'Occasion s'offre à toi, extraordinaire.

Aurelio (se ranimant). — Oui, l'Occasion s'offre... — Non!
L'Occasion n'a pas le pouvoir de détourner de ce qui est bien,
et de ce qu'il doit à lui-même, mon sang de gentilhomme (mi
hidalga sangre).

L'assaut redouble. — Qu'est-ce que l'honneur?.. Une
chimère. Pourquoi, si Aurelio n'a pas de témoins,
n'obéirait-il pas à l'appel de la liberté et aux charmes
de Zara. Elle traverse la scène, brillante et aimable.
Malgré lui, Aurelio la suit, déjà il est vaincu, déjà il
marche vers l'abjuration, quand, tout à coup, il se
rejette en arrière.

— Quel guide suis-tu, Aurelio? Loin de moi une pensée d'erreur, une pensée de vilain... Je suis chrétien et mourrai en chrétien!

Ainsi triomphe la fermeté d'Aurelio. Mais la tentation sera-t-elle aussi vaine, quand elle s'adressera à
des êtres faibles?

Cervantes fait passer sur la même scène un jeune
espagnol appelé Juan, qui a pris l'habit mauresque et
renié sa foi. On l'appelle :

— Juan!

— Je me nomme Soliman; si vous me taquinez, je le dirai au
maître.

Et l'enfant menace les Chrétiens, il repousse son frère
Francisco qu'il ne veut pas embrasser :

— Qu'y a-t-il de plus beau que d'être Maure! Vois donc les jolis habits qu'on m'a donnés. J'en ai d'autres plus riches encore, plus élégants, en brocart d'or. Sais-tu que le couscoussou est délicieux? Rien n'est bon comme le pilaf. Fais-toi musulman et tu diras comme moi. Je te le conseille, fais-le... Mais je te laisse, car parler avec les Chrétiens, c'est une souillure.

Il s'en va d'un pas grave, insolent et ridicule.

— Y a-t-il un spectacle plus malheureux sur la terre?.... s'écrie alors le captif Alvarez; puis, s'adressant aux spectateurs, il les supplie de penser au rachat des captifs :

— Rachetez! dit-il. — Ah! que l'aumône est bien employée qui rachète des enfants! Dans leur âme, la foi n'a pas encore jeté des racines assez fortes. Puissent les cœurs chrétiens redevenir charitables et être moins avares de leurs secours! Tirer de prison le chrétien captif, l'enfant surtout, dont la volonté est faible encore, c'est l'œuvre sainte, excellente, qui renferme en elle seule toutes les œuvres, car elle sauve du même coup l'âme et le corps. Celui que vous rachetez, vous l'arrachez à la tentation, vous le ramenez de la terre d'exil dans sa patrie, vous le dérobez aux mille hasards qui le circonviennent, aux tortures de la soif, à la perversion des conseils qu'on lui donne.... O secte infâme de Mahomet, que tu triomphes aisément des cœurs simples!

A cette adjuration se mêlent les accents de désespoir et de rage des autres captifs, personnages secondaires, mais essentiels dans cette composition qui doit faire tableau et frapper l'esprit oublieux des spectateurs.

Cervantes eût voulu mettre sous leurs regards Alger tout entier; il eût voulu montrer aux Espagnols les résultats funestes, non-seulement de leur négligence, mais aussi de leur système oppressif et inquisitorial. Mais comment le faire sans se brouiller avec les inquisiteurs? Voici ce qu'il imagina.

Sur la scène, un homme se précipite, essoufflé, déso-
solé, pâle d'épouvante. Il vient d'assister au supplice
du prêtre Michel de Aranda, (peine du talion infligée
à l'Espagne par l'Afrique), et il raconte à la foule émue
le détail horrible de sa mort :

— Je l'ai vu aujourd'hui, le serviteur de Dieu, au pouvoir d'une
populace demi-nue.... Il ne mourait pas entre deux larrons, mais
entre mille. Ce prêtre, ce juste, marchait au milieu d'une horde
sans loi, exténué, ployé en deux, mais heureux de mourir pour
sa foi. Parmi tout ce peuple, c'était à qui lui redoublerait le supplice ; celui-ci le soufffletait à dix reprises, celui-là lui arrachait
sa barbe blanche. On avait lié d'une corde grossière ces mains
qui avaient si souvent offert l'hostie. A son cou était attachée
une autre corde tirée à l'envi par une nuée de Maures. Autour du
malheureux, pas un ami. Son regard ne découvrait à l'entour et
au loin qu'un peuple de bourreaux. Leur fureur satanique était
telle, que celui-là eût passé pour mauvais mahométan qui ne
l'aurait pas frappé... Bientôt la populace, qui s'ingénie à découvrir quelque nouveauté de supplice, apporte en grande quantité
du bois sec et dépouillé dont elle forme un vaste cercle, à distance
de lui. Cette couronne enferme le saint personnage. Malgré l'impatience que tous avaient de le voir expirer, on allume doucement et de loin un feu qui lui ménagera de longs tourments...

Et le captif Sébastien raconte avec quelle atroce lenteur les habits du supplicié furent consumés ; récit d'un
grand effet pour les Espagnols d'alors, contemporains,
compatriotes, coreligionnaires de Michel de Aranda.
Cervantes le prolonge à dessein pour en venir au trait
final, à la conclusion téméraire qui est celle-ci : — Plus
d'auto-da-fé !

L'énoncer en ces termes était impossible. Les Espagnols du seizième siècle applaudissaient précisément
au théâtre à cette férocité fanatique que Cervantes condamnait. Un auteur dramatique qui voulait réussir flat-
tait, au lieu de les blâmer, les passions religieuses, témoin

Lope de Vega, qui, dans la *Découverte du nouveau monde*, préconise l'usage de supplicier les sauvages en les baptisant. Le dernier tableau de cette pièce est épouvantable : le poëte montre avec orgueil la croix plantée sur le sol américain et les chefs indigènes mis en croix. Triste commentaire de cette parole : Vous irez et sauverez les gentils. Le public était enthousiasmé d'un tel spectacle.

Dans un pareil temps, Las Casas, le libérateur des Indiens, ne trouvait qu'un moyen de les soustraire à la mort : il proposait à l'Espagne de les réduire tous en esclavage. De même pour les condamnés de l'Inquisition, dont le supplice était une solennité publique, la seule chance de salut était de les dérober à l'échafaud. Cervantes propose de les punir *autrement*. Alvarez, qui vient d'entendre le récit de Séhastien, glisse à la hâte ces étranges paroles à l'adresse du public :

Eh bien ! n'est-ce pas assez que nous soyons captifs, sans être plus misérables encore ! Si on brûle les morts là-bas (en Espagne), on brûle ici les vivants. Que Valence emploie d'autres moyens pour punir les renégats qui ne sont pas condamnés par la loi. Ils peuvent périr... par le poison.

Ce n'est pas Cervantes qui parle, c'est Alvarez, homme colère, impatient, indiscret, qui gourmande le peuple espagnol à tort et à travers, et que Saavedra essaye de calmer un peu.

— Tu prêches, réplique Alvarez, et tu perds ta peine ! Moi, je veux fuir. — Mais tu périras en route ? — Qu'y faire, Saavedra ? Les miens sont morts. J'ai un frère. Il s'est mis en possession de notre patrimoine et des biens qui nous restent avec tant d'avidité, qu'il ne peut pas aujourd'hui, me sachant dans les fers, distraire un réal de son patrimoine pour me délivrer.

Alvarez exécute son projet, il s'échappe. Le drame change de théâtre; nous sommes transportés sur la route d'Oran, au milieu d'une solitude effrayante et d'une nature meurtrière, que l'homme ne saurait traverser sans l'aide de ses semblables ou sans l'assistance miraculeuse de Dieu.

Alvarez s'avance les habits en désordre, les chaussures en lambeaux, les pieds gonflés, le corps déchiré par les ronces. Il a épuisé sa petite provision de pain, il ne trouve plus d'eau; la nuit qui tombe lui cache la trace légère du sentier qu'il suivait; les premiers hurlements des bêtes féroces se font entendre. Tourmenté de la faim, de la soif, incapable d'aller plus loin, il se laisse tomber par terre.

Cervantes introduit ici une légende qui complète la partie mystique du drame et s'adresse surtout à la foi castillane. En tombant, Alvarez a murmuré une prière à la Vierge. Cet acte de confiance suprême sauve le fugitif. Auprès de lui passent des Maures qui poursuivent un autre captif; il les regarde passer, invisible pour eux. Un lion paraît, Alvarez le suit sans crainte, et guidé par lui, arrive enfin à Oran[1].

— Je retrouve la liberté, s'écrie-t-il. O Vierge pure! ma liberté se dévoue à ton service.

Ce sont les paroles de saint François d'Assise, c'est le vœu du solitaire du Montserrat. Cervantes se sert avec intention des idées de la chevalerie mystique. En effet, la Vierge sauve le soldat dont la patrie oublie le courage, les services et la misère. Tout a son but dans

---

1. Les lions ont joué un rôle semblable dans les histoires de tous les temps, depuis Androclès jusqu'au Cid. Voir le poème du *Cid* et le *Romancero*. –

le drame. Les miracles, les allégories mythologiques,
chaque rôle, chaque scène, tous les récits et tous les
événements, offraient un sens profond à l'Espagne du
temps. Cervantes ne songe pas à la postérité ; son art
est de faire passer son acte.

Mais ce n'est pas tout, il parle aussi à l'Espagne de
ses intérêts modernes. Il indique à l'aristocratie castillane ses nouveaux devoirs. Elle a gardé les préjugés
d'un autre temps. Un gentilhomme ne daigne pas mettre
la main à la rame quand les corsaires poursuivent le navire sur lequel il se trouve. Les castes sociales sont
tranchées ; des marins, des commerçants et des hidalgos, réunis sur le même vaisseau, forment trois espèces d'êtres radicalement distinctes qui, à l'heure
du danger, ne s'entr'aident pas. La fraternité, même
accidentelle, entre les fils d'un même pays, semblerait une mésalliance ! Cervantes commence ici même
sa première campagne contre l'orgueil aristocratique. Il
n'y met ni la grâce de Shakspeare[1], ni la gaieté irrésistible du *Don Quichotte*. Toujours sérieux, il fait entendre indirectement des conseils pratiques sur l'état de
la marine espagnole et la puérilité funeste du *point
d'honneur* castillan, — ce point d'honneur qui, de 1500
à 1789, a joué un rôle si considérable dans l'histoire de
l'Espagne et dans la nôtre.

Deux marchands barbaresques sont en scène ; l'un
d'eux vient de débarquer, il a fait, aux dépens de l'Europe, une course avantageuse.

— Vous avez fait un bon voyage, lui dit son confrère. On dit
pourtant que les galères de Naples vous ont donné la chasse.

---

1. Dans *la Tempête.*

— Oui, en effet... Mais la chasse espagnole n'est pas sérieuse. Les navires sont embarrassés par leur propre poids. Il faut en campagne avoir l'allure dégagée, pouvoir fuir l'ennemi aussi bien que l'atteindre ; sinon le brigand qui chasse donne dans le panneau. Sachez bien (si vous ne le savez pas) que les galères des chrétiens marchent sans mains et sans pieds. Comment cela ? le voici : la marchandise les écrase, et, quand elles veulent nous poursuivre, elles n'atteignent pas en six jours le moindre ponton. Nous autres nous sommes armés à la légère et libres comme la flamme. On nous donne la chasse ? nous faisons tête au vent ; à bas les voiles et toutes les œuvres mortes, — le mât et les antennes en croix, simplement, — et on file, contre le vent, sans peine. Mais les chrétiens ! leur amour-propre leur défend, quand ils sont dans un mauvais pas, de mettre la main à la rame pour sortir de péril ; ce serait un déshonneur. Nous, en attendant, nous rapportons chez nous peu d'honneur et beaucoup de butin.

Sourire de l'*honneur*, ou le discuter, rien de plus grave alors. Examiner ce mot sonore qui servait d'apanage aux gentilshommes, de drapeau aux capitaines, de principe social à l'Espagne aristocratique, c'était déjà mettre en question l'idée castillane par excellence. Cervantes indique, touche et passe. Il y a une autre scène, plus brève encore, et dont l'intention est aussi périlleuse. Le poëte ose rappeler l'occasion, deux fois perdue, de prendre Alger. Don Juan d'Autriche aurait pu s'en emparer si son roi et maître ne l'avait pas envoyé en Flandre, où il finit misérablement sa courte et belle carrière. Philippe II aurait dû faire une descente en 1579. On voit passer en ricanant au milieu des captifs espagnols une bande d'enfants maures, de *morillos*, qui s'écrient :

— Don Juan pas venir ! vous pas fuir ! mourir ici !

Saavedra s'avance alors pour tancer les enfants.

— Son frère viendra, l'illustre Philippe. Il serait déjà venu si l'indócilité et l'orgueil des luthériens de Flandre n'avaient pas fait à sa couronne une offense impudente.

Cervantes ment un peu, il le sait. L'illustre frère ne vint pas , et l'orgueil des luthériens ne fut point abattu. Mais Philippe, qui assiste à la représentation, doit en même temps jouir avec complaisance de la terreur produite par son nom et entendre lès huées et les injures dont on accable l'Espagne. Le poëte ne veut rien de plus. Il montre Alger tour à tour tremblant et triomphant. « Ce fut chose risible, dit Hædo, de voir les Turcs flatter et caresser les chrétiens, quand ils s'attendaient d'un instant à l'autre à l'invasion [1]. » Et ce fut chose terrible que de voir la réaction, qnand ils furent rassurés. Que de supplices! quels coups! quels outrages! comme le marché des esclaves reprit son cours!

Cervantes ne manque pas de faire voir à Philippe la gloire d'Hassan. Le roi d'Espagne assiste aux exploits du roi d'Alger. C'est le tableau principal de la cinquième journée. On se souvient de deux gentilshommes, Antonio de Tolède et Francisco de Valence, qui furent prisonniers à Alger et qui prêtèrent leur aide à Cervantes. Hassan ne put pas mettre la main sur eux; on les vendit à Tétouan pour les dérober à son avidité. Il est fait allusion à ce détail dans la scène suivante :

(Des serviteurs arrivent. Ils apportent un canapé avec quatre coussins pour le roi. Il s'assied. Quatre ou cinq Maures lui font cortége, et devant lui se place le petit renégat Juanico.)

Le roi. — La rage et la douleur m'étouffent! Je ne puis parler! et ce qui me fait perdre la tête, c'est de voir que don Antonio de Tolède m'ait ainsi échappé des mains. Les Arraez impudents

1. *Hædo*, p. 36.

ont eu peur que je ne leur prisse leur chrétien. Ils l'ont emmené
en toute hâte et l'ont vendu à Tétouan sept mille ducats. Un caballero si illustre, si puissant, vous l'avez donné pour rien, viles
canailles! Avez-vous donc soif d'argent? La somme vous paraît-
elle si énorme pour que vous ayez donné par-dessus le marché
un second prisonnier qui à lui seul valait davantage? Francisco
de Valence ne pouvait-il payer pour son compte une rançon plus
forte? Enfin!... ils ont été aidés par le hasard, qui a plus de pouvoir que mon activité. Le hasard fait et ratifie les marchés mieux
que la science humaine. Ils savaient tout, le moment, les con-
jonctures, et ils se sont enfuis pour ne pas se trouver en ma présence. Si je trouvais ici don Antonio, il me payerait cinquante
mille ducats!

Hassan continue d'exhaler sa rage. Il est inconsolable.
En vain lui amène-t-on des gens à punir, des fugitifs à
martyriser, des Espagnols à humilier. Le bâton fait son
office, le sang coule, et le roi d'Alger ne jouit pas de
toutes ces distractions. Il a manqué une excellente
affaire.

Malgré l'ironie de ces dernières scènes, le funèbre
spectacle des supplices rend trop douloureuse l'attention du spectateur. C'est le défaut essentiel du *Trato
de Argel*. Cette œuvre, toute sérieuse, toute tragique,
déplut sans doute à l'Espagne, qui y voyait la plage
africaine comme un lieu d'exécutions, comme un théâtre
de sa honte. Cervantes comprit qu'il ne fallait plus dépasser la mesure de la tristesse.

Il changea de ton et écrivit des tragi-comédies.

LES BAGNES D'ALGER.

Le *Trato* était une protestation directe, ardente et
absolue, mêlée à peine de quelques concessions. La

pièce se terminait d'une manière sanglante et sombre. Cervantes, en poursuivant son entreprise, voulut composer une pièce moins tragique, dont le dénoûment serait heureux. Il fit *les Bagnes d'Alger*, dont la fin est un mariage[1] :

Il accorda le rire à son public ; les épisodes plaisants eurent leur place, et le *gracioso* son rôle. Des caricatures se mêlèrent au drame. Le sujet fut moins vaste et la peinture plus simple. En mettant encore sous les yeux des Espagnols les affronts impunis qu'on leur infligeait, le poëte s'attache à un fait capital et odieux : la traite des blancs. On verra tour à tour le marché où se fait la vente des chrétiens, le bagne où on les parque comme dans un entrepôt ou un abattoir, et le rivage espagnol où l'on vient prendre cargaison. — La première scène est celle des enlèvements.

C'est la nuit ; on aperçoit une plage espagnole, sans doute la côte Catalane. A travers l'obscurité, l'œil devine un village enveloppé de murailles et une tour ou *atalaya*, élevée sur la hauteur pour surveiller la mer et sonner la cloche d'alarme. Tout repose, tout dort.

Un homme arrive à pas de loup : c'est Yousouf, le renégat, qui vient de débarquer avec le corsaire Caurali. Il connaît chaque sentier du pays et chaque pierre du village, qui est le sien.

YOUSOUF. — Un à un ! venez en silence ! Voici le sentier, voici l'endroit, c'est à ce côté de la montagne qu'il faut s'attacher.

CAURALI. — Prends garde, Yousouf, de te tromper. Tu payeras de ta vie ton erreur.

---

1. « Ma pièce, dit-il lui-même, a un autre dénoûment. »

> *Y aqui da este trato fin,*
> *Que no la tiene el de Argel.*

Yousouf. — Ne t'inquiète pas! Fais préparer par tes hommes le fer et le feu.

Caurali. — Quel point as-tu choisi, Yousouf, pour donner l'assaut?

Yousouf. — La Sierra. Ce côté-là est fortifié naturellement, on ne le garde pas. Je vous l'ai dit, je suis né et j'ai grandi sur cette terre, j'en connais bien les avenues et les issues, et je sais par où la guerre doit se faire.

Tout à coup les torches s'allument, les Maures poussent de grands cris, se précipitent et mettent le feu. On voit apparaître derrière la muraille un vieillard à demi nu :

— Dieu me protége! qu'arrive-t-il? Les Maures ont débarqué. Nous sommes perdus! malheur!... Mes amis, qui vous perdez, aux armes! aux armes! La vigilance des sentinelles a été trompée, les atalayas dorment, tout est sommeil (*todo es sueño*). Oh! si je pouvais sauver mes chers bien-aimés!...

Il court à ses enfants que l'incendie menace. Survient un autre personnage vêtu d'une vieille soutane, effaré, narquois et ridicule. C'est un sacristain dont Cervantes fait un *gracioso*.

— Les Turcs sont ici!... Alors je serai mieux dans la tour que dans la sacristie....... Je me sens le cœur tout désarmé, je meurs d'effroi. Pas un fanal à la marine! aucun atalaya n'allume : mauvais signe, qui ne laisse pas de doute sur notre ruine. Pour moi, qui suis personne d'Église et non pas homme de guerre, je sais mieux faire danser le battant de la cloche que tirer l'épée...

Il sonne la cloche. Le village s'éveille. On accourt en foule, on se réfugie vers la tour. Les Turcs, placés en embuscade sur le chemin, s'emparent de tous ceux qui se présentent, tandis qu'une troupe de corsaires pille les maisons en flammes. Le vieillard, qui revient avec deux enfants tremblants de froid et tout en pleurs, est saisi. Le sacristain, voyant des ennemis partout, perd la tête et revient se faire prendre. Caurali pousse vers la mer les prises et les prisonniers. Les hommes chargés de butin traversent la scène en courant. L'un d'eux entraîne une belle jeune fille chrétienne, appelée Costanza. On se rembarque à la hâte, et les rames plongent.

— Nous arrivons pour être témoins de leur fuite, s'écrient naïvement les arquebusiers, qui accourent enfin, et à quoi bon? Malgré les malédictions du capitaine, qui maudit la lenteur des siens, le corsaire a levé l'ancre et se dirige sur Alger.

Cependant, le fiancé de Costanza la cherche. Il interroge les maisons, le fort, la montagne, le rivage. Tout est désert. La douleur et l'amour le rendent fou; il gravit un rocher qui domine la mer. De loin, il aperçoit le vaisseau qui emporte sa proie :

Il étend ses ailes, il agite ses pieds, il a pris sa course. En vain je lui montre le signal de rachat, de paix et d'alliance; en vain ma voix s'élance de ma poitrine et je m'efforce de crier : ils ne vont pas jusqu'où va mon désir. O Costanza, ma bien-aimée! ma douce et honnête épouse!

Fernando (c'est le nom du gentilhomme) prodigue les adjurations les plus touchantes à celle qu'il a perdue. Personne ne lui répond. Il prend alors une résolution désespérée; du haut du rocher il se précipite à la mer.

Tandis que ces événements s'accomplissent en Catalogne, Cervantes nous transporte, sans transition, à Alger, où nous arrivons avant Caurali. L'aurore, qui vient d'éclairer la fuite du corsaire, jette à peine ses

premières lueurs sur la côte d'Afrique que nous voyons
s'ouvrir les portes du bagne :

— Holà! au travail, chrétiens! s'écrie le gardien Baxi que
suit un captif muni de papier et d'encre et qui va faire l'appel.
Que personne ne reste en dedans, malade ou sain! Allons,
hâtez-vous! Si j'entre, mes bras vous donneront des jambes.
Tout le monde au travail, même les *papaz* (les prêtres) et les
caballeros. Allons! vile canaille, faudra-t-il vous appeler deux
fois?...

Les captifs sortent; on les envoie aussitôt à l'ouvrage,
ceux-ci à la marine, ceux-là au bois, d'autres aux remparts. « Il y a à faire pour tous, » dit l'esclave qui écrit
leurs noms sur un registre. « Pourtant, si les *caballeros* veulent payer?... »

Ce détail permet à Cervantes de retenir en scène
deux gentilshommes qui payent pour s'affranchir du
travail. Triste privilége ! dit l'un d'eux.

VIBANCO. — Pour moi, quand je ne travaille pas, je n'en suis
que plus fatigué et rompu. Le bagne est un supplice. Au contraire, une distraction à mon chagrin, c'est de voir la campagne
ou de voir la mer.

LOPE. — Pour moi, je m'afflige de les voir. La mélancolie entretenue dans mon âme par l'absence de la liberté exige la solitude morne et non pas le mouvement de la foule....

Un chrétien arrive, la tête enveloppée d'un linge sanglant. Il est poursuivi par Zarahoja, personnage historique, type parfait de la brutalité turque.

ZARAHOJA. — Ne vous l'avais-je pas dit, chien insensé, que si
vous preniez la fuite par terre, je vous traiterais ainsi?

Il a, en effet, coupé les oreilles au captif.

Le CHRÉTIEN. — Il est grand l'attrait du mot *Liberté!*
ZARAHOJA. — Ingrat, je t'ai conseillé de fuir par mer; mais tu

as l'esprit mal fait, tu ne connais pas d'obstacles, tu veux toujours fuir par la terre.

LE CHRÉTIEN. — Oui, jusqu'à ce que je sois en terre.

ZARAHOJA. — Voilà trois fois que ce chien s'enfuit par là, et
j'ai payé trente doubles à ceux qui l'ont livré.

LE CHRÉTIEN. — Double la serrure des prisons, ou tu m'as
perdu. Tu aurais beau me mutiler entièrement et me réduire à
un état plus misérable encore, si grand est mon désir d'être libre,
que je m'arrangerai pour fuir. Par la terre, ou le vent, ou le feu,
je vise à la liberté, et j'entreprendrai tout. Tu peux te livrer à
ta colère... Qu'importe le rameau coupé, si les racines mêmes de
l'arbre ne sont pas arrachées? A moins que tu ne me coupes les
pieds, rien ne m'empêchera de fuir.

Le GARDIEN. — Zarahoja n'est-il pas Espagnol ?

ZARAHOJA. — Évidemment. A son courage, ne le voit-on pas?

Il pousse le captif dans le bagne en se promettant de
revendre aux Rédempteurs un homme aussi difficile à
garder.

On entend alors un coup de canon, signal de l'arrivée
d'un corsaire dans le port. Presque aussitôt on annonce
que Caurali approche et que le roi d'Alger va au-devant
de lui. Tout le monde se précipite vers le port.

Par un changement de scène familier au théâtre du
temps, nous sommes tout à coup dans le port d'Alger.
Le roi d'Alger, Hassan Pacha, le cadi, le gardien Baxi
arrivent, escortés d'une foule nombreuse ; Zarahoja les
rejoint en boitant. On entend sonner les *chirimias* et des
cris de joie retentissent dans les airs. L'éloge de Caurali
est dans toutes les bouches. Un seul homme écoute avec
colère et dans un silence farouche ces éclats de joie.
C'est Hazen, renégat, honteux de l'être. Il regarde d'un
air sombre Yousouf, le renégat sans honte, « le bon
Maure et le bon soldat, » comme on l'appelle.

Bientôt Caurali débarque; il veut baiser les pieds

d'Hassan, qui s'y refuse. Le roi d'Alger ouvre ses bras au corsaire et fait à Yousouf le même honneur. On raconte brièvement les résultats de l'expédition. « L'Espagne vous a enrichis! » dit le cadi en ricanant.

HASSAN. — Combien de captifs?

YOUSOUF. — Cent vingt.

HASSAN. — S'y trouve-t-il des hommes bons pour la rame? Y a-t-il des artisans?

YOUSOUF. — Je les crois tels que le plus faible te contentera.

LE CADI. — Y a-t-il des enfants?

YOUSOUF. — Pas plus de deux, mais d'une beauté merveilleuse, comme tu vas le voir tout de suite.

LE CADI. — L'Espagne les élève si beaux!

YOUSOUF. — Ceux-là, tu les admireras, et j'imagine que tous deux sont mes cousins.

Hazen écoute avec horreur cet homme qui annonce lui-même la ruine de son village et la captivité des siens.

Cependant on amène le vieillard, ses enfants, le sacristain et, parmi divers captifs, don Fernand « qu'on a pêché comme un poisson. »

Hassan avise un Espagnol qui a l'air vigoureux.

HASSAN. — Qui est celui-là?

CAURALI. — Je ne sais.

LE CAPTIF. — Seigneur, je suis charpentier.

HAZEN (à part). — O pauvre chrétien naïf! désormais il n'y a pas d'argent qui puisse te ramener à bon port. Celui qui est ouvrier ne saurait espérer, sa vie durant, de s'affranchir de leurs mains.

(Hassan aperçoit le sacristain.)

HASSAN. — Celui-ci est papaz?

LE SACRISTAIN. — Je ne suis pas pape. Je suis un pauvre sacristain et j'ai à peine une cape à moi.

LE CADI. — Comment t'appelles-tu?

LE SACRISTAIN. — Tristan.

HASSEN. — Ton pays?

LE SACRISTAIN. — Il n'est pas sur la carte. Mon pays est Mollorido, un village caché là-bas, dans la Castille vieille. (A part.) Ce chien m'ennuie fort. Que le ciel me garde!

HASSAN. — Quel est ton métier?

LE SACRISTAIN. — Sonneur, musicien du ciel, comme tu le verras.

HAZEN. — Il a perdu la tête, ou bien il aime la plaisanterie.

HASSAN. — Tu joues de la flûte? ou des *chirimias?* ou bien tu chantes?

LE SACRISTAIN. — En qualité de sacristain, je sonne le ding, dong, dang! à toutes les heures du jour.

LE CADI. — Ne sont-ce pas les cloches, comme vous appelez cela chez vous?

LE SACRISTAIN. — Oui, seigneur.....

HASSAN. — Tu ne sais pas manier la rame?

LE SACRISTAIN. — Non, seigneur, je me casserais, car je suis tout disloqué.

LE CADI. — Tu garderas les troupeaux.

LE SACRISTAIN. — Je suis extrêmement frileux en hiver, et ne me parlez pas de la chaleur en été.

HASSAN. — Ce chrétien est bouffon.

Nous retrouverons partout ce *gracioso*, brave homme, chez qui les idées sont brouillées, très-sacristain et un peu athée, un picaro d'Église. Le vieillard qu'on a pris dans le même village est scandalisé de le voir piller les Juifs et donner la comédie aux Turcs.

LE SACRISTAIN. — Bah! il n'y a que cela : patienter et nous recommander à Dieu, car c'est une sottise que de se laisser mourir.

LE VIEILLARD. — Vous avez la conscience large ; vous mangez gras les jours maigres.

LE SACRISTAIN. — Quel enfantillage! Je mange ce que me donne mon maître.

LE VIEILLARD. — Mal vous en prendra.

LE SACRISTAIN. — Il n'y a pas ici de théologiens.

Le vieillard, qui tient à honneur de pratiquer sa religion, en ce pays surtout, insiste encore :

Le Sacristain. — Vous vous mettez à me prêcher quand vous me voyez ; eh bien, moi, quand je vous verrai, je me mettrai à déguerpir.

Le Vieillard. — Déjà tourner au mal! Dieu veuille prévenir votre chute!

Le Sacristain. — Cela, non! En ce qui touche la foi, je suis de bronze. ·

Le brave homme est fier de sa servitude. Il est esclave de janissaire! « Mon maître Mami est soldat, Turc et honnête : bon chien, qui n'aboie pas après moi et ne me mord pas. »

A ces paroles, le vieillard ne répond que par un grave retour sur ses propres enfants :

Le Vieillard. — O ciel! conserve leur blancheur à ces hermines, et si tu vois jamais que la honteuse puissance de Mahomet menace de les entraîner, ôte-leur d'abord la vie!...

Autre figure : un Juif entre en scène.

Le Vieillard. — N'est-ce pas un Juif?

Le Sacristain. — Sa coiffure le dit, et sa chaussure, et sa méchante mine de pauvre hère. Un Turc porte sur la tête une simple couronne de cheveux bien lissés, un Juif porte les siens sur le front, un Français sur l'oreille, et un mulet Espagnol, qui se moque des autres, les porte, Dieu me garde! par tout le corps... Holà! Juif, écoute.

Le Juif. — Que me veux-tu, chrétien? ·

Le Sacristain. — Que tu charges ce baril sur tes épaules et le portes chez mon maître.

Le Juif. — C'est jour de sabbat. Je ne peux me livrer à aucun travail. Ne compte pas que je le porte, quand tu me tuerais. Laisse venir demain, quoique ce soit dimanche, je le porterai deux cents barils. ·

Le sacristain fond sur le Juif, qu'on a grand'peine à

tirer de ses mains. Tristan est tellement insupportable
que les Juifs se cotisent pour le racheter.

Le Sacristain. — C'est comme je vous le dis; voilà ce qui
arrive. Ils m'ont racheté et donné la liberté *graciosamente*. Ils
disent que de cette manière ils assurent leurs enfants, leurs habits, leurs meubles et tout ce qu'ils possèdent. Moi, j'ai donné
ma parole de ne rien leur dérober d'ici à mon retour en Espagne... Dois-je la tenir? Je ne sais, par Dieu!

Entre un chrétien, qui annonce l'arrivée des Rédempteurs conduits par frère Jorge de Olivar, homme de tête
et de cœur.

La joie du sacristain n'a plus de bornes. Il pourra donc
retourner en pays chrétien avec l'argent israélite, et
sonner ses belles cloches d'Espagne, et jouir des bénéfices du métier.

Quand verrai-je mon bahut plein de ces *bodigos*[1] que m'apportent les riches veuves pour les pauvres qui meurent? Quand?...

Ces bouffonneries sont des intermèdes glissés par
Cervantes dans ce drame pour faire trêve aux idées péni-
bles. Lorsque Tristan n'est pas là, l'auteur revient éner-
giquement à son sujet. Le supplice des Espagnols, celui
des enfants, celui d'un renégat repentant, sont les trois
thèmes principaux qu'il développe.

On amène au roi Hassan un esclave fugitif.

Le Roi. — Qui est celui-là?
Le Maure. — Un Espagnol qui fuit toujours. Cette fois-ci est
la vingt et unième.
Le Roi. — Je donnerais quatre jours d'audience qu'on m'a-
mènerait toujours des Espagnols!

On pousse devant Hassan un autre prisonnier, et on

1. Pains de fleur de farine.

expose son crime. Cet homme a construit un radeau avec un paquet de roseaux et une vingtaine de calebasses, il a fait de son corps un mât, de ses bras des antennes, de sa chemise une voile, et il est parti. Qu'espérait-il ?

LE CHRÉTIEN. — J'attendais que le vent me jetât quelque part.

LE ROI. — En un seul mot, tu es Espagnol?

LE CHRÉTIEN. — Je ne dis pas non !

Ils sont incorrigibles.

— Pourquoi lutter contre eux? demande le roi au cadi qui fouette un enfant, c'est peine perdue de se fatiguer à cela. L'enfant est Espagnol. Rien n'y fera, ni tes finesses, ni tes colères, ni les peines, ni les promesses. Il ne changera pas. Ah! tu connais mal cette canaille entêtée, impudente, dure, féroce, fière, arrogante, opiniâtre, indomptable et intrépide! Avant de les voir musulmans, tu les verras mourir.

Le martyre des enfants, peint tour à tour dans *la Vie d'Alger* et dans les *Bagnes*, forme un drame à part. J'en reprends la première partie dans le *Trato*.

Un crieur amène sur le marché une famille espagnole :

LE CRIEUR. — Qui veut acheter les petits? et le vieux? et la vieille? Ils sont en bon état. Cent écus celui-ci, — deux cents celui-là. — Sinon, non !

JUAN. — Mère, qu'est-ce qu'ils font, ces Maures? Est-ce qu'ils nous vendent?

LA MÈRE. — Oui, mon fils, notre malheur les enrichit.

LE CRIEUR. — Y a-t-il un acheteur qui veuille ensemble la mère et l'enfant?

LA MÈRE. — Quelle souffrance terrible! Elle est plus amère que la mort!

LE PÈRE. — Soyez calme; si Dieu ordonne qu'il en soit ainsi, il sait pourquoi il le fait.

Le crieur allume les enchères, vante sa marchandise,
ouvre la bouche des enfants, comme celle d'un cheval,
et enfin vend séparément les prisonniers.

L'arrachement est cruel. Les petits se plaignent de
leurs parents qui les abandonnent.

La mère enfin demande, en échange de cette douleur
éternelle qui commence, le droit de parler un moment à
son fils Juan.

— Tu ne connais pas, lui dit-elle, le malheur, et tu es sa proie...
et ne pas le connaître c'est ton bonheur. Chère âme, voici, puisque je ne te verrai plus, ce que je te demande : n'oublie jamais
de réciter l'*Ave Maria*. — La reine de bonté, pleine de grâces et
pleine de vertus, un jour brisera ta chaîne.

On étouffe le bruit de sa voix; on la menace, on l'entraîne, pleurante et pleine de pressentiments sinistres.

Dans le *Trato*, l'un des enfants se fait Turc. Dans les
Bagnes, ils prennent tous deux l'habit mauresque, mais
ils ne fléchissent pas. Le père, qui les rencontre, se
trompe tout d'abord à leur costume :

— Ne sont-ce pas mes enfants? Ils sont parés comme pour la
joie et les fêtes! O mes chers petits que je retrouve avec bonheur,
quelle est cette toilette somptueuse? Qu'avez-vous fait de ces
habits qui montraient par tant de marques que vous étiez de modeste origine, mais que vous étiez des brebis du Christ?

JUAN. — Père, ne vous attristez pas de cette vue... L'habit ne
défait pas ce que le cœur veut faire.

Ils remettent à leur père une croix qu'ils ont dérobée
aux regards des Turcs.

Ici le drame, attendri et comme suspendu, s'arrête.
Il se transforme en élégie. Les captifs qui se rencontrent
se parlent du pays lointain.

— Restons encore, disent-ils. Restons ! et chantons ensemble la romance que tu as composée, Julio.

Julio, Fernando, Ambrosio sont d'autres esclaves. Ambrosio cache sous les habits d'un jeune garçon la beauté d'une jeune fille, et son nom véritable est Catalina. Nous reverrons plus tard ce personnage qui fut célèbre.

Julio chante la romance des exilés. Comment traduire cette poésie, sans lui enlever l'accent de la langue espagnole et du Midi ? Il faut l'omettre.

FRANCISCO. — Père, fais-leur chanter cette chanson que ma mère disait dans notre village.

LE VIEILLARD. — Comment disait la chanson ?

FRANCISCO.

> Ando enamorado
> No diré de quien,
> Allá miran ojos
> Donde quieren bien.

LE VIEILLARD. — Elle vient tout à propos. Les yeux de l'âme regardent de ce rivage infâme vers la patrie pour qui nous soupirons, qui nous fuit et ne nous entend pas !

A son tour, Ambrosio, Catalina chante des couplets émus.

CATALINA. — Je chante, je parais joyeuse, et je porte avec moi la douleur.

JUAN. — Silence ! le cadi vient !...

Le cadi est en colère. Il disperse le rassemblement et menace tout le monde. Ce digne magistrat a entrepris de gagner à Mahomet les enfants espagnols. Francisco se moque de lui et se met en prière.

— Que fais-tu là ?
— Je prie.

— Pour qui?

— Pour moi, qui suis un pécheur.

— Très-bien. Et quelle est la prière?

— Celle que je sais, l'*Ave Maria*, et une autre que ma mère m'a apprise, bonne à l'heure de sa mort.

— Laquelle?

— *Je crois en Dieu le Père.*

— Par Allah! tu joues ta vie:

— Et encore les quatre Oraisons, que je sais, pour te confondre, et qui sont des boucliers contre tes inventions odieuses.

Le cadi, enrageant, ordonne de tuer Francisco.

— Eh bien! s'écrie Francisco, en rejetant l'habit mauresque, loin de moi ces habits! J'entrerai d'un pas plus léger, dans la voie du martyre.

On emmène l'enfant. Bientôt le bruit se répand parmi les captifs que Francisco est supplicié. Un chrétien court au bagne et annonce qu'il l'a vu attaché à une colonne, inondé de sang et à demi mort. Le père de Francisco, qui est là et entend ces paroles, se précipite pour voir son enfant. Il le voit, mais pâle et près de mourir. « Un rideau s'entr'ouvre, et on aperçoit Francisco attaché, sous l'aspect le plus capable d'exciter la pitié [1]. »

Ici un trait effrayant et tout espagnol. Francisco souffre trop.

— Détachez-moi, dit-il d'une voix mourante. Que je meure en paix.

— Non! dit le père. Meurs comme le Christ. Va au ciel sans que tes pieds touchent la terre.

Et embrassant son fils, il recueille sur les lèvres de l'enfant « cette belle âme qui remonte vers Celui qui la créa. »

1. En la forma que pueda mover a mas piedad.

Le martyre du renégat Hazen est moins terrible ; il ne
meurt pas sous nos yeux, mais les scènes où il paraît
sont peut-être plus poignantes. Cet homme, Espagnol de
naissance, a conçu autant de haine pour le traître Yousouf qu'il éprouve d'amour pour l'Espagne, sa patrie,
la « terre promise ».

HAZEN. — J'ai l'âme fatiguée, dit-il aux gentilshommes captifs,
de voir que ce chien infâme vend le sang de sa race et le répand
comme celui d'une race ennemie. Que Dieu me soit en aide....
Adieu! Restez; jamais vous ne me verrez plus! Que Dieu vous
donne la liberté!
VIBANCO. — Prenez garde, Hazen, à ce que vous faites.

Hazen s'approche alors de Yousouf à qui il veut
parler.

HAZEN (à part). — Dieu pousse ma volonté!
YOUSOUF. — Sois bref; j'ai affaire.
HAZEN. — Bien! Je ne te parlerai donc pas de ton âme. Tu
ne suis aucune loi, ni celle de la Grâce, ni celle des Livres
Saints. Tu ne vas ni à l'église ni à la mosquée... Soit! Mais je
n'aurais jamais cru que tu en vinsses, dans ta barbarie, jusqu'à
oublier la loi de la nature...

Hazen accuse Yousouf de trahison.

YOUSOUF. — Pour Dieu, Hazen, tu m'étonnes.
HAZEN. — Tu n'es pas étonné de vendre tes parents, vieux et
jeunes, de vendre ton pays, ô mécréant, et tu t'étonnes de mes
paroles!

Yousouf regarde Hazen dans les yeux, et s'écrie :

— Sans nul doute tu es chrétien!
— Tu dis bien, répond Hazen.

Et il poignarde Yousouf.
Aux cris de la victime, on accourt. Le cadi reçoit la

dernière plainte du renégat moribond. Hazen confesse
publiquement sa foi, et demande à être entendu de tous,
afin d'expier ses erreurs.

Le cadi donne aussitôt l'ordre de l'empaler.

— Chrétiens! s'écrie Hazen, pendant qu'on l'entraîne, je vais
mourir, mourir non pas mahométan, mais chrétien. Ainsi paye-
rai-je la vie de honte et de souillure que j'ai menée jusqu'aujourd'hui. Vous le direz en Espagne à mes frères, si vous pouvez
un jour les revoir.

Cet adieu du martyr touche la foule assemblée, et le
cadi se hâte de lui faire couper la langue, pour faire
taire, dit-il, ces étranges Espagnols qui se font tuer de
gaieté de cœur.

Le pauvre cadi se donne une peine inutile, comme le
ui disait Hassan. Il n'étouffera ni la voix d'Hazen, que
Cervantes fait entendre en Espagne, ni la voix des enfants, ni celle des femmes; car il y a une femme dans
cette même pièce, qui y joue un grand rôle, une mahométane qui rejette à son tour l'islamisme et dont la
conduite est éloquente. C'est Zara, qui sera plus tard la
Zoraïde de la nouvelle du Captif, création à part, qui se
rattache à une série d'études toute spéciale.

LA FEMME MUSULMANE. — ZARA ET ZORAIDE. — LE CAPTIF
ET LES BAGNES D'ALGER.

C'est une entreprise originale de Cervantes et qu'il a
renouvelée plusieurs fois, de peindre la femme de l'O-
rient et de marquer ainsi, sous une nouvelle forme, la
lutte morale dont il a été témoin.

Rien de plus curieux que de comparer les portraits
de la femme musulmane essayés par lui successivement
dans ses nouvelles, ses drames sérieux et ses comédies :
— Halima, dans *l'Amant généreux*, — Arlaxa, dans *le
Brillant Espagnol*, — la Zara violente de *la Vie
d'Alger*, et la Zara aimable des *Bagnes*; — la fugitive
Zoraïde, dans *le Captif;* — et la sultane, dans *Catalina
de Oviedo*. Le sujet l'intéresse vivement comme philosophe ou comme écrivain. Il y revient toujours et chaque
fois il change de pinceaux. Au fond de ce travail d'esprit se retrouve une idée profondément nationale.

Oublions les œuvres de nos poëtes modernes qui ont
inventé ou rêvé la femme d'Orient. Les vieux Castillans
avaient vu de leurs yeux les filles de leurs ennemis, ces
enfants brunes de l'Afrique et de l'Asie, peu semblables
aux filles blondes des Goths et des Suèves. L'ardeur de
leur sang, l'éclat éphémère de leur beauté, leur influence
voluptueuse sur la vie arabe, étaient rappelés dans le
romancero espagnol comme les caractères propres d'une
race païenne et sauvage. A la jeune Africaine, belle et
adorée à quatorze ans, oubliée à vingt, qui se permet
tout, on opposait l'enfant plus pâle et moins brillante
de l'Occident sévère, qui, se faisant une beauté de sa
pudeur et un charme de sa réserve, cherche une liberté
plus haute et exerce une séduction plus durable. Elles
figuraient toutes deux dans l'histoire, dans les traditions
et dans les chants des Espagnes. On avait vu Zara, c'est-
à-dire *la Fleur*, maîtresse d'Abd-el-Rhaman, venir
s'asseoir triomphante sur les bords du Guadalquivir, où
l'émir lui avait élevé un palais d'or, de jaspe et de
marbre; ce palais formait une ville qui tout entière
s'appelait Zara. Au contraire, dans le nord, à Burgos;

les femmes chrétiennes vivaient simplement, sur les bords de l'Arlanzon, à l'ombre des châteaux défendus par les rudes fils de Pélage. Ainsi vécut Chimène, épouse du Cid ; et tandis qu'on admettait cette femme au banquet de l'honneur chevaleresque, toute l'Espagne maudissait la fille du comte Julien, qui avait livré l'Espagne aux Arabes, cette Kava, dont le souvenir était magique et funeste comme celui d'Hélène dans la poésie grecque.

« La Kava Rhoumia, dit Cervantes, c'était la *mauvaise* chrétienne, par qui l'Espagne fut perdue. »

Cervantes, en mettant le pied sur le sol musulman, y porte la pensée familière de cette opposition nourrie et entretenue par une lutte séculaire. Il ne cherche pas à Alger la gracieuse fiction inventée par la poésie moderne d'une créature idéale, houri, almée ou bayadère, la fille et l'orgueil de l'Orient, être aérien, vivant d'amour, perdue dans un nuage de parfums et aperçue de loin, au fond du sérail, comme dans un paradis. Il sait bien que les Circassiennes sont moins vaporeuses, que l'amour n'est pas là, et que tout harem est fondé sur le mépris des femmes.

Il est frappé tout d'abord de leur avilissement. Voilées et enfermées, on peut croire que l'amour jaloux les cachait aux profanes comme des trésors. En réalité, une double méfiance arme les musulmans contre leurs femmes et contre le dehors, et ils abrègent les soucis d'une surveillance fatigante en entourant de murs une propriété difficile à garder. L'ignorance, la bestialité, l'ennui de ces femmes sont les premiers traits que remarqua Cervantes et dont il composa leur personnage. Il les voyait de près, car les Turcs ne se défiaient pas de lui, tenant dans le même mépris leurs femmes et leurs esclaves [1].

Il lui parut alors qu'un trait précieux de notre civilisation est la liberté morale des femmes. Il opposa avec énergie les deux types que lui offrait la société musulmane et la société chrétienne. En face d'Halima, la femme turque, il plaça Léonisa, la jeune fille sicilienne, si forte dans sa pureté, si douce au milieu des épreuves [2]. Instinctivement il en vint à réfléchir à la condition générale des femmes ; il dit son mot sur leur rôle, sur leurs droits, sur leur place parmi nous, mais avec tant de grâce que son génie resta aussi capricieux que son objet et librement divers comme la nature. Toujours observant, toujours en quête de la vérité, il pénétra de plus en plus dans le secret des âmes féminines. La délicatesse de son regard, la profondeur de son analyse, la variété de ses inventions gagnaient chaque jour à ce travail. Ce fut un progrès continuel. Ainsi créa-t-il deux admirables caractères : celui de Rosine, de la femme enfermée par Bartolo et que les grilles ne défendent pas ; et celui de la femme libre sous le ciel, de la Esméralda, que la vie des bohémiens ne peut corrompre [3]. « Celle qui

---

1. Puisque je touche cette question, qu'il me soit permis de défendre Cervantes d'un reproche injuste. M. Royer, dans l'analyse dédaigneuse qu'il a donnée des *Baños*, critique l'invraisemblance de la scène où l'on voit un captif chrétien dans le harem du corsaire Caurali. Cela serait contraire aux usages musulmans. Cervantes lui-même explique à plusieurs reprises que « les femmes mauresques ne se lais-« sent voir d'aucun Turc, d'aucun More, sans l'ordre de leur père ou « de leur mari, mais qu'elles se laissent voir et entretenir par les chré-« tiens, plus qu'il ne serait raisonnable. » (Voir *Don Quichotte*, les *Bagnes*, l'*Amant généreux* et le *Brillant Espagnol*.)

2. Voir l'*Amant généreux*.

3. Voir le *Jaloux et la Bohémienne*.

a besoin d'être gardée, écrivait plus tard Goldsmith, ne vaut pas la peine qu'on la garde. » La même pensée inspira à Cervantes ses plus charmantes créations.

Parcourir son œuvre, y étudier les portraits successifs qu'il a saisis, c'est faire une visite dans l'atelier d'un maître. On y observe une idée persistante exprimée sous vingt aspects. Le peintre a essayé sur une foule de toiles la même figure, changeant de proche en proche les tons, les couleurs, le dessin même et les lignes. A travers ces retouches on sent mûrir la pensée que l'on vient de voir germer. Entrons dans l'atelier de Cervantes.

La femme vulgaire, banale, ennuyeuse et ennuyée, est Halima, qui fuit son mari et que son mari fuit. Jamais l'islamisme n'engendra une créature plus mauvaise et plus nulle. A ses côtés, on aperçoit le profil effrayant de Fatima la sorcière, rude, sèche, savante dans l'art du mal, absolue comme l'ignorance et vieille comme la tradition. Elle fait contraste avec la tête lumineuse de Zara l'orientale, jeune femme stupide et fière, tour à tour insolente et brisée par un dédain, ne connaissant au monde que sa beauté et son plaisir, — l'Asie en personne. La loi tient cette femme enfermée et son caprice élude la loi. Plus loin est la femme arabe, Arlaxa, reine sauvage d'un monde nomade, dont l'âme se passionne pour le courage des capitaines espagnols. Déjà ici la figure s'éclaire d'une lumière plus intelligente et plus généreuse.

Voici une seconde Zara, qui rêve la beauté parfaite et pure ; son visage est calme et son œil profond. Elle porte sur la poitrine une croix. Des images invisibles semblent voltiger autour de son front et captiver sa pensée. Elle aperçoit dans le lointain, comme une vision, l'auréole de Léla Marien, c'est-à-dire de la Vierge, symbole de l'honneur féminin. Elle admire la constance des gentilshommes chrétiens et se fie à la parole d'un Castillan pour la conduire dans un monde où les femmes disposent librement de leur âme. Par elle l'Orient est vaincu. C'est l'héroïne des *Bagnes d'Alger*.

Rentrons dans le bagne pour y suivre cette aventure. Don Lope, gentilhomme captif, s'y trouve, seul avec Vibanco. Ils sont accablés de tristesse. Tout à coup don Lope saisit le bras de son compagnon, et lui montre une fenêtre qui donne sur la cour du bagne.

— Lève les yeux, regarde de ce côté, Vibanco... Ne vois-tu pas un mouchoir blanc pendu au bout d'un long roseau?

Une main de femme tient ce roseau. Mais auquel des deux s'adresse le message? Vibanco s'approche, le roseau se relève et lui échappe.

— L'aventure n'est pas faite pour moi, don Lope. Viens! A ton tour d'essayer.

Lope s'approche, le roseau s'abaisse, il saisit le mouchoir et l'entr'ouvre.

— Il y a là onze écus d'or, puis un doublon. C'est de rigueur : c'est le *Pater noster* du rosaire!...

La gaieté rentre dans l'âme des captifs. Ils bénissent la « manne céleste » qui leur tombe. Don Lope salue à l'espagnole la bienfaitrice invisible; Vibanco fait des *salamalecs*, « pour le cas, dit-il, où elle serait moresque. »

Sur ces entrefaites, le renégat Hazen pénètre dans la la cour et vient droit aux captifs. Il leur propose de fuir; il va se procurer une galiote. La mer est belle, les

flots sont doux — « Dis-nous d'abord quelle femme
habite là, » répond Lope.

Hazen explique que c'est Zara, fille d'Hadji-Mourad,
un des plus riches d'entre les Maures. Elle est si belle
que le roi de Maroc, Muley Maluch, l'a demandée en
mariage. Elle a été élevée avec des soins infinis par une
esclave espagnole appelée Juana de Renteria, « une
grande matrone, le trésor de la chrétienté, la couronne
des captives. »

L'élève de Juana de Renteria guettait sans doute le
départ du renégat. A peine a-t-il quitté le bagne que le
roseau reparaît.

— Voilà une pêche divine, dit Vibanco, bien qu'elle
nous vienne de Mahomet.

Vibanco regarde de loin, car il ne peut pas bouger le
pied sans qu'aussitôt le roseau ne se retire. Il faut se
résigner ; don Lope est choisi par Zara. Un petit billet,
mêlé cette fois aux doublons, exprime avec une merveilleuse simplicité la grande pensée de la jeune
fille.

« Mon père, qui est très-riche, eut pour captive une chrétienne qui m'a nourrie et qui m'enseigna tout le christianisme.
Je sais les quatre Oraisons, la lecture, l'écriture ; cette lettre est
de ma main. Elle m'a dit, la chrétienne, que Léla Marien, appelée par vous sainte Marie, m'aimait beaucoup, et que je serais
emmenée par un chrétien dans son pays. J'en ai vu beaucoup
dans ce bagne, par les fentes de cette jalousie, et aucun ne m'a
paru bien, si ce n'est toi. Je suis belle, j'ai en mon pouvoir
beaucoup d'argent à mon père. Si tu veux, je t'en donnerai
beaucoup pour que tu te rachètes. Vois comment tu pourras
m'emmener dans ton pays, où tu te marieras avec moi : si tu
ne le voulais pas, cela n'empêcherait rien, parce que Léla Marien
prendra soin de me donner un mari. A l'aide du roseau, tu
pourras me répondre au moment où il n'y a personne dans le

bagne. Fais-moi savoir comment tu t'appelles, quel est ton pays et si tu es marié. Ne te fie à aucun Maure, à aucun renégat. Moi, je m'appelle Zara, et qu'Allah te protége. »

Lope, après avoir lu cette lettre, cherche en vain à apercevoir celle qui l'a écrite : ce n'est pas même une apparition, c'est un songe. Il la devine, cachée derrière les épais rideaux d'une fenêtre silencieuse. Mais la prudence l'arrache à cette contemplation. Tout rentre dans l'ordre habituel.—Nous ne retrouverons Zara que dans la maison du corsaire Caurali, avec la captive Constanza et la moresque Halima. C'est là que Cervantes nous introduit, dans la seconde journée. On y aperçoit tout d'abord Halima, femme de Caurali, qui regarde d'un œil curieux sa captive chrétienne :

HALIMA. — Comment te trouves-tu, chrétienne?
CONSTANZA. — Bien, señora; puisque c'est à vous que j'appartiens, mon sort est plus doux.
HALIMA. — Il est plus doux encore quand on s'appartient à soi-même. La perte de la liberté est le plus grand des maux. Je le sais, moi... je le sais, sans être esclave.
CONSTANZA. — Je pensais bien que vous ne l'étiez pas, señora.
HALIMA. — Tu pensais le contraire de la vérité. Je suis sujette de mon mari; ma destinée me fait bondir le cœur!
CONSTANZA. — Un époux courageux et bon donne à sa femme la sérénité de l'esprit.

La dialogue est interrompu par Zara qui arrive, étincelante de beauté et de douleur. Elle a vu le supplice du renégat Hazen et elle en parle avec une indignation imprudente.

— Je l'ai vu mourir, s'écrie-t-elle; il avait tant de bonheur, que j'ai cru qu'il ne mourrait pas!
— Pourquoi y allais-tu? demande Caurali.
— Je suis une curieuse impertinente, dit-elle, et j'ai pleuré parce que j'ai le cœur fait d'humanité, j'ai un cœur de femme,

Elle renvoie Caurali, qui paraît peu content et qui laisse dans le harem don Fernando.

ZARA. — Ils sont étranges, ces chrétiens!

HALIMA. — Regarde leur visage; il est pâle, et leurs mains, elles sont blanches.

FERNANDO. — Je vais me retirer, sur votre ordre.

HALIMA. — N'aie pas de crainte inutile. Jamais un captif n'excite les soupçons d'un Maure. On n'est pas jaloux d'un chrétien. Garde pour ton pays cette honnête réserve.

FERNANDO. — J'obéis.

ZARA. — Viens ici, chrétien, et dis-moi. Dans ton pays, est-il des hommes qui donnent leur parole sans la tenir?

FERNANDO. — Des vilains, peut-être.

ZARA. — Même si l'on a donné en secret sa foi, sa parole ou sa main?...

FERNANDO. — Quand même on n'aurait d'autres témoins que le ciel, on prouve toujours que l'on était vrai.

ZARA. — On est loyal et fidèle même envers un ennemi?

FERNANDO. — Envers tous. La promesse d'un hidalgo ou d'un caballero est une dette.

HALIMA. — Que t'importe de savoir les vertus ou les vices de ces hommes qui après tout sont des chiens?

ZARA (à part). — Allah!... fais qu'ils soient hidalgos; ceux sur qui tu as fait tomber mon choix!

HALIMA. — Que dis-tu, Zara?

ZARA. — Rien. Laisse-moi seule, veux-tu, avec cet honnête esclave.

HALIMA. — Tu aimes donc bien à l'instruire?

ZARA. — A qui le savoir ne plaît-il pas?

Le gentilhomme, objet de l'attention des musulmanes, souffre de ces discours.

Zara, quand on la distrait de son but, est mutine et mordante. Elle se débarrasse d'Halima, comme de Caurali, d'un coup et d'un mot, en se jouant. Elle met dans un sourire tout son mépris. La grossièreté d'Halima, le métier de Caurali, la vie d'Alger, la loi musulmane qui

meuble le sérail de femmes, tout autour d'elle, jusqu'à
l'air qu'elle respire, tout lui pèse, la froisse et l'étouffe.
Active et résolue, elle exécute sans retard son difficile
projet. Lope et Vibanco sont rachetés pour 20,000 écus.
Ils devront se trouver le même jour sur la route, hors
de la ville, du côté de la porte Babalvète. Là ils la ren-
contreront elle-même, au milieu de plusieurs femmes,
toutes enveloppées comme elle de leurs voiles blancs.
Dans le nombre est Constanza.

ZARA. — Constanza, dit Zara, regarde ces hommes et dis-moi
s'ils ont l'air de gentilshommes. Demande-lui si sa femme est
belle, car il est peut-être marié.

CONSTANZA. — Es-tu marié?

LOPE. — Non, señora, mais je le serai bientôt avec une Mauresque chrétienne.

Il faut avouer que don Lope mêle à ses réponses
quelques *agudezas* dans le goût de son temps et de sa
nation. Mais, en dépit du bel esprit, toute la scène
est d'une fraîcheur et d'une pureté charmantes. La belle
Zara va devant elle, en quête de l'idéal, d'un pas libre
et jeune, sans savoir si Lope sera son époux, le prenant
pour guide d'abord et se mettant d'ailleurs sous la garde
de Léla Marien.

Cet enthousiasme pourtant, ce feu de conversion et
ces projets de fuite sont arrêtés tout à coup. Halima
annonce à Zara qu'un roi demande sa main. Le célèbre
Muley Maluch, le plus noble et le plus respecté des souverains d'Afrique, a obtenu d'Hadji Mourad l'honneur de
prendre Zara pour femme et pour reine. Halima, déjà
fière d'être l'amie d'une reine, tombe de son haut, quand
Zara se refuse à cette élévation qui l'abaisse.

ZARA. — Quelle amère nouvelle!

HALIMA. — Tu es une *señora* bien renchérie !

ZARA. — Non ! je n'ai pas d'orgueil, j'ai de l'ennui.... J'avais résolu de ne pas me marier maintenant. J'attendais que le ciel décidât mon sort... sur un autre plan.

HALIMA. — Allons ! tu seras reine !

ZARA. — Je n'aspire pas si haut. Dans un état plus humble, je trouverais un bonheur plus grand.

HALIMA. — Eh bien, moi, j'en jure par ma vie, Zara, tu as un amour !

Halima voulait une raison, elle l'a trouvée : cette femme vulgaire, qui ne soupçonne pas qu'elle ait une âme, fait penser à la nourrice qui, dans Shakespeare, s'entretient avec Desdemone. On se rappelle la scène : Desdemone et sa nourrice parlent de la fidélité et de l'amour ; elles ne se comprennent pas ; leur langage est fait des mêmes mots et d'idées différentes. La nourrice, qui croit ingénument aux petits intérêts de la vie, n'en devine même pas l'intérêt majeur et sublime ; naïvement stupide, corrompue sans le savoir, elle plaint par bonté d'âme les esprits capables de passion et de sacrifice, elle contemple dans l'hébétement l'inintelligible pureté de Desdemone. Telle est, auprès de Zara, qui refuse une couronne, la Mauresque Halima. A peine Halima est-elle sortie, que Zara, oppressée, se précipite vers Constanza et lui dit :

— *Soy cristiana, soy cristiana!*

Le véritable dénûment du drame serait là, dans ce cri de la jeune fille qui renie Mahomet et qui va fuir en terre chrétienne. Cervantes a déroulé sous nos yeux ce qu'il voulait peindre, la révolution religieuse dont un cœur de femme est le théâtre.

Mais, pour plaire à la foule, la troisième journée de-

vait finir par un spectacle moins abstrait ; elle se termine
par une petite comédie, qui repose sur un quiproquo
et un coup de théâtre. On fait semblant d'accorder Zara
à Muley-Maluch, et on la lui ravit ; nous assistons au
défilé d'une noce.

Ici, dit Cervantes, la noce se mettra en route dans l'ordre suivant : Halima d'abord, un voile sur la figure, occupant la place
de Zara. On la porte sur un palanquin à dos d'hommes. Puis la
musique, les torches en feu, les guitares, les voix, — de grandes
réjouissances. On chante des *cantares*, que je donnerai.

Peut-être voulait-il amuser le public par la singula-
rité des chants arabes.

Lope et Vibanco regardent passer le cortége et demandent quel est ce mariage. — C'est, leur dit-on,
Zara, qui épouse Muley-Maluch, futur roi de Fez.
Lope est tremblant. Tout à coup une voix l'appelle :
c'est Zara, restée chez son père.

— O miracle de l'amour ! s'écrie Lope. Vous m'apportez le
salut dans la détresse, le secours dans la ruine, la liberté dans
la prison, la vie et la joie dans la mort !...

Il se jette aux genoux de la jeune fille et lui baise les
pieds, en lui prodiguant des paroles de respect, de dévouement et d'amour. Zara le relève.

— Il n'est pas bien, dit-elle, que des lèvres chrétiennes s'oublient auprès d'une femme maure. Tu as vu à mille signes que
je suis tienne ; ce n'est pas à cause de toi, mais pour le Christ
et parce que je suis sienne. Plus de tendresses ; réserve-les pour
un autre temps..... Quand pars-tu pour l'Espagne ?

Elle le presse d'exécuter leur glorieux projet. Lope,
rempli de confiance et d'enthousiasme, s'engage à y
jouer sa vie.

— Je suis chrétien, Espagnol et gentilhomme; je te donne
encore ma foi et ma parole de faire ce que je dois. Donne-moi
tes mains, señora, en attendant le jour où je te presserai dans
mes bras.

— Non!... mais plutôt je te baiserai les pieds, car tu es chrétien et je suis Mauresque.

Ils se séparent et vont assurer leur fuite, qui s'accomplit le lendemain.

Cette peinture, dit Cervantes en terminant, n'est pas tirée de
l'imagination. La vérité l'a faite, qui invente bien mieux que la
fiction. A Alger se conserve encore ce conte d'amour et ce doux
souvenir... On y retrouverait la fenêtre et le jardin.

L'histoire ne semble pas confirmer ce fait. Zara
épousa ce Muley-Maluch, qui en 1576, à Alger, excitait
l'admiration universelle par sa courtoisie, son caractère
et son intelligence. C'était un brillant cavalier qui, selon Antonio de Herrera, parlait le turc, l'allemand,
l'italien, l'espagnol et le français, possédait une bibliothèque précieuse et jouait du luth comme un prince
italien. Ambitieux, il soutint les armes à la main ses
droits au royaume de Fez, et mourut dans cette entreprise, en 1578, sur le célèbre champ de bataille d'Al-
cazar-Kébir. Zara, sa veuve, se rendit-elle alors en pays
chrétien? On l'ignore. Quoi qu'il en soit, notre poëte,
s'il a altéré l'histoire, n'a du moins inventé ni le personnage, ni la physionomie de cette jeune fille, gagnée
à la civilisation chrétienne. Moins touché de l'exactitude des faits que de la vérité morale, il s'est emparé
de cette figure pour la faire passer du monde de l'histoire dans le monde de l'art. Il se plut si bien à cette
étude, que vingt ans après, dans la nouvelle du *Captif*,

il racontait une seconde fois l'aventure de Zara qu'il
amenait en Espagne sous le nom de Zoraïde. Il est vrai
que la jeune fille, dans le trajet, changea singulièrement
d'aspect.

ZORAÏDE. — LE CAPTIF.

Quand Cervantes écrit *le Captif*, qui paraît avec
Don Quichotte, il a vieilli, il contemple de loin Alger,
il se joue au milieu des souvenirs de la captivité...
hæc olim meminisse juvabit! Il relit en souriant
l'épisode dramatique des *Bagnes* et s'aperçoit qu'il
manque quelque chose au caractère de Zara. Dans l'héroïne, il a oublié la femme ; dans la fière musulmane, il
a oublié la fille d'Ève, à qui il doit tenir compte et de
sa grâce native et de sa dissimulation naturelle. Zoraïde
n'est plus simplement la jeune fille du drame, héroïne
de pied en cap, si résolue, si prompte à la réplique.
Cervantes, en nous la présentant de nouveau, l'éclaire
d'un nouveau jour, et à peine pose-t-elle le pied sur la
terre d'Espagne qu'on s'aperçoit de la métamorphose.
Dès qu'elle entre dans l'auberge où se trouvent réunis
don Quichotte, Luscinde et Dorothée, « en détachant
son voile elle découvre un visage si ravissant, que Dorothée la trouve plus belle que Luscinde et Luscinde
plus belle que Dorothée. » Le trait n'est pas de la même
plume que les tableaux des *Bagnes d'Alger*. Un Cervantes d'un autre âge, le maître en ironie que tout le
monde sait, vient de se montrer, à sa manière, discrè-
tement, sans accuser son intention. Il dissimule même
son sourire ; on croirait qu'il veut nous donner le

change, car il mêle à son nouveau récit les aventures lamentables du père de Zara, lequel, furieux, pleurant, désespéré, se jette à l'eau, quand il apprend que sa fille est chrétienne ; mais ce personnage, que l'on repêche et que l'on pend par les pieds pour lui faire rendre l'eau qu'il a bue, manque d'effet tragique quand il a la tête en bas. Tout au contraire, la physionomie de la jeune fille est touchée d'un pinceau fin et délicat. Plus de cothurne tragique, elle n'est plus en scène. Voici qu'elle révèle, avec une candeur diabolique, son caractère propre et familier, voici les ruses amoureuses qu'elle emploie avec beaucoup d'aisance pour tromper son père. C'est une âme excellente, sincère dans sa foi et habile dans ses passions, pure jusqu'au fond de l'âme et coquette jusqu'au bout des ongles, la plus douce, la plus charmante, la plus perfide des créatures, très-chrétienne et très-femme ; un portrait que Montaigne eût envié.

Avant tout elle est belle, elle est parée, elle a pour ses bijoux des soins pieux. Aux bras, elle porte des bracelets inestimables, aux pieds deux carcadj d'or pur, incrustés de diamants, et sur la tête, sur le cou, aux oreilles, dans les boucles de ses cheveux, un torrent de perles qui l'inondent. Son adresse égale sa beauté. Quand le captif entre dans le jardin d'Hadji-Mourad, sous prétexte de cueillir des salades, elle improvise en un clin d'œil une comédie où elle joue son rôle comme pas une. En présence même de son père, elle concertera son plan d'évasion avec le chrétien. Elle accourt à son amant le mépris aux lèvres.

— Tu t'es racheté, lui dit-elle. En vérité, si tu avais appartenu à mon père, j'aurais fait en sorte qu'il ne te donnât pas

pour deux fois autant ; car vous autres chrétiens, vous mentez
en tout ce que vous dites, et vous vous faites pauvres pour
tromper les Maures. — Cela peut bien être, madame; mais je
te proteste que j'ai dit à mon maître la vérité, que je la dis et la
dirai à toutes les personnes que je rencontre en ce monde. —
Et quand t'en vas-tu? — Demain, à ce que je crois, lui dis-je.
Il y a ici un vaisseau de France qui met demain à la voile, et je
pense partir avec lui. — Ne vaudrait-il pas mieux attendre qu'il
arrivât des vaisseaux d'Espagne pour t'en aller avec eux, plutôt
qu'avec des Français, qui ne sont pas vos amis? — Non, si tou-
tefois il y avait des nouvelles certaines qu'un bâtiment arrive
d'Espagne, je me déciderais à l'attendre; mais il est plus sûr de
m'en aller dès demain.

La conversation continue ainsi, et le père sert d'interprète, — parce que, dit Cervantes, il sait mieux la
langue franque.

On va plus loin, on écarte Hadji-Mourad au moyen
d'un stratagème pendant quelques secondes. Le captif
serre la jeune femme sur son cœur. Surpris dans cette
position par le vieillard qui revient, il se trouble.

Mais Zoraïde, adroite et prudente, ne voulut pas ôter les bras
de mon cou ; au contraire, elle s'approcha plus près encore, et
posa sa tête sur ma poitrine, en pliant un peu les genoux, et
donnant tous les signes d'un évanouissement complet. Moi, de
mon côté, je feignis de la soutenir contre mon gré.

Ainsi tout y est, jusqu'à l'art de s'évanouir.

La bonhomie narquoise de Cervantes semble trahir la
vieille cause si sérieuse qu'il soutenait. Il n'en est rien.
Devenu peintre de mœurs, il achève, il est vrai, d'une
façon nouvelle, le portrait que jadis il avait dessiné sous
un aspect tout spécial; il le réduit aux proportions humaines ; il corrige la pleine lumière par des ombres qui
donnent au modèle la perfection en lui donnant la réalité. Zara était un rôle, Zoraïde est une nature. Mais

sur le point essentiel, Cervantes ne se dédit pas ; cette femme musulmane répudie toujours les mœurs et les croyances de l'Orient. Elle repousse même « avec beaucoup de dépit et de grâce » le nom de Zoraïde, qui n'est qu'un diminutif aimable du mot Zara. Elle veut s'appeler Marie et compter parmi ces femmes de l'Occident « que les Turcs eux-mêmes estiment plus que celles de leur nation, car ils tiennent à grand honneur de les prendre pour épouses légitimes. » Ce fait capital, la supériorité de la femme chrétienne reconnue par les musulmans, est assez grave aux yeux de Cervantes pour qu'il y revienne encore dans la tragi-comédie bouffonne qu'il écrit sous Philippe III.

LA GRANDE SULTANE.

Le sujet de cette nouvelle œuvre était historique. Un jour, vers l'an 1585, un navire espagnol, allant de Malaga à Oran, fut pris par un raïs appelé Mourad, qui vendit à Tétouan quelques-uns de ses prisonniers, entre autres une petite fille appelée Catalina. Celle-ci grandit et devint si belle, que Mourad, la retrouvant quatre ans après, la crut digne du Grand Seigneur, la racheta et la conduisit à Constantinople. On lui donna des habits musulmans et le nom de Zoraïde, qu'elle refusa de porter. Sa fierté, qui se montrait en toutes choses, la plaça si haut dans l'estime du Grand Seigneur qu'il l'épousa et la fit grande sultane. Son bonheur, dans ce poste, fut d'être la protectrice des chrétiens et d'introduire en Orient les usages et la littérature de l'Espagne. Les vaisseaux vénitiens lui apportaient les

comédies de Lope de Vega qu'elle faisait jouer au sérail, ou les chansons, les *jacaras*, qui rappelaient aux
captifs les accents de leur pays.

Son aventure, qui fit du bruit à Valladolid, où la
cour se trouvait en 1602, servit de texte à la pièce tragi-
comique de Cervantes, mélange de mascarade et d'allusions graves, assemblage bizarre et tout espagnol de
caractères disparates : la sultane y joue le rôle de Pau-
line dans *Polyeucte* et le sultan celui du Grand Turc
dans Molière.

Le sultan Mourad marche avec une majesté incomparable, devant laquelle s'incline la foule asiatique. Six
mille soldats l'escortent ; le peuple se précipite sur son
passage et lui lance des placets que les pages recueillent
proprement dans des sacs de soie.

Les eunuques s'empressent à lui faire leur cour et à
lui signaler les femmes qui méritent un regard de lui ;
car il aime la beauté, sans s'inquiéter de l'origine ou de
la religion. Rustem et Mami sont en querelle, parce
qu'on n'a pas encore présenté au maître la captive espagnole récemment achetée, Catalina. On la lui amène.
Il est ébloui, fasciné par cette beauté merveilleuse, et,
dans un mouvement de passion, il met aux pieds de
l'Espagnole sa turquerie et son Empire. Elle sera sultane, ou plutôt elle sera la dame d'un chevalier turc,
d'un Amadis de Constantinople qui perd la tête pour
elle et lui adresse des vers comme ceux-ci :

> L'amour est mon maître et seigneur ;
> Je vous parle sous sa puissance.
> Vous êtes centre de mon cœur :
> Je suis votre circonférence !

Catalina, peu séduite de cette position, laisse dire le

sultan enamouré. Elle aime mieux, dit-elle à l'eunuque
Rustem, mourir que de supporter une telle union.
N'est-ce pas un mortel péché que d'épouser un infidèle?

RUSTEM. — Distinguons. C'est un péché, quand on peut fuir.
Quand on ne le peut pas, il y a contrainte. Qui est contraint
n'est pas libre. La volonté qui n'est pas libre est innocente.

CATALINA. — Je serai martyre; je préfère la mort au péché.

RUSTEM. — On n'est martyr que lorsqu'il s'agit de confesser
sa foi.

CATALINA. — L'occasion s'en présente, et je la saisirai.

RUSTEM. — Silence! voici Mami.

MAMI. — Le Grand Seigneur veut te voir.

CATALINA. — O malheur!

MAMI. — Tu parles mal, señora.

CATALINA. — Je parlerai toujours ainsi.

— Le Grand Turc, Mourad, arrive.

MOURAD. — Catalina!

CATALINA. — Voilà mon nom.

MOURAD. — Catalina l'Ottomane! ainsi je t'appellerai.

CATALINA. — Je suis chrétienne. Mon nom est *de Oviedo;*
c'est un nom de gentilhomme, illustre et chrétien.

MOURAD. — Le nom ottoman n'est pas méprisable.

CATALINA. — C'est vrai; pour la hauteur et l'arrogance, vous
passez tout le monde.

Le dialogue continue sur ce ton; Catalina redouble
de fierté.

— Tes libertés m'étonnent, s'écrie le sultan; elles sont plus
que d'une femme (*mas que de mujer*)... Eh bien, tu seras sultane!

Le sultan, qui rêve l'union de l'orgueil espagnol et de
l'orgueil ottoman (quel lion doit naître d'un tel mariage!), permet à Catalina de rester chrétienne.

MOURAD. — Je n'ai pas charge de ton âme.

RUSTEM. — Qu'en dis-tu? Mami.

MAMI. — Le pouvoir d'une femme est grand!

Mourad. — Levez la tête, señora, que mes yeux puissent voir dans les vôtres le pouvoir de Dieu ou celui de la nature, à qui Allah donne le secret de faire des miracles par la beauté !

Plus loin, dans une scène touchante et simple, Mourad est encore plus tolérant. Il s'approche à pas de loup de Catalina qui ne ne le voit pas, et il la contemple. Elle est seule, recueillie, debout, un rosaire dans les mains. Elle prie à demi-voix la Vierge :

— Étoile qui luis sur la mer du monde et dont l'influence calme les tempêtes ! dans ma détresse, je me remets entre tes mains. Je n'ai à moi que ma volonté, je ne peux garder que mon intention, je te l'offre, très-sainte Marie. (*Apercevant le sultan.*) Quoi ! grand seigneur, tu viens ici ?

— Prie, Catalina, prie ! Sans l'aide divine, les biens des hommes durent peu. Invoque-la, elle, je n'en éprouve pas de crainte ; invoque ta Léla Marien. Pour nous aussi, c'est une sainte.

Catalina, sûre de rester chrétienne, demande encore une grâce, celle d'avoir des habits chrétiens. On amène un vieux tailleur espagnol ; celui qui se présente est le père de la sultane. Tandis que Mourad parle de couvrir de perles et de diamants sa fiancée, le tailleur la serre dans ses bras, sous prétexte de lui prendre mesure, puis il lui dit tout bas, à l'oreille :

— Plût à Dieu que mes bras pussent t'emporter dans la terre, et que ta grandeur se changeât en bassesse !...
— Assez, père ! murmure Catalina, je ne puis supporter ces reproches. Le cœur me manque.

Elle s'évanouit. Le sultan qui observait les gestes trop familiers du tailleur, ordonne de l'empaler. Mais non ! Cervantes sauve le vieillard ; il veut terminer son drame par des fêtes, des danses et des incidents comiques. Il rend à Mourad toute sa bonne humeur par un moyen grotesque. Le sultan, par distraction et par habitude, jette le mouchoir à une captive, qui par parenthèse se trouve être un jeune homme. A cette vue, Catalina se fâche et réclame le divorce.

— Elle est jalouse! s'écrie le sultan. Et la jalousie est fille de l'amour!

Mourad est ravi. Dans sa joie il répand des grâces et des pardons à tort et à travers. Il affranchit, il marie, il bénit tout le monde. Il fait grâce même à Madrigal, le gracioso, le railleur, qui était réservé au supplice le plus exquis.

Ce Madrigal égaye toute la pièce par ses querelles avec le cadi. Surpris aux pieds d'une femme, on l'a condamné à être jeté à la mer dans un sac, à moins qu'il ne se fasse musulman ou qu'il n'épouse la femme. Il choisit le sac, aimant mieux la mort naturelle que les deux autres..

— Mais, ajoute-t-il, je sais que ce n'est pas cette fois, mon bon seigneur, que je dois mourir.

— Comment! si je te condamne, moi le juge suprême. On n'appelle jamais des sentences que je rends.

— Très-bien; mais j'aurais la pierre au cou, que je ne me noierais pas. Je me tirerais d'affaire. Cela vous étonne? Faites sortir ces deux hommes, je vous dirai comment j'entends les choses.

— Laissez-le, vous! Je veux voir comment il s'y prend pour échapper à la mort.

Madrigal s'explique. Il a le don de faire parler ou de faire taire les animaux à son gré. Cervantes emprunte ici les vieux contes du roman d'Apollonius de Tyanes, si répandu dans la Péninsule.

— Apollonius, dit Madrigal, était l'aïeul de mes aïeux. Il

comprenait le chant des oiseaux, le cri du canard, les trilles du rossignol, les roucoulements de la tourterelle. Ce don, il l'a légué aux miens et à moi. Or, les oiseaux, ce matin, disaient que je ne mourrais pas, et que, tout au contraire, certain juge mécréant mourrait dans six jours (*Ici le cadi devient pâle*), s'il ne réparait pas par une expiation et une ablution le mal qu'il a fait à deux Maures et à une veuve.

— Des Maures? il y en a bien cinquante, et des veuves persécutées, plus de cent. A qui ferai-je réparation?

— J'écouterai le rossignol, il me dira leur nom.

Sur cette donnée, les plaisanteries sont inépuisables. Mais Madrigal, pour mieux sauver sa vie, offre imprudemment d'apprendre à parler à l'éléphant du Grand Seigneur.

Le cadi le prend au mot et désormais le poursuit chaque jour en lui réclamant l'exécution de sa promesse. Madrigal lui enseigne, dit-il, toutes les langues qu'il sait, la *gerigonza* que marmottent les aveugles, le basque qui lutte d'antiquité avec l'éthiopien, le bergamasque d'Italie, le gascon de France, le vieux grec, la langue de la *hampa* (qui est la bohême de Séville), les douceurs du valencien et du portugais, bref tous les patois, les dialectes et les argots qui vivent encore, florissants et inextricables, dans les pays du Midi. Cervantes raille en passant la division indéfinie des peuples et des langues sur la Méditerranée.

Au milieu de ces plaisanteries, l'esprit sévère de la longue croisade entreprise par Cervantes, semble tout à fait disparaître. Mais si l'on prend garde à certaines scènes, rapides, à peine ébauchées, qui se placent tout à coup entre deux lazzis, on s'apercevra de la persistance de l'idée politique. Je n'en citerai qu'une pour terminer, celle où le sultan donne audience à l'ambas-

sadeur de Perse. Les Persans, on le sait, étaient aux
yeux des Turcs ce qu'en Europe les protestants étaient
aux yeux des catholiques. Un schisme analogue au nôtre,
opposant les Schiites aux Sonnites, partageait en deux
les forces mahométanes. Cervantes, qui sans doute trouvait utile d'entretenir en Orient la dissidence et de la
faire cesser en Occident, jette dans sa pièce une allusion
directe à ce double fait. La réception de l'ambassadeur
est orageuse. Au moment où il entre, on le fouille pour
voir s'il ne cache pas des armes. Le sultan est caché
derrière des rideaux de taffetas vert. Quatre pachas assis sur des coussins et des tapis bigarrés attendent avec
une mauvaise humeur solennelle. Les rideaux s'entr'ouvrent, le Grand Turc apparaît. L'ambassadeur alors demande la paix au sultan :.aussitôt on se récrie.

— Tu la demandes, ô barbare, maudit, infidèle! parce que tu
ne comptes plus sur l'alliance du roi d'Espagne.

L'ambassadeur réplique que la Perse sera toujours
l'alliée de ce grand roi d'Espagne « dans les États duquel le soleil ne se couche jamais. »

— A la porte! (*echadle fuera!*) s'écrie le premier pacha; c'est
un chrétien. La Perse infidèle fait autant de mal à Constantinople que la Flandre à l'Espagne.

Sous une forme indirecte, l'avis était clair. Cervantes, quand il écrivit cette pièce, avait-il vu ce Figueroa de Valladolid qui venait de négocier avec la
Perse? Ce qui du moins ne saurait faire l'objet d'un
doute, c'est qu'il fut jusqu'à la fin de sa carrière préoccupé des progrès de l'islamisme turc.

Résumons ici ce chapitre. Cervantes essaya d'exciter

our à tour l'indignation ou le ridicule contre un peuple
qui alors effrayait l'Europe, qui plus tard y demeura fixé
comme un corps étranger et qui aujourd'hui encore y
suscite l'interminable question d'Orient. Ayant vu à
Lépante, à Alger, à Oran, comment l'Espagne perdait
le fruit de ses victoires, rougissant de penser qu'un roi
puissant, actif, servi par des armées et des flottes magnifiques, était insulté et rançonné par des corsaires, il
entreprit d'être le défenseur des martyrs et des soldats,
l'avocat des oubliés, le conseiller utile de son pays, en
montrant à l'Espagne la ruine de son pouvoir et de son
influence sur la Méditerranée. Il compara les deux sociétés, chrétienne et musulmane, l'orgueil de l'honneur
opposé à l'orgueil de la force ; il protesta contre les
auto-da-fé et laissa voir son respect pour la liberté de
conscience de l'Allemagne. Quelle fut la dernière pensée de cet observateur?... Il n'a pas été libre de la dire
et nous l'ignorons. Mais je suis frappé, en relisant ses
œuvres, de voir qu'il a marqué le fait essentiel et capital qui depuis bien des siècles sépare l'Orient de l'Occident, je veux dire la différence originelle de l'intelligence asiatique et de l'intelligence européenne. Ce n'est
pas ici le lieu de développer cette considération, assez
nouvelle pour sembler paradoxale, que nous avons ex-
pliquée ailleurs [1]. Il suffit d'établir que Cervantes avait
entrevu la cause séculaire d'une lutte qui au fond est
celle des idées. Les races pour lui étaient irréductibles,
parce que les intelligences étaient incompatibles. C'est
dans un passage d'une nouvelle (*le Curieux indiscret*),
qu'il a dit son dernier mot à cet égard.

1. Voir nos *Études sur la Chine.*

Aux Musulmans, on ne peut rien faire entendre (en fait d'idées abstraites et de doctrines religieuses) par des déductions tirées des raisonnements de l'intelligence ou fondées sur des articles de foi; il faut leur apporter des exemples palpables, intelligibles, indubitables, des démonstrations mathématiques qui ne se puissent nier, comme lorsqu'on dit : *Si de deux parties égales nous ôtons des parties égales, celles qui restent sont encore égales;* et, comme ils n'entendent pas même cela sur de simples paroles, il faut le leur mettre sous les yeux, le leur démontrer avec les mains ; — et pourtant personne ne peut venir à bout de les convaincre.

Mais terminons ce long chapitre, qui nous a fait anticiper sur la vie entière de Cervantes. Nous venons de voir par avance quelles phases traversa son génie. Cette croisade n'est qu'une partie de son œuvre; il est temps de reprendre le récit de sa vie et l'histoire de ses travaux au point où nous les avons laissés, en 1580.

CHAPITRE VI

Cervantes, pendant ses campagnes et sa captivité, avait pris en haine les mécréants, en adoration la liberté et « en patience les maux. » Quand il revint en Espagne, plein de ses idées et maître de sa personne, l'exercice de la liberté lui fut moins nécessaire que l'exercice de la patience ; sans doute il eut d'abord un éclair de bonheur. « Nous baisâmes à genoux le sol de la patrie (dit le captif), puis, les yeux baignés de douces larmes de joie, nous rendîmes grâces à Dieu... La vue de la terre d'Espagne nous fit oublier tous nos malheurs, toutes nos misères. Il semblait que d'autres que nous les avaient éprouvés, si grand est le bonheur de recouvrer la liberté perdue ! » Mais cette allégresse fut de courte durée. Le soldat estropié rentrait au pays sans argent et sans carrière ; son père était mort, sa mère achevait de vivre, son frère était à l'armée, ses amis dispersés cherchaient fortune au loin.

La cour, les ministres, le roi, tous ceux qui pou-

vaient quelque chose pour l'ancien captif, étaient à
Badajoz, avec l'armée qui surveillait le Portugal. L'Espagne entière, occupée de cette conquête prochaine,
ne fit guère attention aux exilés qui revenaient.

Cervantes n'hésita pas longtemps sur ce qu'il avait à
faire. Il reprit du service et fit les campagnes de 1581,
1582, 1583. Lisbonne devint son nouveau camp et il
combattit aux Açores. On a trop oublié cet épisode de
sa vie militaire, cette rencontre obscure pour nous, terrible pour les hommes du seizième siècle. C'est là que
se livrèrent les combats du vieux Santa-Cruz et du
brillant Strozzi, combats à mort, dont le seul souvenir
effrayait Brantôme lui-même : Brantôme se refuse à parler de Santa-Cruz, du vainqueur qui tua le vaincu, de
l'amiral qui fit jeter à la mer Strozzi, blessé et vivant.
Les passions en effet se déchaînaient ardentes et féroces
autour de ces îles, qui tenaient pour le prieur Antonio
de Ocrato, prétendant au trône de Portugal, contre Philippe II. La France et l'Angleterre avaient pris parti
pour le prieur. « En soutenant la *rébellion* des Terceires,
dit Navarrete, elles voulaient s'emparer des trésors
apportés des colonies par nos flottes et nos galions. Ces
deux cours agirent avec dissimulation, *oculta y dissi-
mulamente*, et, ajoute naïvement l'historien espagnol, une escadre française prit la mer. » Cette escadre
occulte qui manifeste à voiles déployées sa dissimulation,
cette rébellion d'un pays autonome qui défend son indépendance, font honneur au patriotisme aveugle de Navarrete. En réalité, une question d'intérêt européen devait
se vider sur le champ de bataille des Açores. On s'y
préparait de très-loin. L'Espagne, maîtresse de Lisbonne, y réunit ses vétérans d'Italie et de Flandre,

troupes d'élite, vieux capitaines endurcis, que Lope de
Figueroa tenait prêtes à agir au premier signe de Santa-
Cruz.

Il y eut trois campagnes ; celle de 1581 fut stérile,
faute d'accord entre les chefs. Celle de 1582, plus
sérieuse, fut marquée par la défaite et la mort de Strozzi
qui commandait notre escadre. Sans doute, quand Cervantes assista à la bataille des Açores, il était sur le
vaisseau appelé *le Saint-Matthieu*. En juin 1583 on revint donner l'assaut au fort principal des îles, commandé
par un capitaine francais. La garnison était brave, le fort
inaccessible aux canots. L'alferez Francisco de La Rua
et Rodrigo de Cervantes se jetèrent à la nage, entraînant
les soldats par leur exemple, et escaladèrent le rocher,
qui fut pris. On mit les deux hommes à l'ordre du jour
de la petite armée.

J'imagine que Cervantes supporta avec peine, dans
cette action, l'impuissance de sa main gauche. Lépante
fit tort aux Terceires, pour lui ; mais le nom de sa
famille résonna en Espagne et en Portugal, où l'on
admirait le courage des Saavedras. Le retour fut un
triomphe.

Aussi Lisbonne, pour Cervantes, paraît-elle avoir été
une Capoue, dans laquelle il oublia sa blessure et ses
misères pour les aventures galantes et les plaisirs de
tout genre. C'est là qu'il eut sa fille naturelle, Isabel de
Saavedra, dont il ne voulut jamais se séparer, là qu'il
écrivit sa pastorale, *Galatée*, là enfin que le soldat se
fit décidément poëte et écrivain. On ignore les détails
de ce printemps portugais ; mais il n'est pas douteux
que Cervantes ne soit alors entré volontairement dans
les carrières civiles. Le métier du soldat lui devenait

impossible. L'année suivante, en revenant à Madrid, il songea à fixer sa vie.

Le 12 décembre 1584, il épousa une personne d'Esquivias, petite ville voisine, dona Catalina de Palacios y Salazar y Vozmediano; c'était un mariage comme Cervantes, avec sa manière de penser et d'agir, devait le faire, très-pauvre et très-honorable. Catalina de Vozmediano était d'une famille noble et n'avait pour dot que quelques pièces de terre. Le contrat passé devant maître Alonso de Aguilera, et qui nous a été conservé, compte dans l'apport de la mariée une demi-douzaine de poules! En le lisant on comprend que Cervantes soit parti le plus vite possible d'Esquivias pour Madrid, où il chercha à vivre de sa plume.

Il débuta dans les lettres par la publication de sa pastorale et continua par le théâtre. Tout d'abord il réussit, et deux ou trois ans se passèrent à établir sa réputation. Les pièces se succédaient, la mode naissante du théâtre favorisait l'ambition de Cervantes; mais alors parut un jeune écrivain, né pour le théâtre, d'une verve prestigieuse, d'une fécondité inépuisable, qui confisqua la scène à son profit. « Il s'empara, dit Cervantes, de la monarchie comique. » C'était Lope de Vega. Les chefs de troupe lui sacrifièrent aussitôt les autres poëtes, et Cervantes, qui croyait avoir trouvé une petite fortune, modeste et fixe, à Madrid, éprouva une déception d'autant plus grande que l'échec pour lui était une véritable ruine. Sa seconde carrière lui échappait comme la première; sa double vocation pour les armes et pour les lettres était encore brisée par l'ironie du sort. Enfin sa quarantième année sonnait en 1587 et ne lui apportait que l'éternelle perspective de la pauvreté.

Il céda à la nécessité et prit courageusement une résolution douloureuse. Il se résigna à sacrifier ses travaux
littéraires, ses lectures, ses goûts, et jusqu'à sa vie de
famille, en adoptant une existence nomade et les fonctions de commissaire aux vivres. On préparait alors en
grande hâte cette flotte immense qui ne fut qu'un épouvantail, l'*invincible Armada*. Pour l'approvisionner
ainsi que les navires destinés aux Indes, un conseiller
des finances, Antonio de Guevara, nommé pourvoyeur général des armées, choisit quatre agents secondaires. Cervantes fut un de ces agents. Il se mit en
route, seul, courant les villages de l'Andalousie, achetant des grains et de l'huile et remplissant de son
mieux les fonctions les plus répulsives à son libre génie.
Séville était son quartier général. Il aimait cette grande
cité, où se trouvait une branche de la famille de Saavedra, et où il pouvait à son gré se perdre dans la foule.
« Là, dit-il, les petits ne s'aperçoivent pas, et les grands
mêmes s'effacent. » Après chaque course, il venait
retremper son esprit dans l'atelier du peintre Pacheco;
puis il repartait et allait explorer les villes de l'Andalousie méridionale. Combien il eut d'ennuis dans ce
métier, combien il y rencontra de fripons, je ne saurais
le dire; mais son caractère vif lui attira plus d'un embarras, et ce qu'il y gagna de plus clair fut d'être excommunié.

Le fait semble étrange; il est exact. Cervantes avait
eu à recevoir et à emmagasiner une récolte qui provenait
d'une propriété ecclésiastique d'Ecija. Le clergé régulier
d'Espagne était alors en guerre ouverte avec Philippe II,
à qui il refusait l'impôt. Les moines appuyaient leur
refus sur une bulle du pape; à leur tour les alcades

14

usaient, pour obtenir des approvisionnements, du droit
de réquisition. Cervantes se trouvait chaque jour entre
les belligérants. Chargé de prendre le blé d'Ecija, comme
agent du roi, il le prit malgré les moines et fut frappé
d'excommunication. Aussitôt il se hâta de se pourvoir
contre un tel arrêt, et, ne pouvant pas consumer son
temps à se défendre, il remit à un tiers le pouvoir suivant, signé le 24 février 1588.

Sachent tous ceux qui verront cette lettre, que moi, Michel
de Cervantes Saavedra, serviteur du roi, notre seigneur, résidant en cette cité de Séville, j'accorde et reconnais que je donne
plein pouvoir autant que de droit, pour le cas où il sera requis et
nécessaire, à Fernando de Silva, habitant de ladite cité de Séville,
avec la faculté de substituer qui il voudra et de révoquer les
substitués, et d'en nommer d'autres, comme et quand il lui semblera, — à cet effet spécial que, pour moi et en mon nom, il puisse
paraître et paraisse devant le Proviseur et le Juge-Vicaire général de cette cité de Séville et de l'archevêché, et devant le Vicaire
de la ville d'Écija, et devant les autres juges et justiciers quel-
conques ; — afin qu'il leur demande en droit et les supplie de
me faire absoudre, soit présent, soit absent, de la censure et
excommunication qui a été prononcée contre moi pour avoir pris
et mis à part le blé des fabriques de ladite ville d'Écija, pour le
service du roi notre seigneur et par ordre et commission du
licencié Diego de Valdivia, alcade de l'audience royale de Séville
et juge de la commission instituée pour saisir lesdits pain, blé
et orge [1].

Fatigué de ces fonctions qui étaient passagères, et de
ces débats dont l'effet pouvait être durable, Cervantes
essaya plusieurs fois de servir autrement le roi. Il fut
envoyé en Afrique, où il porta des lettres à Mostaganem
et à Oran ; mais ce voyage ne contribua pas davantage à
attirer sur lui l'attention royale. Alors, désespéré, misé-

---

1. Publié par don José Asensio. — Séville, 1864.

rable, réduit à l'extrémité, il se décida à quitter l'Espagne. On peut lui appliquer à ce propos ce qu'il dit [1] du vieux Carrizalès :

Dans la grande cité de Séville, il trouva toutes les occasions suffisantes d'achever le peu qui lui restait. Se voyant si à court d'argent, n'étant guère mieux pourvu d'amis; il essaya du remède employé par tant de gens perdus dans cette ville, qui est de passer aux Indes, refuge des désespérés d'Espagne, église des banqueroutiers, asile inviolable des homicides, paradis des joueurs, qui y gagnent à coup sûr, appeau des femmes libres, où la plupart des hommes trouvent un leurre et quelques-uns, en petit nombre, une ressource.

Comme le pauvre Scarron qui, au siècle suivant, demandait à fuir en Amérique, comme mademoiselle d'Aubigné, qui avant d'être marquise de Maintenon, voulait s'expatrier, ainsi notre poëte essaya-t-il de mettre les mers entre lui et sa patrie. En mai 1590 il adressa au roi un mémoire dans lequel il rappelait ses services et demandait un office aux Indes. La Nouvelle-Grenade ou Soconusco, disait-il, lui convenaient à merveille. Son mémoire fut bien accueilli d'abord. Il allait donc entrer dans une voie nouvelle d'aventures. Déjà il se préparait à l'exil, quand une influence qu'on ignore suspendit l'effet des promesses royales.

Cervantes retomba dans la même situation. Il subit son sort et alla solliciter auprès du nouveau provéditeur, Pedro de Isunza, une nouvelle commission.

— Ah! dit-il [2], la pauvreté fait taire le point d'honneur; elle envoie les uns à la potence, les autres à l'hôpital; et elle fait passer les autres sous les portes de leurs ennemis avec force

1. V. la nouvelle du *Jaloux estramadurien*.
2. V. le *Mariage trompeur*.

prières et soumissions, ce qui est l'une des plus grandes misères qui puissent arriver à un infortuné.

Il recommença l'odyssée vulgaire de la veille ; on le revit à Teba, à Aguilar, à Marmolejo, à Alcaudete, partout dans le Midi, achetant du blé pour les galères de l'Espagne, en 1591 et 1592, avec trois adjudants. Une seconde fois la ville d'Ecija lui porta malheur ; il fut engagé dans une affaire litigieuse et condamné à la restitution de trois cents fanègues de blé. — Il changea encore de fonctions. En 1594 il alla à Madrid soumissionner un emploi de finances ; on le chargea de recouvrer les impôts en retard dans la province de Grenade. Après avoir fourni à grand'peine son cautionnement, Cervantes descendit en Andalousie comme collecteur, muni de la provision royale et armé de la haute vare de justice. Il avait à recouvrer deux millions de maravédis, opération difficile dans un temps et dans un pays qui concevaient mal les droits de la couronne, et pour un homme de la nature de Cervantes, qui n'était pas né comptable. De toutes les « imprudences » qu'il fit, qu'il dut faire et dont il s'accuse, la plus grave fut de donner sa confiance à un négociant appelé Simon Freire de Lima, qui lui proposa de porter à Madrid et de remettre au trésor une partie des sommes dues à l'État. Simon Freire fit banqueroute. Cervantes, cité devant la cour de justice en septembre 1597, paya la peine de sa confiance. On examina tout à coup sa caisse ; on y surprit un découvert de 2,641 réaux, et on le jeta en prison. Il fut bientôt remis en liberté sous caution. Mais il était désormais enlacé dans toutes les chicanes d'un procès. Suspect, poursuivi, pauvre d'ailleurs, appelé tour à tour à Séville, à Madrid, à Valladolid, pour répondre à ses juges, il passa par les misères et les prisons de l'Andalousie, de la Castille et de la Manche. Les juges lui reprochaient son déficit, les contribuables qu'il forçait à payer lui faisaient un mauvais parti. D'autres l'accusaient d'avoir pris, je ne sais dans quelle circonstance, les eaux de la Guadiana. On assure qu'en traversant un jour le village d'Argamasilla, dans la Manche, il déplut à l'alcade et aux habitants, qui l'emprisonnèrent. Excommunié, condamné, soumis aux interrogatoires des conseillers du roi, des juges et des alcades, servant tout le monde pour vivre, et toujours errant, le pauvre Cervantes parut succomber sous la charge. C'est au milieu de ces épreuves qu'il disparaît comme un noyé sous les vagues. On le suit des yeux avec peine jusqu'en 1598, alors il échappe au regard ; nulle induction, nul document ne permettent de deviner sa vie. De 1598 à 1603, il s'éclipse. Un seul fait est certain, c'est que le soldat-poëte vit dans la misère, et qu'il y a quelque part, dans l'Andalousie ou dans la Manche, une prison où il médite, où il travaille, où il écrit les premières pages de *Don Quichotte*.

En effet, ce vaillant esprit, à travers cette vie nomade, n'a pas cessé d'étudier, d'observer et d'écrire. Le commissaire aux vivres, le collecteur d'impôts a grandi à cette école du malheur et de la réalité.

Pendant une vingtaine d'années qui s'écoulent entre son retour d'Afrique et la publication du *Don Quichotte*, il s'exerce à l'art difficile de la pensée, il essaye tous les genres, il manie et mûrit son propre génie avec une persévérance extrême, inventant toujours, sans imprimer jamais : c'est le pénible et obscur prélude

d'un grand critique qui, tour à tour, cède et résiste à
son temps, jusqu'au jour où il entrera en pleine possession de lui-même et de sa force.

J'ai essayé de deviner et de marquer les étapes de son
progrès d'esprit, à travers la variété confuse de ses
œuvres. Voici le résultat de mes recherches.

DÉBUTS LITTÉRAIRES. — GALATÉE. — NUMANCE. — L'AMANT
GÉNÉREUX. — LE BRILLANT ESPAGNOL.

En 1580, Cervantes, revenant en Espagne, y apporte
avec lui les rêves patriotiques qui lui dictent des œuvres
énergiques comme le *Trato*, où il entre plus d'action
que de littérature. Il veut tout oser pour réveiller la
société espagnole qui lui semble endormie. Mais il la
trouve dans une situation singulière, barbare et raf-
finée tout à la fois, ardente et paresseuse, nourrissant
de vieilles idées et affectant la jeunesse d'imagination,
pleine de mouvement et de vie, et arriérée de cent ans
dans la marche des peuples. Elle donne le ton à l'Europe, qu'elle combat, et ne reçoit aucun conseil ni de
l'exemple, ni de l'expérience, ni de l'évidence. Toute
puissante, héroïque et entêtée, elle est satisfaite d'elle-
même et elle applaudit aux poëtes du siècle d'or qui
lui chantent sa propre gloire. La littérature participe
de tous les caractères de la société ; férocité naïve dans
les conceptions dramatiques et subtilité ingénieuse dans
le style ; esprit de guerre, et esprit d'amour ; des *auto-
da-fé* sur la scène et des pastorales ; une rudesse implacable dans la pensée, une volupté énervante dans les
vers. La littérature est galante ; elle vient du Midi, de

Séville, de Valence et de Lisbonne, qui envoient à Madrid et dans les vieilles cités sévéres du Cid et d'Alphonse le Savant un souffle de plaisir, de mollesse et de nonchalance.

Les capitaines les plus bronzés lisent avec attendrissement les églogues amoureuses de Boscan et les idylles élégiaques de Garcilaso de la Vega. A Valence, le vieux soldat Cristobal de Virués invente des drames d'amour remplis de larmes, de meurtres et d'aventures. Le Portugal lit encore la pastorale de Ribeyro, *la Menina è Moça*, et se passionne pour *la Diana Enamorada* de Montemayor, qui fera le tour de l'Europe. Au fond de toutes ces œuvres, on reconnaît aisément l'influence séduisante et l'irrésistible douceur de l'Italie, qui a inventé les travestissements ingénieux des bergères princesses et des bergers poëtes. Lélia, par exemple, cette jeune femme qui court le monde sous l'habit de velours d'un page de quinze ans, est une Siennoise qui a paru d'abord sur la petite scène de *Intronati* dans la pièce intitulée *Gl'inganni*, d'où elle est passée à Lisbonne dans la *Diana* de Montemayor, et à Lyon dans *les Abusés* de Charles Estienne. Elle est le symbole achevé de l'influence italienne au seizième siècle; elle porte en Europe le modèle de l'*imbroglio*, des déguisements et des galantes escapades. Elle apprend à vivre à l'Espagne, qui est naïve encore, et elle ensorcelle la France, qui se prétend raisonnable.

Quand Cervantes pénètre dans la société littéraire de son temps, il est accueilli par le sonnet courtois, la pastorale coquette, la tragi-comédie violente et bigarrée, le roman de chevalerie qui meurt comme le phénix pour renaître de lui-même, et enfin la légion innombrable des

romances, des séguidilles, des épigrammes que produi-
sent les académies ; car les académies à la mode italienne
s'intronisent à Madrid. Fernand Cortès a la sienne,
comme à Milan le marquis de Pescaire. En 1584, l'*Aca-
demia Imitatoria* réunit un de ces groupes littéraires
qui se piquent de politesse sociale, de vanité, d'esprit,
d'élégance et d'affectation. Là, on se loue les uns les
autres, on fait l'apothéose de l'art et surtout de l'artiste.
On s'y hait et on s'y complimente. C'est un besoin nouveau, et si impérieux, que, ces académies mourant très-
vite, on les recompose toujours. Après la *Imitatoria*,
viendra celle des *Nocturnes*, et celle-ci, après avoir
disparu, sera ressuscitée par les *Montagnards du Parnasse*. Malheur à celui qui n'est pas d'une coterie littéraire !... Hors de là point de salut. Cervantes, qui plus
tard railla impitoyablement ces petites choses [1], dut alors
s'affilier aux sociétés de beaux esprits, parler la langue du
pays, suivre le goût du temps et composer les petites
pièces que Voltaire lui reproche si fort. Il dut aussi donner au public les prémices de son esprit, « *las primi-
cias de su corto ingenio* » : il imprima une pastorale.
C'est la *Galatée* publiée en 1584.

L'usage était de mettre en scène, dans quelque ouvrage mêlé de poésie et de prose, ses amis et sa maîtresse. Ainsi firent Viccente Espinel dans la *Casa de la
Memoria*, Gil Polo dans le *Canto de Turia*, et Lope de
Vega dans le *Laurel de Apollo*. Cervantes, qui voulait
« que son caractère lui fît des amis », eut la faiblesse
d'adopter ce cadre facile et ce genre banal. Au centre
de sa pastorale, il plaça *Galatée* (sa femme, dit le bon

---

1. Dans le prologue de *Don Quichotte*, dans le *Dialogue des Chiens*,
dans la dédicace au comte de Lémos.

Navarrete, mais les dates indiquent mieux la Portugaise
qui fut mère d'Isabelle); il se peignit lui-même sous les
traits d'Elicio, pasteur venu des bords du Tage, et il
réunit autour de lui Mendoza, qui fut Meliso, Montalvo,
qui devint Siralvo, Ercilla, reconnaissable dans Larsileo,
Artieda changé en Artidoro, Figueroa, Lainez, Barahona de Soto sous les noms de Tirsis, de Damon et de
Lauso. Tout ce monde, rassemblé dans une campagne
aimable, sur les bords du Hénarès, devisant d'amour et
de poésie, formait un tableau choisi de la vie idéale. Le
peintre ne ménagea pas les couleurs. Il prodigua tous
les trésors du style sur sa composition artificielle, si
bien qu'aujourd'hui encore *la Galatée*, illisible pour
des Français, garde pour les Espagnols le charme et
l'harmonie du premier jour.

Cervantes ne s'abusait pas sur les défauts de l'œuvre
et du genre, tous deux factices, disait-il[1], « comme les
églogues des anciens. Rien de moins vrai, que de faire
philosopher des pâtres, mais on sait bien qu'ils n'ont de
pastoral que l'habit. » Ce sont réellement des poëtes. Or
la poésie est pour la vieille et rude Castille un élément
de politesse et de grandeur; elle enrichit la langue, elle
nous apprend à devenir maîtres (*enseñorearse*) de l'éloquence. En ce sens il voulait qu'on admirât les vers « du
fameux Garcilaso de la Vega et ceux du très-excellent
Camoens, qu'il faut lire dans sa langue (*en su misma
lengua portuguesa*).» Il dédiait Galatée à l'Italien Colonna et proposait aux écrivains de son pays, avec l'exemple
de l'Italie, l'introduction d'un art plus libre et d'une
langue plus élégante. « Les esprits rigoureux qui vou-

1. Prologue de *Galatée.*

laient contenir dans la concision d'une langue austère
le style castillan reconnaîtraient enfin qu'un champ
était ouvert, large et fécond, où la langue pouvait dé-
ployer sa facilité et sa douceur, sa gravité et son éloquence, en même temps que la pensée se donnerait
carrière dans toute sa diversité, qu'elle fût grave et spirituelle, ou délicate et élevée. »

Ainsi un ouvrage de littérature demi-galante, conçu
dans un esprit de complaisance, était exécuté avec le
souci plus viril d'un progrès national et d'une étude
d'art. Cervantes offrait à ses amis et au public un livre
de novateur qui était en même temps un de ces ouvrages exquis et châtiés que les Italiens appellent *testi di
lingua*. Les poëtes reçurent dans leurs rangs ce débu-
tant venu de loin et célébrèrent le soldat qui, d'isaient-
ils, avait sauvé de mille aventures une vie précieuse et
un génie de poëte.

Cervantes avait fait un acte hardi en imprimant *Galatée;* imprimer était grave, en ce temps-là. Bien des
rimeurs, dit-il lui-même, refusaient de soumettre au
jugement du public leurs improvisations, ou bien ils hé-
sitaient longtemps, *con temor de infamia.* Quand l'auteur de *Galatée* eut payé sa bienvenue, il cessa d'imprimer. Il écrivit pour vivre, il jeta hâtivement sur le papier ses idées politiques ou littéraires, il aborda tous les
genres : le théâtre, la nouvelle, le roman. Ses pièces, qui
demeurèrent manuscrites, se perdirent en partie; celles
qu'il reprit et publia beaucoup plus tard furent imprimées avec une négligence extrême. Il retoucha les *nouvelles*, et l'on s'en aperçoit à des marques disparates qui
embarrassent l'examen. Ses œuvres ne portent donc jamais leur date véritable ; leur suite, leur trace est perdue

à chaque pas, et jusqu'ici rien ne permet d'en ressaisir l'enchaînement et la succession.

En présence de cette difficulté, j'ai essayé, par une comparaison attentive des textes, de suppléer au défaut de renseignements précis. Dans l'œuvre de Cervantes, le ton et les idées changent souvent ; il parle tantôt en philosophe, tantôt en railleur, tantôt en poëte. Il mêle ces rôles avec une grâce infinie dans son *Don Quichotte*, qui est l'expression complète de son génie divers. Mais ailleurs, il y a dans chacune de ses œuvres une pensée dominante, une couleur particulière, soit un accent de jeunesse, soit un ton de maturité, ce qui révèle son âge. Il est certain que la doctrine de pardon et de charité contenue dans la seconde partie de *Persilès et Sigismonde* date de la fin de sa vie. Il me paraît impossible, au contraire, qu'il ait composé en même temps les œuvres de rêverie, d'amour et de colère, où l'on voit briller confusément son idéal de gentilhomme, ses souvenirs de race et son ardeur contre Mahomet. L'enthousiasme qu'il éprouve pour la gloire des armes, pour l'honneur espagnol, pour l'art italien, appartient à une période de jeunesse qui n'exclut aucune ambition ni aucune espérance. J'ai donc réuni et rapproché tout d'abord les écrits imprégnés de ces sentiments patriotiques, de ces fiertés de caste et de ces inspirations juvéniles [1].

La tragédie de *Numance* est la plus importante de ces

---

1. Aux œuvres de cette période, que je vais citer, il faudra peut-être, si on les découvre jamais, ajouter à la même date (entre 1584 et 1598) : *La Amaranta ó la del Mayo*, *la Unica y bizarra Arsinda*, *el Bosque amoroso* et *la Confusa*. Tous ces écrits sont perdus, comme la pastorale intitulée *Filena*.

œuvres. Le style en est élevé et la donnée seule du drame est singulièrement heureuse ; car s'il y a dans le caractère historique de la nation espagnole un trait de grandeur incontesté, c'est assurément l'esprit séculaire d'indépendance qui lui a fait soutenir tant de siéges fameux. On sait comment elle a résisté aux armes étrangères depuis Scipion jusqu'à Abd-el-Rhaman, et depuis les invasions arabes jusqu'aux guerres de l'empire. Au commencement de notre siècle, quand Saragosse fut assiégée, on joua dans cette ville la tragédie de Cervantes, et les spectateurs, en l'applaudissant, s'applaudissaient eux-mêmes et s'encourageaient. Cervantes, ce jour-là, eut l'honneur posthume de rapprocher, à travers vingt siècles, les défenseurs de l'antique Numance et ceux de la moderne Saragosse.

Il avait composé toute sa pièce avec autant d'amour filial pour son pays que de fierté en face des autres nations. Il évoquait, il faisait apparaître dans Numance ruinée, superbe et muette, l'Espagne elle-même, qui jurait de n'être pas « l'esclave des nations étrangères. » Lui, qui ailleurs a dit les fautes de sa patrie, célèbre ici sa gloire. C'est vers 1586 qu'il écrit *Numance*. Il admire sans réserve et exalte les espérances publiques, comme les ambitions royales de ce moment-là. Les souvenirs du passé lui semblent un présage de la grandeur future. A ses yeux, la conquête récente du Portugal, gage d'une puissance nouvelle, prépare l'achèvement de l'unité territoriale. Philippe II a ressaisi la vieille Lusitanie « autrefois découpée dans le manteau de la vieille Castille » ; Cervantes jette alors un cri de triomphe, et en montrant la chute de l'antique Numance, il fait voir comment s'est relevée l'Espagne moderne.

Pour traduire cette pensée patriotique sur un théâtre
mesquin et sans ressources, le poëte emprunte tour à
tour la pompe naturelle de la langue castillane, si fière
et si sonore, le grand vers souple et large des Italiens,
et le moule grec de la tragédie d'Eschyle. La conception de l'œuvre, supérieure à l'œuvre même, est d'une
magnificence hardie : ici l'acteur est un peuple, la scène
est une ville qui meurt, le sujet même est l'héroïsme
d'une indépendance vulnérable, mais immortelle, qui
devient la tradition d'une race entière et le mot de son
histoire. Dès l'abord, Cervantes, plein de sa pensée,
jette sur le premier plan les deux adversaires, Numance
et Rome. L'exposition est tout entière dans l'anxiété de
Scipion qui, chargé de réduire la cité rebelle, médite
profondément. — « La tâche que le sénat m'a commise,
dit-il, est lourde et difficile. » Pour vaincre un tel
peuple, il faut se vaincre soi-même, renoncer aux mœurs
des proconsuls, arracher les soldats à Vénus et à Bacchus, chasser du camp les courtisanes, et commencer
une campagne virile comme celles des premiers temps
de Rome. Scipion montre à son armée « ce nid de Numance, » d'où une poignée d'Espagnols humilie le
nom romain, qui fait trembler le reste du monde. Il
rejette toute négociation avec ces fiers ennemis, dont les
ambassadeurs, parlant en alliés plutôt qu'en sujets, osent
dénoncer les exactions romaines avec l'accent sévère de
notre *Paysan du Danube*. Tout l'effort des vétérans, tout
le courage de Marius et de Jugurtha, tout le génie de Scipion, conspirent contre Numance ; il ne faut pas moins
pour abattre cette noble ville, qui est le poste avancé
de la Castille et la clef de la vallée du Duero. Elle tom-
bera donc ; mais Cervantes, anticipant sur les siècles,

annonce la vengeance en même temps que la défaite. Il
introduit dans le drame les figures allégoriques du
Duero et de l'Espagne, ou plutôt, par un anachronisme
généreux., c'est la Castille du moyen âge qui se montre
couronnée des tours et des châteaux héraldiques (*cas-
tillos*).

L'ESPAGNE. — Ciel vaste et resplendissant, soleil dont l'influence a répandu sur mon sol plus de richesses et de grandeur
que sur les autres pays, que ta pitié s'émeuve de mon infortune
amère ! S'il est vrai que tu viennes en aide aux affligés, secours
dans une pareille épreuve l'Espagne malheureuse. Elle a assez
souffert ! Jadis les volcans ont tordu ses bras vigoureux ; ses entrailles ont été ouvertes jusque dans les royaumes sombres ; ses
richesses ont été données à mille tyrans ; ses rivages ont été
occupés par les Phéniciens et les Grecs ! Ce fut ta volonté ou ce
fut ma faute. Mais serai-je toujours l'esclave des nations étrangères, et ne verrai-je pas l'air de la liberté faire flotter mes éten-
dards ?...

Noble Duero, toi dont les ondes sinueuses arrosent une grande
partie de mon sein ; toi qui dans tes eaux roules toujours des
sables d'or, comme le Tage aimable ; toi dont les nymphes fugitives viennent, à travers l'ombrage des bois et la verdure des
prés, chercher les eaux claires ; toi à qui on n'a refusé aucune
faveur, ne refuse pas de prêter l'oreille à ma prière.

Le Duero apparaît. Il déclare que le dernier jour de
Numance est venu, mais il annonce les châtiments de
l'avenir, la résurrection des vaincus et la domination de
l'Italie par l'Espagne, — *el español cuchillo sobre el
cuello romano.* « Alors, s'écria-t-il, alors, Espagne
bien-aimée, quelle envie te porteront les nations étrangères ! »

Telle est la première journée. La suite du drame est
effrayante : Le poëte entreprend, avec l'énergie des dra-
matruges espagnols, de peindre la ruine de Numance et le

suicide d'une ville. Le spectacle d'une place assiégée et ré-
duite, l'angoisse d'un peuple qui se débat dans les étreintes
d'une mort prochaine, la faim et la rage qui s'emparent
de tous, l'impossibilité de fuir ou de combattre, de vivre
ou de mourir, les efforts désespérés et stériles des jeunes
gens qui veulent lutter, des femmes qui veulent combattre, des prêtres qui consultent des oracles, c'est là
une mise en scène terrible. Le cercle tracé par la fatalité autour de Numance se resserre d'heure en heure,
tandis que les liens qui attachent l'homme à la vie, la
tendresse des mères, l'amour des jeunes gens, les longues pensées des chefs, vont se dénouant peu à peu. Enfin
un cri féroce et sublime, un cri de joie unanime et d'affranchissement se fait entendre dans la ville quand on
adopte l'idée d'un massacre ou d'un incendie universels. Trois figures se dressent au cœur de la cité : — Je
suis, dit l'une, la Guerre, que les mères détestent. —
Je suis la Maladie, s'écrie la seconde. — Je suis la Faim,
dit la troisième ; écoutez les gémissements, les cris, les
sanglots des femmes qui furent belles... Il n'est pas une
place, il n'est pas un refuge, ni une rue, ni une maison,
qui ne regorge de cadavres et ne ruisselle de sang. Le fer
tue, le feu brûle, la volonté condamne !...
    En effet, le sacrifice se consomme : à l'enfant qui de-
mande du pain en pleurant, on donne le coup mortel ;
l'épouse est égorgée par l'époux, la destinée fait du père
le bourreau de son fils... Puis le silence s'étend sur la
ville. Scipion et Marius, qui regardent de loin les remparts sans défenseurs, et qui ont écouté sans les comprendre les derniers sanglots du peuple mourant, s'in-
quiètent et se consultent. Marius, impatient, prend son
casque et son bouclier ; il s'élance vers la muraille.

SCIPION. — Marius! tiens ton bouclier plus haut, ton corps ployé, ta tête couverte... Courage!... Te voilà en haut... Que vois-tu?

MARIUS. — Dieux sacrés!...

Il n'en peut dire davantage. Les Romains se précipitent sur ses pas dans Numance. Ni une maison debout, ni un homme vivant, ni la moindre coupe d'or qui puisse être le butin du soldat. Tout a péri. Pourtant on découvre enfin, au sommet d'une tour, un jeune homme. L'épouvante l'avait poussé à s'y réfugier. Ce dernier des Numantins, qui a le nom de Viriathe, reprend courage à la vue de Scipion, dont il lui faudra suivre le char triomphal.

— Moi seul, lui dit-il, j'ai les clefs de la ville morte.

Et il se précipite sur les rochers.

— Tu as vaincu le vainqueur! dit Scipion au cadavre tombé à ses pieds.

— Ainsi, dit en terminant Cervantes, ainsi le courage de Numance prélude-t-il aux destinées de la forte Espagne. Les enfants de tels pères seront leurs dignes héritiers.

Cervantes a écrit *Numance* sur le ton de la tragédie classique, se refusant la liberté d'allures qui est une des grâces de son génie. Ailleurs, au contraire, il improvise, sous l'empire de la même idée générale, des œuvres toutes différentes. Au lieu d'évoquer dans une tragédie l'Espagne historique et traditionnelle comme une abstraction grandiose, il esquisse d'une main facile le portrait familier de l'Espagnol moderne jeté à travers le monde, soit en Italie, soit en Afrique.

L'*Amant généreux* est un souvenir sicilien de la vie de soldat et des campagnes contre les Turcs. L'Espagnol

Ricardo promène sa jeunesse fière, pauvre et jalouse au milieu d'une contrée où l'élégance des mœurs, la douceur du ciel, la volupté répandue sur toutes choses amollissent et raffinent les passions. La belle Léonisa, dont il s'éprend, lui préfère un jeune homme « aux blanches mains, aux cheveux bouclés, à la voix mielleuse, habile aux paroles d'amour, tout parfumé d'ambre et d'essences, tout chamarré de plumes et de brocart. » Le monde les aime ainsi, et Léonisa, en vraie femme, est esclave et reine du monde. Ricardo éprouve à cette vue des transports de colère et des tentations de vengeance presque sauvages. Un jour il se présente, lui seul, en face des Siciliens réunis dans un jardin, au bord de la mer. Il aperçoit Léonisa à demi appuyée sur Cornelio, son amant, à quelque distance de sa famille. La fureur, « l'enfer » s'emparent de lui :

— Te voilà heureuse! s'écrie-t-il, approche-toi de lui! Plus près encore! Que le lierre s'enlace au tronc inutile! Frise et boucle les cheveux du Ganymède qui t'appelle nonchalamment .. Orgueilleuse et imprudente fille !... tu crois qu'il ne t'arrivera pas ce qui arrive toujours, selon la loi et l'usage; tu crois qu'il sera fidèle, qu'il voudra, qu'il saura l'être, cet enfant que l'opulence rend vaniteux, la bonne mine arrogant, le peu d'âge inexpérimenté, la naissance outrecuidant, et qu'il estimera un trésor inestimable, et qu'il connaîtra ce que la maturité et l'expérience connaissent ?... Et toi, enfant, qui t'imagines gagner à ton aise un prix que la générosité de ma passion mérite mieux que tes oisifs caprices, pourquoi ne te lèves-tu pas du lit de fleurs sur lequel tu reposes et ne viens-tu pas m'arracher une âme qui t'abhorre ! Ce n'est pas ta conduite qui me blesse, c'est la grossièreté de ton esprit, incapable d'apprécier le bien que te donne la fortune. Il faut que tu l'estimes peu pour ne pas te lever et le défendre ! Tu dérangerais, n'est-ce pas, l'art et la symétrie de ton galant costume! Si, autrefois, la même humeur pacifique eût été le partage d'Achille, les armes brillantes et l'acier

15

poli que lui montrait Ulysse n'auraient servi de rien. Allons!
va-t'en! va jouer avec les femmes de ta. mère; soigne tes cheveux et n'oublie pas tes mains, faites pour dévider les blancs
écheveaux et non pour saisir l'épée.

Dans cette scène, où les vieux souvenirs homériques se
mêlent étrangement aux impressions juvéniles de la vie
italo-espagnole, on devine quelque chose des pensées de
Cervantes, alors qu'il regardait d'un œil curieux les
mœurs de Palerme, de Messine et de Trapani. Peut-
être a-t-il lui-même ressemblé à son héros, tour à
tour généreux et sauvage, qui a l'âme ouverte à toutes
les passions nobles et qui déteste ce qu'il voit du
monde, c'est-à-dire le plaisir sans affection et l'apparence de l'amour alliée au plus élégant égoïsme.
Cornélio n'est pas brave; il abandonne sa fiancée quand
les Turcs font invasion dans le jardin et s'emparent
d'elle. Ricardo offre le peu qu'il possède pour la racheter; il la suit dans la captivité, à travers mille aventures, dans lesquelles la constance et la pureté de son
amour font contraste avec la brutalité turque; il la sauve
enfin, et, par un dernier trait de générosité, il la rend
à Cornélio, l'homme qu'elle a choisi. Léonisa, vaincue
par tant de désintéressement, repousse Ganymède et
préfère Achille.

Tout cela est un peu jeune. Le « déplorable » Ricardo
gémit toujours; il pleure « avec une telle abondance qu'il
humecte le sol », et Léonisa, quand elle ne s'évanouit
pas, verse des larmes « qui le disputent en valeur aux
perles de l'Orient ». Mais *l'Amant généreux* est, si
l'on peut s'exprimer ainsi, la note tendre de l'héroïsme
castillan, tel que l'a conçu un jour Cervantes. La note
bruyante et sonore résonne au contraire dans *le Brillant*

Espagnol, comédie vive, pleine de mouvement et de rodomontades, œuvre intermédiaire qui touche à l'histoire et au roman, fantaisie demi-enthousiaste, demi-ironique. Les dialogues étranges des soldats, les pressentiments des femmes, bizarres et profonds, les madrigaux et les coups d'épée, les alertes, les combats, les assauts, toute une variété d'inventions et d'incidents forme la trame légère et diaprée de ce petit drame de Cervantes.

Le héros s'appelle Fernando de Saavedra. Est-ce l'auteur lui-même? est-ce un de ses ancêtres? C'est du moins un des défenseurs d'Oran, un soldat des comtes d'Alcaudete, un tueur de Maures (*matamoros*) par excellence. « Les galants de Milianah, les Elches de Tlemcen et les Levantès de Bone ont éprouvé sa valeur.» Vif comme la poudre, il a l'esprit libre, le cœur chaud et l'âme aventureuse. Toutes les femmes sont éprises de sa personne ou même de sa renommée. Arlaxa, véritable reine mauresque, lui dévoue toutes les rêveries de son imagination : elle est heureuse et adulée, les chefs du pays se disputent sa main et l'entourent de compliments et d'hommages orientaux ; elle a pour fiancé le vaillant Ali-Muzel et pour adorateur le chérif Nacor, le plus ennuyeux des chérifs, mais le plus soumis des esclaves; pourtant elle est triste, elle songe, et tandis qu'elle distribue les présents autour d'elle, corbeilles de pain blanc, vases de miel, fruits savoureux, son cœur est tenté d'un caprice tyrannique. Elle veut voir Saavedra ; elle exige de ses amants qu'ils le lui amènent prisonnier, sans blessure et sans rançon.

Ali-Muzel se résigne ; il arrive bientôt sous les murs d'Oran ; il attache son cheval au tronc d'un palmier, et, d'une voix hautaine, il adresse un défi aux soldats espagnols.

— Écoutez-moi, gens d'Oran, caballeros et soldats, vous qui écrivez vos exploits avec notre sang dans la poussière, je suis Ali-Muzel, un Maure de ceux qu'on appelle les galants de Milianah, aussi vaillants que nobles. Ce n'est pas Mahomet qui me conduit ici, et je ne viens pas éprouver dans le champ si la vérité ou l'erreur est de son côté. C'est un autre dieu qui m'amène, un dieu plus brillant, tour à tour superbe comme un lion furieux et doux comme un agneau. Ce dieu qui me pousse obéit à une Mauresque qui est reine par la beauté et dont je suis esclave.

Ali-Muzel le dit lui-même, il n'est pas question ici de Mahomet ni de l'islamisme. Nous nous égarons dans les régions chevaleresques de l'Arioste. Fernando est un Roland appelé en champ clos par les Sarrasins. Son général lui défend d'accepter le défi. Placé entre l'honneur qui lui ordonne d'accepter et la loi militaire qui le retient à son poste, il n'hésite pas : il franchit la muraille; mais, arrivé trop tard, il se jette en pays arabe ; bientôt il est dans le douar, en face d'Arlaxa, qu'il inquiète et étonne, sans se nommer. Là se croisent les aventures et les personnages les plus variés. A côté de Fernando, d'Ali-Muzel, d'Arlaxa, apparaît une belle jeune fille, déguisée en page, Margarita : c'est une Espagnole qui cherche partout son fiancé, don Fernando, au grand désespoir d'un vieux parent, Vozmediano, qu'elle entraîne à sa suite. Toutes les têtes sont folles de jeunesse, d'ambition et d'amour, et tout le monde l'avoue.

— Je vis d'extravagance, dit quelque part Fernando, et je m'appelle Lozano (le Gai). Le monde est plein de nouveautés !

— J'ai une âme généreuse qui aime le péril et défie la mort, dit Arlaxa.

— Je suis, dit Margarita, le papillon qui vole autour de la

flamme... Monsieur mon gouverneur, vous êtes plein de raison,
mais j'ai jeté la cape au taureau et je ne puis plus la reprendre.

— Moi, dit un autre personnage, soldat mendiant et glouton,
qui demande l'aumône pour les âmes du purgatoire, moi, je
mange pour six et je me bats pour sept. Je demande pour les
âmes que la guerre emporte et je partage l'aumône avec elles.
De la sorte, je soulage du même coup leurs maux et ma faim,
et je suis tour à tour au service de mon ventre ou de mon épée.

Ce dernier rôle, que j'oubliais, de Buytrago, le soldat
mal payé, famélique et vantard, est une figure observée
par Cervantes à Oran. « Je l'ai vu, » dit l'auteur, « cela
se passe ainsi. » Et il peint avec soin cet homme, qui
porte l'épée sans fourreau, pendue à une corde, qui
déclame comme Rodomont, mange comme Gargantua et
psalmodie comme un frère quêteur. On le voit, les traits
d'observation succèdent aux traits de fantaisie; le gracioso grotesque et réel circule à travers le personnel
chevaleresque d'un drame arabe; les souvenirs de tous
genres se rencontrent dans l'esprit de l'auteur, qui met
en scène sa famille sous le nom de Saavedra, celle de sa
femme sous le nom de Vozmediano, et, avec les comtes
d'Alcaudete, toute la tradition militaire des exploits espagnols autour d'Oran. Bigarrure perpétuelle, jeu d'imagination, que les amis de l'auteur comprenaient mieux
que nous. C'est un exemple, pour le dire en passant, de
ces compositions libres qui déconcertent la gravité des
aristarques, qui n'appartiennent à aucun genre et qui
doivent être jugées comme elles ont été écrites, en toute
liberté. Et cela est vrai à dire de certaines œuvres, plus
bizarres encore, plus décidément contraires à ce que
nous attendons de Cervantes, où la littérature de chevalerie se déploie avec tout son bagage d'enchantements et
de déguisements.

ŒUVRES CHEVALERESQUES. — LA MAISON DE LA JALOUSIE. — LE
　　LABYRINTHE D'AMOUR. — PERSILES ET SIGISMONDE.

Fernando de Saavedra et Ali-Muzel étaient copiés sur
les Roland, les Renaud et les Ferragut des épopées du
moyen âge. Cervantes a fait mieux ou pis; Renaud lui-
même figure, avec ses amis et ses ennemis, dans une de
ses pièces, *la Maison de la Jalousie*[1], où brille aussi la
coquette Angélique, et je reconnais la proche parente de
celle-ci dans la Rosamire d'une autre comédie, intitulée *le
Labyrinthe d'Amour*[2]. Cervantes s'amuse, en écrivant *le
Labyrinthe*, essai bizarre de théâtre chevaleresque et
galant, à tailler pour la scène une petite nouvelle pleine
d'aventures, de déguisements, de défis d'armes et d'a-
mours, dont l'héroïne est la belle Rosamire, accusée
dans son honneur et vengée en champ clos. Tous les
personnages sont italiens. Leur ton est tragique, leurs
aventures sont lamentables; mais le sang ne coule pas. Il
suffit que des malheurs imaginaires forcent tout le monde
à se travestir agréablement, la princesse en paysanne et
la jeune fille en chevalier. Le dénoûment rendra à chacun son habit et son sexe, son nom et son mari. Voilà
ce qu'on aime en 1588, et ce que Cervantes compose un
beau matin pour le théâtre : *le Labyrinthe d'Amour*,
promène l'imagination du temps dans ses dédales favoris. Il ne serait pas impossible que cette mauvaise pièce
ait paru exquise au public; mais, chose singulière! l'auteur ne se trompait pas sur le mérite des œuvres à la

1. *La Casa de los Zelos.*
2. *Laberinto de Amor.*

mode. Je n'en veux de preuve que la composition
étrange de *la Maison de la Jalousie.*

Cette nouvelle pièce est une sorte de féerie, d'opéra à
machines, qui, pour nous faire traverser le monde chevaleresque tout entier, se sert de mille changements à
vue et d'un personnel semblable à une armée. Je reconnais Boiardo à chaque pas ; Cervantes s'empare de Renaud, de Roland, de Bernard de Carpio, des magiciens
comme Merlin et Maugis, et jette tous les chevaliers à la
poursuite de l'errante Angélique. J'y retrouve, en même
temps, la pastorale à la mode : autour de la belle Cloris,
il rassemble Rustico, le balourd, Lauso, le pâtre élé-
giaque, et Corinto, le railleur. Paladins et bergers se
livrent, dans les palais de Charlemagne ou dans les forêts
d'Ardennes, aux querelles et aux désespoirs, aux aventures et aux rivalités qui font de ce monde une *Maison
de la Jalousie*, ou, si l'on veut, une maison des fous.
L'intrigue est confuse, la géographie du drame inextri-
cable et le style des personnages plus alambiqué que
celui de Théophile Viaud et de Gongora. En voici un
exemple. Le poignard célèbre dont on a dit : *il en
rougit, le traître !* joue ici déjà un rôle solennel.
Renaud, voyant Angélique morte, saisit sa dague et jure
de creuser à sa belle « un petit tombeau dans son cœur ».

> Otra sepultura esquiva
> Abrireis, daga, en my pecho !

Rien n'est plus fade et plus froid que le langage de
tout ce monde si aimé du seizième siècle, des dames
éplorées, des amazones, des enchanteurs, des chevaliers maures et français. Cervantes, pour mieux encom-
brer la scène, y appelle des personnages allégoriques,

le Soupçon, la Curiosité, le Désespoir, qui à la corde au cou et le poignard à la main. A entendre ces abstractions bavardes, à voir cette recherche étourdie et ce faux goût, on se croirait à mille lieues du bon sens viril qui éclatera dans *Don Quichotte*. Eh bien, tandis qu'on s'égare avec surprise sur les bords du fleuve du Tendre, le cri bouffon d'un perroquet se fait entendre. L'oiseau, qui parle le bergamasque comme ferait un acteur narquois de la *Comedia dell' arte*, se moque de la pastorale. L'Amour fait chorus avec le perroquet. L'Amour est déguisé en riche bourgeois, vêtu de velours, muni d'or et très-sceptique; il assure que le cœur des belles ne se paye pas de belles phrases. Cloris elle-même avoue avec grâce qu'elle aime mieux une perle qu'un joli vers et un collier qu'un sonnet. Le berger Corinto fait ricaner sa guitare en l'honneur du désintéressement de Cloris. Cette poésie fantasque est la première ébauche de la comédie allégorique et railleuse de l'Amour et de l'Intérêt, insérée plus tard dans *Don Quichotte*.

Lorsque Renaud, éploré et dameret, interroge les bois et les montagnes, les paysans et les bergers sur le sort d'Angélique, il arrive tout à coup que ce terrible homme devient ridicule.

RENAUD. — Berger, as-tu vu d'aventure, entre ces ombrages épais, un miracle de beauté pour qui je souffre mille morts? As-tu vu de beaux yeux qui paraissent deux étoiles, et des cheveux qui ne sont pas des cheveux, mais de l'or? As-tu vu un front qui semble être un spacieux rivage sur lequel se déroulent des flots de perles orientales? As-tu vu une bouche qui exhale une odeur parfumée et des lèvres qui humilient le fin corail? Dis, as-tu vu un cou blanc, colonne qui supporte ce ciel, et une poitrine de neige où vient s'amortir le feu d'amour?

CORINTO. — A te dire la vérité, je n'ai pas vu, en ces mon-

tagnes, des choses si riches, si étranges et de si haut prix. Et
pourtant, si tout cela avait passé par ici, il serait facile à un curieux comme moi de le voir. Un rivage spacieux, deux étoiles,
un trésor de cheveux en or, comment dissimuler cela? Et le par-
fum que tu dis m'aurait fait venir d'une lieue... Mais je n'ai
trouvé dans ce bois que trois pieds de porc et des pieds de
mouton.

RENAUD. — Veillaque! tu oses te moquer de Renaud!

En effet, on se moque de Renaud. Sans préambule,
sans transition, Cervantes manque de respect aux héros
qu'il vient de mettre en scène, et il donne à penser que
les héroïnes sont des folles. Marfise, qui défiait très-
vaillamment Charlemagne, a l'air d'une énergumène
très-peu catholique, quand elle s'écrie :

— Peu m'importe le Christ! et quant à Mahomet, qu'on ne
m'en parle pas! Mon dieu, c'est mon bras.

Tantôt Cervantes leur prête des paroles héroïques,
tantôt des *agudezas*. Ici, il nous entraîne dans les pures
folies des inventions chevaleresques; là, il évoque le
génie de la France et le génie de l'Espagne qui invitent
ces deux nations à d'autres combats.

— Sors des forêts où ton caprice t'égare, dit Merlin lui-même
à Bernard de Carpio; la France courageuse doit humilier son
noble front devant toi.

Que penser des dissonances et des métamorphoses
de Cervantes? Il semble qu'il s'abandonne au courant
chevaleresque, et tout à coup il le remonte. Au moment
où il obéit à la mode, il réclame son indépendance. C'est
une inconséquence qui l'amuse, un caprice qui le dédom-
mage. Mais, malgré tout, il faut constater ce mélange
contradictoire d'entraînement et de résistance. Il ne l'a
jamais expliqué; plus tard, seulement, il semble indi-

quer comment il s'est démenti lui-même. « Ces inventions, dit-il, dans *Don Quichotte*, sont des jeux d'esprit que l'on permet d'imprimer et de vendre, parce
qu'on suppose qu'il ne se trouvera personne d'assez ignorant et d'assez simple pour croire véritable aucune des
histoires qui s'y racontent. » Et lorsqu'il voit que ces
mensonges à la douzaine troublent les têtes, il jette du
contre-poison dans ses œuvres de chevalerie. « Si j'en
avais le temps, ajoute-t-il, et si j'avais un auditoire à
propos, je dirais sur les romans de chevalerie et sur ce
qui leur manque pour être bons des choses qui ne seraient peut-être pas sans profit, ni sans plaisir. »

Un jour Cervantes conçut une idée critique des plus
originales : il écrirait un roman de chevalerie très-sérieux.
Tous les personnages seraient de sa création; la scène
serait l'Europe moderne. On y verrait un homme aux
prises avec la destinée; surmontant de vrais périls au
moyen de vertus véritables, et une femme que les épreuves
trouvent forte et grande sans que jamais elle cesse d'être
simple. Cet ouvrage, écrit avec le soin le plus religieux,
et à loisir, serait « le meilleur ou le pire des livres
espagnols. » C'est ce qu'il dit lui-même de son roman
intitulé *les Travaux de Persiles et de Sigismonde*,
roman de chevalerie destiné à renouveler et à relever
un genre qui, à ses yeux, ne manque pas de dignité.

Ce projet ne réussit pas. Cervantes garda en porte-
feuille son roman réformateur. Il l'abandonna longtemps,
le reprit plus tard, écrivit la seconde partie pendant les
dernières années de sa vie, avec les mêmes idées, mais
sur un ton nouveau, et enfin laissa derrière lui en mourant un manuscrit précieux, étrange, énigmatique, qui
devait étonner ses admirateurs.

Persiles, publié en 1616, parut comme une œuvre posthume, dont on n'avait pas la clef. Jusqu'ici la critique l'a jugé très-diversement : les uns y voient des allusions continuelles à la politique contemporaine ; les autres, découragés par l'ennui qui s'exhale des romans de chevalerie, ont jugé le livre sommairement. Tous, je crois, ont accepté la date donnée par l'imprimeur et attribué au dix-septième siècle une œuvre qui paraît être une tentative du seizième, fort originale et fort significative.

Il y a deux parties dans *Persiles*, très-distinctes. La seconde, toute philosophique, est, selon moi, l'œuvre de sa vieillesse ; la première, toute chevaleresque, dut être écrite trente ans plus tôt. Cette première partie ne révèle ni la grandeur du plan, ni même la pensée de l'auteur. On y aperçoit d'abord un archipel d'îles perdues dans les mers hyperboréennes, comme l'île Barbare et l'île de Neige, où se rencontrent des loups-garous, des corsaires, des animaux fantastiques et des hommes de l'autre monde. Trois personnes débarquent sur l'île de Neige : une dame mystérieuse, et deux cavaliers qui se la disputent les armes à la main. Les combattants meurent de leurs blessures et la dame d'émotion. On les ensevelit tous les trois côte à côte, et l'on se rembarque. De telles inventions font douter que *Persiles* soit de Cervantes. On abandonne alors ce roman de terres polaires, dont la lecture est glaciale. Eh bien, si l'on persiste, au contraire, si l'on cherche avec plus de patience l'idée et l'intention de l'auteur, la surprise pénible qu'on a éprouvée cesse peu à peu, on saisit le plan ; l'itinéraire des pèlerins Persiles et Sigismonde se dessine.

Jetés à travers le monde, ils sont éprouvés tour à tour
par la barbarie et la civilisation. Ils partent de l'extrême Nord pour venir, d'aventure en aventure, jusqu'en Espagne, jusqu'à Rome, la métropole du monde
moderne. Chemin faisant, ils apprennent à connaître
l'Europe, et, dans des rencontres successives, ils écou-
tent Antonio, le rude soldat espagnol; Rutilio, le maître
de danse italien, très-délié; Sosa, le Portugais, pour qui
l'amour est une passion furieuse. L'Irlande, qui garde
la science hibernienne, l'Angleterre, le Danemark, la
France, tous les pays septentrionaux leur offrent des
aspects nouveaux. Ils descendent ensuite au midi, dans
les cités espagnoles et italiennes. Dans cette longue
course, les pays du Nord, tout à l'heure si étrangers,
reprennent une physionomie intéressante. Cervantes,
qui les ignore, se plaît à y voir je ne sais quoi de pur et
de sauvage. Il y recherche la fraîcheur d'impressions des
terres vierges, il y peint la jeunesse de la nature et celle
de l'âme : car il donne à ses héros la gravité, la vigueur
et toutes les qualités saines et primitives que l'imagination des poëtes suppose aux peuples lointains. Au platonisme galant des livres de chevalerie, Cervantes a
substitué le platonisme sans le savoir d'un prince barbare qui a fait vœu d'amour chaste et fidèle. Persiles
est un Ulysse chrétien, un Amadis philosophe, dont les
aventures (*trabajos*) sont des épreuves morales. Ce
prince, venu de si loin, nous surprend d'abord; on sourit de sa naïveté, trop cimmérienne. Mais ne lisez pas
Persiles dans une traduction. Le texte espagnol a une
grandeur qui tient et à la langue et au style. Cervantes
voulut écrire son roman avec une pureté soutenue, page
par page, s'arrêtant aux épisodes comme à des oasis,

s'abandonnant à des joies descriptives et laissant les années venir sans publier jamais cette œuvre bien-aimée.

Je l'ai dit, il échoua dans son entreprise. *Persiles* ne fut ni le meilleur, ni le pire des livres ; mais ce fut l'essai d'une conception qui, plus tard, tenta bien des écrivains, et, plus heureuse alors, fit le tour du monde. En effet, ce héros sauvage que Cervantes a rêvé, qu'il a placé dans un lointain poétique, en opposition avec la vie sociale de son temps, cet homme ingénu et chaste, qui vit dans la liberté de la nature, par delà les mers, il est apparu un jour sur l'Océan à Bernardin de Saint-Pierre, écrivant *Paul et Virginie*. Fénelon en a fait un néophyte voguant à travers l'antiquité, dans son *Télémaque*. Jean-Jacques Rousseau a prétendu élever de ses propres mains cet Émile au cœur honnête. Daniel de Foe l'a mis aux prises avec la nécessité dans l'île de Robinson. Et nous-mêmes, en des jours de doute, de colère et d'agitation morale, nous avons vu nos poëtes emmener au loin ce même héros de roman, à qui ils donnaient, sinon le calme, du moins la diversion d'un voyage à travers les montagnes et les mers. Chateaubriand l'a porté dans les savanes, lord Byron lui a fait parcourir le Nord et le Midi, Alfred de Musset l'a enlevé jusqu'aux sommets alpestres du Tyrol. Aucun d'eux n'a songé au *Persiles* de Cervantes ; mais l'œuvre de l'auteur espagnol était une singulière anticipation sur l'avenir, et, si je ne me trompe pas sur la date de cette conception, il faut encore la rapprocher des pages de Shakspeare et de Montaigne sur la vie sauvage.

CONTES D'AMOUR ITALIENS.

J'ai essayé d'éclaircir la période obscure de la vie de
Cervantes qui s'écoule en Andalousie et la partie chevaleresque de son œuvre littéraire. Si j'ai pu jeter quelque
jour sur cette époque, il résulte de ce qui a été dit
que Cervantes ne réalisa pas et ne put réaliser les espérances politiques dont le *Trato de Argel* porte la trace,
ni les projets d'art dont la *Galatée* est l'expression.
Depuis le moment où l'avénement. de Lope de Vega
l'exile de Madrid, il ne publie rien, à moins qu'on ne
tienne compte d'une' ode insignifiante envoyée à un concours, pour la canonisation de saint Hyacinthe. Mais il
écrit beaucoup. Au milieu de ses peines d'esprit, son
génie est en travail. Sa pensée, pleine d'alternative, correspond à sa vie nomade. Il cherche sa voie au hasard,
sans méthode et sans calcul, selon l'occasion, pendant
les intervalles d'une vie d'affaires très-agitée qui le détourne de son but et qui le trouble. En dépit de tout, il
lit, il étudie, il compose, et s'il n'a jamais l'heureuse
liberté d'esprit qui permet au talent de se poser et de
mûrir sous l'action d'une pensée continue, comme mûrit
la grappe sous le soleil, du moins il s'occupe du style et
de la langue ; il conçoit des plans et il entrevoit des dessins nouveaux. Au retour de ses excursions, il rapporte
à Séville son butin, qu'il destine soit au peintre Pacheco, soit au directeur du théâtre Osorio.

Car Cervantes n'a pas renoncé au théâtre. J'en rencontre la preuve dans un document assez curieux pour

que je doive le rappeler [1]. C'est un contrat, daté de 1592, qui commence ainsi :

Sache quiconque verra ceci, que moi, Michel de Cervantes Saavedra, habitant de Madrid, résidant à Séville, je reconnais avoir passé le contrat suivant avec vous, Rodrigo Osorio, *autor* de comédie, habitant de Tolède, présentement à Séville. — Je m'oblige à composer prochainement et à vous livrer, aussitôt que je le pourrai, six comédies, sous les titres et sur les sujets que je voudrai, pour que vous les fassiez représenter. Je vous les remettrai *écrites avec tout le soin convenable,* une à une, à mesure que je les composerai. Dans les vingt jours qui suivront la remise de chaque comédie, vous serez tenu de la donner au public. Si l'on reconnaît *que c'est une des meilleures comédies* représentées en Espagne, vous devrez me payer cinquante ducats, soit le jour de la représentation, soit dans la semaine.

Osorio stipule que les comédies de Cervantes sèront écrites avec soin; précaution utile et qui s'explique quand on lit le théâtre si négligé de Cervantes. Évidemment, il n'écrit pas pour la scène avec le même scrupule que pour la lecture. Au spectateur, au public rassemblé, à la foule vulgaire et impatiente, à ceux qui aiment le bruit et le mouvement, il offre des improvisations rapides qu'il abandonne à leur sort. Au contraire, quand il entre dans l'atelier de Pacheco, le maître de Velasquez, quand il va causer chez le peintre Jauregui, quand il veut soumettre quelque ouvrage au *divin* Herrera, son esprit s'éveille et se surveille. C'est alors un conte délicat, une épigramme exquise, une œuvre fine et choisie qu'il apporte. De là cette différence extraordinaire qui se remarque entre son théâtre et ses nouvelles.

Dans les nouvelles, le détail du style et l'harmonie de la composition sont toujours en progrès. Lorsqu'il les

---

1. Voir *Nuevos Documentos*, par don José-Maria Asensio.

publiera plus tard, il dira ou laissèra dire dans le privilége qu'il a voulu, en les écrivant, montrer « la hauteur et la fécondité de la langue castillane. » D'ailleurs, c'était le moment où l'on accueillait en Espagne ce genre élégant et souple qui se prête à tout. En 1590, on publiait à Tolède les nouvelles de Cinthio, et le traducteur disait : « Jusqu'ici on a peu connu en Espagne ce genre de livres ; on n'a pas commencé à traduire les contes d'Italie et de France. » Depuis deux siècles, l'influence des poëtes français et italiens s'était exercée sur la Péninsule ; mais les conteurs en prose vinrent les derniers. Encore se borna-t-on à les traduire. Cervantes voulut qu'on les imitât. Toujours ambitieux pour son pays, il lui semblait qu'on devait rivaliser avec les étrangers, disputer à la France l'originalité piquante des sujets, emprunter à l'Italie la grâce libre de son art, et allier à ces qualités venues d'ailleurs l'esprit d'héroïsme de la vieille Espagne. Ainsi composa-t-il ses nouvelles. Tout d'abord, il étudia le style et le ton du genre, et par conséquent l'Italie plutôt que la France. Il parla comme Dubellay appelant les Gaulois au siége de Rome. Écrivons, disait-il à Mosquera de Figueroa, comme les Toscans et les Grecs,

A par del griego y escritor toscano.

Nourri de l'Arioste, de Boiardo, de Tansilo, plein des souvenirs de ses campagnes, Cervantes, qui parlait toujours de Naples comme de « la plus délicieuse ville de l'univers, » qui avait même la coquetterie d'adresser la parole à ses vieux camarades en pur toscan, propageait avec enthousiasme l'influence de ses maîtres, et pour élargir la langue espagnole, il versait à pleines mains dans ses écrits les italianismes.

Le concert de la courtoisie espagnole et de l'élégance italienne, rapprochées sans contraste, est le fond et comme le sujet de la nouvelle intitulée *Cornélia*. Cervantes nous jette, par une nuit d'été, dans une rue de Bologne, bordée de galeries de marbre. Bientôt on entend dans l'ombre un cliquetis d'épées; des hommes se battent sans dire mot, le pavé étincelle, les épées se croisent; une aventure imprévue se dénoue. L'un des combattants perd dans la lutte son chapeau, qui est orné d'une tresse de diamants resplendissante. On sait dès lors qu'il s'agit d'un prince italien, que sans doute poursuivent ses ennemis, ses rivaux, ou les frères offensés de quelque jeune fille séduite. En effet, des femmes passent et fuient; un enfant est emporté dans ses langes. Au milieu de ce désordre surviennent deux jeunes gentilshommes, don Juan de Gamboa et don Pedro de Isunza. Ils appartiennent à l'université espagnole, fondée par le cardinal Albornoz, à Bologne. Ils sont pieux, spirituels, galants, pleins de libéralité et de politesse, « très-éloignés, ajoute Cervantes, de l'arrogance qu'on reproche à leur nation. » Leur arrivée sauve le prince Alphonse d'Este, duc de Ferrare, qui se battait seul contre plusieurs, et leur protection pleine de réserve rassure la femme dont ils ont surpris les secrets d'amour, Cornélia Bentibolli. Cervantes, en leur donnant ce rôle chevaleresque et simple, s'amuse à les engager dans un imbroglio italien, qui se complique de l'histoire vulgaire d'un page en bonne fortune et se prolonge par un assemblage de procédés, d'artifices, de moyens d'intérêt qui manquent leur but. Ce qu'il faut détacher de cette nouvelle, c'est un type de gouvernante, traité avec beaucoup d'esprit, la silhouette du prêtre italien, « riche et amateur des arts », et surtout la figure de cette Cornélia Bentibolli (une Bentivoglio, dont la prononciation castillane altère le nom); la beauté de son visage, la naïveté de son aventure, l'admiration qu'elle inspire, s'harmonisent bien avec la splendeur du ciel méridional et l'esprit d'amour qui fait la vie italienne; elle semble être le symbole de ce sens du beau qui guide et entraîne alors Cervantes.

Le même souffle l'anime, quand il écrit l'histoire des *Deux Jeunes Filles*, « nouvelles Bradamantes, nouvelles Marfises », qui, abandonnées par un même amant, se mettent en campagne pour rétrouver « leur perfide Énée, leur Bireno trompeur ». L'élégance et la beauté de ces deux amazones qui chevauchent à travers l'Espagne, leur étrange aventure, lorsque toutes deux, apercevant Marco Antonio, l'infidèle, aux prises avec ses ennemis, viennent se battre à ses côtés, tout cela est italien, sauf quelques traits de gongorisme venus directement de Madrid.

Léocadie, cette figure de femme que Florian emprunta à une autre nouvelle de Cervantes, intitulée *la Force du sang*, Léocadie est encore éclairée de la même lumière; on y reconnaît le type magnifiquement beau, mais trop général et trop semblable à lui-même, de l'héroïne des nouvelles italiennes. Rodolfo, qui enlève Léocadie, est, lui aussi, un de ces amants du beau que l'on connaît déjà; Cervantes ne manque pas de le faire voyager en Italie. C'est de là qu'il écrit à sa mère, quand elle lui propose de le marier : « Donnez-moi une femme qui me plaise, si vous voulez que sans gauchir nous portions ensemble

le joug où le ciel nous aura attachés... Il en est qui recherchent l'esprit, d'autres l'argent, d'autres la beauté.
Moi, je veux la beauté. » Il refuse d'épouser celle qu'il
n'a pas vue. Mais au retour, quand il aperçoit Léocadie
qui descend les degrés de la maison paternelle, éblouissante de jeunesse, couverte de velours, la chevelure
émaillée de diamants, sa taille élégante se détachant sur
un fond lumineux, il est fasciné par cette apparition.
Cervantes a placé à Tolède cette histoire qu'il dit véritable ; il avait choisi Barcelone et la Catalogne pour théâtre
des exploits des *Deux Jeunes Filles*, ainsi prend-il en
Espagne le cadre, les personnages secondaires et les
ressorts moraux de l'action ; mais, malgré ces précau-
tions, je sens toujours qu'il copie un genre, qu'il ne
s'abandonne pas à son originalité propre et qu'enfin
l'art étranger qu'il imite domine chez lui l'observation
personnelle.

LE MARIAGE. — NOUVELLES ET INTERMÈDES.

Le jour où Cervantes laissa l'observation se développer
dans son œuvre, il fut profondément original, même à
travers ses emprunts. Alors il joignit à l'étude des figures celle des sentiments et des idées, des erreurs humaines et des passions, celle en un mot de la nature
vraie et vivante. Pour surprendre ce progrès de son esprit il suffit de lire l'admirable nouvelle du *Curieux indiscret*. L'homme tel que le représente Pascal, l'être
qui s'agite sur la terre et se fuit lui-même, l'esprit curieux, inconsistant, que ne satisfait aucune condition
de la vie, l'âme errante qui se trouve inquiète dans le

repos et misérable dans le bonheur, tout cela est per-
sonnifié dans Anselme, qui demande au monde plus
que le monde ne peut donner. Ansèlme a une femme
vertueuse; il est comblé de tous les biens de la fortune; il a un ami sans pareil. Il se prend à vouloir que
sa femme soit plus que vertueuse et à éprouver lui-
même la solidité de l'amour, de l'amitié, de la vie.
L'enfant brise son jouet pour le mieux connaître. Un
jour il dit à son ami Lothaire : « Depuis longtemps un
désir me presse et me tourmente, si étrange, si bizarre,
si hors de l'usage commun, que je m'étonne de moi-
même, que je m'accuse et me gronde, que je voudrais
le taire et le cacher à mes propres pensées... je fuis le
bien, je cours après le mal; regarde-moi comme atteint
de ces maladies qu'éprouvent les femmes dans leur
grossesse, lorsqu'elles prennent fantaisie de manger de
la terre... Je veux que tu éprouves l'or de la vertu de
Camille; alors je tiendrai mon bonheur comme sans
égal, je pourrai dire que le vide de mes désirs est comblé et que j'ai reçu en partage la femme forte, celle dont
le sage a dit : *qui la trouvera?* »

Lothaire refuse de tenter la femme de son ami. Anselme le conjure et le presse de céder. Lothaire obéit,
mais en apparence, il ne parle pas à Camille; Anselme le
surveille et le surprend. Lothaire se dérobe encore; il
assure que la jeune femme l'a repoussé; Anselme le console, lui donne de l'argent et des bijoux pour séduire
Camille et l'installe dans sa demeure. En vain Lothaire
lui dit-il : « La femme vertueuse est comme un miroir de
cristal, clair et brillant, mais qui se tache et s'obscurcit
au moindre souffle qui l'atteint. Il faut en user avec elle
comme avec les reliques, l'adorer sans la toucher; il faut

la garder comme un beau jardin rempli de roses et de
toutes sortes de fleurs. Dis-moi, Anselme, si le ciel
t'avait fait maître et possesseur légitime d'un diamant
le plus fin, aussi parfait que permet de l'être la nature
de cette pierre précieuse; si tu en avais toi-même une
opinion semblable, si tu ne savais rien qui pût te l'ôter,
dis-moi, serait-il raisonnable qu'il te prît fantaisie d'apporter ce diamant, de le mettre entre une enclume et
un marteau, et d'éprouver à tour de bras s'il est aussi
dur et aussi fin qu'on le dit? » Anselme n'écoute rien;
il forge lui-même son déshonneur. La pauvre femme,
dont l'esprit se trouble enfin et que Lothaire finit par
aimer, ne résiste pas quand on lui parle avec adoration
de sa beauté, et alors en quelques jours elle apprend à
mentir, elle est à la merci de sa suivante, la honte et
la fausseté prennent place au foyer, tranquille naguère,
des deux époux, le malheur et la ruine arrivent à la
suite. Lothaire assiste « à la tragédie de son honneur, »
et, comme il l'a voulu, à la comédie des choses humaines. Un matin, il se trouve seul dans la maison déserte. « Imprudent! dit Cervantes; tu as la mine d'or,
tu veux creuser la terre plus loin encore pour trouver
les nouveaux filons d'un trésor inconnu et tu fais tout
écrouler. »

Ainsi se développe en se fortifiant le génie de Cervantes. Dans cette œuvre savante se montre enfin la
réalité morale qu'il devait étudier avec tant de profondeur. Sans doute le *Curieux indiscret* est encore à demi
une nouvelle italienne; Cervantes y rappelle à chaque
instant ses modèles, il cite l'Arioste qui l'inspire et
Luigi Tansilo dont il lit les poëmes; sans doute aussi,
quand il mêle à ces allusions des passages de l'Écriture;

des mots de Plutarque et des acrostiches du poëte espagnol Barahona, il compromet la partie forte et bien
pensée du récit. Il avoue même des hésitations étranges,
quand il vante le style de sa nouvelle et en excuse l'invraisemblance. Mais, en dépit de lui-même, il faut reconnaître ici la marque de son génie, l'observation supérieure et neuve, la sagacité instinctive, l'attention
pénétrante portée dans les études morales.

Cette question du mariage qu'il a déjà touchée plusieurs fois, le préoccupe. Il y revient avec persistance,
comme un homme qui chercherait à résoudre une énigme ;
si bien qu'il est piquant de le suivre dans ses études de
mœurs, où les variétés du mariage se déroulent devant
lui sans qu'il ose choisir. Quel problème en effet ! Les
jeunes gens, comme le *Basile* de *Don Quichotte*, qui
n'entendent qu'à leur plaisir, ont-ils raison contre les
parents de *Quiterie*, qui n'entendent qu'à l'intérêt? Qui
agit le mieux du *Curieux indiscret*, dont l'amour imprudent ouvre la porte au malheur, ou du *Vieillard
jaloux*, dont l'amour cerbère, fermant la porte à la liberté, la ferme aussi à l'amour ? Tous deux succombent
à leur propre folie. Descendons avec Cervantes plus bas
encore. Deux de ses intermèdes : la *Cave de Salamanque* et le *Rufian veuf* nous montrent, dans la demeure pacifique et bourgeoise de Pancracio et dans le
taudis orageux du bravo Trampagos, deux ménages
également bouffons. Ainsi de degré en degré, de chute
en chute, toujours des périls nouveaux. Est-ce à dire
qu'il se raille du mariage? Non, il se raille de l'homme,
et il contemple la femme comme un mystère. On se
souvient peut-être d'un apologue, fugitif et inexpliqué,
qu'il a placé au hasard dans un chapitre de *Don Qui-*

chotte. Un chevrier attache une jeune et jolie chèvre à
ses côtés : « Tu es femme, lui dit-il, reste là, si tu
peux ! » Ainsi parle le devoir au caprice. Cervantes se
demande comment on mettra d'accord la loi sociale et la
loi de nature. Le vieux Carrizalès, tout à l'heure, en
mourant, nous dira que Dieu seul en a le secret. Mais
le monde pense d'une façon plus légère, étant de l'avis
de Sancho, qui s'intéresse moins au bonheur du mariage
de Basile qu'à la magnificence des noces de Gamache.
Sancho et le monde ont l'appétit cruel. Là dessus, Don
Quichotte, qui est d'une autre complexion, essaie de redresser son écuyer. Il conseille la prudence en de telles
matières. Que ses conseils aimables sont timorés ! Il veut
qu'on se défie de l'amour et qu'on ne laisse pas les jeunes
gens se marier à leur fantaisie. Voici quelques-unes de
ses maximes :

— Les jeunes filles, si on les laissait libres de choisir, prendraient le valet de leur père ou le premier spadassin débauché
qui passerait dans la rue, fier et pimpant. — Le mortel ennemi de
l'amour, c'est la pauvreté. Pour le pauvre honorable (si tant est
qu'un pauvre puisse être honoré), une femme belle est un bijou
qui lui sera enlevé avec l'honneur. La beauté, en général, est un
appât sur lequel s'abattent les aigles royaux et les oiseaux de la
haute volée ; mais la beauté pauvre est attaquée par les milans
et les plus vils oiseaux de proie. — Un ancien sage disait
qu'il n'y a dans l'univers qu'une seule femme bonne, et que
chaque mari doit croire que c'est la sienne. — Pour moi, je con-
seillerais à qui veut se marier de tenir compte de la considération plus que de la fortune. Une femme vertueuse ne l'est pas,
si elle ne le paraît. — Enfin, le mariage est indissoluble ; il ne
s'agit pas d'une marchandise que l'on puisse rendre, changer
ou céder, mais d'un lien qui, une fois jeté autour du cou, se
change en nœud gordien et ne se détache jamais que tranché par
la faux de la mort.

Cervantes n'a pas essayé de dénouer ce nœud gor-

dien. Il a tracé des tableaux divers, tantôt sérieux, tantôt comiques, pleins d'enseignements indirects; s'il a
dit quelque part sa conclusion, c'est quand il se moque
agréablement des époux innombrables qui veulent rompre
leur chaîne, dans l'intermède intitulé : le *Juge des Divorces*.

Cervantes institue un magistrat pour écouter les griefs
réciproques des gens mariés. Le juge des divorces entre
en scène, suivi d'un greffier et d'un procureur. A peine
est-il sur son siége qu'une femme accourt : « *Divorce !
divorce !* » s'écrie-t-elle. Mariana est la plus malheureuse
des créatures ; elle a épousé un squelette, une anato-
mie ; elle a marié son printemps à l'hiver. Sa beauté
s'est flétrie auprès d'un malade qui la transforme en
sœur d'hôpital. Bref, qu'on fasse une loi par laquelle
les mariages seront cassés tous les trois ans. Libre à qui
le voudra de renouveler le sien comme un bail. Le mari
répond que son mariage date de vingt-deux ans, que ce
sont autant d'années de martyre, que Mariana le soigne
à rebours, qu'elle le bat, qu'elle l'assourdit, qu'elle le
rend fou. « J'étais frais comme un enfant quand j'allai
ramer sur la galère du mariage. » Le juge déclare
que les époux ont mangé leur pain blanc le premier : si
Mariana l'exige, on la séparera en la mettant au couvent. A ces mots, Mariana pousse des cris affreux et
s'enfuit.

Arrive un soldat leste et pimpant, qui se campe avec
joie devant le tribunal et reçoit les injures de sa femme,
comme un soldat doit recevoir l'averse, tranquillement :

— Cet homme est une poutre, s'écrie doña Guiomar. Il ne fait
rien et ne distingue pas sa main droite de sa main gauche. Le
matin, il va à la messe ; de là, il va médire à la porte de Guada-

lajara. L'après-midi, il est dans les maisons de jeu, et le soir, il
compose des sonnets. Ah! je suis une femme victime et vertueuse!

Le mari, enchanté de l'entendre, soutient qu'elle a
raison.

— Je demande la séparation, dit-il. J'avoue que je suis inutile, car on ne fait rien d'un soldat marié. Je reconnais que doña
Guiomar est femme d'honneur, et à 'tel point que sa vertu très-
développée suffit à couvrir une mauvaise nature, des jalousies
sans motifs, des cris sans raison, des dépenses sans fortune et un
grand mépris pour son mari pauvre. Oui, madame, si la vertu
que vous gardez par considération pour votre naissance, pour
vous-même et pour votre religion, est une vertu paresseuse, que-
relleuse, grondeuse, si... mais non, seigneur juge! doña Guiomar est sans défaut, je suis une poutre, et, par mesure de bon
gouvernement, Votre Grâce doit nous condamner.

Entrent un médecin et sa femme, Aldonza de Minjaca.
Le médecin offre quatre raisons valables pour divorcer ;
la femme en présente quatre cents, dont la principale est
que son mari s'est donné comme médecin, tandis qu'il
fait simplement des ligatures : or un chirurgien n'est
que la moitié d'un médecin. Le juge, effrayé des quatre
cents raisons qu'on lui promet, déclare que la cause est
entendue et fait entrer un nouveau couple.

— Seigneur juge, je suis portefaix, je ne le nie pas, mais
vieux chrétien et homme de bien, puisqu'il le faut. Pour sûr, à
l'heure qu'il est, je serais syndic de la Confrérie de la Balle,
n'était que certaines fois je prends un peu de vin, ou c'est le vin
qui me prend ; mais suffit... Là-dessus, il y a beaucoup à dire.
Le seigneur juge saura seulement qu'un jour Bacchus m'avait
ébloui, et je promis d'épouser cette créature. Je l'établis au marché... Eh bien! elle est si revêche que personne ne vient à sa bou-
tique sans batailler avec elle sur le faux poids ; elle injurie chacun jusqu'à la quatrième génération. Il faut pour la défendre que

je tienne mon épée plus luisante qu'un trombone. Et nous no
gagnons point de quoi payer les amendes. Séparez-nous, seigneur
juge, et je veillerai avec soin au charbon qu'on vous portera.

Ainsi, dans chaque condition, on se plaint du joug du
mariage. Le juge laisse dire et ne sépare personne. Bien
lui en prend, car voici deux époux, brouillés l'année
précédente, qui viennent le remercier de ne pas les avoir
désunis ; une troupe de chanteurs les accompagne, qui
répète, comme un chœur joyeux, la leçon finale de Cervantes : « Le plus mauvais accord vaut mieux que le
meilleur divorce. »

La *Cave de Salamanque*, je l'ai dit, est une peinture
du mariage bourgeois, comme *Trampagos* est un tableau bizarre, repoussant, hardi, de l'intérieur d'un
spadassin. Qui pourrait analyser, sans les altérer et les
détruire, ces frêles et vives compositions, où le détail,
le ton, le jeu de scène, donnent le sens de l'œuvre et font
le charme des caractères? Pancracio, honnête homme,
qui veut, comme les étudiants, voir la *Cave* où s'amusent les ribauds de Salamanque, éveille la curiosité de sa
femme et subit la mésaventure conjugale qui en est le
résultat avec la joie aveugle d'un personnage d'Alfred
de Musset. Trampagos, un des héros de carrefour qui
habitent les quartiers interlopes, essaie d'avoir un ménage, et, moitié pleurant, moitié riant, il raconte les
fantastiques laideurs de la femme qu'il a perdue hier et
qu'il remplace aujourd'hui. Ces caprices de la plume de
Cervantes, dignes de tenter le crayon de Goya, sont des
éclairs de vérité, ou, si l'on veut, des étincelles. Vouloir
les saisir au passage et les arrêter serait inutile, serait
triste, et peut-être même irait contre la pensée de l'auteur ; car il se dérobe volontiers, quand il emploie cette

forme souple et fuyante de l'intermède. Il traite alors ses
personnages comme des ombres chinoises qu'on ne peut
mettre dans la lumière du jour sans qu'elles s'éva-
nouissent.

A cet égard, veut-on surprendre ses habitudes de
composition. Il existe de lui deux œuvres sur le même
sujet, un intermède et une nouvelle. C'est un seul et
même personnage que le *Vieillard jaloux*, qu'il appelle
Cañizarès, et que le *Jaloux Estramadurien*, qu'il
nomme Carrizalès ; c'est l'homme que nous connaissons
sous le nom de Bartolo, depuis que Beaumarchais et
Rossini lui ont donné une double immortalité. Mais
quelle différence entre le vieillard de l'intermède et celui de la nouvelle ! Le Cañizarès de l'intermède est un
masque de la comédie italienne, dont l'âge, le costume,
les infirmités rappellent tous les Chremyle de l'antiquité
et tous nos Chrysale. On y reconnaît un symbole popu-
·laire, qui est l'incarnation d'une raillerie traditionnelle.
Là, rien d'original ; mais quand Cervantes le reprend à
loisir et le place au cœur d'une de ses *Nouvelles*, alors
ce vieillard imbécile, victime de sa femme, dupe de sa
nièce, souffre-douleur de sa voisine, se transforme peu
à peu. Ce n'est plus un masque de comédie, c'est un
homme, ni un type général, mais un caractère. Il est
martyr de lui-même, victime de sa propre jalousie et dupe
de l'illusion qu'il s'est faite sur son âge. Il y a ici bas des
ridicules tragiques et des erreurs mortelles. Cette jalousie, qui, tout à l'heure et en passant, n'était pour nous
qu'un travers bouffon, à la regarder de près c'est une
épouvantable douleur. Cervantes, qui s'est amusé d'a-
bord des infirmités séniles de Cañizarès, s'arrête et observe dans Carrizalès, dans la passion qui l'entraîne,

dans la justice qui le châtie, l'éternelle infirmité de l'esprit humain.

Philippe de Carrizalès a usé et abusé de la vie. Riche et prodigue, beau cavalier et galant par excellence, il a mangé sa fortune dans les plaisirs. Il s'est ruiné, il est parti pour les Indes, il y a gagné 150,000 piastres et il revient chargé d'années, de richesses et de bonnes intentions, car il est résolu à vivre en sage. Mais que faire de ses lingots et de ses soixante-quinze ans?... Il se marie, il se croit en droit d'épouser une enfant qui serait sa petite-fille, de l'attacher à sa vie et de l'enfermer. Il est jaloux; il place Léonor dans une maison à part, dont les fenêtres sont fermées, les terrasses entourées de murs, la porte gardée par un nègre et tous les abords défendus. Les appartements mêmes sont tendus de tapisseries qui ne représentent que des femmes, des fleurs ou des bocages; une duègne suit partout la nouvelle mariée, et Carrizalès se fait nuit et jour « l'argus, de ce qu'il aime. »

La pauvre jeune fille qui a donné, sans le savoir, son âme et sa vie pour vingt mille ducats, croit adorer son mari. D'ailleurs les riches parures qui ont remplacé son pourpoint de taffetas et son jupon de serge, les distractions enfantines qui laissent son esprit dormir, son ignorance enfin, la préservent quelque temps; mais il y a des duègnes en Espagne et des séducteurs à Séville. Cervantes raconte (avec des malédictions contre les femmes mauvaises conseillères) le siége de la maison fermée et la capitulation de la place. L'Agnès est entraînée, sans le comprendre, dans l'abîme d'où elle sort innocente encore et pourtant compromise à jamais. Un jour Carrizalès se réveille seul; il trouve sa maison bouleversée par la présence d'un jeune homme. Cette conclusion prévue semble la même que celle du *Curieux indiscret*. Cervantes pourtant continue son récit; il n'a pas tout dit; une scène manque à l'aventure.

Carrizalès doit venger son déshonneur. Il saisit son épée, mais la rejette bientôt. Il fait appeler les parents de sa femme et attend seul, désespéré, sur son lit solitaire l'arrivée du jour, du monde et de Léonor. Celle-ci vient la première et, quand elle voit pleurer le vieillard, elle pleure avec lui, elle l'enlace de ses bras, ignorant que son imprudence est découverte. Carrizalès ne lui révèle rien. Il la regarde d'un œil hébété, recevant chaque parole et chaque caresse comme autant de coups de lance. Il sourit du rire d'une personne en démence.

— « Ecoutez, dit-il enfin à la famille assemblée, la crainte du mal dont je vais mourir m'a fait garder ce bijou avec toute la prudence imaginable. J'ai donné tout à votre fille; je l'ai fait servir par des esclaves. C'étaient des œuvres qui méritaient que je gardasse le bien qui m'avait tant coûté. Mais nulle diligence humaine ne peut détourner le châtiment que la volonté divine inflige à ceux qui ne mettent point en elle leurs désirs et leurs espérances. Je dis donc, mes parents et seigneurs, que cette femme mise au monde pour ma perte, m'a trahi à l'aide d'une duègne... Ma vengeance sera unique, et c'est de moi-même que je la tirerai comme de celui qui est le coupable. J'aurais dû considérer combien étaient mal assortis les quinze ans de cette enfant et mes soixante-quinze ans. C'est moi qui ai fabriqué mon tombeau, comme le ver à soie, et ce n'est pas toi que j'accuse, ô fille qu'on entraîna! »

Carrizalès, avant de mourir, écrit un testament en

vertu duquel Léonor, héritière de ses biens, devra épouser le jeune Loaisa, qui a causé la mort d'un vieillard
« dont les cheveux blancs ne l'avaient jamais offensé ».
Mais la pauvre femme, navrée, ayant horreur d'elle-même,
de Loaisa et du mariage, s'ensevelit dans un couvent..

Dans cette dernière page l'idée de la sanction morale
est marquée par Cervantes d'une manière si transparente qu'il serait superflu de la faire ressortir. Mais
que l'on suive un moment cette pensée et toutes les con-
sidérations qui en naissent, on verra dans quelle route
de vérité Cervantes engage ses lecteurs. Évidemment cet
observateur devient philosophe, « de cette philosophie
moyenne et intime dont parle M. Paul Janet dans son
livre de *La Famille*, qui s'approche un peu plus de la
vie réelle que de la philosophie ordinaire. » Rien n'est
plus grave que la question de la famille. Un écrivain ne
saurait ni la traiter ni la résoudre sans décider en même
temps sur l'individu et sur l'État, sur les siens et sur
lui-même. Cervantes, dans toutes ses nouvelles sans exception, montre avec un scrupule religieux quelle est la
responsabilité morale de l'homme. Pourquoi donc lorsqu'il écrit un intermède tant d'insouciance?... C'est
que les personnages des intermèdes appartiennent à un
monde d'aventure, très en dehors de la vie sociale,
que Cervantes a placé dans un cadre à part, et que voici.

L'ESPAGNE PICARESQUE.

Nous venons de voir Bartolo : Figaro n'est pas loin.
Cervantes l'a rencontré vingt fois à Séville, lui, et sa
mère anonyme, et ses acolytes. Séville est la seconde

patrie de Cervantes, on a même voulu pendant longtemps qu'elle fût la première. Il en connaît les détours,
les mœurs et les habitants ; il les compare entr'eux et avec
le reste de l'Espagne, car il a passé en revue, dans
sa vie errante, et les pays où il gagnait son pain, et les
ports où il approvisionnait les flottes, et les prisons
dans lesquelles il fut plongé. A lui il appartient de
parler des gens de hasard. Ses malheurs l'ont fait savant. Il vous dira à point nommé quelles industries mys-
térieuses recèlent « le faubourg aux Perches de Malaga,
les îles de Riaron, le compas de Séville, l'aqueduc de
Ségovie, l'oliverie de Valence, les rondes de Grenade,
les haras de Cordoue, les guinguettes de Tolède, et
surtout la plage de San Lucar. » Qui sait mieux que
lui la vie des pêcheurs de thon dans les madragues de
Zahara ?... Et qui ose parler des picaros, s'il n'a pas vu
ce pandœmonium des madragues ?

Arrière, ô vous, picaros de cuisine, sales, gras et luisants,
pauvres pour rire, faux perclus, coupeurs de bourse du *Zocodover*
ou de la *Plaza* de Madrid, beaux diseurs d'oraisons, portefaix de
Séville, serviteurs de la *hampa*, et toute la troupe innombrable
qu'enferme ce nom de picaros !... Baissez pavillon, rendez-vous,
ne vous appelez pas picaros, si vous n'avez pas suivi deux années
de cours de l'académie de la pêche du thon ! Là seulement, là
est dans son centre le concert du travail et de la paresse, là est
la saleté propre, l'embonpoint ferme, la disette au milieu des
repues franches, le vice pur sans masque, le jeu sans trêve, la
bataille à toute heure, la mort à tout moment, le coup de langue
à chaque pas, la danse comme à la noce, la séguidille comme
imprimée, la romance avec son refrain et la poésie sans motif.
On chante ici, là on jure ; à droite on bataille, à gauche on joue,
et partout on vole. Là se campe la liberté et se déploie le travail. C'est là que bien des pères de grande maison envoient reprendre leurs fils, ou viennent eux-mêmes, et c'est là qu'ils les
trouvent, et c'est de là que les fils ne partent qu'avec douleur,

comme si en les arrachant de cette vie on les conduisait à la
mort [1].

Que de figures connaît Cervantes, et quelles figures!
Il a dans l'esprit tout un personnel : le *gachupin*, jeune
voleur qui, après un mauvais coup, fuira aux Grandes-
Indes, — le *trainel*, ou le valet de Rufian, à la trogne
jaspée, — le crocheteur, qui met trop de zèle à votre
déménagement, — le porteur d'eau asturien, — la servante galicienne, — le muletier andalou, qui porte bien
la chemise de toile, le collier de peau de buffle et l'épée
sans ceinturon, — le joueur de tous pays, qui joue à la
triomphe dans un cabaret de Tolède, aux osselets à Madrid, à la bassette sur les parapets de Séville, — le *bul-
dero*, colporteur qui vend avec indulgences les saintes
bulles de la croisade contre les maures, cent ans après
que la croisade est finie; tous les vagabonds, les liber-
tins, les enfants du plaisir, les amis des tripots, les
habitués des tavernes, toute la gent de carrefour, *gente
de barrio*, comme dit l'Espagne; — en un mot, le
monde des picaros.

Le picaro espagnol a une physionomie à lui. Sans
doute, il est de la vieille race des fourbes de comédie
dont Plaute et Molière nous ont laissé le portrait, comme
eux disert et retors, comme eux armé de ruses contre
les pères et les vieillards, et plein de mépris pour le
bourgeois; c'est le valet de Marot, pipeur, larron, menteur, au demeurant le meilleur fils du monde. Mais il
joint ici aux traits de famille, à la malice et à l'entrain,
à la dextérité des mains et à l'agilité des jambes, un caractère spécial, la fierté sobre, et à travers ses haillons,

---

1. *La Fregona.*

qui ressemblent aux franges d'un manteau royal, on devine autant d'orgueil que de détresse. Son dédain pour tous est sincère ; la paresse pour lui est un signe de noblesse. Quand elle le met aux prises avec la faim, il attaque tête haute la loi et l'alguazil, persuadé qu'un gentilhomme picaro, déguenillé comme Job et déclassé comme le génie, a des droits imprescriptibles sur la propriété du marchand, ou de l'homme d'Église, ou du voyageur. Manière de voir, dira-t-on, antisociale et prématurée. En effet, il y a dans la tête de ce frondeur une fermentation étrange d'idées communistes ; c'est un précurseur de Figaro, et il couve les insolences futures du Barbier de Séville.

Sa hardiesse lui a valu des admirateurs ; il n'a jamais manqué de peintres. Lazarille de Tormes et Guzman d'Alfarache ont inauguré la galerie de portraits connue sous le nom de littérature picaresque, et Cervantes l'a enrichie de vingt figures de bretteurs, d'aventuriers et de donneurs d'estafilades. Il a mis je ne sais quelle ambition jalouse de connaisseur émérite à les peindre mieux que personne et à les opposer aux lectures énervantes de l'époque, aux romans de chevalerie, aux pastorales et aux métamorphoses d'Ovide. « Je conterai, disait-il, des métamorphoses sociales bien supérieures à celles du poëte au grand nez (Ovidius Naso) ; et des aventures d'auberge plus curieuses que celles des damoiselles de Dannemarc. J'ai des picaros capables d'en remontrer au fameux Guzman d'Alfarache. » Il se fit tout à coup l'émule de Mendoza et de Mateo Aleman, comme il avait été l'émule des nouvellistes italiens, et il dépassa ses rivaux par le feu du dialogue, la vigueur des traits et la richesse de l'invention. Dès qu'il entra dans

17

cette voie d'observation populaire, il trouva une nouvelle source d'art, et sans divorcer avec la grâce de l'Italie, il emprunta une virilité audacieuse et plus originale
à l'étude de son pays. C'est alors que ses *Nouvelles* mé-
ritèrent le reproche que leur a fait Avellaneda, d'être
de véritables comédies de mœurs. Désormais il n'imitait
plus les dessins d'autrui, il copiait la nature et le nu.

Quelle n'était pas la variété de ses modèles, dans un
pays où, aujourd'hui encore, les différences de costume
et de mœurs sont tranchées d'une ville à l'autre? Il étudiait curieusement les races qui s'y mêlent sans se fondre; il était au courant des us et coutumes des *cazal-*
leros de Valladolid, des auberginois de Tolède, des
baleineaux de Madrid, des savonneurs de Gétafe[1]. Les
dialectes des provinces, les patois des campagnes et l'argot des confréries n'avaient pas de secrets pour lui. Il
connaissait à merveille le Bohémien qui zézaye et le
Catalan qui gasconne. Et s'il savait le langage de chaque
peuple, il savait encore mieux la langue indéfinissable de
chaque classe d'hommes : celle du voleur, celle du faux
mendiant, celle de la duègne hypocrite. Le tableau s'élar-
gissait tous les jours sous ses regards. Campé sur quelque
place soleilleuse ou perdu dans les défilés de la Sierra
Morena, blotti dans une auberge de l'Andalousie ou prisonnier dans un hameau sauvage de la Manche, il passait sa
revue. Il avait pour champ d'observation l'Espagne entière.

Si celui qui lit ce livre a parcouru l'Espagne, ou si du
moins il a vu les figures de Callot, gueux bien drapés,
matamores sublimes et faméliques, il imaginera aisément
les rencontres de Cervantes; s'il a interrogé des yeux les

---

1. V. *Don Quichotte.*

paysages désolés ou les rues fourmillantes que Gustave
Doré dessine d'un crayon si spirituellement vrai, il comprendra comment dans ce milieu, fait d'aspects bizarres,
d'étrangetés continuelles et de misères pittoresques,
Cervantes observa la réalité dans sa puissance. Il saisissait vivantes les figures dont il a composé tout un personnel picaresque. Les rendez-vous du vagabondage et
du vol l'attiraient comme des révélations. Indigné de ces
hontes, ému de cette pauvreté, il écoutait, il étudiait,
il notait avec un esprit de vérité implacable. Ainsi a-t-il
composé ses œuvres picaresques : la *Fausse Tante*, qui
dévoile les mystères de Salamanque, *Rinconete et Cortadillo*, où se déploient les mystères de Séville, la *Servante* de Tolède, la *Petite Bohémienne* de Madrid, *Pedro de Urde Malas*, qui est partout à la fois; tableaux
admirables, confus, si l'on veut, comme le monde qui s'y
agite, mais vrais et traversés tour à tour de boutades satiriques ou de veines inattendues de poésie et d'amour.

Le premier en date fut probablement celui de la vie
de Salamanque. Depuis Regnier jusqu'à Balzac, on n'a
pas mieux étudié la comédie sociale. Voici dans une rue
de Salamanque deux femmes qui passent, l'une âgée,
l'autre jeune, toutes deux nobles et dignes. Celle qui
passe pour être la tante a l'austérité d'une matrone.
Coiffes blanches comme la neige, plissées sur le front,
mante de soie, gants blancs et neufs, long chapelet aux
grains sonores, c'est une démi-béate (*medio beata*). Elle
s'avance, pompeuse, tenant d'une main une canne, faite
d'un jonc des Indes, à bec d'argent; elle donne l'autre
main à un homme qui porte le manteau rayé, la toque
de Milan, le baudrier et la rapière; c'est son écuyer.
Devant eux marche une jeune fille de dix-huit ans, qui

a le teint vermeil, les sourcils fins et dessinés, et des yeux noirs bien fendus, où le regard nonchalant semble endormi. Tout dans la personne de l'enfant, son air honnête et sa démarche d'oiseau, ses beaux cheveux blonds et frisés, jusqu'à ses pantoufles de velours noir, ornées d'argent bruni, et ses gants parfumés à l'ambre, tout respire l'élégance, et son nom est charmant : Esperanza. Mais qu'on ne s'y trompe pas, elle se nomme encore doña Esperanza de Torralva, Meneses y Pacheco, et sa tante se fait appeler tout du long doña Claudia de Astudillo y Quiñones.

« Les étudiants de Salamanque se trompent fort, quand ils osent donner une sérénade à ces dames de haut parage. Leur porte, bien fermée, ne s'ouvre que pour donner passage à une duègne scandalisée, impérieuse et superbe, qui les prie de se retirer. « Madame, dit-elle, madame n'est pas de celles que vous pensez! Elle est très-noble, très-honnête, très-retirée, très-avisée, très-lisante, très-écrivante, et elle ne vous accueillerait pas quand vous la couvririez de perles! »

Les étudiants se retirent, moins convaincus de la sainteté d'Esperanza que de leur pauvre mine qui leur vaut cet échec. Ils vont conter l'aventure à un riche gentilhomme, de ceux qu'on appelle à Salamanque des *généreux.* Celui-ci, dès le lendemain, fait savoir à la duègne qu'il mène grand train et qu'il souhaite l'honneur de lui parler. La duègne arrive, essoufflée. Il la reçoit avec courtoisie. Il lui offre, pour s'essuyer le front, un mouchoir de dentelle, pour prendre des forces une boîte de marmelade sèche, et pour se rafraîchir la bouche deux rasades de ce vin *del Santo* que récoltent les moines de l'Escurial. La duègne, toute rouge et toute

ravie, entame l'éloge de la vertu de sa maîtresse. —« Je
crois tout cela, lui répond don Félix, mais, foi de gentilhomme ! je vous donne une mantille de soie à cinq
pointes, si vous me dites la vérité. » La duègne, touchée
au cœur, dit la vérité toute nue ; et d'ailleurs nous allons l'entendre de la bouche même de la fausse tante ;
car Cervantes, comme le diable boiteux, enlève le toit
des maisons et nous fait assister au conciliabule de doña
Quiñones et de doña Esperanza, sa nièce. Il est neuf
heures du soir, tout dort dans la maison silencieuse.
Autour d'un *brasero* les deux femmes sont assises.

« Ne pense pas, dit la vieille femme à Esperanza,
que nous soyons ici à Plasencia, à Zamora, à Toro, pays
habités par des gens simples et bons, sans malice et
sans défiance. Nous sommes à Salamanque, que le monde
entier appelle la mère des sciences, dont les cours sont
suivis et les maisons peuplées par dix ou douze mille
étudiants, jeune race capricieuse, hardie, libre, entraînée, prodigue, spirituelle, diabolique et de belle humeur. Voilà leur façon générale, mais il y a des signes
particuliers, car ils sont tous étrangers, de provinces
différentes, et leurs caractères ne se ressemblent pas.

« Les Biscayens ne sont pas nombreux ; ils ont peu de
langue, mais ils ont bourse pleine quand ils se piquent au
jeu. Les Manchois sont des casseurs de vitres, des « *Dieu
me garde!* » Ils mènent l'amour à coups de poing. Il
y a une masse [1] d'Aragonais, de Valenciens, de Catalans ;
tiens-les pour une espèce polie, parfumée, bien élevée
et mieux habillée, mais rien de plus : dans la colère ils
sont féroces ; ils n'entendent pas la plaisanterie. Quant

1. *Una masa.*

aux Castillans, tiens-les pour des hommes aux pensées
nobles, qui donnent quand ils. ont et qui ne reçoivent
rien quand ils ne peuvent donner. Les gens d'Estrama=
dure, c'est tout ce qu'on veut; ils sont comme le métal
des alchimistes qui devient argent près de l'argent, et
cuivre près du cuivre. Avec les Andalous, ma fille, il faut
avoir quinze sens et non pas cinq, tant ils ont de finesse
et de perspicacité dans l'esprit ; tous rusés et sagaces,
jamais cuistres. Le Galicien ne se porte pas en compte ;
ce n'est pas quelqu'un. L'Asturien, qui vit de crasse et
de graisse, n'est bon que le samedi. Et les Portugais !
comment peindre leur caractère et leurs qualités !
Comme ils ont le cerveau brûlé, autant de fous, autant
de marottes, mais la folie de presque tous, tu peux y
compter, c'est, même dans la misère, c'est l'amour... »

Ainsi les mœurs, les idées, les allures de chaque peuple
sont-elles passées en revue par Cervantes, à travers le spectacle général d'une ville « où il vient, dit-il, beaucoup
de monde pour apprendre les lois et beaucoup plus pour
les enfreindre ». — Il poursuit son voyage autour de
l'Espagne picaresque; suivons-le.

Un soir, par exemple, il arrive dans une auberge, celle
du *Sevillano* à Tolède, ou bien celle du *Molinillo*, au bout
de la plaine d'Alcudia, sur la frontière de l'Andalousie
et de la Castille. Les servantes, Maritorne ou Arguello,
aux grosses joues, à la tête touffue, au corsage débraillé,
se querellent en courant. Les muletiers vocifèrent entre
eux. Les porteurs d'eau, couchés à terre, jouent à la
prime et se menacent de l'œil. L'aubergiste gronde ; il
est en peine : il ne sait pas lire et, voulant savoir le con-
tenu d'un papier couvert d'écriture, il cherche querelle
à sa femme. — « Lisez-moi cela, vous qui êtes poëte. —

Je ne suis pas poëte, réplique la femme; j'ai seulement
de l'esprit et je récite mes oraisons en latin. — En espagnol, ça vaudrait mieux. Votre oncle le curé vous a
déjà dit que, quand vous priez Dieu en latin, vous dites
mille sottises et ne priez rien du tout. — C'est de l'envie, parce qu'on me voit tenir mes heures en latin, sur
le bout du doigt, et me promener tout à travers, comme
dans une vigne vendangée! » Cervantes note le dialogue, qui reparaîtra dans quelque nouvelle. Mais voici
venir deux enfants de quatorze à quinze ans, qui se
rencontrent sous l'auvent de l'auberge et se saluent.
Ceux-là sont courtois, sans se connaître. Leurs souliers
en sandales de corde, leur coiffure hasardeuse, leur teint
brûlé, leurs mains noires, et avec tout cela leur impudence et leur bonne santé, révèlent des picaros dans
leur fleur. A leurs guenilles, ils devinent qu'ils sont
chevaliers de la même industrie. — « De quel pays est
Votre Grâce, seigneur gentilhomme, et où portez-vous
vos pas? — J'ignore où je suis né, seigneur chevalier,
et je ne sais où je vais. — Votre Grâce connaît-elle
quelque métier? — Je découpe au ciseau fort délicate-
ment et mes doigts visitent les poches avec une ponc-
tualité irréprochable. — Pour moi, dit l'autre, je sais
couper en laissant un as par-dessous; je suis versé dans
la connaissance du quinola et du lansquenet. » En même
temps il tire d'un vieux col à la wallonne, qui s'enroule
autour de son cou en festons noirâtres, un jeu de cartes
de forme ovale et de couleur inconnue; et passant de
la doctrine à l'application, il propose, d'un air candide,
à un gros muletier une partie sur le coin d'un banc.
Le muletier, dépouillé en un tour de main, enrage. Sa
colère vient compléter le désordre et le bruit général,

qui vont toujours croissant et que la nuit seule apai-
sera. Encore la nuit sera-t-elle courte, car on entend
bientôt, sous les fenêtres, le son d'une guitare, qui met
sur pied tous les hôtes de l'auberge. Ils se trouvent
réunis comme par enchantement, sur la route, où ils
entament, à la clarté de la lune, des boleros, des séguidilles, que les uns chantent, que les autres dansent, et
dans lesquelles la gaieté brutale du monde picaresque
éclate en mille contorsions. Cervantes sourit, note dans
sa mémoire tout ce que je viens de dire, emporte sa
moisson ét prend la route de Séville.

Séville est la seconde patrie de Cervantes ; longtemps
on a voulu que ce fût la première, tant il y a vécu. Il a
vu, quand il travaillait à l'approvisionnement des flottes,
jouer tous les ressorts d'une administration servie par
des picaros. Les mystères de Séville seront racontés
dans une de ses *Nouvelles*[1]. Il connaît tous les braves
gens qui circulent entre la tour de l'Or et la poterne de
l'Alcazar, et qui « s'amusent comme des rois ». Voici
le portefaix, à qui l'on confie sans garantie et sans contrôle les provisions de l'État ; il a trois paniers de
jonc pour mettre la viande, le poisson et les fruits, un
petit sac de toile pour mettre le pain. Il déjeune chemin faisant de ce qu'il porte, et il dévalise un peu les
maisons où on l'envoie. Voici les *braves* d'Andalousie,
le bouclier à la ceinture, portant pistolet, longue épée,
bas de couleur, jarretières à rosette, col à la wallonne
et chapeau à large bord. Rien n'est plus doux que leur
vie ; bien que l'un d'eux, Chiquiznaque, soit mal avec
la police, et que l'autre, Main-de-Fer, ait eu une main

---

1. *Rinconete et Cortadillo.*

coupée par autorité de justice. Cet homme déguenillé qui semble attendre quelqu'un est le Petit-Loup, de Malaga ; il a des mains merveilleuses qui au jeu ne perdent jamais. Ce prêtre qui assiste d'un air doux au débarquement des voyageurs n'est pas un prêtre ; il entend mieux les cartes que le latin. Quand arrive d'Amérique un négociant gonflé d'or, il lui offre ses services, qui ne sont jamais sans profit pour lui. Il exploite « le Péruvien ». Non moins honnêtes sont les deux hommes chauves qui passent là-bas gravement et sans parler. Leur office est de regarder avec soin comment s'ouvrent les portes des maisons, quelle est l'épaisseur des murs et quelles personnes touchent de l'argent. Ils sont *frelons* (*abispones*). C'est une des premières charges de la hampe.

La *hampa* est la société formée entre tous ces personnages qui se tiennent entre eux. Le brigandage à Séville est organisé ; on paye patente de voleur, et tout le monde rend des comptes au seigneur Monipodio, « le père à tous », le maître, le protecteur, le supérieur de la confrérie, chez qui on se réunit le dimanche. « Il donne audience aujourd'hui, » dit Cervantes, venez le voir et l'entendre. En effet, il nous introduit dans une maison de mauvaise apparence, qui est la Cour des Miracles de Séville. Le lieu est modeste comme la demeure de la vertu : un *patio* carrelé en briques, meublé d'un banc à trois jambes, d'une cruche ébréchée, d'une natte de jonc et d'un pot de basilic ; sur les côtés, deux salles basses, où l'on aperçoit des fleurets, des boucliers de liége, un coffre sans couvercle et une image de Notre-Dame. Là habite Monipodio, là il apparaît sur l'escalier branlant : il porte un long manteau de serge, un chapeau à larges

bords, de grandes chausses de toile et une épée courte
pendue à un baudrier de cuir. Sa taille est haute, sa
barbe noire; ses yeux sont enfoncés, ses sourcils joints;
il est calme et, quand il arrive, les bravaches réunis
dans la cour, les frelons, les portefaix se taisent à son
aspect. « Je suis ici pour rendre la justice, dit-il doucement. — Et que personne ne s'avise de violer le plus petit règlement de notre ordre, ajoute-t-il en jetant le feu
par les yeux. » Il fait une leçon aux compères sur les
choses relatives à leur état; mais il la fait dans sa langue
qui est la *gerigonza* ou la *germania*, langue des frères.
« Enfants, dit-il, n'ayez jamais de logis connu ni de demeure fixe, ne dites pas vos noms, car si la chance
tournait autrement qu'elle ne doit, il n'est pas bon
qu'on trouve inscrit sous le paraphe du greffier que le
nommé un tel a été fouetté ou pendu, choses qui sonnent mal aux oreilles. N'avouez jamais, ne *chantez*
pas, si le bourreau vous donne les *angoisses*. Quel
murcien (voleur) n'a pas souffert aux *finibus terræ*
(la potence), à la main chaude et aux gurapes (le fouet
et les galères)? Un brave ne desserre pas les dents, ou,
si sa langue doit décider de sa vie, il sait qu'un *non* n'a
pas plus de lettres qu'un *oui*. » Ainsi parle Monipodio,
puis il tire de sa poche la liste des confrères; il y inscrit
les novices, il donne de l'avancement aux anciens, il
détermine l'emploi de chacun; celui-ci sera *fleuriste*
(voleur au jeu), celui-là *basson* (coupeur de bourses).
Il distribue le butin de la veille et les postes du lendemain; il désigne les maisons où se feront des *guzpata-
ros* (trous au mur) et les personnes qui devront être bala-
frées. Ce dernier point est important. Monipodio reçoit
de toute la ville des commandes secrètes; tel veut se

venger d'un ennemi et le fait bâtonner ; tel veut moins
et se contente de faire effrayer un rival ; tel veut davantage et demande qu'on coupe la figure à sa victime, ou
bien qu'on répande contre elle un petit écrit calom-
nieux. Monipodio tient la comptabilité avec soin, il a
son *mémoire des coups de bâton*, son cahier des bala-
fres et son registre des offenses communes, c'est-à-dire
des petites mésaventures bénignes, des taches, des esto-
cades, des huées qu'il délivre au plus bas prix. Une
frayeur de vingt écus est déjà grave et coûteuse.

Quand Monipodio a tout réglé, alors on apporte du
vin, on s'assied en rond autour de la natte de jonc, les
langues se délient, la gaieté vient vite, et les propos
hardis, et les danses. Une femme joue du tambour de
basque avec sa pantoufle, une autre de la mandoline
avec un balai de jonc, Monipodio fait des castagnettes
avec une assiette cassée. Une séguidille s'improvise,
paroles et musique. Le *crescendo* va son train... Mais
tout à coup un enfant accourt qui donne l'alerte ; c'est
la sentinelle de la rue qui a vu apparaître l'alcade de
justice. Le *Gaudeamus* de la hampe s'arrête, le silence
se fait, et le vide, car tout le monde a disparu en un
clin d'œil par les toits et les terrasses. Monipodio seul
est ferme au poste. L'alcade passe son chemin et Monipodio rappelle ses enfants ; il reprend sa leçon. Pourquoi avoir peur de la justice? on y a des amis ; l'alguazil des vagabonds est plein d'humanité. « Il nous donne
la poule pourvu qu'il en ait une patte. Aimons nos bienfaiteurs, qui sont : le procureur qui nous assiste,
l'alguazil qui nous avertit, le bourreau qui s'apitoie, le
greffier de bonne composition qui fait du crime une faute
et de la faute une peccadille, et l'homme enfin qui

arrête la foule quand elle crie au voleur, et dit : Laissez
ce pauvre diable ! »

Monipodio sait vivre ; il a ordonné à chacun de son-
ger au repos de son âme ; il fait prélever sur le butin
une part pour les messes et pour le casuel du prêtre.
En effet, la *hampa* est pieuse, l'ordre « sert Dieu » ; on
récite son chapelet, on vole moins le vendredi, les frelons entendent la messe chaque jour avec une dévotion
exemplaire, et la recéleuse Pipota prie le ciel pour
tous. La voici qui entre dans la salle basse et qui s'agenouille devant l'image de la Vierge. Elle est épuisée par les
austérités et les oraisons. « Avant qu'il soit midi, je dois
aller faire mes dévotions et porter mes petits cierges à
Notre-Dame des Eaux et au saint crucifix de Saint-Au-
gustin, ce que je ne manquerais jamais de faire, qu'il neige
ou qu'il vente... Il se fait tard, donnez-moi un coup de
vin, si vous en avez, pour consoler cet estomac qui va
toujours mal. — Vous allez en boire ! s'écrie La Esca-
lanta. Et elle donne à la très-dévote vieille une tasse
pleine que celle-ci prend à deux mains et dont elle souffle
l'écume. — Tu en as mis beaucoup, ma fille, mais Dieu
me donnera des forces pour tout ! Et y appliquant ses
lèvres, d'un trait, sans s'y prendre à deux fois, elle
transvase le vin dans son estomac. — Il est de Guadal-
canal, dit-elle, et il a un arrière-goût, ce petit monsieur ! Dieu te console, ma fille, comme tu m'as conso-
lée ! mais j'ai peur que ceci ne me fasse mal... — Non,
mère, dit Monipodio : il a trois ans. — Je l'espère en
la sainte Vierge, dit Pipota. Petites, voyez si vous avez
quelques cuartos pour les cierges. — Tenez, dit La
Gananciosa, en voici deux ; je vous prie de mettre un
cierge pour moi à monsieur saint Michel et un à mon-

sieur saint Blaise; et j'en voudrais un à madame sainte
Lucie, en qui j'ai grande dévotion, pour guérir les
yeux. — Tu feras bien, ma fille, et ne sois pas regar-
dante; il est bien important de porter ses cierges devant
soi avant l'heure de la mort et de ne pas compter sur ceux
de ses héritiers... Enfants, amusez-vous, vous êtes dans la
saison. La vieillesse viendra et vous pleurerez le temps
perdu, comme je le pleure. Recommandez-moi à Dieu
dans vos prières, je vais le prier aussi pour moi et pour
vous, afin qu'il nous protége dans notre dangereux métier et nous préserve des surprises de la justice. »

Ce mélange d'idées contradictoires, cette union de la
foi et du crime, qui est le concert de toutes ces dissonances et qui forme, dit-on, le système moral du brigand
chez les races du Midi, Cervantes le fait ressortir avec
un relief digne de Molière. Il exprime même sa pensée
par la bouche de *Rinconete* et celle de *Cortadillo*,
deux enfants qu'il introduit dans la hampa comme des
novices, afin de donner à son tableau l'intérêt d'une
nouvelle. Ils arrivent en Andalousie pleins d'admiration
pour Séville. — « Chaque pays a sa coutume; obéissons
à la coutume de celui-ci. Séville étant le premier pays
du monde, sa coutume sera la plus sage de toutes. » Ils
entrent chez Monipodio, et apprennent là comment la
piété peut faire bon ménage avec le mal.

Ils s'étonnaient de la sécurité de ces gens qui, souillés de vols,
d'homicides et d'offenses à Dieu, ont la confiance d'aller au ciel
pourvu qu'ils ne manquent pas à leurs dévotions; ils s'étonnaient
de voir la vieille Pipota, recéleuse des voleurs, qui, pourvu qu'elle
allume des cierges, compte entrer toute vêtue et chaussée au
paradis. — Comment, disaient-ils à un portefaix, peut-on faire
métier en même temps de voler et de servir Dieu? — Moi,
répondit brusquement cet homme, je ne me mêle pas de théo-

logie. Mais n'est-il pas pire d'être hérétique ou renégat, ou parricide ? — Tout cela ne vaut rien, se dit le jeune Cortadillo... Mais il était émerveillé de voir l'obéissance gardée à Monipodio et l'aveugle négligence de la justice dans cette fameuse cité de Séville !

On sent que la colère et la satire vont éclater sous la plume de Cervantes. Il faudrait tout dire sur cette académie du brigandage, et aussi sur d'autres picaros, les *virotes*, les *matons*, qui sont d'une classe plus élevée. Il promet d'écrire un jour l'histoire complète des mystères de Séville. Mais il hésite, car ces étrangetés sont dans les mœurs espagnoles, et les mœurs sont une puissance redoutable. Sur de tels usages, « qui donnent une belle matière à discourir, le silence est imposé par des raisons fortes », dit-il dans la nouvelle du *Jaloux*. C'est là pourtant qu'il a tracé, sous la figure de Loaïsa, un portrait des *virotes*, des jeunes gens désœuvrés, fils des bourgeois riches, qui forment à Séville une brillante confrérie de picaros beaux diseurs et bien vêtus, qui s'entr'aident pour violer les lois. Personne n'ose rien contre les « coureurs de carrefours », *la gente de barrio*. Les hommes de Monipodio sont pendus quelquefois, mais les autres circulent assez librement, et le nombre est grand de ceux qui, emportés par l'esprit d'aventure, prennent la clef des champs et vivent aux dépens de l'Espagne. Il sort de tous les rangs de la société espagnole des déserteurs qui deviennent des picaros volontaires. Cervantes ailleurs a raconté l'histoire « d'un picaro décent, vertueux, bien élevé et spirituel ». C'est dans l'admirable nouvelle intitulée *l'Illustre Servante* (*Fregona*).

A Burgos vivait un jeune gentilhomme, noble et riche,

appelé Carriazo ; c'était presque un enfant. La maison
paternelle l'ennuyait ; ni les fêtes de Burgos, ni les repas délicats, ni la chasse ne pouvaient lui plaire. Il était
pensif et mélancolique. Un jour il déclare à son père
qu'il voulait aller étudier à Salamanque avec son ami
Avendaño. Il part, muni de la bénédiction de sa famille,
au milieu des pleurs de sa mère ; il emmène deux domestiques et un précepteur à barbe blanche. Arrivé à
Valladolid, il se sauve, il écrit qu'il s'en va en Flandre
faire la guerre, il vend sa mule et son épée, achète des
bas bruns, de grandes chausses, un mantelet à deux
pans, et se met en route à pied en chantant des séguidilles à plein gosier. Il marche vers son but, qui n'est
autre que la pêche du thon à Zahara. Le voilà libre,
heureux, bravant la fatigue, le chaud et le froid, cou-
chant sur un tas de blé ou dans le pailler d'une auberge,
se querellant partout, et toujours prêt à mettre deux
pieds de dague dans le ventre de son adversaire. Il ne
s'enivre jamais, il est noble, généreux et libéral ; c'est
un prince dans ses actions. Si le gentilhomme est picaro,
le picaro est gentilhomme. Il veut seulement s'affranchir et aller devant lui à la grâce de Dieu.

Une aventure chasse l'autre. Carriazo et son camarade
Avendaño, en arrivant dans une auberge à l'entrée de
Tolède, aperçoivent une jeune paysanne de quinze ans,
au visage angélique ; elle porte une jupe et un corsage
verts, un collier d'étoiles de jais, un cordon de Saint-
François à la ceinture avec un trousseau de clefs, et aux
oreilles deux petites poires de verre. Ses cheveux, où
se mêlent les nuances du châtain et du blond, retombent
sur ses épaules en longues tresses. Elle est simple et
belle. En la voyant, Avendaño, ému, s'arrête ; il se

fait valet d'auberge à côté de la belle servante, et, tout
en inscrivant sur le livre des comptes le blé et l'orge
donnés aux muletiers, il écrit au verso, par mégarde, des
strophes amoureuses qu'il remet à la *Fregona*. Elle s'en
soucie peu. — « Elle est dure comme un marbre, disent
les gens de la maison, farouche comme une montagnarde
de Sayagun et revêche comme une ortie, quoiqu'elle ait
une mine de bonne année et une figure de Pâques. —
C'est, dit un autre, un bijou réservé pour un comte ou
un archiprêtre. — Elle a un cilice collé aux chairs, dit
un troisième ; elle se nourrit d'*Ave Maria*. »

Quoi qu'il en soit, la servante est une perle égarée.
Avendaño jure de la recueillir, et le gentilhomme épouse
hardiment la servante. Cervantes, il est vrai, se hâte
d'en consoler le lecteur et lui découvre que la jolie fille
est de très-bonne maison, en relevant ce dénoûment de
comédie par des détails ingénieux ; mais il marque la véritable pensée de la *nouvelle*, celle des métamorphoses
sociales de l'Espagne, dans ce dialogue des deux jeunes
gens, l'un ne rêvant que madragues, l'autre ne pensant qu'à la *Fregona*.

— Ah ! dit Carriazo, la belle chose pour un don Thomas de
Avendaño, fils de don Juan de Avendaño, et qui est gentilhomme
au premier titre, riche à souhait, jeune à ravir, spirituel à merveille, d'être perdu d'amour pour une servante d'auberge du
Sevillano! — C'est tout à fait ce qui me semble, répond Avendaño, quand je vois un don Diego Carriazo, fils d'un chevalier
d'Alcantara, en passe d'hériter du majorat paternel, chez qui
tout est noble, le corps et l'esprit, devenir, avec toutes ces
qualités de race, amoureux de qui ?... Peut-être de la reine
Genièvre! Non pas! mais de la madrague de Zahara, qui est,
je crois, une tentation plus laide que celle de saint Antoine !

Tels sont les deux types de ces picaros improvisés
que l'Espagne recèle en grand nombre.

En veut-on un troisième exemple? Venez au milieu des bois, la nuit. Voici, au milieu d'une troupe d'hommes au costume bizarre, un jeune cavalier de bonne mine qui s'assied sur un tronc de liége dans une cabane ornée de rameaux et tapissée de joncs. On fait cercle autour de lui; on lui met entre les mains un marteau et des tenailles. Puis deux hommes s'approchent et, en jouant de la guitare, lui ordonnent de faire deux cabrioles. Après cette cérémonie, on passe deux fois autour de son bras nu un ruban de soie. Cela veut dire qu'il change de vie, qu'il entre dans des liens nouveaux et qu'il se marie. « Nous te livrons cette jeune fille, lui dit-on, la fleur et la crème de beauté des bohémiennes d'Espagne. » Andrès, le gentilhomme, qui a quitté Madrid et sa famille pour suivre la belle Preciosa, est le type du bohémien volontaire.

Cervantes, à cette occasion, raconte la vie des bohémiens. Il a vu de près dans l'Espagne du Sud, à Valence, à Murcie, à la Porte-de-Terre à Cadix, dans le faubourg de Triana à Séville, ces gitanos aux dents blanches, à la peau brune et au regard sauvage. Il a vu danser dans les rues de Madrid les gitanas au corps souple et au pied fin, qui s'en retournaient le soir, à l'heure de l'*Ave Maria*, dans leur campement de Santa-Barbara, hors de la ville. Cette horde, avec ses oripeaux bariolés, qui représente la barbarie au milieu de la civilisation, forme un ordre qui a ses fondements politiques et ses raisons naturelles[1], une société à part, qui a ses statuts comme la *hampa*, et comme elle, vit au sein et aux dépens de la société espagnole. « Nous veil-

---

1. Orden puesta en razon y en politicos fundamentos.

18

lons de jour et nous volons de nuit, dit un vieux gitano, nous apprenons à tout le monde la vigilance; prenez garde où vous mettez votre bien. C'est pour nous qu'on élève le bétail, que les arbres donnent des fruits, les vignes du raisin, les potagers des légumes. Nous vivons de notre industrie et de notre bec, avec toutes sortes de talents. Nous ne portons pas les insignes de notre ordre sur la poitrine, mais sur les épaules, quand la justice nous marque; mais alors la question ne nous fait pas crier. En prison on chante, à la torture on se tait. Nous sommes souvent martyrs, jamais confesseurs. Nous savons que l'on ne prend pas de truites à braies sèches, et que dans la vie tout est sujet à des périls divers. Le marin navigue malgré les naufrages, le soldat combat malgré le carnage, le bohémien vole malgré le fouet. »

« — Il est né pour cela, dit Cervantes. Fils de voleurs, élevé parmi des voleurs, il étudie le vol jusqu'au dernier degré de la perfection. » Maquignon incomparable, s'il dérobe une mule, il change en un clin d'œil la robe de l'animal, son poil, ses tares, son air, son allure même (en lui versant du vif-argent dans les oreilles), et le transforme si bien qu'il le revend au propriétaire. De tous ces vols, il n'a aucune honte, étant convaincu que les biens terrestres appartiennent à tout le monde. Dans son campement, « tout est en commun, excepté les femmes. »

— « Regarde bien les jeunes filles; choisis ta femme, dit encore le vieux gitano à Andrès. Mais sache que nous observons d'une manière inviolable la loi des liaisons. Point d'infidélité chez nous, ni de jalousie. Si une femme est jamais coupable, nous la tuons et l'enterrons dans les montagnes, comme on fait d'un animal nuisible.»

Cette justice sommaire, qui rappelle les mœurs des Germains et qu'à leur sujet Tacite a mise en relief, Cervantes n'ose pas la blâmer. Malgré lui, en comparant la société galante de son temps et la communauté sauvage des bohémiens, il remarque des traits à l'avantage de ceux-ci. Andrès le gentilhomme abdique, dit-il, la vanité de son lignage en voyant la mâle simplicité de ces nomades. Il apprend d'eux à jouir de la nature, à lire l'heure dans le ciel, à faire de la caverne une maison, d'une baraque un palais, du vallon et du rocher un nid d'ombre, de la neige un rafraîchissement et de la pluie un bain salutaire. « Nous nous contentons de ce que nous avons; nous vivons gaiement. Nous sommes seigneurs des campagnes, des forêts, des monts, des fontaines et des fleuves. L'orgueil de l'honneur ne nous donne point de soucis, ni l'ambition d'insomnies; nous ne nous levons point avant le jour pour présenter des requêtes. »

De proche en proche, Cervantes se sent gagné à la vie des tribus errantes; avec elles il pénètre dans les solitudes où la vie est libre, d'où l'on voit « comment l'aurore chasse et balaye les étoiles du ciel et comment, avec l'aube sa compagne, elle réjouit l'air en paraissant. » C'est dans ce paysage hardi et alpestre qu'il fait halte, comme Salvator Rosa, au milieu des brigands, et c'est là que se montre, comme dans son cadre naturel, la jeune et chaste Préciosa. Elle aussi, elle apprend à Andrès ce qu'il ignore; c'est-à-dire la longue épreuve d'un amour vrai, sans galanterie, sans méfiance et sans retour.

Je ne peindrai pas ici Preciosa, car la France la connaît; la bohémienne nous est venue avec ses grelots, son tambour de basque et sa fierté magnifique, dans *Notre-Dame de Paris*. Victor Hugo, en s'emparant de cette gracieuse figure, en a fait une création nouvelle qui lui appartient. Mais la Esmeralda est bien ce bijou précieux (*Preciosa*), cette fleur de jeunesse et de pureté sauvage, que Cervantes a découverte au milieu de la bohême espagnole, et sauvée. Voici la différence essentielle des deux auteurs : notre grand poëte a jeté la bohémienne avec plus d'art et de passion violente dans des crises plus dramatiques. Il l'a conduite dans la *hampa* de Monipodio, dont il a fait la Cour des Miracles, et, par une vivante étude d'archaïsme, il a ressuscité autour d'elle tout le Paris du Moyen Age. Cervantes, dominé par une autre idée, peint moins le passé que le présent; il montre la bohême et la hampa comme deux légions distinctes et contemporaines ; il explique leur vie antisociale. « Nous n'avons pas d'autre gagne-pain que notre finesse et notre ruse, dit la gitanilla. Aussi pas un bohémien n'est-il boiteux de l'entendement. Chez nous, on se dégourdit vite et on ne se laisse moisir par aucun côté. » Elle dit et se glisse dans Madrid, en dansant, en chantant et en raillant tout le monde, alcades et gentilshommes, la ville et la cour : c'est une figure satirique.

Un lieutenant de police et sa femme, chez qui elle a dansé, ne pouvant pas trouver une obole pour la payer, elle les contemple avec étonnement pendant qu'ils fouillent et retournent en vain leurs poches vides. « Vous ne vendez donc pas la justice, seigneur lieutenant? Vous faites des modes nouvelles? Vous mourrez de faim. Il faut vendre la justice. Je me suis laissé dire qu'il faut tirer de l'argent d'un office pour en solliciter d'autres avec succès. » C'est un des traits sans

nombre qu'elle lance d'un air mutin à la société régulière et qui trahissent la préoccupation de Cervantes,
visible d'ailleurs et sensible dans toutes ses nouvelles
picaresques. « Vous avez un démêlé avec la justice, dit
l'aubergiste du *Sevillano* [1]. Il y a moyen d'adoucir le
corrégidor. Il veut du bien à une religieuse sa parente,
qui dépend de son confesseur. Or je parlerai à ma blan-
chisseuse, celle-ci parlera à sa fille, sa fille à la sœur
d'un certain moine, cette sœur au moine son frère, le
moine au confesseur de la religieuse, et si la religieuse
donne un billet pour le corrégidor, on peut tout espérer, — pourvu que l'on graisse les mains de la justice,
car c'est une machine qui, non graissée, crie plus qu'une
charrette à bœufs. » C'est à croire que l'aubergiste a lu
Voltaire. Les bohémiens, qui sont toujours en guerre
avec la justice, en disent beaucoup plus long. Ils savent
le tarif auquel ils se rachètent : pour ceci, donner un
pot d'argent, pour cela un collier de perles, pour tout,
s'armer des armes du grand Philippe. C'est le *nec plus
ultra :* à leur aspect, le procureur le plus morose se
sent fidèle sujet, et se met à sourire. L'ironie quelquefois va plus loin et atteint plus haut. Le lieutenant
honnête, qui étonne si fort Préciosa et à qui elle veut
couper ses pans d'habit pour en faire des reliques, donne
une nouvelle preuve d'innocence en conseillant à la bohémienne d'aller à la cour. « A la cour ! où tout s'achète
et se vend ! Encore s'ils me voulaient pour mon esprit,
j'irais ; mais il y a des palais où l'on ne veut que des
jongleurs, et ils y réussissent mieux que les gens d'esprit. — Allons, petite fille, interrompit une vieille bohé-

1. V. *La Fregona.*

mienne, ne parle pas davantage ; ne te fais pas si fine.
Tu te casserais par la pointe ! »

> C'est à vous, mon esprit, à qui je veux parler,

aurait dit Boileau. Cervantes s'interdit d'aller plus loin,
se morigène et se contient, en poursuivant cette étude
de plus en plus profonde de son pays et de son temps.
Le monde qu'il observe est plein d'éléments hostiles,
d'affiliations honteuses et de dissolvants de toute sorte.
C'est la société régulière qui est amoureuse d'aventures,
corrompue, vénale et volontairement picaresque ; c'est
le désordre antisocial qui est organisé, réglé rigoureuse-
sement et soumis à une économie savante et active !...
Ce spectacle, qui se déroule devant lui sous toutes les
faces, tente sa colère et lui apporte des inspirations
violentes.

Que d'événements encore, pendant sa vie nomade, ont
blessé son patriotisme. En 1587, il prépare à Séville
le départ de l'*Armada*, dont le nom seul devient un
souvenir amer pour un cœur espagnol. En 1591, il assiste à l'étrange querelle de la ville de Ségovie avec le
couvent d'Ubéda. La ville réclame le corps de feu Jean
de la Croix, le directeur mystique. Le couvent le garde.
Ségovie fait voler le cadavre qu'on emporte, en courant, la nuit, par monts et par vaux : Cervantes pensera
à ce pieux scandale, en écrivant l'épisode du mort voyageur, dans *Don Quichotte*.

En 1596, le 1er juillet, un fait incroyable, s'il n'était
vérifié par l'histoire, révéla tout à coup l'état réel de
faiblesse et d'incurie où se trouvait l'Espagne. La flotte
de l'amiral anglais Howard entra à Cadix sans rencon-
trer de résistance ; le comte d'Essex débarqua, s'empara

de la ville, la pilla pendant vingt-quatre jours, y mit le
feu et se retira tranquillement. C'était un malheur et un
outrage ; il s'y joignit un ridicule. Pendant qu'Essex
était à Cadix, on réunit à Séville les troupes destinées à
le combattre un jour ; le capitaine Becerra commença
leur instruction, et le duc de Medina-Celi se prépara
gravement à diriger le siége de Cadix. Quand tout fut
prêt, les Anglais étaient partis. Cervantes vit à Séville
les troupes empanachées, leurs instructeurs bruyants et
tout le fracas du capitaine Becerra, qu'il appelait dans
sa colère Becerro (le veau). Il vit, en ce cruel mois de
juillet 1596, les retardataires faire une rentrée solennelle dans Cadix en ruine, avec une majesté lente qui
achevait de les peindre. Le vieux soldat n'y tint pas ;
il écrivit la boutade suivante :

Cette procession, qu'on appelle une armée,
Fait la semaine sainte en juillet, à propos ;
C'est une confrérie (on l'avait mal nommée)
Qui met le peuple en joie, — et l'Anglais en repos !

Ils portaient des milliers de plumes aux chapeaux ;
Le vent ayant soufflé sur la foule emplumée,
Enleva chacun d'eux, Goliath ou pygmée.
En moins de quinze jours, ils étaient tous capots !

Le Becerro, beuglant, mit ses troupes en file,
L'univers tout entier fut dans l'ébranlement,
La terre retentit, le ciel se remplit d'ombre !...

Puis, dans Cadix enfin, d'un pas grave et tranquille,
Le duc de Medina vint triomphalement,
— Quand le comte d'Essex fut parti sans encombre [1].

Rodomontades et néant, orgueil et faiblesse, luxe et

---

1. L'ordre des rimes est ici copié de Cervantes.

misère, que de contradictions étaient cachées dans la gloire du règne de Philippe II! Cervantes les sentait partout, dans l'administration des finances, de la guerre et de la justice, dans la constitution sociale ét dans les mœurs publiques. Il citait volontiers le dicton espagnol qui, dans son *Don Quichotte*, reparaît souvent : *Allà van leyes do quieren reyes!* ainsi vont les lois que le veulent les rois!... Philippe II avait prodigué à son caprice les richesses de l'Espagne et sacrifié les hommes. Don Juan d'Autriche, Mondejar, Santa-Cruz étaient frappés de disgrâce au moindre signe d'indépendance. Il faisait assassiner Escovedo et voulait la tête du meurtrier, son émissaire. Les procès de foi s'ajoutant à ces drames politiques, ensanglantaient l'Espagne appauvrie, démantelée, vaincue d'avance, et on lui répondait, quand elle s'inquiétait, par un seul mot : la raison d'État! « *La Raison d'État!* s'écrie Cervantes [1], une grande dame, la meilleure des raisons quand les autres sont mauvaises. »

En 1598, l'Espagne subit deux atteintes nouvelles : le traité de Vervins et la mort de Philippe II qui, malgré ses fautes, avait les mérites d'un roi passionnément laborieux. Peut-être ces événements considérables réveilleraient-ils la nation?... Non, mais la mort du roi fut l'occasion de scènes singulières, de grandes cérémonies et de petites querelles, dont Cervantes nous a gardé le souvenir. A Séville, on avait dressé un catafalque pompeux en l'honneur du feu roi ; les inquisiteurs et les juges de la cour suprême vinrent prendre place à l'entour ;

---

1. Una señora que a mi parecer llaman por ahi razon de estado, que cuando con ella se cumple se ha de descumplir con otras razones muchas. (*Coloquio de los perros.*)

mais la question de préséance n'avait pas été réglée. Inquisiteurs et juges se disputèrent le premier rang; le prêtre
qui officiait dut quitter l'autel. On en référa au roi et le
roi à son conseil. Un mois se passa ainsi. Pendant ce
temps, les Andalous venaient visiter le catafalque que
Pacheco avait admirablement orné; chacun disait son
mot; c'était toujours une forfanterie. Cervantes, ami du
peintre, écoutait avec surprise les exclamations vides de
sens des soldats, des bravaches, des *valentons*, pressés
au pied du monument. Il en a mis deux en scène dans
un sonnet moqueur, bizarre, étrangement composé,
dont j'imite la structure. C'est d'abord un soldat qui
parle :

> Ah! jour de Dieu! quels chefs-d'œuvre éclatants!
> Quelle machine! et qu'avec allégresse
> Moi, je pairais, messieurs les assistants,
> Pour en pouvoir dépeindre la richesse !
>
> Par Jésus-Christ! la plus petite pièce
> Vaut son poids d'or et doit durer cent ans.
> Noble Séville! en grandeur, en noblesse,
> Nous égalons Rome à ses plus beaux temps.
>
> L'âme du mort viendra du paradis,
> (Où pour jamais elle a marqué sa place),
> Pour visiter un tombeau si gentil !
>
> — Un Valenton s'écria : Cadédis!
> Seigneur soldat, j'approuve Votre Grâce,
> Et qui dira le contraire a menti.
>
> Il dit. De son épée il empoigne la garde,
> Enfonce son chapeau, de travers nous regarde,
> Et puis... Et voilà tout, notre brave est parti.

Voilà l'oraison funèbre de Philippe II à Séville. Les
questions de préséance et de vanité, les débats ridicules

et les gasconnades se croisent autour de son ombre. Si
Brantôme passait par là, il prendrait des notes à foison.
Cervantes en a pris beaucoup depuis dix ans ; quelques-
unes, on le voit, nous sont parvenues. Je viens de
marquer dans son œuvre le point où se montrent quelques vérités sociales et politiques qui prennent un accent
d'amertume et d'ironie. Il incline peu à peu à la satire.
Ses nouvelles cachent dans leur gaieté même une pointe
aiguë de haute raillerie. Par exemple, Cortadillo, le
coupeur de bourses, est surnommé *Cortadillo el bueno,*
« comme on disait jadis Guzman le brave. » L'Espagne
a eu des grands hommes ; elle a maintenant des picaros
qui sont grands. Elle eut aussi des castillans honnêtes ;
aujourd'hui le rufian, qui s'est fait aubergiste, après une
vie de vagabondage et de vol, dira à Don Quichotte :
« Entrez, seigneur, je suis le *castellano* (le châtelain
ou le castillan) de ce pays. » Allusions fugitives que
Cervantes laisse échapper.

Quand il fait danser joyeusement le monde picaresque, écoutez les paroles qu'il lui prête. L'Espagne,
depuis 1584, est folle de danses : la sarabande et la chaconne sont en vogue ; sur les routes, dans les prisons,
au théâtre, à la cour, partout des *bayles picarescos.*
Cervantes les place toujours dans ses tableaux de mœurs.
« Qu'on joue les *folies* à la mode, s'écrie un muletier[1],
et nous saurons remplir la mesure jusqu'au goulot ! »
On joue alors la *chaconne* qui est venue d'Amérique et
toute récente :

Cette Indienne, un peu mulâtresse, a commis, dit la Renommée, plus de sacriléges et d'iniquités qu'Aroba,

1. V. *La Fregona.*

. Cette Indienne, qui règne sur la foule des servantes, la troupe des pages et l'armée des laquais,

Dit et jure qu'elle est la fleur du panier, malgré la danse du Zambapalo,

Et que la chaconne, — c'est la vie bonne !

C'est le refrain toujours ramené par Cervantes : « Dansez, dit-il, que le rire bouillonne, que les pieds soient de vif-argent : c'est la santé, c'est la *vida bona*, » comme on dit en patois, et comme on dira bientôt dans toutes les classes et dans l'Espagne entière :

Que de fois la *chaconne*, cette noble danse, a essayé déjà, avec la sarabande joyeuse, le pesame et le perramora,

De se glisser dans les couvents par les fentes, et dans l'honnête quiétude des cellules sacrées !

Que de fois on la blâme, et combien l'adorent en la blâmant ! L'ami du plaisir est convaincu (et le niais pense avec lui) que la chaconne est la vie bonne !

La *divine mode*, dit Cervantes, est la danse chantée, qui fait tout oublier. Celle des rufians ou celle des maures ? celle des gitanos ou celles des sauvages ?... qu'importe ! Voici « le vaillant Escarraman, sorti des galères pour la terreur de la justice, » qui vient enseigner au monde la légèreté et le royal entrain, avec la Répulida, la Coscolina et la Pizpita, ses compagnes. Il mêlera la sarabande toute neuve « à la danse du *Roi Alphonse le Brave,* gloire des temps anciens. Il dansera d'or et le musicien jouera d'argent [1]. »

Au fond ce n'est point la verve intarissable de ces réjouissances qui déplaît à Cervantes : il est du Midi, il aime le feu, le mouvement et la vie. Il n'espère pas, comme les prédicateurs de Madrid, corriger les mœurs ; mais

1. V. Trampagos.

la confusion morale qui éclate dans les fêtes comme dans les institutions de son pays le frappe de plus en plus. Tous y contribuent, depuis le misérable picaro jusqu'à l'homme politique. Ils ont une disposition merveilleuse à mêler le bien et le mal, le vrai et le faux, et cette disposition agit sur la littérature. On voit se répandre et grandir le goût des corruptions de l'esprit, et cela à la faveur même de ces danses voluptueuses et violentes. Les danses se sont emparées du théâtre, car « elles sont le sel des comédies, et sans elles une pièce ne vaut rien, » dit franchement un Espagnol [1]. La muse dramatique prend pour attributs l'épée et la guitare des Andalous, la mantille et l'éventail. *Tañer, cantar, baylar,* pourrait-on écrire sur la toile. Les sérénades nocturnes portent le même coup à la poésie lyrique, qui est faite de débris du romancero, d'improvisations galantes et de pointes ridicules. Enfin la pastorale, les petits vers et les romans de chevalerie, lectures ordinaires des femmes et des jeunes gens, achèvent d'entraîner l'Espagne dans cette folie universelle, qui l'éloigne chaque jour de la vérité, du beau et de l'action.

Dans la *Tia fingida*, Cervantes, préludant à la critique qu'il va diriger contre le siècle, nous fait entendre une sérénade à demi littéraire dans le goût du temps. Les étudiants de Salamanque, grands dénicheurs de coiffes (*deshollinadores*), s'assemblent sous les fenêtres d'Esperanza, avec des grelots, une mandoline, une cornemuse, une harpe et un poëte à la mode du jour. Le poëte souffle au chanteur un sonnet dont voici la fin :

1. Pellicer. — « Los bayles... que es la salsa de las comedias y no valen nada sin ellos. »

Mon Espérance est petite, elle est naine;
Mon Espérance a dix-neuf ans à peine,
Mais pour la vaincre, il faut être un géant.

Qui ne voudrait, Espérance'gentille,
Servir ta gràce?... Ah! pour que mon feu brille,
Jetez du bois dans mon foyer ardent!:..

Voilà, dit Cervantes, « leur sonnet excommunié,
pièce sublime par l'admirable trait final sur le bois et
le feu, comme par l'antithèse du géant et de la naine. »
Mais comme Esperanza ne le goûte pas, on lui chante
d'autres vers pour la supplier de se montrer :

Si l'éclat de vos yeux se cache,
Voilé par des nuages froids,
S'ils sont obscurcis une fois,
Pour vos soleils c'est une tache.

De l'océan de mon Ennui
Si vous n'apaisez pas l'orage,
Le Désir en moi fait naufrage,
Et mon Espérance avec lui.

C'est de vous seule que j'espère
La vie au milieu de la mort,
Le salut sur là rive amère,
La joie au sein du déconfort.

Le sonnet d'Oronte n'est pas plus alambiqué, et la
critique de Molière, au siècle suivant, n'est pas plus
directe. Avouons-le, Cervantes a devancé Molière sur
ce champ de bataille. Il prenait le rôle d'Alceste dès le
moment où il composait la *Tia fingida*. Mais cette nouvelle, qui restait manuscrite, n'était lue que des connaisseurs. De tout ce que je viens d'analyser, rien, excepté
Galatée, ne reçut les honneurs de l'impression. Le jour
vint où Cervantes se résolut tout à coup à mettre fin à

sa vie nomade, à revenir à la cour, à reparaître, à adresser au public un ouvrage de longue haleine, dans lequel il dirait sa pensée critique, et enfin qu'il imprimerait. Les traverses de sa vie suspendirent encore l'exécution de son plan pendant quelques années; mais il travailla où il put, et tout à coup, en 1603, on le vit arriver à Valladolid, armé d'un beau livre.

CHAPITRE VII

LA CRITIQUE — DON QUICHOTTE

Il y a à Valladolid une pauvre maison, étroite et basse, serrée entre les auberges d'un faubourg, près d'un ruisseau vide et profond qu'on appelle l'Esguéva. C'est là que vint habiter Cervantes en 1603, à l'âge de cinquante-sept ans. J'ai visité, avec une émotion que je ne puis rendre, cette demeure, située sur le Rastro, hors de la ville, et que ne signale ni une pierre, ni une inscription [1]. Un escalier usé conduit aux deux modestes chambres qu'habita Cervantes : l'une, où sans doute il couchait, est une pièce carrée, dont le plafond à solives saillantes est peu élevé ; l'autre, espèce de cuisine sombre donnant sur les toits des appentis voisins, contient encore son *cantarelo*, c'est-à-dire la pierre creusée de trous ronds, où se posaient les cruches pleines d'eau (*cantaros*). Avec lui étaient sa femme, doña Catalina, sa fille Isabel, qui avait vingt ans, sa sœur doña Andrea, sa

---

1. Un écrivain de Valladolid, M. Maria Bueno, qui a bien voulu être mon guide en cette ville, proteste avec énergie, dans un de ses ouvrages, contre l'abandon où on laisse la demeure de Cervantes.

nièce Constanza, et une parente appelée doña Magdelena.
Une servante s'ajoutait encore à la tribu, dont elle
était le maître d'hôtel. Où logeait tout ce monde?...
Quoi qu'il en soit, on travaillait en famille. Les femmes
gagnaient leur vie en brodant les costumes de cour.
Valladolid, séjour adopté par le nouveau roi et par le
duc de Lerme, était encombré alors, comme plus tard
Versailles, de gentilshommes, de grands d'Espagne et
de généraux. Les pauvres gens vivaient de cette affluence.
Le marquis de Villafranca, revenant d'Alger à la cour,
fit faire son habit de gala par la famille du soldat poëte
qu'il connaissait. Cervantes s'occupait soit à tenir les
comptes des ouvrières, soit à régler les affaires de quelques seigneurs, soit à terminer le long procès que lui
avait intenté le Conseil des finances.

Le soir, tandis que l'aiguille des femmes courait sur
l'étoffe, il prenait la plume, et alors, sur le coin d'une
table, il écrivait ses pensées. C'est là qu'il fit le prologue
du livre qu'il composait depuis longtemps avec amour et
où il avait employé toute la force de son génie; en l'apportant avec lui à Valladolid, il éprouvait des alternatives
d'espérance et de crainte, sentant bien que c'était la
maîtresse pièce de son œuvre. « Lecteur inoccupé, écrivait-il à la première page, tu m'en croiras sur parole,
je n'ai pas besoin de te le dire avec serment, je voudrais que ce livre, enfant de mon esprit, fût le plus
beau, le plus brillant et le plus spirituel qu'on puisse
imaginer. » Depuis vingt ans que la *Galatée* avait paru,
Cervantes n'avait rien publié; et tandis que la *Galatée*
était l'aimable apologie de toute la littérature du temps,
le livre qu'il allait imprimer ressemblait à une éclatante
raillerie contre la même littérature. Ce retour offensif

était donc en même temps une résurrection et comme une palinodie. Quel livre d'ailleurs ! Et comment l'appeler ? Ni pastorale, ni nouvelle, ni roman ; une œuvre conçue en dehors des voies tracées et des genres convenus, mêlée des choses les plus diverses, où s'entrelacent, comme dans une trame chatoyante, les traits de poésie naturelle et les traits d'ironie bouffonne ; une création toute personnelle par l'indépendance de la pensée, et au fond un jugement universel qui met en cause l'Espagne entière, ses goûts et ses mœurs, ses héros et ses écrivains : car *Don Quichotte* est un jugement. Cervantes appelle son pays à se connaître lui-même ou à se reconnaître dans l'image qu'il lui présente. Témérité étrange, et qui le paraîtra davantage à qui saura que l'auteur a eu cette audace quand il était en prison.

Hélas ! dit-il avec une humilité moqueuse aux bonnes gens dont il entrevoit la surprise, cet enfant de mon esprit a été conçu dans une prison, là où se trouve le rendez-vous des ennuis et le concert des bruits sinistres. Les inventions aimables et fécondes (de vos écrivains ordinaires) naissent dans la douceur de la campagne, sous un ciel serein, au murmure des fontaines, à la faveur du calme de l'âme. Mon génie rude et inculte n'a pu mettre au monde pour cette histoire qu'un être maigre, ratatiné (*avellanado*), fantasque, plein de pensées étranges et diverses, qui jamais ne hantèrent l'imagination d'autrui.

Ainsi, il l'avoue, il se singularise. En revenant au milieu des beaux esprits et des courtisans, il s'isole en face d'eux ; et il demande le jugement du peuple, qu'il invoque respectueusement comme « l'arbitre séculaire, » mais dont il ne sollicite ni indulgence, ni pardon :

Pour moi, je ne veux pas suivre l'usage et le courant ; je ne veux pas, comme font d'autres, te supplier, ô très-cher lecteur, avec des larmes dans les yeux, de pardonner ou d'oublier les fautes de mon œuvre.

Non! c'est un combat sans merci, qui veut une sentence sans faiblesse :

Juge, dit Cervantes au lecteur, juge ce fils de mon esprit; tu n'es pas son parent, tu n'es pas son ami, tu as ton âme dans ton corps, tu as ton libre arbitre, comme le plus huppé. Tu es maître chez toi, comme le roi est maître de ses impôts... Te voilà indépendant, délié de toute obligation et de tout respect. Dis sur cette histoire ton opinion franchement, sans crainte ni détours!

L'écrivain convie la nation à se juger; s'il gagne sa cause, il aura remporté ce rare succès d'obtenir du suffrage universel la condamnation d'une erreur publique. Mais sera-t-il vainqueur? Le livre est une grande nouveauté, l'auteur est déjà vieux et la victoire aime la jeunesse. « Comment, dit-il, comment ne pas me troubler en pensant à ce que dira le vieux législateur qu'on appelle le public, quand il me verra, après tant d'années où j'ai dormi dans le silence de l'oubli, paraître maintenant et apporter dans la plénitude de mon âge une légende... » Ici l'ironie se fait jour. Rentrant dans son sujet, l'auteur reprend sa verve : « Une légende, dit-il, sèche comme un jonc, faite au rebours des autres livres, sans imagination, sans grand style, sans *concetti*, sans érudition ni doctrine, sans commentaires à la marge et sans annotations à la table! » Et, disant cela, Cervantes commence à railler, il prélude à l'attaque, il s'anime peu à peu et se joue du danger; enfin il s'échauffe tout à fait, il se jette au travers des sottises contemporaines, et avec quelle fougue il monte à l'assaut! quel éclat de raison! quelle séve! quelle

ivresse de vérité! quelle exaltation de bon sens! quelle
joie saine dans cette droiture d'esprit et de goût! Quelle
jeunesse bien portante il oppose aux maladies morales,
aux déviations intellectuelles et aux pâleurs littéraires
de son temps! La critique pour lui n'est pas cette matrone sévère, au visage décoloré, dont la sécheresse
épouvante. Ennemi des pédants qui se pavanent sous
ses yeux, il les prend pour cibles et non pour modèles.
D'eux il n'imitera rien, ni le ton, ni les idées. L'indignation même, l'indignation classique, dont Juvénal a
dit qu'elle fait les bons vers, ne le tente pas : « Si l'indigné est un niais, écrit-il quelque part [1], l'indignation
est une niaiserie. » Déclamer est aisé ; la satire est souvent obscure et toujours elle nous contriste. La critique
qu'il aime, son génie la fera transparente, son cœur pas-
sionnée et jeune, son entrain contagieuse. La vraie expiation des sottises des hommes, c'est la comédie qu'elles
donnent. Il écrira la comédie de son temps, qu'il a vue
de près, où même il joua son rôle, car il fut ébloui
tout le premier et peut dire des illusions et des aventures de son siècle, comme le pieux Énée : *Quorum
pars magna fui!* S'il s'écarte de ses compagnons de
route, il ne se donne pas pour un misanthrope, ni pour
un ermite, encore moins pour un poëte incompris et
jamais pour un prophète, pour un voyant, pour un lynx
qui perce les ténèbres de l'avenir; c'est un homme de
bon sens qui a vu bien des choses, qui a fait sa provision
d'expérience et d'observations, de fautes et de mécomptes. Une certaine perspicacité naturelle lui donne
des prévisions instinctives. Il pressent, il redoute quel-

---

1. *Viaje al Parnaso.*

que chose; il craint qu'on ne se trompe, il voudrait
éclairer là-dessus bien des gens. Mais on n'éclaire pas
sans flamme; il fait sa critique étincelante, radieuse et
comme diaprée de mille feux. Tantôt elle est somptueuse
et descriptive, tantôt noble et attendrie, tantôt d'une
jovialité franche. Elle emprunte aux poëtes leur élégance, aux enfants leur franc rire, aux femmes leur secret de plaire et ne laisse croire à personne qu'elle soit
profondément savante. Cet art merveilleux qui met l'invention dans la critique et fait prendre la raison même
pour l'imagination dans sa puissance et dans sa fleur, est
le triomphe du génie méridional.

D'expliquer comment un homme en prison, accablé
par le malheur et la pauvreté, a pu garder une pareille
liberté d'esprit, je ne l'essayerai pas. Dans ce livre unique, le plus gai du seizième siècle, il y a un long courage; car *Don Quichotte* est l'œuvre de quinze années
au moins d'études et de misère. La première partie,
commencée à Séville ou à Argamasilla, achevée en 1603,
publiée en 1604, est d'un railleur; la seconde, venue
dix ans plus tard, est d'un philosophe. Durant ces intervalles, le conte se transforme peu à peu sous la main
de l'auteur, comme ces notes de Pascal qui ont formé
un livre tout à la fois brisé et large. Jour par jour Cervantes y recueille ses jugements. Mille allusions aux
hommes et aux idées du temps font passer devant nous
le siècle tout entier, et la littérature du moyen âge qui
agit sur le siècle. C'est une mine d'observations inépuisable.

Cette variété si pleine a ouvert, comme on devait s'y
attendre, une vaste carrière à l'interprétation. Que d'é-
crivains ont essayé de trouver le sens de *Don Qui-*

chotte, les uns expliquant le détail, les autres donnant d'un coup et à vue du pays leur appréciation décisive! On composerait une curieuse bibliothèque des commentaires savants publiés sur ce livre joyeux. Il y en a de politiques. Le chevalier de la Manche n'est-il pas, dit-on, le duc de Lerme, ou Philippe II? — Il ressemble surtout, quand il se bat contre les moulins, à Charles-Quint tirant l'épée, dans sa jeunesse, contre les figures armées des grandes tapisseries; et on notera que Cervantes, quand il brûle les livres ridicules, fait tomber dans le feu, comme par mégarde, les apologies de Charles-Quint, la *Carolea*, le *Carlo Famoso*, le *Leon de España*. — On se trompe, dit Daniel de Foë, le chevalier de la Triste-Figure n'est autre que le duc de Medina-Sidonia, raillé ouvertement dans un sonnet de Cervantes. D'autres pensent que c'est toute la politique et toutes les institutions du temps que l'auteur a en vue. Ainsi Puigblanc reconnaît une caricature de l'Inquisition dans l'épisode d'Altisidore. Un auteur inconnu a mis habilement son interprétation sous le nom de Cervantes qui, voulant, dit-il, réveiller les intelligences endormies, a découvert lui-même le sens de ses allusions, dans ce pamphlet de *la Fusée* qui a donné lieu à tant de discussions [1].

— Tout au contraire, dit Vicente Salva, Cervantes a fait une œuvre littéraire, un livre de chevalerie, destiné à surpasser tous les autres, en se dégageant de ce qu'ils avaient d'absurde. — Non, interrompent de savants juges,

1. *El Buscapie*, mot à mot le serpenteau, le cherche-pieds, n'a plus que l'intérêt des livres anonymes. Je ne m'y arrête donc pas. Je me borne à signaler ce fait, que les admirateurs de ce petit livre politique sont presque tous Galiciens ou Portugais.

Cervantes a fait le portrait ou la caricature des personnes de son temps. Le duc qui reçoit don Quichotte n'est autre que le duc de Villahermosa. Dulcinée est l'image d'Ana Zarco de Moralès, fille de l'unique hidalgo qui vivait chez les Morisques du Toboso, et on le prouve en renversant les lettres de son nom. Don Quichotte est la figure ridiculisée d'un parent de la femme de Cervantes, qui s'était opposé à son mariage, à moins qu'il ne représente un alcade ou un gentilhomme du bourg d'Argamasilla, où Cervantes fut prisonnier.

Parmi toutes les hypothèses que l'on présente, les unes n'ont pris de la consistance qu'à force d'être répétées; les autres, dues à des hommes de science et d'esprit comme M. Hartzembusch, Guerra y Orbe, Cayetano Rosell et La Barrera, jettent une curieuse lumière sur les origines de l'œuvre. Il est certain que l'auteur a pris son bien partout, comme Molière, et que les villages comme les villes lui ont donné cette ample comédie à cent actes divers dont parle La Fontaine. Je crois volontiers que la *Lucinda*, chantée par Lope de Vega avec tant de vanité galante et ridicule, est quelquefois venue à la pensée de Cervantes, quand il parlait de l'Andalouse Cassildée de Vandalie ou de la Manchoise Dulcinée du Toboso. Il est vraisemblable qu'il n'a pas vu sans rire le personnage qui figure encore à Argamasilla, peint dans l'église, avec sa nièce, Rodrigo Pacheco, *hijodalgo* unique et incomparable, que les filles du peuple ont depuis appelé don Quichotte. Cervantes s'amuse évidemment de quelques ridicules contemporains, quand il place dans l'académie d'Argamasilla le Monicongo et le Paniaguada, le Caprichoso et le Burlador, le Cachidiablo et le sacristain Tiquitoc. Il joue avec les noms comme

avec les vanités humaines. Les mots *Rocinante* et *Panza*
ont un sens, comme aussi don *Quijote* qui veut dire *cuissard*, mais qui devient tour à tour *quijada*, mâchoire,
et *quesada*, tarte au fromage. Le railleur s'amuse de son
propre nom : *Cervantes* se traduit en arabe *Ben-En-
geli*, dont Sancho fait *Berengena*, aubergine. Ailleurs le
mot Cervantes, qui se prononce en castillan et qu'il signait
Cerbantes, se transforme, par une assonnance toute méridionale, en *Berganza*. De même dans toutes ses œuvres :
tantôt il y mêle les noms de ses amis et des siens, comme
Isunza, Campuzano, Vozmediano, Saavedra ; tantôt il
marque la transfiguration morale de ses personnages par
la métamorphose de leur nom, comme lorsqu'il appelle
Zara Zoraïde ou Cañizarès Carrizales. L'étudiant qui se
fait picaro et commence à ourdir sa trame s'appelle dès
lors *Urdialès*, et le valet de ferme qui se fait bohémien
se baptise *Urdemalas*.

Cervantes est plein de ces fantaisies et il les sème à
pleines mains dans son roman critique. Au seuil même de
l'œuvre apparaît, comme une énigme, *Urgande la déconnue*, c'est-à-dire la fée du moyen âge, subtile et mystérieuse, la doña Urraque des légendes, et autour d'elle
un cortége de vieux vers, de refrains tronqués et de strophes vermoulues.

Voilà son but, s'écrie lord Byron : attaquer la poésie
du moyen âge, le monde chevaleresque et tout ce qui est
noble. « De tous les romans, c'est le plus désolant,
d'autant plus qu'il nous fait sourire... Quelle douloureuse leçon morale doit-on tirer, quand on réfléchit, de
ce vrai poëme épique ! Redresser les torts, venger les
opprimés, est-ce un projet qu'il faille reléguer parmi les
rêves illusoires de notre imagination ? Sera-ce un ridicule

de courir après la gloire en dépit de tous les obstacles, et
Socrate lui-même ne serait-il que le don Quichotte de la
sagesse? Un sourire de Cervantes a anéanti la chevalerie
espagnole; d'une seule épigramme, il a rompu le bras
droit à sa patrie. L'Espagne, à dater de ce jour, n'en-
fanta plus que rarement des héros. Au contraire, quand
ce roman vint la charmer, le monde entier s'ouvrait
devant ses brillants guerriers. Telle fut l'action du génie
de Cervantes. Toute sa gloire d'écrivain fut acquise au
prix de la ruine de sa patrie [1]. »

Ainsi, l'auteur de *Don Quichotte* aurait fait la décadence qu'il voulut conjurer, il en serait l'auteur parce
qu'il en fut le témoin! Pour l'avoir prévue, il l'aurait
causée! Non, nous avons vu ses œuvres de la première heure, toutes chevaleresques. Cervantes n'était
pas, comme Byron, un gentilhomme mécontent de sa
patrie qui s'imagine, en réclamant pour don Juan des
priviléges de caste, réclamer la liberté. Cervantes était
un gentilhomme vaincu qui, ne gardant plus l'espoir du
triomphe, s'instruisait par sa défaite, et, sans abdiquer
le fier souvenir de son passé, acceptait loyalement les
enseignements de la vie présente. Il n'attaque pas la
noblesse, qu'Avellaneda lui reproche d'aimer trop; il
n'a pas un mot d'ironie contre les prétentions, les
préjugés et l'outrecuidance des hommes plus heureux
que lui qui le dédaignent. Rien chez lui de ces passions envieuses et de ces influences de haine qu'en
tout temps et en tout pays les convulsions sociales laissent après elles, comme les inondations leur limon. Il parle
de la noblesse avec justice, de la chevalerie avec l'éloquence

---

1. Byron, *Don Juan*, chant xiiie.

d'un amour déçu, et de son pays avec une telle absence de haine que sa gaieté cordiale gagne sa patrie entière.

Son objet est plus noble et plus vaste : c'est l'esprit même de son temps. Gardons-nous de réduire son dessein aux proportions inférieures d'une satire ou d'une personnalité ; s'il en était ainsi, le livre perdrait d'un coup son intérêt universel. N'essayons pas davantage de rapporter ses figures à un modèle exclusif. Combien de paysannes de l'Attique a vues le sculpteur grec qui fait une statue immortelle? Où sont les femmes du Transtévère dont le peintre romain étudia la beauté puissante? Quand Cervantes a-t-il rencontré la noble et étrange figure du chevalier qui survit au moyen âge? Je pourrais croire et dire qu'il songeait à Quixada, le mentor de don Juan d'Autriche, ou à Quesada, le gouverneur de la Goulette, qui fut pris avec lui autrefois, — deux hommes auxquels les interprètes n'ont pas songé.

Mais le détail de sa pensée est infini et déborde un cadre si étroit, tandis que la portée de l'œuvre et le point où elle vise sont beaucoup plus élevés et plus nets. Le but de Cervantes, son but unique, est la haute critique des idées : surprendre les idées fausses, les sentiments factices et les erreurs contagieuses, leur donner une forme sensible et un relief extraordinaire, les mettre en scène et les livrer au sourire ; cela fait, dresser l'épitaphe du merveilleux qui est un mensonge, de l'amour platonique qui est une hypocrisie, du roman efféminé qui est un poison, de l'orgueil féodal et de la manie chevaleresque, qui sont des anachronismes, c'est l'œuvre exquise qu'il se propose d'accomplir. Et, chose étrange, il y apporte, avec sa gaieté intarissable, je ne sais quoi d'aventureux, de noble et de chevaleresque. Lorsqu'il

arrive, en 1603, à Valladolid, avec son manuscrit,
lorsque, dans son prologue, il s'avance, seul et résolu,
demandant le champ clos et présentant le défi à son
temps, cet homme, qui veut rompre en visière à toutes
les chimères de l'esprit public, ressemble aux preux
d'autrefois qui combattaient pour leur dame.

Cervantes combat pour la vérité, qu'il croit plus belle
que la beauté même. C'est là ce qui le guide ou le ramène quand il traverse, avec tant de caprice apparent,
des sujets si divers. La matière de l'ouvrage, qui est
l'illusion des hommes, se multiplie et se transforme
devant lui, toujours nouvelle, sans fin ; il va à la suite, il
s'abandonne, soutenu par cette même passion du vrai
qui est l'inspiration, l'unité et l'harmonie secrète du
livre. Voilà, je crois, l'explication générale du *Don
Quichotte;* mais pour le comprendre dans sa variété, il
faut quelques approches. J'essayerai de raconter ici l'histoire de ce chef-d'œuvre et de le replacer un instant
dans les conditions où il fut conçu, développé et mûri.

Si je devais assigner une date à la composition première de *Don Quichotte*, ce serait l'année 1598. Cervantes est en prison, il lit et médite, il songe à sa vie
passée qui lui semble un singulier rêve, à la littérature
dont il saisit l'étrange légèreté, à Philippe II, qui vient
de mourir, et à l'Espagne qui s'endort au bruit des sérénades. C'est de lui-même qu'il rit d'abord ; il s'amuse
des bouffées d'orgueil et d'héroïsme qui jadis lui mon-
taient au cerveau, quand il se fit soldat ; il s'étonne de
l'ardeur naïve qu'il a mise à composer son élégante et
menteuse *Galatée*, quand il se fit recevoir parmi les
poëtes à la mode. Cet homme qui a voulu conquérir

Alger et conseiller Philippe II, ce brave Saavedra était
un vrai chevalier errant; le voilà mort et Cervantes
raille son ombre. Mais l'esprit de chimère qu'il étouffe
en lui, il le trouve dans toute l'Espagne, grandi, puissant
et faussé encore par un mélange d'idées moins nobles
et moins sincères. Dans la vie de hasard des picaros
qui se disent libres, dans la paresse des gentilshommes
qui s'enorgueillissent d'être inutiles, dans les rêveries
des femmes et des jeunes gens qui prennent le raffinement de la galanterie pour l'idéal de l'amour, Cervantes
reconnaît partout un même esprit d'aventure et d'extravagance; et tandis qu'il essaye de démêler l'étrange
confusion de l'imagination espagnole, il la découvre en
quelque sorte sous sa main, tout exprimée et toute
vivante : c'est le roman de chevalerie qui sert d'expression à la chimère publique. Là est le magasin des
inventions et des enchantements que l'on rêve. Là
sont les modèles et les types sur lesquels on se règle,
Amadis, Primaleon, Florisandro, Lisuarte, Lépolème,
Platir, Olivant, Bélianis, etc., héros de roman qui pour-
fendent l'univers et en apportent les débris aux pieds
d'Oriane ou de Madasime. Cette vision sublime, dans
laquelle l'honneur et l'amour platonique se donnent la
main, est chose très-grave et très-noble aux yeux de
tous. C'est une folie sérieuse, « une extravagance raisonnable, » d'autant plus dangereuse qu'elle est plus naïve.
Cervantes l'observe avec une admiration croissante et
s'écrie : « C'est une folie tellement inouïe que je ne sais
si, voulant l'inventer et la fabriquer à plaisir, on trou-
verait un esprit assez ingénieux pour l'imaginer [1]. »

1. Voir *Don Quichotte*, I, 30.

Nous nous l'imaginons, aujourd'hui que nous avons vu la France du dix-septième siècle se passionner pour l'*Astrée* et la *Clélie*, et l'Angleterre du dix-huitième prendre fait et cause pour *Clarisse Harlowe*. Mais alors, en 1598 et en Espagne, la vogue merveilleuse des Amadis était quelque chose comme une épidémie cérébrale dont personne n'osait rire. Un jour, un seigneur rentre chez lui et trouve sa femme en pleurs : « Qu'avez-vous ? quel malheur est-il arrivé ? lui dit-il. — Seigneur, Amadis est mort ! » On ne voulait pas que le romancier mit fin aux jours de ses héros. L'infant don Alonso intervint personnellement auprès de l'auteur de l'Amadis portugais pour le supplier de refaire le chapitre dans lequel était sacrifiée la señora Briolana. Ces êtres de fantaisie prenaient un corps et une réalité dans l'esprit de tout le monde. Il était reconnu de tous que le roi Arthur de Bretagne reviendrait un jour. Julian del Castillo, qui écrivait en 1587, affirme, faut-il l'en croire ? qu'au moment où Philippe II épousa Marie d'Angleterre, il dut réserver les droits du roi Arthur et promettre de lui céder le trône quand il reviendrait. Les fictions chevaleresques devenaient des articles de foi. Un gentilhomme, Simon de Silveyra, jura un jour sur l'Évangile qu'il tenait pour certain et véridique l'histoire d'Amadis des Gaules [1].

Que dire à cet argument ? Comment lutter contre des chimères devenues des convictions ? A celui qui mettait en question la seule réalité des héros de roman, on répondait que c'était douter de l'Espagne même, de sa gloire, de son passé et de l'histoire entière. Quand Cer-

1 V. François de Portugal, *Art de Galanterie.*

vantes osa soutenir la proposition formulée dans son
Don Quichotte, à savoir que « les livres de chevalerie
sont des menteurs inutiles et nuisibles à la république,
qu'on fait mal de les lire, plus mal de les croire et plus
mal encore de les imiter, » Cervantes fit un coup
d'État.

Cervantes, avant d'ouvrir le feu, examina l'armée
ennemie. Il voulut lire tous les romans, les connaître
tous, les juger sans en excepter un seul, ce qu'il fit
avec l'exactitude d'un bibliophile. Il a devancé sur ce
point l'érudition moderne qui procède depuis un siècle
au dénombrement des vingt-quatre Amadis, des douze
pairs de France, des vingt-cinq chevaliers de la Table-
Ronde et des compagnons sans nombre de Godefroi de
Bouillon. Il a su comme nous l'origine réelle et l'antiquité effrayante de ces types des Tristan et des Lancelot
que toutes les nations de l'Europe se sont empruntés
successivement. Le moindre d'entre eux avait déjà au
temps de Cervantes deux ou trois cents ans d'existence ;
mais leur costume, leur rôle et leurs paroles d'amour
leur donnaient une jeunesse apparente. Cervantes reconnut dans ces protées autant de Mathusalems. Il dénonça
tout d'abord à l'Espagne leur jeunesse d'emprunt. C'était
le passé, c'était le moyen âge, c'était enfin l'esprit étranger, qui se personnifiaient et se survivaient sous le
masque élégant des Amadis. Don Quichotte lui-même
est chargé de déclarer leur antique origine :

Vos Grâces, dit-il, n'ont-elles pas lu les chroniques et les
annales d'Angleterre, où il est question des fameux exploits du
roi Arthur, que dans notre idiome castillan nous appelons le roi
Artus, et duquel une antique tradition reçue dans tout le royaume
de la Grande-Bretagne raconte qu'il ne mourut pas, mais qu'il

fut, par art d'enchantement, changé en corbeau, et que, dans la
suite des temps, il doit venir reprendre sa couronne et son
sceptre, ce qui fait que, depuis cette époque jusqu'à nos jours,
on ne saurait prouver qu'aucun Anglais ait tué un corbeau. Eh
bien, dans le temps de ce bon roi fut institué ce fameux ordre
de chevalerie appelé la *Table-Ronde*, et se passèrent de point en
point, comme on les conte, les amours de don Lancelot du Lac
et de la reine Genièvre, amours dont la confidente et la média-
trice était la respectable duègne Quintagnone. Depuis lors, et de
main en main, cet ordre de chevalerie alla toujours croissant et
s'étendant aux diverses parties du monde. Ce fut en son sein
que se rendirent fameux et célèbres par leurs actions le vaillant
Amadis de Gaule, avec tous ses fils et petits-fils, jusqu'à la cinquième génération, et le valeureux Félix-Mars d'Hyrcanie, et cet
autre qu'on ne peut jamais louer assez, Tirant le Blanc ; et qu'enfin, presque de nos jours, nous avons vu, entendu et connu l'invincible chevalier don Bélianis de Grèce.

« Quelle progression douce et charmante de hauts
faits amoureux et guerriers ! » dit-il encore, en voyant
surgir du fond du neuvième et du dixième siècle, renaître et se succéder les chevaliers de fantaisie.

De fait, c'est un arbre généalogique immense dont les
racines sont cachées sous la terre et dont les branches
couvrent l'Europe. Cette ramification luxuriante s'est
projetée dans les œuvres modernes de l'Arioste, de
Wieland, de Spencer, et est venue finir dans les feuilles
légères de la bibliothèque bleue. Tel était le nombre
des héros de roman qu'il a fallu pour les classer, grou-
per les types célèbres par familles et par dynasties, rapporter à de grands cycles les contes nomades et partager par régions géographiques le monde des épopées
romanesques. Le moyen âge même faisait ainsi lorsqu'il
distinguait la *matière de Bretagne* et la *matière de
France*, c'est-à-dire les histoires du roi Arthur et celles
de l'empereur Charlemagne. Ce nom général était fort

juste; les récits poétiques formaient une matière abondante et fusible qui coulait dans tous les sens, une sorte
de lave ardente qui descendait de proche en proche,
de contrée en contrée, se moulant sur chaque terrain
nouveau, tandis que le foyer d'éruption restait perdu
dans les vapeurs fumeuses et lointaines d'un sommet
oublié.

Pour mesurer la puissance et l'effort du génie de
Cervantes qui a osé arrêter le cours de cette invasion
séculaire, il faudrait suivre ici et retracer en détail les
migrations du roman de chevalerie. Ce serait une entreprise trop vaste. Mais reconnaissons du moins qu'il y
avait quelque chose de presque invincible dans le mouvement qu'il combattait, mouvement frivole dans sa
cause et sérieux dans ses effets. En définitive, si les
familles romanesques ont joui d'une pareille longévité,
c'est que les influences intellectuelles sont profondes et
durables; c'est que les idées littéraires, si vagues qu'elles
paraissent, possèdent une incroyable puissance de trans-
mission; c'est enfin que les héros de roman, ridicules
ou magnifiques, représentent l'imagination de l'Europe
et sont l'expression d'un idéal universel, contemplé
successivement par tous les peuples. Ce commerce des
esprits, ces échanges des nations, tiennent à l'histoire
morale du moyen âge et aux origines les plus intimes
de chaque peuple. Il n'est pas exact de dire avec
M. Ticknor, bon juge d'ordinaire, mais historien protestant d'un peuple catholique, que la crédulité religieuse de l'Espagne explique sa littérature chevaleresque. Elle a reçu d'ailleurs les romans de chevalerie
dont je vais indiquer sommairement l'itinéraire.

Cette littérature voyageuse est venue, comme le dit

Cervantes, de Bretagne, c'est-à-dire d'un pays à moitié
français, à moitié anglais. Dans la vieille Armorique, au
bord de l'Océan, au milieu d'une nature vierge et sévère,
les Celtes, refoulés par Rome et par les Germains, com-
posèrent les premiers des légendes où éclatèrent leurs
regrets et leurs espérances. Tour à tour elles retra-
çaient l'histoire d'Arthur, le roi vaincu, qui devait ressusciter, ou celle de Merlin l'enchanteur, qui savait les
mystères des choses, et de la fée Viviane, qui était la
nature même dans sa vie et sa fécondité éternelles.

. Cette poésie de race, spontanée, sauvage et grandiose,
où se mêlèrent bientôt des récits d'amour, passa peu à peu
chez les Bretons d'Angleterre et chez les Normands de
France. Mise en latin et en français, elle dépouilla, avec
son costume originel, le ton grave et rêveur des souvenirs celtiques. Chaque peuple y choisit et y ajouta ce
qui lui plaisait. Les Normands la firent active et nette,
les Champenois la rendirent railleuse et coquette, l'Allemand Wolfram d'Eschembach s'en servit comme d'un
instrument de polémique religieuse. Ainsi se répandirent les romans de la matière de Bretagne au milieu
de l'Europe carlovingienne et féodale.

A leur tour, les romans de la matière de France étaient
nés au temps de Charlemagne, dont ils racontaient les exploits ou les revers dans des chansons de geste beaucoup
plus positives que les rêves bretons. Dès le milieu du
dixième siècle, notre pays offrait aux chanteurs de toute
l'Europe une double moisson de contes qui, chantés par
les trouvères, ornés par les troubadours, applaudis de
château en château, portés en Europe par les voyageurs
et en Orient par les croisades, s'acclimatèrent partout
et traversèrent les siècles comme les pays, sans vieillir,

sans s'arrêter, sans mourir, car de nouveaux poëtes les transformaient incessamment. Renouvelés et rajeunis par le voyage même, les plus antiques paraissaient nouveaux, grâce à la distance des temps ou des lieux. D'ailleurs ils recevaient chemin faisant des éléments nouveaux; avec une souplesse merveilleuse, les héros des vieux romans se faisaient l'expression de la société nouvelle. Les phénix d'autrefois renaissaient de leurs cendres. Le seizième siècle les accueillit comme des nouveau-nés. Jamais ils n'eurent plus d'éclat et de fraîcheur qu'alors. Il semblerait pourtant que la fin du moyen âge dût marquer celle de leur règne. Mais les fictions romanesques venaient de recevoir une forme nouvelle qui leur donna une jeunesse de ton extraordinaire. La Castille avait créé l'admirable conte d'*Amadis de Gaule* [1].

Le premier Amadis, en effet, parut un chef-d'œuvre, et l'Europe entière l'admira; même aux yeux de Cervantes qui le combat, c'était une composition supérieure à toutes les autres du même genre. Le Tasse en vantait la grâce et la noblesse. La critique y reconnaît encore un modèle de langue. Mais le secret de l'influence d'Amadis, c'est qu'il est l'expression ardente, élevée et sincère des sentiments d'une race. L'héroïsme grave de la Castille respire encore dans toutes ces pages, à tel point que d'Herberay des Essarts, voulant traduire *Amadis* en français, demande la permission de l'adoucir, de l'humaniser et de retrancher les hautes réflexions qu'on y trouve en abondance sur l'honneur, sur la gloire

---

1. Voir, pour l'histoire des romans de chevalerie, le *Tableau de la Littérature française au quatorzième siècle*, par M. Victor Leclerc, le travail de M. Ch. d'Héricault sur l'*Épopée française*, celui de M. Louis Moland, *les Origines littéraires*.

et sur l'amour. Ce roman néanmoins était venu originairement, comme les autres, de l'étranger ; *Amadis
de Gaule*, ou plutôt *de Galles*, fut Breton, Picard et
Portugais avant d'être Castillan [1]. Mais un jour la Castille le reçut, elle se l'appropria. Elle incarna en lui
son orgueil, sa valeur, la dignité naturelle de ses façons,
tous les traits de son caractère national. Amadis est le
symbole de l'honneur castillan ; sans doute il aime une
femme, il admire la beauté de sa maîtresse Oriane, il
traverse mille aventures pour lui plaire et la mériter ;
mais il respecte surtout en elle la parole qu'il lui donna
de l'aimer. Oriane, à son tour, a pour Amadis une tendresse sévère, virile, qui ne ressemble ni aux caprices
despotiques, ni aux troubles d'amour des héroïnes
ordinaires. Tous deux sont dominés, comme les chevaliers qui les entourent, par une ambition morale
qui est leur passion réelle : tous deux ont l'émulation
du courage et de l'activité. Amadis quitte Oriane pour
l'honorer en allant chercher des victoires ; Oriane, à son
tour, cède de bon cœur son empire à celui de la gloire.
Elle dit en souriant à don Brian de Monjaste :

> Je crains que votre cœur ne soit pas tellement subjugué et en-
> chaîné par les choses de l'amour (*aficionado a las cosas de las
> mugeres*) qu'elles puissent en rien vous distraire ou vous détour-
> ner de votre but. En effet, ajoute l'auteur, don Brian, malgré
> sa jeunesse et sa grande beauté, se donnait aux armes et aux
> choses de cour (*cosas de palacio*) plus volontiers qu'il ne se lais-
> sait passionner et subjuguer par aucune femme.

La Castille adopta avec enthousiasme un roman où
elle se reconnaissait elle-même. Mais cet *Amadis de*

---

1. Voir, pour la discussion des origines, une thèse de M. Baret.

Gaule, on essaya de le recommencer, et il ouvrit la porte
à d'autres livres de chevalerie, d'un esprit différent, ou
même entièrement opposé, comme l'histoire de *Tirant le
Blanc de la Roche Salée, Chevalier de la Jarretière*,
*qui, par ses hauts faits de chevalerie, devint prince et
César de l'empire grec*. C'était une œuvre valencienne
ou limosine des plus galantes.

— Bénédiction! dit le curé quand il aperçoit, dans la bibliothèque de don Quichotte, Tirant à côté d'Amadis, vous avez là
Tirant le Blanc! Donnez-le vite, compère, car je réponds bien
d'avoir trouvé en lui un trésor d'allégresse et une mine de diver-
tissements. C'est là que se rencontrent don Kyrie-Eleison de
Montalban, un valeureux chevalier, et son frère Thomas de Montalban, et le chevalier de Fonséca, et la bataille que livra au
dogue le brave Détriant, et les finesses de la demoiselle Plaisir-
de-ma-vie, avec les amours et les ruses de la veuve Reposée, et
madame l'Impératrice, amoureuse d'Hippolyte, son écuyer. Je
vous le dis en vérité, seigneur compère, pour le style, ce livre
est le meilleur du monde. Les chevaliers y mangent, y dorment,
y meurent dans leurs lits, y font leurs testaments avant de mourir; et l'on y conte mille autres choses qui manquent à tous les
livres de la même espèce. Et pourtant je vous assure que celui
qui l'a composé méritait, pour avoir dit tant de sottises sans y
être forcé, qu'on l'envoyât ramer aux galères tout le reste de ses
jours.

Tous les romans de chevalerie qui s'étaient introduits
par Valence et Lisbonne acquirent tout à coup une influence extraordinaire sur l'Espagne, qui les lut comme
on lit de l'histoire. Elle trouva dans les chansons de
geste de la matière de France un souvenir historique
des batailles livrées par elle aux Sarrasins, dans les
aventures de la Table-Ronde un récit fidèle des actions
merveilleuses de sa vieille noblesse et des temps féo-
daux. Bientôt il lui sembla que le monde des che-

valiers, avec ses lignages lointains, ses exploits fabuleux et sa courtoisie héréditaire, était l'image même d'un passé plein de gloire.

De 1350 à 1600, l'Espagne prend au sérieux ces annales fantastiques, et le roman, complice de l'orgueil national, est non-seulement admiré et lu partout, mais encore imité et mis en action. Pour prendre rang parmi les *claros varones de Castilla*, on va présenter le combat à tout venant, comme fit, en 1440, Ruy Diaz de Mendoza, à l'occasion du mariage du prince don Enrique. On prépare les jeunes gens aux pas d'armes, comme jadis. Les mœurs et l'éducation du treizième siècle se ravivent au quinzième et au seizième sous l'influence du roman. A son tour, le roman se multiplie à la faveur de cet engouement général. Après l'*Amadis*, paraît « *le Rameau qui sort des quatre livres d'Amadis de Gaule, appelé les Prouesses du très-vaillant chevalier Esplandian.* » Ce livre des Prouesses (*las Sergas*, ἔργα) a été écrit « en grec » par maître Hélisabad, chirurgien d'Amadis. — « Brûlez-le, dit le curé, il ne faut pas tenir compte au fils du mérite du père. » On produit ensuite *Florisando*, neveu d'Amadis, puis *Lisuart*, fils d'Esplandian, puis le célèbre *Amadis de Grèce*, prince et chevalier de l'Ardente-Épée, dont l'histoire a été racontée en grec par le sage Alquife. — « Envoyez à la basse-cour, dit le curé, tout ce lignage des Amadis, et le berger Darinel et la reine Pintiquiniestra! »

Mais Lisuart a eu pour fils Anaxartes et ce Florisel de Niquée, dont la vie fameuse fut racontée par Zirphéa, reine d'Argine, et transcrite par le noble chevalier Feliciano de Silva. — Quel admirable style, raffiné, entortillé et digne de ravir don Quichotte, surtout dans les

lettres galantes ou les cartels de défi ! s'écrie Cervantes.
C'est là qu'on trouve : -

> *La raison de la déraison qu'à ma raison vous faites affaiblit tellement ma raison qu'avec raison je me plains de votre beauté;* et de même on y lit encore : *Les hauts cieux de votre divinité qui divinement par le secours des étoiles vous fortifient et vous font méritante des mérites que mérite votre grandeur.*

Les écrivains relisent toutes les fictions de la matière
de Bretagne et en font des rapsodies toutes neuves pour satisfaire l'appétit des lecteurs. Le roi Artus et l'enchanteur
Merlin, la reine Genièvre et Lancelot, Tristan et la reine
Iseult, s'emparent de nouveau des imaginations. Les
héros de la matière de France, Charlemagne, Roland,
Renaud, Ganelon, Fierabras, leur disputent la vogue.
De son côté arrive la jolie légende provençale de Pierre
et de Maguelonne, qui traversent les airs sur leur cheval
de bois. — «Nous avons la cheville qui faisait tourner le
cheval, dans la galerie d'armes de nos rois, » dit Cervantes, et il y a joint «la trompe de Roland, aussi longue
qu'une grande poutre,» avec le baume de Fierabras, qui
permet, quand un chevalier est fendu par le milieu du
corps, de le rajuster exactement. Cervantes fait sa
collection; il demande à tous l'épée de Charlot, fils de
Charlemagne, qui frappa Baudouin de vingt-deux coups,
afin de lui enlever sa femme, « histoire sue des enfants
comme des jeunes gens, vantée, que dis-je? crue des
vieillards, et avec tout cela véritable comme les miracles de Mahomet. » Que de héros encore! les Palmerin, don Olivante de Laura, le présomptueux Félix Mars
ou Florismars d'Hircanie, et ce prince don Belianis de
Grèce, qui est couvert de cicatrices, mais invincible

et immortel! Cette dernière histoire fut dictée à un avocat de Madrid par l'enchanteur Friston. L'aventure de Lépolème, *chevalier de la croix*, vint de chez les Arabes entre les mains d'un pieux auteur qui voulait inaugurer le roman de chevalerie chrétien. — «Derrière la Croix se tient le diable, dit le curé de *Don Quichotte.* » En effet il s'opéra bientôt un mélange bizarre des idées les plus sérieuses et des conceptions les plus folles.

Dans ce *mare magnum* des aventures, comme l'appelle Cervantes, les écrivains mystiques introduisirent des légendes sacrées et toute une *caballeria celestial;* les poëtes de cour, une galanterie élégante déguisée sous les raffinements d'un platonisme menteur; les historiens, des traditions et des chroniques qui semblaient de l'histoire; les capitaines devenus écrivains, leurs rodomontades; les captifs rachetés, leurs faux mémoires; les érudits, leurs lectures, leur arabe, leur grec, chacun son caprice, son goût et ses rêveries. Dans le même temps, les héroïnes de l'Arioste arrivaient d'Italie, les types indiens et sauvages venaient du nouveau monde, les nymphes pastorales du fond de l'antiquité; enfin le romancero gardait toujours du moyen âge les populaires souvenirs, les grands noms et les débris de poésie lyrique. Tout se mêla dans l'imagination du temps.

Il arrive toujours, quand on mêle l'histoire et le roman, que l'histoire a tort. Quand le faux avoisine le vrai, il le corrompt. La partie noble ou élégante de la littérature, en subissant le contact du faux goût, se vicia. La foule sacrifia l'or au clinquant. Bientôt les héros historiques parurent moins beaux que les héros de roman; le Cid fut immolé à Palmerin et à

Galaor; l'*Amadis de Gaule* pâlit en face de l'*Amadis de Grèce;* la grâce de l'Arioste plut moins que l'afféterie de Gongora.

> On disait, écrit Cervantes, que le Cid Ruy Diaz avait sans doute été bon chevalier, mais qu'il n'approchait point du chevalier de l'Ardente-Épée, lequel, d'un seul revers, avait coupé par la moitié deux farouches et démesurés géants. On faisait plus de cas de Bernard del Carpio, parce que, dans la gorge de Roncevaux, il avait mis à mort Roland l'enchanté, s'aidant de l'adresse d'Hercule quand il étouffa Antée, le fils de la Terre, entre ses bras; et on estimait fort le géant Morgan.

En effet, on disputait sérieusement sur la valeur relative de tous ces héros imaginaires. Il entrait dans l'éducation régulière d'un jeune homme d'avoir « une connaissance complète de toutes les choses relatives à la chevalerie. » Les femmes voulaient qu'on se modelât sur Tristan, par exemple, quand il se jette à la mer ; qu'on recommandât son âme à sa dame d'abord et ensuite à Dieu, si l'on en trouvait le temps. Elles se laissaient déifier de bonne grâce et récompensaient l'amour, pourvu qu'il fût désintéressé. Les extravagances devinrent une mode, et la mode fut bien vite un code. C'est ainsi que la même folie gagna tout un peuple, ignorants et savants, vilains et gentilshommes; gens de cour et gens d'église. Le chanoine de *Don Quichotte* avoue qu'il oublia souvent la *logique* de Villalpando pour les livres de chevalerie. Sainte Thérèse et Ignace de Loyola font un aveu semblable; et les écrivains les plus graves, en condamnant avec énergie ces lectures, témoignent de l'influence qu'elles exercent. Il y eut de nombreuses protestations, qui durèrent deux cents ans, car la lutte se continue du quatorzième siècle au seizième, d'Ayala

à Cervantes. Le connétable Ayala s'accuse d'avoir lu
dans sa jeunesse trop de romans.

> Libros de devaneos é mentiras probadas,
> . Amadis é Lanzarotes é burlas é sacadas,
> En que perdi mi tiempo a muy malas jornadas!

Le chroniste de Charles-Quint, Pedro Mexia, supplie
ses lecteurs d'accorder à l'histoire un peu de l'attention
qu'ils donnent « à des billevesées (*trufas y mentiras*), à
ces Amadis et à ses Lisuart, qu'on devrait bannir d'Espagne comme chose contagieuse et nuisible à l'État. »
Les Cortès se saisirent de la question. En 1553 et en
1555, on interdit la vente des romans de chevalerie dans
les colonies; on voulut même qu'en Espagne ils fussent
brûlés publiquement. Mais les mœurs étaient plus fortes
que les lois. Louis Vivez avait essayé d'agir sur les
esprits mêmes en composant, en 1523, son livre
De la femme chrétienne, où il écrit contre le roman
le chapitre intitulé *qui non legendi scriptores :* liste
des livres défendus qui sans doute fut pour plus d'un la
liste des livres intéressants. En vain les docteurs s'ar-
maient-ils de leur éloquence, les magistrats de la loi,
l'Église de l'index pour arrêter le flot montant de ces
terribles lectures. L'imprimerie les répandait avec une
intarissable profusion : bientôt la vogue des romans
fut une sorte de conflagration universelle, et il sembla
que rien au monde ne pourrait étouffer l'incendie.

Cervantes prit la plume : il dessina d'une main légère
trois figures. La première fut celle du parfait chevalier :
— un hidalgo maigre de corps, sec de visage, à cheval
sur une bête qui n'avait que la peau et les os, traversant
le monde, comme les douze pairs de Charlemagne, pour

tuer le traître Ganelon et secourir les dames affligées ;
ce n'était pas un gentilhomme de cour, dameret et oisif,
mais bien un homme d'action qui voulait ramener
le temps heureux de la chevalerie errante et servir
de modèle aux siècles présents comme au siècles futurs.
« Mes parures sont les armes, et je me repose en combattant', » telle était sa devise, empruntée au romancero :

> Mis arreos son las armas,
> Mi descanso el pelear.

Il avait nettoyé les pièces d'une armure moisie de
son arrière-grand-père et s'était armé de pied en cap
d'une salade attachée avec des rubans verts, d'un bouclier qui était une targe antique, d'une lance préférable
aux arquebuses, d'un hausse-col, d'un corselet et de
cuissards rongés et rouillés ; puis il s'était mis en route,
suivant son chemin, ou plutôt le chemin de son destrier,
qui s'appelait Rossinante. Tel était l'homme qui appa-
raissait tout d'abord dans le roman et que Cervantes
nomme Monsieur de l'Armure, on don Cuissard, en
espagnol *don Quixote*.

Mais il est de l'essence d'un chevalier errant d'être
amoureux, dit l'hidalgo. Un chevalier sans amour est un
arbre sans feuilles et sans fruit, ou un corps sans âme.
D'ailleurs, s'il lui arrive de réduire à merci quelque
géant félon, à qui l'enverra-t-il demander grâce ?

J'ai une dame, son nom est Dulcinée, sa patrie le Toboso, village de la Manche, sa qualité, au moins celle de princesse, et ses
charmes sont surhumains, car en elle viennent se réunir tous les
attributs de la beauté que les poëtes donnent à leurs maîtresses.
Ses cheveux sont des tresses d'or, son front des Champs Élyséens,

ses sourcils des arcs-en-ciel, ses yeux des soleils, ses joues des
roses, ses lèvres du corail, ses dents des perles, son cou de
l'albâtre, son sein du marbre, ses mains de l'ivoire, sa blancheur celle de la neige.

Et de plus, elle n'existe pas, ce qui achève de la rendre
parfaite et convient d'ailleurs merveilleusement à la
chasteté amoureuse de l'âge mûr.

Cervantes personnifie en deux traits la chevalerie et
le platonisme. Ce n'est pas tout : entre ces deux figures,
il fait apparaître la grosse tête ronde et riante, poilue et
joyeuse du *vilain*, du laboureur, de Sancho, qu'il a été
chercher dans les vieux contes populaires et qu'il
oppose aux héros de roman.

Il attache ce personnage aux pas de don Quichotte en
qualité d'écuyer, et les lance tous deux sur la grande
route, où ils commencent la chevauchée du monde.
— « Ami Sancho ! s'écrie don Quichotte en prenant le
chemin de Port-Lapice, c'est ici que nous allons mettre
les mains jusqu'aux coudes dans ce qu'on appelle aventures. » Ils s'y plongent, ils accomplissent exactement
toutes les cérémonies et tous les exploits des chevaliers :
la veillée des armes, les épreuves, les défis, la pénitence
d'Amadis sur la roche Pauvre, le serment du marquis
de Mantoue de ne pas folâtrer avant d'avoir vengé son
neveu Baudouin. Don Quichotte imite tout avec une
exactitude irréprochable ; son histoire, idéal et représentation fidèle de la littérature chevaleresque, est la
quintessence du genre.

La suprême difficulté était de peindre sous une forme
saisissable le platonisme. Dans un lointain favorable on
devine la figure de Dulcinée, la femme imaginaire, à
laquelle s'adresse le culte suprême, le soupir passionné

et le message de rigueur. Et elle naît de l'esprit comme l'illusion; elle sort du dialogue, sous nos yeux.

— Mes amours et les siens, dit don Quichotte, ont toujours été platoniques, sans dépasser une honnête œillade et encore de loin en loin..... Dis-moi, Sancho, où, quand et comment tu as trouvé Dulcinée. Que faisait-elle? que lui as-tu dit? que t'a-t-elle répondu? quelle mine a-t-elle faite à la lecture de ma lettre? qui te l'avait transcrite? Enfin, tout ce qui te semblera digne, en cette aventure, d'être demandé et d'être su, dis-le-moi. Quand tu es arrivé près d'elle, que faisait cette reine de beauté? A coup sûr, tu l'auras trouvée enfilant un collier de perles, ou brodant avec un fil d'or quelque devise amoureuse pour le chevalier son captif. — Je l'ai trouvée, répond Sancho (le menteur), qui vannait du blé dans sa basse-cour. — Eh bien, touchés par ses mains, ces grains de blé se convertissaient en perles. Mais as-tu fait attention si c'était du pur froment, bien lourd et bien brun? — Ce n'était que du seigle blond, répliqua Sancho. — Je t'assure qu'après avoir été vanné par ses mains, ce seigle aura fait du pain de fine fleur de froment. Mais passons outre. Quand tu lui as donné ma lettre, l'a-t-elle baisée? l'a-t-elle élevée sur sa tête? a-t-elle fait quelque cérémonie digne d'une telle épître? Qu'a-t-elle fait enfin? — Mon garçon, m'a-t-elle dit, mettez cette lettre sur ce sac. — O discrète personne! s'écria don Quichotte, c'était pour la lire à son aise et en savourer toutes les expressions. Continue, Sancho. Pendant qu'elle achevait sa tâche, quel entretien eûtes-vous ensemble? quelles questions te fit-elle à mon sujet? et que lui répondis-tu? achève enfin, conte-moi tout, sans me faire tort d'une syllabe. — Je ne l'ai pas vue assez à mon aise pour avoir observé ses attraits en détail et l'un après l'autre; mais comme cela..... en masse..... elle me semble bien.

Dulcinée du Toboso disparaît dans la poussière de seigle, la divinité se dérobe. La femme idéale est dans le nuage.

Ruiner l'empire de la galanterie, abattre l'autel dressé aux femmes par les poëtes, c'était le dernier coup. La parodie était complète, et si joyeuse, si claire pour

tous qu'un éclat de rire universel accueillit les trois
figures dessinées par Cervantes. L'histoire courut aussitôt la ville et la cour; l'Espagne entière la voulut
connaître. Il fallut faire coup sur coup des éditions
nouvelles. Les Flandres se hâtèrent de réimprimer le
le livre; la France le traduisit; toute l'Europe le lut.
Ce fut un de ces grands succès populaires et universels
qui forcent les obstacles, en un mot, une révolution.

Elle atteignait non-seulement les vieux romans de chevalerie, mais tous les genres faux de la littérature. Cervantes, à la faveur de cette fiction, dont je n'ai rappelé
ici que la donnée principale, glissait dans son roman soit
des allusions, soit des critiques directes, qui le mettaient
en guerre ouverte avec tous les vices littéraires de son
temps. Les écrivains qu'il jugeait, depuis les plus illustres, comme Lope de Vega, jusqu'aux plus petits, se
prirent de haine contre lui. Ils n'osèrent pas d'abord se
révolter publiquement. La vogue de *Don Quichotte* les
avait étourdis. Mais Cervantes les vit autour de lui préparer leurs armes. Il sentit les effets continuels de leur
mécontentement dix années durant, de 1604 à 1614.

Tandis que le vieil écrivain rassemblait, avant de
mourir, ses œuvres, et notamment ses *Nouvelles exemplaires*, tandis qu'il rentrait sa moisson, on forgeait
l'espèce de machine infernale qui éclata enfin, au bout
de dix ans.

AVELLANEDA

En 1614 parut un ouvrage intitulé : SECOND VOLUME
DE L'INGÉNIEUX HIDALGO DON QUICHOTTE DE LA MANCHE,
contenant le récit de sa troisième sortie et le cinquième

livre de ses aventures. Ce livre, que tout le monde à
première vue dut croire de Cervantes, était signé d'un
autre nom écrit en lettres plus petites : *Composé par
le licencié Alonso Fernandez de Avellaneda, naturel
de la ville de Tordesillas.—Tarragone. Imprimé par
Felipe Roberto.* 1614.

Il faut parler de ce livre qui fut un événement dans
la vie de Cervantes, et qui aujourd'hui encore est un
sujet de discussion. Le Sage lui a fait l'honneur de le
traduire en l'embellissant et d'y mettre une préface qui
place Avellaneda au-dessus de Cervantes. M. Germond
Delavigne, qui connaît bien l'Espagne, l'a traduit à son
tour, l'a défendu, et, à force de le défendre, est arrivé
à immoler la seconde partie du *Don Quichotte* de Cervantes à la *Suite* composée par Avellaneda.

Avant tout, c'était une mauvaise action. L'inconnu
qui s'emparait du droit de continuer l'ouvrage détour-
nait à son profit la vogue d'un roman qui pouvait tirer
Cervantes de la misère. Sous ce nom d'Avellaneda, nom
de guerre, se cachait un rival et un ennemi. La première ligne, le premier mot du livre annonçaient l'hostilité la plus violente. Le prologue n'était qu'une longue
injure. Voici (en combattant ici M. Germond Delavigne,
je citerai sa traduction, pour ne pas disputer sur les
termes), voici comment il débute : _

L'histoire de don Quichotte de la Manche est presque entièrement une comédie ; elle ne peut et ne doit donc pas aller sans
prologue. Voilà pourquoi j'écris celui-ci en tête de cette *Seconde
partie* des hauts faits du héros ; mais au moins le ferai-je moins
fanfaron et moins provocateur que le prologue placé par Michel
de Cervantes Saavedra en tête de sa première partie, et plus
humble que certain autre qui précède ses *Nouvelles* (satiriques
plutôt qu'exemplaires), mais réellement ingénieuses. Sans doute,

il ne trouvera rien qui soit ingénieux dans l'histoire qui va suivre; il n'y a ici ni la supériorité de son talent, ni l'abondance de relations fidèles qui se rencontrèrent sous *sa* main.

Ici le texte contient une parenthèse que le traducteur rejette par bon goût et par pudeur, mais qu'il restitue dans les notes finales. Avellaneda vient de parler de *la* main de Cervantes :

> Je mets *sa*, et avec intention, car Cervantes nous apprend lui-même qu'il n'a qu'une main; aussi pouvons-nous dire de lui que, vieux par les années autant que jeune par l'esprit, il a plus de langue que de mains.

Ceci n'est qu'une injure et une lâcheté vulgaire. La suite est plus habile :

> Sans doute encore il se plaindra de mon travail, il dira que je lui enlève le profit de sa seconde partie; mais du moins il devra reconnaître que *tous deux nous tendons vers une même fin*, c'est-à-dire combattre à outrance la lecture pernicieuse des mauvais livres de chevalerie, si répandue parmi les gens de la campagne et parmi les oisifs.

Ainsi l'œuvre de Cervantes et l'idée principale de son *Don Quichotte* ne lui appartiennent plus en propre. Cette forme de critique, si rare, si originale et si exquise, il en partage l'honneur avec autrui. Je me trompe; bientôt Avellaneda est au-dessus de Cervantes; il le dit, il repousse toute solidarité avec un pamphlétaire, et enfin il le dénonce comme coupable d'avoir attaqué un inquisiteur :

> Toutefois nous différons par les moyens, car il a cru devoir m'attaquer, ainsi que cet autre écrivain que célèbrent avec tant de justice les nations étrangères (Lope de Vega), et à qui la nôtre est si redevable de la gloire dont il a entouré le théâtre espagnol, en produisant un nombre infini de comédies admirables, écrites

avec toute la sévérité de l'art et avec toute la grâce et la sagesse
qu'on doit attendre d'un ministre du Saint-Office.

Et plus loin ce mot, terrible dans son hypocrisie :

Plaise à Dieu que, maintenant qu'il s'est voué à la retraite, il
n'aille pas s'en prendre à l'Église et aux choses sacrées!

Le souhait d'Avellaneda, chef-d'œuvre de componc-
tion d'un délateur anodin, est suivi d'une théorie sur
la bonne humeur. Avellaneda est un homme doux, souriant :

La suite qu'on va lire diffère donc de l'œuvre de Cervantes,
car mon humeur est le contraire de la sienne, aussi bien *en matière d'opinion* qu'en question d'histoire.

Le pauvre homme! s'écrierait Molière, il a l'oreille
rouge et le teint fleuri. — « Le pauvre homme! » dit
sérieusement M. Germond Delavigne, comment pouvait-il lutter contre les effets de l'idolâtrie qu'on avait
en Espagne pour Cervantes ?

Ce mot de M. Delavigne est cruel. Il fait penser à
Tartufe, et malgré soi on trouve en effet un air de famille entre Avellaneda qui, s'introduisant dans l'œuvre
de Cervantes, l'injurie ensuite, et le béat qui s'installe
dans la maison d'Orgon avec assez d'impudence pour
l'en chasser lui-même. Pourtant Avellaneda vise plus
haut; il parle d'un outrage que Cervantes a fait à un
inquisiteur et d'un outrage qu'il *pourrait* faire à l'Église.
A travers ce plat mélange d'insinuations cauteleuses
et de ricanements grossiers, de dextérité dans la per-
fidie et d'impudence dans l'injure, on voit poindre la
petite flamme d'un bûcher possible. Avellaneda indique
seulement, il n'appuie pas. Il est embarrassé, car Cer-

vantes est pieux, il vient même de prendre l'habit du
Tiers-Ordre. On le croit bon catholique :

Don Quichotte, dit quelque part Avellaneda, allait assidûment à
la messe avec son rosaire... Les gens du village le considéraient
comme complétement guéri.

On se trompait; il fallut bientôt l'attacher et l'enfermer dans
une maison de fous, là où l'on dit autant de vérités que *dans les
ivres de Genéve.*

Ceci n'est plus dans le prologue, ceci est dans le livre
même. J'entends l'objection de M. Germond Delavigne,
qui voit une différence absolue entre le prologue et le
livre, et qui dit : « Ce fiel d'un cœur haineux, ces grossières injures, tout se trouve dans le prologue d'Avellaneda ; car, dans le courant du livre, nous ne rencontrons
pas un mot qui sorte du sujet et qui soit consacré aux
petites passions de rivalité. » Où mène la préoccupation!... Le livre entier n'est qu'une caricature perpétuelle de la vie de Cervantes, de ses œuvres et de ses
nobles rêves. Puisque je suis le premier à l'avancer, je
dois prouver mon dire : ouvrons le roman d'Avellaneda.

Son don Quichotte est l'image grotesque d'un certain
gentilhomme espagnol qui parle toujours d'art militaire
et qui propose au roi d'Espagne de combattre les Turcs ;
d'un batailleur qui se mêle un jour aux comédiens et se
fait berner par eux, d'un glorieux qui veut détrôner
le poëte pastoral Garcilaso, d'un homme jaloux, mé-
fiant et misérable, qui sort de prison, qui est pauvre,
qui mourra sur la paille, et qu'en attendant on doit, par
prudence, envoyer aux petites maisons. Voilà un personnage dont les aventures rappellent singulièrement les
efforts et les échecs du gentilhomme Saavedra dans *les
armes et les lettres.*

Le Sancho d'Avellaneda est la contre-partie épaisse de son maître. Lui aussi, il prétend fonder sa gloire à la fois sur le sang, sur les armes et sur les lettres... Il est fameux par le sang, parce que son père était boucher ; par les armes, parce qu'un sien oncle était armurier ; par les lettres, parce qu'il a un cousin relieur de livres à Tolède. Ces lourdes plaisanteries écœurent. Mais le livre qui nous donne le spectacle des luttes qu'il faut soutenir pour défendre ici-bas la double cause de l'héroïsme et du bon sens nous révèle aussi l'impression que laissait aux ennemis de Cervantes son caractère. Il manquait évidemment de l'habileté, du sang-froid calculé, de la mise en scène qui font le succès. Il ignorait l'art et les moyens d'effet que lui eût appris le moindre sophiste grec et le premier venu des mandarins chinois. Soldat de Lépante, amoureux de son métier, écrivain épris de l'art littéraire, il en parlait à tout venant, comme La Fontaine parlait de Baruch. Il avait l'enthousiasme indiscret. Ce naïf, au lieu de dicter le récit de sa vie et de se faire « le grand enlumineur de ses actions, » se mêlait, en parlant de ce qu'il avait vu, d'exhorter son pays aux grandes entreprises. Il avait la folie d'adresser à Philippe II, dans une salle de théâtre, publiquement, une apostrophe politique sur la nécessité de combattre l'islamisme. Son discours généreux, j'en retrouve la parodie chez Avellaneda, si abondante, que je l'abrége un peu.

Don Quichotte est introduit en la présence du roi d'Espagne et des Indes, de Philippe II, de l'héritier d'Isabelle et de Charles-Quint, en un mot de l'*Archipampan*, comme Avellaneda l'appelle. Il veut lui adresser une adjuration solennelle :

Lorsqu'il vit que le silence régnait dans la salle et qu'on attendait qu'il parlât, il dit d'une voix grave et reposée :

« Magnanime, puissant et toujours auguste Archipampan des Indes, descendant des Héliogabale, des Sardanapale et des empereurs anciens, aujourd'hui paraît en votre royale présence le chevalier sans amour. Après avoir parcouru la plus grande partie de notre hémisphère, désenchanté des châteaux, vengé des rois, conquis des royaumes, subjugué des provinces, affranchi des empires, j'ai regardé tout le reste du monde avec les yeux de l'attention et je n'ai vu dans toute sa rondeur ni roi ni empereur qui fût plus digne de mon amitié et de mes recherches que Votre Altesse... Aussi suis-je venu, magnanime monarque, auprès de vous, non pour apprendre de vos chevaliers la courtoisie ou les autres vertus, car je n'ai plus rien à apprendre, moi qui suis connu de tous les princes de bon goût pour le miroir et le modèle de la galanterie, de la politesse, de la prudence et de la science militaire, mais afin qu'à dater de ce jour vous vouliez bien me tenir pour votre véritable ami...

« Il résultera de notre amitié une grande terreur pour vos ennemis, ajoute le chevalier. Je veux qu'à l'instant, en votre présence, en vienne aux mains avec moi ce superbe géant Bramidan de Taillenclume, roi de Chypre, que j'ai défié au combat, il y a plus d'un mois. Je veux... trancher sa tête monstrueuse et l'offrir à la grande Zénobie... à qui je me propose de donner le royaume de Chypre, jusqu'à ce que ce bras lui rende le sien, que le Grand-Turc a usurpé... »

Me suis-je trompé? N'est-ce pas là une parodie de l'imprudent patriotisme de Cervantes dans la première période de sa vie? Voilà pour le soldat et le politique ; voici maintenant pour l'écrivain et pour l'entreprise qu'il a faite de prendre une grande place parmi les auteurs dramatiques. Cervantes, on le sait, a échoué, il s'est retiré devant le succès unique et exclusif de Lope de Vega, ce prodige, dit-il, qui s'est emparé du sceptre de la monarchie comique. Mais il est revenu plus tard, on l'a mal accueilli, on a refusé ses pièces, on lui a même

retiré ses entrées. En 1614, il recueille son œuvre dramatique, et annonce qu'il la soumettra telle quelle au
jugement de la postérité. Le livre d'Avellaneda est plein
d'allusions à tous ces faits. Don Quichotte, dit-il, se
rendit un jour à Alcala de Hénarès (c'est la patrie de
Cervantes) et eut près de cette ville (à Madrid, je suppose) une rencontre fameuse avec des comédiens. Ceux-ci
étaient arrêtés dans une hôtellerie. Le chevalier prend
l'hôtellerie pour un château que jadis il a voulu conquérir et dont on a l'a repoussé :

> Ami Sancho, je me souviens maintenant des grandes fatigues,
> des tourments, des dangers et des tribulations que nous avons
> soufferts, il y a un an, dans les châteaux semblables à celui que
> nous apercevons. Toujours il s'y trouvait caché certain habile
> enchanteur, mon ennemi, qui cherchait et qui cherche encore à
> me faire tout le mal possible.

Don Quichotte va *seul* en avant pour tenter de nouveau l'entrée de la citadelle dramatique. En vain Sancho
lui conseille de ne pas s'engager dans de nouveaux
embarras. Il veut déjouer l'enchanteur; celui qui « commande aux comédiens, les domine et leur fait faire de
gré ou de force tout ce qui lui plaît. » Il apostrophe
ce magicien : « O toi qui favorises tous ceux dont « j'ai
pris la gloire pour fonder la mienne, rends-moi et
restitue à chacun, avec sa liberté, nos trésors que tu nous
as ravis. »

Les comédiens saisissent alors le chevalier par les
pieds, par les bras, et l'étendent par terre. Ils annoncent à Sancho qu'ils vont le manger, et Sancho, qui les
croit, tremble. Don Quichotte, opiniâtre jusque dans la
défaite, répond en défiant son ennemi : « Ne crois pas que

tes paroles ou tes œuvres (*perjudiciales obras*) triom-
phent de la patience de chevalier errant. Dans la suite
des temps, j'ai la certitude d'échapper à l'enchantement.
Il viendra quelque prince grec qui me délivrera ! » En
attendant que la postérité venge don Quichotte, les comédiens le punissent en jouant devant lui une comédie
de Lope de Vega : *Comenzaron a ensayar la grava
comedia de* El Testimonio vengado, *del insigne Lope
de Vega Carpio.*

Je n'insiste pas davantage ; je crois pouvoir conclure
sur ce plagiat diffamatoire qui a surpris la bonne foi de
quelques écrivains. Avellaneda est l'organe de tout un
parti coalisé contre Cervantes ; il est le vengeur de la
médiocrité atteinte par le génie. La grande critique
inaugurée par Cervantes est calomniée autant que sa
personne. Son crime est d'être indépendant, d'avoir
jugé, de juger encore. On lit trop dans son regard qu'il
connaît la valeur des hommes ; car Avellaneda, dans sa
diatribe, nous laisse entrevoir la physionomie même de
Cervantes, grave et soucieuse, au milieu de la littérature contemporaine. Selon lui, cet homme de génie, qui
s'avance seul à travers les groupes et les coteries, comme
don Quichotte dans le monde, est un esprit distrait, un
cerveau préoccupé, un vrai fou, en un mot, méchant à
coup sûr, et envieux, car la tristesse et l'air réfléchi
sont des marques d'envie : « L'envie, s'écrie Avellaneda,
est, d'après saint Thomas (et il cite triomphalement le
chapitre et la strophe), l'envie est cette *tristesse* que
nous causent le bien et la fortune d'autrui. » Au contraire, l'écrivain comme Lope de Vega, et comme son
séide Avellaneda, a le sourire bénin, et c'est le propre
de la charité : *Benigna est, non agit perperam,* dit

saint Paul. Mais il faut pardonner à Cervantes sa critique :

Elle a été écrite dans une prison, et par conséquent elle s'y est empreinte d'humeur sombre, de dispositions inquiètes, impatientes, hargneuses et colères, comme il arrive à tous les prisonniers.

Il faut laisser vieillir et mourir dans sa solitude ce malheureux qui n'est pas des nôtres ; il n'a plus longtemps à vivre, et chacun est libre d'achever son *Don Quichotte*, qu'il ne terminera probablement pas.

Voilà Miguel de Cervantes devenu vieux comme le château de San-Cervantès et tellement maltraité par les années, que tout et tous lui sont à charge. Il est si à court d'amis que, lorsqu'il veut orner ses livres de quelques sonnets boursouflés, il s'en va leur donner pour auteurs, comme il le dit lui-même, le prêtre Jean des Indes ou l'empereur de Trébizonde, parce qu'il ne trouve pas sans doute dans toute l'Espagne un personnage qui ne s'offense de le voir prendre son nom.

La malédiction jetée contre la vieillesse et la pauvreté de Cervantes se retrouve dans un sonnet abominable glissé entre le prologue et le premier chapitre, petite pièce qui, par sa place, est le premier mot du livre, par sa portée, le mot final :

« Vous apprendrez ici, dit un poëte appelé Pero Fernandez (est ce un prête-nom de l'auteur?) — vous apprendrez que l'homme qui court le monde à si grand train ne trouve pas au bout de sa vie d'autre repos, » c'est-à-dire que Cervantes le vagabond mérite sa misère.

On ne pouvait trouver mieux, dira-t-on. Pourtant la bassesse a des inventions encore plus cruelles. Après avoir enfermé Cervantes dans un cabanon de fous,

Avellaneda imagine de le guérir et de l'envoyer sur la grande route comme un paria qui tend la main. L'aliéné se fait mendiant : Sancho le rencontre et lui donne l'aumône.

Ah! certes, Le Sage n'aurait pas loué cette œuvre s'il l'eût comprise, et le traducteur moderne qui la défend la désavouera le jour où il reconnaîtra le véritable esprit qui anime celui qu'il appelle un continuateur. D'ailleurs, notons ce fait, l'auteur même de *Gil Blas* n'a pas cru pouvoir acclimater l'œuvre parmi nous sans modifier le style grossier de l'auteur espagnol, et par conséquent faire subir une métamorphose importante au roman même.

De notre temps, l'histoire littéraire s'est moins occupée de l'ouvrage que de l'auteur. Elle a cherché quelle main sacrilège avait écrit ce livre. Pour démasquer l'écrivain pseudonyme, les investigations les plus ingénieuses ont été faites. On a prononcé plusieurs noms. L'auteur fut un homme puissant, dit-on. Ce fut un religieux très-influent, ajoutent quelques-uns. D'autres précisent davantage : ce fut un dominicain. On pense à Blanco de la Paz, Estrémadurien, camarade de captivité de Cervantes à Alger et son mortel ennemi. On cite Andrès Perez, autre dominicain qui, sous le nom de Lopez de Ubeda, publia, en 1608, la *Picara Justina*. Il se serait vengé de Cervantes qui ne l'admira pas.

M. Delavigne pencherait pour le Bartolomé Leonardo de Argensola, docteur en théologie, qui fut mêlé à toutes les intrigues littéraires dont le comte de Lemos était le centre, et qui mourut historiographe du royaume d'Aragon. Mais le candidat qui a réuni le plus de suffrages est encore le Père Luis de Aliaga, homme de basse

extraction, devenu le favori du duc de Lerme et le confesseur de Philippe III. Lorsque cet Aragonais, qui s'é-
tait fait place par toutes sortes de moyens, tomba avec
ses maîtres, sa chute fut saluée par un applaudissement
général. « Le voilà par terre, » dit quelque part le fameux comte de Villa-Mediana,

> Dans un état très-misérable;
> On va, dit-on, et c'est probable,
> S'enquérir de l'inquisiteur
> Et confesser le confesseur.

Par une double bizarrerie, cet homme rappelait au
public moqueur tout ensemble le don Quichotte et le
Sancho Pança de Cervantes. Long, sec, brun comme le
chevalier de la Manche, il avait été surnommé par anti-
phrase Sancho Pança ; son extérieur et son surnom faisaient naître de perpétuels rapprochements qui, dit-on,
l'auraient indisposé contre Cervantes. Pour se venger,
il aurait écrit cette *Suite* fameuse et choisi pour pseudonyme le nom d'Avellaneda, altération légère de l'épithète attribuée par Cervantes au héros fils de son esprit,
sec et ratatiné, dit-il, *seco, avellanado.*

Je ne chercherai pas à trancher la question et je
ne crois point nécessaire de dénoncer ici, à moins de
preuves irréfragables, ni un dominicain, ni qui que ce
soit. Il importe moins de savoir quelle main a frappé
que de connaître la pensée et l'esprit qui dirigeaient le
coup. Or le débat réel est établi évidemment entre la
littérature à la mode, celle qui triomphe, et la haute
littérature critique, celle qui proteste. Parmi les triomphateurs se trouvait Lope de Vega; il avait été jugé
directement par Cervantes; il est directement défendu

par Avellaneda. C'est donc à l'ombre de son nom et
pour lui plaire que la bataille se livre. Quant à Avellaneda, son nom véritable est peu curieux à savoir ;
son pseudonyme demeure le nom de la médiocrité en
colère.

Cervantes lui-même paraît n'avoir pas découvert son
agresseur. C'est un Aragonais, dit-il, puisqu'il supprime
les articles, c'est un disciple de Lope de Véga, c'est
enfin quelque pédant « sournois et railleur, » comme
Samson Carrasco, ce bachelier blafard qui a de l'esprit
et dont Sancho admire la personne graduée par Salamanque : « Ces gens-là, ajoute l'écuyer, ne peuvent mentir, si ce n'est quand il leur en prend envie ou qu'ils y
trouvent leur profit. Le bachelier sait, sans qu'il y
manque une panse d'*a*, tout le mal qu'on dit de Votre
Grâce. » Cervantes indique en passant tout cela, mais
avant tout il s'adresse au public comme à un tribunal
d'honneur ; il réplique en soldat et en Castillan :

Vive Dieu ! avec quelle impatience, lecteur illustre, ou peut-
être plébéien, tu dois attendre à présent ce prologue [1], croyant y
trouver des vengeances, des querelles, des reproches outrageants
à l'auteur du second *Don Quichotte !* Eh bien ! en vérité, je ne
puis te donner ce contentement ; je n'en ai pas seulement la
pensée. Que son péché le punisse, qu'il le mange avec son pain,
et grand bien lui fasse.

Ce que je n'ai pu m'empêcher de ressentir, c'est qu'il m'appelle injurieusement vieux et manchot, comme s'il avait été en mon
pouvoir de retenir le temps, de faire qu'il ne passât point pour
moi ; ou comme si ma main eût été brisée dans quelque taverne,
et non dans la plus éclatante rencontre qu'aient vue les siècles
passés et présents, et qu'espèrent voir les siècles à venir.

Il faut lire tout ce prologue où éclate son indignation

_____

1. Le prologue de la seconde partie de *Don Quichotte.*

d'honnête homme, qu'il essaye vainement de contenir.
Il rougit de penser que la critique virile et élevée puisse
jamais passer pour de la basse envie :

> Une autre chose encore m'a fâché : c'est qu'il m'appelât en-
> vieux et m'expliquât, comme si je l'eusse ignoré, ce que c'est
> que l'envie. Il y en a deux sortes; celle que je connais est l'é-
> mulation noble, sainte et bien intentionnée... Si l'autre a parlé
> pour celui qu'il semble avoir désigné, il se trompe du tout au
> tout, car de celui-ci j'adore le génie et j'admire les œuvres.

Nous verrons la critique affectueuse que Cervantes
avait présentée du théâtre de Lope de Vega. D'ailleurs
il l'avait signée. Avellaneda ne signait pas de son vrai
nom. « Il doit bien souffrir, ce seigneur, dit Cervantes,
il manque de jour, il manque d'air. » Ici il se déride,
l'ironie revient, et avec elle un dédain sincère. Quoi
donc ! Avellaneda déguise son nom et cache sa patrie, « comme s'il avait commis un attentat de lèse-ma-
jesté... » Il sent donc qu'il joue un rôle de Zoïle ; il traite
Cervantes en homme de génie, puisqu'il l'insulte, et Cervantes va partir de cette vie avec le remords de lui avoir
fait écrire un mauvais livre : « Je le supplie de me pardonner l'occasion que je lui en donne involontairement ;
car c'est une tentation du diable, une des plus puissantes, que de mettre à un homme dans la tête l'idée
qu'il peut composer et publier un livre qui lui rappor-
tera de la renommée et de l'argent... » Et quand l'auteur pense à l'argent, il ne fait que brocher, comme le
tailleur à la veille de Pâques. Les ouvrages parfaits ne
se font pas ainsi. Ils ne se font pas davantage avec des
facéties malséantes. Ni l'obscénité, ni la niaiserie ne suffisent pour écrire, ni la méchanceté. Quelquefois les
cheveux blancs (qu'Avellaneda reproche à Cervantes)

donnent une maturité et une force de jugement favorables à l'art de penser. Le *Don Quichotte* du vétéran a réussi par là ; « les enfants le lisent, et les jeunes gens ; les hommes le comprennent, et les vieillards disent : c'est bien ! On l'imprime en Flandre et partout ; on le demande à Lisbonne, à Barcelone, à Valence ; il en court déjà douze mille exemplaires, ou trente mille, et la joyeuse histoire, qui ne contient pas un mot de malhonnête, prend le chemin de s'imprimer trente mille milliers de fois, si le ciel n'y remédie ! »

Ainsi répond-il [1], quand il touche les questions d'art. Mais les pédants viennent au secours du plagiaire : « Ils accusent chez moi, dit Cervantes, une absence de mémoire très-regrettable. Par exemple, j'ai dit qu'on a volé l'âne de Sancho, et, deux pas plus loin, que Sancho est sur son âne. » En effet on notait dans *Don Quichotte* des distractions, des anachronismes, des redites, des *lapsus*, dont on a fait une collection d'*absurdos*. Sur ce terrain, Cervantes n'a pas l'avantage ; il prête le flanc aux doctes critiques des gradués de Salamanque, qui pardonnent l'insignifiance correcte, mais non pas l'inadvertance, parce qu'elle fait tache. — Cela est vrai, répond Cervantes avec une gravité ironique, on a oublié de tirer au clair le vol de l'âne, mais c'est la faute des imprimeurs, qui ont laissé tomber l'explication qu'en donnait Cid Hamet Ben Engeli, auteur primitif de cette mémorable histoire. Cet écrivain, qui d'ordinaire est aussi minutieux qu'honorable, avait traité à fond le chapitre du grison ; il expliquait et détaillait son amitié pour Rossinante, à telles enseignes qu'il montre com-

1. Voir *Don Quichotte*, II, chap. II, III, IV.

mènt les deux bêtes se grattaient, comment elles se
mettaient le cou en croix l'une sur l'autre, imitant le
dévouement réciproque de Nisus et d'Euryale. Pourquoi
ces passages ont-ils été omis? On ne sait. L'âne disparaît par enchantement, comme dans l'Arioste le cheval de
Sacripant. Malgré tout, il faut être indulgent pour Cid
Hamet, en considération de son exactitude habituelle;
c'est un véritable investigateur d'atomes. Il marque très-
nettement qu'il y a cinq mille lieues par terre d'ici au
royaume de Candaya (et quand on va par les airs, en
ligne droite, trois mille deux cent vingt-sept). Ne lui
en veuillez donc pas s'il commet quelques erreurs, s'il
oublie, lorsque don Quichotte lave à grandes eaux le
fromage blanc qui l'inonde, de dire combien il emploie
de chaudronnées d'eau. Un de ses chapitres commence
ainsi : *Je jure comme chrétien catholique.* C'est évidemment une locution inexplicable de la part d'un
Maure, invraisemblable et inexcusable. Cervantes en
convient humblement, et pour achever de donner satis-
faction à ses critiques, il prétend offrir un modèle
sans tache de la manière de raconter. Il nous propose
l'aventure de la bergère Torralva et des trois cents
chèvres que passe le batelier. Sancho en personne vient
débiter cette « histoire des histoires, » et il s'interrompt
tout net quand don Quichotte ne sait plus au juste le
nombre des chèvres passées. « L'histoire finit rigoureusement, dit-il, où commence l'erreur du compte. »

Cervantes raille ainsi (en vingt passages du second
volume de *Don Quichotte*) ses adversaires qu'il dédaigne
et qu'il mène vivement. Mais, en dépit de cette gaieté,
il souffre quand il voit le travestissement de ses créations. La métamorphose de ses personnages lui cause

une inquiétude grave que l'on sent percer en lui. Un
enfant qu'on dérobe à sa mère pour l'habiller en bohémien n'est pas plus changé que *le fils de son esprit*, son
don Quichotte, devenu méconnaissable. Avellaneda a
fait de lui un mendiant stupide; il a fait de Dulcinée
du Toboso une *Barbara la Balafrée* rebutante, souillée
de tous les vices, laide de toutes les laideurs, assemblage de toutes les platitudes que peut découvrir une
imagination basse; il a fait de Sancho Pança un homme
de tréteaux, un goinfre immonde qui ne connaît que
l'alternative de la gloutonnerie et des combats de pa-
rades, et, quant au langage, un de ces beaux esprits de
ruisseau faits pour amuser une populace dont ils sont
le rebut et le jouet. « C'est à tomber de surprise, s'écrie
Cervantes, de voir sous les mêmes noms des personnages
si différents! » Ah! qu'on l'attaque lui-même et qu'on
fasse son portrait, si l'on veut, mais qu'on ne traite pas
aussi mal ses créations. Les nations étrangères pour-
raient les méconnaître à leur tour.

Le pressentiment de Cervantes n'était pas sans justesse.
On a accepté en France, on a loué plus d'une fois les inventions et les caractères d'Avellaneda; Le Sage a osé les
mettre au-dessus des caractères de Cervantes. Étrange
erreur d'un homme d'esprit qui connaissait à fond les
valets de comédie, les paysans de théâtre, les types tout
faits [1], et qui un jour condamne, au nom d'une tradition
de coulisses, la liberté même de l'observation! Il accuse
le Sancho original d'inconséquence et d'invraisemblance;

---

1. « On sait que les comédiens ont multiplié chez eux les emplois à
l'infini : emplois de grande, moyenne et petite amoureuse; emplois
de grands, moyens et petits valets. » Beaumarchais, *Lettre sur la Critique du Barbier de Séville.*

il trouve l'autre Sancho naturel. On éprouve quelque
embarras à réfuter ce paradoxe, parce qu'il faut citer
Avellaneda pour le combattre et qu'il est étrangement
grossier. Pourtant voici une scène de lui : le lecteur en
jugera.

On est à table. Les convives font passer à Sancho un
melon, il le mange. On lui jette un chapon, il le dévore.
On vide tous les plats dans son chaperon, il les fait disparaître dans son estomac.

> Don Carlos prit alors un plat de boulettes farcies : Sancho, dit-
> il, pourriez-vous bien manger deux douzaines de ces boulettes,
> si vous les trouviez à votre goût? — Je ne sais, répondit Sancho,
> ce que c'est que ces boulettes, et je n'y ai pas grande confiance,
> si elles ressemblent à celles qu'on jette dans les rues à Ciudad-
> Real pour se défaire des chiens errants. — Nous n'en sommes
> pas là à votre égard, Sancho, reprit don Carlos, ce sont de pe-
> tites boules de viande délicatement assaisonnées.
> Sancho ne demanda pas une plus longue explication et, pre-
> nant le plat, il les engloutit une à une comme s'il se fût agi de
> grains de raisin, ce qui n'amusa pas petitement les convives.
> Quand il fut arrivé à la fin : — Oh! les traîtresses et les sorciè-
> res, s'écria-t-il, comme elles ont bon goût! Je parierais que ce
> sont là les boules avec lesquelles jouent les petits enfants dans les
> limbes; sur ma foi, si je retourne dans mon pays, j'en sèmerai
> un bon picotin dans un jardin que j'ai auprès de ma maison...

Voilà cette vraisemblance que Le Sage admire, trouvant naturel un laboureur qui sème des boulettes. Cervantes juge la scène autrement : « Est-ce bien vous,
Sancho, qui mettez des boulettes dans votre sein? —
Non, réplique Sancho, je mange ce qu'on me donne, je
prends le temps comme il vient. Mais je ne suis pas
glouton et niais comme l'autre. Nous voilà tous deux,
moi simple et plaisant, mon maître vaillant, discret et
amoureux. »

En voyant la vulgarité de la contrefaçon, Cervantes
se met à craindre que l'original ne soit trop fin, trop
caché, inaccessible peut-être. Puisque le plagiaire se
trompe si lourdement et que le faux monnayeur a passé à
côté de l'or et a monnayé du plomb, d'autres peuvent s'y
méprendre également. Bref, Cervantes se demande si on
comprend son œuvre, et il dit avec son tour d'esprit
naïf : « Il faudra faire comme le peintre d'Ubeda, qui,
lorsqu'il peignait un coq, écrivait au bas en grosses
lettres : *Ceci est un coq.* Mon histoire aura besoin d'un
commentaire pour être comprise [1] !... »

LE SENS DE DON QUICHOTTE.

Molière, en 1663, livra bataille à *monsieur Lysidas,* l'auteur pédantesque et obscur qui le confondait
avec Turlupin et offrait de faire mieux que lui. Cervantes, soixante ans auparavant, en 1603, se débat
contre les morsures d'*Avellaneda.* L'un et l'autre sont
obligés d'expliquer à la foule leur œuvre, qui est l'é-
tude de l'esprit humain, et leur art, qui est la création
de symboles visibles, transparents et aimables. On ne
les comprend pas ; on les accuse, s'ils suivent leur pensée
pure, de perdre terre, s'ils l'incarnent dans un symbole
joyeux, de descendre à la bouffonnerie. Ils ont pourtant
(c'est la merveille, c'est le privilége des maîtres, c'est
le secret de l'originalité et de la force) la double puissance d'analyser et de créer.

Les Cervantes et les Molière s'irritent sous l'étreinte

---

1. Y así debe de ser de mi historia, que tendrá necesidad de
comento para entenderla. (*Don Quijote,* II, 3.)

des esprits vulgaires ou exclusifs qui ne permettent pas
au génie d'être complexe, divers et libre. Eh quoi! ils
ont été chercher la vérité elle-même, ils l'ont trouvée
nue, ils lui ont mis un voile, ils la ramènent sous le costume décent et charmant de la comédie; ils ont pénétré
avec amertume la folie et la fragilité de la machine
-humaine, qu'ils connaissent comme un anatomiste sait
le cadavre, et ils rendent au sujet la vie, le mouvement,
la gaieté même; en un mot, ils font de l'image de nos
faiblesses la joie de nos yeux, et il arrive, parce que leur
œuvre a d'autant plus de relief qu'elle a plus de profondeur, qu'elle paraît à Lysidas et à Avellaneda une
mascarade sans portée!

Molière et Cervantes représentent à leurs persécuteurs
qu'ils ont voulu tout à la fois juger et sourire, et que
c'est là une chose rare, malaisée, laborieuse. Le difficile dit Molière, dans la *Critique de l'École des
femmes*, est « d'entrer agréablement dans les défauts de
tout le monde... C'est une étrange entreprise que celle de
faire rire les honnêtes gens. » — « Ma conclusion, dit à
son tour Cervantes, est que la solidité du jugement et la
maturité de l'esprit font les bons livres, les bons contes
et tous les bons écrits; que le don du génie est de plaisanter avec grâce, soit qu'on parle, soit qu'on écrive;
que le rôle le plus piquant de la comédie est le rôle du
niais, et que celui-là n'est ni simple ni sot, qui sait le
paraître sur la scène. » Puis, avec ce mélange de fami-
liarité et de grandeur qui est son style même, il revendique les droits de ceux qui cherchent le vrai, qui
essayent des peintures morales et qui demandent à une
inspiration supérieure le secret de leurs fictions, lesquelles ont l'homme pour objet.

« C'est une chose sacrée que l'histoire d'un homme,
parce que ce doit être une chose vraie, et quand la
vérité est quelque part, là est Dieu, source unique du
vrai. » — « Mais, ajoute-t-il, des gens se trouvent
qui vous composent et vous débitent des livres à la douzaine, comme des marchands de beignets! » Tels sont
les hommes qui font un Sancho lourd, un don Quichotte
stupide, deux marionnettes, deux personnages de bois
et tout d'une pièce! ces caricatures ignobles sont inven-
tées pour les yeux des manants.

Cid Hamet Ben Engeli peint les pensées [1] et découvre
les imaginations (*pinta pensamientos*). Il est vrai qu'il
a commis la faute, dans la première partie de l'histoire,
d'intercaler des nouvelles; eh bien, dans la seconde, il
laissera voir, sans hors-d'œuvre, les héros tels qu'ils sont.
Il reste encore du soleil derrière la montagne! s'écrie Sancho. Cervantes continuera donc sa route avec plus d'aisance que jamais; il insistera sur l'intention philosophique du roman, mais il étudiera librement l'homme
ondoyant et divers. Personne ne lui coupera les ailes,
il gardera le droit de mêler le jugement viril à l'invention capricieuse. Quel plan! Dans ce livre unique, placer
toutes les richesses acquises à sa pensée, dérober la
force de sa conception sous l'élégance du trait, avoir la
légèreté de la main et le naturel du ton; employer le
récit et le dialogue à son gré, réunir à la verve mordante de l'Espagne la grâce italienne et la raison française, atteindre sans échasses le style noble et manier
sans bouffonnerie le badinage, varier à son gré le langage et l'idée, les personnages et les physionomies,

1. *Don Quichotte*, II, 40.

voilà ce qu'il rêve. L'ironie, qui est sa muse, présente de l'air du monde le plus dégagé et le plus courtois aux hommes du temps cette nouveauté très-hardie : une critique vivante et pittoresque, qui prend l'allure du roman pour le dépasser et suit la mode du siècle pour la tuer en la parodiant. Lorsque Cervantes, dans le feu même de cette entreprise, se sent tout à coup cerné par l'esprit d'exactitude banale et de mièvrerie servile qu'il reconnaît en même temps dans le calque de son plagiaire et dans les chicanes des bacheliers, il leur demande grâce : « Ayez plus de miséricorde, dit-il, et plus de scrupule... Considérez combien l'auteur a veillé pour mettre son travail en lumière et *laisser le moins d'ombre possible sur son œuvre !* »

Il avoue donc que son œuvre est de celles qu'il faut éclairer. En réalité, elle est très-complexe. Le sens de *Don Quichotte*, sa portée lointaine et sa profondeur changeante ne peuvent être compris immédiatement des contemporains ; ils sont trop près ; la perspective leur manque. Et à leur tour les critiques qui viendront juger ce livre d'après des règles ordinaires, en fixer l'intention et en réduire le cadre, éprouveront quelque embarras à se saisir de personnages fuyants et allégoriques. Le véritable interprète du *Don Quichotte* est l'auteur lui-même ; il nous révèle son propre effort. L'analyse que nous avons faite de ses œuvres nous a montré le progrès d'art qui s'accomplissait en lui. Tout d'abord, il écrit ce qu'il voit ou ce qu'il lui plaît. Puis insensiblement son génie a grandi, ses visées ne sont plus aussi restreintes que jadis ; il ne se borne plus, comme dans le *Trato de Argel*, à peindre les choses ; il ne lui suffit même plus, comme dans ses *Nouvelles picaresques*,

22

de peindre les mœurs. Désormais, c'est l'esprit, c'est
l'homme même qu'il a pour modèle, et il joint à l'observation pittoresque la critique suprême, c'est-à-
dire la connaissance intime de ce qu'il y a de plus
étrange et de plus mystérieux dans notre nature. Travail délicat, auquel il s'est essayé lentement, peu à
peu, quand il a repris le portrait de Zara, la femme
musulmane, pour en faire Zoraïde, étude plus significative; quand il a fait un autre jour, du type grossier de
Cañizarès, la retouche si forte qui a donné la figure
nouvelle de Carrizalès. Nous, qui savons ses habitudes
de travail et comment ses créations se métamorphosent,
nous ne serons pas surpris, lorsqu'il continue *Don Qui-*
chotte, ouvrage de longue haleine, de voir cette allégorie
variée et multiple se généraliser de plus en plus. .

Don Quichotte, Sancho, Dulcinée sont des personni-
fications; leurs caractères sont des symboles. Tandis que
Cervantes leur donne une forme et un corps, ils changent
sous sa main, ils s'agrandissent peu à peu et s'é-
tendent. En peignant l'esprit des romans, il est conduit à peindre de proche en proche celui de l'Espagne,
celui de son temps, celui enfin de l'humanité. Malgré
lui, sans intention, sans effort, par liberté d'allure, en se
laissant conduire par son sujet, il creuse de plus en
plus. L'analyse psychologique l'entraîne; ce livre, qui
était d'abord une simple parodie littéraire, devient une
peinture philosophique, un tableau du monde, illimité,
universel; et comme Cervantes interroge en même temps
sa propre conscience, qu'il raille son passé, qu'il trahit
ses impressions présentes, une autobiographie discrète
se devine à travers le livre.

Il y a dans *Don Quichotte* plusieurs données succes-

sives qui naissent les unes des autres. C'est la transfor-
mation graduelle de l'œuvre qui en fournit l'explication.
Ce fait admis, il est d'un singulier intérêt de suivre le
progrès de la pensée. Tout d'abord, à l'origine, *Don
Quichotte* est simplement la parodie, le résumé et le
tombeau des romans de chevalerie. Le poëte déclare la
guerre aux géants qui les infestent, aux empereurs de
Trébisonde, aux enchanteurs, aux dragons, aux nains
et aux écuyers, aux femmes guerrières et aux princesses
amoureuses qui les émaillent, à la géographie fantastique et aux tours voguantes, à tout le merveilleux
qui s'y déploie. La bibliothèque de don Quichotte apparaît donc sur le premier plan; la gouvernante et sa
nièce la saccagent; Cervantes y débrouille tout de suite
la corruption des idées et en tire le diagnostic de la maladie universelle. Telle est la donnée première.

Mais Sancho arrive et se fait l'écuyer de don Quichotte.
D'où vient-il? Ce type n'est pas emprunté aux romans de
chevalerie. Cervantes le prend ailleurs, dans une autre
littérature du moyen âge. A côté et en face des beaux
livres d'aventures, il existe des récits populaires étranges
dont le héros est un *vilain*. On l'appelle en France
Marcoulf; en Italie, il porte le nom de Bertoldo et sa
femme celui de Marculfa. Ici ou là, c'est le même
homme : un pauvre diable qui cherche à vivre, qui n'a
rien à voir à l'idéal et pour qui la gloire, l'honneur,
l'amour sont les variétés d'un luxe interdit à lui et aux
siens. En lutte avec la vie, il ne compte que sur lui-
même et sur son bon sens. Pour se guider, il a une provision de maximes toutes faites qu'il garde comme des
articles de foi et qui sont comme sa tradition. Il appelle
sagesse des nations ces sentences populaires, qui con-

tiennent peu de vraie sagesse et beaucoup d'expérience :
les Proverbes au vilain forment une litanie de vérités
égoïstes et méfiantes, de conseils rusés ou de réponses
toutes prêtes qui s'appellent en France *réprouviers* ou
respits, et en Espagne *preguntas y respuestas.*

Cervantes connaissait très-bien ce vieux type du
vilain, ses aventures et ses saillies, ses quolibets et ses
naïvetés. Je suppose qu'il avait lu surtout les facéties
italiennes — composées à l'imitation des fabliaux français. Dans ces vieux contes nomades se retrouvent l'enco-
lure de Sancho et celle de son grison bien-aimé. Quand
Sancho arrive dans le monde des chevaliers, quand il
parle si crûment des femmes, de Dulcinée et des duègnes, quand il met cette clause dans son traité avec don
Quichotte qu'il parlera, que sa langue sera libre et qu'il
ne gardera pas de secrets, je reconnais en lui Bertoldo,
le Lombard originaire de France, le paysan sauvage et
malin qui paraît à la cour du roi Alboin, scandalise les
courtisans, exaspère la reine et débite des vérités là où on
ne les aime pas. La finesse rustique de l'un et de l'autre
se ressemble; ils cachent beaucoup de malice « sous le
grand manteau de leur simplicité; » ils sont cousins, ils
descendent d'Ésope, dont ils ont l'aspect, ils précèdent
Sganarelle et Gros-René, à qui ils laisseront leur héritage. Cervantes lui-même semble indiquer les sources
auxquelles il puise, dans quelques passages où, l'écuyer
débitant des proverbes avec une faconde intarissable,
don Quichotte lui dit : — « Cette question et cette réponse
ne sont pas de toi. — Taisez-vous, seigneur, répond
Sancho, de *preguntas y respuestas*, je n'aurais pas fini
jusqu'à demain. » Sancho avoue qu'il répète les distiques
de Vérino, les sentences de Caton « le censureur » et

les proverbes du « commandeur grec », c'est-à-dire de
Guzman le Commentateur.

Cervantes, qui a lu les adages d'Érasme, les recueils
espagnols et les pasquinades italiennes, en use largement par la bouche du laboureur manchois, qui est
l'homme des champs, le *villanus* d'autrefois, le vilain
du moyen âge, le Marculf qu'on opposait jadis au roi
Salomon et à Alboin. Il recueille cette opposition des
ancêtres de Sancho et des aïeux de don Quichotte. La
littérature orale, faite de dictons populaires, et la littérature écrite, riche en galanteries aristocratiques,
s'entremêlent dans son livre et s'y combattent; c'est la
lutte du roman et du proverbe. Rossinante et le grison
forment un double symbole qui complète le contraste.
Sancho, monté comme au moulin, sert de repoussoir à
don Quichotte sur son destrier; et quand tous deux s'a-
vancent, chacun sur sa bête, on croit voir sortir du fond
du moyen âge les deux mondes qu'il contenait : le monde
des vilains et le monde des chevaliers. — La seconde
donnée de don Quichotte est devenue l'antithèse sociale
de deux castes.

Que les hommes de nos jours, à qui l'âge a donné
l'expérience et le sens des luttes sociales, relisent *Don
Quichotte*, ils seront surpris de voir s'engager là, entre
le gentilhomme et le rustre, la bataille qui finira un
jour par une révolution. Don Quichotte, qui ne pense
qu'à lui, veut que son écuyer vive de sa vie, qu'il soit
joyeux de ses victoires et triste de ses défaites. Il exige
que Sancho s'éveille la nuit pour plaindre le chevalier
errant qui s'est laissé vaincre et que le ciel châtie.

— Est-ce également par un châtiment du ciel, répond Sancho
avec humeur, que les écuyers des chevaliers vaincus sont tour-

mentés par les mouches et par la faim?... Si nous autres écuyers,
nous étions fils des chevaliers que nous servons, ou leurs très-
proches parents, il ne serait pas étonnant que la peine de leur
faute nous atteignît jusqu'à la quatrième génération. Mais
qu'ont à démêler les Panza avec les Don Quichotte? Allons, re-
mettons-nous sur le flanc et dormons le peu qui nous reste de
la nuit!... Dieu fera lever le soleil, et nous nous en trouverons
bien.

A qui Cervantes en veut-il donc? Est-ce à l'aristocratie? Byron a-t-il raison? On le croirait, à entendre parler Sancho, qui est « doublé, dit don Quichotte, de je ne
sais quelles bordures de malice et de coquinerie. » Mais
Cervantes ne hait pas le chevalier de la Manche ; il le fait
bon, courageux et éloquent ; son caractère est généreux et
noble ; il montre un grand sens toutes les fois qu'on ne
touche pas à son idée fixe. Cette idée même, quelle est-
elle? L'ancienne idée de Cervantes Saavedra, dans ses années de jeunesse et d'espérances folles, l'idée des grandes
entreprises. Don Quichotte dit au curé, redit au barbier,
répète à Don Antonio que si le Turc descend du Bos-
phore , il n'est pas besoin que l'Espagne soit sur le
qui-vive; à lui seul, il se charge de conquérir la Berbérie. « Si Sa Majesté acceptait mon avis , je sais un
expédient qui n'est ni extravagant ni impossible ; Dieu
m'entend !. » Il veut passer, avec ses armes et son cheval, dans l'empire turc et défaire à lui seul les Ottomans,
en dépit de leur nombre. Cruelle raillerie adressée par
Cervantes à son illusion passée !

Je pourrais citer bien des traits semblables qui font
reconnaitre, sous le masque de son don Quichotte cou-
reur d'aventures, le gentilhomme pauvre et nomade ,
qui, né pour les armes et ami des lettres, voulut, dans
l'une et l'autre carrières, redresser les erreurs publiques.

Si quelqu'un en doutait, qu'on lise la dernière page du livre, trop oubliée. Personne, dit Cervantes, n'a le droit de raconter l'histoire de *Don Quichotte.* C'est à sa plume qu'il appartient d'écrire sous la dictée de sa conscience. « Pour moi seul naquit don Quichotte. Il a agi et j'ai écrit. Nous ne faisons qu'un. — *Solos los dos somos para en uno.* »

Par conséquent, si l'aristocratie est frappée par Cervantes, c'est à travers sa personne, sa vie et son aveu qu'il fait arriver son blâme. Il y a au fond du roman un monologue, comme dans les confessions chrétiennes de saint Augustin et dans les confessions philosophiques de Jean-Jacques.

Ce n'est pas tout encore; les profondeurs morales où s'engage Cervantes sont éclairées non-seulement par sa conscience qu'il interroge, mais aussi par le dialogue qui s'ouvre entre Sancho et don Quichotte.

Quand le chevalier parle, il est lyrique; quand le vilain répond, il est le contraire. L'antithèse sociale disparaît alors. Ce n'est pas le chevalier que nous entendons, ni le vilain, c'est la poésie et c'est la prose. Ce qui nous frappe uniquement, c'est l'imagination aux prises avec le bon sens, l'idéal se heurtant à la réalité, l'effort de l'illusion qui tente de dominer la raison positive. Entre l'homme qui a horreur de l'évidence et y résiste avec un entêtement superbe et l'autre homme qui le suit, le rétorque, le harcèle d'en bas; entre l'homme qui ne voit que les idées et l'homme qui ne voit que les choses, il y a un duel continu : et on l'admire dans le livre, parce qu'on l'a vu dans la vie. Cervantes les a écoutés, il répète leurs propres paroles; il n'a plus de style à lui, mais un style à eux. Chacun use de son voca-

bulaire spécial et de son jargon intellectuel. La conversation de ces deux êtres différents de nature et de nourriture (comme disait le moyen âge) est la merveille du
livre; l'art du conteur triomphe dans les discussions
ingénieuses du maître et du valet; il fait entrevoir dans
leur cerveau avec une transparence inouïe le jeu de leurs
pensées. En voyant fonctionner les rouages de chacune
de ces deux montres, qui ne peuvent jamais se mettre
d'accord, nous reconnaissons les deux grandes familles
qui se partagent le monde : celle des idéalistes et celle
des réalistes.

L'antithèse sociale s'est donc agrandie au point d'embrasser l'humanité entière. Au lieu de deux castes, on a
sous les yeux deux catégories d'esprits; c'est l'antithèse
humaine et universellement vraie; et parfois Cervantes,
qui se sent entraîné par son sujet au delà de ses limites,
loin de la donnée première, s'interrompt en riant,
et dit :

> En arrivant à écrire ce chapitre, le traducteur de cette histoire
> avertit qu'il le tient pour apocryphe, parce que Sancho y parle
> sur un autre style que celui qu'on devait attendre de son intelli-
> gence bornée et y dit des choses si subtiles qu'il semble impos-
> sible qu'elles viennent de lui.

En effet, l'argumentation va loin; naïve au début, la querelle des deux hommes est de celles qui
excitent le fou rire des enfants. Sancho se contente
d'abord de désabuser son maître, qui transforme d'un
regard ce qui l'entoure, qui fait de l'auberge un château
avec pont-levis, fossés et tourelles, du porcher soufflant
dans un sifflet de jonc, un héraut d'armes et du toit
rustique un mur crénelé, sur lequel un page, absent,
a son poste imaginaire. Mais peu à peu le débat

change de terrain ; il s'agit non plus de savoir si les moulins sont des géants, et si les outres sont des fantômes, mais de savoir à quoi s'en tenir sur la gloire, par exemple, ou sur la vraie beauté, ou sur la justice sociale, ou enfin sur l'honneur des femmes. Questions délicates à débrouiller, sur lesquelles les deux voyageurs philosophent chacun au rebours de l'autre, et Cervantes, plus d'une fois, nous laisse dans l'embarras de décider qui des deux a raison.

L'auteur en effet ne veut conclure ni pour Sancho, ni pour don Quichotte. « Je vous offre, dit-il, mon récit retors et dévidé ; » et il abandonne chacun à ses réflexions. Sans doute, à ne consulter que sa première impression de lecture, le bon Sancho est l'homme raisonnable et don Quichotte le fou. Mais si l'on médite le livre, on pensera peut-être autrement. Cervantes aimait l'héroïsme, nous le savons ; il adorait la poésie, nous l'allons voir. Avant d'examiner la doctrine finale de don Quichotte, il faut suivre les développements de la pensée de Cervantes dans cette période de 1598 à 1616, qui fut un temps de maturité, de sève et de jugement général. Il faut écouter ce qu'il dit quand il parle directement de la poésie, de la littérature, de la société espagnole.

CHAPITRE VIII

La vie de Cervantes à Valladolid et à Madrid, au commencement du dix-septième siècle, est une guerre sans trève. Il livre chaque jour une bataille, soit à la mauvaise littérature, soit à la société mal organisée qui l'entoure.

Un jour il dit sa pensée sur l'avenir de la scène espagnole.

Le théâtre de la Péninsule est alors, on le sait, le plus fécond des théâtres, le plus passionné, le plus influent en Europe, mais le moins parfait de tous; pas une pièce de Lope, ni de Calderon, n'est restée entière dans la mémoire des hommes, comme celles de Sophocle ou de Térence, de Corneille ou de Shakspeare. Pleines de feu, d'âme et de mouvement, les *comedias* n'ont pas reçu la forme pure qui fait vivre les œuvres de l'esprit. C'est quand la France mettra sa marque au *Menteur*, au *Cid*, à *Don Juan*, que l'Europe saura par cœur les créations dramatiques de Tirso de Molina, de Guillen de Castro et d'Alarcon.

Cervantes voit d'avance la destinée du théâtre national, qui périra, dit-il tout haut, s'il n'est sauvé par une
réforme décisive. Il rappelle à tous que le souci de l'art
est le secret de l'immortalité et le seul préservateur des
conceptions originales. Il fait plus, il ose montrer à son
pays la supériorité des nations étrangères.

> Nos œuvres, dit-il, sont faites aux dépens de la vérité, au mé-
> pris de l'histoire, je dis plus!... à la honte du génie espagnol, car
> les étrangers qui observent très-exactement les lois de l'art dra-
> matique et qui voient, dans nos comédies, l'absurdité et l'inco-
> hérence, nous tiennent pour des ignorants et des barbares[1]!

A qui Cervantes fait-il allusion? Quel auteur national désigne-t-il, et quelles nations étrangères?

> — C'est moi, dit Lope de Vega, qui mérite le nom de barbare,
> moi qui ai l'audace de donner des préceptes contre l'art, moi
> qui me laisse entraîner au courant du vulgaire, moi qu'appellent
> ignorant l'Italie et la France!

> Me laman ignorante Italia y Francia!

Ainsi la lutte s'engage-t-elle entre Lope de Vega et
Cervantes, entre 1598 et 1603, à l'époque où celui-ci
rentre dans la lice et achève la première partie de *Don
Quichotte*. Lope en ce temps-là publie des pièces innombrables pour le théâtre, des sonnets pour les académies, et des poëmes de tous genres pour le monde galant
dont il est l'idole. En 1598, il donne l'*Arcadie*, pastorale, et *la Dragontea*, poëme satirique contre l'étran-

---

1. Todo esto es en perjuicio de la verdad, y en menoscabo de las
historias, y aun en oprobrio de los ingenios españoles, porque los
extranjeros, que con mucha puntualidad guardan las leyes de la comedia, nos tienen por bárbaros é ignorantes, viendo los absurdos y dispa-
parates de las que hacemos. (*D. Q.*, I, 48.)

ger; en 1599, *Isidro* et *las Fiestas de Denia;* en 1602, *la Hermosura de Angelica,* en l'honneur de cette Angélique dont les Italiens chantaient les aventures amoureuses; en 1603, *el Peregrino en su patria,* livre de confidences, où il se représente comme un penseur persécuté. Pourtant la vogue de son nom était alors plus grande que jamais; il était le coryphée de la mode; les femmes mêmes portaient des bijoux, des étoffes et des fleurs *à la Lope.* Mais le bonheur de Lope était troublé par le regard de Cervantes, témoin solitaire et tranquillement incorruptible des engouements ridicules.

Le biographe Navarete assure que Lope de Vega et Cervantes étaient unis par l'estime réciproque et par l'affection. Il le prouve à sa manière, en rapportant les éloges qu'ils se sont adressés mutuellement, et qui donnent en effet la meilleure opinion de leur courtoisie. Mais les lettres particulières de Lope, qui sont d'une méchanceté décidée, réfutent l'erreur généreuse et peut-être volontaire du bon Navarete. Lope attaque son ami avec furie; Cervantes, de son côté, loue le grand homme tantôt avec une pointe d'ironie, tantôt avec l'accent d'une équité ferme et grave; dans les deux cas, on sent que le coryphée ne lui fait pas illusion. Il l'appelle *monstruo de naturaleza,* ce qui veut dire à volonté génie prodigieux ou génie monstrueux; et comme *Vega* signifie plaine, il célèbre, dans un sonnet charmant, le riche terroir qui produit annuellement des moissons diverses, avec une fécondité, une variété, une opulence inouïe.

> Nous avons une plaine où germe toute chose,
> Une *Vega* paisible où tout naît tour à tour.
> Du haut de l'Hélicon vient l'onde qui l'arrose;
> Apollon le regarde avec un œil d'amour.

Jupiter qui sait tout, lui, créateur et cause,
L'augmente et l'enrichit de sa main chaque jour;
Mercure voyageur en passant s'y repose,
Et Minerve y fixa son éternel séjour.

Les Muses en ce lieu font un nouveau Parnasse;
Vénus même, que suit la Décence et la Grâce,
Y fait croître partout les amours et les fleurs.

C'est ainsi que la plaine, en fruits toujours féconde,
Produit chaque matin, pour le plaisir du monde,
Des anges, des guerriers, des saints et des pasteurs.

Rien n'est plus aimable que cet éloge, mais, si l'on y
prend garde, Cervantes y mêle une critique par omis-
sion. La quantité l'éblouit; il ne parle pas de la qualité.
Ainsi les sous-entendus et les mots à double entente
laissent percer un jugement fin et un sourire. Ailleurs il
parle sérieusement, et, marquant toute sa pensée, il juge
Lope avec une admiration très-sincère, mais sans aveu-
glement; il exalte son génie dramatique et blâme l'usage
qu'il en fait. Un chef d'école ne pardonne jamais de tels
griefs, et, pour un poëte, un juge est toujours un désap-
probateur.

Au fond il y avait entre ces deux hommes une antinomie naturelle beaucoup plus sérieuse qu'une rivalité
d'esprit. Tout les opposait, leur talent, leur opinion et
les événements mêmes de leur vie. Cervantes avait combattu dans la glorieuse journée de Lépante; Lope de
Vega avait été embarqué sur la flotte inutile et pompeuse, sur l'invincible *Armada*. Cervantes professait en
politique des opinions qui eussent rapproché l'Espagne
des nations européennes et se mettait naïvement en
contradiction avec les passions publiques; Lope, flat-

tant son pays, écrivait *la Dragontea* contre *sir Francis Drake ;* il prouvait dans un de ses drames que l'Espagne doit à elle-même, et non pas à Christophe Colomb, la découverte du nouveau monde; dans un autre, il applaudissait au supplice des Indiens comme légitime, glorieux et chrétien. Enfin Lope de Vega, inquisiteur, présidait de sang-froid un auto-da-fé (dont Pellicer a publié le procès-verbal) et brûlait un bon nombre de ses semblables, tandis que Cervantes comprenait en chrétien le pardon, la bonté et la liberté de conscience ; cela le plaçait plus loin du tribunal que du bûcher, et Avellaneda, ami de Lope, le poussait doucement plus près encore du bûcher que du tribunal.

Sur le terrain de la littérature, ils n'étaient pas seulement séparés, ils étaient opposés. Lope, de son propre aveu le courtisan et l'esclave du succès, homme perspicace et très-avisé, comprit du premier coup d'œil que le public goûtait peu l'art sévère et les modèles antiques. Aussitôt il préconisa les libertés de l'imagination et les affectations du gongorisme ; il fit de la mode un genre qu'il appela très-habilement art moderne, *arte nuevo ;* en face de lui les classiques, qui contrariaient le mouvement et l'instinct national, semblèrent bientôt aussi pâles que stériles. Cervantes, dont l'esprit aisé et indépendant était également incapable de s'emprisonner dans une tradition ou de s'asservir à la mode, voulait que l'art fût libre, mais d'une liberté forte, laborieuse et pure, qui ne céderait à aucune prétention d'école et ne subirait le joug ni des classiques dont les formules étaient étroites, ni des improvisateurs *modernes* dont la fantaisie était impérieuse. Ingénument, le grand homme cherchait les conditions du beau et celles d'un progrès littéraire dont il faisait une question de grandeur nationale.

Il commença, avec l'imprudence habituelle de son caractère, une campagne généreuse. Tout d'abord il adjura les auteurs eux-mêmes, les suppliant de croire qu'ils faisaient fausse route [1]. Il vanta les bonnes pièces de Lope de Vega, d'Aguilar, de Tarraga, pour les opposer aux mauvaises. On ne l'écouta qu'avec dédain ou colère. Il écrivit alors sur le théâtre du temps le magnifique chapitre, d'un accent hardi, d'un ton sonore, d'une intention élevée, qu'il a inséré dans la première partie de *Don Quichotte*, déjà si pleine de choses, et qui demeure comme perdu au milieu de l'ironie générale du livre [2]. Lope, furieux, lui répondit par un manifeste libéral sur le même sujet, qu'il intitula : *Arte nuevo de hacer comedias*. Car ce pamphlet spirituel, au lieu d'être une œuvre isolée, est évidemment une réponse au chapitre de Cervantes. Par le fragment qu'on vient de voir, où Lope relève jusqu'aux expressions de Cervantes, on peut reconnaître que les deux écrits se complètent. Jusqu'ici, par un singulier hasard, ils nous sont venus séparés l'un de l'autre. Il faut les rapprocher et en rappeler les traits essentiels :

De l'aveu de tous, dit Cervantes, les comédies qu'on représente aujourd'hui, pièces d'invention ou pièces historiques, sont des ouvrages ridicules, sans nulle délicatesse, entièrement contre les règles. La comédie doit être l'image de la vie humaine, un miroir de vérité et un exemple moral : la nôtre est un exemple de sottises, un miroir d'extravagances et une image de tous les égarements.

1. Algunas veces he procurado persuadir a los autores que se engañan en tener la opinion que tienen.

2. C'est le quarante-huitième chapitre.

Les sujets sont extravagants... L'enfant qu'on nous montre à
la première scène dans son berceau, a de la barbe à la seconde.
Les caractères sont faux : sur notre théâtre le vieillard est un
bravache et l'homme fait est timide. On transforme un page en
conseiller, un roi en crocheteur, une princesse en servante. Les
temps et les lieux sont confondus. J'ai vu une comédie dont le
premier acte se passe en Afrique, le second en Asie, le troisième
en Europe. Un acte de plus, et l'Amérique avait son tour. J'ai
vu l'empereur Héraclius au temps de Charlemagne prendre Jérusalem à la tête des croisés. Et nos mystères! nos autos! nos faux
miracles! nos pièces profanes mêlées de surnaturel! Étrangetés
destinées au vulgaire, parce qu'il aime les dénoûments à grand
spectacle.

J'ai entrepris un jour de ramener les auteurs. Rien n'y fait;
ils sont entichés de leur système. Ni la raison, ni l'évidence ne
peuvent les en détourner. Auteurs et acteurs prétendent que les
comédies raisonnables plaisent aux hommes de goût, que le goût
est rare et que les extravagances ont pour elles la multitude. Le
public aime cela, disent-ils; *asi las quiere el vulgo....* Non! le
vulgaire ne veut des sottises que quand on ne lui offre pas mieux;
la faute en est à vous, qui aux yeux des autres nations êtes des
barbares; et vous ne péchez pas par ignorance, vous savez ce
que vous faites, vous avouez que vous écrivez pour autre chose
que pour la gloire, que vos pièces sont des marchandises et que
pour n'être pas refusés des directeurs, vous subissez leur volonté, vous livrez la commande.

Le grand fournisseur, on le devine, était Lope de
Vega. Cervantes, qui ne veut pas faire une satire et
glisser des allusions moroses, aborde en face Lope de
Vega. Il le nomme avec un mélange d'admiration et de
blâme : « N'avons-nous pas vu un des plus beaux et
des plus rares esprits de ce royaume, pour complaire aux
comédiens, négliger de mettre la dernière main à ses ouvrages, qu'il n'a pas rendus et qu'il pouvait rendre excellents?» Noblesse oblige : quand on s'empare du théâtre,
on l'élève.

—J'écris pour l'argent, *por dinero*, répondit Lope[1].

Lope de Vega éprouve alors contre Cervantes une
haine que ses flatteurs prennent soin d'envenimer. Ils
l'invitent à donner la théorie d'un art qu'il connaît
si bien. Lope compose son *Art moderne de faire des
comédies*, moitié apologie, moitié satire, et prenant le
ton léger du sarcasme, il s'adresse ainsi à une académie
en vogue :

> Nobles amis, qui êtes l'élite de l'Espagne, vous dont l'acadé-
> mie laissera bientôt derrière elle les académies de Cicéron et de
> Platon, vous voulez que j'écrive un art dramatique conforme au
> goût du public moderne. La tâche de législateur est facile ;
> quand on n'a rien mis au théâtre, on connaît bien les théories.
> Moi, je compose, et toujours contre les règles de l'art.
>
> Non pas que j'ignore les principes : à dix ans, quand j'étais
> écolier, je les savais ; mais que voulez-vous ! La scène, quand je
> l'abordai, était pleine de compositions très-différentes des mo-
> dèles antiques.
>
> J'ai écrit quelquefois selon les règles, mais j'ai vu le peuple et
> les femmes courir aux comédies monstrueuses, habitués qu'ils
> étaient aux inventions vulgaires par des auteurs barbares dont
> les idées étaient en crédit. Qui suivra aujourd'hui la théorie de l'art
> mourra de faim et sans gloire ; la raison a toujours tort devant la mode.
> Depuis ce temps-là, quand j'écris une pièce, j'enferme toutes les
> règles sous de triples verrous, j'éloigne de mon cabinet Plaute et
> Térence, de peur d'entendre leurs cris (car leurs livres muets
> crient vengeance au nom du vrai), et j'écris selon l'art inventé
> par les favoris de la foule. Après tout, c'est le public qui paye
> les sottises ; il le faut servir à son goût.

Voilà le mot de son théâtre. Il veut réussir, plaire et
prendre le vent. D'ailleurs, il laisse savoir qu'il connaît
les maîtres et sait les traditions. Robortel dit sur l'art

---

1. Voir la lettre conservée dans la collection du comte Altamira,
et citée par M. de Schack.

dramatique d'excellentes choses; qu'on aille y voir. Mais
ne lui citez pas comme modèle le vieux Lope de Rueda,
qui met en scène des filles de forgeron. L'art moderne
prend ses héroïnes parmi les reines... Et ici Lope donne
rapidement quelques-uns des principes de « l'art moderne. » Il conseille la clarté, le mouvement et des procédés mécaniques très-commodes. Assurément, ce n'est
pas là, dit-il, de l'art pur, mais ce qui plait en ce monde
est précisément ce qui va contre la loi ; et parce qu'elles
ont péché contre l'art, on a vu réussir les quatre cent
quatre-vingt-trois pièces écrites par le barbare Lope de
Vega.

Cuatro cientas y ochenta y tres comedias!

Là-dessus, Lope quitte le lecteur pour en improviser
de nouvelles. Il a besoin de son temps. Il s'en va, avec
une admirable désinvolture, laissant là le pauvre et naïf
Cervantes, qui a pris au sérieux l'art dramatique. Je me
trompe; il ne le laisse qu'en apparence; en réalité, il
signale et dénonce à chacun le plus mauvais de tous les
poëtes, le misérable auteur de *Don Quichotte*. Il interdit à tout écrivain, « si niais qu'il puisse être, » de louer
un pareil homme. Le roi des auteurs met à l'index le critique jaloux qui marque tant de *haine* pour les comédies de Lope de Vega [1]. Contre lui, il ameute les académies, il lance les médiocrités littéraires, il essaye
même de soulever le public. Dans une de ses pièces, *Ai-*

---

1. Lettre à un ami, datée de Tolède, le 4 août 1604 : « De poetas
no digo. Muchos en ciernes para el año que viene, pero ninguno hay
tan malo como CERVANTES, ni tan necio, que alabe á *Don Quijote*.....
A sátira me voy mi paso á paso ; cosa por mí más odiosa que mis
librillos á Almendáres y mis comedias á CERVANTES... »

mer sans savoir qui, une femme se moque du malheureux. « Que Dieu lui pardonne! » dit-elle.

> Don Quixote de la Mancha
> (Perdone Dios á Cervantes!)
> Fué de los extravagantes,
> Que la corónica ensanchá.

Quel accueil on fit à Cervantes, quand il s'avisa de présenter une pièce au théâtre! les comédiens tout-puissants le rejetèrent avec mépris; on fit mieux, on lui ôta ses entrées. Le jour où il publia ses pièces avec un prologue qui en appelait des rivaux aux lecteurs, Avellaneda fit la parodie de son prologue. C'était le coup de pied de l'âne. — « Croyez-moi, dit Sancho à don Quichotte [1], ne vous prenez plus de querelle avec les comédiens! » On lui disait encore : Cédez au temps, flattez la foule, faites jouer un intermède par un chien savant [2], donnez au public des *tableaux* au lieu de comédies. Ainsi faisait le poëte que Cervantes vit un jour à Séville. Il était assis sous un grenadier, se mordant les ongles, regardant le ciel et achevant de composer « le plus grand et le plus magnifique spectacle qu'on ait jamais vu. » « — Avez-vous fini, lui dit un comédien qui survient? — J'achève, et gaillardement! Voici mon idée : S. S. le Pape entre en scène, revêtue de ses habits pontificaux. Douze cardinaux le suivent, tous habillés de violet, non pas de rouge : point très-important. Cela se passe au temps de *Mutatio Capparum*. Un autre n'y eût pas songé, on fait tant de sottises! Vous imaginez-vous, d'ici, l'ef-

---

1. *Don Quichotte*, II, 11.
2. *Coloquio de los porros*.

fet de l'apparition?... Jour de ma vie[1]! » L'art dramatique, ainsi compris, est accessible à tous; il demande peu et donne beaucoup. « La comédie, s'écrie un jeune poëte imberbe[2], la comédie ouvre au génie une large carrière; c'est elle qui dérobe notre nom à l'oubli et à la mort!... Aussi ferais-je cinq fois le voyage de l'enfer pour arriver à faire jouer une pièce que j'ai toute prête et qui s'intitule *le Grand Bâtard de Salerne.* »

Ce moyen d'arriver est bizarre. Il en est de plus sûrs; il vaut mieux être du monde galant, être jeune et surtout être riche, comme Pancracio, dont Cervantes nous a laissé le portrait. Pancrace est l'homme qui peut tout, παγκρατής.

On me saura gré de traduire ici la scène charmante de sa rencontre avec Cervantes, scène racontée dans l'*Adjunta.*

« Un matin, comme je sortais du monastère d'Atocha, je rencontrai un jeune homme de vingt-quatre ans ou environ, propret, coquet des pieds à la tête, faisant craquer la soie et portant un col à la wallonne, si haut, si amidonné, que pour le soutenir, il fallait, me disais-je, les épaules d'Atlas. Ce col avait pour filles deux manchettes plates qui prenaient naissance aux poignets, s'élevaient en grimpant autour de la tige du bras, et semblaient monter à l'assaut à la barbe. Non, jamais lierre ambitieux ne s'accrocha à une muraille, depuis le pied jusqu'aux créneaux, comme ces manchettes se collaient avec passion au coude du jeune homme : en un mot, dans cet

---

1. *Coloquio de los porros.*
2. *Viaje al Parnaso.*

appareil exorbitant le cou disparaissait, le visage s'en-
sevelissait, et les bras n'étaient plus! »

Ce jeune homme aimable, qui aborde tout le monde,
aborde Cervantes et l'embrasse; Cervantes lui rend son
embrassade en prenant soin de ne pas le chiffonner;
puis il lui demande son nom.

— Vous saurez, seigneur Cervantes, que par la grâce d'Apollon je suis poëte ou du moins le veux être, et mon nom est Pancrace de Roncevaux. Je suis jeune, je suis riche et je suis amoureux.

— Vous avez les trois qualités qui font faire les trois quarts
du chemin en poésie.

— Comment cela?

— La richesse! l'amour!... Quand on est amoureux et riche,
les productions de l'esprit n'ont rien à craindre de la cupidité et
tout devient libéral pour elles. Le poëte pauvre, au contraire,
abandonne les plus divins de ses enfants et de ses rêves : (*divinos partos y pensamientos*), pour se livrer au souci de gagner sa
vie quotidienne. — Dites-moi, quel genre de poésie cultive Votre
Grâce? le poëme lyrique? l'héroïque? le comique?

— Tous les genres; je fais tout. Mais je m'occupe plutôt du
théâtre.

— Ainsi Votre Grâce a composé des comédies?

— Beaucoup, mais on n'en a joué qu'une.

— A-t-elle réussi?

— Aux yeux du peuple, non.

— Et au goût des connaisseurs?

— Pas davantage.... Mais on n'a pas pu la juger, on ne l'a pas
même achevée, tout le monde sifflait. Le lendemain le directeur
la donna encore malgré tout. Peine perdue! c'est tout au plus
s'il vint au théâtre cinq personnes.

Pourquoi Cervantes n'a-t-il pas pu, comme Molière,
mettre sur la scène ce personnage qui craque la soie et
qui fait tout. On dirait un portrait avant la lettre de Mascarille, qui dit si bien :

— Tout ce que je fais me vient naturellement, c'est sans étude.
Les gens de qualité savent tout sans avoir jamais rien appris.

Pancracio rêve comme Mascarille le *brouhaha* organisé au théâtre pour faire un succès à l'auteur.

— Le suprême plaisir et le point important, c'est de voir
sortir la foule du théâtre. Tout le monde est content. Le poëte
se tient à la porte et reçoit les félicitations universelles !...
— Ces joies ont leurs mécomptes, répond Cervantes. (Et
ramené à lui-même par cette pensée, il oublie Pancracio pour
faire un retour sur ses propres infortunes.) Le succès ne dépend
pas moins du bonheur que du talent. J'ai vu telle comédie lapi-
dée à Madrid, qui, à Tolède, fut couronnée de lauriers..... Les
comédies sont comme les jolies femmes, elles ont leurs bons et
leurs mauvais jours.
— Et maintenant, dit le jeune homme, avez-vous encore des
pièces?
— J'en ai six, avec six intermèdes.
— On ne les joue pas? Et pourquoi?
— Les directeurs ne me cherchent pas, et moi je ne vais pas
les chercher.
— Sans doute ils ignorent que Votre Grâce les a.
— Ils le savent, mais ils ont leurs poëtes qui sont leurs com-
mensaux; cela leur convient; leur pain leur suffit sans biscuit.
Je songe à faire imprimer mes pièces; le lecteur y jugera à loisir ce qui, dans la rapidité de la représentation, passe inaperçu
ou n'est pas compris. Il y a pour faire jouer les comédies comme
pour chanter, une saison et un moment.

Il publia, en effet, son théâtre en 1615; précédé d'un
charmant prologue : « Si tu y trouves , ô mon lecteur!
quelques bonnes choses, et que tu rencontres le directeur de théâtre qui me méprise, dis-lui que mes ouvrages
ne contiennent pas de niaiseries patentes, que le vers en
est naturel, que les personnages des intermèdes parlent
leur langage, et qu'enfin je suis en train de composer

une comédie que j'appelle *la Méprise des yeux* (*el Engaño de los ojos*). »

Ainsi il n'abandonne ni son œuvre ni ses idées ; tout au contraire, il a la conviction d'avoir vu juste et la conscience d'avoir servi le progrès de la scène espagnole. Dans ce même prologue, il marque simplement quelle place lui est due dans l'histoire dramatique, et à quelle date. Il a vu, dit-il, naître et se développer le théâtre, enfant vigoureux au temps de Rueda, adolescent avec Torrès Naharro, grand et magnifique avec Lope de Vega : lui, il veut être placé entre Naharro et Lope ; qu'on lui permette de revendiquer une gloire qui lui appartient.

Ici l'indulgence et l'équité gracieuse de Cervantes sont vraiment touchantes. Il écrit en 1615, après ces longues querelles : « Lope de Vega, le grand Lope, a rempli le monde de comédies naturelles, heureuses, bien raisonnées et innombrables. » Il continue sur ce ton, il montre son rival surpassant tous ceux qui l'aident à élever l'*édifice*, comme Ramon, Sanchez, Mira de Mescua, Tarraga, Guillen de Castro, Aguilar, Guevara et Galarza. Chacun est nommé avec un éloge réfléchi. Quant à Cervantes, le jour où l'on a joué ses pièces à Madrid, dit-il, l'art a fait un pas. Cervantes « a représenté le premier les pensées secrètes et les rêves de l'âme ; il a mis à la scène des personnages moraux [1]. » Il juge fort bien tout son théâtre : il préfère les études de caractère au spectacle proprement dit. C'est là, en effet, son mérite et son défaut. Dans ses œuvres, dans ses théories dramatiques, si éparses et si contradictoires en apparence,

---

1. Fui el primero que represeutase las imaginaciones y los pensamientos escondidos del alma, sacando figuras morales al teatro.

la même tendance se manifeste. Quand il se propose de
réformer le théâtre (et il annonça, dans le *Coloquio*, le
projet d'écrire un livre sur ce sujet), son but est de
mettre l'écrivain qui pense au-dessus de l'écrivain inté-
ressé, de l'acteur nomade et du « directeur bavard. »

Si parfois il entre dans notre discussion célèbre des
unités, il sacrifie aisément les unités de temps et de
lieu. Pourvu qu'on ne joue pas sa tragédie de Numance
avec des arquebuses, il se montre facile aux indépen-
dances ; il a même, dans une de ses pièces [2], amené sur
la scène la Comédie personnifiée qui plaide la cause de
la liberté dramatique :

> LA COMÉDIE. — Le temps modifie les choses et perfectionne
> les arts... J'étais bonne au temps passé, je suis bonne encore
> aujourd'hui. Si je m'écarte des préceptes graves et des modèles
> admirables laissés par les Sénèque, les Térence et les Plaute, je
> n'en suis pas plus mauvaise. De leurs exemples je prends une
> partie, je laisse l'autre.

Cervantes explique nettement qu'en cela le drame
moderne est supérieur au drame antique, lequel n'ob-
tenait l'unité de temps et de lieu qu'au moyen du récit.

> Je représente mille choses, dit la Comédie, non plus en récits
> comme autrefois, mais en actions, et ainsi je suis forcée de
> voyager ; je vais dans tous les pays où se passe l'action : c'est
> l'œuvre de mon extravagance. La comédie moderne est comme
> la mappemonde sur laquelle on voit Londres à un doigt de
> Rome et Valladolid assez près de Gand. Les spectateurs ne m'en
> veulent pas quand je vais d'Allemagne en Guinée, sans quitter
> les planches du théâtre. La pensée a des ailes...

L'action, dont Corneille avait dit qu'elle est le principe, la fin et l'âme de la tragédie, est avant tout la loi

---

1. *Cristoval de Lugo.*

du théâtre moderne, selon Cervantes. Mais, comme les maîtres, il veut l'action morale, celle qui révèle l'âme, l'esprit, les caractères, et non pas l'action extérieure et violente, dont le mouvement précipité n'est qu'un simulacre de la vie.

Dans une autre pièce [1], l'acteur Pedro, annonçant une pièce nouvelle, promet solennellement que le héros « ne sera ni matamore ni féroce, ne massacrera pas, ne fendra pas les gens en deux et ne deviendra pas, à la fin, roi d'un certain royaume que n'indique aucune cosmographie. De ces impertinences et de beaucoup d'autres, notre comédie s'est affranchie. Elle est faite d'art, d'industrie et de belles choses. » Et lui-même, comme acteur, saura son devoir, qui est de jouer et « de dire de telle sorte que le caractère tout entier se traduise aux regards. »

Rien n'est plus net et plus clair. Mais Pedro ajoute qu'il saura « provoquer les larmes, provoquer le rire, puis ramener le spectateur du rire aux larmes. Subir toutes les impressions pour les communiquer toutes, voilà ce qui fait un excellent comédien. » Et c'est là que le pied glisse à Cervantes; il ne veut pas seulement des caractères, mais il les veut complexes, libres, variables, pour mieux montrer le développement de la pensée ou de la passion. L'humeur le tente et la fantaisie. Qu'on le laisse personnifier à son aise l'orgueil et la sottise, le mensonge et la vanité, mettre à nu les ressorts cachés des vices humains, faire courir et jouer sa critique railleuse, son persiflage burlesque, indéfini et subtil, à travers des improvisations délicieuses. Il logera

---

1. Pedro de Urdé Malas.

les fous dans un intermède fugitif; il jettera sur la
scène ses idées philosophiques, ses vues sociales et les
fruits mûrs de son observation. C'est du moins ce qu'il
me semble avoir voulu et avoir fait dans son théâtre si
varié et si inégal, où les silhouettes bizarres, les touches
étranges, les figures vagues et mobiles sont trouvées avec
une sagacité voluptueuse, mais mal en scène.

Shakspeare eut les mêmes tentations et réussit à traduire sa pensée personnelle, parce qu'il jouait lui-même
ses œuvres, comme aussi Molière, et apprenait chaque
soir à leur donner le relief nécessaire. Cervantes, mê-
lant trop de choses, n'atteint pas la simplicité dramatique. Il n'a fait qu'une seule comédie parfaite, celle où
il a été libre de nous conduire à sa suite dans le dédale
de la raison humaine, je veux dire *Don Quichotte*, qui
a été lu et imité par Molière.

En résumé, au théâtre, Cervantes est inférieur à Lope
de Vega, il est sans peine vaincu par la fécondité écra-
sante, la facilité intarissable et le mouvement irrésistible
de ce génie essentiellement dramatique ; mais on ne
méprisera ni l'effort de Cervantes pour affranchir le
théâtre espagnol du joug du vulgaire, ni ses tentatives
de comédie. Il s'est servi du théâtre en grand homme,
d'abord pour parler à son pays, comme Aristophane et
Dante, plus tard pour créer un théâtre philosophique.
En tout temps une pensée politique ou une pensée
d'art le dirige, une haute ambition l'anime, celle de
faire du progrès de la scène un progrès national. — Ses
contemporains le rejettent, il ne lâche pas prise : il publie son théâtre et laisse à la postérité le soin de le juger.

Or cette sentence qu'il attend, c'est Lope de Vega
qui la portera. Le lendemain de la mort de Cervantes,

Lope lui emprunta plusieurs de ses pièces, entre autres *les Captifs d'Alger*. Ce fut une manière de lui rendre justice. Lope semblait convenir de cette vérité, que le théâtre espagnol eût été parfait si l'on eût réuni sur la même scène la forte pensée de Cervantes et le talent dramatique de Lope de Vega.

QUESTIONS D'ART. — II. — LE POÈTE.

Cervantes fait tenir quelque part au dieu même de la poésie, à Apollon, le discours suivant :

> O vous, esprits heureux à qui appartient l'élégance, le bien dire, la science délicate et vraiment savante !... vous en qui réside la poésie belle de sa propre et naturelle beauté !... ne laissez pas triompher cette canaille qui vous brave. Je dis cette canaille que l'orgueil du nombre échauffe, endiable et pousse à sa ruine — ou à la nôtre... Vous qui avez le génie naturel ou l'expérience, souffrirez-vous l'impudence de ces charlatans, de cette plèbe de faussaires, de ces artisans de niaiseries? Faites ici un exemple éclatant et mémorable, donnez en ce péril une preuve de votre grand courage, pour leur perte et pour votre gloire. Armez-vous le cœur d'une juste indignation, attaquez hardiment cette tourbe oisive, vagabonde et inutile [1] !...

La tourbe est celle des mauvais poëtes, contre qui Cervantes engage ainsi une autre bataille. Il dirigea contre elle une allégorie bouffonne qui rappelle tour à tour *le Lutrin* de Boileau, l'*Apokolokyntose* de Sénèque et les parodies burlesques de Scarron. Une nuée de poëtes se pressait aux concours des académies et assiégeait la porte des grands. Quémandeurs et faméliques,

---

1. *Viaje al Parnaso*, chap. VI.

bavards et insolents, ils obstruaient les voies de la littérature et affichaient leur misère comme leurs improvisations avec une banale impudeur. Ai-je besoin de dire qu'ils se donnaient pour des génies originaux et méprisaient Cervantes comme un poëte doit mépriser un critique? Cervantes baptisa cette multitude poétique et affamée du nom de *poetambre*[1].

La *poetambre* de Madrid fut en grande rumeur en 1610 et 1612. Le comte de Lemos partait pour Naples, et annonçait qu'il emmènerait avec lui les meilleurs poëtes. Il s'en trouva une armée. Les frères Argensola, qui étaient chargés de désigner les élus, perdaient la tête. On se comptait, on se disputait, on se déchirait. Cervantes fut laissé de côté par dédain; son heure, disait-on, était passée; l'heure des poëtes revenait; le beau temps avec elle, « le beau temps qui s'était oublié à écouter les discours d'un nommé Sancho Pança[2]. » Cervantes, ajoutait-on, était vieux, il était pauvre, il n'avait jamais su faire un vers, et enfin il n'appartenait pas à l'école des modernes. Toute la jeunesse était du *style nouveau*, — avec lequel, dit Cervantes, on escaladait le Parnasse :

> Yo me atrevo
> A profanar del monte la grandeza
> Con libros nuevos y con estilo nuevo!

s'écriait un jeune homme.

— Attendez, ajoutait un poëtereau de quinze ans,

1. *Hambre*, faim. — La terminaison *bre* signifie volontiers *multitude*, *muchedumbre*.

2. Parole à laquelle Cervantes fait allusion dans le *Viaje*, et qu'il attribue à un personnage fort semblable à Gongora.

que j'affile mon épée, c'est-à-dire ma plume, et je leur taillerai des croupières. Apollon, tu recevras un coup de la main la plus gaillarde que le temps ait jamais vue !

L'idée vint à Cervantes de raconter en vers burlesques l'assaut donné au Parnasse par la *poetambre*, et de défendre la vraie poésie contre ces profanations. Il ferait lui-même un *Voyage*, son dernier voyage, dans ces régions qu'il avait tant aimées ; il expliquerait à la jeunesse qu'il n'y a pas de poésie sans désintéressement, et il passerait en revue toute la littérature une troisième fois. Jadis, dans sa *Galatée*, il avait fait une apologie trop complaisante des rimeurs ses amis. Sa rechute serait la réparation de sa faiblesse ; mais il prendrait pour arme l'ironie, il imiterait le style bernesque des Italiens, qui savent railler. Voici le début de son poëme, qu'il aurait fait exquis s'il eût été vraiment poëte, dit-il, et si les étapes de sa vie eussent été moins fatiguées.

Certain poëte Italien, Caporale, né à Pérouse, me dit-on, mais d'Athènes par l'esprit et de Rome par le cœur,

Saisi un jour d'un caprice honorable, se prit à vouloir gagner le Parnasse et s'enfuit loin de la cour et de son apparat bigarré.

Il partit seul, à pied, et petit à petit il arriva en un lieu où il acheta une vieille mule à la robe sombre et au pas chancelant.

Jamais grand fantôme ne fut mieux fait pour effrayer les poltrons et moins pour porter un fardeau. Elle avait beaucoup de jambes et peu de forces,

La vue courte et la queue longue ; — le corps efflanqué, et le cuir plus dur que la peau d'un bouclier.

Quant au caractère, il était merveilleusement entier. Puis elle bronchait contre toutes choses, au mois d'avril comme au mois de janvier.

Quoi qu'il en soit, le vaillant poëte arriva avec elle au Parnasse, où le blond Apollon l'accueillit d'un visage serein.

Et quand il revint seul, sans un liard, dans sa patrie, il raconta des choses que la Renommée, dans son vol, porta d'un pôle à l'autre.

Moi, qui toujours travaille et toujours veille pour faire dire que j'ai l'honneur d'être poëte, quoique le ciel m'ait refusé cette grâce,

L'envie me prit de livrer mon âme à une pareille messagère, de la faire voyager dans les airs, de la transporter sur les sommets fameux de l'Œta.

De là je découvrirais la belle source de l'Aganippe, je pourrais d'un bond aller baigner mes lèvres dans ses eaux,

Et la poitrine pleine de cette liqueur riche et douce, je passerais désormais au rang des poëtes illustres ou tout au moins des poëtes magnifiques.

Ce rêve rencontra mille obstacles, mon désir resta dans sa fleur, comme celui de la faiblesse et de l'ignorance!

Car il y a une pierre sur mes épaules, dont la fortune pesante m'a écrasé; je la vois et j'y lis inscrites mes espérances avortées.

Ce voyage me parut avoir tant d'étapes, que peut-être ma volonté, ma passion auraient fléchi,

Si au même instant les fumées de la gloire n'étaient venues à mon aide en me dérobant la longueur et les difficultés de la route.

Je me dis alors en moi-même : Ah! si un jour je me voyais sur la cime inaccessible de cette montagne, la tête ceinte d'une couronne de laurier,

Je n'envierais plus le bien dire de Aponte, ni le feu d'esprit de Galarza, qui n'est plus, ce poëte dont la main était douce et dont la langue était celle d'un capitan!

Et comme une première illusion entraîne toujours, je me fiai à mon désir, j'abandonnai mes pieds à la route parce que j'avais abandonné ma tête au vent.

Je me mis en croupe sur le destin, je sautai en selle sur ma fantaisie, et je résolus de faire le grand voyage.

Étrange monture! direz-vous, mais sachez, si vous ne le savez pas, qu'on en use partout dans le monde, aussi bien qu'en Castille.

Il n'est personne qui puisse se défendre de l'enfourcher; en voyage on l'accepte toujours.

C'est une monture légère comme l'aigle ou la flèche qui volent, — et parfois lourde comme du plomb,

Mais quand elle porte un poëte, toujours légère. Quel animal ne les porterait pas? Ils n'ont pas de bagages.

C'est fatalement l'histoire du poëte. Les richesses lui viendraient-elles par héritage, il ne sait pas thésauriser et il sait perdre.

Pourquoi cela est-il si vrai? M'est avis, ô Apollon, notre père à tous, que c'est à cause de toi qui verses ton esprit dans le leur.

Et comme ton esprit ne va pas s'égarer dans la basse région des affaires, ni se noyer dans l'océan bourbeux du lucre,

Ils t'imitent: qu'ils écrivent des fictions ou des vérités, sans aspirer à gagner dans le monde des choses, ils vont devant eux, sous la voûte du ciel,

Disant les rudes combats de Mars, ou bien, avec plus de douceur, peignant parmi les fleurs Vénus amoureuse,

Pleurant les guerres, chantant les amours, laissant passer la vie comme un songe, ou comme passe le temps pour les joueurs.

Les poëtes sont faits d'une matière douce et suave, souple et tendre, ils aiment à jouir de l'hospitalité étrangère.

Le poëte le plus sage est gouverné par des fantaisies imprévues et charmantes : il est plein de projets et son ignorance est éternelle.

Absorbé dans ses chimères, épris de ce qu'il a fait lui-même, il oublie d'arriver à la fortune ou aux honneurs.

Eh bien! voilà ce que je suis, oui, ô lecteurs qui me lisez, comme dit la foule rude et brutale, je suis un poëte taillé sur ce modèle.

Je suis un cygne par la tête que j'ai blanche, un corbeau noir par ma voix qui est rauque, et le temps n'a pas pu polir mon esprit, ce tronc noueux.

Et je n'ai pas pu un seul jour de ma vie monter au haut de la
roue de fortune : quand je vais y monter, elle s'arrête.

Mais, malgré tout, il veut éprouver si une de ses
grandes pensées se réalisera jamais. Il dit adieu à Madrid, aux bavardages, aux placets, aux misères qui s'y
croisent ; il met un pain blanc dans son bissac avec huit
miettes de fromage, et il va. Il arrive à Carthagène,
et la vue de la Méditerranée réveille en lui des souvenirs qui lui rendent la fierté et l'esprit d'action. Qu'on
lui donne une frégate, et il part ! Tout à coup un dieu
lui apparaît, des ailes aux pieds. Le vieux poëte reconnaît Mercure et s'agenouille dévotement.

Le dieu causeur m'ordonna aussitôt de me relever, puis em-
ployant le langage, le rhythme et l'harmonie des vers, il commença ainsi :

« O toi, l'Adam des poëtes, ô Cervantes ! pourquoi cet habit,
pourquoi cette besace, mon ami !... » Raillerie d'un dieu qui faisait l'ignorant.

A sa question je répondis : « Je vais au Parnasse, seigneur, et
je voyage dans le costume du pauvre. »

Et lui, il me dit : « Esprit surhumain, élevé au-dessus même
de Mercure, je te souhaite toute opulence et tous honneurs,

« Car après tout, je sais que tu es un vieux et brave soldat, et
ta main estropiée le dit.

« Je sais que ta main gauche, depuis le rude combat naval, cessa
de te servir et qu'elle a laissé à la droite le soin de ta gloire.

« Je sais que ce génie d'invention, extraordinaire et sublime,
qu'enferme ta poitrine, le divin Apollon ne te l'a pas donné en
vain ;

« Que tes œuvres vont jusqu'au bout du monde, portées en
croupe par Rossinante, et que désormais entre toi et l'envie,
c'est une guerre ouverte.

«Va donc, ô rare inventeur, marche en avant ; suis ton spirituel projet et porte secours à Apollon ; ton aide lui sera précieuse,

« Si tu devances l'armée vulgaire des vingt mille avortons qui se disent poëtes et ne sont pas bien sûrs de l'être.

« Déjà cette tourbe inutile remplit tous les chemins et les sentiers pour monter au Parnasse ; elle n'est pas digne de reposer à son ombre.

« Allons ! arme-toi de tes vers ; sois prêt à poursuivre ton voyage avec moi. Alerte ! à notre grande œuvre !

« Avec moi ton passage est assuré, ne t'embarrasse de rien, ne te mets pas en peine des vivres.

« Et pour confirmer la vérité de mes paroles, entre avec moi dans la galère, regarde : tu seras émerveillé et tu prendras confiance. »

Je me croyais le jouet d'une illusion menteuse... Mais j'entrai avec lui dans la galère, et je vis un spectacle qui m'étonne encore.

La galère était faite, de la proue à la poupe, et du pont à la quille, de vers de tous genres, sans mélange de prose : une longue élégie formait la grande vergue, une *cancion* épaisse, drue et prolixe, se dressait au milieu, en guise de mât ; des redondilles et des séguidilles babillardes papillotaient dans les agrès, tandis qu'on voyait flotter, bruissantes, les poésies légères et licencieuses qui étaient les bannières du navire. La proue était d'une matière bizarre, mais d'un travail exquis ; elle se composait de sonnets finement sculptés. Au contraire, deux tercets parallèles et fermes couraient à droite et à gauche, comme rebords du navire, tandis que les bancs des rameurs étaient garnis de ces vers du *romancero*, qui sont gens à tout faire et servent comme on veut. Le vaisseau ainsi fabriqué par Apollon est venu chercher un régiment de poëtes dont il a besoin ;

Mercure l'amène en toute hâte; il a rasé l'Italie, n'a pas touché la France et débarque sur la terre d'Espagne où foisonnent les poëtes. Si Cervantes veut l'aider à enrégimenter les meilleurs, le Parnasse sera sauvé.

Cervantes fait son choix comme le comte de Lémos. Il passe la revue des rimeurs et leur distribue l'éloge ironique ou l'ironie élogieuse avec la grâce la plus décevante. Voici Gongora, le charmant, le spirituel, le sonore, unique au monde par le raffinement, « que blessera ma louange, parce qu'elle est courte, bien qu'elle soit extrême. » Voici Herrera le divin, qui s'élève au-dessus du monde et le perd de vue; Espinel, qui cultive si bien la musique qu'il est le premier des poëtes sûr la guitare. Voici le prince d'Esquilache et le comte de Villa-Mediana, une foule de seigneurs, dont on ne peut pas trop admirer les vers, — et la fortune : louons effrontément. Grands et petits, tous y passent, les illustres comme Lope de Véga aussi bien que le misérable et inconnu Arbolanches. On les choisit, on les enrôle; les élus partent, chantant, rimant, rêvant. En route, on prend à Valence, où se trouve une armée de novateurs ambitieux, une compagnie qu'on surveillera; à Naples, où sont arrivés les classiques Argensola, Cervantes refuse de descendre; il se querellerait avec les poëtes oublieux de la poésie et trop despotes. On arrive chez Apollon, qui reçoit très-poliment le corps expéditionnaire et offre des siéges à tout le monde. Cervantes seul n'en a pas; il reste debout. Cette humiliation l'irrite, il rappelle brusquement à Apollon le nombre de ses œuvres et l'honnêteté de sa vie. — Résigne-toi, répond Apollon, plie ton manteau et t'assieds dessus. — Seigneur, vous n'avez pas remarqué que je n'ai pas de manteau.

Le lendemain la guerre commence. L'assaut donné au Parnasse par la *poetambre* est vaillamment repoussé; les coups pleuvent, les livres volent comme des boulets. La lutte se propage sur la terre et sur l'onde; Neptune vient à l'aide d'Apollon et noie une multitude de poë-tereaux. Ceux-ci surnagent; ils ont été transformés en citrouilles. La gaieté de Cervantes, gaieté homérique, s'amuse de tous et de tout. C'est une raillerie de cy-clope en belle humeur. Mais, au milieu de cette débauche d'esprit, il a une vision; la fausse Poésie et la fausse Gloire lui apparaissent. La fausse Poésie est ivre et folle, elle sort des tavernes ou des noces, son tambourin à la main, trébuchant du pied et de la langue, livrée à je ne sais quel paroxysme convulsif qui l'empêche de prononcer distinctement. La fausse Gloire est une belle vierge ou s'en donne l'air; tout ravit dans son abord et dans sa personne, son regard, fier et tendre, sa voix en-chanteresse et sa parure brillante. Deux nymphes, pleines de séductions, sont aux pieds du trône de la Gloire; leur gazouillement, le miel de leur parole trahissent en elles la flatterie mélodieuse et l'hypocrisie au doux visage. Cervantes contemple le triomphe du faux avec une stu-peur d'honnête homme. Mais Apollon et Mercure lui laissent entrevoir dans une lueur paisible et lointaine la vraie gloire que l'avenir donne au labeur sincère; la vraie poésie paraît simple et divine.

Celle-ci, tu le vois, est la beauté décente, l'orgueil du ciel et de la terre, la reine des Muses.

Elle pénètre les mystères et les révèle, elle effleure le sublime de toute science et le meilleur, qu'elle conserve.

En elle s'aperçoit, si tu la regardes avec attention, l'abon-dance et l'excellence de tout ce qui est bien.

> Avec elle habitent, réunis dans le même séjour, la sagesse di-
> vine et la sagesse humaine, l'art délicat et l'art sévère.

Son magique pouvoir, qui dispose de l'illusion, enchante l'univers et agit sur les âmes avec un charme im-
pénétrable.

> A sa voix les bons sont ravis et l'adorent, les méchants s'ir-
> ritent et ne la comprennent pas.
> Ses œuvres héroïques ont le don d'immortalité; ses œuvres
> lyriques ont la suavité, qui divinise les choses humaines.
> Sa flatterie même est d'un art si fin et si pur, qu'on voudrait
> moins la condamner que la récompenser.
> Elle agit à la gloire du bien, à la honte du mal, et avec le
> génie elle montre à l'univers la bonté.

Cervantes la fait descendre du Parnasse, souriante,
aimable et sincère; elle vient remercier et congédier
ses champions.

> Malgré ma pauvreté, je suis honnête, dit-elle. Je vous donne
> des trésors, en espérance seulement. Leur possession réelle vous
> conduirait à une immense et royale paresse.
> Je voudrais, j'en jure par la beauté de cette montagne, cons-
> tituer une rente de cent mille écus au moindre d'entre vous.
> Mais cette vallée n'a pas de mines; elle offre des sources
> pures et salutaires, et produit des singes qui prennent la figure
> de cygnes.

Dernier trait de Cervantes contre les quémandeurs,
plaisanterie en apparence, au fond protestation sérieuse
en l'honneur de la poésie qui est chaste, noble et désintéressée : je la retrouve dans toutes ses œuvres. Il
suffit de ce qu'on vient de lire pour marquer le rôle
hardi de Cervantes au milieu de la littérature contemporaine. Les poëtes furent effrayés et révoltés de l'audace du poëte critique ; ceux qu'il nommait se fâchèrent,
et ceux qu'il ne nommait pas.

« En revenant de ce long voyage, dit-il, je passai quelques jours à me reposer, puis je sortis pour voir, pour être vu, pour recevoir le salut de mes amis et la grimace de mes ennemis : ai-je des ennemis?... »

Il raille comme toujours et dérobe sous un mot joyeux l'amertume de son esprit, qui se sent de plus en plus séparé du siècle, de plus en plus solitaire. Dans le silence de sa « cabane », comme il appelle sa pauvre demeure, il écrit un sonnet pour imprimer en tête de son livre. L'usage littéraire est que les amis le composent; mais la coterie et la camaraderie ne sont pas là pour soutenir Cervantes. Cette pièce, placée d'abord au début du *Viaje*, fut ensuite supprimée par l'auteur. Un hasard l'a sauvée.

L'AUTEUR A SA PLUME.

Ils n'ont pas fait, tu vois, pour mon œuvre nouvelle
Le portail poétique et les vers de rigueur.
Fais-les donc, ô ma plume, et ne sois plus rebelle
Au rhythme impertinent du sonnet louangeur.

A toi de m'épargner cette peine cruelle,
Qui nous donne du mal sans donner de grandeur,
De m'en aller courir de ruelle en ruelle,
Mendiant au hasard l'encens adulateur.

Qu'ils accrochent leurs vers, leurs sonnets et leurs rimes
Aux puissantes maisons, ces flagorneurs infimes!
Les flatteurs sont bien bas et les flattés bien haut.

A toi, petite plume, à toi je te demande,
Pour que mon œuvre plaise, — et pour qu'elle se vende,
Un grain de sel... Adieu, je ne dis plus un mot.

Au moment où Cervantes protestait contre la poésie

honteuse, flatteuse et famélique, Lope de Véga méditait
une apologie des poëtes, qu'il publia plus tard. Dans *le
Laurier d'Apollon*, il admirait tous les rimeurs sans
exception, il déclarait ne pas savoir, en conscience, à qui
donner la palme. Apollon lui-même hésitait. Choisir, c'était
se compromettre. Heureusement il se trouvait alors en
Espagne un roi imbécile, tenu en lisières par ses ministres, méprisé de ses provinces en révolte, dépossédé par
ses voisins et ses sujets. Olivarès l'appelait Philippe IV
le Grand, « parce que, disait la diplomatie, il était comme
les fossés qui sont d'autant plus grands qu'on leur ôte davantage. » Lope de Véga fit offrir par Iris, la messagère
des dieux, *le Laurier d'Apollon* à Philippe IV.

QUESTIONS D'ART. — III. L'ESPRIT DE DÉCADENCE LITTÉRAIRE.

Cervantes, en disant sa pensée sur le drame et sur la
poésie, était conduit fatalement à démêler, comme une
cause essentielle de décadence, à dénoncer la servilité
des écrivains qui prennent pour règle non le beau, ni
le bien, ni le vrai, mais le goût du public. En tout pays
il y a un moment où la foule, dont l'auteur doit se faire
écouter, usurpe le premier rôle et domine l'auteur :
alors on appelle du nom de *littérature* tout ce qui satisfait l'appétit du lecteur : la mode passe pour l'art, le
succès pour le génie et l'applaudissement du grand nombre pour le suffrage de la nation.

Cervantes pensait qu'il y a deux espèces de *vulgaire*
(il l'indique quelque part), un vulgaire qui est la foule
humaine dans son immensité et dont la sympathie
instinctive a une grande valeur ; un vulgaire pédant, ré-

pandu dans le salon et dans l'école, qui voit la poésie
dans la rime, le beau dans le joli et le parfait dans le
convenu. Ce dernier est haïssable; il a introduit dans
l'admirable littérature de l'Espagne, si spontanée, l'esprit d'imitation froide et banale, sans inspiration et
sans vérité. Ce n'est plus un genre qu'il faut accuser
alors, c'est une méprise générale, c'est la confusion de
la vraie littérature et de la mode, c'est l'esprit d'erreur
qui entraîne tout le monde. Cervantes l'a fait, non plus
dans des ouvrages spéciaux, mais partout, à toute occasion, avec l'abondance d'une raillerie toujours prête,
embrassant du regard la littérature tout entière et lui
rappelant, comme Alceste à Oronte, qu'elle sort du bon
naturel et de la vérité.

Elle me rappelle, s'écrie le vieux soldat, les gros
vaisseaux que j'ai vus à Lisbonne, uniques pour leur
capacité, à large coque, à ventre rebondi, et qui contiennent des épiceries de Calicut et de Goa. Notre
marchandise poétique ne vaut pas mieux, et la monnaie
dont on la paye est d'un titre aussi élevé que celle du
marché d'Alger, que la *burba*

Moneda berberisca, vil y baja !

En effet, malgré son éclat, toute cette littérature, qui
porte alternativement soit la cape et l'épée, soit la hou-
lette et la veste de poil de chèvre, est artificielle. Au
lieu de conceptions originales et fortes, des pastiches;
au lieu de grandes entreprises littéraires, de petites
joutes d'esprit. L'acrostiche est florissant, la glose est
mise au concours par les académies, et Lope de Véga
déclare sérieusement qu'il faut respecter la glose comme
« une très-ancienne composition, propre à l'Espagne et

inconnue des autres nations. » Les faiseurs de nouvelles
sont des traducteurs qui pillent le fumier. Les auteurs
de *romances* s'emparent des débris des vieux chants de
la Castille et délayent en une paraphrase de vingt strophes quelque refrain populaire, d'une concision énergique.
On remanie les récits du treizième siècle et on en fait
des romans *de style nouveau*. Les pastorales ressemblent étrangement à celles de Boscan et de Garcilaso,
morts depuis un siècle. « Chacun, s'écrie Cervantes,
fait comme il veut, vole comme il lui plaît. Ce qui est
sottise en prose, on le met en vers. » Ajuster les quatre
rimes d'un quatrain ou les cinq lignes d'une redon-
dille, escamoter les lettres gênantes du nom d'une femme
pour confectionner un acrostiche, affiner la pointe d'un
sonnet, voilà la poésie.

La pointe surtout, l'*agudeza* est en faveur ; c'est presque un genre. On sait son histoire, elle a fait le tour de
l'Europe. Cervantes essaya de l'arrêter à son point de
départ.

> Nous avons, dit-il, au lieu de la complainte naïve qui inté-
> resse la femme et fait pleurer l'enfant, des pointes d'esprit qui
> vous traversent l'âme comme de douces épines et vous la brûlent
> comme la foudre, sans toucher aux habits. Par exemple : Viens,
> ô mort, mais cache tes pas, et que je ne te sente pas venir, car
> le plaisir que j'aurais à mourir me rendrait la vie.

Cervantes n'invente pas ; la strophe est du commandeur Estriba, et prise entre mille.

Nous avons encore, dit-il ailleurs, un autre genre de
littérature, c'est la danse. Rien de plus à la mode « à
Candaya, » que les *séguidilles*, petites strophes de petits vers, qui se chantent, qui se trépignent, qui mettent l'âme en danse ; quand on les entend, le corps se

trémousse, le rire éclate, tous les sens sont ravis. La danse de l'épée, la danse des grelots, la danse parlée ou parlante, sont d'autant plus estimables pour des chrétiens qu'elles viennent des Arabes, comme le palais de la princesse Galiana, que les Maures ont élevé sur les bords du Tage ; l'Espagne est orientale.

Galiana cependant ne vaut pas Angélique, « créature légère, fantasque, écervelée et coureuse », qui arrive tout droit d'Italie et à laquelle les poëtes castillans et andalous ont donné une place d'honneur. De l'Italie on emprunte toute une poésie nouvelle, gracieusement érotique. On imite le Roland de l'Arioste, le Roland de Boiardo et les bergers napolitains de Sannazar, mais surtout leurs bergères, leurs aventurières et cette Angélique, qui en Espagne se surpasse elle-même. L'Arioste, en terminant son poëme, avait légué à quelque lyre plus hardie le soin de raconter les dernières folies d'Angélique. L'Espagne, qui s'est portée héritière de l'Arioste, chante les *Larmes* et la *Beauté* de cette femme libre.

Tel est, aux yeux de Cervantes, l'aspect général de la littérature contemporaine ; de là ces allusions innombrables qui traversent continuellement ses livres ; il copie ironiquement le style et le ton des rapsodies, il donne le pastiche de tous les pastiches, il contrefait les contrefaçons. Don Quichotte est rempli de pareilles moqueries... Et d'abord il parodie le *romancero* de seconde main, qui répète, en les adultérant, les vieilles légendes. Cervantes rappelle l'histoire du roi arabe de Saragosse, Ben-Omar, dont on a fait en latin *Omaris filius*, puis *Marfilius*, et en espagnol *Marsilio*, le fameux Marsille des poëmes d'aventures. Il sourit des exploits de l'homme à la branche de figuier (*figueroa*) et de l'homme-massue (*machuca*), qui, dit-on, exterminèrent, chacun avec une branche d'arbre, des armées arabes. Le défi adressé par Lara à toute une ville, « aux morts et aux vivants, aux hommes et aux femmes, à ceux qui ne sont plus et à ceux qui sont nés, aux grands et aux petits, à la viande et au poisson, etc., » est examiné gravement par Cervantes. Il va jusqu'à railler l'admirable romance du roi Roderic, qui a perdu son royaume et n'a plus un créneau à lui ; ou plutôt il parodie les paraphrases ; il donne la sienne. Sancho, quittant l'île de Barataria et tombant dans une fosse avec son grison, s'écrie :

Qui aurait dit que celui qui se vit hier intronisé gouverneur d'une île, commandant à ses serviteurs et à ses vassaux, se verrait aujourd'hui enseveli vivant dans un souterrain, sans avoir personne pour le délivrer, sans avoir ni serviteur ni vassal ! Malheureux que je suis ! On tirera mes os d'ici, quand le ciel permettra qu'on les découvre, secs, blancs et ratissés, et avec eux ceux de mon bon grison, d'où l'on reconnaîtra peut-être qui nous sommes, au moins les gens qui eurent connaissance que jamais Sancho Pança ne s'éloigna de son âne, ni son âne de Sancho Pança. Pardonne-moi, pauvre grison, et prie la Fortune de la meilleure façon que tu pourras trouver, de nous tirer de ce mauvais pas où nous sommes tombés tous deux. Je te promets, en ce cas, de te mettre une couronne de laurier sur la tête, pour que tu aies l'air d'un poëte lauréat, et de te donner double ration.

De cette manière se lamentait Sancho Pança, et son âne l'écoutait sans lui répondre un mot, si grande était l'angoisse que le pauvre animal endurait.

A son tour, maître Pierre, le montreur de marionnettes, à qui don Quichotte vient de briser ses figures de bois, redit la plainte célèbre :

Je suis malheureux à ce point, que je puis dire comme le roi don Rodéric : « Hier j'étais Seigneur de l'Espagne, et aujourd'hui je n'ai pas un créneau que je puisse dire à moi. » Il n'y a pas une demi-heure, pas cinq minutes, que je me suis vu seigneur de rois et d'empereurs !

On se rappelle les marionnettes, Maître Pierre, son singe et cette parodie joyeuse où défile tout le vieux personnel. Le jongleur montre du bout de sa baguette Gaïferos et Charlemagne autour de la table du tric-trac, la belle Mélisandre au balcon d'une tour mauresque, le roi Marsilio avec son turban, tout le moyen âge exhumé. Le jeune garçon qui récite leur histoire dit gravement :

« Cette histoire véritable, qu'on représente ici devant Vos Grâces, est tirée mot pour mot des chroniques françaises et des *rômances* espagnoles qui passent de bouche en bouche, et que répètent les enfants au milieu des rues. »

Don Quichotte, qui écoute sérieusement leurs aventures, prend parti pour Mélisandre, il saccage tout ; Maître Pierre ramasse en pleurant les deux moitiés de l'empereur Charlemagne ; ainsi est traité le *romancero ;* on l'adore, on y croit, on le met en pièces, et la vieille littérature nationale se traîne tout éclopée sur les tréteaux.

Après le faux style populaire, il y a le faux style de cour. Le récit, fantasque en apparence, des noces de Basile et de Quiteria, est une déclaration de guerre très-directe à l'homme le plus redoutable de toute la littérature, à Gongora. Ce chef d'école, qui a marié au raffinement italien l'hyperbole castillane, enseigne à l'Espagne l'art de torturer les idées et les mots par des inversions recherchées. Il a trouvé le fin du fin. Son genre de style, qui est l'afféterie la plus cultivée, a reçu le nom de

cultisme. Il réussit, à force d'audace et de persévérance.
Villa-Mediana l'imite et porte cette langue bizarre à la
cour; le prédicateur Paravicino l'élève jusque dans la
chaire; des commentateurs l'interprètent pour la foule
ignorante. Ceux qui résistent d'abord, comme Lope de
Véga et Jauregui, finissent par céder. Cervantes ne cède
pas; il met en scène Gongora dans la personne de son
élève Lorenzo. Il ose rire de l'histoire babylonienne et
plaintive de *Pyrame et Thisbé*, dont Gongora a fait un
poëme et dont Basile donne la parodie en feignant de
mourir d'amour.

J'indique seulement cette critique admirable, qu'il
faut lire en regard de Théophile Viaud et de Gongora.

Tous les épisodes de *Don Quichotte* ont leur portée
et leur application. Toutes les scènes de haut et de bas
comique qui entre-coupent cette histoire sans fin sont
faites d'allusions directes. La raillerie qui passe, légère,
fuyante, parfois burlesque et souvent bizarre, est nourrie d'observations solides et de lectures sans nombre.
Elle se précipite comme une armée qui donne l'assaut,
avec une confusion apparente; mais un esprit la guide.
Cervantes marche d'un propos délibéré à son but, qui
qui est de chasser les marchands du temple. Quand il
paraît s'égarer et suivre au hasard les méandres tracés
par une fantaisie folle, il tend toujours vers une même
fin, qui est de démasquer l'esprit d'erreur.

Quelle est la source du mal? Par où est venue l'épidémie? Cervantes finit par découvrir, au fond du roman
et au fond de la pastorale, à travers le drame et dans le
gongorisme, un art commun caché sous tout le reste,
l'*art de galanterie*, comme on l'appelle : c'est le genre le
plus résistant, celui dont on ne se lasse pas. Il envahit

peu à peu toute la littérature, parce qu'il répond franchement au désir des lectrices. Celles-ci, après tout, s'intéressent moins au géant Pantafilando de la Sombrevue, à l'enchanteur Arcalaüs, au sage Alquife et à Merlin même, le monarque et l'archive de la science zoroastrique, qu'aux chevaliers galants. Cervantes amène au grand jour ce premier rôle, ce héros larmoyant, qui mêle les doux vers aux graves lamentations. Le chevalier du *Bocage* récite avec des pleurs un sonnet sentimental qui est un chef-d'œuvre. « Mon cœur, Madame, est ce que vous voudrez, de cire molle ou diamant; je vous l'offre, mol ou dur. Gravez-y ce qu'il vous plaira! la gravure ne s'effacera jamais. »

Dans le roman d'*Amadis de Grèce*, on voit Florisel de Niquée abandonner les grandes aventures du monde pour les petites aventures des bergers à la mode. Il se fait pasteur. Cervantes n'a garde de laisser passer un trait qui lui semble un aveu. Il marque très-finement la pente secrète et les affinités du roman à prétentions héroïques. Don Quichotte, au bout de sa carrière, dit à Sancho :

Nous achèterons quelques brebis, et toutes les choses nécessaires à la profession pastorale ; puis, nous appelant, moi le pasteur *Quichottiz*, toi le pasteur *Panzino*, nous errerons dans les montagnes. Le bachelier pourra s'appeler *Sansonnet*, ou le pasteur *Carrascon*. Le barbier Nicolas pourra s'appeler le pasteur *Nicoloso*, comme l'ancien Boscan s'appela *Nemoroso*. Quant au curé, je ne sais trop quel nom nous lui donnerons, à moins que ce ne soit un dérivatif du sien, et que nous ne l'appelions le pasteur *Curiambro*.

Nous donnerons aux femmes les noms de ces bergères imprimées et gravées dont tout l'univers est rempli, les *Philis*, *Amaryllis*, *Dianes*, *Fléridas*, *Galatées*, *Bélisardes*. Puisqu'on les vend au marché, nous pouvons bien les acheter. Moi, je me plaindrai de l'absence ; toi, tu te vanteras d'un amour fidèle ; le pasteur

Carrascon fera le dédaigné, et le curé *Curiambro* ce qui lui plaira : de cette façon, la chose ira à merveille.

— Oh! s'écrie Sancho, oh! que de *jolies cuillers de bois* je vais faire, quand je serai berger! combien de salades, de crèmes fouettées!

— Miséricorde! s'écrie don Quichotte, quelle vie nous allons donner, ami Sancho! Que de *cornemuses* vont résonner à nos oreilles! que de *flageolets*, de *tambourins*, de *violes* et de *serinettes!*

Mais Sancho est un peu inquiet :

— Quand Sanchica, ma fille, dit-il, apportera le dîner à la bergerie, gare à elle! Je ne voudrais pas qu'elle vînt chercher de la laine et s'en retournât tondue! Les amourettes et les méchants désirs vont par là.

Le fond véritable de la pastorale, c'est l'amour du *far niente*, de la galanterie et du plaisir. Au milieu de ces forêts littéraires se dresse la statue d'une femme à qui l'on rend un culte.

Il n'y a pas, avoue un de ces faux bergers, il n'y a pas une grotte, pas un trou de rocher, pas un bord de ruisseau, pas une ombre d'arbre, où l'on ne trouve quelque berger qui raconte aux vents ses infortunes. L'écho, partout où il se forme, redit le nom de Léandra; Léandra, répètent les montagnes; Léandra, murmurent les ruisseaux, et Léandra nous tient tous indécis, tous enchantés, tous espérant sans espérance, et craignant sans savoir ce que nous avons à craindre.

Suivez cette influence : vous verrez qu'elle détermine tous les genres à la mode. Une femme qui lit des vers veut qu'ils soient faits pour elle, clairement et manifestement, dit Cervantes. On met donc la poésie en acrostiches. La même inspiration dirige le *Nemoroso* ou « l'homme des bois » qui habite la pastorale, et les Amadis qui peuplent le roman. « Si je pouvais, s'écrie don Quichotte, tirer mon cœur de ma poitrine et le mettre ici sur cette table dans un plat, on y verrait retracée ma dame et toutes les qualités qui la rendent fameuse dans l'univers, une femme belle sans tache, grave sans orgueil, amoureuse avec pudeur, la courtoisie et la noblesse même. »

Les femmes sont donc tour à tour l'objet et la cause de tout le bavardage littéraire. Mais ces peintures idéales et mensongères ne viennent même pas d'Espagne; Cervantes en dénonce l'origine dans l'histoire de la comtesse aux Trois-Basques (*Trifaldi*). La comtesse a été séduite par une diabolique chanson qui débute ainsi :

De la dolce mi enemiga....

Or cette « douce ennemie » n'est pas une invention castillane. La Castille ne fait que répéter comme un écho une composition italienne,

De la dolce mia nemica.....

— Strophes d'or, voix de miel! dit la pauvre femme, mais elles m'ont fait tomber dans le malheur, et j'ai compris pourquoi Platon proposait d'exiler des républiques bien organisées les poëtes érotiques.

Ce n'est pas tout encore. Il restait à marquer la confusion universelle de ces genres faux, de ces rapsodies, de ces influences étrangères. Cervantes la montre avec une grâce et une gaieté folle dans l'histoire de l'effrontée et discrète Altisidore, demoiselle de la duchesse. La demoiselle est la Littérature elle-même, jeune Arabe impudente, belle Italienne fort libre, Didon virgilienne très-éprise, Espagnole enfin affolée de pastorales. Elle apparaît dans son costume bariolé, sous les

fenêtres de don Quichotte. Voici d'abord le chant arabe
qu'elle accompagne sur la harpe :

Je suis jeune, je suis vierge tendre; mon âge ne passe pas
quinze ans, car je n'en ai que quatorze et trois mois, je le jure
en mon âme et conscience.

Je ne suis ni bossue, ni boiteuse, et j'ai le plein usage de mes
mains; de plus, des cheveux comme des lis, qui traînent par
terre à mes pieds.

Quoique j'aie la bouche en bec d'aigle et le nez un peu ca-
mard, comme mes dents sont des topazes, elles élèvent au ciel
ma beauté.

Ces grâces et toutes celles que je possède encore sont des
dépouilles réservées à ton carquois. Je suis dans cette maison
demoiselle de compagnie, et l'on m'appelle Altisidore.

C'est la romance orientale. Altisidore, méprisée de
son amant, change de note; elle emprunte à l'Arioste et
à Virgile la malédiction plaintive et terrible qui est sa-
cramentelle :

Écoute, méchant chevalier, retiens un peu la bride et ne tourmente pas les flancs de ta bête mal gouvernée. Regarde, perfide,
tu ne fuis pas quelque serpent féroce, mais une douce agnèle
qui est encore bien loin d'être brebis. Tu t'es joué, monstre horrible, de la plus belle fille que Diane ait vue sur ses montagnes
et Vénus dans ses forêts. Cruel Biréno, fugitif Énée, que Barabbas t'accompagne, et deviens ce que tu pourras.

Enfin Altisidore ne manque pas à l'obligation sacrée
de mourir de douleur. Son ombre apparaît vêtue à la
romaine, et chante encore :

Avec la langue morte et froide dans la bouche, je pense répéter les louanges qui te sont dues. Mon âme, libre de son étroite
enveloppe, sera conduite le long du Styx en te célébrant, et ses
accents feront arrêter les eaux du fleuve d'oubli.

La strophe est mot pour mot de Garcilaso de la Vega.

Ainsi personne n'échappe à Cervantes, pas même ses amis. Car il goûtait Virgile, il avait imité l'Arioste, il savait par cœur Garcilaso. Mais rien ne l'arrête quand il voit l'usage et l'abus qu'on fait de ses modèles. Il déteste les copistes, les plagiaires, les écrivains à la suite; et de même qu'il attaque dans le roman chevaleresque la fausse aristocratie, il frappe dans la galanterie le faux amour, dans le cultisme la fausse élégance, dans la pastorale une nature artificielle, dans l'Arioste, dans Virgile, dans Garcilaso, leurs imitateurs serviles.

Qu'est-ce que l'armet de Mambrin? Je ne sais si je me trompe, mais j'y vois un symbole. L'Espagne a fait de l'armet italien un plat à barbe.

Cet armet enchanté a dû, par quelque étrange accident, tomber aux mains de quelqu'un qui ne sut ni connaître ni estimer sa valeur, et ce nouveau maître, sans savoir ce qu'il faisait, le voyant de l'or le plus pur, s'imagina d'en fondre la moitié pour en faire argent; de sorte que l'autre moitié est restée sous cette forme, qui ne ressemble pas mal, comme tu dis, à un plat de barbier.

Et ailleurs : « Que je rencontre l'Arioste parlant sa propre langue, je le vénérerai, je l'élèverai respectueusement au-dessus de ma tête. » Mais Dieu nous garde des traducteurs! Don Quichotte entre dans une imprimerie où l'on met sous presse une traduction d'un livre italien. « — Mort de ma vie! s'écrie-t-il, voilà un écrivain qui sait traduire *pignata* par *marmite, piu* par *plus, su* par *en haut* et *giu* par *en bas!* Sublime talent qui peut-être est méconnu! » Imitons leur art, pense Cervantes, demandons-leur le secret du beau, la perfection de la poésie, ou n'imitons rien. « Il y a deux langues qui sont reines, le grec et le latin; de celles-là il faut traduire. »

25

Mais nos imitations italiennes « ressemblent à des tapisseries de Flandre qu'on regarde à l'envers : on voit
les figures traversées de fils bizarres. »

Il en est de même des prétentions à l'aristocratie de
langage et de mœurs. Cervantes contemple, à côté d'un art
factice, une société de précieuses. Quand il entend admirer
comme des délicatesses les pointes des rimeurs qui, disent-ils, « vivent en mourant, brûlent dans le froid mortel de leur dame, grelottent dans le feu de leur amour,
et tous *espèrent sans espoir* » (voilà des traits de Molière); quand il voit les poëtes diviniser Perlerina, qui
est marquée de la petite vérole, et dire : les marques de
son visage sont « des fossettes, ou mieux encore des fos-
ses où viennent s'ensevelir les âmes des amants »
(nouveau trait passé à Molière); quand enfin, sous
ses yeux, le bel esprit devient un titre de noblesse,
l'exquis dans le faux une distinction sociale, la quintessence du mauvais goût un privilége de caste, alors Cervantes indigné fait avancer Maritorne, l'aubergiste et la
fille de l'aubergiste.

L'affreuse Maritorne se mêle aux belles lectrices; elle
admire, dit-elle, ces jolies choses qu'on écrit, qui sont
douces comme miel. L'aubergiste préfère à Gonzalve de
Cordoue le brave don Cirongilio de Thrace, qui voyage à
califourchon sur un dragon de feu. Tout ce qu'il y a
d'ignorants et d'esprits grossiers vient faire chorus avec
les précieuses. Sanglante et dernière allusion à la plati-
tude réelle des œuvres des lecteurs et des auteurs !

« Exilons de la république chrétienne ces livres au
style grossier, faits de prouesses absurdes, d'amours im-
pudiques, de courtoisies malséantes, de batailles lourdes,
de dialogues niais, de voyages extravagants, sans tact,

sans art, sans originalité et sans esprit ! » Ainsi prononce
le vieux gentilhomme, résumant lui-même en termes di-
rects la pensée de son œuvre. C'est un grand malheur
pour un pays, « c'est un fléau dans l'État, » qu'une littérature menteuse. Au contraire, une littérature vraie
est grande, et avec elle grandit la nation qui la voit naître. Cervantes n'accepta pas de ses amis d'autre éloge
que d'avoir mis l'art au service du vrai:

> . . . . . Con el arte quiso
> Vuestro ingenio sacar de la mentira
> La verdad. . . . . .

lui dit un poëte au sujet de ses nouvelles. — J'ai toujours aimé la *réalité*, dit à son tour Cervantes, dans le
Voyage au Parnasse.

Concluons. Au moment où le seizième siècle finissait,
quand une mode insensée entraînait toute l'Europe,
Cervantes le premier attaqua franchement la littérature
précieuse comme une littérature barbare ; il livra bataille sur tous les points à la fois. On écrivait divine-
ment, *à lo divino :* il eut le courage d'écrire simplement. On osait parler d'art en s'éloignant du vrai, il
présenta à son siècle l'Apollon du moment, tel qu'il le
montre dans le *Voyage :* découronné de ses rayons divins, en pourpoint et en haut-de-chausses, dansant la
gaillarde pendant que Mercure joue une séguidille, et
laissant flotter au vent sa chevelure blonde, qui a la
couleur de l'or faux. C'est un dieu galantin dont l'unique
souci est de plaire à tous (*dar gusto à todos*), et surtout aux femmes.

CHAPITRE IX

L'ESPAGNE SOCIALE

Cervantes a jugé la littérature; cette étude lui fait toucher à chaque instant des vérités sérieuses sur l'état de l'esprit public. Son travail, sincère et hardi, pénétrant de plus en plus loin, atteint un jour la société elle-même. Nous le verrons annoncer, avec une assurance extraordinaire, une révolution sociale dont le terme, dit-il, est éloigné, qu'il ne verra pas, mais sur laquelle il compte.

J'essaierai ici d'éclairer, en la dégageant, cette partie de son œuvre, dont l'intention n'est pas douteuse, mais dont la hardiesse même exigeait des détours et des voiles. Avant tout, pour s'expliquer sa pensée, il faut la replacer dans le temps et le milieu où il vit, où il souffre, où ses impressions font jaillir ses jugements. Jetons un coup d'œil sur sa vie depuis 1603.

Elle se passe entièrement, sauf quelques jours de voyage et d'excursion, auprès de la *Corte*. Les Espagnols appelaient ainsi la capitale désignée par la présence de la cour. De 1603 à 1606, la cour habita Val-

ladolid. En 1606 elle se transporta à Madrid. Cervantes
la suivit dans les deux séjours. . .

En arrivant à Valladolid il avait résolu, avec un courage admirable, de conquérir sa place légitime, et, malgré le malheur, malgré l'âge, malgré le changement de
ministres, malgré l'activité de ses jeunes rivaux, de se
faire jour dans la mêlée. Sa volonté de recueillir son
œuvre et d'y ajouter persista jusqu'à sa mort. Il donna
de 1603 à 1616 la première et la seconde partie de
Don Quichotte, le recueil de ses *Nouvelles*, tout ce qui
a paru de son *Théâtre* et le poëme du *Voyage au Parnasse*. Il laissa en manuscrit le roman de *Persiles et
Sigismonde,* et il mourut la plume à la main. Peut-être,
si la fatigue et les privations n'eussent pas abrégé sa vie,
eût-il créé un nouveau chef-d'œuvre. Il y a des heures
où l'esprit rassemble de lui-même, avec une rapidité et
une aisance merveilleuses, tout ce qu'il a recueilli, et ces
heures de maturité ont l'opulence d'un bel automne. Le
plus vieil arbre porte alors des fruits savoureux. Aux
grands écrivains cela arrive; longtemps ils ont promené
sur le monde leur observation nomade ou leur inspiration capricieuse, recevant et renvoyant tour à tour le
vague reflet des choses : un jour, ces rayons brisés se
réunissent, se fondent, s'harmonisent, et la lumière
prismatique devient la lumière solaire. C'est ce qui advint à Cervantes, lorsqu'il donna toute sa mesure dans
ce *Don Quichotte* où l'on ne sait qu'admirer le plus de
la complexité de la pensée ou de l'unité de l'œuvre.

Il avait étudié, dans ses courses vagabondes, la vie
picaresque des rufians, la vie hasardeuse des soldats, la
vie provinciale du Nord et du Midi, la vie bourgeoise
de toutes les villes, enfin, dans la littérature, la vie

intellectuelle de l'Espagne. Les observations et les peintures qu'il avait faites, méditées un jour dans le silence de sa prison ou dans l'humble retraite de sa vieillesse, lui donnèrent une vue d'ensemble de la société espagnole. Il apercevait distinctement, à travers l'éclat et l'apparente unité de la monarchie espagnole, une confusion sourde et orageuse, mille groupes bizarres et opposés, des politiques qui au fond n'étaient que des favoris, des mystiques, dont vingt sublimes et un million de fous, des gentilshommes austères mêlés à des écrivains galants, puis de graves inquisiteurs condamnant des bohémiennes, appliquant une loi barbare à des hordes barbares et brûlant les plaies sans les guérir. A travers cet assemblage de contrastes, on pouvait voir qu'entre les classes sociales l'écart était immense : aucune idée commune ne les rapprochait. Peu à peu il s'était formé deux groupes : — le monde extrasocial des gitanos, des picaros et des mystiques, qui vivait d'indépendance ; et celui des alcades, des corrégidors, des inquisiteurs, qui représentait l'autorité ultrasociale. Entre les deux camps flottaient les personnages mixtes dont il est si souvent question dans les lettres espagnoles, l'alguazil et le sacristain, transfuges, gens hybrides, hommes attachés par leur service à la Justice ou à l'Église, mais affiliés par caractère et par nature, par origine et par intérêt, à la *hampa*.

Dans un pays où la misère allait chaque jour croissant, le besoin de vivre jetait des milliers d'hommes dans la vie d'aventure ; il dépeuplait l'Espagne, en exilant aux Indes ses meilleurs soldats ; il envoyait d'innombrables renégats sur la côte d'Afrique, enfin il décimait cette noblesse naguère si valeureuse, si pleine d'orgueil et de patrio tisme : les gentilshommes pauvres formèrent bientôt une classe nombreuse d'honnêtes misérables. Ils subirent, avec un stoïcisme tout espagnol, la double loi qui leur était faite par l'honneur et par la misère, acceptant avec les exigences de l'un et les épreuves de l'autre la nécessité de mourir inutiles.

L'un des plus courageux fut Cervantes, qui en souffrit et en sourit :

Pourquoi donc, Pauvreté ma mie, t'en prendre toujours aux hidalgos et aux gens de naissance, les obliger à porter à leurs souliers tant de pièces, à leurs pourpoints des boutons hétéroclites, l'un de soie, l'autre de crin, l'autre de verre, à leur cou des feuilles de chicorée, qu'ils appellent des collets, et à leurs jambes des bas taillés à jour comme des jalousies ?

C'étaient là de cruelles petites choses, car s'il fallait périr, si par un phénomène bizarre la caste noble était une caste de parias, du moins fallait-il mourir l'honneur sauf. Les hidalgos avaient même inventé, pour dérober leur amour-propre au naufrage de leur fortune, un mensonge incroyable, le plus étrange, le plus enfantin, le plus inutile qu'on puisse imaginer. Ils ne dînaient pas, mais ils portaient un cure-dents, qui était un bijou d'or ou d'argent, le signe visible d'un invisible repas. « Voilà l'hidalgo qui sort de chez lui, dit Cervantes, l'œil inquiet; son humeur ombrageuse croit que tout le monde devine que son soulier a des pièces, que son chapeau a des taches de sueur, que son manteau montre la corde et que son estomac crie famine. Il vient de boire de l'eau chez lui, toutes portes closes, et il sort armé de son cure-dents, dont il fait un hypocrite. » Simulacre douloureux et imposteur, qui devint une mode !

Cervantes, qui appartient à l'espèce maudite du siècle, « d'un siècle où la noblesse a pour apanage la pauvreté[1], » Cervantes, qui raille en l'avouant la faiblesse
des hidalgos, se distingue pourtant d'eux en un point
grave : il travaille, il avait toute sa vie payé de sa personne, soit au champ de bataille, soit dans les fonctions
de la vie sociale. Après quarante années de luttes et de
déboires, retombé du haut de son espérance et de sa jeunesse, il allait à la mort à travers le labeur. Lui et les siens
avaient accepté l'obligation du travail. Ils maniaient en
prolétaires la plume et l'aiguille. Leur bravoure, leur
résignation vaillante, leur bonne humeur éclatent dans le
chef-d'œuvre qui sortit de leur pauvre maison et dont
la gaieté charma l'Europe. Eh bien, ce chef-d'œuvre, qui
fit la fortune des libraires, laissa Cervantes dans la pauvreté. Il le vendit pour un morceau de pain, il assista à la
contrefaçon de son livre, il vit celui à qui il le dédia le
repousser, et dans le temps où il publiait *Don Quichotte*,
autour de lui redoublèrent la gêne et la souffrance. Il
arriva même qu'on le jeta encore en prison, et cette fois
on y traîna avec lui sa femme, sa sœur et sa fille.

Transportons-nous à Valladolid en 1605. Cervantes
se mêle, ai-je dit, malgré tout aux gens de lettres et aux
gens de cour. L'éclat et le succès de *Don Quichotte* ont
élevé sa réputation assez haut pour que le pouvoir daigne employer sa plume. En 1605, à l'occasion du baptême de Philippe IV, on appelle la littérature à servir
d'expression à la joie publique, Le poëte Espinel est
l'organisateur des fêtes ; Cervantes en rendra compte. Il
s'intéresse vivement à un événement d'une grande por-

1. **Voir** *Doña Catalina.*

tée politique ; la naissance d'un roi peut assurer l'avenir
de l'Espagne. « Elle déjoue (dit-il, dans *la Gitanilla
de Madrid*) bien des machinations, elle écarte de la
couronne les prétendants du dehors et les oiseaux de
proie, » enfin elle coïncide avec les traités de paix con-
clus ou préparés au commencement du dix-septième
siècle et qui rapprochent l'Espagne des puissances du
Nord. L'union qui s'établit entre les cours de Londres,
de Paris et de Valladolid réalise la pensée politique de
Cervantes, pensée qu'on voit paraître dans la nouvelle de
l'Espagnole Anglaise, où il parle assez bien de la reine
Élisabeth, et dans la *Relation* des fêtes de Valladolid, où
il rapporte avec bienveillance la présence au baptême
de l'ambassadeur d'Angleterre. Ce dernier récit n'est
que le tableau exact des cérémonies et des réjouissances.
Il n'y met pas un mot qui s'écarte du sujet. Tout est
raconté simplement et d'un style impersonnel. Mais il
insère dans le compte rendu le traité d'alliance.

Cette *Relation* modeste excita les colères et les haines
de ses rivaux. Gongora, animé des mêmes préjugés que
Lope de Véga, attaqua Cervantes comme un traître
vendu à l'étranger. Lui aussi, il fit sa relation : il présenta à sa manière le baptême de Dominique-Philippe,
roi d'Espagne, et donna pour un mensonge politique
l'alliance nouvelle.

> Un fils naquit ; notre reine fut mère.
> De huguenots un bataillon s'en vint.
> Pour l'héberger, on gaspille, on enterre
> Un million de bijoux et de vin ;
>
> On a joué, pour l'homme d'Angleterre
> La comédie appelée un festin,
> Sans oublier l'autre roi qui naguère,
> Faisant la paix, la jura sur Calvin !

Un grand cortége au baptême accompagne
Dominico, qui sera roi d'Espagne,
Et du baptême on fait un bal masqué!

De compte fait, nous perdons, Luther gagne,
Et don Quichotte écrit cette campagne
Sur Rossinante au long corps efflanqué.

Un soir, le 27 juin 1605, dans le temps où les dernières
agitations des fêtes troublaient encore Valladolid, Cervantes, tandis que les gens de plaisir couraient la ville,
s'était retiré dans sa demeure. Tout près de lui était un
homme d'étude, l'historien du Guipuzcoa, Esteban de
Garibay; leurs maisons se touchaient; on les voit encore sur le *Rastro*, faubourg de la ville, en face du
pont de l'Esgueva. Les deux vieillards travaillaient
sans doute, chacun dans son asile, quands ils enten-
dirent pousser un cri dans la rue, le cri d'un homme
qui meurt. Les lois et les mœurs du temps défendaient à quiconque de relever un cadavre. Garibay
et Cervantes n'en tinrent compte et chacun descendit
en toute hâte; ils trouvèrent, à l'angle du pont qui
franchit l'Esgueva, un gentilhomme à terre, frappé
d'un coup mortel. Il s'était battu contre un rival d'a-
mour et avait succombé. On l'appelait Gaspar de Ezpe-
leta. Les deux vieillards le transportèrent dans leur
chambre, le débarrassèrent de ses habits et essayèrent
en vain de le rappeler à la vie. Le lendemain la justice
fit saisir Cervantes et les femmes qui habitaient sous
son toit; on les mit tous en prison. La même aventure
arriva à lord Byron à Venise, et il la raconte avec complaisance dans le cinquième chant de *Don Juan*. Mais
Byron ne paya pas sa générosité d'un emprisonnement.
Je ne sais quelle influence bienfaisante délivra Cer-

vantes et les siens des griffes du geôlier, mais personne
ne le délivra jamais des haines sourdes qui le menaçaient. En apparence, si on ne consulte que les recueils
du temps, il était fort apprécié du monde littéraire. Les
écrivains rendaient hommage à son talent, ils l'admettaient dans les confréries à la mode, le couronnaient dans
les tournois poétiques et lui ouvraient la porte des académies. Cervantes, d'ailleurs, se faisait des amis parmi
eux. Il savait, dit-il, se mêler doucement « en poëte
d'expérience, » parmi le *genus irritabile vatum*. D'ailleurs, plein d'indulgence pour les hommes, il saisissait
avec ardeur l'occasion de louer cordialement ce qu'ils
faisaient de louable. Dans l'incendie des livres de don
Quichotte, il avait sauvé expressément l'œuvre du Valencien Viruès, en l'honneur du Montserrat, le poëme
de Rufo sur don Juan d'Autriche et l'épopée de Ercilla
sur l'Araucanie. Il nous reste de lui des vers aimables en l'honneur de Mendoza, de Yague de Salas,
de Lope de Véga et de beaucoup d'autres poëtes. Mais
on y démêlait, avec une perspicacité fort prompte, les
nuances d'ironie légère qui s'y glissaient. En dépit de sa
courtoisie, Cervantes était suspect, il l'était par l'indépendance de son succès, de ses opinions politiques et
littéraires, de toute sa vie enfin. Au fond, chacun savait
qu'il n'appartiendrait jamais à aucune coterie et que son
jugement résistait à l'erreur, à l'excès, à la mode, à
l'esprit de corps, à tout ce qui fait la force des médiocrités.

Les coteries se vengèrent, on mit en commun son esprit contre ce rude jouteur. Je ne relèverai pas les attaques sans nombre dont il fut l'objet. Il suffira d'en
citer un trait bizarre, qui expliquera en même temps la

persécution subie par Cervantes et l'inspiration satirique qu'elle provoqua chez lui. On trouve souvent dans les écrits de cette époque des allusions au château de San-Cervantes. Dans un récent voyage à Tolède, au moment même où je regardais ce château, vieille ruine située en face de la ville, mon guide me montrait une masure placée sur la rampe qui monte à la ville et que Cervantes aurait habitée, selon une tradition locale, pendant quelque temps. Toute l'Espagne connaît les ruines du château, parce qu'elles dominent l'entrée même de la capitale des rois Goths. Cervantes en face de San-Cervantes ! de là sans doute vint à Lope de Véga (qui habita Tolède en 1602) l'idée d'assimiler les débris illustres du vieux château à l'écrivain célèbre, qui était un débris de Lépante. Plaisanterie sans portée, indigne d'être recueillie et citée, misérable jeu de mots !... Sans doute, mais le chemin qu'elle fait est capable d'effrayer.

Lope glisse dans ses pièces l'allusion à San-Cervantes démantelé, on en rebat les oreilles du public, on l'écrit dans les lettres anonymes qui arrivent à Cervantes ? C'est un mot d'ordre, un ridicule convenu, un sobriquet indélébile, une injure toujours renouvelée, toujours fraîche, une pierre sous la main du premier venu. Elle agit sur la foule et sur les grands. Le jour où Cervantes, qui s'élève au-dessus de ces misères, publie la première partie de *Don Quichotte* et la dédie au duc de Béjar, en lui écrivant : « Je l'adresse à Votre Excellence, parce qu'elle ne favorise pas les choses écrites en vue du vulgaire, » le duc rougit d'une dédicace qui l'immortalise. Son aumônier, dit-on, lui représente que Cervantes est un malheureux, un écrivain de bouffonneries. Bientôt le mépris gagne du terrain con-

tre le génie ; le comte de Lémos, en 1610, oublie et dé-
laisse l'homme à qui il avait témoigné d'abord une flatteuse estime. Avellaneda paraît en 1614, qui jette un
cri de triomphe et redit dans sa préface le bon mot sur
les ruines de San-Cervantes. Il raille le vieux fou « de
Tolède, » il baptise *Prince des fous* celui qu'aujourd'hui
l'Espagne appelle le *Prince de l'esprit*. Enfin, par lui
ou par d'autres, les calomnies fatales viennent à la suite
des ridicules meurtriers ; les doutes perfides s'insinuent.
On se demande si Cervantes n'a pas mérité sa misère ?
Sait-on si, comme agent des finances, il n'a pas volé
l'État ? Sait-on si, comme père, il n'a pas attiré lui-même
sur le Rastro, autour de sa fille, Gaspar de Espeleta,
à qui d'ailleurs il a pris ses habits ? Sait-on même si
cet orgueilleux Saavedra est vraiment noble et vraiment
gentilhomme ?...

Voilà quel fut le progrès d'un ridicule et d'un mot
attaché pendant dix ou douze ans au nom de Cervantes[1].

— Je sais que je suis pauvre, répondit-il, et que je
manque d'adresse quand il faut plaire et flatter.

Cet homme, qui avait tout supporté, ne supporta pas

---

1. Voir le chapitre où don Quichotte porte un écriteau et subit les
huées des enfants, et çà et là vingt passages comme ceux-ci :

— Je voudrais savoir, si Dieu vous fait la grâce qu'on vous accorde
l'autorisation d'imprimer vos livres, ce dont je doute, à qui vous pensez les adresser. — Il y a des seigneurs et des grands en Espagne à
qui l'on peut en faire hommage, répondit le cousin. — Pas beaucoup,
reprit don Quichotte.

— Sainte Vierge ! s'écria la nièce, vous vous imaginez être vaillant étant vieux, avoir des forces étant malade, redresser des torts
étant plié par l'âge, et surtout être chevalier ne l'étant pas : car, bien
que les hidalgos puissent le devenir, ce n'est pas quand ils sont
pauvres.

le mépuis. Quand le comte de Lémos et le duc de Béjar
le dédaignèrent, alors il se sentit blessé et se sentit
pauvre. Au duc de Lémos il dit assez fièrement dans les
vers du *Voyage au Parnasse* qu'il fallait savoir distin-
guer entre les écrivains. Au duc de Béjar il ne répondit
qu'en effaçant de la *Seconde partie* le nom d'un protecteur ignorant et sans volonté. Mais à l'aumônier il répliqua par le vigoureux chapitre de *Don Quichotte*,
adressé aux « ecclésiastiques qui gouvernent les maisons
des grands seigneurs et mesurent la grandeur des grands
à leur propre petitesse. » On se rappelle cette protestation. Don Quichotte, le visage enflammé de colère, se
leva tout debout et s'écria :

— Quand l'intention d'une remontrance est bonne et sainte,
elle a d'autres formes... elle s'arme de douceur et non de dureté... N'y a-t-il pas autre chose à faire que de s'introduire à tort
et à travers dans les maisons d'autrui pour en gouverner les maîtres? et faut-il, quand on s'est élevé dans l'étroite enceinte de
quelque pensionnat, sans jamais avoir vu plus de monde que n'en
peuvent contenir vingt ou trente lieues de district, se mêler
d'emblée de donner des lois (à la chevalerie) et de juger (les
chevaliers errants)? Est-ce, par hasard, une vaine occupation,
est-ce un temps mal employé que celui que l'on consacre à courir
le monde, pour en chercher non point les douceurs, mais bien
les épines, au travers desquelles les gens de bien montent s'asseoir à l'immortalité? Que des pédants, qui n'ont jamais foulé les
routes (de la chevalerie), me tiennent pour insensé, je m'en ris
comme d'une obole. Chevalier je suis, et chevalier je mourrai,
s'il plaît au Très-Haut. Les uns suivent le large chemin de
l'orgueilleuse ambition ; d'autres celui de l'adulation basse et
servile ; d'autres encore celui de l'hypocrisie trompeuse. Il s'en
trouve aussi qui suivent la voie de la religion sincère. Quant à
moi, poussé par mon étoile, je marche dans l'étroit sentier (de
la chevalerie errante). Je méprise la fortune pour exercer cette
profession, mais je ne méprise pas mon honneur !

Voilà dans quelles dispositions et dans quelles circonstances il prit envie à Cervantes de juger la société
qui le condamnait par voie d'ostracisme. Il imagina alors
l'apologue social, si hardi et si obscur, qu'il a intitulé le
Dialogue des chiens.

Une nuit, dans cette ville de Valladolid où s'empres-
sait une foule ambitieuse, il regardait passer deux chiens
qui portaient des lanternes aux bouts d'un bâton et un
panier en guise de sébile. C'étaient les chiens de l'Hôpital de la Résurrection, qui demandaient l'aumône pour
les malades. On les appelait les chiens de Mahudès, et
leurs guides avaient reçu le sobriquet de frères du panier (*frères capacha*). Ils s'arrêtaient sous la fenêtre de
ceux qui donnaient. Cervantes était de leurs amis. Ces
chiens, qui travaillaient dans l'obscurité pour leurs maîtres et pour tous, lui paraissaient l'image des hommes
qui sont au service de la société et n'y ont pas de
place.

Aux chiens et aux pauvres on reconnaît le droit de
servir et non celui de penser. — Pourtant, dit Cervantes, ils ont quelques qualités, ils ont « de la mémoire,
de la reconnaissance, de la fidélité ; sur les tombeaux
d'albâtre on sculpte des chiens comme symbole de l'at-
tachement ; et peut-être leur instinct naturel, qui est
ingénieux, subtil et vif, montre-t-il qu'ils ont *un je ne
sais quoi* d'intelligence et de raisonnement. » Il imagine de donner la parole pour une nuit aux chiens quê-
teurs, dont l'un s'appelle Scipion et l'autre Berganza
(*Cerbantez*).

— Nous avons le don de la parole ! dit Scipion. C'est un prodige ! et les prodiges annoncent toujours un temps de malheur
pour les humains. — Quel désir j'avais de parler, dit Berganza,

et d'exprimer une fois tant de choses que je gardais depuis
longtemps, et en grand nombre, dans ma mémoire où elles moi-
sissaient! Je ne sais ni quand, ni comment je pourrai les dire
toutes, et les dire sans médisance, car les paroles qui me viennent à la langue, comme les moucherons au vin doux, sont toutes
piquantes. Si je cède à la tentation, on nous appellera cyniques,
ce qui veut dire chiens détracteurs. Eh bien! ne médisons pas;
philosophons à tort et à travers, sans liaison et sans suite. Je te
raconterai ma vie, et, si quelqu'un m'accuse de parler de moi,
je dirai qu'il vaut mieux raconter sa vie que s'enquérir de celle
des autres.

Le pauvre Berganza énumère alors ses mésaventures,
qui commencent à Alcala de Hénarès, qui finissent à Valladolid et qui lui ont fait passer en revue toute l'Espagne.
Il a débuté dans la vie naïvement, comme Gil Blas, et tout
d'abord il a fait des efforts incroyables pour comprendre
l'organisation de la société et se l'expliquer favorablement.
Il a vu l'université d'Alcala de Hénarès, où il y avait cinq
mille étudiants dont deux mille se destinaient à la mé-
decine. Tout ignorant qu'il fût il se demandait si, l'Espagne étant couverte de médecins, cela ne supposait pas
nécessairement ou des malades par milliers, ou des pra-
ticiens réduits à mourir eux-mêmes de misère. Il a suivi
un régiment; on lui a mis une chabraque de cuir doré
et une petite lance à la patte; on a fait de lui un chien
savant, mais les excès, les insolences, l'indiscipline des
soldats lui ont paru quelque chose d'extraordinaire chez
un peuple civilisé. Il a trouvé à Séville (le grand ré-
fuge des pauvres) un emploi chez les *Jiferos*, ou bouchers; il a été émerveillé de voir combien de gaspillage,
de vols et de violences se commettent dans l'abattoir et
dans ces bas quartiers de Séville que le roi lui-même a
de la peine à conquérir. Fuyant la ville, il s'est mis
par la campagne et est devenu chien de berger. L'Espa-

gne entière chantait alors leurs mœurs champêtres et
leurs plaisirs purs, dans des pastorales menteuses comme
la Diane de Montemayor et la Galatée de Cervantes. En
vivant avec les vrais bergers, Berganza les a trouvés
ignobles et surtout voleurs : les bergers mangeaient le
troupeau. Lui qui faisait son office honnêtement y a gagné des coups et des injures. Il a changé de condition;
il s'est fait chien de garde; mais là encore son service
trop vigilant lui a attiré des malheurs; on l'a enchaîné
et empoisonné pour punir la vigilance de ses aboiements. Berganza, se sauvant toujours, a suivi un alguazil
et s'est mis à la chasse des rufians, mais il a perdu courage en voyant que l'alguazil était sous main le complice
de Monipodio, le chef des voleurs. Bref, après avoir
vécu encore avec des bohémiens, avec des morisques,
avec des montreurs de marionnettes et tous les vagabonds « qui boivent le vin du pays comme des éponges
et mangent le pain comme des charançons, » il est venu
à Valladolid se réfugier dans un hôpital.

Là il aurait dû se tenir tranquille, mais il s'est mêlé
de politique et d'économie sociale : honorable et ma-
ladroite inspiration! Un jour, voyant l'hôpital peuplé
de gens perdus, il lui sembla que le vagabondage des
femmes était une plaie publique. Il alla trouver le corrégidor de la ville pour lui proposer un moyen d'ordre.
Ce corrégidor était « gentilhomme, très-noble et très-
chrétien. » Le pauvre chien aboya de confiance devant
lui. Aussitôt le corrégidor appela un valet qui lança une
carafe à Berganza. Cela le corrigea un peu de ses idées
de réforme. Bref, il déplaisait par son zèle généreux,
qui paraissait orgueilleux aux seigneurs et si maussade
aux belles dames, qu'un jour une chienne de manchon le

26

mordit jusqu'au sang. — « Écoute, dit Scipion à Berganza, chacun son métier. Jamais le conseil du pauvre ne fut accueilli, fût-il bon ; jamais l'humilité du pauvre ne doit avoir la présomption de conseiller les grands et ceux qui croient tout savoir. » ·

Berganza en convient et se résigne, mais il a la résignation agitée ; il nourrit un rêve fantasque ; il s'imagine qu'il n'en sera pas toujours ainsi. Certaine femme qu'il a rencontrée, la sorcière Cañizarès, lui a fait des révélations : jadis le pauvre Berganza avait les mêmes droits que les grands ; jadis le chien était un homme ; une *bruja* (sorcière), l'a métamorphosé et déshérité de son lot ici-bas. Il reprendra sa place au soleil ; un changement supérieur des choses doit réintégrer parmi les êtres raisonnables ceux qu'on relègue parmi les animaux sans raison. La sibylle prononce alors cet oracle menaçant, que Berganza recueille :

Ils reprendront leur forme première,
Quand ils verront, dans une révolution soudaine,
Abattre ceux qui sont en haut,
Élever ceux qui sont humiliés
Par une main qui ait cette puissance.

Le brave Scipion épluche l'oracle ; il lui semble impossible que des chiens deviennent des hommes. — « Quoi qu'il en soit, dit Berganza, jouissons une fois du don de la parole (qui peut-être nous sera retiré tout à l'heure), et du don plus excellent encore de l'intelligence humaine. »

Tel est le dialogue nocturne des chiens de Valladolid. Le jour, qui reparaît, y met fin et rappelle les pauvres à leur travail. — « Allons faire un tour de promenade, dit Cervantes, pour nous récréer les yeux du corps,

après les yeux de l'esprit... Mon auditeur a compris le
sens de cette fiction. »

J'ai dégagé cet apologue de l'obscurité volontaire qui
l'enveloppe et des méandres où s'égare la causerie des
chiens « qui traitèrent, dit Cervantes, de choses graves,
diverses et moins faites pour être discutées par eux que
par des esprits éclairés. » L'allusion, transparente ou
non, est audacieuse, irritée, mais généreuse. L'écrivain déclare que, signalant les choses sans blesser
les personnes, il veut faire sortir de sa plainte un peu
de lumière et point de sang[1]; ces mots marquent son
but et son mobile. Il n'éprouve pas de haine contre les
grands, il revendique les droits du pauvre. Il demande
que le plus humble soit traité en homme et que la valeur
personnelle soit estimée et respectée à tel point dans les
sociétés modernes, qu'elle élève l'homme de travail jusqu'au gouvernement. Dans la société espagnole telle
qu'elle est faite, « la sagesse du pauvre est comme obs-
curcie; la misère et le besoin la voilent comme des nuages, et si elle vient à percer ces ombres, elle est prise pour
sottise, et méprisée. » Cervantes s'indigne de penser que
sans la flatterie, sans l'humilité doucereuse et opinia-
trément complaisante, celui qui sert l'État ou qui sert
un grand n'arrivera jamais à l'indépendance relative de
position ou de pensée qui est nécessaire à un cœur loyal.
Le triomphe des bouffons et des entremetteurs est assuré, tandis que, « à voir ce qui se passe, il est malaisé
pour un homme de bien (dit Scipion, oubliant qu'il
est chien) de trouver aujourd'hui un maître à servir. ». Cervantes, agité de ces pensées, entrevoit dans

1. Murmurar un poco de luz y no de sangre.

l'avenir l'affranchissement du pauvre, comme un progrès nécessaire qu'amèneront fatalement la suite des âges et la volonté intelligente des esprits supérieurs.

. Le *Dialogue des chiens* est le dernier mot de Cervantès sur l'Espagne sociale. J'y suis venu directement pour mettre en lumière et hors de débat la pensée finale de l'auteur; elle éclaire d'un seul coup les pages humoristiques qu'il a semées à travers ses nouvelles, son roman et son théâtre, et qui formeraient, réunies, une étrange revue du pays et du siècle : mille figures s'y croisent dont la bizarrerie est vraie, dont la vérité est significative; nous en avons vu plus d'une déjà qui semble, disions-nous, dessinée par Callot ou Goya ; avec l'âge, Cervantes a pris la plume d'Aristophane pour écrire la légende sous les figures. L'alcade dans son village, l'alguazil dans son faubourg, le courtisan au palais, l'hidalgo à la campagne, les deux mondes opposés du soldat et du « sacristain », de l'étudiant et du bourgeois, du régidor et du bohémien, passent et s'agitent dans ce vaste tableau dont le désordre capricieux correspond bien au désordre social. Ce *comte* Maldonado qui gouverne les bohémiens, ce Monipodio qui est le supérieur des rufians, ce Roque Guinart qui organise le brigandage en Catalogne, représentent à merveille l'Espagne divisée, pillée et mal gouvernée. L'homme à cheval qui a pour fonction d'être chef suprême des bergers, et qui laisse voler son troupeau, est le symbole à double face des commissaires royaux, des administrateurs et des gérants de la *mesta*. Cervantes, qui les a servis, pense que l'Espagne est mal administrée. Cette femme hautaine, enveloppée dans sa mante, qui laisse voir le bout de ses mules à pointes d'argent, est la courtisane de Madrid. Elle monte dans un car-

rosse à la nouvelle mode, « qu'elle remplit tout'entier »;
douze soldats sans emploi, tirés de la cavalerie castillane, escortent sa voiture : c'est l'Espagne qui s'amuse.
Les soldats! ils sont partout. Pendant un demi-siècle,
« on s'est conduit avec les soldats vieux et estropiés
comme font ceux qui donnent la liberté à leurs nègres,
quand ils sont vieux et ne peuvent plus servir. » La
misère les a dégradés. Vincent de la Roca revient dans
son village, pauvre comme Job, mais chamarré de ver-
roteries et de chaînes d'acier qui séduisent une pauvre
fille; il l'emmène, la dépouille et la laisse là[1]. L'alferez
Campuzano cherche une dame de plus haut parage qu'il
puisse tromper; il éblouit la première qu'il rencontre,
il l'épouse, et il se trouve le mari d'une femme galante[2].
Ailleurs, c'est le vétéran qui n'a pour tout bien que ses
placets, apostillés par les mestres-de-camp, et le cure-
dent de rigueur; il sollicite la main d'une laveuse de
vaisselle : Cristina lui préfère un sonneur de cloches[3].
Cervantes, qui aime le soldat, qui respecte sa misère,
ses blessures et jusqu'à son imprévoyance, ne se résigne
pas à voir ces dégradations. Comme d'Aubigné, il
s'écrierait :

Vous laissez mendier la main qui tint les armes!

Et d'une autre part il dit la vérité à ses compagnons,
dont il blâme l'oisiveté peu scrupuleuse. Un esprit de
justice l'anime; il reconnaît les torts de chacun et leurs
mérites. Il applaudit aux moindres mesures d'ordre et
de progrès, on vient d'obliger la courtisane à descendre

1. Don Quichotte.
2. El Casamiento engañoso.
3. La Guarda cuidadosa.

de son carrosse ; on annonce que les vieux soldats seront nourris et logés : Cervantes applaudit. Il défend plus d'une fois le roi qu'on accuse, il saisit toutes les occasions de louer tel régidor qui est actif, tel alguazil qui fait son devoir. « Car il y a, dit-il, des alguazils honnêtes. » Mais, en dépit des hommes qui ont bonne intention, l'Espagne est en décadence, parce que l'esprit public est frivole, parce que l'économie générale du gouvernement est mauvaise, et enfin parce que l'on conserve en 1600 les préjugés d'une société aristocratique fondée au moyen âge. Pendant plusieurs siècles, quand l'Espagne luttait contre les Arabes, la première condition de la nationalité fut, la pureté d'origine et de foi chrétienne : le *vieux chrétien* (*cristiano viejo*), le Castillan irréprochable, pouvait seul être chargé de la défense du sol ou du gouvernement du pays. Maintenant que l'ennemi est chassé, l'usage reste. L'alcade ne sait pas la loi, il ne sait pas lire, mais il a, dit-il, « quatre doigts de graisse de vieux chrétien sur les quatre côtés de son lignage [1], » et cela suffit.

— Je ne sais rien, dit Sancho, pas même l'ABC, mais je sais mes prières, et c'est assez pour faire un gouverneur.

Et quand don Quichotte lui donne des conseils admirables,

— Tout cela est bon, sain et profitable, répond Sancho, mais inutile parce que je ne m'en souviendrai pas plus que des nuages de l'an passé. Mettez-le-moi par écrit. Vous me direz que je ne sais ni lire ni écrire ; mais je donnerai cela à mon confesseur, qui m'empilera dans la tête ce qu'il faut faire.

Sancho prend dans cet esprit le gouvernement. Tout

1. *El retablo de las maravillas.*

l'épisode de l'île Barataria est une satire profonde et charmante de la pieuse ignorance et de l'incapacité traditionnelle des alcades. Il y a encore une petite pièce, beaucoup moins connue, sur les élections municipales. Je la donne en raccourci et je l'abrége, mais tous les traits que je cite sont textuels.

L'élection des alcades de Daganzo est un intermède, une scène de mœurs politiques. Les régidors Pandour et La Caroube sont extraordinairement animés par la discussion des candidatures ; le greffier Pierre l'Éternué a peine à recueillir leurs paroles, et le bachelier Pied Cornu essaie de les calmer.

PANDOUR. — Apaisez-vous, laissez la crème monter sur le lait, s'il plaît au ciel très-béni.

LA CAROUBE. — Oui, s'il plaît au ciel ! car le point important est de savoir qui lui plaît et qui lui déplaît.

PANDOUR. — Voilà des paroles qui ne sonnent pas bien. Par saint Junco, vous faites l'esprit fort !

LA CAROUBE. — Je suis un vieux chrétien, chrétien à tout hasard. Je crois en Dieu à pieds joints.

LE BACHELIER. — C'est bon, on ne demande rien de plus.

LA CAROUBE. — Je sais bien que le ciel peut faire ce qui lui plaît. Personne n'a barre sur lui, surtout quand il pleut.

PANDOUR. — Quand il pleut, La Caroube, l'eau tombe des nuages et non pas du ciel.

LA CAROUBE. — Corps du monde ! si nous sommes venus ici pour nous épiloguer les uns les autres, disons-le ! A chaque pas, on trouve à redire à La Caroube.

LE BACHELIER. — *Redeamus ad rem*, seigneur Pandour et seigneur La Caroube. Ne perdons pas le temps en enfantillages.

LE GREFFIER. — Le seigneur bachelier a extrêmement raison. Venons à notre affaire et voyons qui sera nommé pour l'an prochain. Faisons un choix dont on ne puisse pas rire à Tolède.

PANDOUR. — Quatre prétendants demandent la *vara*, Jean Verrouil, François de Humillos, Michel Jarret et Pierre de la Grenouille, tous hommes de tête et de sens, capables de gouverner non-seulement Daganzo, mais Rome même.

LE GREFFIER (*avec colère*). — Est-ce tout?

LA CAROUBE. — Notre greffier a raison de s'appeler l'Éternué; tout lui monte à la tête.

PANDOUR. — Je dis que, dans le monde entier, il n'est pas possible de trouver quatre génies comparables à ceux de nos prétendants.

LA CAROUBE. — Tout au moins Verrouil a-t-il le discernement le plus délicat. Ces jours passés, il a goûté du vin chez moi, et il a déclaré que mon vin sentait le bois, le cuir et le fer. La jarre se vida peu à peu, et nous trouvâmes au fond un petit morceau de bois avec un morceau de cuir, auquel pendait une petite clef.

LE GREFFIER. — Habileté rare! rare génie! Un pareil homme peut gouverner Alanis, Cazalla et même Esquivias.

LA CAROUBE. — Quant à Michel Jarret, c'est un aigle.

LE BACHELIER. — En quoi?

LA CAROUBE. — Il tire de l'arc comme un aigle!.. Mais que dire de François de Humillos? Il ressemelle un soulier comme un tailleur. Enfin Pierre de La Grenouille possède une mémoire comme pas un. Il sait par cœur tous les couplets de la vieille et fameuse chanson du chien d'Alva, sans qu'il y manque une lettre.

PANDOUR. — Je vote pour lui.

LE GREFFIER. — Moi aussi.

LA CAROUBE. — Moi pour Verrouil.

LE BACHELIER. — Moi pour personne, jusqu'à ce qu'on me donne des preuves d'esprit et de jurisprudence.

LA CAROUBE. — J'ai une idée qui est bonne, et la voici : Faisons entrer les quatre prétendants, et le seigneur Bachelier les examinera. Pourquoi n'y aurait-il pas des examens pour le métier d'alcade? On en passe pour être barbier, ou forgeron, ou tailleur, ou médecin. On donnerait des diplômes. Bonne invention, car aujourd'hui il y a disette, surtout dans les petits endroits, d'alcades intelligents.

(On introduit les quatre prétendants).

LE BACHELIER. — Savez-vous lire, Humillos?

HUMILLOS. — Non, certainement! Et personne ne dira qu'un homme de mon lignage ait été assez mal appris pour apprendre ces chimères qui conduisent un homme au bûcher et une femme aux galères. Je ne sais pas lire! mais je sais des choses bien plus avantageuses.

Le Bachelier. — Quelles choses?

Humillos. — Je sais par cœur les quatre oraisons, et je les dis quatre ou cinq fois par semaine.

La Grenouille. — Et avec cela vous voulez être alcade?

Humillos. — Avec cela, et avec mon titre de vieux chrétien, je me présenterais au sénat de Rome.

Le bachelier interroge ensuite Jarret et Verrouil. Le premier est tireur d'arc et sain de tous ses membres. Verrouil est un dégustateur admirable; avec un doigt de vin, il se sent un Lycurgue ou un Barthole.

Le Bachelier. — Que sait Pierre La Grenouille?

La Grenouille. — Elle chante mal, la grenouille; mais, malgré tout, je dirai mon caractère sans dire mon esprit. Moi, seigneur, si par hasard j'étais alcade, je ne porterais pas une *vara* aussi mince qu'on la porte d'ordinaire. Je la ferais d'un bon bois de chêne ou de rouvre, grosse de deux doigts, de peur qu'elle ne puisse se courber sous le poids si doux des bourses de ducats, des présents, des promesses, des faveurs, toutes choses lourdes comme du plomb, qui nous brisent les côtes de l'âme comme celles du corps; sans compter que je serais bien élevé et poli, sévère sans rigueur, point outrageux aux misérables...

La Caroube. — Vive Dieu! comme a chanté notre grenouille; c'est plus beau que le chant du cygne.

Pandour. — Il a prononcé des sentences censoriales.

La Caroube. — C'est-à-dire de Caton le Censeur. Le régidor Pandour a bien parlé.

Pandour. — Vous m'épiloguez?...

Pandour se fâche. La dispute recommence de plus belle, et Dieu sait où cela irait sans l'arrivée de bohémiens et de bohémiennes qui chantent le mot final de la pièce.

> Révérence nous vous faisons,
> O régidors de Daganzo!
> Hommes de cœur quand ils inventent,
> Hommes de cœur quand ils réfléchissent,

> Prédestinés par leur esprit
> A remplir les charges
> Que sollicite l'ambition
> Chez les Maures, comme chez les chrétiens,
> A coup sûr le ciel vous a faits (je dis le ciel étoilé)
> Forts dans les lettres comme Samson,
> Forts dans les armes comme Barthole.

Le chœur chante ces moqueries avec une ardeur folle, sur l'air à la mode : *Pisaré yo el polvico!* et tout se perd dans le tourbillon de la danse. — Voilà le tableau de ce qui se passe au fond des villages. Mais qu'on remonte l'échelle sociale : d'échelon en échelon Cervantes nous montre partout le même mal et la même ignorance. Si pour administrer l'alcade s'en rapporte au ciel et Sancho à son confesseur, l'Espagne s'en rapporte au pape pour la purger de brigands. On lit au prône les *Paulinas*, c'est-à-dire les lettres d'excommunication données par le pape Paul III (ou Paul IV) contre les voleurs ; ceux-ci ne vont pas à l'église pendant cette lecture, et leur conscience est tranquille.

La question de l'organisation judiciaire est touchée souvent par Cervantes : il y a en Espagne trois juridictions qui se disputent la suprématie : le tribunal ecclésiastique de l'inquisition, le tribunal militaire de l'*asistente* et le tribunal civil ou *Cour suprême* : trois justices et point de justice. Cervantes nous fait entendre les railleries des bravaches, des rufians et de la *hampa* sur cette organisation étrange [1]. « Voyez-vous cette multitude répandue à travers l'Espagne ? dit-il. Ce sont des voleurs qui obéissent à leur *comte* mieux qu'à leur roi. » Il nous montre les prévarications des hommes qui servent

---

1. Voir *la Fregona* et *Rinconete*.

l'État, à tous les degrés, et qui se disent les bergers du troupeau. « Ah! s'écrie-t-il, qui donc trouvera le remède à cette iniquité? qui sera assez puissant pour faire entendre tout haut que les défenseurs du troupeau l'attaquent, que ce sont les sentinelles qui dorment et les hommes de confiance qui volent? Ceux qui nous gardent nous tuent[1]. » Ailleurs il nous fait apercevoir le profil effrayant d'un personnage qui tue d'une manière plus positive et plus franche. C'est le *jifero*, ou boucher de Séville, qui « égorge un homme comme une vache, qui le saigne comme un taureau, qui lui enfonce son coutelas dans le ventre pour un caprice et qui se moque de la justice et du roi... car le roi a trois choses à conquérir à Séville : la rue de la Caza, la Costanilla et l'abattoir[2]. »

Ainsi tantôt la loi n'existe pas, tantôt la loi, c'est le roi; et à son tour le roi n'est pas maître de son royaume. Cervantes marque en traits énergiques la cause déterminante de la décadence espagnole, qui est la confusion des pouvoirs entretenue par la confusion des idées. La destinée sociale est donc compromise, et la destinée des individus, au milieu d'une société ainsi faite, est une aventure. Le picaro sort des bas-fonds, l'hidalgo retombe des castes supérieures, tous deux cherchant à vivre, tous deux déclassés et sans but. Cervantes a écrit le roman du gentilhomme et le drame picaresque du rufian. *Pedro de Urde Malas*, pièce fantastique et oubliée, est l'image de cette destinée perdue.

— Je suis, dit Pédro, fils de la pierre; je ne me connais pas de père; c'est un des plus grands malheurs qui puissent arriver

1. *Coloquio de los perros.*
2. *Ibidem.*

à un homme. Où m'a-t-on élevé? Je l'ignore. J'étais un de ces
enfants de la doctrine (niños de doctrina) à qui le pain sec et le
fouet enseignent la prière et la faim. J'ai su bientôt lire et écrire;
j'ai appris le vol pour manger et le mensonge pour me défendre.
L'ennui m'a pris; je me suis fait mousse, j'ai été aux Indes. J'en
revins avec une veste faite de toile et de goudron, sans un ma-
ravedi, et je foulai de nouveau les rues du Guadalquivir. A Séville, je m'accommodai du métier ignoble de garçon du marché
(mozo de la esportilla). Le temps le voulait ainsi. Là, je recueillis
beaucoup de dîmes sans être curé et je mis en sûreté bien
des choses. Enfin, pour mon malheur, je commençai des métiers
plus scabreux; j'appris la vie de la hampe, large et périlleuse,
où l'on tire une querelle du vent et où l'on frappe avec un souffle.

   J'avais un maître; on l'exécuta. Alors je devins valet d'armée,
soldat spadassin et rodomont. J'ai vendu de l'eau-de-vie à Cordoue
et des pâtisseries chez un Asturien. J'ai servi un aveugle qui m'a
appris à me composer des haillons pittoresques et des oraisons en
vers. Plus tard, j'entrai chez un brelandier qui avait l'œil et la
main très-habiles. Enfin, je vins aux champs, où je sers Martin
Crespo, l'alcade....

Il est dans un village de la montagne, à Urde, comme
garçon de ferme, et il s'essaie au rôle d'honnête homme.
D'un air moqueur et avisé, il écoute, il regarde le brave
alcade qui lui demande des compliments. — « Jugez
toujours, lui dit Pedro, je mettrai des sentences dans
votre cape et vous tirerez au sort... Vous dépassez Lycurgue en justice. » La justice humaine lui semble aussi
sûre et aussi raisonnée que le cœur des femmes.

   — Tu veux plaire à la fille de l'alcade, dit-il au pauvre Clément qui pleure d'amour. Il faut les contempler quand elles
viendront à la fontaine, leur cruche sur la tête. Tu seras en extase devant les cheveux d'or de Clémence, où vient se jouer l'a-
mour, qui se mire et s'admire dans leurs reflets. Souviens-toi de
flatter : il plaît à toute femme d'entendre dire qu'elle est belle.

Il marie Clément, puis il se gratte l'oreille : « J'ai peur,
dit-il, d'avoir un peu chargé ma conscience. » Mais la

nuit de la Saint-Jean le rassure ; c'est le temps où il se fait des mariages par milliers ; le caprice le plus bizarre préside aux unions : les jeunes filles sont aux aguets, et le premier nom qu'elles entendent prononcer sous leur fenêtre, elles l'accueillent comme celui de leur époux.

Voici Benita, les cheveux au vent, qui prête l'oreille au moindre bruit :

— O nuit ! étends tes ailes sur tous ceux qui t'implorent, sois propice à leurs légitimes désirs, ô nuit que l'on célèbre, dit-on, jusque chez les Maures, par-delà la mer. Moi, pour réaliser mon rêve, j'abandonne mes cheveux aux vents ; dans un bassin plein d'une eau claire et froide j'ai posé mon pied gauche ; mon oreille attentive écoute les airs. Tu es la nuit sacrée dans laquelle toute voix qui résonne apporte un présage heureux à celui qui l'écoute. Fais donc qu'il arrive à mes oreilles quelques paroles qui soient pour moi un espoir de bonheur !

On célèbre alors, aux premières clartés de l'aurore qui a jeté sur les fleurs une pluie de perles, la double union de Clément avec Clémence, de Pascual avec Benita. Des paysans chargés de rameaux forment un chœur conduit par Pédro, qui sourit toujours. Poésie, hasard, ironie se mêlent toujours dans les choses humaines.

Pédro, songeur et ennuyé, pense à fuir cette campagne tranquille, où fleurissent les jugements et les mariages.

Une troupe de gitanos se présente, conduite par le célèbre Maldonado, et presque en même temps on aperçoit une riche veuve qui figure assez bien la société régulière et riche.

— Songe, Pédro, que notre vie est libre, indépendante, curieuse, large, ouverte et fainéante. Rien ne nous manque ! dit Maldonado.

La veuve, à qui les gitanos demandent l'aumône au nom de Marie la Bénie, répond durement :

— Aumône ! avec ce mot-là on n'a rien de moi, ni avec cette importunité. Vous feriez mieux de travailler que de mendier sans vergogne.

— Ainsi va le monde, ajoute le paysan qui sert d'écuyer à la veuve. Cela est insupportable. Nous vivons au siècle du vagabondage ! Il n'y a pas de fille qui veuille servir ; il n'y a pas de garçon qui ne se laisse prendre à l'envie de chercher la fleur du cresson. Celui-ci est un sot et celle-là une orgueilleuse. Cette engeance qui ne produit rien travaille à mille méchancetés. Elle est menteuse, rusée, artificieuse ; elle n'apporte ni d'argent à l'église, ni d'obéissance au roi. Ils se disent forgerons, et, sous cette apparence, ils nous causent mille maux. Un âne n'est pas en sûreté dans un pré quand un gitano est par là.

— Laisse-les, Laurent, interrompt la veuve. En route, il se fait tard.

— Tu l'as entendue, Pédro, dit Maldonado. Eh bien, cette femme a dix mille ducats, qu'elle tient, dit-on, dans deux coffres cerclés de fer, au pied de son lit. Elle les appelle ses anges ; elle met en eux son repos et sa gloire ; elle se pâme en les contemplant. Ces ducats seront pour elle ce que furent pour Absalon ses cheveux. Elle se contente de donner chaque mois un réal à un aveugle, afin qu'il récite à sa porte, le matin, des oraisons. Elle pense que, si d'aventure ses parents, son mari ou quelqu'un de ses ascendants était en purgatoire, il aurait le bénéfice de ses prières. Avec cette seule œuvre, elle croit aller au ciel en droite ligne, sans encombre.

— Je suis bohémien ! s'écrie alors Pédro.

Et pour entrer dans la carrière par une action d'éclat, il se propose de punir la veuve.

— Je tirerai le trésor de l'arche, dit-il.

Il va s'installer un matin à la porte de cette femme, à côté de l'aveugle, et il commence les oraisons à haute voix :

— Frère, lui dit le mendiant, de grâce, va-t-en plus loin, cette maison est à moi...

— Vous savez des oraisons, mon ami. Pour moi, j'en sais une multitude que je donne par écrit à tout le monde ou peu s'en faut. Celle de l'*âme seule*, celle de saint Pancrace, qui est incomparable, celle de saint Quircé et Acacio, celle d'Olalla l'Espagnol, et mille autres où la grâce des vers est aussi remarquable que ma manière de débiter. Je sais encore celle des auxiliaires, quoiqu'il y en ait bien une trentaine. Je fais l'envie et la douleur de tous les diseurs d'oraisons, car je suis, en tous lieux, le meilleur des meilleurs.

La veuve n'a pas perdu un seul mot de ces paroles. Du haut de sa fenêtre elle appelle Pédro. Sa curiosité et sa superstition se sont éveillées en même temps. Elle renvoie son aveugle ordinaire et promet à Pédro, s'il veut prier pour elle et lui servir d'intermédiaire avec le purgatoire, de lui donner son âme, laquelle est son argent. Pédro se dit le missionnaire de l'autre monde, l'ambassadeur des âmes qui, pour obtenir le soulagement de leurs maux, députent les mendiants sur la terre.

Il récite à Marina Sanchez (c'est le nom de la veuve), le tarif exact du rachat des âmes. Pour soixante-dix écus elle réglera le compte de son mari Verrouil; pour quarante-six, pas davantage, elle tirera de la fosse son fils Bénito. Une charité de quarante-deux jaunets sera la corde qui sortira du puits Sancha Redonda sa fille. Qu'elle ajoute quatorze ducats pour son oncle qui a froid, dix doublons pour ses neveux qui gémissent, trente florins pour sa sœur qui appelle la lumière, quelques maravédis pour d'autres parents, en tout deux cent-cinquante écus, elle aura converti les feux éternels en simple fumée, et elle verra passer dans les airs toutes ces âmes affranchies et dansantes, tandis que la terre célébrera sa courtoisie.

La veuve se décide. Pendant qu'elle va chercher, avec un mélange de désespoir et de bonheur, ses trésors cachés, Pédro dit tout bas : — C'est Bélica, la gitana si belle, qui recueillera l'argent de la veuve.

Le coquin poursuit sa victoire et emporte en triomphe le fruit de sa ruse. Ce premier succès l'encourage; il parcourt l'Espagne en se jouant de tous. Voleur, mendiant, ermite, étudiant, il change toujours de costume; la variété l'enchante. Mais sa destinée ne s'améliore pas, et, après mille aventures, il se fait comédien, le monde étant une comédie et ce métier permettant à un déclassé intelligent de jouer tous les rôles.

Une femme, Bélica la bohémienne, réussit au contraire à merveille sur le même terrain où Pédro échoue. Elle est belle, sa beauté fait son destin. Le roi qui chasse dans la forêt où se trouve le campement de la tribu, emmène la jeune fille qui a confiance dans son étoile et dont on découvre la naissance illustre. Cervantes a tracé d'une main de poëte cette figure jeune et rêveuse. Il se plaît à opposer, à la fin du drame, les deux destinées.

— Illustre Isabelle, dit Pédro, vous qui naguère étiez Bélica, vous voyez prosterné à vos pieds Pédro le fourbe illustre, ce personnage cousu d'extravagances, qui, après avoir conquis son surnom de Urde Malas, l'abandonne tout à coup pour s'appeler Nicolas de los Rios. Vous avez devant vous Pédro le bohémien converti en Pédro le comédien, prêt à vous servir en tout ce qui plaira à votre royal caprice. Votre rêve et le mien se réalisent, le mien dans le monde de la fiction, le vôtre comme il le devait. Il y a mille destinées diverses. Les unes qui ont le rôle comique, font les seigneurs pour rire, les autres sont réellement seigneurs.

L'alcade Crespo qui passe par là regarde d'un œil étonné ce Pédro qu'il a vu quelque part.

— Comme te voilà galamment habillé? Quelle est donc ton aventure?

— Je serais mort si je ne m'étais pas occupé de moi-même. J'ai changé de métier et de nom... Eh bien, je ne suis pas encore dans l'état où je veux être. Je passe à la chimère.

— Tu fus toujours un grand homme.

Ainsi se termine cette œuvre étrange.

Cervantes excelle à mettre en présence ces deux mondes ennemis et leurs champions. Dans un intermède intitulé *le Tableau des merveilles*, un saltimbanque appelé Chanfalla arrive dans un village avec sa femme Chirinos.

CHANFALLA. — Nous voici dans le village. Je vois venir des gens qui doivent être le gouverneur et les alcades. Or ce, ma langue, aiguisons-nous : flattons et ne piquons pas.

LE GOUVERNEUR. — C'est moi. Que voulez-vous, bonhomme?

CHANFALLA.— J'aurais dû, avec deux onces d'esprit, voir que cette prestance majestueuse et péripatétique ne pouvait appartenir qu'au gouverneur très-digne de ce très-noble pays...

LE GOUVERNEUR. — Eh bien! que désirez-vous, homme honorable?

CHIRINOS. — Vivez de longs jours honorés, vous qui honorez ainsi les autres. Après tout, le chêne produit du gland, le poirier des poires, la vigne du raisin, et l'homme honorable de l'honneur, sans qu'il en puisse être autrement.

Chanfalla explique qu'il apporte un tableau merveilleux que personne ne peut voir à moins d'être *vieux chrétien*. Ce tableau a été fait par Tontonelo....

CHIRINOS. — Né dans la cité de Tontonela, homme qui a laissé un grand nom : sa barbe tombait jusqu'à sa ceinture.

L'ALCADE. — Les hommes à grande barbe sont généralement savants.

Tontonela (de *tonto*, niais) veut dire la cité de la

27

sottise. La vie sociale, que Pédro regarde comme une comédie, paraît à Chanfalla une vaste folie.

La crédulité publique est flagellée par Cervantes à toute occasion [1]; il en a dessiné un merveilleux symbole dans le portrait de la sorcière contemporaine, figure réelle, historique et pourtant extraordinaire. La Camacha, la Montiel, la Cañizarès sont *hechiceras* ou *brujas;* elles ont fait un pacte avec le diable et se réunissent, la nuit, dans les vallées des Pyrénées. « Messieurs les inquisiteurs ayant fait des expériences sur quelques-unes », elles ont renoncé à la magie et se sont contentées du mysticisme.

« J'ai embrassé l'état d'hospitalière, dit la Cañizarès... Je prie peu et je prie publiquement. Je dis beaucoup de mal et le dis en secret. Être hypocrite me va mieux que d'être pécheresse déclarée. L'apparence présente de mes bonnes œuvres efface le souvenir passé de mes actions mauvaises. A qui peut nuire la sainteté feinte? A personne qu'à celui qui feint... »

Elle raconte qu'elle est devenue « théologienne », qu'elle pratique l'extase et qu'elle éprouve les dégoûts d'usage.

« Mon ardeur est brûlante, puis un froid vient qui glace l'âme et engourdit jusqu'à la foi... Avec tout cela, je suis sorcière, je donne des marques de charité chrétienne; je ne suis pas si vieille, avec mes soixante-quinze ans, qu'il ne me reste encore une année à vivre : et bien que je ne jeûne pas, à cause de l'âge, que je ne prie pas longtemps, de peur des vertiges, que je ne fasse pas l'aumône, vu ma pauvreté, que je ne serve pas le prochain, parce que j'aime mieux médire de lui, et que je ne fasse pas le bien, parce qu'il faudrait y penser, et que je pense à mal, néan-

---

1. Voir dans *Don Quichotte* la tête qui rend des oracles; dans la *Gitanilla*, l'histoire du bonnetier Triguillos, et partout les railleries contre les horoscopes.

moins Dieu est plein de bonté et de miséricorde, je compte sur
lui pour ce que je deviendrai [1]... »

Ce portrait, qui dévoile plus que tout autre un horrible mélange d'idées contradictoires, nous ramène à la
pensée générale de Cervantes. Il est effrayé de l'état moral et surtout de l'état cérébral des êtres qu'il aperçoit
autour de lui. Il étudie, comme ferait un médecin, la folie humaine. On formerait de plusieurs de ses œuvres
un livre sur l'aliénisme. Sans parler de *Don Quichotte,*
qui représente l'idée fixe, ni des trois histoires de fous
qu'il raconte au début de la seconde partie, il nous montre, à l'hôpital de Valladolid, quatre lits où gisent des
hommes affolés par la fausse science, un alchimiste, un
chercheur du point fixe, un *arbitrista,* qui a trouvé un
expédient insensé d'économie politique, et un poëte qui
a mis en vers héroïques la suite de la légende de l'archevêque Turpin. Dans l'intermède des *Deux Bavards,* il
met en scène deux personnes qui, se disputant la parole,
versent chacune un torrent de mots et croient réunir
des idées. Enfin il écrit *le Licencié Vidriera*, ou
l'Homme de Verre : c'est un paysan qu'on a instruit dans
les universités selon le système du temps. Sa tête, trop
encombrée, se trouble et se détraque; il devient fou, il
se croit de verre et s'imagine à tout instant qu'il va se
briser. On l'enveloppe de paille, alors il se rassure;
mais, voyant qu'on se raille de lui, il s'arrête au milieu
de la foule et il demande à tous qui est plus fou, de lui
ou de la société dans laquelle il vit? Grands et petits, il
apostrophe tout le monde. C'est l'explosion désordonnée
de l'humeur de Cervantes et de sa misanthropie... Car,

---

[1]. *Coloquio de los perros.*

il faut l'avouer, ces études, continuées pendant une vie
d'épreuves par un homme qui se débat sous l'étreinte
du malheur et des mépris vulgaires, s'imprègnent à la
fin de tristesse et de colère. Il y a un moment où il ne
se contente plus de la satire d'Horace, légère et souriante, qu'il aimait tant, et dont il célèbre l'ironie gracieuse. Sa droiture profondément blessée se révolte; il
est amer et ne se maîtrise plus. Un esprit de défi s'empare de lui. « Mal faire est le propre de l'homme dit-il
dans le *Casamiento engañoso*. » — « Nul n'est l'artisan
de sa destinée, » dit-il ailleurs. Il a vu les villes et les
grandes routes; il connaît l'armée et la littérature; il observe le peuple et la cour : son pays lui semble en dé-
sarroi, et ceux qui entourent le souverain ne songent
qu'à satisfaire leurs ambitions frivoles.

> « J'ai vu la cour, chante Preciosa la bohémienne, j'ai vu le ciel
> où brille le soleil d'Autriche, et à l'entour des maîtres j'ai vu Sa-
> turne (le vieux courtisan) rajeuni, la barbe teinte, le pas lourd et
> léger, guéri de la goutte par le bonheur, — et Mercure, avec son
> éloquence flatteuse et sa langue amoureuse, — et Cupidon qui
> portait, brodées en rubis et en perles, les devises des dames, — et
> Mars, représenté dans toute sa fureur par une armée de guerriers
> très-galants, à qui leur ombre fait peur, — et Jupiter (le duc de
> Lerme) qui habite près du maître et peut tout, — et de petits
> Ganymèdes qui vont, qui viennent, qui tournent et retournent
> dans la sphère brillante, enrubannée et merveilleuse. — Là se
> montrent les riches étoffes de Milan, les diamants des Indes, les
> parfums de l'Arabie, — et l'envie mordante de ceux qui pen-
> sent à mal, et la bonté loyale de ceux qui ont l'âme espagnole. »

L'incroyable légèreté de l'esprit de cour, l'insouciance
publique, la puérile galanterie à la mode, la frivolité
mêlée de pédantisme qui règne dans les lettres, enfin et
surtout l'amalgame des idées contemporaines lui dictent
quelques lignes violentes et lui donnent des tentations

plus fortes encore. Il annonce qu'il écrira une vie du
chien Scipion et en dira davantage... Mais tout à coup il
s'arrête, comme sur le bord d'un précipice. Pourquoi?
Sans doute il se rappelle qu'il parle pour guérir et non
pour blesser. Il se ravise donc; il fait mieux, il désa-
voue ses invectives. Il déclare, dans les plus vives
de ses satires, que la raillerie médisante est mauvaise, parce qu'elle est une vengeance, et qu'il n'y a pas
de vengeance juste. Il se donne un démenti à lui-même
en affirmant que nul n'a le droit de se plaindre de sa fortune, chacun étant l'artisan de la sienne. Enfin il dit en
propres termes que, suivre l'inspiration de sa colère,
« c'est aller directement contre la loi religieuse qu'il
professe [1]. »

Ces alternatives tiennent donc aux plus intimes convictions. Cervantes, qui déteste le mélange incestueux
de la religion avec les choses de la terre et la déprava-
tion dévote de la sorcière mystique, Cervantes dit naïvement, par la bouche d'un personnage du *Casamiento :*
« Je me suis livré à la rage et au désespoir ; mais mon
ange gardien vint me dire au cœur : Rappelle-toi que tu
es chrétien et que le péché le plus grave est de s'abandonner à la rage désespérée. »

C'est ainsi que Cervantes, après avoir dit la vérité sur
l'Espagne sociale, s'arrêta lui-même quand il crut s'apercevoir que la colère personnelle l'inspirait. Ce grand
génie croyait à la bonté.

---

1. Voir *Coloquio*, *Casamiento* et *Don Quichotte*, 98, 459.

CHAPITRE X

LA DOCTRINE

« Judas est moins coupable d'avoir vendu le Christ que de s'être tué lui-même. » Ces paroles, adressées par un prêtre à une femme qui meurt de désespoir, sont tirées d'un *auto* écrit par Cervantes : c'est un drame religieux, intitulé *El Rufian dichoso*, qui semble une contre-partie de la pièce humoristique citée plus haut. La comédie de *Pedro de Urde Malas* montrait la destinée humaine comme une bouffonnerie ; le drame du *Rufian Bienheureux* la montre au contraire comme une aventure qui doit se terminer gravement.

Le premier acte se passe à Séville, la nuit. Des hommes se battent dans la rue. Le Petit Loup et le Crochu, deux rufians, se querellent avec Cristoval de Lugo, le jeune roi de la *hampa*. Cristoval est un personnage étrange, qui porte une dague et un rosaire, qui vole les marchands et donne aux pauvres, un bravache la nuit, le jour un pieux serviteur de Tello de Sandoval, lequel préside l'Inquisition. Au bruit de sa querelle, les alguazils accourent ; quand ils reconnaissent Cristoval, ils s'excusent et disparaissent dans la nuit. Le jeune homme reprend ses courses nocturnes; mais une femme, belle, riche et bien mariée, que depuis longtemps son courage a séduite, s'attache à ses pas.

— Je sais donner et je sais aimer, lui dit-elle.

— Señora, répond doucement Cristoval, choisissez quelqu'un plus digne de vos caprices. Je suis le serviteur misérable d'un inquisiteur de Séville; je m'occupe aux œuvres basses; j'y suis terrible. Je n'ai pas le temps d'aimer, surtout des femmes de votre rang. J'ai des ailes, mais ce sont des ailes de corbeau.

Un ennui magnifique possède Cristoval. Lagartija (le Lézard) veut l'entraîner à un souper et d'avance excite son appétit par des descriptions enchanteresses. Il lui fait entrevoir le pain blanc, le vin clairet, le lapin bardé de lard, les limons, les oranges, le crabe au piment, le nougat au vin d'Alicante... quelle fête !

Lugo lui répond froidement : — Lagartija, tu décris bien.

Que lui importent ces fêtes grossières? Il s'étourdit au milieu des querelles et des chansons, des épées et des guitares. Rien n'égale son mépris pour ces femmes à demi orientales qui peuplent les faubourgs de la ville andalouse. La sérénade qu'il donne à l'une d'elles rappelle les sonnets injurieux et bizarres de Shakespeare :

— Allons! voici la maison, s'écrie-t-il sous sa fenêtre. Prenez vos instruments.

Et il chante lui-même une *jacara*, qu'il appelle *la Sarrasine;* c'est une parodie des chants arabes.

Toi qui de la terre sarrasine vins ici guerroyer, sans un vêtement, comme une vaillante héroïne, — écoute-moi, ô fille du vaillant Miramolin ;

Toi qui es fière d'une action vilaine comme une autre le serait
d'une action généreuse;

Toi qui possèdes un perroquet t'appelant infâme tout le long
du jour;

Toi qui l'emporterais en mensonge sur la rusée Célestine;

Toi qui changes, comme l'hirondelle, de pays et de climat;

Toi qui acceptes tout, jusqu'à l'obole la plus mince;

Toi qui jamais ne gardas ta parole et jamais n'as tenu ta foi;

Toi qui dépasses en talents les coquines les plus industrieuses...

La chanson est interrompue par un homme qui n'aime
pas la musique. Cristóval poursuit sa route, toujours
dédaigneux et querelleur. Il est méprisant, parce qu'il
est ambitieux. Il interroge la destinée, il rêve, il vaga-
bonde.

La tentation lui vient de se faire voleur de grand chemin. Que l'étudiant Gilbert, qui lui gagne toujours son
argent, le débarrasse de son dernier maravédis; une
fois sa bourse vide, il gagnera la montagne. Le sort en
est jeté; on saisit des cartes, on joue : mais, au lieu
de perdre, Cristoval gagne. « C'est un avis du ciel, »
pense-t-il, et il se fait moine au lieu de se faire brigand.

Nous le retrouvons au Mexique, sous le nom du Père
de la Croix, plongé dans les austérités. Sa sainteté est si
grande que Sandoval, l'inquisiteur, lui demande sa bénédiction. Du fond de l'enfer les démons ressentent l'influence de son exemple, qui leur ravit des âmes; ils
viennent le tenter. Sur leurs pas accourent des femmes
légèrement vêtues. Une musique délicieuse se fait entendre, et dans les airs on murmure un chant :

Pour dissiper les maux Vénus sait mille charmes,
Rien n'est doux que Vénus, la mère des amours,
Qui sait des deuils amers nous adoucir les larmes,
Et qui dresse avec art le festin de nos jours.

La vie est auprès d'elle une aimable folie.
Sans elle tout s'éteint; l'homme est une ombre en pleurs,
Traversant, invisible, un monde qui l'oublie...
La vie est l'arbre mort, sans feuilles et sans fleurs.

Non! je ne connais rien qui soit digne de plaire,
Dans l'univers entier, aux plus lointains séjours,
Dans le monde infini que le soleil éclaire,
Sans la blonde Vénus, déesse des amours.

Le Père de la Croix répond d'une voix grave :

Sans la croix rien ne plaît : sur la terre flétrie,
Un sentier, entre tous rude et des plus étroits,
Mène l'homme au bonheur et l'âme à sa patrie.
Le signe qui le marque est une simple croix.

Venez, vous qui cherchez! sortez de votre route
Voisine de l'abîme et proche du tombeau ;
Marchez, en regardant, forts et libres du doute,
La croix! car il n'est rien au monde de plus beau.

Les démons disparaissent et l'ascète se remet en prière.
Mais on l'appelle pour assister une femme qui va mourir. Doña Ana, mollement couchée sur les tapis d'un riche salon, laisse venir la mort sans y croire, avec un invincible dédain. Elle repousse ses gens qui la supplient, elle renvoie en souriant le médecin qui lui annonce la dernière heure.

— Je veux, dit-elle, aller me promener dans la campagne...
Mais, écoutez : j'entends là, dehors, une guitare que l'on accorde.

Une voix chante :

La mort et la vie m'apportent la même tristesse. Quel remède choisir? Je suis fatigué de la vie et ne suis pas heureux de la mort.

Doña Ana est émue. On fait alors venir un prêtre. Elle le laisse parler, mais son regard est ailleurs :

— La vérité, mon père, dit-elle avec l'accent d'une personne qu'emporte son idée fixe, c'est que son dédain a fait le mal, il m'a frappée, brisée et glacée; voilà ce qui me tue. Ne nous fatiguons pas à parler d'autre chose. Je n'ai pas une sensibilité que les larmes puissent attendrir. Il n'y a point de miséricorde pour moi sur la terre ni au ciel.

— *Deus, cui proprium est parcere...* dit le prêtre. Judas est moins coupable d'avoir vendu le Christ que de s'être tué lui-même.

Le Père de la Croix entre dans le salon.

— Un autre fâcheux! s'écrie doña Ana. Que voulez-vous, père, vous qui arrivez avec tant de majesté? Il paraît que vous ne me connaissez pas : pour moi, il n'y a pas de Dieu (*para mi no hay Dios*). Il n'y a pas de Dieu, vous dis-je... Ma méchanceté est telle, qu'elle a séparé en Dieu la Miséricorde qui se voile le visage de la Justice, qui ne se voilera pas.

— *Dixit insipiens in corde suo : Non est Deus!* répond le père de la Croix.... Les âmes, ajoute-t-il, doivent être blanches comme la blanche hermine pour entrer dans le séjour de la vie, qui ne finira pas. Noires, elles habitent avec les spectres damnés. Où voulez-vous que se rende votre âme? Choisissez pour elle une patrie.

— La justice de Dieu me tient hors de lui. S'il est juste, il ne doit pas me pardonner...

— Dans la vie, le doute marche à côté de l'espérance; dans la mort, on doit avoir d'autres pensées: Douter et craindre quand on est placé dans le champ clos, en face de l'ennemi, c'est se tromper. Réunir son courage, c'est préluder à la victoire. Vous êtes sur le champ de bataille, madame, et le combat est pour ce soir.

— Je suis sans armes dans ce pas terrible.

— Ayez confiance dans le Père, dans le juge, dans mon Dieu.

— La même folie vous tient tous les deux. Laissez-moi. Mon âme est telle que, si Dieu veut mon pardon, je n'en veux pas. Je meurs désespérée.

— Écoutez ce que je vais vous dire.

— Parlez.

— Un religieux qui a été longtemps esclave de sa règle, qui a le cœur pur, qui a fait une telle pénitence, que cent fois le prieur lui a ordonné de se modérer; dont les jeûnes continus, les prières, l'humilité cherchaient les chemins les plus âpres et les plus rigoureux ; qui a la terre pour lit, qui boit ses larmes, qui mange des aliments assaisonnés par la flamme divine, qui frappe sa poitrine avec plus de dureté que si elle était de diamant, qui pour dompter sa chair, porte un cilice; qui marche pieds nus, qui a renoncé à tout mal, qui n'est animé que de l'amour de Dieu et du bien, sans une pensée d'intérêt...

— Eh bien, père, que veux-tu dire?

— Croyez-vous, madame, qu'un tel homme, à l'heure étroite de la mort, puisse se sauver?

Le père de la Croix propose à cette femme, qui n'a à présenter à Dieu que des œuvres de mort, d'échanger avec elle ce qu'il a fait de bien contre ce qu'elle a fait de mal. L'étrange marché est conclu. Doña Ana, touchée et surprise, se rend enfin. Aussitôt le corps du saint est couvert d'une lèpre symbolique; les démons lui livrent une nouvelle bataille, et, tandis que l'âme de doña Ana leur échappe, ils exigent comme une proie légitime l'âme même du Père de la Croix. Celui-ci triomphe une dernière fois et meurt sauvé. La foule se dispute les reliques du Rufian Bienheureux, qui n'a désespéré ni de lui-même, ni des autres coupables.

Je suppose que Cervantes écrivit ce drame à la Calderon dans les dernières années de sa vie. Peut-être le composat-il pour l'offrir au cardinal-archevêque Bernard de Sandoval, à qui il eut alors des obligations. Quoi qu'il en soit, il est hors de doute que la pensée religieuse prit chez lui, entre 1606 et 1616, un empire décisif. Les épreuves et les études qui l'acheminaient au scepticisme envers les hommes le conduisirent au respect envers Dieu. Dans sa vie de fa-

mille, il trouvait des adoucissements nouveaux. Sa fille
Isabelle avait grandi. Elle avait, en 1606, dix-sept ans
environ ; c'est pour elle, je crois, qu'il a écrit ces conseils
aux jeunes filles qu'on trouve dans *Don Quichotte*, dans
les *Nouvelles*, et surtout dans *l'Espagnole Anglaise*.
Cette dernière composition, qui ne ressemble pas aux
œuvres ordinaires de Cervantes, est l'histoire d'une jeune
fille enlevée à Cadix par les Anglais et élevée à Londres.
Elle a l'âge, elle porte le nom de la fille de l'auteur. La
vertu, la douceur, la patience, lui font traverser les crises
de la vie. Une des scènes les plus touchantes, et de celles
que l'auteur décrit avec complaisance, est la prise de
voile d'Isabelle. Or, dans ces dernières années, la fille
de Cervantes se fit religieuse. Lui-même il fut compté
parmi les membres d'une confrérie dès le mois d'avril
1609. « Les seigneurs de la terre sont bien différents de
celui du ciel ; ceux-là, pour recevoir un serviteur, éplu-
chent sa naissance, examinent son habileté, contrôlent
son maintien, et veulent savoir jusqu'aux habits qu'il a.
Mais, pour entrer au service de Dieu, le plus pauvre est
le plus riche. » Ces lignes de Cervantes [1] expliquent comment le spectacle même de la cour, et l'agitation sociale
qu'il observait, le rejeta dans la pensée du recours à Dieu.
Il opposait à la société de son temps le spectacle solennel
et simple que lui offraient sainte Thérèse et Loyola, fondateurs d'ordres nouveaux qui proposaient au catholicisme
de se réformer lui-même, — car il ne faut pas juger
Loyola par l'ambition ultérieure des Jésuites, ni sainte
Thérèse, cette femme d'un bon sens étincelant, d'après
les égarements des mystiques que Bossuet condamna. Cer-

---

1. *Coloquio de los perros.*

vantes croyait que l'influence morale de sainte Thérèse
serait un des événements graves de son temps. Il lui pré-
disait à cette « vierge féconde » une longue postérité
spirituelle. Quand on mit au concours une ode sur la canonisation de sainte Thérèse, en 1615, il écrivit des vers
en son honneur. Voici le sens de la première strophe :

Toi dont le cœur eut des fils, toi qui, les nourrissant de ta
force, les élevas par la vertu jusqu'à la voûte d'or de cette région
douce et merveilleuse, où la gloire de Dieu se déploie, vierge féconde, vierge bienheureuse ! Toi qui as acquis dans l'univers un
nom et un rang unique et qui, maintenant prosternée devant ton
Dieu, t'occupes à prier pour tes enfants ou à méditer des choses
dignes de ta pensée sainte, écoute ma voix qui se brise... Donne,
ô mère, l'énergie au poëte défaillant !

Cervantes raconte la vie de la sainte et son œuvre,
sans craindre de parler des extases :

Tu grandis, et avec toi grandissait ton œuvre ; tu en mesurais
le progrès aux faveurs dont te comblait la main céleste, faveurs
sans égales dont Dieu orna joyeusement le printemps de tes jours,
si humble et si tendre. Ainsi a-t-il gouverné ton existence, que peu
à peu tu montas au-dessus du nuage épais de la vie mortelle, tes
pieds ne touchaient plus la terre, ton corps se soulevait vers le
ciel. Devenu aérien, il portait ton âme vers les régions saintes,
et cette grâce, extraordinaire comme ta vertu, te tenait en
suspens !...

En 1616, Cervantes fit profession dans le tiers ordre
de Saint-François, où il était entré en 1613. Ces actes
et ces écrits, que leur date même rassemble, éclairent
d'un jour nouveau les deux ouvrages que Cervantes achevait à cette époque, la *Seconde partie* de *Don Quichotte*
et celle de *Persilès*. Dans l'un et dans l'autre, on trouve
l'accent de la résignation bienveillante et de la bonté

universelle, et en mille endroits des vues morales et religieuses.

Un esprit y circule qui déjà n'est plus moqueur, ou du moins qui laisse deviner plus d'attendrissement sous la moquerie. Assis au pied d'un arbre, Sancho et don Quichotte devisent sur la destinée et sur les différences des caractères humains. L'homme au caban vert qu'ils rencontrent sur la route est comme le symbole de ce sentiment nouveau, plus calme, qui inspire l'écrivain ; ce voyageur modeste, qui est noble et spirituel, a arrangé sa vie de manière à être utile à quelques-uns. Tranquille pour lui-même, aimable pour les siens, il chasse et il prie, il lit un peu et du meilleur, il réconcilie ses voisins quand ils sont brouillés, il aide les pauvres et se laisse vieillir ainsi. Ailleurs, c'est un poëte qui récite une glose de sa façon, mais la glose roule sur le temps qui ne reviendra pas et sur le temps qui va venir, c'est-à-dire sur la vie future. Les pages de ce genre, tantôt éclairées d'un sourire, tantôt animées d'une joie vaillante et sereine, sont quelquefois si discrètes, qu'on en reçoit l'impression sans en méditer le sens. Telle est l'entrée de Sancho et de son maître dans le village de Toboso, où ils viennent chercher le palais de la princesse Dulcinée. Il est minuit ; le village est enseveli dans le repos, quelques aboiements de chiens interrompent seuls le silence. La lune à demi voilée jette une clarté douteuse sur les maisons pauvres. Don Quichotte prend l'église pour un alcazar. Sancho, qui a promis de de montrer le palais où il a vu Dulcinée criblant du blé, fait semblant de chercher de bon cœur. Un homme passe conduisant deux mules et une charrue ; il s'est levé avant le jour pour aller au travail, et il chante un vieux couplet national.

« — Sauriez-vous me dire, mon ami, lui demande don Quichotte, où sont par ici les palais de la sans pareille princesse doña Dulcinée du Toboso?

— Seigneur, répond l'homme, je ne suis pas du pays, voilà la maison du curé, il saura vous le dire. » Il salue le cavalier, il fouette ses mules, et s'en va.

Ce tableau simple, sans commentaires, fait ressortir doucement, et comme sans parole, la double folie du maître et du valet, — car ils n'ont pas la tête plus saine l'un que l'autre ; c'est la conclusion véritable de *Don Quichotte*. Nous pouvons maintenant en apprécier l'intention finale ; à la date où furent écrites ces dernières pages, qui sont une œuvre testamentaire, Cervantes perdait de vue à chaque instant l'objet primitif de son œuvre. Il accusait davantage de jour en jour l'antagonisme de ses deux personnages, et c'est ici qu'il jugea leurs caractères.

Don Quichotte est fou parce qu'il a une idée fixe, qui est de réaliser la vie romanesque, de ressusciter le moyen âge, de redresser les torts, de livrer des combats, de donner des îles, de voir les *vilains* s'incliner devant lui *more turquesco* et les chevaliers lui rendre les armes. Il fond sur le monde, lance basse, il trouble les routes et les auberges ; il compromet les affligés qu'il prétend secourir, et lui-même, bâtonné, lapidé, foulé aux pieds par les pourceaux, pendu à une lucarne par Maritorne, est et demeure le *Chevalier de la Triste-Figure*. Les aubergistes lui rappellent qu'il faut payer son écot, le curé le fait rougir d'avoir délivré les galériens, le dernier vilain lui apprend qu'il s'est mis au nom de la justice idéale en guerre avec la loi sociale, avec l'Église, avec la raison et avec le genre humain. Il réplique, dans son entêtement

plein d'orgueil, qu'après l'âge d'or il n'est rien de plus
beau que l'âge féodal et que la chevalerie errante. Mais la
vie réelle trompe et dément tous ses rêves ; la Sainte-Her-
mandad l'arrête ; Sancho, qui est l'évidence brutale, brise
d'un mot ses théories d'amour pur, son platonisme et ses
rêves de gloire militaire :

« — J'ai entendu dire qu'on ne doit aimer que Dieu d'un
amour désintéressé. » Et ailleurs : « — Dieu est dans le
ciel, qui voit les tricheries : il jugera entre nous qui fait
le plus de mal, de moi qui ne parle pas bien ou de Votre
Grâce qui n'agit pas mieux. » Le gentilhomme se sent
vaincu de toute manière ; il abjure ses erreurs. C'est un
sacrifice qui lui coûte la vie, mais il le fait avec une admirable simplicité de cœur.

Sancho, qui paraît avoir en apanage le bon sens, est-
il plus raisonnable ? Ses maximes sont puisées dans l'expérience, sa couardise est avisée, son appétit est de
bonne humeur. Il semble être établi solidement dans
sa philosophie et avoir la visière nette ; mais laissez-lui
entrevoir un bénéfice, faites briller à ses yeux quelques
ducats, voilà tout son bon sens déconcerté par l'intérêt.
C'est pour cela qu'il part, qu'il abandonne les siens,
qu'il souffre et qu'il boit le baume de Fiérabras. Il
ajoute foi aux paroles de Dorothée, devenue princesse de
Micomicon ; il brûle de la marier avec don Quichotte ; son
imagination les suit en Éthiopie, où d'avance il marque
sa place à lui, sa principauté, son royaume ; il vend en
idée les trente ou quarante mille nègres qu'il y trouvera,
il réalise gravement sa fortune ; l'illusion la plus insensée, les joies et les doutes de l'espérance, les inquié-
tudes de l'ambition troublent sa cervelle : bref, Sancho
est fou.

Une comédie profonde et charmante est son dialogue
avec sa femme.

— Qu'avez-vous donc, ami Sancho, que vous revenez si
gai?

— Femme, répond Sancho, si Dieu le voulait, je serais bien
aise de ne pas être si content que j'en ai l'air.

— Tenez, Sancho, réplique Thérèse, depuis que vous êtes devenu membre de chevalier errant, vous parlez d'une manière si
entortillée qu'on ne peut plus vous entendre.

— Je vous dis, femme, répond Sancho, que si je ne pensais
pas me voir, dans peu de temps d'ici, gouverneur d'une île, je me
laisserais tomber mort sur la place.

— Oh! pour cela, non. Mari, s'écrie Thérèse; vive la poule,
même avec sa pépie; vivez, vous, et que le diable emporte autant
de gouvernements qu'il y en a dans le monde. La meilleure sauce
du monde, c'est la faim, et comme celle-là ne manque jamais aux
pauvres, ils mangent toujours avec plaisir.

— En bonne foi, femme, répond Sancho, si Dieu m'envoie
quelque chose qui sente le gouvernement, je marierai notre Marie
Sancha si haut, si haut, qu'on ne l'atteindra pas à moins de l'appeler Votre Seigneurie.

— Pour cela, non, Sancho, répond Thérèse; mariez-la avec
son égal, c'est le plus sage parti. Si vous la faites passer des
sabots aux escarpins et de la jaquette de laine au vertugadin de
velours; si, d'une Marica qu'on tutoie, vous faites une doña Maria
qu'on traite de Seigneurie, la pauvre enfant ne se retrouvera
plus, et, à chaque pas, elle fera mille sottises qui montreront la
corde de sa pauvre et grossière condition.

— Tais-toi, sotte, dit Sancho, tout cela sera l'affaire de deux
ou trois mois. Après cela, le bon ton et la gravité lui viendront
comme dans un moule; et sinon, qu'importe? Qu'elle soit Seigneurie, et vienne que viendra.

— Mesurez-vous, Sancho, avec votre état, répond Thérèse, et
ne cherchez pas à vous élever plus haut que vous.

— Viens çà, bête maudite, femme de Barabbas, réplique Sancho; pourquoi veux-tu maintenant, sans rime ni raison, m'empêcher de marier ma fille à qui me donnera des petits-enfants
qu'on appellera Votre Seigneurie? Quoi que tu dises, Sanchica
sera comtesse.

Sancho fait si bien que peu à peu il grise sa famille.
Quand le duc le nomme gouverneur de l'île Barataria,
quand la duchesse envoie un page et une lettre à la pauvre
Thérèse Panza, qui file sa quenouille sur sa porte, en
corsage brun, en jupon court, la famille du vilain est
tout entière emportée par le même délire :

— Ah! bon Dieu! s'écrie Thérèse quand elle entend la lettre,
quelle bonne dame! qu'elle est humble et sans façon! Ah! c'est
avec de telles dames que je veux qu'on m'enterre, et non avec
les femmes d'hidalgos qu'on voit dans ce village, qui s'imaginent,
parce qu'elles sont nobles, que le vent ne doit point les toucher,
et qui vont à l'église avec autant de morgue et d'orgueil que si
c'étaient des reines, si bien qu'elles se croiraient déshonorées de
regarder une paysanne en face. Monsieur le curé, tâchez de savoir par ici quelqu'un qui aille à Madrid ou à Tolède, pour que
je me fasse acheter un vertugadin rond, fait et parfait, qui soit à
la mode, et des meilleurs qu'il y ait. En vérité, en vérité, il faut
que je fasse honneur au gouvernement de mon mari, en tout ce
qui me sera possible; et même, si je me fâche, j'irai tomber à la
cour et me planter en carrosse comme toutes les autres!

Sancho et sa femme guériront, comme don Quichotte,
et ils n'en mourront pas comme lui, parce qu'ils tombent de moins haut. « Nu je suis né, nu je m'en retourne, dit Sancho; je ne perds ni ne gagne. » Mais il
reste vrai que, si don Quichotte est un homme d'imagination affolé par l'idéal, Sancho est un homme de bon
sens affolé par l'intérêt; il y a égalité de folie; chacun
nourrit sa chimère, chacun est éloquent dans son erreur;
les deux aberrations sont soutenues par une casuistique
particulière. Don Quichotte ne fuit jamais, il se retire
quelquefois : ce sont, dit-il, des *compositions*. A son
tour, Sancho n'est pas poltron, mais il garde de son
mieux un père à ses enfants. Cervantes va plus loin :

il montre don Quichotte forgeant l'aventure de la caverne de Montesinos; le gentilhomme, pour soutenir
son idée, ment aussi bien que le vilain. Cet « assor-
timent d'extravagances », de faussetés et de misères,
c'est l'humanité même, partagée entre les folies des sublimes et les folies des positifs. La grande chevauchée
des deux hommes, c'est la vie; leur contradiction, c'est
notre nature, toujours complexe, dans laquelle la grandeur est voisine du ridicule et le bon sens de la plati-
tude. Qui a raison du rêveur ou de son adversaire? Ni
l'un ni l'autre. Le rêve ne peut pas plus aller seul et affranchi à travers le monde, que l'intérêt ne peut seul cons-
tituer la sagesse. Leur antinomie fait l'équilibre de notre
espèce ; nous la montrer, c'est le jeu des grands esprits.
Le Misanthrope de Molière, les *Sonnets* de Shakespeare, les *Pensées* de Pascal, sont le tableau de ce dua-
lisme organique. Qui l'emportera jamais, d'Alceste ou
de Philinte, de *l'ange* ou de *la bête*?... « O Sancho!
dit mélancoliquement don Quichotte, je veille quand tu
dors, je pleure quand tu chantes, je m'évanouis d'ina-
nition quand tu digères, alourdi et haletant. »

Cervantes n'a donc pas conclu en faveur de Sancho,
malgré l'opinion de la plupart des lecteurs. Il n'a pas
conclu davantage en faveur de don Quichotte, malgré
l'impression de beaucoup d'esprits délicats qui admirent
uniquement (comme l'Espagnol Fernan Caballero) le
courage, l'éloquence, la poésie, la bonté du chevalier
manchois. Mais si l'on demande quelle folie Cervantes
choisirait pour son compte, il n'hésite pas : sa nature,
son histoire, ses penchants intimes, tout le rapproche
de don Quichotte. Gentilhomme et soldat, rêveur et re-
dresseur de torts, il ne se résigne pas à l'insouciance

égoïste et vulgaire du grand nombre. Sancho a le mérite
négatif du bon sens qui réfute l'enthousiasme, mais le
bon Sancho abandonne ses amis quand ils sont malheureux. — « Que Basile fasse comme il voudra, dit-il. Pourquoi est-il pauvre? » Sancho dépouille le vaincu. Si
demain il était riche, il écraserait les vilains, ses frères,
et réduirait en esclavage les nègres du Micomicon. Don
Quichotte, au contraire, a l'extravagance généreuse de
croire qu'on doit secourir, aimer et améliorer l'espèce
humaine. Au moment où Sancho devient gouverneur de
l'île Barataria, il l'appelle dans sa chambre, l'enferme
avec lui et lui dit gravement :

— Premièrement, ô mon fils, garde la crainte de Dieu ; car dans
cette crainte est la sagesse, et, si tu es sage, tu ne tomberas jamais
dans l'erreur.

Secondement, porte toujours les yeux sur qui tu es, et fais
tous les efforts possibles pour te connaître toi-même : c'est là la
plus difficile connaissance qui se puisse acquérir. Tu ne dois porter nulle envie à ceux qui ont pour ancêtres des princes et des
grands seigneurs ; car le sang s'hérite et la vertu s'acquiert, et la
vertu vaut par elle seule ce que le sang ne peut valoir.

Ne te guide jamais par la loi du bon plaisir.

Ne rends pas beaucoup de pragmatiques et d'ordonnances ; si
tu en fais, tâche qu'elles soient bonnes, et surtout qu'on les observe et qu'on les exécute.

Que les larmes du pauvre trouvent chez toi plus de compassion, mais non plus de justice que les requêtes du riche.

Si quelque jolie femme vient te demander justice, détourne
les yeux de ses larmes, et ne prête point l'oreille à ses gémissements ; mais considère avec calme et lenteur la substance de ce
qu'elle demande, si tu ne veux que ta raison se noie dans ses
larmes et que ta vertu soit étouffée par ses soupirs. — Visite les
prisons, les boucheries, les marchés ; la présence du gouverneur
dans ces endroits est d'une haute importance. — Console les
prisonniers qui attendent la prompte expédition de leurs affaires.
— Sois un épouvantail pour les bouchers et pour les revendeurs,

afin qu'ils donnnent le juste poids. — Aie toujours le dessein et fais un ferme propos de chercher le juste et le vrai dans toutes les affaires qui se présenteront ; le ciel favorise toujours les intentions droites.

Celui qui donne ces conseils est Cervantes lui-même, on le sent. Chevalier errant du vrai et du bien, il croit que chacun peut apporter sa part de progrès et de noble exemple ; et il garde sa croyance au delà même de la déception. Les seuls passages que je viens de citer (et que d'autres il faudrait y joindre !) sont un programme de réforme dont chaque trait a son application pratique.

Mais Cervantes se méfiait des maximes et des théories qui se présentent seules à l'attention distraite du monde. Il essaya, comme toujours, de personnifier sa doctrine pour lui donner la vie et le charme. Il acheva son roman de *Persilès*. Le prince qui en est le héros, chevalier de la justice et du pardon, traverse le midi de l'Europe en répandant sur son passage l'esprit de vérité, d'indulgence et de paix. Il écarte de lui, sans colère, le mal et l'erreur, il prêche d'exemple. Chaste et simple, patient, équitable, étranger aux haines de peuple à peuple, il n'approuve pas plus la rudesse de l'Espagnol qui se venge que la molle élégance de l'Italien qui fait déroger l'art en le mettant aux pieds des courtisanes. Cervantes fait passer à côté de lui et sous ses yeux le mal, non pour le maudire, mais au contraire pour le plaindre. Le moyen de le vaincre est de lui pardonner. Tous les épisodes nous ramènent à ce principe.

J'en citerai un, pour donner quelque idée de ce roman chrétien.

Un jour, Persilès voyageant en Espagne, sur la grande route passe un cavalier qui a l'air grave et sombre. En

arrivant près de lui, le cavalier porte la main à son
chapeau pour le saluer. Ce mouvement effraye le cheval
qui s'abat, et tous deux roulent par terre. On vole à
leur secours, on relève le gentilhomme. Il ne s'était
fait aucun mal, mais cet incident et le trouble visible
de son esprit l'empêchent de reprendre sa route.

— Qui sait? dit-il. Le sort a voulu peut-être que je tom-
basse pour me tirer de l'état dans lequel mon imagination tient
mon âme. Je suis, messieurs, je suis étranger et Polonais de
nation. Tout enfant, je sortis de mon pays et vins en Espagne :
c'est le rendez-vous des étrangers, la commune mère des nations. Je servis les Espagnols, j'appris le castillan, vous voyez
comme je le parle ; puis, entraîné par le désir qu'on a généralement de voir du pays, j'entrai en Portugal pour visiter la grande
ville de Lisbonne. La nuit même où j'y entrai, il m'arriva un
événement que vous aurez peine à croire ; mais l'opinion des
hommes importe moins que la vérité, dont le caractère est d'être
inébranlable quand même elle n'apparaît pas au dehors dans sa
clarté.

On encourage le voyageur à parler ; il raconte que, la
première nuit de son arrivée à Lisbonne, il fut heurté
dans une rue étroite par un homme qui passait violemm-
ment, et qui le jeta par terre. Il se releva furieux, et
porta la main à son épée. Le Portugais en fit autant. On
se battit, l'offenseur fut tué. « Il laissa son corps sur la
terre et son âme alla Dieu sait où. »

Épouvanté de ce qu'il avait fait, le vainqueur se mit
à fuir, cherchant un asile. Il aperçut une lumière et
une maison ouverte ; il s'y précipita, il pénétra de chambre en chambre, jusqu'à la maîtresse de cette demeure,
femme âgée qui était sur son lit dans une demi-obscu-
rité.

— Que cherchez-vous, lui dit-elle.

— Señora, j'ai tué un homme; c'est moins par ma faute que par son orgueil qu'il a eu le malheur de succomber. La justice me poursuit.

La femme couchée indique au fugitif une cachette derrière son lit. A peine s'y est-il réfugié qu'un domestique entre : « — Madame, notre maître est mort, et l'on dit que le meurtrier est entré dans notre maison. » Sur les pas du serviteur la justice arrive, elle entre dans la chambre. Plus mort que vif, le meurtrier écoute ce que va répondre la mère.

Elle répondit, l'âme pleine de générosité et de pitié chrétienne : — Si cet homme est entré dans la maison, ce n'est pas du moins dans cette chambre, vous pouvez le chercher ailleurs. Plaise à Dieu, cependant, que vous ne le trouviez pas, car une mort n'est pas compensée par une autre, surtout quand l'injure ne vient pas de la méchanceté.

Les alguazils se retirent. Alors la pauvre femme, s'adressant au Polonais, lui dit à voix basse et en pleurant :

— Qui que tu sois, tu vois que tu m'as ôté le souffle de ma poitrine, la lumière de mes yeux, la vie qui me soutenait. Mais, comme ce n'est pas ta faute, je veux que ma vengeance soit paralysée par ma parole, et pour accomplir la promesse que je t'ai faite quand tu entras, de te sauver, tu vas faire ce que je te dirai. Mets tes mains sur ton visage, car si je m'oubliais jusqu'à ouvrir les yeux, tu m'obligerais à te connaître ; sors de ta cachette, suis une de mes filles qui va venir ; elle te conduira dans la rue, et te donnera cent écus d'or pour te faciliter le salut. On ne te reconnaîtra pas, aucun indice ne te trahit. Que ta respiration se calme ; le trouble d'un coupable est son accusateur. Va-t-en.

Le Polonais se sauve, non sans avoir remercié sa libératrice. Poursuivi par la crainte, le remords et la tris-

tesse, il part pour les Indes orientales. Il y fait fortune.
Quand il en revient, longtemps après, riche et libre, il
rentre en Espagne.

· Un jour il était dans une auberge de Talavéra, lorsque par hasard entra une jeune fille d'environ seize ans.
Ce fut une apparition charmante ; son léger corsage, ses
longues tresses , la coquetterie simple de son costume ,
sa jeunesse et ses grands éclats de rire , tout cela fit sur
l'âme du voyageur le même effet, dit-il, que le printemps, le joyeux mois de mai, les fleurs et les parfums
de la saison nouvelle. Martin Banèdre (c'est le nom du
voyageur) fut tellement frappé de la grâce de Luisa la
paysanne, que cette vision ne le quitta plus. Il se forgea
l'idée d'un bonheur pastoral et parfait. Il alla trouver le
père de cette enfant, lui montra ses trésors et demanda
la main de Luisa.

Au bout de quelques jours, il épousa la Vénus de Talavéra, et au bout de quelques jours encore elle s'enfuit
avec un garçon du pays , emportant du même coup l'or
et les bijoux de son mari. Désespéré, furieux, celui-ci
se mit sur la trace des fugitifs et sut qu'on venait de les
prendre et de les incarcérer à Madrid.

— J'y vais, pour m'adresser à la justice, dit-il ; j'y vais avec la
volonté arrêtée de laver dans leur sang l'outrage fait à mon honneur. Je les débarrasserai de la vie, et je me débarrasserai du
fardeau de cette honte qui pèse sur mes épaules et me tient at-
terré. Dieu soit loué! Ils sont sûrs de leur mort et moi sûr de ma
vengeance! Ah! que les moucherons ne viennent pas bourdonner
à mon oreille, je n'écouterai ni les remontrances des moines, ni
les attendrissements des personnes dévotes, ni les promesses des
cœurs repentants, ni l'or des riches, ni les ordres ou les avis
des puissants, ni la légion des conciliateurs qui s'interposent en
pareil cas!...

Il dit et saute légèrement à cheval pour partir. Persilès, lui touchant le bras, l'arrête : « La colère vous
aveugle. Vous allez rendre à jamais irrémédiable votre
malheur et le sien. » Il parle, et sa parole ou plutôt sa
raison calme peu à peu la vengeance qui gronde. Banèdre, à qui une femme pardonna le meurtre de son fils,
pardonne à une autre femme la honte qui vient d'elle
seule. Il faut en ce monde laisser passer le mal, qui va
de lui-même à sa ruine. En effet Luisa, qu'on voit reparaître dans le roman, tombe de chute en chute, entraîne avec elle ses amants et demande grâce un jour du
fond d'un cachot. Cette dernière scène de la vie d'une
Manon Lescaut se passe à Rome, où Cervantes a placé
le dénoûment de son roman religieux.

Il l'achevait à la veille de sa mort, dans sa petite demeure d'Esquivias, où il s'était retiré en 1615. L'œuvre
s'achevait avec sa vie; Cervantes la signa comme un testament. Il fit ses adieux au monde dans le prologue, qui
est réellement un épilogue aimable et mélancolique. Il
y raconte sa rencontre avec un étudiant, un jour du
printemps de 1616, quand il allait une dernière fois à
Madrid pour consulter les médecins. Je crois devoir
traduire cette préface :

Or il advint, très-cher lecteur, que venant un jour, avec deux
de mes amis du fameux bourg d'Esquivias (fameux par ses illustres lignages et par ses vins très-illustres), — j'entendis derrière moi le trot pressé d'un cavalier qui sans doute désirait
nous rejoindre. En effet, il nous cria bientôt de ne pas aller si
vite. Nous l'attendons. Arrive alors sur son âne un étudiant qui
semblait un minime, car il était gris des pieds à la tête, lui, ses
guêtres, ses souliers ronds, son épée, son bout de fourreau, son
col à la wallonne, qui brunissait, et ses tresses de cheveux, deux
tresses en vérité que tourmentait la wallonne, car elle se jetait à

chaque instant tout d'un côté. Il se donnait une peine extrême pour la redresser. — « Vos Grâces, dit-il en nous rejoignant, vont solliciter quelque office ou quelque prébende à la cour, où se trouvent Son Éminence de Tolède et Sa Majesté, ni plus ni moins, — à en juger par votre marche rapide; car vraiment j'ai un âne qui, pour la vitesse, a plus d'une fois chanté victoire. »

Ce à quoi un de mes compagnons répondit : « La faute en est au cheval du seigneur Michel de Cervantes, qui a le pas assez allongé. » A peine l'étudiant eut-il entendu ce nom de Cervantes, qu'il descendit de sa monture ; son porte-manteau tomba d'un côté, son coussin d'un autre (car il voyageait avec tout cet attirail), il vint à moi, il me saisit la main gauche. « — Oui ! s'écria-t-il, oui, c'est bien le manchot qui est si fort, le fameux et parfait auteur, le charmant écrivain, enfin la joie des Muses ! » Moi, qui entendais à l'improviste chanter ainsi mes louanges, j'aurais trouvé peu courtois de ne pas répondre à cet éloge. Je lui jetai les bras autour du cou (ce qui acheva le malheur de la wallonne), et je lui dis :

« — C'est là une erreur dans laquelle tombent les ignorants qui m'aiment. Je suis Cervantes, mais non pas la joie des Muses, ni aucune des jolies choses qu'a dites Votre Grâce. Rattrapez votre bête, montez dessus et faisons ensemble la fin de la route, en causant de bonne amitié. »

Ainsi fit l'aimable étudiant ; nous allâmes, bride en main, et d'un pas plus lent nous suivîmes notre route. On vint à parler de ma maladie. Le brave étudiant m'ôta d'un coup toute espérance en me disant :

« — Votre mal, c'est l'hydropisie : on épuiserait, sans la guérir, toute l'eau de l'Océan ; le seul remède est de boire peu. Que Votre Grâce, seigneur Cervantes, se règle sur le boire, et qu'elle n'oublie pas de manger. Avec cela, on guérit sans médecin.

« — C'est ce que me disent beaucoup de gens, répondis-je, mais j'aime à boire selon mon envie, et je suis tout justement l'homme du monde le moins né pour y renoncer. Ma vie s'achève ; à tâter mon pouls, on voit qu'il marque les jours et que la date approche où il cessera de battre, et moi de vivre. L'heure est critique pour faire une connaissance. Il me reste peu de temps pour vous montrer combien je suis sensible au dévouement que vous me témoignez. »

Ce disant, nous arrivâmes au pont de Tolède, par lequel j'entrai en ville. Lui il passait par le pont de Ségovie... Le reste de mon histoire, c'est la renommée qui le dira... mes amis ont envie d'en parler, et j'aurais envie de les entendre... Bref, je l'embrassai encore une fois; il me renouvela ses offres de service, piqua sa bête et me laissa aussi mal en point qu'il était mal en selle. Ma plume y avait trouvé une grande occasion de plaisanter... Mais tous les jours ne se ressemblent pas... Il en viendra un peut-être où je pourrai renouer le fil qui se brise, dire ce que je ne dis pas et ce qui conviendrait ici... Adieu, grâces de l'esprit! adieu, ironie! adieu, mes joyeux amis!.. Je vais me mourant. J'emporte le désir de vous revoir heureux dans l'autre vie!...

Cervantes ne voulut pas quitter la vie sans remercier les hommes qui l'avaient secouru aux heures de détresse. « J'offre ce que je puis, dit-il dans ses derniers écrits; si je ne peux pas payer le bien par le même bien, du moins le publierai-je. » Il cite le comte de Lemos, l'archevêque Sandoval et Pedro de Moralès, l'acteur, qui l'avaient empêché de mourir de faim [1]; pensée de vrai gentilhomme qui n'oublie pas le service rendu et ne veut pas s'en aller sans reconnaître la courtoisie des bienfaiteurs.

C'est le dernier trait de ce caractère castillan. Le 18 avril 1616, on donna l'extrême-onction à Cervantes; le lendemain il écrivit au comte de Lemos, en lui dédiant *Persilès:*

Ce vieux chant, jadis si répété, qui commence ainsi : *J'ai mis le pied dans l'étrier,* irait à ravir dans cette lettre, que je pourrais commencer dans les mêmes termes à peu près :

> J'ai mis le pied dans l'étrier,
> Escorté déjà par la mort.
> Et, grand seigneur, je vous écris...

1. Voir *Don Quichotte,* prologue et chap. XLVIII.

On m'a donné hier l'extrême-onction, et je vous écris aujour-d'hui cette lettre. Le temps passe vite, les douleurs vont crois-sant, l'espérance va diminuant, et avec tout cela je quitte la vie en emportant le regret de n'y pas rester assez longtemps pour pouvoir baiser les pieds de Votre Excellence. Tel est mon con-tentement de penser à son heureux retour en Espagne qu'il de-vrait me rendre la vie. Mais s'il est écrit que je dois la perdre, la volonté du ciel s'accomplisse. Du moins Votre Excellence saura mon vœu ; elle saura qu'elle eut en moi un homme passionné pour son service, qui voulut, au delà de la mort, témoigner de son intention. Je prédis, en parlant du retour de Votre Excellence, je prophétiserai encore en pensant d'avance, avec joie, qu'elle sera distinguée et que mes espérances pour elle, fondées sur la réputa-tion de ses vertus, vont se réaliser... Que Dieu, qui peut tout, garde Votre Excellence!

De Madrid, le 19 avril 1616.

Cervantes mourut le 23 avril, la même année que Shakespeare. On l'enterra dans le couvent des moines trinitaires, la tête découverte, comme membre du tiers ordre. Les moines ayant quitté leur couvent en 1633, quand on chercha plus tard la tombe de Cervantes, on ne la trouva pas.

CONCLUSION

Cette fin obscure a fait dire souvent qu'il est mort vaincu. Gardons-nous de le plaindre pourtant; il a ob-tenu la victoire sur le champ de bataille qui était le sien, et il le savait. « Je suis, dit-il, à la dernière page

de *Don Quichotte*, je suis satisfait et fier d'être le premier qui ait entièrement recueilli de ses écrits le fruit
qu'il en attendait : car mon désir n'a pas été autre que
de livrer à l'exécration des hommes les fausses et extra-
vagantes histoires, lesquelles, frappées à mort par celles
de mon véritable don Quichotte, ne vont plus qu'en
trébuchant et tomberont tout à fait sans aucun doute.
— *Vale.* »

C'est la fierté du génie. Cervantes chante plusieurs fois
son propre triomphe. — « Point d'hypocrisie, dit-il ;
pour qui a bien fait, l'éloge est un droit. »

> Jamás me contenté ni satisfice
> De hipócritas melindres. Llanamente
> Quise alabanzas de lo que bien hice....

En effet, *Don Quichotte* paru, la chevalerie était
morte et Cervantes immortel. L'influence de son merveilleux esprit se répandit sur l'Europe avec la rapidité
de la lumière. Dès 1608 on le traduisait à Paris et toute
la France l'adoptait. « Le 25 février 1615, dit Marquez
Torrez, écuyer et maître des pages de Bernard de Sandoval, nous étions allés avec le cardinal-archevêque de
Tolède, mon seigneur, rendre visite à l'ambassadeur de
France. Beaucoup de gentilshommes français nous abor-
dèrent, moi et les autres chapelains, pour savoir quels
étaient nos ouvrages d'esprit les meilleurs. Je dis que je
m'occupais alors d'en examiner un; à peine eurent-ils
entendu le nom de Michel de Cervantes, qu'ils se mirent à
en parler avec abondance, vantant beaucoup l'estime
qu'on faisait de ses œuvres en France et dans les
royaumes voisins. Ils citaient la *Galatée*, qu'un d'eux
savait presque par cœur, la première partie de *Don*

Quichotte et les *Nouvelles*. Leurs éloges étaient si vifs
que je leur offris de les conduire chez l'auteur, pour
qu'ils le vissent, et ils en marquèrent le désir avec mille
démonstrations. On me demanda son âge, sa profession,
tout, qualité et quantité! Je me trouvai obligé de dire
qu'il était vieux, soldat, hidalgo et pauvre. A quoi l'un
d'eux répondit textuellement : — « Comment! un tel
homme! l'Espagne ne lui donne pas une fortune et ne
le nourrit pas aux frais du trésor public! » Un autre dit
avec beaucoup de finesse : « Si c'est la nécessité qui
l'oblige d'écrire, plaise à Dieu qu'il ne soit jamais dans
l'abondance ! Les œuvres du pauvre enrichiront le
monde. »

Le public a de ces naïvetés cruelles. Quoi qu'il en soit,
l'influence de Cervantes est dès lors immédiate et immense. De tous les écrivains de génie, c'est le plus à la
portée de tous. Il pénètre par l'imitation dans le théâtre
anglais [1] ; il inspire chez nous Larivey, Hardy, Rotrou, et,
ce qui est plus important, Molière et Boileau. Je pourrais ici rappeler bien des analogies entre Cervantes et
Boileau, qui aimait « Rossinante, la fleur des coursiers
d'Ibérie » ; plus d'un trait de Sganarelle, de madame Jour-
dain, de Mascarille fait retour à Cervantes. Les bergers
de Florian, la Rosine de Beaumarchais, la Esmeralda
de Victor Hugo prolongent jusqu'à nous l'action de ce
grand esprit. Qu'il suffise de la signaler et de revendiquer pour Cervantes, génie précurseur, la place qui lui
est due dans la littérature moderne, qu'il inaugura.

S'il a souffert, si le malheur n'a jamais lâché prise
sur lui, si rien n'a jamais profité à sa vie même,

1. Voir *Contemporains de Shakespeare*, par M. Alfred Mézières.

son génie a profité de tout. Nous venons de raconter les débuts, les progrès et la fin de son œuvre; quand il passa de l'action militaire à l'action intellectuelle, l'ironie fut chez lui le revers de l'enthousiasme. C'est parce qu'il aimait le beau et le vrai avec passion qu'il eut si éloquente l'horreur du laid et du faux. On ne l'écouta pas quand il parla sérieusement : il dit alors ce qu'il pensait avec tant de feu, de verve et de gaieté qu'on ne se lassa plus de l'entendre. Ne faisons de lui ni un bouffon, ni un apôtre : le génie n'a pas de ces rôles. Sa plume fut joyeuse, son âme fut souvent triste. — « Pourquoi, lui dit Avellaneda, vous voit-on inquiet, sombre et préoccupé, *tan absorto y elevado en no sè que imaginacion?* Vous ne répondez pas à propos. Quelque grave pensée vous serre le cœur, *algun grave cuidado le aflige y aprieta el animo.* » L'ennemi qui parlait ainsi rencontrait juste : Cervantes portait avec lui une préoccupation. Il ne pensait pas à lui-même; l'idée ne lui vint jamais d'ériger ses malheurs privés en malheurs publics. Il n'essaya pas de cacher le mécontent sous le stoïcien, ou de faire parler les mécomptes de l'orgueil sous l'éloquence des malédictions. Le jour où il crut s'apercevoir que la satire tentait sa main, il rejeta cette arme empoisonnée qui blesse celui qui la manie. Non ! Cervantes pensait à son pays, à la décadence de l'Espagne et au devoir de l'écrivain. Selon lui, la tâche intellectuelle de ceux qui ont le don de penser et d'écrire est de débrouiller les idées fausses : il prit cette belle part, il étudia le travail cérébral des hommes de son temps, il observa ce qu'il y a de plus vague, de plus insaisissable et de plus humain, le sentimentalisme de son temps et la vision d'honneur d'une aristocratie

aussi grande que folle. Il établit que toutes les chimères
de 1600 étaient venues du moyen âge, compliquées par
la renaissance et élaborées par le bel esprit contemporain.
Le passé était grand, aux yeux de ce gentilhomme; la
vieille Espagne lui inspirait une respectueuse admiration qui éclate souvent dans son œuvre. Mais le présent,
voulant imiter le passé, en donnait la caricature. Dans
la foi, dans les lettres, dans les armes, Cervantes trouvait une parodie ridicule des siècles écoulés. Le temps
des croisades n'était plus; les chevaliers castillans devenaient des anachronismes vivants; les bibliothèques
faites de vieux romans bretons rejetaient l'esprit public quatre cents ans en arrière. Cervantes éprouvait un
mépris indigné pour la foule des écrivains matamores
et galants qui entretenaient cette confusion. Leur épée
est vierge, s'écriait-il, et leur langue prostituée :

> ...Virgen por la espada
> Y adúltera de lengua!...

Les universités qui composaient des encyclopédies,
des commentaires et des suites à Polydore Virgile ne
lui inspiraient pas plus d'estime.

Il dévoila hardiment ce pandæmonium des idées; il
dénonça la confusion de la légende et de l'histoire, de
la foi et du mysticisme, des vrais héros et des héros
de romans, de l'honneur et de la chevalerie. Il sépara
ce qu'on réunissait : d'une autre part, il réunit ce qu'on
séparait; la liberté de l'esprit ne lui parut pas incom-
patible avec la vraie science, ni la liberté de conscience
avec la religion, ni l'art avec la philosophie, ni la raison
avec la gaieté. Cette indépendance de son esprit et l'objet
même de son travail le placent à côté des réformateurs de

l'Espagne, qui ont voulu sauver de la décadence ce noble
et beau pays. La majorité des écrivains du temps flat-
tait la nation espagnole aux dépens des nations étrangères. Cervantes ne flatta jamais personne ; il le dit avec
orgueil :

> Tuve, tengo y tendré los pensamientos
> De toda adulacion libres y exentos.

Ce fut là cette « imprudence » dont il s'accuse et qui
a donné lieu à tant de commentaires. Il s'attaqua à des
convictions publiques, il montra à la Castille le défaut
de sa cuirasse, et, au lieu de maudire l'Europe, il combattit cet esprit d'exclusion qui après avoir préservé
l'Espagne de l'invasion musulmane au neuvième siècle,
l'isola de la vie politique européenne au dix-septième.

On lui a reproché son défaut de patriotisme. « C'est
nous qu'il frappe, s'écrie au milieu du dix-huitième
siècle un écrivain anonyme ; le poison est caché parmi
les fleurs de son œuvre ; l'Espagne applaudit son bourreau, et l'Europe sait bien pourquoi elle aime ce livre
fait en haine de l'Espagne [1]. » Il est très-vrai que Cervantes a présenté le miroir à son pays, comme Molière
et Aristophane ont fait chez eux. Si dire la vérité est
un crime de haute trahison, il est criminel. « Il faut la
dire, écrivait-il quelque part, si fine que soit la vérité
elle ne casse jamais ; elle surnage toujours, comme l'huile
sur l'eau. » Le patriotisme de Cervantes est un patriotisme désespéré : il a jugé ce qu'il aimait. Qu'on lise
toute son œuvre, on verra qu'il adore ce qu'il fustige,
qu'il a vécu des illusions qu'il raille et que la contradic-

---

1. Voir ce passage aux *Notes*.

tion chez lui est de la bonne foi comme la sévérité est de
l'amour. Pour l'Espagne il a rêvé : —une politique intelligente qui la ferait l'alliée du Nord et la reine du Midi,
— une société fortement organisée, active et unie qui
mettrait fin au schisme des provinces et à la licence de la
hampa, des gitanos, des bravos, — une littérature enfin
salubre et virile : « j'oserai dire, écrit-il, dans le prologue de ses *Nouvelles*, que si je pouvais, par un moyen
quelconque, deviner que la lecture de ces *Nouvelles* pût
suggérer à celui qui les lira quelque désir coupable ou
quelque mauvaise pensée, je me couperais la main qui
les écrivit, plutôt que de les livrer au public. »

Il comprit, avec une sagacité éclairée par le dévouement, que la destinée de l'Espagne dépendrait des
idées qui la dirigeraient et que si elle n'en modifiait pas
les tendances générales, elle s'exposait à perdre son
ascendant. Ce fut donc aux idées, aux sentiments, au
tempérament national qu'il s'attaqua : et quiconque re-
dresse une erreur, quiconque enseigne une vérité, lui
semble un bienfaiteur. Dans le *Dialogue des Chiens*,
lui qui est si impitoyable pour la société entière, il
s'adoucit en voyant une classe de collège et il salue avec
une gravité inattendue l'humble professeur qui élève les
esprits. L'éducation publique lui paraît le moyen sacré
d'agir sur un peuple. Si on l'écoutait, on substituerait
l'enseignement du vrai à l'exemple du luxe et de l'orgueil. Il voudrait avoir *disloqué*, dit-il, le chevalier
traditionnel, qui représente l'imagination même du seizième siècle, et le mot *deslocado*, qu'il emploie, signifie en même temps dans sa langue souple et capricieuse
ramené à la raison (de *loco*, fou). Il va chercher le
curé du village pour jeter de l'eau bénite sur les livres

de chevalerie. — « Voilà les vrais excommuniés et les hérétiques. Voilà quel auto-da-fé nous devons faire ! » Le curé, la gouvernante et la nièce entonnent le psaume qui chasse les démons (*ensalmo*). L'œuvre de Cervantes est un exorcisme.

Il y mêle une prophétie, on l'a vu ; il annonce une révolution sociale qu'il entrevoit à l'horizon. « Ce qui m'afflige, dit-il, c'est de toucher à ma fin ; je ne verrai pas cela... D'ailleurs ce changement ne ressemble pas aux *Métamorphoses* d'Ovide, ni à celui dont parle Apulée dans l'*Ane d'or*, et qu'on obtient en mangeant simplement une rose. Il faut, pour cette révolution, une main puissante » et l'aide de Dieu.

Cervantes mourut dans cette persuasion, non comme un prophète, mais comme une intelligence convaincue et pénétrante. — « *No quiero llamarlas profecias, sin adivinanzas*. Je ne prophétise pas, disait-il, je devine. » Et, regardant la devise de son libraire, Jean de la Cuesta, qui était : *Post tenebras spero lucem*, il disait à ses amis : Après les ténèbres, j'attends la lumière !

FIN.

NOTES

Durant tout le dix-septième siècle, les œuvres de Cervantes se répandirent dans la littérature de l'Europe, qu'elles pénétrèrent sans que l'on songeât à l'auteur.

En 1738, à Londres, le baron de Carteret et deux femmes prirent sous leur patronage la réputation de Cervantes. Carteret faisait imprimer pour la reine d'Angleterre une collection de romans ; il y comprit *Don Quichotte*, qu'il dédia à la comtesse de Montijo. C'est alors qu'on pria don Gregorio Mayans y Siscar d'écrire une biographie de Cervantes. A partir de ce moment, les biographies se succèdent : Sarmiento, Blas de Navarre, Vicente de los Rios, Pellicer, Navarrete, discutent, refont, éclairent de plus en plus l'histoire de Cervantes. Quand M. Louis Viardot, en France (1836), et Thomas Roscoe, en Angleterre (1839), publient leurs travaux, un siècle de recherches a tiré de l'ombre un homme dont l'ouvrage était européen et la vie ignorée.

Au dix-neuvième siècle enfin, il prend parmi les hommes de génie le rang qui lui est dû. Chaque point de son histoire est examiné, et l'examen de son œuvre, comme l'étude de sa vie, révèle la grandeur véritable de sa pensée ou de

ses actes. En Espagne, des esprits d'élite, comme M. Fernandez Guerra y Orbe, dont la science est universelle ; M. Hartzembusch, qui comprend les poëtes et les conteurs en
conteur et en poëte ; M. de la Barrera, investigàteur littéraire qui a la passion du vrai, éclairent de jour en jour une
biographie qui touche par tous les côtés à l'histoire de
l'Espagne au seizième siècle. Hier encore, don José Maria
Asensio y Toledo publiait ses *Nuevos Documentos*, et don
Juan Valera lisait à l'Académie de Madrid son discours
sur l'interprétation de *Don Quichotte*. En Angleterre, M. de
Benjumea annonce des découvertes nouvelles. En France,
les traductions de *Don Quichotte* par M. Viardot et M. Damas Hinard, du *Voyage au Parnasse*, par M. Guardia, du
Théâtre, par M. Alphonse Royer ; les travaux très-délicats
et très-originaux de M. Antoine de Latour, ont mis le public à même de juger Cervantes plus largement.

A l'occasion du *Don Quichotte* illustré de Gustave Doré,
M. Sainte-Beuve, dont la critique est si pénétrante, a donné
son jugement ; M. Théophile Gautier a mis en relief le sens
pittoresque de don Quichotte. M. Edmond About, de sa plume
vive, a rajeuni Cervantes. Enfin, quand le ministre de l'instruction publique, M. Duruy, institua les conférences littéraires et scientifiques, trois fois on choisit Cervantes pour
sujet d'entretien, et l'auteur de ce livre, après avoir, en 1862,
consacré une année de cours à cette étude, put voir,
en 1865, à la Sorbonne, un auditoire très-nombreux écouter avec sympathie la simple et belle histoire de Cervantes.

On voit, par ce rapide aperçu, qu'une biographie des
œuvres de Cervantes ou des travaux de ses critiques exige-
rait un volume nouveau. Je dois me borner à donner ici des
indications générales.

La meilleure, la plus belle et la plus récente édition est

la suivante : OBRAS COMPLETAS DE CERVANTES, *dedicadas á S. A. R. el Sermo Infante, don Sebastian Gabriel de Borbon y Braganza.* — *Madrid, imprenta de don Manuel Rivadeneyra,* 1863. 12 vol. in-8°.

L'éditeur a fait imprimer à Argamasilla de Alba, dans la maison même où Cervantes fut emprisonné, les volumes qui contiennent *Don Quichotte.* Il avait publié, dans les mêmes conditions, l'exemplaire diamant annoté par don Eugenio Hartzembusch.

La *Biblioteca española* de M. Gallardo, catalogue précieux enrichi et presque doublé par les soins de MM. Zarco del Valle et Sancho Rayon, contient un travail très-important de M. Guerra sur des pièces attribuées à Cervantes. Sur son théâtre, il faut consulter le catalogue dramatique de M. de La Barrera.

La lecture de ces divers documents guidera quiconque voudrait donner une édition de Cervantes. On y trouvera les pièces que j'ai dû omettre, parce que je n'admettais ici que les ouvrages incontestables.

Sur la vie de Cervantes, nous possédons désormais, malgré des lacunes graves, plusieurs témoignages positifs, aussi importants que sûrs : *l'Enquête d'Afrique* (1578), et *l'Enquête d'Espagne* (1580), qu'on trouvera dans Navarrete ; — l'*Histoire d'Alger,* par Hædo ; — la *Lettre à Mateo Vasquez* (1577-1578), découverte par don Tomass Muñoz y Romero dans la bibliothèque du comte d'Altamira.

L'œuvre littéraire de Cervantes présente beaucoup plus de difficultés. Au seizième siècle, les ouvrages s'imprimaient longtemps après avoir été écrits. Le livre d'Hædo, commencé en 1580, est taxé, en 1604, approuvé en 1608 et 1610, publié en 1612. Le *Don Quichotte* publié en 1604 fut écrit en prison ; or les prisons de Cervantes datent de

1598. Il en est de même du théâtre et des nouvelles; leurs dates de publication ne correspondent pas aux dates d'origine.

J'ai entrepris dans ce livre de classer les nouvelles, les pièces et les poésies de Cervantes ; les découvertes ultérieures diront où je me suis trompé. Il est impossible d'insérer ici toutes les notes que j'ai rassemblées avant d'écrire ; sur quelques points seulement je dois des explications.

_ J'ai rejeté le *Buscapie* parce que cet écrit du dix-huitième siècle est à la fois anonyme, apocryphe et absurde. On le suppose écrit par Cervantes, parce que son *Don Quichotte* n'avait pas réussi. Or *Don Quichotte* a réussi du premier coup en Espagne et en France, où d'ailleurs on traduisait Cervantes de son vivant.

Pour les traducteurs, je me suis montré sévère ; je ne parle point de ceux d'aujourd'hui, de M. Viardot, de M. Damas Hinard, de M. Guardia, de M. de La Tour, mais de ceux du dix-huitième siècle. Florian seul, malgré son infidélité, n'a pas faussé l'esprit de Cervantes.

Enfin j'ai signalé en Espagne des détracteurs de Cervantes. Il y en eut toujours, il y en a encore, comme l'a remarqué M. de La Tour. Quelques patriotes, qui n'aiment pas la vérité, et quelques érudits qui savent plus qu'ils ne sentent, ont gardé une haine sourde pour Cervantes, malgré son vif amour pour sa patrie. Quand Blas de Navarre publia, en 1749, le *Théâtre* de Cervantes, un anonyme écrivit en vers une diatribe où éclate l'hostilité dont je parle :

> El fuerte fué de CERVANTES
> Aquel andante designio,
> En que dió golpes tan fuertes,
> Que á todos nos dejó heridos;

Y su veneno, entre flores
Ingeniosas escondido,
Fueron fragancia y belleza
Disfraces de lo nocivo.

Aplaudió España la obra,
No advirtiendo, inadvertidos,
Que era del honor de España,
Su autor, verdugo y cuchillo,

Contando allí vilipendios,
De la nacion repetidos,
De ridículo marcando
De España el valor temido.

Como si fuera un laurel
Para el español dominio,
Se idolatró la coroza
Y se adoró el sambenito.

Viendo á la sincera España,
Los extranjeros ministros,
Tan contenta en el cadalso,
Tan gustosa en el suplicio;

El volúmen remitiendo
A los reinos convecinos,
Hicieron de España burla
Sus amigos y enemigos.

Y ésta es la causa por que
Fueron tan bien recibidos
Estos libros en la Europa,
Reimpresos y traducidos.

Y en láminas dibujados,
Y en los tapices tejidos,
En estatuas abultados
Y en las piedras esculpidos.

Nos los vuelven á la cara,
Como diciendo : « ¡ Bobillos !
« Miraos en ese espejo ;
« Eso sois y eso habeis sido. »

FIN DES NOTES.

TABLE DES CHAPITRES

Paris. — Imprimerie de P.-A. BOURDIER et Cⁱᵉ, rue des Poitevins, 6.

LIBRAIRIE ACADÉMIQUE

DIDIER ET CIE

PARIS

35, QUAI DES AUGUSTINS, 35

1865

JOURNAL DES SAVANTS

COMPOSITION DU BUREAU :

M. LE MINISTRE DE L'INSTRUCTION PUBLIQUE, *Président.*

Assistants

M. LEBRUN, de l'Académie française.
M. GIRAUD, de l'Acad. des sciences morales.
M. NAUDET, de l'Académie des inscriptions et des sciences morales.
M. MÉRIMÉE, de l'Acad. fr. et des inscript.

Auteurs

M. V. COUSIN, de l'Acad. fr. et sc. morales.
M. CHEVREUL, de l'Académie des sciences.
M. LIOUVILLE, de l'Académie des sciences

M. VILLEMAIN, de l'Académie française et des inscriptions.
M. BEULÉ, de l'Acad. des Beaux-Arts.
M. FLOURENS. de l'Acad. fr. et des sciences
M. PATIN, de l'Académie française.
M. MIGNET, de l'Acad. fr. et des sc. morales.
M. L. VITET, de l'Acad. fr. et des inscript.
M. D. SAINT-HILAIRE, de l'Ac. des sc. mor.
M. LITTRÉ, de l'Académie des inscriptions.

CONDITIONS DE L'ABONNEMENT

Le Journal des Savants paraît chaque mois par cahiers de 8 feuilles in-4. Le prix de l'abonnement est de 36 fr. par an pour Paris, et de 40 fr. pour les départements. Chaque année forme 1 volume. Il reste encore quelques exemplaires de la collection en 47 vol. au prix de 705 fr. On peut avoir, ensemble ou séparément, les années depuis 1850 jusqu'en 1863 au prix de 25 fr.

REVUE ARCHÉOLOGIQUE

OU

RECUEIL DE DOCUMENTS ET DE MÉMOIRES RELATIFS A L'ÉTUDE DES MONUMENTS
A LA NUMISMATIQUE ET A LA PHILOLOGIE

DE L'ANTIQUITÉ ET DU MOYEN AGE.

PUBLIÉS PAR

MM. le vicomte de Rougé, de Longpérier, F. de Saulcy, Alfred Maury, le duc de Luynes, Renier, Brunet de Presle, Miller, Egger, Beulé, Membres de l'Institut ;
Viollet-le-Duc, Architecte du Gouvernement ;
le **général Creuly**, **A. Bertrand**, **Chabouillet**, de la Société des Ant. de France ;
A. Mariette, Deveria, Conservateurs du Musée du Louvre ;
Vallet de Viriville, Professeur à l'École des chartes ; **Perrot, Heuzey,** de l'École d'Athènes, etc.
ET LES PRINCIPAUX ARCHÉOLOGUES FRANÇAIS ET ÉTRANGERS

MODE ET CONDITIONS DE L'ABONNEMENT

La *Revue archéologique* paraît chaque mois par cahiers de 64 à 80 pages grand in-8, qui forment, à la fin de chaque année, deux volumes ornés de planches gravées sur acier et de gravures sur bois intercalées dans le texte.

PRIX : Paris : Un an, 25 fr. — Départements : Un an, 27 fr.

Les années 1860 à 1864, formant les 10 premiers volumes de la nouvelle série, coûtent chacune 25 fr. (On traite de gré à gré pour la Collection).

PARIS. — SIMON RAÇON ET COMP., RUE D'ERFURTH, 1.

PIERRE CLÉMENT.

Jacques Cœur et Charles VII, ou *la France au XVᵉ siècle. (Ouvrage couronné par l'Académie française. Nouv. édit. refond.* 1 beau vol. in-8. avec portr. et grav. 8 »

H. DE LA VILLEMARQUÉ.

Le Grand Mystère de Jésus. Drame breton du moyen âge, texte et trad., précédé d'une étude sur le théâtre chez les nations celtiques. 1 beau vol. in-8. . . . 7 »

L. PRELLER.

Les Dieux de l'ancienne Rome. *Mythologie Romaine*, trad. par Dietz, avec préface par Alf. Maury de l'Institut. 1 vol. in-8. . . . . 7 50

V. COUSIN.

La Jeunesse de Mazarin. 1 v. in-8. 8 »

Études sur les femmes illustres et la Société du XVIIᵉ siècle. 8 vol. in-8. . . . . 56 »

GERMOND DE LAVIGNE.

Le Don Quichotte de Fernandez Avellaneda, nouvellement trad. de l'espagnol et annoté. 1 vol. in-8. . . . 6 »

DE BARANTE.

Vie de Mathieu Molé, etc. 2ᵉ édition. 1 vol. in-8. . . . . 6 »

Histoire du Directoire de la République française, *complément de l'Histoire de la Convention*, 3 vol. in-8 cavalier. . 21 »

ÉMILE DE BONNECHOSE.

Histoire d'Angleterre, depuis les temps les plus reculés jusqu'à l'époque de la Révolution française, avec un résumé chronologique des événements jusqu'à nos jours 4 vol. in-8. . . . . 28 »

AUG. POIRSON.

Histoire du règne de Henri IV. — *(Ouvrage qui a obtenu le grand prix Gobert en 1857 et en 1858.)* 2ᵉ édit. considérablem augmentée. 4 vol. in-8. Les tomes I à III en vente. Prix des 3 vol. . . . . 23 »

F. COMBES.

La Princesse des Ursins. Essai sur sa vie et son caractère politique. 1 vol. in-8. 6 »

CH. DREYSS.

Mémoires de Louis XIV pour l'instruction du Dauphin, 1ʳᵉ édition complète, avec une étude et des notes. 2 vol. in-8. . 12 »

FEILLET.

La Misère au temps de la Fronde et saint Vincent de Paul, ou un chapitre de l'histoire du paupérisme. 1 vol. in-8. 7 »

GUIZOT.

Histoire de la Révolution d'Angleterre, depuis l'avénement de Charles Iᵉʳ jusqu'à la mort de R. Cromwell (1625-1660.) 6 vol. in-8, en 3 parties. . . . 42 »

C. ROUSSET.

Histoire de Louvois et de son administration politique et militaire. *(Ouvrage cour. par l'Académie française. 1ᵉʳ Prix Gobert.)* Nouv. édit. 4 vol. in-8. . . . . 28 »

F. GODEFROY.

Lexique comparé de la langue de Corneille et de la langue du XVIIᵉ siècle *(Ouv. couronné par l'Académie française).* 2 vol. in-8. . . . . 15 »

F. MONNIER.

Le chancelier d'Aguesseau, sa conduite et ses idées politiques, etc., avec des documents inédits et des ouvrages nouveaux du Chancelier. *(Ouvr. couronné par l'Académie française).* 2ᵉ édit. augmentée. 1 vol. in-8. . . 6 »

AMÉDÉE THIERRY.

Tableau de l'Empire romain, depuis la fondation de Rome jusqu'à la fin du gouvernement impérial en Occident. 1 v. in-8. 7 »

Nouveaux récits de l'Histoire romaine au Vᵉ siècle. 1 vol. in-8. . 7 »

Histoire d'Attila de ses fils et de ses successeurs en Europe. 2ᵉ édit. 2 vol. in-8. 14 »

C. DE WITT.

Études sur l'Histoire des États-Unis d'Amérique. 2 vol. in-8 :

—**Thomas Jefferson.** Étude historique sur la démocratie américaine. 2ᵉ édit. 1 vol. in-8. orné d'un portrait. . . . . . 7 »

—**Histoire de Washington** *et de la fondation de la République des États-Unis*, avec une Étude de M. Guizot. 3ᵉ édit. 1 vol. in-8, orné de portraits et d'une carte. . . 7 »

J. BARTHÉLEMY SAINT-HILAIRE.

Le Bouddha et sa religion. Nouv. édit. 1 vol. in-8.. . . . . . 7 »

Mahomet et le Coran. 1 vol. in-8. 7 »

J.-J. AMPÈRE

La Science et les Lettres en Orient. 1 vol. in-8. . . . . 7 »

Paris. — Imprimerie de P.-A. BOURDIER et Cⁱᵉ, rue des Poitevins, 6.

www.ingramcontent.com/pod-product-compliance
Lightning Source LLC
Chambersburg PA
CBHW070748030726
47504CB00003B/482